Du même auteur,
aux éditions Bragelonne :

Le Cycle de Chalion – L'Intégrale

Romans de ce cycle également
disponibles individuellement :
1. *Le Fléau de Chalion*
2. *Paladin des âmes*
3. *La Chasse sacrée*

Le Couteau du partage :
1. *Ensorcellement*
2. *Héritage*
3. *Passage*
4. *Horizon*

Chez d'autres éditeurs :

L'Apprentissage du guerrier
Ethan d'Athos
Opération Cay
Prix Nebula
Un clone encombrant
Les Frontières de l'infini
Miles Vorkosigan
Prix Hugo
Barrayar
Prix Hugo, Prix Locus
L'Esprit de l'anneau profane
La Danse du miroir
Prix Hugo, Prix Locus
Cetaganda
Cordelia Vorkosigan
Memory
Komarr
Ekaterin
Immunité diplomatique

Ce livre est également disponible
au format numérique

www.bragelonne.fr

Lois McMaster Bujold

Le Fléau de Chalion

Chalion – tome 1

Traduit de l'anglais (États-Unis) par Mélanie Fazi

Bragelonne

Collection dirigée par Stéphane Marsan et Alain Névant

Titre original :
The Curse of Chalion

ISBN : 979-10-281-1178-6

Bragelonne
60-62, rue d'Hauteville – 75010 Paris

E-mail : info@bragelonne.fr
Site Internet : www.bragelonne.fr

Chapitre premier

Cazaril entendit les cavaliers sur la route bien avant de les voir. Il regarda par-dessus son épaule. Derrière lui, le sentier usé serpentait autour de la butte qui tenait lieu de colline dans ces plaines venteuses, avant de replonger dans la gadoue hivernale du sol pauvre de Baocia. À ses pieds, un ruisselet trop petit et irrégulier pour mériter un pont ou un caniveau dégouttait sur la route depuis les pâtures rasées par les moutons un peu plus haut. Le fracas des sabots, le cliquetis et le grincement des harnais, le tintement des cloches et l'écho de voix insouciantes s'approchaient à un rythme trop rapide pour appartenir à un fermier prudent suivi d'une escorte, ou à des muletiers parcimonieux menant leurs bêtes de charge.

Le cortège contourna la butte au trot : une dizaine d'hommes allant deux par deux, arborant la panoplie complète de leur ordre. Mais ce n'étaient pas des bandits. Cazaril soupira, puis avala sa salive pour calmer son estomac perturbé. Non qu'il puisse offrir davantage aux bandits qu'un peu d'exercice. Il se traîna légèrement à l'écart du sentier et se tourna pour les regarder passer.

Les cavaliers portaient des chemises de mailles argentées, destinées à être montrées et non portées, qui luisaient dans la lumière aqueuse du matin. Leurs tabards bleus, teints dans des tons presque identiques, étaient ornés de broderies blanches dessinant l'emblème de la dame Printemps. Leurs capes grises, que la brise soulevée par leur passage faisait flotter dans leur dos comme des bannières, étaient fixées à leurs épaules par des insignes d'argent qu'on venait de faire reluire. C'étaient des frères-soldats de cérémonie, et non de guerre ; ils n'auraient aucune envie de voir Cazaril couvrir ces habits-là de taches de sang indélébiles.

À sa grande surprise, il vit leur capitaine lever la main lorsqu'ils approchèrent. La colonne freina dans le plus grand désordre, sabots pataugeant dans la boue sur fond de bruits de succion au son desquels le vieux maître d'équitation du père de Cazaril aurait agoni cette bande de gamins d'insultes cruelles et colorées. De toute façon, peu importait.

— Vous là-bas, vieux gaillard, cria le meneur à Cazaril par-dessus le pommeau de son porte-étendard.

Seul sur la route, Cazaril se retint de tourner la tête pour voir à qui il s'adressait. Ils le prenaient pour un rustre de fermier du coin qui s'en allait traîner au marché ou faire une course, et sans doute en avait-il l'aspect : bottes usées alourdies par la boue, un épais fatras d'habits dépareillés empêchant le vent du sud-est de lui geler les os. Il bénissait tous les dieux des saisons pour chaque fibre crasseuse de tissu. Une barbe de deux semaines lui démangeait le menton. « Gaillard », passe encore. Le capitaine aurait pu, à juste titre, choisir plus méprisante appellation. Mais… « vieux » ?

Le meneur désigna l'endroit où le sentier croisait un autre chemin.

— Est-ce la route qui mène à Valenda ?

Il y avait bien… Cazaril dut effectuer un calcul mental, et la somme le consterna. Dix-sept ans qu'il avait emprunté cette route pour la dernière fois, non pour se rendre à une cérémonie mais à la vraie guerre, avec le cortège du provincar de Baocia. Malgré sa déception de ne monter qu'un hongre au lieu d'un meilleur cheval de bataille, il était alors aussi jeune, arrogant, épris de sa toilette et de ses cheveux luisants que les blancs-becs qui le regardaient du haut de leur monture. *Aujourd'hui, je me contenterais volontiers d'un âne, même s'il me fallait plier les genoux pour empêcher mes orteils de traîner dans la boue.* Cazaril sourit aux frères-soldats, sachant très bien quelles enveloppes creuses, béantes, éventrées cachaient la plupart de ces riches façades.

Ils le toisèrent en grimaçant, comme s'ils reniflaient son odeur à cette distance. Il n'était pas le genre d'homme qu'ils cherchaient à impressionner, ni seigneur ni dame susceptible de leur prodiguer ses largesses comme eux-mêmes le pouvaient à son égard ; malgré tout, il les laisserait exercer sur lui leurs airs aristocratiques. Ils crurent lire dans ses yeux de l'admiration, peut-être, ou simplement de l'idiotie.

Il refréna la tentation de les guider dans la mauvaise direction, vers une étable à moutons ou tout autre lieu où allait se perdre l'une des routes de ce carrefour bien plus large en apparence qu'en réalité. Pas question de se jouer des propres gardes de la Fille à la veille de Son jour consacré. Par ailleurs, les hommes qui rejoignaient les saints ordres militaires n'étaient pas réputés pour leur sens de l'humour, d'autant qu'il risquait de les recroiser, étant donné leur destination commune. Cazaril s'éclaircit la voix, qui n'avait plus prononcé un mot depuis la veille.

— Non, Capitaine. La route de Valenda est indiquée par une borne du roya. Ou du moins, c'était le cas autrefois. Deux ou trois kilomètres plus loin. Vous ne pouvez pas vous tromper.

Il extirpa une main de la chaleur des plis de son manteau pour leur montrer la bonne direction. Avec ses doigts crispés, il semblait agiter une serre. L'air glacé mordit ses jointures enflées, et il se hâta d'enfouir de nouveau sa main sous sa couche de vêtements.

Le capitaine adressa un signe de tête à son porte-étendard, un... gaillard aux larges épaules, qui coinça la hampe de sa bannière au creux de son bras avant de partir en quête de sa bourse. Il y fouilla dans l'espoir manifeste de trouver une pièce de valeur suffisamment petite. Il en avait tiré quelques-unes au grand jour lorsque son cheval fit un écart. Une pièce (une royale d'or, pas un vaida de cuivre) lui échappa pour plonger dans la boue. Il la suivit du regard, atterré, avant de se recomposer. Il n'allait pas mettre pied à terre devant ses compagnons pour fouiller dans la boue, ce que ne manquerait pas de faire le paysan qu'il croyait voir en Cazaril. Afin de se consoler, il releva le menton avec un sourire aigre, attendant pour son plus grand loisir qu'un Cazaril frénétique plonge à la recherche de cette manne inespérée.

Au lieu de quoi, Cazaril s'inclina pour réciter :

— Puisse la Dame Printemps déverser sur votre tête tous ses bienfaits, jeune sire, dans le même esprit que votre don à un vagabond sur la route, et avec la même absence de regret.

Si le jeune frère-soldat avait encore eu tous ses esprits, il aurait pu décrypter cette raillerie, et Cazaril, avec ses allures de paysan, récolter au visage un coup de cravache bien mérité. Ce qui semblait improbable, à en juger par le regard de taureau furieux que lui jetait le frère, malgré la grimace exaspérée du capitaine. Mais celui-ci se contenta de secouer la tête et fit signe à sa colonne de reprendre la route.

Si le porte-étendard était trop fier pour fouiller dans la boue, Cazaril était bien trop *fatigué* pour le faire. Il attendit le passage du cortège de bagages, troupeau de serviteurs et de mulets fermant la marche, avant de s'accroupir, non sans douleur, pour récupérer la petite étincelle dans l'eau froide qui emplissait l'empreinte d'un sabot de cheval. Les cicatrices de son dos le tiraillaient cruellement. *Par les dieux. Je me déplace vraiment comme un vieillard.* Il inspira puis se remit sur ses pieds avec la sensation d'avoir cent ans, d'être une trace de fumier collée au talon des bottes du Père Hiver qui allait quitter ce monde.

Il nettoya la pièce boueuse – assez petite, même si c'était de l'or – et tira sa bourse. Cinq dieux, qu'elle était vide. Il laissa tomber le petit disque métallique dans la bouche de cuir et le regarda scintiller, solitaire. Puis avec un soupir, il remit sa bourse en place. À présent, il avait de nouveau espoir de se faire détrousser ; à présent, il avait de nouveaux motifs d'inquiétude. Il réfléchissait à son nouveau fardeau, si grand pour son poids, tout en suivant d'un pas lourd le sillage des frères-soldats. Tout juste s'il en valait la peine. Tout juste. De l'or. Tentation du faible, lassitude du sage... Qu'était-ce pour un soldat aux yeux mornes, bâti comme un taureau, gêné de sa largesse accidentelle ?

Cazaril parcourut du regard le paysage aride. Peu d'arbres ou de fourrés aux alentours, à l'exception de ce cours d'eau lointain, que les branches et les ronces nues bordaient d'anthracite dans cette lumière voilée. Le seul abri en vue, un peu plus haut sur sa gauche, était un moulin abandonné au toit effondré et aux ailes pourrissantes et brisées. Cependant… au cas où…

Cazaril quitta la route pour gravir péniblement la colline. Ou plutôt la butte, comparée aux montagnes traversées une semaine auparavant. Pourtant l'ascension lui coupa le souffle ; il faillit faire demi-tour. Le vent, plus fort à cette hauteur, balayait le sol en ébouriffant les touffes dorées et argentées d'herbe sèche. D'un pas allègre, il quitta l'âpreté de l'air pour se réfugier dans l'obscurité du moulin, puis monta un escalier douteux et branlant qui s'élevait jusqu'à mi-hauteur du mur interne. Il jeta un coup d'œil attentif par la fenêtre sans volets.

Sur la route, au-dessous de lui, un homme rouait de coups un cheval brun pour lui faire rejoindre le sentier. Pas un frère-soldat, mais l'un des serviteurs, les rênes dans une main et un bâton robuste dans l'autre. Renvoyé par son maître afin de reprendre discrètement au vagabond la pièce perdue par accident ? Il gravit la butte, puis reparut quelques minutes plus tard. Il marqua une pause devant le ruisselet boueux, se contorsionna sur sa selle pour scruter les pentes vides, secoua la tête de dégoût, puis éperonna son cheval pour rejoindre ses compagnons.

Cazaril s'aperçut qu'il riait. Sensation curieuse, inhabituelle, frisson parcourant ses épaules qui n'était dû ni au froid, ni au choc, ni à la peur lui tordant les entrailles. Et cette étrange et creuse absence de… Quoi donc ? Jalousie corrosive ? Désir ardent ? Il n'avait aucune envie de suivre les frères-soldats, ni même de les mener à nouveau. D'être l'un des leurs. Il les avait vus défiler sans plus d'intérêt qu'un homme assistant à une pantomime sur la place du marché. *Cinq dieux. Je dois être fatigué.* Affamé, aussi. Il restait un quart de jour de marche jusqu'à Valenda, où il chercherait un prêteur sur gages qui changerait sa royale contre des vaidas de cuivre bien plus utiles. Ce soir, avec la bénédiction de la Dame, il dormirait peut-être dans une auberge au lieu d'une étable. Il pourrait se payer un repas chaud. Il pourrait se faire raser, se payer un *bain*…

Il se tourna, les yeux maintenant accoutumés à la demi-pénombre du moulin. Et vit alors le corps étendu sur le sol jonché de gravats.

Il se figea, paniqué, mais reprit son souffle en constatant que le corps n'en avait plus. Aucun homme en vie ne pouvait rester immobile, déployé dans une telle position. Cazaril ne craignait pas les hommes morts. Quant à ce qui avait causé leur trépas…

Malgré l'immobilité du cadavre, Cazaril ramassa un pavé à terre avant de l'approcher. Un homme dodu, d'âge moyen, à en juger par les poils gris semant sa barbe taillée de frais. Sous la barbe, le visage était enflé et empourpré. Étranglé ? Sa gorge ne portait aucune marque. Ses habits sobres mais de bonne qualité étaient pourtant mal ajustés, trop serrés, étirés. Sa robe de laine brune et sa cape noire bordée de galon d'argent pouvaient être celles d'un riche marchand, d'un petit seigneur aux goûts austères, ou encore d'un érudit ambitieux. Pas celles d'un fermier ni d'un artisan, dans tous les cas. Ni d'un soldat. Ses mains, elles aussi enflées et tachetées de jaune et de violet, étaient dépourvues de cals, dépourvues de cicatrices. Cazaril regarda sa propre main gauche, où deux phalanges manquantes rappelaient qu'il est peu judicieux de se battre avec une corde terminée par un grappin. L'homme ne portait d'ornements d'aucune sorte, ni chaînes, ni bagues, ni sceaux assortis à sa riche tenue. Un pilleur avait-il précédé Cazaril ?

Serrant les dents, il se pencha pour l'inspecter, geste puni par des tiraillements et des courbatures. L'homme n'était ni bedonnant, ni vêtu d'habits trop petits : le corps était enflé bizarrement, lui aussi, tout comme le visage et les mains. Mais à ce stade de décomposition, le cadavre aurait dû remplir ce sinistre abri d'une puanteur suffisante pour étouffer Cazaril à peine la porte brisée franchie. Les seules odeurs ici étaient celles de l'encens ou d'un parfum musqué, de la fumée de chandelle, et d'une sueur froide comme l'argile.

Lorsqu'il inspecta la zone nettoyée autour du corps sur le sol de boue tassée, Cazaril abandonna l'idée selon laquelle on avait pillé et tué le pauvre homme sur la route avant de le traîner vers cette cachette. Cinq bouts de chandelles, brûlés jusqu'à ne laisser que des flaques bleues, rouges, vertes, noires et blanches. De petits tas d'herbes et de cendres, tout éparpillés à présent. Une pile de plumes noires, parmi les ombres, qui se révélèrent appartenir à un corbeau mort à la nuque brisée. La suite de ses recherches dévoila le rat à la gorge tranchée qui l'accompagnait. Rat et corbeau, consacrés au Bâtard, dieu de tous les désastres intempestifs : tornades, séismes, sécheresse, inondations, fausses couches et meurtres… *Tu voulais en appeler aux dieux, n'est-ce pas ?* Tout semblait indiquer que cet idiot avait tenté un charme de mort, et payé le prix habituel. Tout seul ?

Sans rien toucher, Cazaril se redressa pour faire le tour du moulin en ruine, intérieur comme extérieur. Pas de bagages, de capes ou de possessions abandonnées dans un coin. Un ou plusieurs chevaux avaient été attachés en face de la route, récemment s'il en jugeait par l'humidité de leur crottin, mais ils avaient disparu.

Cazaril soupira. Cette histoire ne le concernait pas, mais il était impie de laisser un mort pourrir sans cérémonie. Les dieux seuls savaient combien de temps s'écoulerait avant qu'un autre le trouve. C'était cependant un homme aisé, de toute évidence : quelqu'un devait le chercher. Pas le genre à disparaître sans laisser de trace ni manquer à personne, comme un vagabond en loques. Cazaril repoussa la tentation de se faufiler jusqu'à la route pour s'éloigner comme s'il n'avait rien vu.

Il s'engagea sur le sentier qui commençait derrière le moulin. Il devait bien mener à une ferme, à des gens, à quelque chose. Mais il marchait depuis quelques minutes à peine lorsqu'il croisa un homme qui gravissait la butte, menant un âne chargé de brindilles et de bois. L'homme s'arrêta et lui jeta un regard méfiant.

— La Dame Printemps vous accorde une belle matinée, Messire, dit poliment Cazaril.

Que risquait-il à donner du *messire* à un fermier ? Il avait embrassé les pieds d'hommes de rang bien moindre, lors de sa servitude abjecte et terrifiante dans les galères.

L'ayant jaugé du regard, l'homme s'inclina à moitié et marmonna :

— 'Dame.

— Habitez-vous les environs ?

— Oui, répondit l'homme.

Il était d'âge moyen, bien nourri, vêtu d'un manteau à capuchon simple mais pratique, pareil au vêtement râpé de Cazaril. Il marchait comme s'il possédait la terre qu'il foulait, mais sans doute pas beaucoup plus.

— Je, hum… (Cazaril désigna le sentier derrière lui.) Je me suis éloigné de la route un moment, pour me réfugier dans ce moulin (inutile de préciser par le détail qui il cherchait à fuir) et j'y ai trouvé un homme mort.

— Oui, dit l'homme.

Cazaril hésita, regrettant d'avoir gardé son pavé en main.

— Vous saviez déjà ?

— J'ai vu son cheval attaché là, ce matin.

— Oh. (Il aurait tout aussi bien pu s'en aller par la route, sans causer aucun mal.) Avez-vous la moindre idée de l'identité de ce pauvre homme ?

Le fermier haussa les épaules et cracha.

— Il n'est pas du coin, c'est tout ce que je peux dire. Je suis allé chercher notre divine du temple dès que j'ai compris quel genre d'horreurs s'était produit là-dedans, hier soir. Elle a emporté tous les biens qui risquaient d'être volés, pour les garder jusqu'à ce qu'on les réclame. Son cheval est dans mon étable. Un marché équitable, pour le bois et l'huile qui vont servir à le brûler. La divine a dit qu'il ne fallait pas le laisser seul avant la tombée de la nuit.

Il désigna l'énorme tas de combustible perché sur le dos de l'âne, tira sur le licol et reprit sa route. Cazaril marchait à ses côtés.

— Avez-vous la moindre idée de ce que faisait cet homme ? demanda-t-il.

— C'est évident, ce qu'il faisait. (Le fermier renifla.) Il n'a eu que ce qu'il méritait.

— Hmm… Ou savez-vous à qui il le faisait ?

— Aucune idée. Je laisse ces choses-là au temple. J'aurais seulement préféré qu'il ne le fasse pas sur mes terres. À répandre toute sa malchance dans les environs… Comme si elle allait continuer à hanter cet endroit. Je vais le purger par le feu et en profiter pour brûler cette maudite épave de moulin. Rien ne sert de le laisser en place, il est trop près de la route.

Puis avec un coup d'œil à Cazaril :

— Il attire les ennuis.

Cazaril continua un moment à suivre son allure. Puis demanda enfin :

— Comptez-vous le brûler tout habillé ?

Le fermier l'observa de biais pour estimer la pauvreté de sa tenue.

— En tout cas, *moi*, je ne touche à rien qui lui appartienne. Je n'avais pas envie de prendre son cheval, mais ce n'était pas très charitable de relâcher cette pauvre bête pour la laisser mourir de faim.

Cazaril demanda d'une voix plus hésitante :

— Si je prenais ses habits, vous n'y verriez donc pas d'inconvénient ?

— Ce n'est pas à moi qu'il faut le demander. Voyez ça avec *lui*. Si vous l'osez. Je ne vous en empêcherai pas.

— Je vais… vous aider à tout préparer.

Le fermier cligna des yeux.

— Votre aide sera la bienvenue.

Cazaril songea que le fermier se réjouissait secrètement qu'il s'occupe du cadavre. Par la force des choses, il dut laisser le fermier empiler les plus gros rondins pour le bûcher construit à l'intérieur du moulin, mais offrit quelques vagues conseils quant à la façon de les disposer pour obtenir le meilleur tirage et démolir le plus sûrement les vestiges du bâtiment. Il aida au transport des brindilles les plus légères.

Le fermier garda une distance respectable pour regarder Cazaril dévêtir le cadavre, tirer sur les couches de vêtements afin de dégager les membres raidis. L'homme était plus enflé encore qu'il n'y paraissait au premier coup d'œil, et son abdomen saillit d'obscène façon lorsque Cazaril lui ôta enfin sa chemise de coton brodé. La tâche n'avait rien de rassurant. Mais il ne pouvait y avoir aucun risque de contagion après tout, pas avec cette étrange absence d'odeur. Cazaril se demanda, dans le cas où le corps ne serait pas brûlé à la tombée de la nuit, s'il risquait d'éclater ou de se rompre, et ce qui en sortirait… ou s'y infiltrerait. Il fit un ballot des vêtements, à peine tachés, aussi vite qu'il le put. Il abandonna les chaussures trop petites. Ensuite, le fermier et lui transportèrent le corps jusqu'au bûcher.

Lorsque tout fut prêt, Cazaril tomba à genoux, les yeux clos, et entonna la prière des morts. Ignorant lequel des dieux avait emporté l'âme de cet homme, bien qu'il en ait une intuition très nette, il s'adressa tour à tour à chacun des cinq membres de la Sainte Famille, en termes simples et clairs. Toujours donner le meilleur de soi en offrande, même lorsque l'on ne possède que des mots.

— Nous sollicitons le pardon du Père et de la Mère, de la Sœur et du Frère, le pardon du Bâtard, cinq fois pardon, Très Hauts.

Quels que soient les péchés de l'étranger, il en avait sûrement payé le prix. Pardon aux Très Hauts. *Mais pas de justice, je vous en prie, pas de justice. Quels idiots nous serions tous de prier pour la justice.*

Lorsqu'il en eut fini, il se redressa avec raideur et regarda autour de lui. Pensif, il ramassa le rat et le corbeau, ajoutant leurs petits cadavres à celui de l'homme, à sa tête et à ses pieds.

C'était le jour de chance de Cazaril, semblait-il. Il se demanda quelle forme elle prendrait cette fois.

Une colonne de fumée huileuse s'élevait du moulin en flammes lorsque Cazaril reprit la route de Valenda, les habits du mort rassemblés en un ballot sur son dos. Bien qu'ils soient moins crasseux que ceux qu'il portait, il lui faudrait les confier à une blanchisseuse avant de les revêtir. Il voyait en esprit diminuer tristement ses vaidas de cuivre, mais les services d'une blanchisseuse en vaudraient la peine.

Il avait passé la nuit précédente dans une étable, à frissonner dans la paille, avec la moitié d'une miche de pain rassis en guise de repas. La moitié restante lui avait tenu lieu de petit déjeuner. Près de cinq cents kilomètres séparaient la cité portuaire de Zagosur, sur la côte d'Ibra, du centre de Baocia, province centrale de Chalion. Il n'avait pu parcourir cette distance aussi vite qu'il l'escomptait. À Zagosur, l'hôpital sacré de la Mère-Clémente était consacré aux soins des hommes rejetés par la mer, sous toutes les formes possibles. La bourse que lui avaient donnée les acolytes à titre d'aumône s'était amaigrie peu à peu, puis totalement épuisée, avant qu'il n'atteigne son but. Mais juste avant. Un jour avant, songeait-il, ou même moins. S'il parvenait à poser un pied devant l'autre pendant une journée de plus, il atteindrait peut-être son refuge et pourrait s'y traîner à quatre pattes.

Il avait quitté Ibra avec la tête remplie de projets visant à demander à la provincara douairière une place dans sa maison, en souvenir des vieux jours. Au pied de sa table. N'importe quoi, pourvu que ce ne soit pas trop pénible. Ses ambitions s'étaient envolées tandis qu'il cheminait péniblement vers l'est, franchissant les cols de montagne vers les hauteurs plus fraîches du plateau central. Peut-être le gardien de son château ou son maître palefrenier lui accorderaient-ils une place dans ses écuries, ou dans sa cuisine, ce qui le dispenserait de déranger la grande dame. S'il pouvait mendier une place de marmiton, il n'aurait pas même à donner son vrai nom. Il doutait qu'il reste parmi ses gens quelqu'un qui l'ait connu à l'époque bénie où il était page au service du défunt provincar dy Baocia.

Le rêve d'une place silencieuse près du foyer de la cuisine, sans nom, sans créature plus alarmante qu'un cuisinier le houspillant pour des tâches à peine plus redoutables que tirer de l'eau ou porter du bois pour le feu, lui avait permis d'avancer parmi les vents d'hiver. Cette vision de repos le guidait comme une obsession, tout comme la certitude que chaque pas l'éloignait davantage des cauchemars de la mer. Il avait passé des heures sur sa route solitaire à inventer toutes sortes de noms serviles pour sa nouvelle et anonyme incarnation. Mais à présent au moins, il n'aurait pas à se présenter devant les yeux catastrophés de la cour, vêtu des loques d'un miséreux. *Au lieu de quoi, Cazaril supplie un paysan de lui laisser les habits d'un cadavre, et fait preuve de très humble gratitude pour les services que tous deux lui rendent. Fait preuve. De très humble gratitude. Très humble.*

La ville de Valenda se déployait sur sa basse colline telle une riche courtepointe ouvragée de rouge et d'or, rouge pour les toits de tuiles, or pour la pierre de la région, tous étincelant au soleil. Cazaril cligna des yeux, ébloui par les couleurs familières de sa terre natale que troublait sa vue voilée de larmes. Toutes les maisons d'Ibra étaient blanchies à la chaux, trop aveuglantes pour ces midis étouffants du Nord. Ce grès ocre possédait la nuance parfaite pour une maison, une ville, un pays, caresse pour le regard. Au sommet de la colline, pareil à une couronne dorée, s'étalait le château de la provincara, dont les remparts semblaient vaciller devant ses yeux. Il l'observa un instant, intimidé, puis reprit sa marche pénible, d'un pas curieusement plus rapide que celui qui l'avait mené tout au long de ce voyage, malgré les douleurs de ses jambes lasses et tremblantes.

L'heure des marchés était passée, si bien qu'il trouva les rues sereines et silencieuses lorsqu'il s'y faufila en direction de la grand-place. Aux portes du temple, il s'approcha d'une dame âgée qui semblait peu à même de le suivre pour le voler, et lui demanda où trouver le prêteur sur gages le plus proche. Ce dernier lui remplit les mains d'un poids satisfaisant de vaidas de cuivre en échange de sa minuscule royale, puis lui indiqua l'adresse de la blanchisseuse et des bains publics. Cazaril ne s'arrêta en route que pour acheter à un marchand des rues un tourteau qu'il dévora.

Il déversa des vaidas sur le comptoir de la blanchisseuse et négocia l'emprunt de chausses de lin et d'une tunique, ainsi que d'une paire de sandales de paille qui lui permettraient de gagner les bains dans la douceur de l'après-midi. De ses mains rouges et compétentes, elle emporta ses habits crasseux et ses bottes dégoûtantes. Le barbier des bains lui tailla la barbe et les cheveux tandis qu'il restait assis sur un véritable siège, quel délice. Le garçon de bains lui servit du thé. Puis il se retrouva debout sur les pavés de la cour des bains, à se récurer tout entier avec du savon parfumé en attendant que le garçon l'asperge d'eau chaude. Tout à sa joie anticipée, Cazaril inspecta l'immense réservoir de bois au sol de cuivre, normalement conçu pour six hommes ou femmes, mais dont par chance il disposait pour lui seul. Le brasero placé en dessous gardait l'eau à température idéale. Il pourrait barboter ici tout l'après-midi pendant que la blanchisseuse s'occupait de son linge.

Lorsque le garçon de bains grimpa sur le tabouret pour lui verser l'eau sur la tête, Cazaril tournoya et crachota sous le jet. Il ouvrit les yeux pour découvrir le garçon qui le fixait du regard, bouche bée.

— Êtes-vous… un déserteur ? demanda le gamin d'une voix étouffée.

Oh. Son dos, ce hideux fouillis de cicatrices rouges tellement serrées qu'il ne subsistait entre elles aucune zone de peau intacte, héritage de sa dernière flagellation par les maîtres de galères roknari. Ici, dans la royacie de Chalion, les déserteurs de l'armée étaient parmi les rares criminels punis de cette façon, et avec une telle férocité.

— Non, répondit fermement Cazaril. Je ne suis pas un déserteur.

Laissé-pour-compte, certainement ; trahi, peut-être. Mais jamais il n'avait déserté un poste, même le plus désastreux.

Le garçon referma la bouche d'un coup sec, laissa tomber son seau de bois avec un bruit sourd, puis décampa. Cazaril soupira et se dirigea vers le réservoir.

Il venait à peine de plonger jusqu'au menton son corps endolori dans la chaleur divine lorsque le propriétaire des bains fit irruption dans la minuscule cour carrelée.

— Dehors ! rugit le propriétaire. Sortez de là, espèce de… !

Cazaril eut un mouvement de recul quand l'homme le saisit par les cheveux pour le tirer hors de l'eau à bras-le-corps.

— Quoi ?

L'homme poussa vers lui ses sandales, sa tunique et ses chausses roulées en boule, puis le tira violemment par le bras, hors de la cour, jusqu'à la devanture du magasin.

— Attendez un peu, qu'est-ce qui vous prend ? Je ne peux pas sortir nu dans les rues !

L'homme le fit tournoyer puis le relâcha provisoirement.

— Habillez-vous et sortez d'ici. Je dirige un établissement respectable ! Pas pour les gens comme vous ! Allez donc au bordel. Ou mieux encore, vous noyer dans la rivière !

Hébété et ruisselant, Cazaril fit glisser sa tunique à tâtons par-dessus sa tête, sauta dans ses chausses et s'efforça d'enfiler les sandales de paille tout en tenant le cordon des chausses tandis qu'on le poussait de nouveau vers la porte. Elle lui claqua au visage alors même qu'il se retournait, car il venait de comprendre la situation. L'autre crime puni par flagellation sauvage dans la royacie de Chalion était le viol d'une vierge ou d'un jeune garçon. Le rouge lui monta au visage.

— Mais ce n'était pas… Mais je n'ai pas… On m'a vendu aux corsaires de Roknar…

Immobile et tremblant, il pensa frapper à la porte et insister pour qu'on écoute ses explications. *Oh, mon pauvre honneur.* L'homme était le père du garçon de bains, devina Cazaril.

Il riait. Et pleurait. Sa raison vacillait sur la bordure accidentée de… quelque chose qui l'effrayait bien plus que la fureur du propriétaire. Il avala une goulée d'air. Il manquait d'endurance pour une dispute, et même s'il pouvait les convaincre d'écouter, pourquoi le croiraient-ils ? Il se frotta les yeux avec le lin doux de sa manche. La tunique possédait cette odeur âpre et agréable laissée par le passage d'un fer bien chaud. Elle lui rappela des souvenirs de la vie dans les maisons, et non dans les fossés. Il semblait s'être écoulé mille ans depuis.

Vaincu, il remonta la rue d'un pas traînant jusqu'à la porte verte de la blanchisseuse. La cloche retentit lorsqu'il entra timidement.

—Avez-vous un coin où je puisse m'asseoir, Madame? lui demanda-t-il alors qu'elle surgissait au son de la cloche. J'ai… terminé plus tôt que…

Sa voix mourut, étouffée par la honte.

Elle haussa ses robustes épaules.

—Eh bien, oui. Entrez donc avec moi. Attendez.

Elle plongea sous le comptoir et resurgit avec un petit livre, grand comme la main de Cazaril, relié de cuir naturel.

—Voici votre livre. Vous avez de la chance que j'aie vérifié vos poches, sinon il n'en resterait que de la bouillie, croyez-moi.

Surpris, Cazaril s'en empara. Il devait être caché dans l'épais tissu de la cape du cadavre ; il ne l'avait pas senti lorsqu'il s'était hâté de rassembler ses habits dans le moulin. Il aurait dû revenir aux divins du temple, avec les autres possessions du mort. *Une chose est sûre en tout cas, je ne retourne pas là-bas ce soir.* Il s'y rendrait dès que possible.

Pour l'heure, il se contenta de remercier la blanchisseuse et la suivit jusqu'à une cour centrale agrémentée d'un puits profond, semblable à celui de l'établissement de bains voisin, où les flammes faisaient bouillir un chaudron, tandis qu'un quatuor de jeunes femmes frottait le linge dans les cuves à grandes éclaboussures. Elle lui désigna un banc près du mur où il s'assit hors de portée des gerbes d'eau, observant quelque temps, dans une sorte d'extase désincarnée, cette scène paisible et animée. Il fut un temps où il aurait dédaigné la vue d'un groupe de jeunes paysannes au visage rougi, pour réserver son attention à des dames de rang supérieur. Comment n'avait-il jamais compris la beauté des blanchisseuses ? Fortes et réjouies, elles se déplaçaient telles des danseuses, si gentilles, si gentilles…

Finalement, sa curiosité ravivée le poussa à inspecter le livre. Peut-être portait-il le nom de l'homme, ce qui résoudrait le mystère. Il le feuilleta pour découvrir des pages couvertes d'une écriture dense, où l'on avait griffonné par endroits de petits diagrammes. Entièrement codés.

Clignant des yeux, il se pencha plus près et commença presque malgré lui à décrypter le code. C'était de l'écriture inversée. À laquelle s'ajoutait un système de lettres substituées, qui pourrait se révéler fastidieux à déchiffrer. Mais un mot très court, répété trois fois sur une page, lui en fournit la clé. Le marchand avait choisi le plus puéril des codes, et s'était contenté de remplacer chaque lettre par la précédente sans prendre la peine de modifier ensuite son schéma. Seulement… le texte n'était pas rédigé dans la langue ibrane dont les divers dialectes étaient parlés dans les royacies d'Ibra, de Chalion et de Brajar. C'était du darthacain, parlé dans les provinces d'Ibra du Sud et de la grande Darthaca au-delà des montagnes. L'écriture de l'homme était calamiteuse, son orthographe pire encore, et sa maîtrise de la grammaire darthacaine, pour ainsi dire inexistante. La tâche serait plus rude que Cazaril ne l'avait cru. Il lui faudrait une plume et du papier, un endroit tranquille, du temps et assez de lumière, s'il voulait voir clair dans ce fouillis. Enfin, les choses auraient pu être plus difficiles. Le code aurait pu être en mauvais roknari.

Dans tous les cas, c'étaient sans aucun doute les notes de l'homme sur son expérience magique. Cazaril avait au moins cette conviction. Suffisante pour le faire condamner et pendre, s'il n'était déjà mort. Les châtiments pour avoir jeté – non, *tenté* de jeter – des charmes de mort étaient sévères. En règle générale, on ne jugeait pas utile de punir pour un charme ayant opéré : Cazaril n'avait jamais entendu parler d'un assassinat par magie qui n'ait coûté la vie de celui qui le pratiquait. Quel que soit le lien par lequel l'exécutant forçait le Bâtard à lâcher sur le monde un de ses démons, il revenait toujours avec deux âmes, ou bien aucune.

Par conséquent, il devait y avoir depuis la nuit dernière un autre cadavre quelque part en Baocia… De par leur nature, les charmes de mort n'étaient guère répandus. Leur faux à double tranchant ne tolérait ni substitution, ni procuration. Tuer signifiait être tué. Couteau, épée, poison, matraque, presque tous les autres moyens étaient préférables pour qui souhaitait survivre à sa tentative de meurtre. Mais par folie ou désespoir, il se trouvait parfois des hommes pour les tenter. Ce livre devait absolument être rendu à cette divine de campagne, afin qu'elle le remette aux supérieurs du temple chargés d'enquêter sur cette affaire pour la royacie. Cazaril fronça les sourcils puis se redressa, ayant refermé cet ouvrage frustrant.

La tiédeur de la vapeur, le rythme des femmes au travail et de leurs voix, l'épuisement de Cazaril l'incitèrent à s'étendre sur le côté, recroquevillé sur ce banc avec le livre en guise d'oreiller. Il ne fermerait les yeux qu'un instant…

Il s'éveilla en sursaut avec un torticolis, et ses doigts se refermèrent sur une épaisseur de laine inattendue… L'une des blanchisseuses avait jeté sur lui une couverture. Un soupir de gratitude involontaire franchit ses lèvres devant cette attention désintéressée. Il s'efforça de se rasseoir pour étudier la lumière. Les ombres avaient envahi presque toute la cour. Il avait dû dormir pendant le plus gros de l'après-midi. Le bruit qui l'avait réveillé était celui de la blanchisseuse lâchant ses bottes, nettoyées et cirées dans la mesure du possible. Elle sur le banc, près de lui, sa pile de vêtements pliés, à la fois impeccables et peu reluisants.

Comme il se rappelait la réaction du garçon de bains, Cazaril demanda timidement :

— Avez-vous une pièce où je puisse m'habiller, Madame ?

En privé.

Elle hocha cordialement la tête et le conduisit vers une chambre modeste à l'arrière de la maison, où elle l'abandonna. À l'ouest, la lumière se déversait par la petite fenêtre. Cazaril tria sa lessive propre et considéra avec une certaine aversion les habits râpés qu'il portait depuis des semaines. Un miroir ovale placé sur un support dans un coin, l'ornement le plus riche de cette pièce, le conforta dans sa décision.

Non sans hésitation, avec une autre prière de gratitude pour l'esprit du défunt dont il était devenu l'héritier inattendu, il enfila des chausses de coton propre, la belle chemise brodée, la robe de laine brune – encore chaude du repassage, bien qu'un tantinet humide aux coutures – puis enfin la cape noire qui tomba à ses chevilles dans le déploiement argenté d'une riche étoffe. Les habits du mort étaient de bonne longueur, bien que trop amples sur la carcasse décharnée de Cazaril. Assis sur le lit, il enfila ses bottes aux talons de travers et aux semelles usées jusqu'à une épaisseur de parchemin. Il ne s'était pas vu dans un miroir plus grand ou plus commode qu'un morceau d'acier poli depuis… trois ans ? Celui-ci était de verre, et s'inclinait de façon à le laisser se voir une moitié à la fois, de la tête aux pieds.

Un étranger lui rendit son regard. *Cinq dieux, quand ma barbe a-t-elle commencé à grisonner ?* Il toucha d'une main tremblante son visage net et fraîchement rasé. Au moins ses cheveux tout juste coupés n'avaient-ils pas commencé à dégarnir son front, ou si peu. Si Cazaril, se voyant en cette tenue, devait choisir entre marchand, seigneur ou érudit, il pencherait pour l'érudit ; de l'espèce la plus fanatique, les yeux creusés et un peu fous. Il manquait à sa tenue des chaînes d'or ou d'argent, des sceaux, une ceinture de qualité ornée de joyaux ou de clous, de grosses bagues aux gemmes luisantes, qui le proclameraient d'un rang supérieur. Pourtant les lignes floues lui allaient très bien, décida-t-il. Il se redressa un peu.

Dans tous les cas, le vagabond avait disparu. Dans tous les cas… ce n'était pas là le genre d'homme à mendier au cuisinier d'un château une place de marmiton.

Il avait prévu de s'offrir une nuit à l'auberge avec le reste de ses vaidas pour se présenter à la provincara le lendemain matin. Il se demanda, mal à l'aise, si les ragots de l'homme des bains avaient déjà fait le tour de la ville. Et si on lui refuserait l'entrée de toute maison tranquille et respectable…

Maintenant, ce soir. Vas-y. Il monterait au château et verrait bien s'il pouvait ou non y demander refuge. *Je ne supporterai pas une autre nuit d'incertitude.* Avant que la lumière ne soit épuisée. *Avant que mon cœur ne soit épuisé.*

Il rangea le livre dans la poche intérieure de la cape noire qui avait dû le protéger auparavant. Abandonnant ses habits de vagabond empilés sur le lit, il se détourna et quitta la pièce à grands pas.

Chapitre 2

Tout en gravissant la dernière montée vers l'entrée principale du château, Cazaril regretta de n'avoir pu se munir d'une épée. Les deux gardes vêtus de la livrée vert et noir du provincar de Baocia le regardèrent approcher, désarmé, sans manifester ni inquiétude, ni cet intérêt vigilant qui dénote le respect. Cazaril salua d'un signe de tête austère et calculé celui qui portait l'insigne de sergent sur son chapeau. La servilité qu'il avait répétée mentalement était réservée aux portes arrière, pas à celle-ci, pas s'il espérait aller plus loin. Au moins avait-il pu, grâce à la blanchisseuse, se procurer les noms corrects.

— Bonsoir, sergent. Je viens voir le gardien du château, ser dy Ferrej. Je suis Lupe dy Cazaril.

Il laissait ainsi le sergent deviner s'il était convoqué, en espérant qu'il se trompe.

— Pour quel motif, Messire ? demanda le sergent, poli mais impassible.

Les épaules de Cazaril se raidirent. Il ignorait de quel obscur tiroir de son esprit avait surgi la voix, mais elle s'éleva néanmoins tranchante et impérieuse.

— Un motif qui ne regarde que lui, sergent.

Celui-ci lui retourna un salut mécanique.

— Oui, Messire.

D'un hochement de tête il ordonna à son compagnon de rester vigilant, tandis qu'il invitait Cazaril à le suivre par la porte ouverte.

— Par ici, Messire. Je vais demander au gardien s'il souhaite vous recevoir.

Le cœur de Cazaril se serra tandis que ce dernier parcourait du regard la vaste cour pavée derrière les portes du château.

Combien de souliers de cuir avait-il usés à fouler ces pierres, envoyé en course par le provincar ? Le maître des pages s'était plaint d'une pénurie de chaussures jusqu'à ce que la provincara, éclatant de rire, lui demande s'il préférait vraiment un page paresseux qui userait ses fonds de culottes, auquel cas elle saurait lui en procurer quelques-uns pour l'ennuyer.

Elle semblait toujours gérer sa maisonnée d'un œil perçant et d'une main de fer. Les livrées des gardes étaient en excellent état, les pavés de cette cour soigneusement nettoyés, et les bacs des petits arbres nus qui flanquaient les portes principales étaient agrémentés de bulbes de fleurs, superbes et radieuses, écloses juste à temps pour la célébration du Jour de la Fille qui aurait lieu le lendemain.

Le garde fit signe à Cazaril de patienter sur un banc contre un mur encore merveilleusement tiède de la lumière du soleil, tandis qu'il se dirigeait vers la porte latérale qui menait à l'office, puis s'adressait à un serviteur qui pourrait, ou non, aller chercher le gardien pour cet étranger. Il n'avait parcouru que la moitié du trajet en sens inverse lorsque son camarade sortit la tête par la porte et s'écria :

— Le royse est de retour !

Le sergent se tourna vers les quartiers des serviteurs pour répercuter son cri : « Le royse est de retour ! Regardez bien, par là ! » puis il pressa le pas.

Serviteurs et valets surgirent de dizaines de portes pour se précipiter dans la cour, tandis qu'un vacarme de sabots et de voix criant « taïaut » leur parvenait depuis l'extérieur du château. Premières à franchir les arches de pierre, dans un concert de cris de triomphe très peu distingués, deux jeunes femmes surgirent sur des chevaux essoufflés au ventre éclaboussé de boue.

— Nous avons gagné, Teidez ! cria l'une d'elles par-dessus son épaule.

Elle portait une veste d'équitation de velours bleu et une jupe fendue de laine assortie. Ses cheveux s'échappaient d'une coiffe de dentelle un peu de travers, en bouclettes ni blondes ni rousses, mais d'une nuance d'ambre luisant sous le soleil couchant. Elle avait une bouche généreuse, une peau très pâle, et des yeux aux paupières étrangement lourdes, à présent plissés de rire. Sa compagne plus grande, une brunette essoufflée vêtue de rouge, sourit et se tortilla sur sa selle lorsque les rejoignit le reste de la compagnie.

Un gentilhomme plus jeune encore, vêtu d'une courte veste écarlate brodée de bêtes en fil d'argent, surgit sur un cheval impressionnant, d'un noir luisant avec une queue soyeuse flottant telle une bannière. Il était flanqué de deux valets impassibles et suivi d'un autre gentilhomme, à la mine sévère. Il partageait avec sa sœur – oui, certainement – des cheveux bouclés, un ton plus roux, et une large bouche à l'expression boudeuse.

— La course s'est terminée au pied de la colline, Iselle. Tu as triché.

Elle adressa à son royal frère une expression disant « Oh, bah ». Avant que le serviteur puisse, tant bien que mal, installer l'escabeau qu'il tentait de lui apporter, elle se laissa glisser à terre et se reçut sur la pointe des pieds.

Sa compagne aux cheveux bruns précéda elle aussi les efforts du valet et une fois descendue, elle lui tendit les rênes en disant :

— Faites marcher ces pauvres bêtes jusqu'à ce qu'elles soient bien rafraîchies, Demi. Nous avons terriblement abusé d'elles.

Pour démentir ses paroles, elle embrassa son cheval au milieu de son étoile blanche, et comme il lui donnait de petits coups avec une habitude née de l'expérience, elle lui glissa une friandise tirée de sa poche.

La dernière à franchir la porte, quelques minutes plus tard, fut une dame plus âgée au visage rouge.

— Iselle, Betriz, ralentissez ! Par la Mère et la Fille, vous ne pouvez pas galoper dans tout l'arrière-pays de Valenda comme deux démentes !

— Nous avons ralenti. En fait, nous sommes arrêtées, lui fit très logiquement remarquer la brunette. Nous ne pouvons pas aller plus vite que votre langue, malgré tous nos efforts. Elle marche trop vite pour le cheval le plus rapide de Baocia.

La dame plus âgée répondit par une moue exaspérée et attendit que son valet installe l'escabeau.

— Votre grand-mère vous a acheté une si jolie mule blanche, Royesse, pourquoi ne la montez-vous jamais ? Elle serait nettement plus convenable.

— Et nettement plus leeeente, répliqua en riant la jeune fille aux cheveux d'ambre. De toute façon, cette pauvre Flocon-de-Neige vient d'être nettoyée et tressée pour la procession de demain. Les valets auraient eu le cœur brisé si je l'avais sortie pour la faire courir dans la boue. Ils comptent la garder enveloppée dans des draps toute la nuit.

La respiration sifflante, la vieille femme laissa son valet l'aider à mettre pied à terre. Puis elle secoua les jambes sous ses jupes et redressa son dos apparemment douloureux. Le jeune homme s'éloigna parmi un essaim de serviteurs alarmés, et les deux jeunes femmes, insensibles aux murmures plaintifs de leur dame de compagnie, firent la course jusqu'à la porte du donjon principal. Elle leur emboîta le pas en secouant la tête.

Tandis qu'elles approchaient de la porte, un homme d'âge moyen assez corpulent, vêtu d'austère laine noire, en sortit et leur fit remarquer en passant, d'une voix parfaitement ferme bien que dépourvue de rancœur :

— Betriz, si jamais tu fais encore galoper ton cheval à cette vitesse en montant la colline, je te le reprendrai. Et tu pourras employer ton trop-plein d'énergie à courir à pied après la royesse.

Avec une rapide révérence, elle murmura, vaincue :

— Oui, Papa.

La jeune fille aux cheveux d'ambre vola à son secours.

— Veuillez excuser Betriz, Ser dy Ferrej. C'était ma faute. Là où je la mène, elle n'a d'autre choix que de me suivre.

Il fronça les sourcils et s'inclina à moitié.

— Peut-être alors pourriez-vous réfléchir, Royesse, à l'honneur d'un capitaine qui pousse sa suite à commettre une erreur pour laquelle il sait que lui-même ne sera pas châtié.

Les larges lèvres de la jeune fille se tordirent à ces mots. Après l'avoir longuement regardé par-dessous ses sourcils, elle lui adressa un demi-salut, avant que les deux jeunes filles ne se réfugient à l'intérieur pour couper court à toute autre punition. L'homme en noir soupira. La dame de compagnie, qui peinait à les suivre, le remercia d'un hochement de tête.

Même sans ces indices, Cazaril aurait reconnu en cet homme le gardien du château grâce aux clés qui tintaient à sa ceinture cloutée d'argent et à la chaîne autour de son cou. Il se leva aussitôt qu'il le vit se diriger vers lui et tenta un salut terriblement peu élégant, gêné par ses cicatrices.

— Ser dy Ferrej ? Je m'appelle Lupe dy Cazaril. Je souhaiterais demander audience à la provincara douairière, si… si tel est son bon plaisir.

Sa voix faiblit lorsqu'il vit grimacer le gardien.

— Je ne vous connais pas, Messire, répondit celui-ci.

— Par la grâce des dieux, la provincara se souviendra peut-être de moi. J'étais page ici, autrefois… (il désigna d'un geste ce qui l'entourait, à l'aveuglette) dans cette maison. Du vivant de l'ancien provincar.

Ce qu'il avait jamais connu de plus semblable à un foyer, sans doute. Cazaril était plus que las de se sentir partout étranger.

Les sourcils gris se haussèrent.

— Je vais demander à la provincara si elle souhaite vous recevoir.

— C'est tout ce que je demande.

Tout ce qu'il osait demander. Il se rassit sur le banc et croisa les doigts tandis que le gardien regagnait le donjon à pas lourds.

Après plusieurs minutes d'attente intolérable, sous les regards en biais que lui jetaient les serviteurs de passage, Cazaril leva les yeux au retour du gardien. Dy Ferrej lui lança un regard stupéfait.

— Madame la provincara vous accorde une entrevue. Suivez-moi.

Son corps s'était raidi dans la fraîcheur naissante. Lorsqu'il suivit le gardien à l'intérieur, Cazaril trébucha plusieurs fois et maudit sa maladresse. Il avait à peine besoin d'un guide. Le plan de cet endroit lui revenait en mémoire, s'imposait à lui à chaque tournant. Traverser ce couloir, avec ce carrelage aux motifs jaunes et bleus, monter cet escalier et puis celui-là, franchir une chambre interne blanchie à la chaux, puis cette pièce du mur ouest où elle avait toujours aimé s'asseoir à cette heure de la journée, car la lumière y était idéale pour ses couturières ou pour la lecture. Pour la première fois, Cazaril dut baisser la tête pour passer la porte basse ; c'était là le seul changement apparent. *Mais la porte n'a pas changé.*

— Voici l'homme que vous souhaitiez voir, Madame, annonça le gardien d'une voix neutre, refusant de confirmer ou de nier son identité proclamée.

La provincara douairière était assise sur une large chaise de bois que des coussins rendaient plus confortable pour ses vieux os. Elle portait une robe d'un vert sombre fort simple qui convenait à son veuvage de haut rang, mais refusait le bonnet de veuve, préférant faire natter ses cheveux grisonnants autour de sa tête, retenus par deux nœuds, ornés de rubans verts, maintenus par des pinces chargées de pierreries. Près d'elle était assise une dame de compagnie presque aussi âgée qu'elle, veuve elle aussi, à en juger par sa tenue de dédicate converse du temple. La compagne serra son ouvrage de couture entre ses doigts et accueillit Cazaril d'un regard méfiant.

Priant pour que son corps ne le trahisse pas maintenant par quelque tic ou maladresse, Cazaril s'abaissa sur un genou devant la chaise de la provincara et pencha la tête en signe de salut respectueux. Ses vêtements dégageaient un parfum de lavande, et une odeur sèche de vieille dame. Il leva les yeux, guettant sur son visage un signe de reconnaissance. Si elle ne l'identifiait pas maintenant, alors il ne deviendrait personne, et ce, très rapidement.

Elle lui rendit son regard et se mordit la lèvre inférieure, incrédule.

— Cinq dieux, murmura-t-elle tout bas. C'est vraiment vous. Messire dy Cazaril. Je vous souhaite la bienvenue en mon foyer.

Elle lui tendit la main pour qu'il l'embrasse.

Il avala sa salive, haletant presque, et pencha la tête vers cette main. Autrefois, elle était fine et blanche, avec des ongles parfaits luisant comme des perles. À présent, les jointures étaient saillantes et la peau fragile couverte de taches brunes, malgré les ongles toujours aussi soignés que du temps de sa prime jeunesse. Elle ne réagit pas, même par un petit sursaut, aux quelques larmes qu'il versa sur le dos de sa main, mais les commissures de ses lèvres se relevèrent un peu. Sa main échappa à sa légère étreinte pour aller toucher sa barbe et suivre le tracé d'une des mèches grises.

— Par les dieux, Cazaril, ai-je donc tant vieilli ?

Il releva vivement la tête, clignant des yeux. Pas question, *hors de question* d'éclater en sanglots comme un enfant à bout de nerfs...

— Il s'est passé bien des années, Madame.

— Tss. (Sa main se retourna et ses doigts secs vinrent lui tapoter la joue.) Vous deviez me répondre que je n'ai pas du tout changé. Ne vous ai-je pas mieux appris à mentir aux dames ? Je ne me croyais pas si négligente.

Avec une parfaite maîtrise, elle replia son bras et fit un signe de tête à sa compagne.

— Puis-je vous présenter ma cousine, la dame dy Hueltar. Tessa, je te présente messire le castillar dy Cazaril.

Du coin de l'œil, Cazaril vit le gardien soupirer de soulagement, relâcher sa garde, croiser les bras et s'appuyer à l'encadrement de la porte. Toujours sur un genou, Cazaril s'inclina maladroitement vers la dédicate.

— Vous êtes d'une grande bonté, Madame, mais comme je ne possède plus Cazaril, ni son donjon, ni aucune des terres de mon père, ce titre non plus ne m'appartient plus.

— Ne soyez pas stupide, Castillar. (Derrière son ton badin, sa voix se fit plus perçante.) Mon cher provincar est décédé depuis dix ans, mais je livrerai en pâture aux démons du Bâtard le premier homme qui osera me donner un titre inférieur à celui de provincara. Nous possédons ce à quoi nous pouvons nous accrocher, mon cher, et ne laissez jamais personne vous voir faillir ou hésiter.

Près d'elle, la dédicate se raidit, désapprouvant la franchise de ces paroles, ou peut-être plutôt le sentiment qu'elles révélaient. Cazaril jugea imprudent de lui rappeler que le titre revenait maintenant de droit à la belle-fille de la provincara. Son fils, l'actuel provincar, et son épouse le jugeaient certainement tout aussi imprudent.

— Vous serez toujours pour moi la grande dame que nous vénérions de loin, remarqua Cazaril.

— Voilà qui est mieux, approuva-t-elle sagement. Bien mieux. J'aime les hommes capables de rassembler leurs esprits. (Elle fit signe au gardien.) Dy Ferrej, allez chercher une chaise pour le castillar. Une pour vous également : vous avez l'air de nous épier comme un corbeau.

Visiblement accoutumé à cette façon de parler, le gardien sourit et murmura :

— Certainement, Madame.

Il apporta pour Cazaril une chaise sculptée, le gratifiant au passage d'un « Si Messire veut bien s'asseoir », puis en prit dans la pièce voisine une autre pour lui-même, qu'il plaça un peu à l'écart de la dame et de son hôte.

Cazaril se laissa retomber sur sa chaise avec un immense soulagement.

— Était-ce le royse et la royesse que j'ai vus entrer à cheval lors de mon arrivée ? hasarda-t-il. J'aurais dû vous épargner cette intrusion, si j'avais su que vous aviez de tels visiteurs.

Il n'aurait pas osé.

— Il ne s'agit pas de visite, Castillar. Ils habitent ici avec moi pour le moment. Valenda est une ville propre et tranquille, et… ma fille n'est pas en grande forme. Il lui plaît de se retirer ici, après l'ambiance par trop mouvementée de la cour.

Cinq dieux, la dame Ista se trouvait également ici ? La royina douairière Ista, corrigea mentalement Cazaril. Lorsqu'il était entré au service de Baocia, larve aussi informe que tout garçon de son rang, Ista, fille cadette de la provincara, lui semblait déjà une femme adulte, bien qu'elle ne soit guère son aînée que de quelques années. Par chance, même à cet âge insouciant, il n'avait pas eu la bêtise de confier à quiconque l'attachement qu'il avait conçu sans espoir de retour. Peu de temps après, son mariage de haut rang avec le roya Ias en personne – le premier pour elle, le second pour lui – avait semblé rendre justice à sa beauté, malgré la différence d'âge dans le couple. Cazaril supposait qu'on avait dû anticiper le veuvage prématuré d'Ista, même si on ne l'attendait sans doute pas aussi tôt.

La provincara chassa sa lassitude d'un geste des doigts impatient, suivi d'un :

— Et vous-même ? La dernière fois que j'ai eu de vos nouvelles, vous étiez messager à cheval pour la province de Guarida.

— C'était il y a… quelques années, Madame.

— Comment êtes-vous arrivé ici ? (Elle l'inspecta de la tête aux pieds, sourcils froncés.) Où est votre épée ?

— Oh, mon épée. (Sa main effleura vaguement son flanc, où elle ne rencontra ni arme ni ceinture.) Je l'ai perdue à… Lorsque le march dy Jironal a conduit les forces du roya Orico vers la côte nordique lors de la campagne d'hiver, voici… trois ? oui, trois ans, il m'a nommé gardien de la forteresse de Gotorget. Puis dy Jironal a subi ce revers malheureux… Nous avons défendu le donjon contre les forces roknari neuf mois durant. La routine, vous savez. Je jure qu'il ne restait pas un rat dans Gotorget qui n'ait fini rôti avant que la nouvelle du traité conclu par dy Jironal ne nous parvienne, et nous avons alors reçu l'ordre de baisser nos armes et de quitter la forteresse pour la livrer à nos ennemis. (Avec un bref sourire forcé, il crispa la main gauche sur ses genoux.) À titre de consolation, on m'a informé que notre forteresse avait coûté au prince roknari trois cent mille royales de plus dans la tente du traité. Et une somme considérablement plus importante sur le champ de bataille pendant ces neuf mois, si j'ai bien calculé. *(Maigre consolation, pour les vies que nous y avons menées.)* Le général roknari a réclamé l'épée de mon père ; il parlait de l'accrocher dans sa tente en souvenir de moi. C'est la dernière fois que j'ai vu mon épée. Après quoi…

La voix de Cazaril, qui avait gagné en puissance au fil de son récit, faiblit soudain. Il se racla la gorge et reprit :

— Il y a eu une erreur, un malentendu. Lorsque la liste des hommes rachetés est arrivée, en même temps que les coffres de royales, mon nom n'y figurait pas. L'intendant jurait qu'il n'y avait aucune erreur, car le montant correspondait bien au nombre de noms, mais… il y avait erreur. Tous mes officiers ont été secourus… Mais j'ai rejoint les hommes non rachetés, et nous avons tous marché vers Visping, afin d'y être vendus comme galériens aux maîtres corsaires roknari.

La provincara prit une inspiration. Le gardien, qui n'avait cessé de se pencher vers l'avant au cours du récit, s'écria :

— Mais vous avez bien dû protester !

— Cinq dieux, bien sûr. J'ai protesté pendant tout le trajet vers Visping. Je protestais toujours lorsque l'on m'a tiré sur la passerelle et enchaîné à ma rame. J'ai continué à protester jusqu'à ce que nous ayons pris la mer, et ensuite… j'ai appris à ne plus le faire.

Il sourit de nouveau. Il lui semblait porter un masque de bouffon. Par chance, personne ne s'arrêta à cette petite *erreur*.

— Je suis passé d'un bateau à un autre pendant… une assez longue période. (Dix-neuf mois et huit jours, avait-il compté plus tard. Sur le moment, il n'aurait pas su distinguer un jour du suivant.) Puis j'ai eu la chance la plus inouïe, car mes corsaires se sont attiré les foudres d'une flotte du roya d'Ibra, qui était en manœuvres. Je vous assure que les volontaires d'Ibra ramaient bien mieux que nous, si bien qu'ils nous ont très vite abordés.

Deux hommes encore enchaînés avaient été décapités par les Roknari de plus en plus paniqués, pour avoir délibérément – ou par accident – gêné le mouvement de leur rame. L'un d'eux était depuis des mois le voisin de banc de Cazaril. Une partie du sang lui avait jailli dans la bouche ; il en ressentait encore à moitié le goût lorsqu'il commettait l'erreur d'y repenser. Il le ressentait à présent. Une fois les corsaires pris, les Ibranes avaient traîné les Roknari – dont certains encore à moitié vivants – derrière le bateau avec des cordes faites de leurs propres intestins, jusqu'à ce que les grands poissons les dévorent. Quelques-uns des galériens libérés avaient aidé à ramer avec la plus grande ardeur. Cazaril n'avait pas pu. Sa dernière flagellation avait failli le rendre plutôt inutile et brisé pour que le maître de galère roknari le jette par-dessus bord. Il s'était assis sur le pont, les muscles agités de spasmes incontrôlables, et avait pleuré.

— Ces bons Ibranes m'ont débarqué à Zagosur, où je suis tombé malade pendant quelques mois. Vous savez comment sont les hommes qui se voient soudain soulagés d'une tension importante. Ils peuvent se montrer… assez puérils.

Il adressa à l'assemblée un sourire d'excuse. Lui avait été la proie de la fièvre et d'un effondrement nerveux, jusqu'à la demi-guérison de son dos ; puis de la dysenterie ; puis d'une fièvre intermittente. Et pendant tout ce temps, des crises de larmes incontrôlables. Il pleurait quand un acolyte lui servait son dîner. Quand le soleil se couchait. Quand le soleil se *levait*. Quand un chat le faisait sursauter. Quand on le conduisait au lit. Ou à bien d'autres moments, sans raison.

— L'hôpital sacré de la Mère-Clémente m'a recueilli. Quand je me suis senti un peu mieux (quand les crises de larmes avaient diminué et les acolytes décidé qu'il n'était pas fou, simplement nerveux), ils m'ont donné un peu d'argent et j'ai marché jusqu'ici. J'ai passé trois semaines sur la route.

Un silence de mort régnait dans la pièce.

Il leva les yeux pour voir la provincara pincer les lèvres de colère. La terreur tordit son estomac vide.

— C'est le seul endroit qui me soit venu à l'esprit ! s'excusa-t-il aussitôt. Je suis désolé. Désolé.

Le gardien expira et s'adossa, sans lâcher Cazaril du regard. La dame de compagnie écarquillait les yeux.

D'une voix vacillante, la provincara déclara :

—Vous êtes le castillar dy Cazaril. Ils auraient dû vous fournir un cheval. Ils auraient dû vous fournir une *escorte.*

Cazaril, affolé, agita les mains en signe de négation.

—Non, non, Madame! C'était... bien suffisant.

Enfin, presque. Il comprit après un battement de paupières incertain que sa colère n'était pas tournée contre *lui. Oh.* Sa gorge se serra et la pièce devint floue. *Non, pas cette fois, pas ici...* Il se hâta de poursuivre.

—Je souhaitais vous proposer mes services, Madame, si vous pouvez me trouver la moindre utilité. J'avoue ne pas pouvoir... faire grand-chose. Pour le moment.

La provincara se laissa aller en arrière, le menton légèrement appuyé sur sa main, puis l'étudia. Au bout d'un moment, elle répondit:

—Vous jouiez du luth de fort plaisante manière, lorsque vous étiez page.

—Eh bien...

Les mains de Cazaril, tordues et couvertes de cals, tentèrent de se cacher mutuellement l'espace d'un instant. Il s'excusa d'un autre sourire, puis les exhiba brièvement sur ses genoux.

—Je crains que plus maintenant, Madame.

Elle se pencha vers l'avant; son regard s'attarda un moment sur sa main gauche à demi mutilée.

—Je vois. (Elle se rassit, lèvres pincées.) Je me souviens que vous lisiez tous les livres de la bibliothèque de mon époux. Le maître des pages se plaignait de vous en permanence pour cette raison. Je lui demandais de vous laisser en paix. Vous aspiriez à devenir poète, si j'ai bonne mémoire.

Cazaril ignorait au juste si sa main pouvait encore tenir une plume.

—Je crois que Chalion s'est vu épargner de bien atroces poèmes quand je suis parti en guerre.

Elle haussa les épaules.

—Allons, allons, Castillar, vous me prenez au dépourvu en m'offrant vos services. Je ne suis pas sûre que cette pauvre Valenda ait assez de postes pour vous occuper. Vous avez été courtisan, capitaine, gardien de château, courrier...

—J'ai cessé d'être courtisan bien avant le décès du roya Ias, Madame. Et en tant que capitaine... j'ai contribué à la défaite de Dalus. (Et par conséquent passé près d'un an à pourrir dans les donjons de la royacie de Brajar.) En tant que gardien, eh bien, nous avons perdu le siège. En tant que courrier, j'ai failli être pendu comme espion. Deux fois.

Et trois fois soumis à la torture en violation des accords.

—Et maintenant... eh bien, je sais ramer. Et je connais cinq façons d'accommoder un plat de rat.

En fait, je me régalerais volontiers d'une bonne assiettée de rat, dans l'immédiat.

Il ignorait ce qu'elle lisait sur son visage que sondaient ses yeux perçants. Peut-être l'épuisement, mais il espérait que c'était la faim. Il était même sûr que c'était la faim, car elle finit par lui adresser un sourire rusé.

—Alors rejoignez-nous donc pour souper, Castillar, bien qu'à mon grand regret, mon cuisinier n'ait pas de rat à vous offrir. Ils ne sont pas de saison, dans la paisible Valenda. Je réfléchirai à votre requête.

Il hocha la tête en guise de remerciement muet, sachant que sa voix ne manquerait pas de se briser.

L'hiver n'étant pas terminé, le repas principal de la journée s'était tenu à midi, de manière formelle, dans la grande salle. Le souper fut ce soir-là un repas plus frugal, composé, selon le souci d'économie de la provincara, des restes de pain et de viande du midi, mais selon sa fierté, des meilleurs d'entre eux, assortis de généreuses libations de ses excellents vins. Dans la chaleur miroitante de l'été des hautes plaines, la procédure serait inversée : déjeuner léger, puis repas principal servi à la nuit tombée, à l'heure où les Baociens de tous rangs sortaient dîner à la lueur des lanternes dans la fraîcheur de leurs cours.

Ils n'étaient que huit à table dans une pièce intime située près des cuisines, dans un nouveau bâtiment. La provincara siégeait au milieu de la table, et fit à Cazaril l'honneur de le placer à sa droite. Il fut intimidé de découvrir la royesse Iselle assise près de lui, et le royse Teidez en face d'elle. Il reprit courage en voyant le royse passer le temps, jusqu'à ce que tous soient installés, en jetant des boulettes de pain à sa sœur aînée, manœuvre sévèrement réprimandée par sa grand-mère. L'étincelle vindicative dans l'œil de la royesse ne fut contrecarrée que par l'interruption opportune de sa compagne Betriz, assise face à lui et un peu de côté.

Dame Betriz adressa à Cazaril un sourire d'amicale curiosité par-dessus la table, révélant une fossette éphémère, et semblait sur le point de lui parler lorsque le serviteur passa parmi eux muni d'une bassine pour se laver les mains. L'eau tiède était parfumée à la verveine. Les mains de Cazaril tremblèrent lorsqu'il les plongea dans l'eau puis les essuya sur la serviette de lin très fin, faiblesse qu'il dissimula dès qu'il le put en les cachant sur ses genoux. La chaise qui lui faisait directement face restait vide.

Cazaril la désigna d'un mouvement de tête puis questionna la provincara, non sans embarras :

—La royina douairière se joindra-t-elle à nous, Madame ?

Ses lèvres se pincèrent.

—Ista n'est pas très en forme ce soir, hélas. Elle… prend la plupart de ses repas dans sa chambre.

Cazaril réprima une sensation de malaise et résolut de demander plus tard à quelqu'un d'autre de quoi souffrait exactement la mère du royse et de la royesse. Cette réponse lapidaire présageait un mal chronique, ou persistant, ou trop pénible à évoquer dans la conversation. Le long veuvage d'Ista lui avait épargné de connaître à nouveau les dangers de l'accouchement, fléau des femmes jeunes, mais il restait tous ces terrifiants désordres féminins qui menaçaient les dames d'âge mûr... Seconde femme d'Ias, Ista l'avait épousé alors qu'il était entre deux âges, et son fils Orico, son héritier, déjà adulte. Lors du bref séjour de Cazaril à la cour de Chalion, des années auparavant, il ne l'avait observée qu'à distance respectable ; elle semblait heureuse peu après son mariage, prunelle des yeux du roya. Ias était fou de sa petite Iselle et de Teidez, encore bébé dans les bras de sa nourrice.

Leur bonheur s'était vu assombri par la terrible tragédie provoquée par la trahison de sire dy Lutez, qui selon la plupart des témoins avait contribué à faire mourir de chagrin le roya vieillissant. Cazaril ne put s'empêcher de se demander si la maladie qui avait visiblement chassé la royina Ista de la cour de son beau-fils comportait quelque élément politique. Mais le nouveau roya Orico, de l'avis général, respectait sa belle-mère et faisait preuve de gentillesse envers son demi-frère et sa demi-sœur.

Cazaril se racla la gorge afin de couvrir le gargouillis de son estomac et reporta son attention sur le précepteur du royse, placé en bout de table, de l'autre côté de dame Betriz. D'un hochement de tête majestueux, la provincara lui demanda de conduire la prière à la Sainte Famille destinée à bénir le repas imminent. Que Cazaril espérait *vraiment* imminent. Le mystère de la chaise vide fut résolu lorsque le gardien du château, ser dy Ferrej, apparut le dernier et présenta de brèves excuses à l'assemblée avant de prendre place.

— J'étais retenu par le divin de l'ordre du Bâtard, expliqua-t-il tandis que circulaient le pain, la viande et des fruits secs.

Cazaril, qui se retenait de se jeter sur son repas comme un chien affamé, émit poliment un son interrogateur avant de prendre sa première bouchée.

— Le jeune homme le plus ardemment prolixe qui soit, développa dy Ferrej.

— Que veut-il encore ? demanda la provincara. D'autres dons pour l'hospice des enfants trouvés ? Nous en avons fait porter tout un chargement la semaine dernière. Les serviteurs du château refusent de donner davantage de leurs vêtements usagés.

— Des nourrices, répliqua dy Ferrej tout en mâchonnant.

— Pas de *ma* maison, grogna la provincara.

— Non, mais il me demandait de faire savoir que le temple en recherche. Il espérait que quelqu'un aurait une parente qui accepterait de faire acte de charité. Ils ont trouvé un autre bébé abandonné à la poterne la semaine dernière, et il en attend d'autres. C'est l'époque de l'année, apparemment.

L'ordre du Bâtard, selon la logique de sa théologie, classait les bébés non désirés parmi les choses intempestives qui relevaient du domaine du dieu, parmi lesquels les bâtards – naturellement – et les enfants privés trop jeunes de leurs parents. Les orphelinats et hospices d'enfants trouvés du temple étaient l'une des préoccupations principales de son ordre. L'un dans l'autre, Cazaril estimait qu'un dieu censé commander une légion de démons aurait dû avoir moins de mal à obtenir des dons destinés à ses bonnes actions.

Prudemment, Cazaril coupa d'eau son vin. C'était un crime de traiter ainsi un tel cru, mais avec l'estomac vide, il ne pouvait que lui monter droit à la tête. La provincara hocha la tête en signe d'approbation, pour se disputer ensuite avec sa cousine sur le même sujet, débat dont elle sortit partialement triomphante avec un demi-verre de vin pur.

— Mais le divin m'a raconté une bonne histoire, poursuivit ser dy Ferrej. Devinez qui est mort la nuit dernière ?

— Qui donc, Papa ? demanda Betriz, obligeante.

— Ser dy Naoza, le célèbre duelliste.

C'était là un nom que Cazaril ne reconnaissait pas, mais la provincara renifla.

— Il était temps. Sinistre individu. *Jamais* je ne l'ai reçu, même si je suppose qu'il y a eu bien assez d'idiots pour le faire. A-t-il fini par sous-estimer une victime… enfin, un adversaire ?

— C'est là que l'histoire prend tout son sel. Il semble qu'il ait succombé à un charme de mort.

Habile conteur, dy Ferrej vida une lampée de vin tandis qu'un murmure horrifié parcourait la table. Cazaril se figea en pleine mastication.

— Le temple va-t-il chercher à résoudre ce mystère ? s'enquit la royesse Iselle.

— Aucun mystère là-dedans, même si pour moi, c'était une tragédie. Il y a de cela un an, dy Naoza a été bousculé dans la rue par le fils unique d'un marchand de laine provincial, avec les conséquences habituelles. Bien entendu, dy Naoza l'a convoqué en duel, mais certaines des personnes présentes ont affirmé qu'il s'agissait d'un meurtre de sang-froid. Quoi qu'il en soit, aucune d'entre elles n'a accepté de témoigner lorsque le père du jeune homme a voulu traîner dy Naoza en justice. La rumeur remet aussi en doute la probité du juge.

La provincara émit un « tss ». Cazaril osa enfin avaler, puis déclara :

— Continuez donc.

Encouragé, le gardien poursuivit :

— Le négociant était veuf, et le jeune homme non seulement fils unique, mais enfant unique. Sur le point de se marier, pour remuer le couteau dans la plaie. Il est vrai que les charmes de mort sont une pratique abjecte, mais je ne peux m'empêcher d'éprouver de la sympathie pour le pauvre marchand. Sans doute un riche négociant, j'imagine, mais dans tous les cas, bien trop âgé pour se montrer aussi habile à l'épée qu'un homme comme dy Naoza. Il s'est donc rabattu sur ce qu'il estimait être son seul recours. Et a passé l'année suivante à étudier les arts occultes – quant à savoir d'où il tirait sa science, c'est une énigme pour le temple – puis la nuit dernière, il s'est isolé dans un moulin abandonné à une dizaine de kilomètres de Valenda, où il a tenté d'invoquer un démon. Et par le Bâtard, il y est parvenu ! Son propre corps y a été trouvé ce matin.

Le Père Hiver était le dieu de toutes les morts survenues en temps et en heure, et de la justice ; mais en plus de tous les autres désastres relevant de ses compétences, le Bâtard était le dieu des exécuteurs. Et, en vérité, le dieu de toute une tripotée d'autres sales besognes. *On dirait que le marchand s'est adressé à la meilleure boutique pour demander son miracle.* Dans le gilet de Cazaril, le carnet sembla soudain peser cinq kilos ; mais s'il lui donnait l'impression de pouvoir brûler le tissu et exploser dans un déluge de flammes, ce n'était que l'effet de son imagination.

— Dans tous les cas, moi, il ne m'inspire aucune sympathie, dit le royse Teidez. C'était d'une lâcheté !

— Oui, mais qu'attendre d'autre d'un marchand ? remarqua son précepteur, assis un peu plus loin. Les gens de ce rang ne sont pas élevés selon le code d'honneur qu'apprend un vrai gentilhomme.

— Mais que c'est triste, protesta Iselle. Je veux dire, son fils qui allait se marier.

Teidez ricana.

— Ah, les filles. Vous ne pensez qu'au mariage. Mais quelle est la plus grande perte pour la royacie ? Un grippe-sou de marchand de laine, ou une fine lame ? Un duelliste aussi habile doit être un bon soldat pour le roya !

— Pas si j'en crois mon expérience, répondit sèchement Cazaril.

— Que voulez-vous dire ? interrogea Teidez, l'incitant à poursuivre.

Confus, Cazaril balbutia :

— Pardonnez-moi, je viens d'être indiscret.

— Quelle différence ? insista Teidez.

La provincara tapa du doigt sur la nappe et lui lança un regard impénétrable.

— Développez donc, Cazaril.

Haussant les épaules, Cazaril s'inclina légèrement vers le jeune homme à titre d'excuse.

— La différence, Royse, est qu'un habile soldat tue vos ennemis, mais qu'un habile duelliste tue vos alliés. Je vous laisse deviner lequel un commandant avisé préférera dans son camp.

— Oh, répondit Teidez.

Il se tut, l'air songeur.

Il semblait n'y avoir aucune urgence à rendre le carnet du marchand aux autorités concernées, ni aucun obstacle. Cazaril pourrait chercher la divine du temple de la Sainte-Famille à Valenda le lendemain, dès qu'il en trouverait le temps, et lui remettrait le carnet afin qu'elle le leur transmette. Il faudrait le décoder ; certaines personnes jugeaient ce genre d'énigmes difficiles ou fastidieuses, mais Cazaril les avait toujours trouvées reposantes. Il se demanda s'il devait, par politesse, offrir de les déchiffrer. Il caressa la douce robe de laine, et se félicita d'avoir prié pour l'homme lors de son incinération hâtive.

Fronçant ses sombres sourcils, Betriz demanda :

— Qui était le juge, Papa ?

Dy Ferrej hésita un instant, puis haussa les épaules.

— L'honorable Vrese.

— Ah, dit la provincara. Lui.

Elle plissa le nez comme si elle venait de renifler une mauvaise odeur.

— Le duelliste l'a-t-il menacé, alors ? demanda la royesse Iselle. Ne devait-il pas… ? Ne pouvait-il pas demander de l'aide, ou faire arrêter dy Naoza ?

— Je doute que même dy Naoza ait été assez stupide pour menacer un justiciar de la province, répliqua dy Ferrej. Mais il est probable qu'il ait intimidé les témoins. Vrese a certainement été, hem, manœuvré par de plus paisibles moyens.

Il jeta un morceau de pain dans sa bouche et frotta ensemble le pouce et l'index, mimant le geste d'un homme qui réchauffe une pièce.

— Si le juge avait accompli son devoir avec honnêteté et courage, le marchand n'aurait jamais été amené à jeter un charme de mort, dit lentement Iselle. Deux hommes sont morts et damnés, là où un seul aurait pu l'être… Et même s'il avait été exécuté, dy Naoza aurait peut-être eu le temps de purifier son âme avant d'affronter les dieux. Si la chose est connue, pourquoi cet homme reste-t-il juge ? Grand-maman, ne pouvez-vous rien y faire ?

La provincara pinça les lèvres.

— La nomination des justiciars de province n'est pas de mon ressort, ma chérie. Ni leur révocation. Ou leur secteur serait mené bien plus rondement, je te le promets.

Elle avala une gorgée de vin avant d'ajouter, devant l'expression contrariée de sa petite-fille :

— J'ai de grands privilèges en Baocia, mon enfant. Mais je n'ai pas de grands pouvoirs.

Iselle jeta un regard à Teidez, puis à Cazaril, avant de reprendre la question de son frère, d'une voix devenue grave :

— Quelle différence ?

— La première est le droit de régner – et le devoir de protéger ! L'autre est le droit de recevoir une protection, répondit la provincara. La différence entre un provincar et une provincara, hélas, ne se limite pas à une lettre.

— Oh, comme la différence entre un royse et une royesse ? demanda Teidez avec un sourire narquois.

Iselle se tourna vers lui, haussant les sourcils.

— Ah oui ? Et comment te proposes-tu de renvoyer ce juge corrompu, jeune privilégié ?

— C'est assez, vous deux, dit la provincara de cette voix sévère réservée aux grands-mères.

Cazaril réprima un sourire. Entre ces murs-là, elle régnait sans aucun doute, selon un code plus ancien que celui de Chalion. Elle menait son petit monde à la baguette.

La conversation s'orienta vers des sujets moins atroces lorsque les serviteurs apportèrent des gâteaux, du fromage et un vin de Brajar. Cazaril s'était gavé, à l'insu de tous espérait-il. S'il ne s'arrêtait pas très vite, il se rendrait malade. Mais le vin doré qui accompagnait le dessert faillit lui tirer des larmes ; celui-là, il le but non coupé, mais parvint à se limiter à un seul verre.

À la fin du repas on offrit de nouvelles prières, et le précepteur du royse Teidez le traîna vers ses leçons. Iselle et Betriz furent envoyées à leurs travaux d'aiguille. Elles s'enfuirent au galop, suivies à une allure plus calme par dy Ferrej.

— Vont-elles vraiment faire de la couture ? demanda Cazaril à la provincara qui les regardait s'éloigner dans un tourbillon de jupes.

— Elles papotent et ricanent jusqu'à ce que je n'en puisse plus, mais oui, elles sont très adroites de leurs mains, répondit la provincara dont la voix chaleureuse démentait la sévérité de ses lèvres pincées.

— Votre petite-fille est une demoiselle ravissante.

— Pour les hommes d'un certain âge, Cazaril, toutes les jeunes filles commencent à sembler ravissantes. C'est le premier symptôme de la sénilité.

— En effet, Madame.

Ses lèvres se contractèrent.

— Elle a épuisé deux gouvernantes et semble disposée à en détruire une troisième, si j'en juge par la façon dont la dame se plaint d'elle. Et pourtant… (Sa voix âpre ralentit quelque peu.) Elle a besoin d'être forte. Un jour viendra, inéluctable, où on l'éloignera de moi. Et je ne serai plus en mesure de l'aider… de la protéger…

Une royesse jeune et charmante était un pion, jamais une joueuse, dans la politique de Chalion. Elle serait une promise de haute valeur, mais un mariage avantageux sur le plan politique et financier ne le serait pas forcément sur un plan plus intime. La provincara douairière avait eu de la chance dans sa propre vie, mais au cours de ses longues années elle avait eu bien des occasions d'observer toute la gamme des infortunes maritales qui guettaient les femmes de haute naissance. Iselle serait-elle envoyée vers la lointaine Darthaca ? Mariée à un cousin de la trop proche royacie de Brajar ?

Puissent les dieux lui épargner de servir de monnaie d'échange avec les Roknari pour sceller quelque trêve éphémère, exilée dans l'Archipel.

Elle étudiait Cazaril de biais, à la lumière de ces chandeliers somptueux qu'elle affectionnait depuis toujours.

— Quel est maintenant votre âge, Castillar ? Il me semble que vous aviez trente ans lorsque votre père vous envoya servir mon cher provincar.

— À peu de choses près, oui, Madame. J'ai trente-cinq ans.

— Ha. Dans ce cas vous devriez raser cette toison crasseuse qui vous mange le visage. Elle vous fait prendre quinze ans de plus.

Cazaril envisagea quelque saillie à propos de l'usure des hommes à bord des galères roknari, mais ne s'en sentit pas le cœur. Il répondit plutôt :

— J'espère n'avoir pas ennuyé le royse avec mes divagations, Madame.

— Je crois que vous avez donné au jeune Teidez matière à réflexion. Un rare événement. J'aimerais que son précepteur y parvienne plus souvent.

Elle tapota rapidement la nappe du bout de ses doigts minces puis vida le fond de son minuscule verre de vin. Lorsqu'elle le reposa, elle ajouta :

— J'ignore dans quel nid de puces vous vous êtes installé en ville, Castillar, mais je vais envoyer un page y chercher vos affaires. Vous logerez ici ce soir.

— Je vous remercie, Madame. J'accepte avec gratitude.

Et avec enthousiasme. Les dieux en soient remerciés, cinq fois cinq mercis, on l'accueillait, du moins pour le moment. Il hésita, embarrassé.

— Mais, heu… ce ne sera pas nécessaire de déranger votre page.

Elle le regarda en haussant les sourcils.

— C'est à cela qu'ils servent. Comme vous vous en souvenez peut-être.

— Oui, mais… (Il eut un bref sourire, puis se désigna d'un geste, de la tête aux pieds.) Ce sont là mes seules affaires.

Devant le regard peiné de la provincara, il ajouta faiblement :

— Je possédais moins lorsque j'ai quitté la galère ibrane à Zagosur.

Il portait alors une culotte d'une saleté indescriptible, et avait le dos couvert de croûtes. Les acolytes avaient brûlé sa loque à la première occasion.

— Dans ce cas mon page vous escortera dans votre chambre, répondit la provincara d'une voix très nette et toujours égale. Messire castillar.

Alors qu'elle s'apprêtait à se lever, et que sa cousine et compagne se hâtait pour l'assister, elle ajouta :

— Nous reparlerons demain.

La chambre était l'une de celles du vieux donjon qu'on réservait aux invités d'honneur, moins en raison de son confort absolu que du nombre de royas qui y avaient séjourné par le passé. Cazaril en avait cent fois servi les occupants. Le lit possédait trois matelas, paille, plume et duvet, recouverts de draps doux et propres et d'une courtepointe ouvragée par les dames de la maison. Avant que le page ne le quitte, deux domestiques apportèrent de l'eau pour sa toilette, de l'eau de boisson, des serviettes, du savon, un bâton à dents, ainsi qu'une chemise de nuit brodée, des pantoufles et un bonnet. Cazaril avait eu l'intention de dormir dans la chemise du mort.

Soudain, tout lui sembla de trop. Cazaril s'assit au bord du lit, la chemise de nuit en main, puis éclata en sanglots douloureux. Avalant une goulée d'air, il fit signe aux serviteurs déconcertés de le laisser seul.

— Mais qu'est-ce qui lui prend ? entendit-il une des domestiques demander tandis que leurs pas s'éloignaient le long du couloir, et que les larmes lui coulaient à l'intérieur du nez.

— Un fou, sans doute, répondit le page, dégoûté.

Après une brève pause, la voix de la domestique flotta faiblement jusqu'à lui.

— Dans ce cas, il sera ici à sa place, non ?

Chapitre 3

Les bruits de la maison réveillée – cris dans la cour, cliquetis lointain des marmites – tirèrent Cazaril du sommeil dans la demi-obscurité précédant l'aube. Il ouvrit les yeux, paniqué par une désorientation passagère, mais l'étreinte rassurante du lit de plumes le plongea de nouveau dans la torpeur. Pas de banc de bois dur. Pas de mouvement vers le haut et le bas. Pas le moindre mouvement, cinq dieux, c'était le paradis. Toute cette tiédeur sur son dos noué.

Les célébrations du Jour de la Fille s'étaleraient de l'aube à la tombée de la nuit. Il paresserait peut-être jusqu'à ce que la maison soit en route pour la procession, puis se lèverait tard. Il se promènerait discrètement, s'étendrait au soleil avec les chats du château. Lorsqu'il aurait faim, il déterrerait les vieux souvenirs de l'époque où il était page, et où il savait soutirer au cuisinier quelques morceaux de plus…

Un coup sec frappé à la porte interrompit cette plaisante méditation. Cazaril sursauta, puis se détendit lorsqu'il reconnut la voix de dame Betriz :

— Sire dy Cazaril ? Êtes-vous réveillé ? Castillar ?

— Un instant, Madame, répondit-il.

Il roula jusqu'au bord du lit et s'arracha à l'étreinte aimante du matelas. Un tapis tressé empêcha la froideur matinale du sol de pierre de mordre ses pieds nus. Il secoua la chemise de lin pour qu'elle lui recouvre les jambes, puis se traîna jusqu'à la porte qu'il entrouvrit.

— Oui ?

Elle se tenait dans le couloir avec une chandelle protégée par une lanterne de verre soufflé dans une main, et entassés tant bien que mal sous l'autre bras, une pile de linge, de lanières de cuir, et quelque chose qui cliquetait. Elle était vêtue pour l'occasion d'une robe bleue et d'une cape qui lui tombait des épaules aux chevilles. Ses cheveux sombres, tressés au sommet de son crâne, étaient ornés de fleurs et de feuilles. Ses yeux de velours brun scintillaient joyeusement à la lueur de la chandelle. Cazaril ne put s'empêcher de lui rendre son sourire.

—Madame la provincara vous souhaite un heureux Jour de la Fille, annonça-t-elle, avant de faire sursauter Cazaril en ouvrant la porte d'un coup de pied.

Elle entra en balançant ses hanches lourdement chargées, lui tendit le chandelier avec un « Tenez, prenez-moi ça », puis déposa son fardeau sur le bord du lit : des piles de linge bleu et blanc, ainsi qu'une épée et sa ceinture. Cazaril posa la chandelle sur le coffre placé au pied du lit.

—Elle vous envoie ces habits, et si vous le souhaitez, vous invite à rejoindre la maisonnée dans la salle des ancêtres pour les prières de l'aube. Après quoi nous déjeunerons là où, selon elle, vous n'aurez aucun mal à nous trouver.

—En effet, Madame.

—À dire vrai, j'ai demandé cette épée à Papa. C'est sa deuxième meilleure. Il m'a dit que ce serait un honneur de vous la prêter. (Elle tourna vers lui un regard très intéressé.) Est-il vrai que vous avez pris part à la guerre ?

—Eh bien… laquelle ?

—Vous en avez connu plusieurs ?

Elle ouvrit de grands yeux, puis les plissa.

Toutes celles des dix-sept dernières années, je crois. Enfin, non. Il se trouvait dans les donjons de Brajar lors de la dernière campagne ratée contre Ibra, et avait manqué cette absurde expédition menée par le roya pour soutenir Darthaca, trop occupé à se faire tourmenter de fort créative manière par le général roknari avec lequel le provincar de Guarida marchandait en termes tellement ineptes. À ces deux exceptions près, il lui semblait n'avoir raté aucune défaite pendant la décennie passée.

—Ici et là, au cours des années, répondit-il très vaguement.

Il venait de se rendre compte, horrifié, qu'il n'y avait entre sa nudité et les yeux de la demoiselle qu'une fine épaisseur de lin. Il tressaillit intérieurement, serra les bras autour de son ventre et sourit faiblement.

—Oh, s'écria-t-elle, apercevant son geste. Je vous ai embarrassé ? Mais Papa dit que les soldats n'ont aucune pudeur, étant donné qu'ils vivent tous ensemble sur le terrain.

Elle tourna son regard vers le visage rougissant de Cazaril, qui répondit :

—Je songeais à votre pudeur, Madame.

—Ne vous en faites pas, dit-elle d'un ton enjoué.

Elle ne s'éloigna pas. Il désigna d'un hochement de tête la pile de vêtements.

—Je ne souhaitais pas m'imposer à la famille lors de la célébration. Êtes-vous certaine… ?

Elle joignit les mains avec un grand sérieux et intensifia son regard.

— Mais vous devez venir à la procession, et vous devez, vous devez *absolument* assister à la collecte des dons du Jour de la Fille au temple. La royesse Iselle jouera le rôle de la Dame Printemps cette année.

Elle bondit sur la pointe des pieds, insistante. Cazaril eut un sourire penaud.

— Très bien, si tel est votre souhait.

Comment pouvait-il résister à son enthousiasme charmant ? La royesse Iselle devait approcher les seize ans ; il se demanda quel âge devait avoir dame Betriz. *Trop jeune pour toi, vieux frère.* Mais il pouvait sans doute l'observer avec un plaisir purement esthétique, et remercier les déesses de lui avoir accordé jeunesse, verve et beauté réparties de la sorte. Elles illuminaient le monde telles des fleurs.

— Et de plus, ajouta-t-elle pour assurer sa victoire, la provincara souhaite votre présence.

Cazaril profita de l'occasion pour allumer sa chandelle à la sienne, puis, espérant lui faire comprendre qu'il était temps qu'elle s'éloigne pour le laisser s'habiller, il lui tendit la flamme dans son globe de verre. Cette double lueur qui rendait la jeune femme doublement plus jolie devait produire sur lui l'effet inverse. Elle se détournait pour s'en aller lorsque lui revint la question délicate qui n'avait trouvé la veille aucune réponse.

— Attendez, Madame…

Elle fit volte-face avec un éclat curieux dans le regard.

— Je ne souhaitais pas ennuyer la provincara, ni poser la question devant le royse et la royesse, mais de quoi souffre la royina Ista ? Je n'ai aucune envie de commettre un impair par ignorance…

L'éclat de ses yeux se ternit quelque peu. Elle haussa les épaules.

— Elle est… fatiguée. Et nerveuse. Rien de plus. Nous espérons qu'elle se sentira mieux avec l'arrivée du soleil. Son état semble toujours s'améliorer en été.

— Depuis quand vit-elle ici avec sa mère ?

— Depuis ces six dernières années, Messire. (Elle lui adressa une petite révérence.) À présent je dois rejoindre la royesse Iselle. Ne soyez pas en retard, Castillar !

Avec un sourire qui lui creusa une fossette sur la joue, elle s'élança hors de la pièce.

Il ne pouvait imaginer cette jeune demoiselle en retard où que ce soit. Son énergie l'effrayait. Secouant la tête, alors que le sourire qu'elle lui avait laissé s'attardait sur ses lèvres, il se détourna pour examiner les nouveaux présents.

Il avait maintenant droit à une catégorie supérieure d'habits de seconde main. La tunique était de brocart de soie bleue, les chausses de lin bleu sombre, la cape de laine blanche tombant aux genoux, les petites taches et retouches tout à fait discrètes ; peut-être les habits de fête de dy Ferrej devenus trop grands, ou bien des possessions du défunt provincar. La coupe ample facilitait ce changement de propriétaire. L'épée pendue à sa hanche gauche, poids familier et nouveau tout à la fois, Cazaril s'élança hors du donjon, traversa la cour grise et se dirigea vers la salle des ancêtres.

L'air de la cour était humide et frais, les pavés glissants sous les minces semelles de ses bottes. Au-dessus de sa tête s'attardaient quelques étoiles. Cazaril ouvrit la grande porte de bois menant à la salle et y jeta un coup d'œil. Des chandelles, des silhouettes : était-il en retard ? Il se glissa à l'intérieur, où ses yeux s'accoutumèrent à l'obscurité.

Non pas en retard, mais en avance. Devant les petites plaques commémoratives familiales, à l'avant de la pièce, brûlait une demi-douzaine de vieux bouts de chandelles. Deux femmes emmitouflées dans leurs châles, assises sur le premier banc, en surveillaient une troisième.

La royina douairière Ista était étendue devant l'autel dans une attitude d'intense supplication, prostrée à terre, bras tendus. Ses doigts s'ouvraient et se fermaient ; elle avait les ongles rongés jusqu'au sang. Un fouillis de châles et de chemises de nuit formait une flaque autour d'elle. Sa masse de cheveux crépus, autrefois dorés, maintenant ternis par l'âge en un brun grisâtre, s'étalait autour de sa tête comme un éventail. Cazaril se demanda l'espace d'un instant si elle s'était endormie, tant elle restait immobile. Mais sur son pâle visage, tourné de sorte que sa joue veloutée repose directement sur le sol, ses yeux étaient ouverts, gris et impassibles, emplis de larmes contenues.

Ce visage reflétait le plus profond chagrin ; Cazaril se rappela les hommes qu'il avait vus brisés par le donjon ou l'horreur des galères, dans leur corps mais aussi dans leur âme. Ou même ses propres traits, entraperçus dans un miroir d'acier poli dans la maison de la Mère à Ibra, lorsque les acolytes, ayant rasé son visage nerveux, l'avaient encouragé à regarder, « vous voyez, n'est-ce pas mieux ainsi ? » Il était pourtant certain que la royina ne s'était jamais, de sa vie, trouvée assez proche d'un donjon pour en sentir l'odeur, n'avait jamais goûté la morsure du fouet, ni même, peut-être, senti la main d'un homme s'élever sur elle de colère. *Alors quoi d'autre ?* Il resta immobile, bouche ouverte, mais sans oser parler.

Percevant derrière lui un grincement et une grande agitation, il se retourna pour voir la provincara douairière se glisser dans la pièce, suivie par sa cousine. Elle leva un sourcil surpris ; il fit une petite révérence. Les dames de compagnie de la royina sursautèrent et se levèrent avec des courbettes spectrales.

La provincara remonta l'allée centrale entre les bancs puis étudia sa fille d'un air impassible.

— Cinq dieux. Depuis combien de temps est-elle ici ?

L'une des dames de compagnie s'inclina de nouveau.

— Elle s'est levée pendant la nuit, Madame. Nous avons jugé plus prudent de la laisser venir ici que de lutter contre elle. Comme vous l'avez demandé…

— Oui, oui. (La provincara balaya d'un geste cette excuse nerveuse.) A-t-elle au moins dormi ?

— Une heure ou deux, je crois, Madame.

La provincara soupira et s'agenouilla près de sa fille. Sa voix se fit plus douce, toute son âpreté évanouie ; pour la première fois, Cazaril y entendit son âge.

— Ista, mon ange. Lève-toi et retourne te coucher. D'autres vont prendre les prières en charge aujourd'hui.

Les lèvres de la femme prostrée remuèrent, deux fois, avant que des mots ne soient murmurés.

— Si les dieux entendent. S'ils entendent, ils ne répondent pas. Ils détournent leur visage de moi, Maman.

Presque maladroitement, la vieille femme lui caressa les cheveux.

— D'autres vont prier aujourd'hui. Nous allons rallumer toutes les chandelles, et essayer de nouveau. Laisse tes dames te ramener au lit. Lève-toi, maintenant.

La royina renifla, cligna des yeux et se leva à contrecœur. Sur un signe de tête de la provincara, les dames de compagnie se précipitèrent pour conduire la royina hors de la salle, rassemblant derrière elle ses châles sur le point de tomber. Cazaril guetta attentivement son regard lorsqu'elle passa près de lui, sans y déceler de signes d'une maladie de langueur, ni jaunissement de la peau et des yeux, ni émaciation. Elle sembla à peine remarquer Cazaril ; aucune étincelle dans ses yeux n'indiqua qu'elle reconnaissait l'étranger barbu. De toute façon, il n'y avait aucune raison qu'elle se souvienne de lui, qui n'était que l'un des douze pages ayant fréquenté la maison dy Baocia au cours des années.

La provincara tourna la tête lorsque la porte se referma derrière sa fille. Cazaril était assez proche pour distinguer son soupir muet.

Il s'inclina un peu plus.

— Je vous remercie pour ces habits de fête, Madame. Si… (Il hésita.) Si je peux faire quoi que ce soit pour soulager vos fardeaux, ou ceux de la royina, n'hésitez pas à demander.

Elle sourit et lui prit la main qu'elle tapota distraitement, mais sans répondre. Elle alla ouvrir les volets du côté est de la pièce pour laisser entrer la lueur de l'aube couleur de pêche.

Autour de l'autel, dame dy Hueltar éteignit les bougies et en ramassa tous les bouts dans un panier apporté à cet effet. Cazaril et la provincara l'aidèrent à remplacer les moignons de chaque bougeoir par de toutes nouvelles chandelles de cire d'abeille. Lorsque les dizaines de bougies se dressèrent comme de jeunes soldats en face de leurs tablettes respectives, la provincara recula avec un hochement de tête satisfait.

Le reste de la maisonnée commençait à arriver et Cazaril, pour leur laisser le passage, s'assit à l'écart sur un banc du fond. Cuisiniers, domestiques, valets d'écurie, pages, chasseur et fauconnier, la gouvernante en chef, le gardien du château, tous en tenue d'apparat, avec autant de bleu et de blanc qu'il leur était possible d'en porter, entrèrent en file et prirent place. Puis dame Betriz fit entrer la royesse Iselle, tout habillée et un tantinet trop raide dans les nombreuses couches de robes compliquées et richement brodées de la Dame Printemps, rôle pour lequel elle avait été choisie et qu'elle devait tenir ce jour-là. Elles s'installèrent sur un des premiers bancs et parvinrent à ne pas glousser. Elles étaient suivies par un divin de la Sainte Famille du temple de la ville, qui avait lui aussi, depuis la veille, troqué les robes grises et noires du Père contre celles, bleues et blanches, de la Fille. Le divin dirigea un bref service pour le changement de saison et le repos des morts ici représentés, puis, alors que les premiers rayons de soleil traversaient la fenêtre de l'est, éteignit selon l'usage la dernière chandelle encore allumée, la toute dernière flamme dans cette maison.

Ensuite, tous se retirèrent afin de prendre un petit déjeuner froid servi dans la cour sur des tréteaux. Froid, mais guère frugal ; Cazaril se rappela qu'il ne servait à rien de vouloir rattraper en une journée trois années de privations, et qu'il lui faudrait bientôt monter et descendre à pied une colline. Cependant, il se trouva repu lorsque l'on amena la mule blanche de la royesse.

On l'avait également parée de rubans bleus et de fleurs fraîches tressées dans sa crinière et sa queue. Ses apprêts étaient magnifiquement ornés de tous les symboles de la Dame Printemps. Iselle, dans ses habits du temple, cheveux coiffés de manière à tomber telle une cascade ambrée sous sa couronne de feuilles et de fleurs, fut prudemment hissée sur sa selle, puis on arrangea ses tentures. Cette fois, elle se servit d'un escabeau et accepta l'aide de deux pages jeunes et vigoureux. Le divin saisit la corde de soie bleue de la mule pour lui faire franchir la porte. La provincara fut hissée sur une tranquille jument alezane aux guêtres d'un blanc éclatant, elle aussi tressée de rubans et de fleurs, menée par son gardien de château. Cazaril étouffa un renvoi, et sur l'invitation de ser dy Ferrej, il se hâta de se placer derrière les montures des dames et offrit un bras courtois à la dame dy Hueltar. Le reste de la maisonnée assistant à l'événement suivit à pied.

La joyeuse assemblée descendit les rues de la ville jusqu'à la vieille porte d'Orient, où la procession devait commencer dans les règles. Plusieurs centaines de personnes y patientaient, parmi lesquelles une cinquantaine de cavaliers des associations de gardes de la Fille, venus de toute la région de Valenda. Cazaril passa juste sous le nez du soldat charpenté qui lui avait, la veille, lancé par accident cette pièce d'or dans la boue, mais l'homme lui rendit son regard sans le reconnaître, avec juste un hochement de tête courtois devant ses soieries et son épée. Et sa coupe de cheveux et son bain, présuma Cazaril. *Comme nous sommes facilement aveuglés par la surface des choses.* Les dieux, supposait-il, voyaient clair en tout. Il se demanda s'ils trouvaient tout cela aussi pénible qu'il le jugeait parfois, ces derniers temps.

Il chassa ces étranges pensées alors que la procession se mettait en rangs. Le divin tendit la longe de la mule d'Iselle à un gentilhomme âgé choisi pour jouer le rôle du Père Hiver. Au cours de la procession hivernale, un nouveau père, plus jeune, prendrait la place du dieu, vêtu d'habits noirs aussi stricts que ceux d'un juge, et monterait un beau cheval noir mené par le Fils Automne sortant, vêtu de guenilles. Le grand-père du jour portait un assortiment de haillons gris à faire passer l'ancienne tenue de Cazaril pour celle d'un bon citoyen, et sa barbe, ses cheveux, ses mollets nus étaient maculés de cendres. Il sourit et adressa une plaisanterie à Iselle, qui éclata de rire. Les gardes s'alignèrent derrière eux, et la parade commença le circuit qui la mènerait tout autour des murs de la vieille ville, ou du moins ce qu'il leur serait possible de parcourir malgré les nouveaux bâtiments. Quelques acolytes du temple suivaient entre les gardes et le reste de l'assemblée, afin de mener les chants et d'encourager chacun à préférer les paroles correctes aux versions paillardes.

Tous les habitants qui ne participaient pas à la procession jouaient le rôle du public, la plupart jetant des fleurs et des herbes. À leur tête, Cazaril reconnut les quelques jeunes femmes célibataires qui se précipitaient selon la coutume pour toucher les robes de la Fille, espérant ainsi trouver un époux au cours de la saison, puis s'éloignaient en gloussant. Après une longue marche matinale – les dieux soient remerciés pour la douceur du temps, alors qu'un printemps mémorable les avait vus défiler sous une pluie de neige fondue –, l'interminable cortège serpenta de nouveau vers la porte d'Orient, qu'il traversa pour rejoindre le temple au cœur de la ville.

Le temple occupait l'un des côtés de la grand-place, entouré d'un petit jardin et d'un muret de pierre. Il était bâti selon le schéma classique, ses quatre lobes évoquant un trèfle à quatre feuilles autour de la cour centrale. Ses murs étaient faits de cette pierre locale si chère au cœur de Cazaril, surmontés des tuiles rouges de la région. Chaque lobe coiffé d'un dôme renfermait l'autel du dieu d'une saison ; la tour ronde consacrée au Bâtard abritait le sien, à l'écart derrière la porte de sa Mère.

L'infatigable dame dy Hueltar entraîna Cazaril vers l'avant alors que la royesse, ayant mis pied à terre, se laissait mener sous le portique. Il s'aperçut que dame Betriz avait pris place à leurs côtés. Elle tendait le cou pour suivre Iselle. Sous le nez de Cazaril, l'odeur fraîche des fleurs et des feuillages tressés autour de sa tête se mêlait au parfum tiède de ses cheveux, sans doute le propre souffle du printemps. La foule les pressa de l'avant vers les portes grandes ouvertes.

À l'intérieur, tandis que les ombres inclinées du matin assombrissaient la cour principale, le Père Hiver nettoya les dernières cendres du foyer du feu sacré central, puis s'en saupoudra. Les acolytes s'élancèrent pour y disposer de nouvelles bûches et brindilles que bénit le divin. L'homme à la barbe grisonnante, couvert de cendres, fut alors chassé de la pièce sous les huées, les sifflets, les bâtonnets ornés de clochettes et les projectiles de laine symbolisant des boules de neige. L'année était considérée comme mauvaise, du moins pour l'avatar du dieu, quand la foule pouvait employer de vraies boules de neige.

La Dame Printemps, en la personne d'Iselle, fut ensuite conduite vers le foyer pour y allumer le nouveau feu à l'aide d'un briquet. Agenouillée sur les coussins fournis, elle se mordait la lèvre inférieure de charmante façon tout en se concentrant pour entasser copeaux secs et herbes sacrées. Tous retenaient leur souffle ; des dizaines de superstitions se rapportaient au nombre de tentatives nécessaires à l'avatar du dieu entrant de chaque saison pour allumer le feu.

Trois coups brefs, une pluie d'étincelles, un jeune souffle; la flamme minuscule venait de prendre. Très vite, le divin se pencha pour allumer le nouveau cierge avant que ne puisse survenir un malheureux échec. Ce qui ne fut pas le cas. Un murmure d'approbation s'éleva. La petite flamme fut transférée dans le foyer sacré, puis on aida Iselle à se relever, béate et un brin soulagée. Ses yeux gris semblaient brûler d'un éclat aussi vif et joyeux que la nouvelle flamme.

On la mena ensuite au trône du dieu régnant, et la vraie tâche de la matinée commença : la collecte de dons trimestriels pour le temple, afin de l'aider à subsister au cours des trois mois à venir. Chaque chef de maison s'avançait pour déposer sa petite bourse de pièces ou une tout autre offrande dans les mains de la Dame, recevoir sa bénédiction, et voir la somme recensée par le secrétaire du temple assis à la table à droite d'Iselle. On les dirigeait ensuite vers l'endroit où ils recevaient leur cierge allumé à la nouvelle flamme, qu'ils rapporteraient chez eux. La maison de la provincara passa la première, par ordre de rang; la bourse que déposa le gardien du château entre les mains d'Iselle était lourde de pièces d'or. D'autres hommes de valeur s'avancèrent. Iselle sourit, reçut et bénit : le divin en chef sourit, transféra et remercia ; le secrétaire sourit, recensa et empila.

Près de Cazaril, Betriz se raidit de… d'enthousiasme ? Elle saisit brièvement le bras gauche de Cazaril.

— Le suivant est ce juge corrompu, Vrese, lui siffla-t-elle à l'oreille. Regardez !

Un homme d'âge moyen, l'air austère, vêtu de sombre velours bleu et de chaînes dorées, s'avança vers le trône de la Dame, bourse en main. Il la tendit avec un sourire pincé.

— La maison de Vrese présente son offrande à la déesse, récita-t-il d'une voix nasillarde. Bénissez-nous pour la saison naissante, ma Dame.

Iselle joignit les mains sur ses genoux. Le menton levé, elle braqua sur Vrese un regard totalement impassible et dénué de chaleur et lui dit d'une voix claire et forte :

— La Dame Printemps reçoit les offrandes de cœurs honnêtes. Elle n'accepte pas les pots-de-vin. *Honorable* Vrese. Votre or représente pour vous plus que tout au monde. Vous pouvez le garder.

Vrese recula d'un demi-pas ; sa mâchoire se décrocha de stupéfaction et resta pendante. Le silence ébahi se propagea par vagues jusqu'aux derniers rangs de la foule, puis s'éleva un murmure de « Quoi ? Qu'a-t-elle dit ? Je n'ai pas entendu… Quoi ? » Le visage du divin en chef perdit toutes ses couleurs. Le secrétaire du recensement leva les yeux avec une expression d'horreur.

Un homme bien vêtu qui attendait à l'avant de la file laissa échapper un éclat de rire aussi joyeux que perçant ; ses lèvres se retroussèrent avec une expression qui devait moins à l'humour qu'à son appréciation d'un acte de justice divine. Près de Cazaril, dame Betriz se dressa sur la pointe des pieds et siffla entre ses dents. Un flot de ricanements étouffés suivit les murmures exaspérés qui parcouraient la foule des citadins comme un petit cours d'eau se précipite vers la mer.

Le juge tourna les yeux vers le divin en chef et lui adressa un étrange petit geste inachevé, de la main qui tenait la bourse. Le divin ouvrit les doigts puis les referma aussitôt contre lui. Il lança un regard implorant vers l'avatar de la déesse assis sur le trône.

— Dame Iselle, murmura-t-il du coin des lèvres, mais pas assez bas, vous ne pouvez pas… ? Nous ne pouvons… ? Est-ce vraiment la *déesse* qui vient de vous parler ?

Iselle répondit, d'une voix moins basse :

— Elle parle dans mon cœur. N'est-ce pas le cas pour vous aussi ? En outre, je lui ai demandé de me signifier son approbation en m'accordant la première flamme, ce qu'elle a fait.

Parfaitement maîtresse d'elle-même, elle se pencha de manière à ignorer le juge pétrifié, adressa un radieux sourire au citadin suivant de la file pour l'inviter :

— Vous, Monsieur ?

Le juge se vit contraint de s'écarter, d'autant que l'homme derrière lui, tout sourires, n'hésita pas un instant à le bousculer pour s'avancer.

Un acolyte, ranimé par un regard de son supérieur, se précipita pour inviter le juge à s'éloigner afin de discuter ailleurs de ce contretemps. Sa faible tentative de récupération de la bourse d'offrande fut foudroyée sur place par une moue glaciale de la royesse ; il cacha ses mains derrière son dos et s'inclina tandis que le juge furibond s'éloignait. Assise de l'autre côté de la cour, la provincara pinça entre pouce et index l'arête de son nez, s'essuya la bouche du dos de la main et lança un regard exaspéré à sa petite-fille. Iselle se contenta de lever le menton et continua, placide, à troquer les bénédictions de la déesse contre les offrandes trimestrielles d'une file de citadins soudain bien moins solennels ou assommés.

Tandis que défilaient les ménages de la ville, des offrandes en nature telles que des poules, des œufs et un veau furent amassées à l'extérieur, leurs propriétaires pénétrant seuls dans l'enceinte du lieu sacré pour y être bénis et recevoir leur nouvelle flamme. Dame dy Hueltar et Betriz rejoignirent la provincara sur son banc, derrière lequel Cazaril se plaça en compagnie du gardien, qui gratifia sa bien sage fille d'une expression de méfiance parentale. Le plus gros de la foule s'éloigna ; la royesse s'acquitta joyeusement de sa tâche jusqu'au tout dernier, remerciant un bûcheron, un charbonnier et un mendiant – lequel, en guise d'offrande, entonna un hymne – avec le même ton égal qu'elle avait employé pour bénir les premiers hommes de Valenda.

L'orage qui couvait sur le visage de la provincara n'éclata qu'une fois la famille et son entourage rentrés au château pour les festivités de l'après-midi.

Ce fut Cazaril qui mena sa monture, le gardien dy Ferrej ayant saisi d'une poigne ferme et prudente la longe de la mule blanche d'Iselle. Cazaril, qui avait espéré s'éclipser discrètement, vit son projet contrarié lorsque la provincara, qui mettait pied à terre avec l'aide de ses serviteurs, demanda sèchement :

— Castillar, donnez-moi votre bras.

Elle le serra d'une main ferme et tremblante. À travers des lèvres pincées, elle ajouta :

— Iselle, Betriz, dy Ferrej, entrez ici.

Elle désigna de la tête les portes de bois de la salle des ancêtres, qui donnait sur la cour du château.

Iselle avait laissé au temple ses atours de fête une fois les cérémonies terminées, pour redevenir une simple jeune femme joliment vêtue de bleu et de blanc. Non, corrigea Cazaril alors qu'il la regardait dresser le menton une fois de plus ; pour redevenir une simple royesse. Sous cette surface craintive brûlait une inquiétante détermination. Cazaril tint la porte alors qu'ils entraient l'un derrière l'autre, rejoints par dame dy Hueltar. Lorsqu'il était un jeune page, songea-t-il avec regret, son instinct du danger venu d'en haut lui aurait fait prendre ses jambes à son cou. Mais dy Ferrej s'arrêta pour l'attendre, si bien qu'il les suivit.

La salle était silencieuse et vide, mais baignée de la douce lumière des rangées de chandelles qui brûleraient toute la journée durant sur l'autel, jusqu'à combustion totale. Les bancs de bois avaient été cirés par de nombreux occupants – faisant preuve de piété ou d'impatience – au point de briller faiblement à la lueur des bougies. La provincara se plaça au bout de la pièce et se tourna vers les deux jeunes filles, qui se rapprochèrent l'une de l'autre sous son regard sévère.

—Très bien. Laquelle de vous a eu cette idée ?

Iselle s'avança d'un demi-pas et s'inclina légèrement.

—C'était moi, Grand-maman, dit-elle d'une voix presque aussi claire, mais pas tout à fait, que dans la cour du temple.

Ayant soutenu quelques instants de plus la dureté de ce regard, elle ajouta :

—Mais c'est Betriz qui a pensé à la première flamme en signe de confirmation.

Dy Ferrej se retourna brusquement vers sa fille.

—Tu savais ce qui se préparait ? Et tu ne m'as rien dit ?

Betriz répondit par une révérence faisant écho à celle d'Iselle, sans fléchir la colonne vertébrale.

—J'avais cru comprendre que j'étais nommée suivante de la royesse, Papa. Pas espionne. Si je devais en premier lieu ma loyauté à quelqu'un d'autre qu'Iselle, personne ne me l'a jamais dit. « Protège son honneur de ta propre vie », comme tu me le disais toi-même.

Après une pause, elle ajouta plus prudemment, pour réduire l'impact de ce discours :

—Et puis je ne pouvais pas *savoir* ce qui allait se passer avant qu'elle ne fasse jaillir la première flamme.

Dy Ferrej délaissa la jeune sophiste pour implorer d'un geste la provincara.

—Tu es plus âgée, Betriz, dit celle-ci. Nous pensions que tu aurais une influence apaisante. Que tu enseignerais à Iselle les devoirs d'une jeune fille pieuse. (Elle grimaça.) Comme lorsque Beetim le chasseur associe les jeunes chiens aux plus vieux. Quel dommage que je ne lui aie pas confié ton éducation, au lieu de cette bonne à rien de gouvernante.

Betriz cligna des yeux et s'inclina de nouveau.

—Oui, Madame.

La provincara la fixa du regard, cherchant à déceler une trace d'ironie. Cazaril se mordit la lèvre inférieure.

Iselle prit une profonde inspiration.

—Si tolérer l'injustice et feindre d'ignorer les épreuves tragiques et inutiles des hommes sont les devoirs premiers des jeunes filles pieuses, alors les divins ne me l'ont jamais enseigné !

—Non, bien sûr que non, aboya la provincara. (La conviction de sa voix tempérait pour la première fois son âpreté.) Mais la justice ne fait pas partie de tes *tâches*, mon ange.

—Il semblerait que les hommes dont c'est la tâche l'aient négligée. Je ne suis pas une fille de ferme. Si j'ai à Chalion de plus grands privilèges, alors j'ai sans doute aussi de plus grands devoirs envers Chalion. Le divin et la bonne dédicate me l'ont dit tous les deux !

Elle lança un coup d'œil méfiant à cette indiscrète de dame dy Hueltar.

— Je parlais de la façon dont vous devez vous consacrer à vos études, Iselle, protesta celle-ci.

— Lorsque les divins parlaient de vos devoirs pieux, Iselle, ajouta dy Ferrej, ils ne voulaient pas dire… Ils ne voulaient pas dire…

— Ils ne voulaient pas dire que je devais les prendre au sérieux ? demanda-t-elle d'une voix douce.

Dy Ferrej bredouilla. Cazaril compatit. Une innocente avec la morale de son côté, mais tout aussi écervelée et ignorante des dangers que le jeune chiot auquel l'avait comparée la provincara. Cazaril fut profondément reconnaissant de n'y avoir aucun rôle à jouer.

Les narines de la provincara frémirent.

— Pour l'heure, je vous enjoins toutes deux de regagner vos chambres et d'y rester. Je vous aurais bien ordonné de lire des Écritures à titre de pénitence, mais… Je déciderai plus tard si je vous autorise à prendre part au festin. Bonne dédicate, assurez-vous qu'elles arrivent à bon port. Allons !

Elle accompagna ses paroles d'un geste impérieux. Alors que Cazaril s'apprêtait à les suivre, le bras de la provincara s'arrêta en plein mouvement et désigna le sol d'un doigt ferme.

— Castillar, dy Ferrej, attendez un moment.

Dame Betriz jeta un coup d'œil indiscret par-dessus son épaule alors qu'on la faisait sortir. Iselle marchait la tête haute, sans se retourner.

— Eh bien, reprit dy Ferrej sur un ton las quelques instants plus tard, dire que nous espérions les voir devenir amies.

Ses jeunes auditrices ayant disparu, la provincara s'autorisa un sourire triste.

— Hélas, oui.

— Quel âge a dame Betriz ? demanda Cazaril, curieux, alors que la porte se refermait.

— Dix-neuf ans, répondit son père dans un soupir.

Quoi qu'il en soit, la différence d'âge entre elle et Cazaril n'était pas si grande qu'il l'avait imaginé, même si c'était sans doute le cas en matière d'expérience.

— Je croyais vraiment que Betriz aurait une bonne influence, ajouta dy Ferrej. Il semblerait que l'inverse se soit produit.

— Accusez-vous ma petite-fille de corrompre votre fille ? questionna la provincara, ironique.

— De l'avoir plutôt *inspirée*, dirons-nous, répliqua dy Ferrej, lugubre, en haussant les épaules. C'est terrifiant. Je me demande… Je me demande si nous devrions les séparer.

— Voilà qui occasionnerait bien des braillements. (La provincara s'assit péniblement sur un banc et fit signe aux deux hommes de l'imiter.) Je ne veux pas de pagaille.

Cazaril joignit les mains entre ses genoux et attendit son bon plaisir, quel qu'il soit. Elle devait bien l'avoir traîné ici pour une raison. Elle l'étudia longuement d'un air songeur.

—Vous qui avez un regard neuf, Cazaril, dit-elle enfin. Avez-vous des suggestions ?

Les sourcils de Cazaril se haussèrent.

—On m'a confié l'entraînement de jeunes soldats, Madame. Jamais de jeunes filles. Je suis ici bien loin de mon terrain.

Il hésita, puis ajouta presque malgré lui :

—Il me semble un peu trop tard pour apprendre à Iselle la lâcheté. Mais vous pourriez attirer son attention sur sa rapidité à sauter aux conclusions sans preuves accablantes. Comment pouvait-elle affirmer que le juge était aussi coupable que le veut la rumeur ? Grâce au ouï-dire, à des ragots ? Même des preuves apparentes peuvent mentir.

Cazaril se rappela, non sans regret, les suppositions de l'homme des bains quant à l'état de son dos.

—Trop tard pour l'incident d'aujourd'hui, mais la leçon la fera peut-être réfléchir à l'avenir.

Il ajouta d'un ton plus sec :

—Et vous pourriez prendre garde au genre de ragots dont vous discutez en sa présence.

Dy Ferrej tressaillit.

—En la présence des deux, dit la provincara. Quatre oreilles pour un cerveau… ou une conspiration. (Lèvres pincées, elle le regarda en plissant les yeux.) Cazaril… vous écrivez et parlez le darthacain, n'est-ce pas ?

Cazaril cligna des yeux, surpris par ce saut du coq à l'âne.

—Oui, Madame… ?

—Et le roknari ?

—Mon, hum, roknari de cour est un peu rouillé ces jours-ci. En revanche, je parle couramment le roknari des bas-fonds.

—Et la géographie ? Vous connaissez la géographie de Chalion, d'Ibra, et des principautés roknari ?

—Cinq dieux, bien sûr, Madame. Là où je n'ai pas chevauché, j'ai marché, et là où je n'ai pas marché, on m'a traîné. J'ai la géographie imprimée sous la peau. Et j'ai parcouru à la rame la moitié de l'Archipel.

—Et vous lisez, calculez, tenez des comptes… Vous avez rédigé des lettres, des rapports, des traités, des ordres logistiques…

—J'ai sans doute la main qui tremble un peu ces temps-ci, mais oui, j'ai fait toutes ces choses, admit-il avec une circonspection tardive (où les menait cet interrogatoire ?).

—Oui, oui !

Elle battit des mains en se levant, ce qui fit tressaillir Cazaril.

— Ce sont sans doute les dieux qui vous ont mené jusqu'à moi. Que les démons du Bâtard m'emportent si je n'ai pas la présence d'esprit de vous retenir.

Il l'interrogea d'un regard perplexe.

— Cazaril, vous cherchiez un poste. J'en ai un pour vous. (Elle se rassit, triomphante.) Secrétaire-précepteur de la royesse Iselle !

Cazaril sentit sa mâchoire se décrocher. Il la regarda en clignant des yeux, l'air stupide.

— Quoi ?

— Teidez a déjà son propre secrétaire, qui tient les comptes de ses chambres, rédige ses lettres... Il est temps qu'Iselle possède son propre gardien, à la croisée de son univers de femme et du monde plus vaste auquel il lui faudra se confronter. De plus, ces imbéciles de gouvernantes n'ont jamais su s'y prendre avec elle. Il lui faut l'autorité d'un homme, voilà tout. Vous possédez le rang, l'expérience... (La provincara... sourit, quel autre nom donner à cette horrible expression de joie ?) Qu'en dites-vous, Messire castillar ?

La gorge de Cazaril se serra.

— J'en dis... J'en dis que si vous me prêtiez un rasoir dès maintenant, que je puisse me trancher la gorge, bien des étapes nous seraient épargnées. Si Madame le veut bien.

La provincara ricana.

— Très bien, Cazaril, très bien. J'apprécie les hommes capables de ne pas sous-estimer leur situation.

Dy Ferrej, qui avait tout d'abord semblé surpris et alarmé, regarda Cazaril avec un intérêt nouveau.

— Je parierais que *vous* pourriez l'intéresser à ses déclinaisons darthacaines. Vous êtes allé là-bas, après tout, ce qui n'était le cas d'aucune de ces idiotes, poursuivit la provincara avec un enthousiasme croissant. Au roknari également, même si nous prions tous pour qu'elle n'en ait jamais besoin. Lisez-lui de la poésie brajarienne, comme je me rappelle que vous aimiez tant le faire. Quant aux leçons de maintien... Vous avez servi à la cour du roya, les dieux m'en sont témoins. Allons, allons, Cazaril, ne me regardez pas comme un veau égaré. Ce serait pour vous un travail facile pendant votre convalescence. Eh, n'imaginez pas que je n'aie pas remarqué comme vous avez été mal en point, ajouta-t-elle alors qu'il niait d'un geste. Vous n'auriez pas besoin de répondre à plus de deux lettres par semaine. Et vous avez été messager à cheval – si c'était *vous* qui accompagniez les filles lors de leurs sorties à cheval, je n'aurais pas à écouter ces dames aux cuisses aussi molles que de la pâte haleter et se plaindre que la selle les blesse. Et pour ce qui est de tenir les comptes de sa chambre... Après avoir tenu une forteresse, ce devrait être pour vous un jeu d'enfant. Qu'en dites-vous, mon cher Cazaril ?

La vision était alléchante et effroyable tout à la fois.

— N'auriez-vous pas plutôt une forteresse assiégée à me confier ?

L'humour disparut du visage de la provincara. Elle se pencha en avant et lui tapota le genou. Baissant la voix, elle murmura :

— Elle le sera bien assez tôt.

Elle marqua une pause et l'étudia.

— Vous vouliez savoir si vous pouviez faire quoi que ce soit pour alléger mes fardeaux. Dans l'essentiel, la réponse est non. Vous ne pouvez pas me faire rajeunir, vous ne pouvez pas… améliorer les choses.

Cazaril se demanda une fois encore à quel point la santé curieusement fragile de sa fille lui pesait.

— Mais pouvez-vous m'accorder ce « oui » minuscule ?

Elle le suppliait. C'était *elle* qui *le* suppliait. Quelque chose n'allait pas.

— Je suis à vos ordres, bien sûr, Madame. C'est seulement… C'est seulement que… Êtes-vous sûre ?

— Vous n'êtes pas un étranger ici, Cazaril. Et je cherche désespérément un homme en qui je puisse avoir confiance.

Le cœur de Cazaril se ramollit. Ou peut-être son cerveau. Il inclina la tête.

— Alors je suis votre homme.

— Celui d'Iselle.

Cazaril, coudes sur les genoux, releva les yeux vers elle, vers la moue songeuse de Ferrej, puis de nouveau vers le visage attentif de la vieille femme.

— Je… vois.

— J'en suis persuadée. Et c'est pour cette raison, Cazaril, que je souhaite vous voir à son service.

Chapitre 4

C'est ainsi que le lendemain matin, Cazaril fut introduit dans la salle de classe des jeunes filles par la provincara en personne. Cette petite pièce ensoleillée se trouvait du côté est du donjon, au dernier étage occupé par la royesse Iselle, dame Betriz, leur dame de compagnie et une domestique. Le royse Teidez possédait des chambres pour son propre personnel dans le nouveau bâtiment de l'autre côté de la cour, dans des proportions bien plus généreuses, supposait Cazaril, et avec de meilleures cheminées. La salle de classe d'Iselle n'était meublée que de deux petites tables, quelques chaises, une bibliothèque à moitié vide et une poignée de coffres. En présence des deux demoiselles et de Cazaril, qui se sentait maladroit et trop grand pour ce plafond bas, elle était remplie au maximum de sa capacité. La dame de compagnie dut emporter ses travaux de couture dans la pièce voisine, mais les portes restèrent grandes ouvertes entre eux.

Cazaril semblait donc se retrouver avec une classe au lieu d'une seule élève. Une demoiselle du rang d'Iselle ne restait presque jamais seule, surtout pas en présence d'un homme, même un membre de sa maison convalescent et prématurément vieilli. Cazaril ignorait ce que pensaient les deux demoiselles de cet arrangement tacite, mais il en fut secrètement soulagé. Jamais il n'avait ressenti sa virilité de façon si repoussante : fruste, pataud et dégradé. L'un dans l'autre, cette atmosphère féminine, joyeuse et paisible, était éloignée au possible de celle d'un banc de galère roknari, et le contraste lui fit l'effet d'une boule de joie délirante dans sa gorge lorsqu'il pencha la tête pour passer sous le linteau et entrer dans la pièce.

La provincara l'annonça sans tarder comme nouveau secrétaire-précepteur d'Iselle, « comme celui de ton frère », cadeau inattendu qu'Iselle accepta sans la moindre objection, clignant des yeux sous l'effet de la surprise. À en croire son regard calculateur, la nouveauté et la hausse de statut liée au fait d'avoir un homme pour professeur paraissaient la ravir. Dame Betriz, remarqua un Cazaril encouragé, semblait elle aussi alerte et intéressée plutôt qu'hostile ou méfiante.

Cazaril espérait ressembler assez à un érudit pour duper les demoiselles, avec la robe brune du marchand de laine ce jour-là maintenue par la ceinture cloutée d'argent du gardien, sans son épée. Il avait eu la prévoyance de se munir de tous les livres en darthacain que lui avait procurés une rapide exploration des vestiges de la bibliothèque du défunt provincar, une demi-douzaine de volumes pris au hasard. Il les laissa tomber sur une des petites tables avec un bruit lourd et impressionnant et gratifia ses deux nouvelles élèves d'un regard délibérément sinistre. Si la tâche ressemblait un tant soit peu à l'entraînement de jeunes soldats, de jeunes chevaux ou de jeunes faucons, la clé était de prendre l'avantage dès le premier instant pour le conserver ensuite. Il pouvait se montrer aussi creux qu'un tambour, du moment qu'il faisait du bruit.

La provincara repartit aussi soudainement qu'elle était arrivée. Afin de prétendre avoir un programme alors même qu'il en établissait un, Cazaril commença par tester la royesse sur sa maîtrise du darthacain. Il lui fit lire une page au hasard dans l'un des livres, qui traitait d'un sujet qu'il connaissait bien : comment miner et saper les tranchées lors d'un siège. Avec l'aide de Cazaril qui lui soufflait ses répliques, Iselle vint laborieusement à bout de trois paragraphes. Les deux ou trois questions qu'il lui posa en darthacain pour lui demander de résumer sa lecture la laissèrent balbutiante et bredouillante.

— Votre accent est épouvantable, lui dit-il avec franchise. Un Darthacain vous comprendrait à grand-peine.

Elle releva brusquement la tête pour le dévisager.

— Ma *gouvernante* m'a dit que j'étais très bonne. Elle a dit que j'avais une intonation très mélodieuse.

— En effet : vous parlez comme une poissonnière d'Ibra du Sud qui vend ses marchandises à la criée. Elles aussi sont très mélodieuses. Mais n'importe quel seigneur darthacain vous rirait au nez : ils ont l'arrogance des guêpes quand il s'agit de leur horrible langue. (Du moins avaient-ils autrefois agi ainsi avec Cazaril.) Votre gouvernante vous flattait, Royesse.

Elle le regarda en fronçant les sourcils.

— J'en déduis que vous ne vous considérez pas comme un flatteur, Castillar ?

Ses termes et son intonation étaient un peu plus équivoques qu'il ne s'y attendait. Les blessures de Cazaril coupèrent court au salut ironique qu'il lui retourna, assis sur un coffre placé en face de la table d'Iselle, si bien qu'il parut un peu moins repentant.

— J'espère ne pas être un rustre intégral. Mais si vous souhaitez un homme qui vous serve des mensonges rassurants quant à vos prouesses, et entrave ainsi tous vos espoirs d'atteindre un réel niveau d'excellence, je suis sûr que vous en trouverez facilement. Toutes les prisons ne sont pas faites de barreaux de fer. Certaines sont faites de lits de plumes. Royesse.

Les narines d'Iselle frémirent: elle pinça les lèvres. Cazaril songea, un peu trop tard, que l'approche n'était peut-être pas la bonne. C'était une créature jeune et tendre, presque encore enfant – peut-être devrait-il se radoucir – et si elle se plaignait auprès de la provincara, il risquait de perdre…

Elle tourna la page.

—Eh bien, dit-elle d'une voix glaciale, continuons.

Cinq dieux, il avait vu ce même regard de fureur et de frustration dans les yeux des jeunes hommes qui se relevaient, crachaient la terre qu'ils avaient dans la bouche, et devenaient ensuite ses meilleurs lieutenants. Peut-être la tâche ne serait-elle, après tout, pas si difficile. Avec de grands efforts, il réprima un large sourire pour afficher un air grave, et d'un sévère hochement de tête professoral, il lui donna la permission de poursuivre.

—Reprenons.

Cette activité simple et agréable les occupa toute une heure. Du moins, simple pour lui. Lorsqu'il vit que la jeune royesse se frottait les tempes et que les plis apparus entre ses sourcils ne devaient rien à la rancune, il céda et lui reprit le livre.

Dame Betriz, assise près d'Iselle, avait suivi l'exercice, remuant les lèvres en silence. Cazaril lui fit tout répéter. Iselle l'ayant précédée, elle se montra plus rapide, mais hélas affligée de ce même fort accent d'Ibra du Sud, sans doute hérité de la même instructrice. Iselle écoutait attentivement les corrections méthodiques de Cazaril.

Ils avaient bien mérité leur déjeuner à présent, songea Cazaril; mais il devait encore s'acquitter d'une tâche déplaisante confiée par la provincara. Il se laissa aller sur son siège, alors que les demoiselles s'animaient et s'apprêtaient à se lever, puis s'éclaircit la voix.

—Vous avez réussi hier au temple une action spectaculaire, Royesse.

La large bouche de la jeune femme dessina un sourire; ses paupières curieusement épaisses se plissèrent de plaisir.

—Je vous remercie, Castillar.

Il se força à durcir son propre sourire.

—Une insulte bien ostentatoire, pour un homme contraint de rester là sans rien répondre. Au moins l'assistance en fut-elle bien amusée, à en juger par ses rires.

Elle pinça les lèvres, mal à l'aise.

—Il y a bien des méfaits commis en Chalion contre lesquels je ne peux rien. C'était le moins que je puisse faire.

—Si la cause était juste, ce fut efficace, concéda-t-il avec un hochement de tête trompeusement cordial. Dites-moi, Royesse, quelles mesures aviez-vous prises auparavant pour vous assurer que l'individu était coupable ?

Elle allait relever le menton mais s'arrêta.

— Ser dy Ferrej… nous l'a dit. Et je le sais honnête.

— Ser dy Ferrej a dit, et je me rappelle très bien ses paroles, car il parle ainsi, qu'il avait *entendu dire* que le juge avait accepté le pot-de-vin du duelliste. Il n'a jamais prétendu détenir de preuve de première main. Lui en avez-vous parlé, après le dîner, afin de découvrir d'où lui venait cette opinion ?

— Non… Si j'avais parlé à quiconque de mes projets, on m'en aurait empêchée.

— Cependant, hem, vous en avez parlé à dame Betriz.

Cazaril désigna du menton la demoiselle aux yeux sombres.

Betriz se raidit et répondit prudemment :

— C'est pourquoi j'ai suggéré de demander la première flamme.

Cazaril haussa les épaules.

— La première flamme, hein. Mais votre main est jeune, forte et ferme, Dame Iselle. Êtes-vous sûre que vous ne deviez pas cette première flamme à vous-même ?

Sa mine s'assombrit encore.

— Les citadins ont applaudi…

— En effet. En moyenne, une moitié des hommes qui se présentent devant un juge doit repartir furieuse et déçue. Mais pas nécessairement dupée.

À en juger par son changement d'expression, il venait de frapper dans le mille. Le passage de la méfiance au désarroi n'avait rien d'un spectacle plaisant.

— Mais… mais…

Cazaril soupira.

— Je ne dis pas que vous aviez tort, Royesse. Pour cette fois. Je dis que vous couriez à l'aveuglette. Et ce qui vous a gardée de percuter un arbre tête la première, c'est la seule grâce des dieux, et non votre prudence.

— Oh.

— Peut-être avez-vous calomnié un innocent. Ou peut-être fait acte de justice. Je l'ignore. Mais l'important… c'est que *vous* l'ignorez aussi.

Cette fois, son « oh » fut contenu au point d'être muet.

La partie affreusement pratique de l'esprit de Cazaril, qui avait apaisé bien des égratignures, ne put s'empêcher d'ajouter :

— Et que vous ayez tort ou raison, je vous ai aussi vue vous faire un ennemi, et le laisser en vie derrière vous. Grande indulgence. Mais mauvaise stratégie.

Cinq dieux, ce n'était pas une remarque à faire à une douce demoiselle… Il se retint de se plaquer la paume sur la bouche, geste qui n'aurait guère contribué à son image de correcteur noble et sincère.

Les sourcils d'Iselle se haussèrent pour garder cette fois cette position. Tout comme ceux de Betriz.

Après un silence méditatif d'une longueur déconcertante, Iselle dit d'une voix calme :

— Je vous remercie de vos conseils avisés, Castillar.

Il approuva d'un hochement de tête. Bien. S'il s'était sorti de cette épreuve délicate, il avait parcouru la moitié du chemin. Et maintenant, les dieux en soient remerciés, la table généreuse de la provincara les attendait...

Iselle resta assise et joignit les mains sur ses genoux.

— Vous devez être mon secrétaire aussi bien que mon précepteur, Cazaril, n'est-ce pas ?

Ce dernier se rassit.

— Oui, Madame ? Souhaiteriez-vous mon aide pour une lettre ?

Il ajouta presque, entre les lignes, *après le repas* ?

— Votre aide. Oui. Mais pas pour une lettre. Ser dy Ferrej dit que vous avez été messager, est-ce exact ?

— J'étais courrier à cheval pour le provincar de Guarida, Madame. Quand j'étais plus jeune.

— Un courrier est un espion.

Son regard soudain calculateur le troublait.

— Pas nécessairement, même s'il était parfois difficile de... convaincre les gens du contraire. Nous étions, avant toute chose, des messagers de confiance. Même s'il est exact qu'on nous demandait de garder les yeux ouverts et de faire part de nos observations.

— Parfait. (Elle redressa le menton.) Alors la première tâche que je vous confie, en tant que secrétaire, consistera à observer. Je voudrais que vous découvriez si j'ai ou non commis une erreur. Je peux difficilement descendre en ville ou poser des questions : je dois rester en haut de cette colline sur mon... (elle grimaça) lit de plumes. Mais vous... vous pouvez le faire.

Elle lui jeta un regard empli d'une foi tout à fait troublante.

Son estomac lui sembla soudain aussi creux qu'un tambour, sans rapport aucun avec le manque de nourriture. Visiblement, il avait joué son rôle avec un peu trop de conviction.

— Je... je... Tout de suite ?

Elle se tortilla sur son siège.

— Discrètement. Quand l'occasion se présentera.

Cazaril avala sa salive.

— Je ferai mon possible, Madame.

Alors que Cazaril descendait vers sa chambre à l'étage inférieur, une image de son passé de page dans ce même château lui revint en mémoire.

Il se prenait alors pour une fine lame, au motif qu'il surpassait de peu la demi-douzaine de jeunes rustres bien nés qui partageaient ses fonctions et sa formation dans la maison du provincar. Un nouveau jeune page était arrivé un jour, petit et renfrogné ; le maître d'armes du provincar avait invité Cazaril à l'affronter lors de la séance d'entraînement suivante. Cazaril avait développé quelques jolies bottes, dont un moulinet qui aurait, avec une épée véritable, proprement sectionné les oreilles de la plupart de ses camarades. Il avait pratiqué sa botte spéciale sur le nouvel arrivant, l'achevant avec le tranchant émoussé contre la tempe du nouveau page – pour voir aussitôt, un peu plus bas, l'épée d'exercice de son adversaire presque pliée en deux contre le rembourrage qui lui protégeait l'abdomen.

Cazaril avait entendu dire que le page, par la suite, était devenu maître d'armes du roya de Brajar. Avec le temps, Cazaril avait dû s'avouer sa propre médiocrité à l'épée : ses intérêts avaient toujours été trop dispersés pour qu'il conserve le degré d'obsession nécessaire. Mais il n'avait jamais oublié cet instant où il avait baissé des yeux surpris sur sa propre mort simulée.

Étonnant que sa première leçon avec la délicate Iselle ait fait resurgir ce vieux souvenir. D'étranges petites étincelles d'intensité brûlaient dans ces yeux si différents… Quel était donc le nom de ce page… ?

Cazaril découvrit qu'on avait déposé sur son lit, en son absence, quelques tuniques et chausses supplémentaires, vestiges de l'époque où le gardien du château était plus jeune et plus mince, supposa-t-il. Il se dirigea vers le coffre placé au pied de son lit pour les y déposer et se rappela le carnet du défunt marchand de laine, rangé dans la cape qui s'y trouvait. Il s'en empara dans le but de l'apporter au temple l'après-midi même, puis le remit en place. Peut-être découvrirait-il dans ses pages codées la trace d'une de ces preuves de moralité que la royesse attendait de lui – qu'il l'avait conduite à attendre de lui –, un indice précis jouant contre le juge ou bien en sa faveur. Il commencerait par l'examiner lui-même. Peut-être l'éclairerait-il un peu sur la situation à Valenda.

Après le repas, Cazaril s'étendit pour une merveilleuse petite sieste. Il revenait à peine à un état d'éveil exquis lorsque ser dy Ferrej vint frapper à sa porte pour lui remettre les livres et les comptes de la chambre de la royesse. Betriz le suivit de près avec une boîte de lettres à classer. Cazaril passa le reste de l'après-midi à tenter d'organiser ces papiers empilés au hasard et de se familiariser avec leur contenu.

Les livres de comptes n'avaient rien de bien compliqué : l'achat de tel ou tel jouet ou bijou de camelote ; une liste de cadeaux reçus et offerts ; une liste plus méticuleuse de bijoux de valeur véritable, d'héritages ou de présents. Des vêtements. Le cheval monté par Iselle, la mule Flocon-de-Neige et leurs harnachements assortis. Des articles tels que linge ou meubles étaient sans doute englobés dans les comptes de la provincara, mais seraient désormais confiés à la charge de Cazaril. En règle générale, on envoyait les dames de rang se marier avec des charrettes – et non des bateaux, espérait-il – remplies d'objets de valeur, et Iselle devrait bientôt se préparer à des années d'accumulation en vue de ce jour futur. Devrait-il se classer dans cet inventaire nuptial à titre d'article numéro un ?

Il imaginait l'inscription : « Secrét.-précept., exemplaire unique. Cadeau de Grand-maman. Âge : trente-cinq ans. Sérieusement endommagé pendant le transport en bateau. Valeur… ? »

La procession nuptiale représentait normalement un voyage d'une journée, bien que la mère d'Iselle, la royina douairière, en soit revenue… *brisée*, s'efforça-t-il de ne pas songer. Dame Ista l'intriguait et le troublait. On disait la folie héréditaire dans certaines nobles familles. Pas celle de Cazaril : la sienne avait plutôt souffert de malheureuses alliances politiques et d'une incapacité à gérer ses finances, tout aussi dévastatrices à long terme. Iselle courait-elle le risque… ? *Certainement pas.*

La correspondance d'Iselle, peu abondante, se révéla intéressante. Quelques gentilles petites lettres de sa grand-mère – remontant à l'époque où la royina, devenue veuve, n'avait pas encore éloigné sa famille de la Cour – remplies de conseils lui intimant « d'être bonne, d'obéir à ta mère, de dire tes prières, d'aider à s'occuper de ton petit frère ». Un ou deux billets provenant d'oncles et de tantes, les autres enfants de la provincara – Iselle n'avait pas d'autres parents du côté de son père le défunt roya Ias, celui-ci ayant été le seul enfant survivant de son père malchanceux. Une série de lettres régulières envoyées pour les anniversaires et jours saints par son demi-frère bien plus âgé, l'actuel roya Orico.

Ces dernières étaient de la propre main du roya, constata Cazaril avec approbation, ou du moins supposait-il que le roya n'employait pas de secrétaire ayant une écriture en pattes de mouche si peu lisible. C'étaient pour la plupart des missives brèves et distantes, celles d'un homme adulte s'efforçant d'être gentil envers une enfant, sauf lorsqu'elles contenaient des descriptions de la ménagerie bien-aimée d'Orico. Elles se faisaient alors fluides et spontanées l'espace d'un paragraphe ou deux, fruit de l'enthousiasme et, peut-être, de l'espoir que cet intérêt au moins serait commun au demi-frère et à la demi-sœur.

Cette tâche plaisante fut interrompue tard dans l'après-midi par un page informant Cazaril que sa présence était requise pour une sortie à cheval avec la royesse et dame Betriz. Il se hâta de revêtir l'épée empruntée et trouva les chevaux déjà sellés qui l'attendaient dans la cour. Cazaril n'était pas monté à cheval depuis près de trois ans ; le page lui lança un regard surpris et mécontent lorsqu'il lui demanda un escabeau pour se hisser péniblement. On lui avait donné une bête paisible et docile, le même hongre bai qu'il avait vu monté par la dame de compagnie de la royesse le premier après-midi.

Tandis qu'ils s'alignaient, la dame de compagnie se pencha par une fenêtre du donjon pour agiter un morceau de tissu avec une évidente bonne volonté. Mais la promenade s'avéra bien plus calme et placide qu'il ne s'y attendait, un simple aller et retour jusqu'à la rivière. Comme il avait déclaré au début de l'excursion que toute conversation devrait se faire en darthacain, elle fut également très silencieuse, ce qui ajouta à la tranquillité générale.

Puis vint le souper, après lequel il regagna sa chambre, où il s'affaira à essayer ses nouveaux vêtements usagés, puis à les ranger, puis à tenter de déchiffrer les premières pages du carnet de ce pauvre idiot de marchand de laine. Mais ses paupières s'alourdirent au cours de l'exercice, si bien qu'il dormit comme une bûche jusqu'au matin.

Les choses se poursuivirent comme elles avaient débuté. Le matin, cours de darthacain, roknari, géographie, arithmétique ou géométrie avec les deux jolies demoiselles. Pour la géographie, il subtilisa les cartes du précepteur de Teidez et amusa la royesse de récits soigneusement censurés de ses voyages les plus exotiques le long de la côte nord, à travers Chalion, Ibra, Brajar, la grande Darthaca, ou les cinq principautés roknari en lutte perpétuelle.

Il censura plus sévèrement ses descriptions récentes de l'archipel de Roknar, vu par un œil d'esclave. Il se découvrit capable de vaincre l'indifférence qu'inspirait à Iselle et Betriz le roknari de la cour, grâce au remède appliqué autrefois aux deux jeunes pages de la maison du provincar de Guarida auxquels il enseignait la langue. Il offrit aux dames un juron roknari – cependant pas le plus vulgaire – pour chaque vingtaine de mots de roknari de cour qu'elles prouvaient avoir mémorisée. Non que l'occasion leur soit jamais donnée d'employer ce vocabulaire, mais il leur serait peut-être profitable de savoir reconnaître les mots prononcés en leur présence. Et elles pouffaient de charmante façon.

Cazaril s'attaqua non sans inquiétude à la tâche qui lui était confiée, une enquête discrète sur la probité du justiciar de la province. Des questions indirectes à la provincara et à dy Ferrej complétèrent le tableau sans fournir de certitude, aucun des deux n'ayant jamais croisé l'homme dans l'exercice de ses fonctions, seulement lors de contacts formels irréprochables. Quelques excursions en ville en quête de quiconque aurait connu Cazaril dix-sept ans auparavant et accepterait de lui parler franchement le découragèrent quelque peu. Le seul homme à le reconnaître sans hésitation fut un boulanger âgé qui avait mené une longue et lucrative carrière en vendant des friandises à tous les pages du château, mais c'était un individu aimable sans aucun goût pour les procès.

Cazaril s'attela au carnet du marchand de laine une page à la fois, aussi vite que le lui permettaient ses autres tâches. Plusieurs expériences répugnantes visant à invoquer les démons du Bâtard avaient totalement échoué, remarqua Cazaril avec un certain soulagement. Le nom du défunt duelliste n'apparaissait qu'accolé à quelques épithètes injurieuses, ou parfois c'étaient les épithètes seules. Le nom du juge vivant ne ressortait jamais de manière explicite. Mais avant que Cazaril ait pu démêler cet écheveau ne serait-ce qu'à moitié, la tâche fut soustraite à ses mains inexpertes.

Un officier chargé de l'enquête par la cour du provincar de Baocia arriva de la ville de Taryoon, où le fils de la douairière avait établi sa capitale en héritant du titre de son père. Il n'avait fallu, compta mentalement Cazaril, que les jours nécessaires à la rédaction d'une lettre de la provincara à son fils, à son envoi, à sa lecture, à la transmission d'ordres à la chancellerie de Baocia, et à la préparation du voyage de l'enquêteur et de son équipe. Un privilège de taille. Cazaril ignorait au juste dans quelle mesure la provincara était tenue de respecter les procédures judiciaires, mais il aurait juré que la perspective de laisser des ennemis se promener dans le plus grand désordre avait dû démanger son instinct de ménagère.

Le lendemain, on découvrit que le juge Vrese s'était enfui dans la nuit avec deux serviteurs et quelques coffres et bagages remplis en toute hâte, abandonnant une maison en désordre et un âtre rempli des cendres de papiers brûlés.

Cazaril voulut convaincre Iselle de ne pas considérer ces faits comme une preuve, mais c'était pousser le bouchon un peu loin, même pour un homme au jugement aussi lent que le sien. La probabilité qu'Iselle ait *vraiment* été touchée par la déesse ce jour-là était trop troublante pour qu'il l'envisage. Les voies des dieux, comme les théologiens de la Sainte Famille en assuraient les hommes, étaient subtiles, secrètes et, par-dessus tout, parcimonieuses : à travers le monde, et non en lui. Même dans les cas exceptionnels de guérisons miraculeuses – ou les sinistres miracles du désastre et de la mort –, les hommes devaient de leur plein gré ouvrir des portes pour permettre au bien ou au mal d'entrer dans le monde éveillé. Cazaril avait rencontré, longtemps auparavant, quelques rares personnes qu'il soupçonnait d'être touchées par les dieux, et quelques autres qui croyaient simplement l'être. La présence de tous ces gens avait suffi à le mettre mal à l'aise. Cazaril espérait dévotement que la Fille Printemps était repartie satisfaite des actes de son avatar. *Ou simplement partie...*

Iselle avait peu de contacts avec la maison de son frère, de l'autre côté de la cour, à l'exception des repas ou de leurs sorties à cheval dans la campagne. Les deux enfants avaient dû être plus proches avant que l'arrivée de la puberté les conduise vers les mondes distincts des hommes et des femmes.

Le sévère secrétaire-précepteur du royse, ser dy Sanda, sembla troublé plus que de raison par l'inutile titre de castillar de Cazaril. Il prétendait à une meilleure place à table ou lors des processions, par rapport au simple précepteur des demoiselles, avec un sourire d'excuse hypocrite qui servait davantage, lors des repas, à attirer l'attention qu'à prétendre apaiser. Cazaril envisageait de lui expliquer à quel point tout cela l'indifférait, mais doutait d'y parvenir ; si bien qu'il se contentait de lui renvoyer son sourire, ce qui troublait terriblement dy Sanda, qui voyait là quelque subtile tactique. Lorsque ce dernier se présenta un jour dans la salle de classe d'Iselle pour demander qu'on lui restitue ses cartes, il semblait s'attendre à ce que Cazaril les revendique comme des documents d'État secrets. Cazaril s'empressa de les rendre avec des remerciements chaleureux. Dy Sanda se vit contraint de repartir en n'ayant déchargé que la moitié de sa colère.

Dame Betriz serra les dents.

— Quel personnage ! Il se comporte comme, comme…

— Comme un des chats du château, compléta Iselle, à l'approche d'un chat étranger. Que lui avez-vous fait pour qu'il vous siffle ainsi à la figure, Cazaril ?

— Je vous promets que je n'ai pas uriné devant sa fenêtre, répondit Cazaril avec le plus grand sérieux, à la suite de quoi Betriz s'étrangla de rire (voilà qui était mieux) et promena autour d'elle un regard coupable pour s'assurer que la dame de compagnie n'avait rien entendu.

Avait-il été trop grossier ? Il savait n'avoir pas encore totalement pris en main les demoiselles, mais elles ne s'étaient jamais plaintes de lui, malgré le darthacain.

— J'imagine qu'il me soupçonne de préférer son poste au mien. Il n'a pas dû y réfléchir en détail.

Ou peut-être que si, comprit soudain Cazaril. À la naissance de Teidez, il n'était pas encore évident qu'il succéderait à son demi-frère Orico, alors à peine marié. Mais au fil des ans, comme la royina d'Orico ne parvenait pas à concevoir d'enfant, l'intérêt – peut-être malsain – suscité par Teidez avait dû être accru dans la cour de Chalion. Peut-être était-ce pour cette raison qu'Ista avait quitté la capitale, emportant ses enfants loin de cette atmosphère surchauffée pour lui préférer le calme et la propreté de cette ville de campagne. Sage décision, qui plus est.

— Oh non, Cazaril, répondit Iselle. Restez ici avec nous. C'est beaucoup plus agréable.

— Oui, en effet, l'assura-t-il.

— Ce n'est pas juste. Vous avez deux fois plus d'esprit que ser dy Sanda, et dix fois plus d'expérience des voyages ! Pourquoi le supportez-vous avec tellement, tellement… ? (Betriz sembla chercher ses mots.) De calme, conclut-elle enfin.

Elle détourna un instant le regard, comme par peur qu'il la croie en train de ravaler un terme moins flatteur.

Cazaril offrit un pauvre sourire à cette alliée imprévue.

— Croyez-vous qu'il serait plus heureux si je me posais comme cible à sa stupidité ?

— Très clairement, oui !

— Alors vous répondez à votre propre question.

Elle ouvrit la bouche, puis la referma. Iselle faillit s'étrangler de rire.

Cependant, dy Sanda devint plus sympathique à Cazaril un matin où il entra, le visage tellement exsangue qu'il en paraissait presque vert, pour annoncer la nouvelle alarmante de la disparition de son royal élève, introuvable dans la maison ou la cuisine, le chenil ou l'étable. Cazaril ceignit son épée, l'esprit quadrillant déjà la campagne et la ville, estimant les risques de blessures, de rencontres avec des bandits, la rivière... Les tavernes ? Teidez avait-il déjà l'âge de rendre visite aux filles de joie ? Raison de plus pour éloigner les domestiques qui s'accrochaient à lui.

Avant que Cazaril puisse exposer les différentes possibilités à dy Sanda, qui faisait une fixation sur les bandits, Teidez en personne entra à cheval dans la cour, les habits humides et boueux, une arbalète sur l'épaule, un palefrenier le suivant de près, un renard mort en travers du pommeau. Teidez observa la cavalerie à demi assemblée avec une expression d'horreur maussade.

Cazaril renonça à tenter de monter à cheval sans tirer sur un point douloureux, se baissa pour s'asseoir sur son escabeau avec les rênes du hongre bai en main, et regarda, fasciné, quatre hommes adultes assommer le jeune homme de questions absurdes.

« Où étiez-vous ? » nécessitait à peine d'être demandé, de même que « Pourquoi l'avez-vous fait ? », et « Pourquoi n'en avez-vous rien dit ? » voyait sa réponse un peu plus apparente à chaque seconde. Teidez supporta la plupart en serrant les dents.

Lorsque dy Sanda fit halte pour reprendre son souffle, Teidez jeta sa proie rousse et flasque au chasseur Beetim.

— Tenez. Écorchez-le pour moi. Je veux sa fourrure.

— La fourrure ne vaut rien en cette saison, jeune seigneur, répondit sévèrement Beetim. Les poils sont trop fins et finissent par tomber. (Il désigna en agitant le doigt les mamelles gorgées de lait de la renarde.) Et prendre une mère animale pendant la saison de la Fille porte malheur. Je vais devoir lui brûler les moustaches, sinon son fantôme reviendra tourmenter mes chiens toute la nuit. Et où sont les petits, hein ? Vous auriez dû les tuer eux aussi, tant que vous y étiez, c'est cruel de les laisser mourir de faim. Ou bien êtes-vous tous deux allés les cacher quelque part ?

Il adressa le même regard mauvais au palefrenier qui eut un mouvement de recul.

Teidez jeta son arbalète sur les pavés et rugit, exaspéré :

— Nous l'avons *cherchée*, la tanière. Mais sans pouvoir la trouver.

— Oui, et toi ! (Dy Sanda se tourna vers le malheureux palefrenier.) Tu savais que tu aurais dû venir me trouver !

Il s'en prenait au palefrenier en des termes bien plus brutaux qu'il n'avait osé adresser au royse, pour conclure sur un ordre :

— Beetim, allez corriger ce garçon pour son insolence et sa stupidité !

— De ce pas, Messire, répondit Beetim, l'air mécontent, avant de s'éloigner vers les écuries, tenant d'une main le renard par la peau du cou, et de l'autre le valet tremblant.

Les deux garçons d'écurie plus âgés ramenèrent les chevaux à leurs stalles. Cazaril fut heureux de laisser partir sa monture et réfléchit à son petit déjeuner – lequel, semblait-il à présent, ne serait pas repoussé indéfiniment. Dy Sanda, dont la colère succédait à l'angoisse, confisqua l'arbalète et conduisit un Teidez maussade à l'intérieur. La voix du royse s'éleva le temps d'une dernière contre-attaque avant que la porte ne se referme sur eux :

— Mais qu'est-ce que je *m'ennuie*… !

Cazaril rit dans un souffle. Cinq dieux, quel âge épouvantable pour un garçon. Rempli d'impulsions comme d'énergie, contrarié par des adultes à l'arbitraire incompréhensible, dont les esprits stupides ne concevaient pas que l'on manque les prières du matin pour partir chasser le renard par une belle journée de printemps. Il leva les yeux vers le ciel, qui virait au céruléen pâle tandis que se dissipaient les brumes de l'aube. La quiétude de la maison de la provincara, véritable baume pour l'âme de Cazaril, devait sembler bien pénible au pauvre Teidez reclus.

Toute forme de conseil venant de Cazaril, employé depuis peu, serait sans doute mal reçue par dy Sanda, en l'état actuel de leurs relations. Mais il semblait à Cazaril que si dy Sanda voulait s'assurer de son influence future sur le royse lorsqu'il atteindrait l'âge d'homme, avec les pouvoirs et les privilèges d'un grand seigneur de Chalion – si ce n'était plus –, il s'y prenait de la pire façon possible. Teidez finirait par se débarrasser de lui à la première occasion.

Cependant, dy Sanda était un homme consciencieux, Cazaril dut l'admettre. Un personnage moins droit doté de la même ambition se plierait sans doute aux caprices de Teidez au lieu de vouloir les contrôler, pour gagner non sa loyauté mais sa dépendance. Cazaril avait rencontré quelques nobles héritiers ainsi corrompus par leurs serviteurs… mais pas dans la maison dy Baocia. Tant qu'elle serait entre les mains de la provincara, Teidez ne risquait pas de rencontrer semblables parasites. Sur cette note réconfortante, Cazaril repoussa l'escabeau et se releva.

Chapitre 5

Le seizième anniversaire de la royesse Iselle survint au milieu du printemps, environ six semaines après l'arrivée de Cazaril à Valenda. Le cadeau d'anniversaire envoyé cette année depuis la capitale de Cardegoss par son frère Orico était une superbe jument gris pommelé, sur une intuition soit très bien calculée, soit totalement à propos, car Iselle tomba en extase devant la bête à la robe luisante. Cazaril dut reconnaître que c'était un présent royal. Et il put repousser encore un peu plus longtemps le problème de son écriture maladroite, car il n'eut aucun mal à persuader Iselle de rédiger elle-même sa lettre de remerciements, qui serait transmise par le messager royal à son retour.

Mais Cazaril, les jours suivants, se trouva soumis aux questions les plus précises et les plus attentionnées sur son état de santé de la part d'Iselle et de Betriz. Des échantillons des meilleurs fruits et viandes étaient servis à table pour susciter son appétit ; on l'encourageait à se coucher tôt, à boire un peu de vin, mais sans excès ; les deux demoiselles le persuadaient souvent de faire de petites promenades dans le jardin. Ce fut seulement lorsque dy Ferrej laissa échapper en sa présence une plaisanterie destinée à la provincara que Cazaril comprit qu'Iselle et sa compagne s'étaient forcées à tempérer l'allure de leur galop par égard pour la santé, supposée fragile, du nouveau secrétaire. L'esprit de Cazaril prit le pas sur son indignation juste à temps pour le laisser confirmer cette mystification avec le plus grand sérieux et une raideur convaincante dans la démarche. Leurs attentions féminines, bien qu'ouvertement dictées par leurs propres intérêts, étaient trop charmantes pour qu'il les méprise. Et puis… ce n'était pas un rôle si dur à jouer.

L'amélioration du temps tout comme celle, en vérité, de sa propre santé, contribuaient à l'adoucir. Après tout, la chaleur estivale s'abattrait bientôt sur eux et ralentirait de nouveau la vie. Ayant vu les deux jeunes filles rester en selle après avoir franchi des bûches et descendu les chemins tordus qui longeaient la rivière, sous les vagues vertes et or qui dansaient à l'ombre des feuilles nouvelles, il cessa de craindre pour leur sécurité. Ce fut son *propre* cheval, bondissant de côté après avoir chassé une biche d'un fourré, qui le fit choir violemment dans un fouillis de pierres et de racines d'arbres, lui coupant le souffle et rouvrant une des adhérences de son dos. Il demeura étendu, haletant, la vue troublée par les larmes de douleur, jusqu'à ce que deux visages féminins effrayés apparaissent dans son champ de vision tremblotant, se détachant sur la dentelle formée par les feuilles et le ciel.

Il fallut leur aide et celle d'un arbre tombé pour le hisser de nouveau sur son cheval recapturé. Le retour au château en haut de la colline fut aussi sage et distingué, pour ne pas dire coupable, que l'aurait souhaité la gouvernante. Le monde avait cessé de tressauter bizarrement autour de Cazaril lorsqu'ils passèrent la porte cintrée, mais la cicatrice rouverte le brûlait jusqu'à la torture et formait sous sa tunique une bosse de la taille d'un œuf. Elle virerait sans doute au noir et mettrait quelques semaines à guérir. Lorsqu'ils atteignirent enfin l'abri de la cour, il ne songea à rien d'autre qu'à l'escabeau, au palefrenier, et à descendre vivant de ce maudit cheval. Ayant mis pied à terre sain et sauf, il resta un moment immobile à grimacer de douleur, la tête appuyée contre le pommeau.

—Caz !

La voix familière surgit de nulle part pour lui frapper les oreilles. Il releva la tête et regarda autour de lui. Un homme aux cheveux sombres, grand et athlétique, se dirigeait vers lui, bras tendus, vêtu d'une élégante tunique de brocart rouge et de hautes bottes d'équitation.

—Cinq dieux, murmura Cazaril. *Palli ?*

—Caz, Caz ! J'embrasse tes mains ! J'embrasse tes pieds !

L'homme de haute taille le saisit, faillit le renverser, prit au pied de la lettre la première moitié de son salut, puis remplaça la seconde par une étreinte.

—Caz, vieux frère ! Je te croyais mort !

—Non, non… Palli…

Sa douleur oubliée aux trois quarts, il saisit à son tour les mains de l'homme, puis se tourna vers Iselle et Betriz, qui avaient abandonné leurs chevaux aux soins des palefreniers pour s'approcher, visiblement intriguées.

—Royesse Iselle, Dame Betriz, permettez-moi de vous présenter ser dy Palliar, qui était mon bras droit à Gotorget… Cinq dieux, Palli, que fais-tu donc *ici* ?

—Je serais bien en droit de te retourner la question ! répliqua Palli avant de s'incliner devant les dames, qui l'observaient avec une expression de plus en plus approbatrice.

Les quelque deux années écoulées depuis Gotorget avaient contribué à le rendre plus séduisant encore, bien qu'ils aient tous quitté le siège avec des airs d'épouvantails dépravés.

— Royesse, Madame, c'est un honneur… mais à présent, c'est march dy Palliar, Caz.

— Oh, répondit Cazaril, qui s'excusa aussitôt d'un hochement de tête. Mes condoléances. Est-ce une perte récente ?

Palli baissa le menton à son tour.

— Presque deux ans maintenant. Le vieil homme a souffert d'une attaque d'apoplexie quand nous étions encore bouclés à Gotorget, mais il s'est accroché jusqu'à mon retour, grâce en soit rendue au Père Hiver. Il me reconnaissait, j'ai pu le voir tout à la fin, lui parler de la campagne… Il a offert une prière pour toi, tu sais, en son dernier jour, alors que nous croyions tous deux prier pour les morts. Caz, mon vieux, où étais-tu passé ?

— Je n'ai pas été… racheté.

— Pas racheté ? Comment ça, pas racheté ? Comment as-tu pu ne pas l'être ?

— C'était une erreur. Mon nom ne figurait pas sur la liste.

— À en croire dy Jironal, les Roknari ont prétendu que tu étais mort soudainement d'une fièvre.

Le sourire de Cazaril se fit pincé.

— Non. On m'a vendu aux galères.

Palli rejeta la tête en arrière.

— Tu parles d'une erreur ! Non, attends, tout ça n'a aucun sens…

La grimace de Cazaril, et sa main tendue vers sa poitrine, paume en avant, firent taire la réplique qui venait aux lèvres de Palli, sans éteindre pour autant la lueur de stupéfaction dans ses yeux. Palli savait comprendre une allusion, pourvu qu'on l'assène avec assez de force. *Très bien*, disait son expression, *mais je te soutirerai toute l'histoire plus tard !* Lorsqu'il se retourna vers ser dy Ferrej, venu observer cette réunion avec une mine intéressée, Palli avait retrouvé son sourire chaleureux.

— Messire dy Palliar partage du vin avec la provincara dans le jardin, expliqua le gardien du château. Rejoignez-nous donc, Cazaril.

— Merci bien.

Palli lui prit le bras et tous deux suivirent dy Ferrej hors de la cour, contournèrent le donjon pour rejoindre l'emplacement où le jardinier de la provincara faisait pousser des fleurs. Les jours de beau temps, elle en faisait son coin de verdure préféré pour s'asseoir en plein air. Au bout de trois pas, Cazaril commença à traîner ; Palli ralentit brusquement l'allure en le voyant trébucher, puis l'étudia du coin de l'œil. La provincara attendit leur retour avec un sourire patient, trônant sous un treillis cintré de roses grimpantes pas encore écloses. Elle leur indiqua les chaises apportées par les domestiques. Cazaril se laissa tomber sur un coussin avec une grimace et un grognement disgracieux.

— Démons du Bâtard, murmura Palli entre ses dents, les Roknari t'ont-ils estropié ?

— À moitié seulement. Dame Iselle… ouille!… semble décidée à terminer ce qu'ils ont commencé. (Il se laissa prudemment aller en arrière.) Et ce stupide cheval.

La provincara fronça les sourcils à l'intention des deux demoiselles qui venaient de s'inviter.

— Iselle, vous avez galopé? demanda-t-elle gravement.

Cazaril tenta de la distraire d'un geste de la main.

— Tout est la faute de mon noble destrier, Madame: attaqué, croyait-il, par un cerf hippophage. Il a fait un pas de côté, et pas moi. Je vous remercie.

Il accepta avec gratitude le verre de vin que lui tendit un serviteur et le but d'un trait, s'efforçant de ne pas le répandre. Cette désagréable impression de faiblesse au creux de son ventre était en train de s'estomper.

Iselle lui lança un regard reconnaissant qui n'échappa guère à sa grand-mère. La provincara renifla en signe de scepticisme. À titre de punition, elle dit:

— Iselle, Betriz, allez donc échanger ces habits d'équitation pour des tenues plus convenables avant le souper. Nous sommes peut-être des gens de la campagne, par ici, mais nul besoin d'être des sauvages.

Elles s'éloignèrent en lorgnant par-dessus leur épaule ce fascinant visiteur.

— Mais comment es-tu venu ici, Palli? demanda Cazaril quand les deux objets de distraction eurent dépassé le coin du donjon.

Palli les suivit lui aussi du regard et sembla devoir se secouer pour se réveiller. *Ferme la bouche, mon vieux*, songea Cazaril, amusé. *Il le faut.*

— Oh! Je me dirige vers Cardegoss, pour offrir mes services à la cour. Mon père faisait toujours escale ici, car l'ancien provincar et lui s'entendaient comme larrons en foire. Comme nous approchions de Valenda, j'ai pris la liberté d'abuser et d'envoyer un messager. Et Madame (il désigna la provincara d'un hochement de tête) a eu la gentillesse de m'inviter.

— Je vous aurais giflé si vous aviez omis de me rendre visite, dit aimablement la provincara, avec une absence de logique admirable. Je n'avais revu ni vous ni votre père depuis bien trop longtemps. J'étais désolée d'apprendre son décès.

Palli hocha la tête. Il poursuivit pour Cazaril:

— Nous comptons laisser les chevaux se reposer cette nuit et poursuivre demain à une allure plus paisible: le temps est bien trop clément pour nous presser. Il y a des pèlerins sur les routes qui mènent à tous les temples et les lieux saints (et ceux qui les exploitent, hélas). On nous avait annoncé des bandits dans les défilés, mais nous ne les avons pas vus.

— Les avez-vous cherchés? demanda Cazaril, stupéfait.

Ne *pas* trouver de bandits avait été son désir le plus cher, sur la route.

— Hé ! Je suis maintenant le seigneur dédicat de l'ordre de la Fille à Palliar, je te signale – à la place de mon père. J'ai des devoirs.

— Tu voyages avec les frères-soldats ?

— Plutôt avec les bagages. Il s'agit surtout de tenir les comptes, de récolter les loyers, de courir après le matériel adéquat, et de s'occuper de *logistique*. Les joies du commandement… Enfin, tu connais. C'est toi qui me les as enseignées. Un dixième de gloire pour neuf dixièmes consacrés à pelleter du fumier.

Cazaril sourit.

— Quel score ! Tu es béni.

Palli retourna son sourire et accepta le fromage et les gâteaux que lui tendait un domestique.

— Ma troupe loge en ville. Mais toi, Caz ! Dès que j'ai prononcé « Gotorget », on m'a demandé si je t'avais rencontré. On m'aurait renversé d'un coup de paille quand Madame m'a dit que tu étais arrivé ici à pied – à pied ! – depuis Ibra, avec l'allure d'une chose trouvée dans la gorge d'un chat.

La provincara répondit par un haussement d'épaules nullement repentant au regard à peine réprobateur de Cazaril.

— Je viens de passer la dernière demi-heure à leur raconter des histoires de guerre, poursuivit Palli. Comment va ta main ?

Cazaril la referma sur ses genoux.

— Beaucoup mieux. (Il se hâta de changer de sujet.) Qu'est-ce qui t'amène à la cour ?

— Eh bien, je n'avais pas eu l'occasion de prêter formellement serment à Orico depuis la mort de mon père, et de plus, je dois représenter l'ordre de la Fille de Palliar au cours de l'investiture.

— « L'investiture » ? demanda Cazaril, intrigué.

— Ah, Orico a-t-il enfin annoncé qui serait le général de l'ordre de la Fille ? demanda dy Ferrej. Depuis la mort de l'ancien général, j'ai entendu dire que toutes les nobles familles de Chalion le harcèlent pour obtenir le titre.

— Je veux bien le croire, dit la provincara. Pour l'argent et le pouvoir, même s'il est moins important que celui du Fils.

— Oh, bien sûr, dit Palli. Rien n'a encore été annoncé, mais on connaît le nom de l'élu : ce sera Dondo dy Jironal, le frère cadet du chancelier.

Cazaril se raidit et avala une gorgée de vin pour cacher son désarroi.

Après une très longue pause, la provincara reprit :

— Quel choix étrange. On attend généralement du général d'un ordre militaire saint qu'il soit… d'une nature plus austère.

— Mais, mais, ajouta dy Ferrej, le chancelier *Martou* dy Jironal est général de l'ordre du Fils ! Deux dans la même famille ? Voilà une dangereuse concentration de pouvoir.

— Martou doit aussi devenir provincar dy Jironal, si j'en crois la rumeur, murmura la provincara. Dès que le vieux dy Ildar passera de vie à trépas.

— Je n'étais pas au courant, dit Palliar, visiblement stupéfait.

— Oui, dit sèchement la provincara. La famille Ildar n'en est pas très heureuse. Je suppose qu'ils comptaient voir un de leurs neveux devenir provincar.

Palli haussa les épaules.

— Les frères Jironal ont vraiment le vent en poupe en Chalion, grâce aux faveurs d'Orico. Je suppose que si j'étais intelligent, je trouverais le moyen d'agripper l'ourlet de leurs capes pour les suivre.

Cazaril grimaça à l'intérieur de son verre de vin et réfléchit à un moyen de changer de sujet.

— Quelles sont les autres nouvelles ?

— Eh bien, ces deux dernières semaines, l'héritier d'Ibra a, une fois de plus, dressé sa bannière en Ibra du Sud contre son père, le Vieux Renard. Tout le monde croyait que le traité de l'été dernier allait durer, mais il semble qu'ils aient eu pendant l'automne une querelle gardée secrète, et que le roya l'ait répudié. Une fois de plus.

— L'héritier va trop loin, dit la provincara. Ibra possède un autre fils, après tout.

— Orico a soutenu l'héritier la dernière fois, nota Palli.

— Aux frais de Chalion, murmura Cazaril.

— Il me semblait qu'Orico pensait à long terme, dit Palli. L'héritier finira bien par gagner. D'une façon ou d'une autre.

— Ce sera une amère victoire pour le vieil homme si son fils perd, répliqua dy Ferrej d'une voix lente et pensive. Non, je pense plutôt qu'ils sacrifieront d'autres vies, puis se réconcilieront par-dessus leurs cadavres.

— Quelle triste affaire, dit la provincara, lèvres pincées. Il ne peut en sortir rien de bon. Allons, dy Palliar. Annoncez-nous de bonnes nouvelles. Dites-moi que la royina d'Orico attend un enfant.

Palli secoua tristement la tête.

— Pas que je sache, Madame.

— Eh bien, dans ce cas, allons souper et ne parlons plus politique. Tout cela fait mal à ma vieille tête.

Les muscles de Cazaril s'étaient ankylosés pendant qu'il était resté assis, malgré le vin ; il faillit tomber en voulant se relever. Palli le saisit par le coude et l'aida à se remettre debout, sourcils froncés. Cazaril secoua légèrement la tête puis alla se laver et se changer. Et examiner ses blessures en privé.

Le souper fut un joyeux repas, auquel participa presque toute la maisonnée. Dy Palliar, qui ne lambinait guère à table dès qu'il s'agissait de manger ou de parler, retint l'attention de tous grâce à ses contes, depuis sire Teidez et dame Iselle jusqu'au plus jeune page. Malgré le vin, il gardait ses esprits et ne racontait que des histoires gaies dans lesquelles il passait pour un objet de risée plus que pour un héros. Le récit de la nuit où il avait suivi Cazaril lors d'une sortie contre des soldats roknari, les décourageant ainsi de revenir à l'attaque pendant tout le mois qui suivit, attira sur Cazaril et sur lui-même bien des yeux écarquillés. De toute évidence, ils avaient le plus grand mal à imaginer le secrétaire timide et modéré de la royesse sourire dans la poussière et la suie, se traîner dague en main dans les décombres en flammes. Cazaril s'aperçut que ces regards le gênaient. Ici, il souhaitait être… invisible. Par deux fois au cours de la conversation, Palli tenta de lui renvoyer la balle afin qu'il prenne part aux distractions, et par deux fois il la renvoya à Palli ou à dy Ferrej. Après l'échec de la seconde tentative, Palli renonça à le faire sortir de sa coquille.

Le repas se prolongea très tard, mais l'heure que Cazaril désirait autant qu'il la redoutait arriva enfin, celle où ils se séparèrent pour la nuit et où Palli vint frapper à sa porte. Cazaril le pria d'entrer, repoussa le coffre vers le mur, y jeta un coussin pour son invité, puis s'installa sur son lit ; ses jointures rivalisèrent de grincements sonores avec le sommier. Palli s'assit et l'observa à la faible lueur de deux bougies, puis entra en matière avec une franchise qui ne révélait que trop bien ce qui le tracassait.

— « Une erreur », Caz ? Y as-tu réfléchi ?

Cazaril soupira.

— J'ai eu dix-neuf mois pour y réfléchir, Palli. J'ai tourné et retourné chaque possibilité dans ma tête jusqu'à l'user comme une vieille pièce. J'y ai réfléchi jusqu'à m'en rendre malade, puis j'ai décidé que l'incident était clos. Il est clos.

Cette fois, Palli balaya fermement l'argument.

— Crois-tu que les Roknari prenaient leur revanche sur toi, en te cachant pour prétendre que tu étais mort ?

— C'est une possibilité.

Sauf que j'ai vu la liste.

— Ou est-ce que quelqu'un t'a volontairement écarté de la liste ? insista Palli.

La liste était de la propre main de Martou dy Jironal.

— C'était ma conclusion finale.

Palli en eut le souffle coupé.

— C'est ignoble ! Quelle trahison *ignoble*, après ce que nous avons souffert… Bon sang, Cazaril ! Quand j'atteindrai la cour, j'irai en parler au march dy Jironal. C'est le seigneur le plus puissant de Chalion, les dieux m'en sont témoins. Ensemble, je parie que nous arriverons à…

— Non ! (Cazaril se redressa tant bien que mal sur ses coussins, terrifié.) Ne fais pas ça, Palli ! Ne dis même pas à dy Jironal que je suis en vie ! N'en parle pas, ne mentionne pas mon nom… Si tout le monde me croit mort, tant mieux. Si j'avais compris que c'était le cas, je serais resté en Ibra. Simplement… Oublie tout ça.

Palli le dévisagea.

— Mais… Valenda n'est pourtant pas le bout du monde. Les gens apprendront forcément que tu es en vie.

— C'est un endroit calme et tranquille. Je ne dérange personne ici.

Il y avait bien des hommes plus courageux que Palli, et d'autres encore plus forts : mais c'était son esprit qui avait fait de lui le lieutenant favori de Cazaril à Gotorget. Il lui suffit d'un seul fil pour commencer à dérouler toute la pelote… Ses yeux se plissèrent, brillant dans la faible lueur des bougies.

— *Dy Jironal* ? En personne ? Cinq dieux, mais que lui as-tu donc *fait* ?

Cazaril se tortilla, mal à l'aise.

— Je crois que ce n'était rien de personnel. Je crois que c'était juste un petit… service rendu à quelqu'un. Un petit service facile.

— Alors deux hommes doivent connaître la vérité. Par les dieux, Caz, qui sont-ils ?

Palli s'en irait fureter – Cazaril devait soit ne rien lui dire, ce qui était déjà trop tard, soit lui en révéler assez pour l'arrêter. Pas d'entre-deux, sinon le cerveau de Palli continuerait à s'escrimer sur cette énigme – il le faisait déjà.

— Qui te détesterait à ce point ? Tu as toujours été l'homme le plus agréable qui soit – tu étais bien connu pour refuser les duels, et laisser les trublions passer pour les idiots qu'ils étaient… Pour faire la paix, obtenir à force de patience les termes de traités les plus incroyables, éviter les dissensions… Enfer du Bâtard, tu ne pariais même pas aux jeux ! « Un petit service facile » ! Qu'est-ce qui pouvait bien justifier une haine aussi cruelle et implacable envers *toi* ?

Cazaril se frotta le front, devenu douloureux, et pas à cause du vin du repas.

— La peur. Je crois.

Les lèvres de Palli se scellèrent de stupéfaction.

— Et si on apprend que tu sais, on te craindra aussi. Ce n'est pas quelque chose que je souhaite voir retomber sur toi, Palli. Je veux que tu te tiennes à l'écart.

— Si cette peur atteint un tel degré, alors le seul fait que nous ayons parlé me rendra suspect. Leur peur, ajoutée à mon ignorance… Cinq dieux, Caz ! Ne me jette pas les yeux bandés dans cette bataille !

— Je ne veux plus jamais envoyer d'homme à la bataille !

La férocité de sa propre voix emplit Cazaril de surprise. Palli ouvrit de grands yeux. Mais la solution, la façon d'employer la curiosité dévorante de Palli contre lui-même, s'imposa alors.

— Si je te dis ce que je sais, et comment je le sais, me donneras-tu ta parole – ta parole ! – d'abandonner ? Ne poursuis pas le sujet, ne le mentionne jamais, ne mentionne pas mon nom… Pas d'allusions, ne tourne pas autour du pot…

— Quoi, comme tu le fais à présent ? demanda ironiquement Palli.

Cazaril grogna, d'amusement autant que de douleur.

— Exactement.

Palli se laissa de nouveau aller contre le mur et se frotta les lèvres.

— Espèce de marchand, dit-il sur un ton aimable. Me vendre un cochon dans un sac sans jamais me montrer l'animal.

— Grouik, murmura Cazaril.

— Je veux seulement acheter son cri, tu sais... Oh, et puis d'accord. Je ne t'ai jamais vu nous conduire sur un sol mouillé sans le savoir, ni vers une embuscade. J'ai confiance en ton jugement... Dans la mesure exacte où tu as confiance en ma discrétion. Tu as ma parole sur ce point.

Jolie parade. Cazaril ne put que l'admirer. Il soupira.

— Très bien.

Après ce double abandon – bienvenu –, il demeura quelques instants silencieux à ordonner ses pensées. Par où commencer ? Eh bien, ce n'était pas comme s'il n'y avait pas réfléchi encore, et encore, et encore. Un conte des plus polis, qui n'avait jamais encore franchi ses lèvres.

— L'histoire tient en deux mots. J'ai rencontré pour la première fois Dondo dy Jironal voici quatre, non, cinq ans maintenant. Je faisais partie de la suite de Guarida lors de cette petite guerre frontalière contre Olus, ce dément de prince roknari. Tu sais, celui qui avait pour habitude d'enterrer ses ennemis jusqu'à la taille dans les excréments puis de les brûler vifs ? Celui qui fut assassiné l'année suivante par l'un de ses gardes du corps ?

— Ah oui, j'ai entendu parler de lui. Il a fini tête la première dans les excréments, à ce qu'on dit.

— Il existe plusieurs versions. Mais à cette époque-là, il détenait encore le pouvoir. Sire dy Guarida avait acculé l'armée d'Olus – enfin, sa populace – en haut des collines, à la limite de sa principauté. On nous avait envoyés en tant que représentants, sire Dondo et moi, sous le drapeau de pourparlers, afin de délivrer un ultimatum à Olus et convenir des termes et des rançons. Mais au cours de la conférence, les choses... ont mal tourné, et Olus a décidé qu'il ne lui fallait qu'un seul messager pour communiquer son défi à l'assemblée des seigneurs de Chalion. Alors il nous a fait lever, Dondo et moi, dans sa tente entourée de quatre de ses gardes monstrueux armés d'épées, et nous a laissé le choix. Celui d'entre nous qui trancherait la tête de l'autre aurait la permission de la rapporter à cheval vers notre camp. Si nous refusions tous deux, nous mourrions tous deux, et il expédierait nos têtes par catapulte.

Palli ouvrit la bouche, mais le seul commentaire qu'il parvint à exprimer fut :

— Ah.

Cazaril inspira.

— La première chance était pour moi. J'ai refusé l'épée. Olus m'a murmuré, de cette étrange voix mielleuse : « Vous ne pouvez gagner à ce jeu,

Sire Cazaril. » Je lui ai répondu : « Je sais, m'hendi. Mais je peux vous y faire perdre. » Il est resté silencieux un moment avant d'éclater de rire. Puis il s'est tourné vers Dondo, aussi vert qu'un cadavre, pour lui donner sa chance…

Palli remua, mais ne l'interrompit pas. Sans un mot, il fit signe à Cazaril de poursuivre.

— L'un des gardes m'a fait tomber à genoux et m'a tiré par les cheveux pour poser ma tête sur un tabouret. Dondo… a abattu sa lame.

— Sur le bras du garde ? demanda impatiemment Palli.

Cazaril hésita.

— Non, dit-il enfin. Mais Olus, au dernier moment, a jeté son épée entre nous, et celle de Dondo s'est heurtée à sa lame et s'est mise à glisser… (Cazaril entendait encore, dans son souvenir, le crissement aigu du métal contre le métal.) Je me suis retrouvé avec un hématome sur la nuque qui est resté noir pendant tout un mois. Deux des autres gardes ont repris de force l'épée de Dondo. Ensuite, on nous a tous deux fait remonter à cheval et renvoyés au camp de Guarida. Alors qu'on me liait les mains à ma selle, Olus s'est approché de moi pour murmurer : « Maintenant, nous allons voir qui perd. »

» Le retour a été très silencieux. Jusqu'à ce que nous arrivions en vue du camp. Alors, pour la première fois, Dondo s'est tourné vers moi pour me regarder, et m'a dit : « Si vous racontez jamais cette histoire, je vous tuerai. » Et j'ai répondu : « Ne vous en faites pas, Sire Dondo. À table, je ne raconte que des histoires *drôles.* » J'aurais dû simplement lui jurer le silence. Je m'en rends compte maintenant, et pourtant… Peut-être que ça n'aurait même pas suffi.

— Il te doit la vie !

Secouant la tête, Cazaril détourna le regard.

— J'ai vu son âme à nu. Je doute qu'il me le pardonne un jour. Dans tous les cas, je n'en ai jamais parlé, bien sûr, et il a fait mine d'oublier. Je croyais que l'incident était clos. Mais ensuite il y a eu Gotorget, et puis… enfin. Ce qui a suivi Gotorget. Et maintenant je suis deux fois damné. Si Dondo apprend jamais, s'il se rend seulement compte que je sais très bien comment on m'a vendu aux galères, combien crois-tu que ma vie vaudra alors ? Mais si je ne dis rien, ne fais rien, rien qui puisse lui rappeler… Peut-être a-t-il maintenant oublié. Je veux juste qu'on me laisse seul dans cet endroit paisible. Il a sans doute des ennemis plus importants ces jours-ci.

Il se tourna pour faire face à Palli et dit d'une voix tendue :

— Ne mentionne jamais mon nom à aucun des Jironal. Jamais. Tu n'as jamais entendu cette histoire. Tu me connais à peine. Si tu m'as jamais aimé, Palli, *oublie cette histoire.*

Les lèvres de Palli étaient pincées ; son serment le retiendrait, songea Cazaril. Mais il fit néanmoins un petit geste malheureux.

— Comme tu le souhaites, mais, mais… Bon sang. Bon sang.

Il dévisagea longuement Cazaril à travers la chambre mal éclairée, comme s'il cherchait les dieux savaient quoi sur son visage.

—Ce n'est pas seulement cette atroce tentative de barbe. Tu as beaucoup changé.

—Vraiment ? Tant mieux.

—Est-ce que c'était… (Palli détourna le regard, puis le reporta sur lui.) Est-ce que c'était horrible ? Vraiment ? Sur les galères.

Cazaril haussa les épaules.

—J'ai eu de la chance dans mon malheur. J'ai survécu. D'autres, non.

—On entend toutes sortes d'histoires épouvantables sur la façon dont on terrorise les esclaves, ou… dont on abuse d'eux…

Cazaril gratta sa barbe diffamée. Peut-être *trop* fournie par endroits, songea-t-il.

—Les histoires ne sont pas tant inexactes que déformées, exagérées… Des faits exceptionnels pris pour le pain quotidien. Les meilleurs capitaines nous traitaient comme un fermier traite ses animaux, avec une sorte de gentillesse impersonnelle. De la nourriture, de l'eau (ha !), de l'exercice… Une hygiène suffisante pour nous protéger des maladies et nous garder en bon état. Battre un homme jusqu'à l'inconscience le rend incapable de ramer, tu sais. Quoi qu'il en soit, cette… discipline physique n'était exigée que dans les ports. Une fois en mer, la mer fournissait tout.

—Je ne comprends pas.

Cazaril haussa les sourcils.

—Pourquoi blesser la peau d'un homme, ou sa tête, quand on peut briser son cœur rien qu'en le passant par-dessus bord, avec les jambes dans l'eau comme des vers pour les gros poissons ? Les Roknari n'avaient pas à patienter longtemps avant de nous voir nager à leur poursuite, prier, supplier, pleurer pour retrouver notre esclavage.

—Tu as toujours été excellent nageur. Ce qui a bien dû te permettre d'endurer cette épreuve plus facilement que d'autres ? demanda Palli avec une nuance d'espoir dans la voix.

—Bien au contraire, hélas. Les hommes qui ont coulé comme des pierres ont connu une fin rapide et clémente. Réfléchis bien, Palli. C'est ce que j'ai fait.

Il y réfléchissait encore quand il se dressait sur ce lit dans la pénombre, après avoir rêvé de l'eau qui se refermait au-dessus de sa tête. Ou pire… ne se refermait pas. À une occasion, le vent s'était levé contre toute attente tandis que le contremaître s'amusait à ce petit jeu avec un Ibrane récalcitrant, et le capitaine, soucieux d'atteindre le port avant l'orage, avait refusé de faire demi-tour. Les hurlements faiblissants de l'Ibrane les avaient poursuivis tandis que le bateau s'éloignait, de plus en plus lointain… Le capitaine avait retenu sur le salaire du contremaître le coût du remplacement de l'esclave, à titre de punition pour son erreur de jugement, ce qui l'avait rendu maussade pendant les semaines à venir.

Au bout d'un moment, Palli répondit :

— Oh.

« Oh », en effet.

— Cela dit, mon orgueil – et mon grand clapet – m'ont valu une rossée la première fois que je suis monté à bord, mais je me prenais alors encore pour un seigneur de Chalion. On m'a fait passer cette habitude… plus tard.

— Mais… tu n'étais pas… ? Tu n'as pas été l'objet de… ? Je veux dire, utilisé de façon… ? Hum.

La lumière trop faible ne lui permit pas de voir si Palli rougissait, mais Cazaril finit par comprendre qu'il tentait de lui demander, à sa façon inquiète et maladroite, s'il avait été violé. Il sourit de compassion.

— Tu confonds les flottes de Roknar avec celles de Darthaca, je crois. J'ai bien peur qu'à travers ces légendes, certains ne prennent leurs désirs pour des réalités. L'hérésie roknari des quatre dieux considère comme un crime ces étranges amours sur lesquelles le Bâtard règne ici. Pour les théologiens roknari, le Bâtard est un démon, comme son père, et non un dieu, comme sa sainte mère, et ils nous traitent donc d'adorateurs du diable. Ce qui est, à mon sens, une grave offense pour la Dame Printemps, aussi bien que pour le pauvre Bâtard lui-même, car a-t-il demandé à venir au monde ? Ils torturent et pendent des hommes surpris à se livrer à la sodomie, et les meilleurs capitaines roknari ne la tolèrent pas à bord, ni parmi leurs hommes, ni parmi les esclaves.

— Ah.

Palli se calma, soulagé. Mais fidèle à lui-même, il demanda ensuite :

— Et les pires des capitaines roknari ?

— Leur discrétion pouvait se révéler mortelle. Rien ne m'est arrivé – j'étais sans doute trop squelettique – mais quelques-uns des jeunes hommes, les plus tendres… Nous, les esclaves, nous savions qu'ils étaient sacrifiés pour nous, et nous essayions de faire preuve de gentillesse avec eux lorsqu'ils regagnaient leur banc. Certains pleuraient. D'autres apprenaient à exploiter leur malheur pour se gagner des faveurs… Peu d'entre nous leur reprochaient les rations supplémentaires ou les petits cadeaux achetés si chèrement. C'était un jeu dangereux, car les Roknari qui les désiraient en secret pouvaient se retourner contre eux à tout moment, et les tuer comme pour effacer ainsi leur propre péché.

— Tu me donnes la chair de poule. Je croyais connaître le monde, mais… Eh bien. Au moins le pire t'a-t-il été épargné.

— J'ignore ce qui est le pire, dit Cazaril, pensif. Lors d'un après-midi infernal, on m'a réservé selon un humour abject un sort à faire passer celui des jeunes garçons pour des gestes amicaux, mais aucun Roknari n'a risqué la potence cette fois-là.

Cazaril s'aperçut qu'il n'avait jamais parlé de l'incident à quiconque, pas même aux gentils acolytes de l'hôpital sacré, et moins encore à qui que ce soit dans la maison de la provincara. Il n'avait eu, jusqu'à présent, personne à qui il *pouvait* en parler. Il poursuivit, presque avec empressement.

— Mon corsaire a commis l'erreur de s'attaquer à un marchand de bois brajarien, et de ne remarquer que trop tard la galère qui l'escortait. Alors qu'on nous chassait, j'ai cessé de ramer et je me suis évanoui à cause de la chaleur. Afin que je serve tout de même à quelque chose, le contremaître m'a tiré de mes chaînes, m'a dévêtu, et m'a pendu par-dessus la rambarde de la poupe avec les mains liées aux chevilles, afin de narguer nos poursuivants. J'ignore si les carreaux d'arbalète venus se planter dans la rambarde et la poupe autour de moi étaient bien ou mal ciblés par les archers de Brajar, ni par la grâce de quel dieu je n'en ai pas récolté quelques-uns dans les fesses. Peut-être m'ont-ils cru roknari. Peut-être essayaient-ils d'abréger mes souffrances.

Par égard pour Palli dont les yeux s'écarquillaient, Cazaril lui épargna les détails les plus grotesques.

— Tu sais, nous avons vécu dans la peur des mois durant à Gotorget, jusqu'à nous y habituer, comme une douleur tenace dans le ventre qu'on apprend à ignorer, mais celle-là ne s'en allait jamais vraiment.

Palli hocha la tête.

— Mais j'ai découvert que… C'est étrange. Je ne sais pas comment l'expliquer. (Il n'avait jamais eu l'occasion de le formuler jusqu'à présent.) J'ai découvert qu'il y a un endroit au-delà de la peur. Quand le corps et l'esprit ne peuvent simplement plus la supporter. Le monde, le temps… se *réorganisent.* Mon pouls se ralentissait, je cessais de suer et de saliver… C'était comme une sorte de transe sacrée. Quand les Roknari m'ont suspendu, je pleurais de peur et de honte, dégoûté au-delà des mots. Quand les Brajariens se sont éloignés et que le contremaître m'a détaché, couvert d'ampoules à cause du soleil… Je riais. Les Roknari m'ont cru devenu fou, tout comme mes pauvres voisins de banc, mais je ne le croyais pas. Le monde entier était… comme neuf.

» Bien sûr, le monde entier ne mesurait que quelques dizaines de pas, il était fait de bois et tanguait sur les eaux ; le temps était celui d'un sablier. Je planifiais ma vie heure par heure aussi précisément que d'autres planifient une année, et jamais plus loin qu'une heure. Tous les hommes étaient bons et beaux, chacun à sa façon, les Roknari comme les esclaves, de haute ou basse naissance, et j'étais l'ami de tous, et je souriais. Je n'avais plus peur. Mais je me suis efforcé de ne plus jamais m'évanouir à la rame.

Sa voix ralentit et se fit pensive.

— Alors quand la peur envahit de nouveau mon cœur, je suis plus heureux qu'autre chose, car j'y vois un signe qu'après tout je ne suis pas fou. Ou que peut-être, du moins, je suis en voie de guérison. La peur est mon amie.

Il leva les yeux et s'excusa d'un bref sourire.

Palli était assis dos au mur, pétrifié, les jambes raidies, les yeux sombres aussi ronds que des soucoupes, le sourire figé. Cazaril éclata de rire.

—Cinq dieux, Palli, pardonne-moi. Je n'avais pas l'intention de te coller toutes mes confidences sur le dos, comme un baudet, pour que tu les emportes en lieu sûr. (Ou peut-être que si, puisque Palli s'en allait le lendemain, après tout.) C'est une ménagerie bien hétéroclite que je t'impose là. Je suis désolé.

Palli rejeta son excuse d'un geste, comme s'il chassait un insecte. Ses lèvres remuèrent ; la gorge serrée, il parvint à répondre :

—Es-tu sûr que ce n'était pas une simple insolation ?

Cazaril gloussa de rire.

—Oh, j'ai eu aussi des insolations, bien sûr. Mais si elles ne te tuent pas, elles passent au bout d'un jour ou deux. Celle-là a duré… des mois. (Jusqu'à l'incident avec le jeune Ibrane rebelle et terrifié, qui s'était terminé par la dernière flagellation de Cazaril.) Nous, les esclaves…

—Arrête ! cria Palli en se passant les mains dans les cheveux.

—Arrêter quoi ? demanda Cazaril intrigué.

—Arrête de dire ça. « Nous, les esclaves. » Tu es un seigneur de Chalion !

Le sourire de Cazaril se tordit. Il dit d'une voix paisible :

—Nous, les seigneurs à la rame, alors ? Nous les gentilshommes qui suons, pissons, jurons et grognons ? Je ne crois pas, Palli. Sur les galères, nous n'étions pas soit seigneurs, soit hommes. Nous étions soit hommes, soit animaux, sans rapport aucun avec la naissance ou le sang. La plus grande âme que j'y aie jamais rencontrée était un tanneur, et ce serait avec joie que je lui embrasserais les pieds si j'apprenais qu'il était encore en vie. Nous les esclaves, nous les seigneurs, nous les idiots, nous les hommes et femmes, nous les mortels, nous les jouets des dieux… Tout revient au même, Palli. Tout revient au même pour moi maintenant.

Après une longue inspiration, Palli changea brusquement de sujet pour parler des petits tracas liés à son escorte de l'ordre militaire de la Fille. Cazaril se prit à comparer des astuces pratiques pour traiter la pourriture du cuir et le muguet affectant les sabots des chevaux. Peu après, Palli se retira – ou s'enfuit – pour la nuit. Une retraite méthodique, mais Cazaril en reconnut néanmoins la nature.

Il s'étendit avec ses douleurs et ses souvenirs. Malgré le vin et le festin, le sommeil fut long à venir. La peur était peut-être son amie, si ce n'était pas juste de l'esbroufe pour impressionner Palli, mais très clairement, les frères dy Jironal ne l'étaient pas. « *Les Roknari ont prétendu que tu étais mort d'une fièvre* » : c'était un mensonge éhonté, d'autant plus malin qu'il avait été, jusque-là, invérifiable. Au moins était-il sans doute à l'abri dans la tranquillité de Valenda.

Il espérait avoir suffisamment mis Palli en garde pour qu'il se déplace avec prudence à la cour de Cardegoss sans marcher par accident dans un tas de vieux fumier. Cazaril se retourna dans le noir et adressa une prière muette à la Dame Printemps pour la sécurité de Palli. Et à tous les dieux ainsi qu'au Bâtard, pour la délivrance de tous ceux qui se trouvaient ce soir en mer.

Chapitre 6

Lors de la représentation organisée au temple pour célébrer la venue de l'été, Iselle ne fut pas invitée à reprendre son rôle de la Dame Printemps, tenu traditionnellement par une femme tout juste mariée. Une jeune épouse sage et timide céda le trône de l'avatar du dieu régnant à une matrone tout aussi disciplinée qui attendait un enfant. Cazaril vit du coin de l'œil le divin de la Sainte Famille soupirer de soulagement quand la cérémonie prit fin, sans surprise spirituelle d'aucune sorte.

La vie ralentissait. Les élèves de Cazaril bâillaient et soupiraient dans la salle de classe mal aérée tandis que le soleil de l'après-midi faisait cuire les pierres du donjon, et leur professeur faisait de même. Par une heure étouffante, il renonça soudain et annula pour la saison tous les cours tenus après le déjeuner. Comme l'avait dit Betriz, l'état de la royina Ista semblait s'améliorer à mesure que les jours s'allongeaient et s'adoucissaient. Elle assistait plus souvent aux repas familiaux et s'asseyait presque tous les après-midi avec ses dames de compagnie à l'ombre des arbres fruitiers noueux, dans le jardin de la provincara. Cependant, ses gardiens ne lui permettaient pas de monter jusqu'aux remparts éventés et vertigineux où Iselle et Betriz adoraient se percher pour échapper à la chaleur, aussi bien qu'au mécontentement de personnes moins jeunes et peu enclines à monter les marches.

Chassé de sa chambre par son atmosphère confinée lors d'une journée chaude et brumeuse succédant à des averses nocturnes d'une rare intensité, Cazaril s'aventura dans le jardin à la recherche d'un perchoir plus confortable. Le livre qu'il tenait sous son bras était l'un des rares qu'il n'ait pas déjà lus dans la maigre bibliothèque du château – non que *Les Cinq Chemins de l'âme : les véritables méthodes de la théologie quintarienne* d'Ordol le passionne plus que de raison. Peut-être ses pages, voletant librement sur ses genoux, donneraient-elles à sa sieste une apparence plus érudite pour les passants. Il contourna la tonnelle de roses et se figea en découvrant que la royina, accompagnée d'une de ses dames munie d'un métier à broder, occupait le banc qu'il convoitait. Lorsque les deux femmes levèrent la tête, il esquiva quelques abeilles en délire et s'excusa d'une révérence pour cette intrusion involontaire.

—Restez donc, Castillar dy… Cazaril, n'est-ce pas? murmura Ista comme il se détournait. Comment ma fille progresse-t-elle dans ses nouvelles études?

—Très bien, Madame, dit Cazaril en se retournant et en baissant vivement la tête. Elle est très douée pour l'arithmétique et la géométrie, et très, hum, obstinée pour le darthacain.

—Parfait, répondit Ista. C'est parfait.

Elle lança un bref regard de l'autre côté du jardin décoloré par le soleil.

Sa compagne se pencha sur son métier pour couper un fil. Dame Ista ne brodait pas. Cazaril avait entendu une servante murmurer qu'elle et ses dames avaient travaillé six mois durant à une nappe très ouvragée pour l'autel du temple. Alors qu'on fignolait les dernières coutures, la royina s'en était brusquement saisie pour la brûler dans la cheminée de sa chambre, profitant d'une brève absence de ses dames. Quelle que soit la véracité de l'histoire, ses mains ne tenaient à cet instant aucune aiguille, seulement une rose.

Cazaril scruta son visage pour guetter des signes de reconnaissance.

—Je me demandais… Je voulais savoir, Madame, si vous vous souveniez de moi à l'époque où j'étais page au service de votre noble père. Il y a maintenant une vingtaine d'années, et je ne serais donc pas surpris que vous m'ayez oublié. (Il esquissa un sourire.) Je ne portais pas de barbe à l'époque.

Pour lui faciliter la tâche, il cacha d'une main la moitié inférieure de son visage.

Ista lui rendit son sourire, mais ses sourcils se froncèrent en un effort clairement futile.

—Je suis désolée. Mon père a eu beaucoup de pages, au cours des années.

—En effet, c'était un grand seigneur. Dans tous les cas, peu importe.

Cazaril passa son livre d'une main à l'autre pour cacher sa déception, et offrit un sourire d'excuse. Il craignait que son oubli ne soit aucunement lié à son état nerveux. Il était plus probable qu'il n'ait tout simplement jamais retenu l'attention de la jeune femme impatiente qui regardait vers l'avant et le haut, jamais vers l'arrière ou le bas.

La compagne de la royina, fouillant sa boîte de couleurs, murmura « bon sang » puis leva les yeux vers Cazaril pour le jauger.

—Messire dy Cazaril, dit-elle avec un sourire accueillant. Si cela ne vous dérange pas, pourriez-vous tenir compagnie à ma dame le temps que je coure dans ma chambre y chercher ma soie vert foncé?

— Cela ne me dérange pas du tout, Madame, répondit Cazaril mécaniquement. C'est-à-dire, heu…

Il jeta un coup d'œil à Ista, qui lui renvoya un regard calme, teinté d'une lueur d'ironie dérangeante. De toute façon, ce n'était pas comme si Ista était sujette aux hurlements et aux délires. Même les larmes aperçues parfois dans ses yeux coulaient en silence. Il fit une demi-révérence à la compagne alors qu'elle se levait ; elle le saisit par le bras pour l'attirer un peu à l'écart de la tonnelle.

Elle se dressa sur la pointe des pieds pour lui chuchoter à l'oreille :

— Tout se passera bien. Simplement, ne mentionnez pas sire dy Lutez. Et restez auprès d'elle jusqu'à mon retour. Si c'est *elle* qui se remet à parler de ce vieux dy Lutez… ne la quittez surtout pas.

Puis elle fila comme une flèche.

Cazaril réfléchit à ce risque.

Le brillant sire dy Lutez avait été, trente années durant, le conseiller le plus proche du défunt roya Ias : ami d'enfance, frère d'armes, joyeux compère. Au fil des années, Ias lui avait accordé tous les honneurs en son pouvoir, le nommant provincar de deux régions, chancelier de Chalion, maréchal des troupes de sa maison et maître du riche ordre militaire du Fils : d'autant plus pratique pour contrôler tout le reste, murmurait-on. Ses ennemis comme ses admirateurs chuchotaient que dy Lutez était roya de Chalion en tout sauf en titre. Et Ias, sa royina…

Cazaril se demandait parfois si c'était par faiblesse ou par intelligence qu'Ias avait laissé dy Lutez s'acquitter des sales besognes, affronter les vigoureuses récriminations des hauts seigneurs, pour ne laisser à son maître que le nom d'*Ias le Bon*. Et non pas, reconnut Cazaril, *Ias le Puissant*, ni *Ias le Sage*, ni même, les dieux en étaient témoins, *Ias le Bienheureux*. C'était dy Lutez qui avait arrangé pour Ias son second mariage à la dame Ista, faisant ainsi mentir la rumeur persistante parmi les nobles de Cardegoss, à propos d'amours contre nature entre le roya et son ami de toujours. Et pourtant…

Cinq ans après le mariage, dy Lutez avait perdu grâce aux yeux du roya, ainsi que tous ses honneurs, de manière abrupte autant que fatale. Accusé de trahison, il était mort sous la torture dans le grand donjon royal du Zangre, à Cardegoss. Hors des cours de Chalion, on murmurait que sa véritable trahison avait été d'aimer la jeune royina Ista. Dans des cercles plus intimes, une rumeur secrète affirmait qu'Ista avait fini par demander à son mari de détruire son rival détesté.

Quelle qu'ait pu être la disposition du triangle, la géométrie de la mort l'avait réduit de trois points à deux, puis ensuite, lorsque Ias était mort moins d'un an après dy Lutez, à un seul. Ensuite Ista s'était enfuie du Zangre en compagnie de ses enfants, ou s'en était vu exiler.

Dy Lutez. « Ne mentionnez pas sire dy Lutez. » « Ne mentionnez pas », autrement dit, la plus grande partie de l'histoire de Chalion au cours de la dernière génération et demie. Très bien.

Cazaril rejoignit Ista et s'assit, un peu las, sur la chaise laissée vide par la compagne. Ista s'était mise à déchiqueter sa rose, de façon non pas sauvage mais délicate et systématique, arrachant les pétales avant de les poser près d'elle sur le banc selon un schéma qui imitait leur forme d'origine, un cercle contenant l'autre en une spirale tournée vers l'intérieur.

— Les morts m'ont rendu visite la nuit dernière dans mes rêves, poursuivit Ista sur le ton de la conversation. Mais ce n'étaient que de faux rêves. Vous rendent-ils visite de la sorte, Cazaril ?

Il cligna des yeux et décida qu'elle était trop consciente pour qu'il s'agisse de démence, malgré sa légère tendance à l'ellipse. Par ailleurs, il n'avait aucun mal à comprendre le sens de ses paroles, ce qui ne serait sans doute pas le cas si elle était folle.

— Parfois je rêve de mon père et de ma mère. Pendant quelques instants, ils marchent et parlent comme de leur vivant... Et je regrette de me réveiller et de les perdre à nouveau.

Ista hocha la tête.

— Les faux rêves sont tristes, c'est vrai. Mais les vrais rêves sont cruels. Puissent les dieux vous épargner de connaître un jour leurs vrais rêves, Cazaril.

Il fronça les sourcils et baissa la tête.

— Mes rêves ne sont qu'un fouillis confus, et se dispersent comme vapeur et fumée dès que je m'éveille.

Ista pencha la tête sur sa rose dénudée ; elle étalait maintenant les étamines poudreuses et dorées, aussi fines que des fils de soie, en un petit éventail à l'intérieur du cercle de pétales.

— Les vrais rêves pèsent comme du plomb sur le cœur et l'estomac. Ils pèsent assez pour... *noyer* nos âmes dans la douleur. Les vrais rêves marchent à la lumière du jour. Et pourtant ils nous trahissent, aussi sûrement qu'un homme de chair est capable de ravaler les promesses qu'il vomit, comme un chien le fait de son dîner rejeté. N'accordez aucune confiance aux rêves, Castillar. Ou aux promesses des hommes.

Elle leva les yeux de son étalage de pétales, le regard soudain fixe.

Cazaril s'éclaircit la voix, mal à l'aise.

— Non, Madame, ce serait pure folie. Mais c'est agréable de voir mon père, de temps à autre. Car c'est pour moi la seule façon de le retrouver.

Elle lui adressa un étrange sourire oblique.

— Vous ne craignez donc pas vos morts ?

— Non, Madame. Pas dans les rêves.

— Peut-être vos morts n'ont-ils rien d'inquiétant.

— Pour la plupart, non, Madame, confirma-t-il.

Tout en haut du mur du donjon, une fenêtre à battants s'ouvrit en grand, et la compagne d'Ista se pencha pour regarder dans le jardin. Visiblement rassurée par le spectacle de sa dame en conversation polie avec le courtisan aux habits pauvres, elle leur fit signe de la main et disparut de nouveau.

Cazaril se demanda comment Ista passait le temps. Elle ne cousait pas, de toute évidence, et ne semblait pas aimer beaucoup la lecture, ni posséder ses propres musiciens. Cazaril l'avait vue de façon sporadique en prières, passant parfois des heures dans la salle des ancêtres, ou devant le petit autel portatif installé dans sa chambre, ou alors, bien plus rarement, escortée par ses dames et dy Ferrej qui la menaient au temple de la ville, encore qu'aux heures les moins peuplées. À d'autres occasions, des semaines s'écoulaient sans qu'elle semble célébrer les dieux d'aucune façon.

— Trouvez-vous consolation dans la prière, Madame ? demanda-t-il par curiosité.

Elle leva les yeux et son sourire s'estompa un peu.

— Moi ? Je n'ai de grande consolation nulle part. Les dieux ont dû bien s'amuser à mes dépens. Je leur retournerais volontiers la faveur, mais ils gardent mon cœur et mon souffle prisonniers de leurs caprices. Mes enfants sont les otages du hasard. Et le hasard a perdu la raison, en Chalion.

Il répondit, hésitant :

— Je crois qu'il y a pires geôles que ce donjon ensoleillé, Madame.

Elle haussa les sourcils et se rassit.

— Oh, bien sûr. Êtes-vous jamais allé au Zangre, à Cardegoss ?

— Oui, lors de ma jeunesse. Pas récemment. C'était un dédale immense. J'ai passé la moitié du temps à en chercher l'issue.

— Étrange. Je m'y suis perdue, moi aussi… Le Zangre est hanté, vous savez.

Cazaril réfléchit à ce commentaire neutre.

— Je n'en suis pas surpris. Il est dans la nature des grandes forteresses qu'il y meure autant d'hommes qu'il y en a eu pour les bâtir, les gagner, les perdre… Les hommes de Chalion, les maçons roknari célèbres avant nous, les premiers rois, et bien avant eux, j'en suis sûr, des hommes qui rôdaient dans ses caves, et ce depuis la nuit des temps. C'est cette sorte de présence.

C'était le foyer des royas et des nobles depuis des générations : des hommes et des femmes par dizaines avaient fini leurs jours dans le Zangre, certains de façon très spectaculaire… et d'autres, de manière plus secrète.

— Le Zangre est plus ancien que Chalion elle-même. Il a dû… accumuler.

Ista se mit à cueillir doucement les épines de sa tige de rose, puis à les aligner comme des dents de requin.

— Oui. Il *accumule*. C'est le mot précis. Il récolte les calamités comme une citerne, comme les gouttières de ses toits récoltent l'eau de pluie. Vous feriez bien d'éviter le Zangre, Cazaril.

— Je n'ai aucun désir de me rendre à la cour, Madame.

— Moi, je le désirais, autrefois. De tout mon cœur. Les dieux nous accordent les malédictions les plus cruelles en réponse à nos prières, vous savez. La prière est un dangereux commerce. Je crois qu'on devrait la déclarer illégale.

Elle se mit à peler sa tige de rose, les minces bandes vertes révélant de fines lignes de moelle blanche.

Cazaril ne savait que répondre à ces paroles, aussi se contenta-t-il d'un sourire hésitant.

Ista se mit à sectionner la lanière de moelle dans le sens de la longueur.

— Il y avait une prophétie à propos de sire dy Lutez, selon laquelle il ne se noierait jamais, sauf au sommet d'une montagne. Et il ne craignit jamais de nager par la suite, quelle que soit la violence des vagues, car chacun sait qu'il n'y a pas d'eau au sommet des montagnes : elle coule toujours vers les vallées.

La gorge de Cazaril se serra de panique. Il regarda furtivement autour de lui, guettant le retour de la dame de compagnie. Elle n'était pas encore en vue. Sire dy Lutez, disait-on, avait succombé à la torture de l'eau dans les donjons du Zangre. Sous les pierres du château, mais bien au-dessus de la ville de Cardegoss. Cazaril humecta ses lèvres un peu engourdies et reprit :

— Vous savez, je n'en ai jamais entendu parler de son vivant. À mon avis, un conteur l'a inventée par la suite, pour faire trembler ses auditeurs. Les justifications… ne servent souvent qu'à renchérir de manière posthume sur une chute aussi spectaculaire que la sienne.

Les lèvres d'Ista dessinèrent le plus curieux des sourires. Elle sépara les derniers fils du cœur de la tige, les aligna sur son genou, et les aplatit de la main.

— Pauvre Cazaril ! Comment êtes-vous devenu si sage ?

Avant de devoir trouver une réponse à cette question, Cazaril fut sauvé par la dame de compagnie d'Ista, qui émergea soudain de la porte du donjon avec un écheveau de soie colorée en main. Cazaril bondit sur ses pieds et adressa un hochement de tête à la royina :

— Revoici votre bonne dame…

Il fit au passage une petite révérence à la dame, qui s'empressa de lui chuchoter :

— Était-elle sensée, Messire ?

— Oui, parfaitement.

À sa façon.

— Pas un mot sur dy Lutez ?

— Rien de… remarquable.

Aucun sujet sur lequel *lui* avait envie de faire des remarques, en tout cas.

La dame de compagnie soupira de soulagement et s'avança, un sourire figé aux lèvres. Ista la regarda avec une patience indifférente lorsqu'elle se mit à jacasser à propos de tous les objets qu'elle avait dû retourner et fouiller pour retrouver son fil perdu. Cazaril songea qu'aucune fille de la provincara, mère d'Iselle, ne pouvait être dénuée d'esprit.

Si Ista servait aux gens les plus obtus de son entourage ce genre d'associations d'idées sibyllines, il n'était guère étonnant que des rumeurs circulent quant à sa santé mentale, et pourtant… Il voyait moins, dans l'opacité occasionnelle de son discours, du babillage qu'une sorte de code. D'une cohérence interne évasive, pour qui en possédait la clé. Lui ne la possédait pas. Non que ce ne soit pas le cas de certaines formes de folie dont il avait été témoin…

Serrant son livre contre lui, Cazaril s'en alla chercher une ombre moins dérangeante.

L'été progressait à une allure paresseuse qui apaisait l'esprit de Cazaril autant que son corps. Seul le pauvre Teidez s'impatientait de cette inertie, la chasse étant restreinte à cause de la chaleur, de la saison, et de son tuteur. Il tirait cependant des lapins à l'arbalète dans les brumes matinales, gagnant ainsi l'approbation et les applaudissements sincères de tous les jardiniers du château. Le jeune garçon était si peu à l'aise en cette saison – toujours agité, dodu et en nage – que s'il y avait jamais eu un homme né pour être dédié au Fils Automne, dieu de la Chasse, de la Guerre, et de la Fraîcheur, c'était sans aucun doute Teidez.

Cazaril eut la surprise d'être un jour accosté sur le chemin du déjeuner, dans la chaleur de midi, par Teidez et son tuteur. À en juger par leurs visages rougis, ils étaient lancés dans une autre de leurs disputes.

— Messire Caz ! l'interpella Teidez, à bout de souffle. N'est-ce pas que l'ancien maître d'armes amenait *lui aussi* les pages à l'abattoir tuer les jeunes taureaux – pour leur apprendre le courage, dans une vraie bataille, pas ces, ces, ces pas de danse dans l'arène de duel ?

— Eh bien, oui…

— Vous voyez, qu'est-ce que je vous disais ! cria Teidez à dy Sanda.

— Mais nous nous entraînions aussi dans l'arène, s'empressa d'ajouter Cazaril par solidarité, si dy Sanda en avait besoin.

Le précepteur fit la grimace.

— La mise à mort des taureaux est une vieille pratique des campagnes, Royse. Elle ne convient pas à l'entraînement des gens de haute naissance. Vous êtes destiné à devenir un gentilhomme – au moins ! – pas un apprenti boucher.

La provincara n'ayant pas de maître d'armes dans sa maison ces temps-ci, elle s'assurait que le royse ait pour tuteur un homme exercé. Cazaril, qui l'avait observé lors des séances d'entraînement de Teidez, respectait la précision de Sanda. À l'épée, il se révélait habile, sinon tout à fait brillant. Sportif. Honorable. Mais si dy Sanda connaissait aussi les ruses brutales et désespérées qui gardaient les hommes en vie sur un champ de bataille, il ne les avait pas montrées à Teidez.

Cazaril eut un sourire désabusé.

— Le maître d'armes ne nous entraînait pas à devenir des gentilshommes. Il nous entraînait à devenir des soldats. Son ancienne méthode avait le mérite suivant : tous les champs de bataille que j'aie jamais vus ressemblaient beaucoup plus à la cour d'un boucher qu'à une arène de duel. C'était répugnant, mais il nous apprenait notre métier. Et il n'y avait là rien de superflu. Je serais étonné qu'au bout du compte les taureaux aient vu une grande différence entre mourir après avoir été pourchassés pendant une heure par un idiot muni d'une épée, ou simplement alignés et achevés d'un coup de maillet dans la tête.

Mais Cazaril n'avait jamais été tenté de faire durer les choses, à l'inverse de certains jeunes hommes qui se livraient à des jeux macabres et dangereux avec les bêtes enragées. Avec un peu d'expérience, il avait appris à tuer son animal d'un coup d'épée presque aussi rapide que celui du boucher.

— Mais je vous accorde que sur les champs de bataille, nous ne mangions pas ce que nous abattions, à part, de temps à autre, les chevaux.

Dy Sanda accueillit ce trait d'esprit avec un reniflement réprobateur. D'un ton apaisant, il dit à Teidez :

— Nous emmènerons peut-être les faucons demain matin, Messire, si le temps se maintient. Et si vous terminez vos problèmes de cartographie.

— Un sport pour les dames, avec des faucons et des pigeons… des pigeons !

Teidez ajouta d'une voix envieuse :

— À la cour du roya, à Cardegoss, ils chassent le sanglier dans les forêts de chênes à l'automne. Voilà un vrai sport, un sport d'homme. On dit que ces cochons sauvages sont très dangereux !

— C'est exact, dit Cazaril. Les adultes les plus gros sont capables d'éventrer un chien – ou un cheval. Ou un homme. Ils sont bien plus rapides qu'on le croirait.

— Avez-vous déjà chassé à Cardegoss ? s'enquit ardemment Teidez.

— J'y ai suivi messire dy Guarida à plusieurs reprises.

— Il n'y a pas de sangliers à Valenda, soupira Teidez. Mais nous avons des taureaux ! C'est déjà quelque chose. Bien mieux que les pigeons ou les lapins !

— Oh, tirer des lapins est un exercice bien utile pour un soldat, le consola Cazaril. Au cas où vous seriez amené à chasser des rats pour vous nourrir. C'est un peu la même méthode.

Dy Sanda le fusilla du regard. Cazaril sourit et se retira du débat avec une révérence, laissant Teidez à son harcèlement.

Au cours du déjeuner, Iselle entonna une variation sur la même mélodie, mais l'autorité qu'elle remettait en cause était celle de sa grand-mère, non celle de son précepteur.

— Grand-maman, il fait une telle chaleur. Pourquoi ne peut-on aller nager dans la rivière comme Teidez ?

Étant donné que la canicule s'attardait, on avait troqué les promenades du royse avec son gentilhomme-précepteur et ses pages et valets contre des baignades dans un point d'eau abrité de la rivière en amont de Valenda – l'endroit même que fréquentaient les habitants du château surchauffés du temps où Cazaril était page. Les dames étaient, bien entendu, exclues de ces excursions. Cazaril avait poliment décliné l'invitation, prétextant ses devoirs envers Iselle. La raison véritable était qu'il ne pouvait se dévêtir pour nager sans exposer les blessures anciennes imprimées dans sa chair, une histoire sur laquelle il ne désirait pas s'étendre. Le souvenir du malentendu avec l'homme des bains l'humiliait encore.

— Hors de question ! répondit la provincara. Ce serait totalement indécent.

— Pas *avec* lui, dit Iselle. Nous pourrions former notre propre groupe, un groupe de dames. (Elle se tourna vers Cazaril.) Vous dites que les dames du château nageaient lorsque vous étiez page !

— Les domestiques, Iselle, répondit sa grand-mère d'un ton las. Les gens de moindre rang. Ce n'est pas un passe-temps pour toi.

Iselle s'affaissa sous l'effet de la chaleur, le visage rouge et la mine boudeuse. Betriz, à qui ce teint fort peu seyant était épargné, fit de même, le visage pâle et décomposé. La soupe fut servie. Tous restèrent les yeux rivés à leur bol fumant avec répugnance. Soucieuse de respecter les convenances, comme toujours, la provincara saisit sa cuillère et goûta d'un air déterminé.

Cazaril demanda soudain :

— Mais dame Iselle sait nager, n'est-ce pas, Madame ? Enfin, on a bien dû lui apprendre quand elle était plus jeune ?

— Certainement pas, dit la provincara.

— Oh, dit Cazaril. Oh, dieux.

Il parcourut la table du regard. La royina Ista n'était pas des leurs pour ce repas ; soulagé de ne pas risquer d'évoquer certain sujet d'obsession, il décida d'oser.

— Voilà qui me rappelle une tragédie des plus affreuses.

La provincara plissa les yeux et refusa de mordre à l'hameçon. Betriz le fit pour elle.

— Oh, quoi donc ?

— C'était à l'époque où je servais le provincar de Guarida, au cours d'une escarmouche avec Olus, le prince roknari. Les troupes d'Olus firent une descente à la frontière en profitant de l'abri de la nuit et de l'orage. On m'avait chargé d'évacuer les dames de la maison dy Guarida avant que la ville soit encerclée. À l'approche de l'aube, alors que nous avions chevauché pendant la moitié de la nuit, nous avons traversé un profond cours d'eau. L'une des dames de compagnie de la provincara a été emportée après une chute de son cheval, et entraînée par la force du courant, ainsi que le page qui avait tenté de la secourir. Le temps que je fasse faire demi-tour à ma monture, ils étaient hors de vue… Nous avons retrouvé les corps en aval le lendemain matin. La rivière n'était pas si profonde, mais la dame avait paniqué, ne sachant absolument pas nager. Un peu d'entraînement aurait pu transformer un accident fatal en un simple moment de frayeur, et épargner ainsi trois vies.

— « Trois vies » ? demanda Iselle. La dame, le page…

— Elle portait un enfant.

— Oh.

Un silence intimidé retomba.

La provincara se frotta le menton et jeta un coup d'œil à Cazaril.

— Une histoire vraie, Castillar ?

— En effet, soupira Cazaril.

La chair de la dame noyée était glaciale, couverte d'hématomes, teintée de bleu, aussi inerte que l'argile sous ses doigts, ses habits trempés étaient lourds, mais pas autant que le cœur de Cazaril.

— J'ai dû l'annoncer à son mari.

— Ah, grommela dy Ferrej.

Même lui, le conteur le plus habile de cette table, ne tenta pas de surpasser ce récit.

— C'est une expérience que j'espère ne jamais revivre, ajouta Cazaril.

La provincara détourna le regard en reniflant. Au bout de quelques instants, elle reprit :

— Ma petite-fille ne peut pas se promener dans la rivière nue comme une anguille.

Iselle se redressa.

— Mais en admettant que nous portions, disons, des chemises de lin ?

— Il est vrai que si l'on se retrouve obligé de nager en cas d'urgence, c'est sans doute entièrement vêtu, précisa Cazaril pour l'aider.

Betriz ajouta d'une voix basse et nostalgique :

— Et nous pourrions nous rafraîchir deux fois. Une fois en nageant, et une autre en nous asseyant pour nous sécher.

— Aucune dame de la maison ne peut-elle le leur enseigner ? insista Cazaril.

— Elles ne nagent pas non plus, affirma la provincara.

Betriz confirma d'un hochement de tête.

— Elles ne savent que barboter. (Elle leva les yeux.) Pourriez-vous nous apprendre à nager, Sire Caz ?

Iselle battit des mains.

— Oh oui !

— Je… heu…, bégaya Cazaril.

D'un autre côté… En cette compagnie-là, il pourrait garder sa chemise sans s'attirer de commentaires.

— Je suppose que oui… si vos dames nous accompagnent. (Il regarda la provincara.) Et si votre grand-mère m'y autorise.

Après un long silence, la provincara grommela de mauvaise grâce :

— Tant que vous n'allez pas tous attraper froid.

Iselle et Betriz, prudentes, retinrent leurs cris de triomphe, mais lancèrent à Cazaril des œillades reconnaissantes. Il se demanda si elles le soupçonnaient d'avoir inventé cette histoire de noyade nocturne.

Les leçons débutèrent cet après-midi-là, tandis que Cazaril, planté au milieu de la rivière, tentait de persuader deux jeunes femmes pour le moins raides qu'elles ne se noieraient pas sur-le-champ si elles se mouillaient les cheveux. Sa peur d'avoir exagéré les conseils de prudence élémentaires s'estompa lorsque les dames finirent par se détendre et apprirent à laisser l'eau les porter. Elles flottaient plus naturellement que Cazaril, bien que ces mois passés à la table de la provincara aient en grande partie adouci les angles de son visage barbu.

Sa patience s'avéra payante. À la fin de l'été, elles plongeaient et s'éclaboussaient comme des loutres dans le ruisseau réduit par la sécheresse. Cazaril n'avait plus qu'à s'asseoir dans les zones peu profondes, de l'eau jusqu'à la taille, et lancer quelques conseils de temps à autre.

Ce n'était qu'en partie par désir de se rafraîchir qu'il choisissait cette position. La provincara avait raison, devait-il reconnaître : la natation était *vraiment* obscène. Et les chemises amples de lin, entièrement trempées et adhérant à de jeunes corps agiles, tournaient en dérision la pudeur qu'elles tentaient de préserver, un effet qu'il se garda bien de mentionner à ses deux joyeuses élèves. Pire encore, cet effet était à double tranchant. Les chausses de lin mouillées collant à ses propres reins révélaient un état d'esprit – ou plutôt de corps ou de *guérison* – dont il espérait de tout cœur qu'elles ne le remarqueraient pas. Iselle n'en laissait rien paraître, en tout cas. Il en était moins sûr en ce qui concernait Betriz. Leur dame de compagnie d'âge moyen, Nan dy Vrit, qui avait refusé les leçons mais pataugeait tout habillée dans les zones peu profondes, jupes relevées sur les mollets, n'en perdait pas une miette, et s'efforçait visiblement de réprimer ses ricanements. Par charité, elle semblait convaincue de sa bonne foi, et ne se moquait pas ouvertement de lui, et ne jacassait pas sur son compte auprès de la provincara. Du moins… il ne le croyait pas.

Cazaril, mal à l'aise, se rendait bien compte que l'intérêt qu'il portait à Betriz grandissait de jour en jour. Pas encore au point de glisser sous sa porte de mauvais poèmes anonymes, grâce soit rendue aux dieux pour ces derniers lambeaux de bon sens. Jouer du luth sous sa fenêtre n'était plus, par bonheur peut-être, parmi ses dons. Et cependant... Dans la tranquillité de ce long été à Valenda, il s'était autorisé à envisager la vie plus loin qu'un tour de sablier.

Betriz lui souriait bien : c'était vrai, il ne se faisait pas d'illusion. Et elle était gentille. Mais elle souriait tout autant à son cheval. Sa politesse honnête et amicale ne fournissait guère les fondations sur lesquelles bâtir une demeure en rêve, sans parler d'apporter un lit et des draps pour y emménager. Cependant... elle lui souriait effectivement.

Il réprimait l'idée de façon répétée, mais elle s'entêtait à resurgir – tout comme bien d'autres choses, hélas, surtout pendant les leçons de natation. Mais il avait juré de renoncer à cette ambition : il n'avait plus besoin de se rendre ridicule en public, bon sang. Son émoi embarrassant annonçait peut-être le retour de sa vigueur, mais que lui apportait-il de bon ? Il était sans terres et sans le sou, comme au temps où il servait ici en tant que page, et bien plus dénué d'espoirs. C'était folie que d'entretenir des rêves de désir ou d'amour, et pourtant... Le père de Betriz était un homme sans terres mais de bonne famille, vivant au service d'autres personnes. Il ne pourrait sans doute pas mépriser un de ses semblables.

Pas mépriser Cazaril, non : dy Ferrej était bien trop sage. Mais il l'était également assez pour voir dans la beauté de sa fille et ses liens avec la royesse une dot qui pourrait lui gagner un bien meilleur époux que le pauvre Cazaril désargenté, ou même les fils de la petite noblesse locale qui servaient la provincara en tant que pages. Et de toute façon, Betriz considérait clairement ces jeunes garçons comme des chiots agaçants. Mais quelques-uns avaient des frères aînés, héritiers de leurs modestes terres...

Ce jour-là, il se plongea dans l'eau jusqu'au menton et feignit de ne rien voir à travers ses cils lorsque Betriz se hissa sur un rocher, sa chemise de lin translucide dégoulinante, ses cheveux noirs s'écoulant sur ses courbes tremblantes. Elle tendit les bras au soleil avant de se jeter en avant pour éclabousser Iselle, qui plongea en hurlant puis l'éclaboussa en retour. À présent, les jours raccourcissaient, les nuits rafraîchissaient, tout comme les après-midi. Le festival célébrant le retour du Fils Automne approchait. Toute la semaine précédente, il avait fait trop frais pour nager : seuls quelques jours avaient bénéficié d'un climat assez doux pour permettre ces excursions privées à la rivière. Le galop et la chasse attireraient bientôt les demoiselles vers des plaisirs plus secs. Et le bon sens de Cazaril reviendrait à lui comme un chien perdu. N'est-ce pas ?

La lumière déclinante et l'air froid incitèrent les nageurs à quitter l'eau pour chercher refuge sur les rives rocheuses. Cazaril baignait tellement dans le bien-être et la volupté qu'il ne les força même pas à poursuivre leurs bavardages oisifs en darthacain ou en roknari. Il finit par enfiler ses lourdes chausses d'équitation et ses bottes – neuves et de bonne qualité, cadeau de la provincara – ainsi que son ceinturon. Il resserra la sangle des chevaux en train de paître, retira leurs entraves, puis aida les demoiselles à monter. À contrecœur, avec bien des coups d'œil vers la clairière et la rivière qu'ils abandonnaient, la petite compagnie remonta la colline jusqu'au château.

Dans un élan de témérité, Cazaril pressa son cheval pour aligner son allure sur celle de Betriz. Elle lui lança un clin d'œil furtif qui creusa une fossette sur sa joue. Était-ce le manque de courage ou d'esprit qui changeait sa langue en bout de bois dans sa bouche ? Les deux, conclut-il. Dame Betriz et lui servaient ensemble Iselle au quotidien. Si une tentative de badinage trop appuyée se révélait importune, gâcherait-elle la précieuse complicité qui s'était établie entre eux au service de la royesse ? Non : il devait, il allait lui parler – mais le cheval de Betriz partit au trot à la vue des portes du château, et l'occasion fut perdue.

Tandis qu'ils entraient dans la cour, dans un écho de raclements de sabots sur les pavés, Teidez surgit d'une porte latérale en criant :

— Iselle ! Iselle !

La main de Cazaril se jeta sur la garde de son épée sous l'effet de la surprise – la tunique et les chausses du jeune homme étaient maculées de sang – puis retomba à la vue d'un dy Sanda sale et poussiéreux qui traînait à la suite de son élève. L'aspect sanguinolent de Teidez n'était que le résultat d'une séance d'entraînement dans la cour de la boucherie de Valenda. Ce n'était pas l'horreur qui lui tirait ces cris enflammés, mais l'extase. Le visage rond qu'il tourna vers sa sœur était radieux de joie.

— Iselle, il s'est passé quelque chose d'extraordinaire ! Devine, devine !

— Comment veux-tu que je devine… ? commença-t-elle en riant.

Il la fit taire d'un geste impatient tandis que les nouvelles s'écoulaient de ses lèvres.

— Un courrier du roya Orico vient d'arriver. Toi et moi, nous sommes invités à lui rendre visite cet automne à la cour de Cardegoss ! Et Maman et Grand-maman ne sont *pas* invitées ! Iselle, nous allons nous échapper de Valenda !

— Nous allons au *Zangre* ? s'écria Iselle avant de mettre pied à terre pour saisir les mains puantes de son frère et danser avec lui tout autour de la cour.

Penchée sur son pommeau, Betriz les regardait, bouche bée sous l'effet de l'extase.

Leur dame de compagnie pinça les lèvres avec nettement moins de plaisir. Cazaril croisa le regard de dy Sanda. Le visage du précepteur esquissait une lugubre grimace.

L’estomac de Cazaril se serra tandis qu’il tirait ses conclusions. La royesse Iselle était invitée à la cour ; ses divers serviteurs l’accompagneraient donc à Cardegoss. Parmi lesquels sa suivante, dame Betriz.

Et son secrétaire.

Chapitre 7

La caravane du royse et de la royesse approchait de Cardegoss par la route du sud. Elle gravit péniblement une côte pour découvrir la plaine encerclée de montagnes qui se déployait à leurs pieds.

Les narines de Cazaril s'ouvrirent en grand lorsqu'il aspira le vent glacial. La pluie froide de la veille avait nettoyé l'air à grande eau. Des bancs de nuages bleu ardoise s'effilochaient vers l'est, faisant écho aux champs bleu-gris et ridés qui étreignaient l'horizon. La lumière venue de l'ouest cinglait les plaines tel un coup d'épée. Dressé sur son immense rocher qui saillait à l'endroit où fusionnaient deux cours d'eau, dominant les rivières, les plaines, les cols de montagne et les yeux de tous les spectateurs, le Zangre accrochait la lumière et flamboyait comme de l'or fondu sur fond de bancs de nuages sombres. Ses tours de pierre ocre étaient couronnées de toits d'ardoise de la couleur des nuages filants, telle une rangée de casques de fer coiffant une vaillante armée de soldats. Siège favori des royas de Chalion depuis des générations, le Zangre apparaissait à cette distance comme une forteresse, non un palais, consacrée aux affaires guerrières tout autant que le serait un frère-soldat assermenté aux ordres saints des dieux.

Le royse Teidez pressa son cheval noir pour rejoindre le bai de Cazaril et jeta un regard impatient vers leur but, le visage éclairé d'une sorte de cupidité mêlée de respect. Avide de la promesse d'une vie plus grande, libéré des contraintes prudentes imposées par mère et grand-mère, supposait Cazaril. Mais il aurait fallu que Teidez soit bien plus idiot qu'il n'y paraissait pour ne pas se demander si ce miracle de pierre lui appartiendrait un jour. Pourquoi, en effet, le jeune homme aurait-il été appelé à la cour si Orico, désespérant d'engendrer un jour ses propres héritiers, ne destinait pas le jeune garçon à lui succéder ?

Iselle arrêta son cheval pommelé pour regarder l'endroit avec des yeux presque aussi avides que ceux de Teidez.

— C'est étrange. Je crois qu'il était plus grand dans mes souvenirs.

— Attendez que nous soyons plus proches, leur conseilla sèchement Cazaril.

Ser dy Sanda, dans la caravane, leur fit signe d'avancer, et tout l'équipage de cavaliers et mules de charge se remit à descendre la route bourbeuse : les deux jeunes gens de sang royal, leurs secrétaires-gardiens, dame Betriz, leurs serviteurs, valets, escortes armées arborant la livrée noir et vert de Baocia, des chevaux supplémentaires, Flocon-de-Neige – qu'on aurait pu alors rebaptiser Tas-de-Boue – et une quantité non négligeable de bagages. Cazaril, qui avait escorté nombre d'agaçantes processions de nobles dames, considérait la progression du convoi comme un miracle de promptitude. Il n'avait fallu que cinq jours de route depuis Valenda, ou plus précisément quatre et demi. La royesse Iselle, secondée par dame Betriz, avait conduit ses gens avec verve et efficacité. Aucun des inévitables retards dans le cours du voyage n'était imputable à ses caprices féminins.

En fait, Teidez comme Iselle avaient poussé leur entourage à une vitesse maximale dès l'instant où ils avaient quitté Valenda et galopé pour fuir les pleurs déchirants d'Ista, audibles bien au-delà des remparts. Iselle avait plaqué ses paumes sur ses oreilles et pressé son cheval à coups de genoux jusqu'à échapper aux échos de la peine extravagante de sa mère.

La nouvelle qu'on éloignait d'elle ses enfants avait plongé la royina douairière, sinon dans une véritable démence, au moins dans un état de profonde distraction et de désespoir. Elle avait pleuré, prié, protesté, puis enfin choisi le silence, au soulagement de tous. Dy Sanda avait confié à Cazaril qu'elle l'avait acculé pour tenter de le convaincre, pot-de-vin à l'appui, de s'enfuir avec Teidez, sans préciser où ni quand. Il la décrivait balbutiante, insistante, pratiquement la bave aux lèvres.

Elle avait également acculé Cazaril à la veille du départ, alors qu'il préparait dans sa chambre le contenu de ses sacoches de selle. Leur conversation avait pris un tour différent ; ou dans tous les cas, quelle qu'en ait été la teneur, elle ne balbutiait pas.

Elle l'avait longuement jaugé en silence, à son grand malaise, avant de demander tout à trac :

— Avez-vous peur, Cazaril ?

Il réfléchit à sa réponse et lui dit simplement, direct et franc :

— Oui, Madame.

— Dy Sanda est un idiot. Vous, au moins, vous ne l'êtes pas.

Ignorant que répondre, Cazaril inclina poliment la tête.

Elle inspira, les yeux exorbités, et lui dit :

— Protégez Iselle. Si vous m'avez jamais aimée, ou si vous êtes un homme d'honneur, protégez Iselle. Jurez-le, Cazaril !

— Je le jure.

Elle guetta sa réaction, mais à la surprise de Cazaril, ne lui demanda pas de protester de façon plus élaborée, ni de répéter ces mots pour la rassurer.

— De quoi devrais-je la protéger ? demanda-t-il prudemment. Que craignez-vous, Dame Ista ?

Elle resta immobile et muette à la lueur des bougies.

Cazaril se rappela les prières de Palli.

— Madame, ne me jetez pas les yeux bandés dans cette bataille !

Elle souffla comme sous l'effet d'un coup à l'estomac ; mais ensuite elle secoua la tête, désespérée, fit demi-tour et s'enfuit de la chambre. Sa dame de compagnie, inquiète jusqu'à l'exaspération, s'était essoufflée à la suivre.

Malgré le souvenir de l'agitation contagieuse d'Ista, Cazaril fut délesté du poids de la crainte sur sa conscience par l'enthousiasme des jeunes gens voyant approcher leur but. La route croisait la rivière qui traversait Cardegoss et la longeait en direction d'une aire boisée vers laquelle ils faisaient route. Plus loin, le deuxième cours d'eau de Cardegoss rejoignait le principal. Un courant d'air froid traversait la vallée ombragée. Sur la rive opposée à celle de la route, un escarpement rocheux de cent mètres émergeait du sol pour s'élancer vers le ciel. Ici et là, de petits arbres s'accrochaient désespérément aux fissures, et des fougères s'étalaient contre les rochers.

Iselle s'arrêta pour lever les yeux, puis les lever plus haut encore. Cazaril serra la bride à son cheval. D'ici, on n'apercevait même pas l'endroit où les maçons humains avaient commencé leurs piteux efforts visant à décorer le sommet de ce mur naturel de forteresse.

— Oh, dit Iselle.

— Par exemple, ajouta Betriz qui les rejoignait alors qu'ils tendaient le cou.

— Le Zangre, dit Cazaril, n'a jamais, de toute son histoire, été pris d'assaut.

— Je vois, souffla Betriz.

Quelques feuilles jaunes flottaient dans l'air, promesse d'automne à venir, puis s'éloignaient en tourbillonnant le long du sombre ruisseau. La compagnie relança ses chevaux afin de quitter la vallée où une grande arche de pierre, qui menait à l'une des sept portes de la cité, enjambait le cours d'eau. Cardegoss partageait le plateau creusé par l'eau avec la forteresse. Les remparts de la ville s'écartaient en suivant le tracé des ravins, évoquant la forme d'un bateau dont le Zangre serait la proue, puis fusionnaient en un long mur formant la poupe.

Dans la clarté de cet après-midi au temps vif, la cité échouait bel et bien à paraître sinistre. Le long de rues transversales, des marchés se paraient d'éclatantes couleurs de fleurs et de nourriture, tandis que s'y pressait une foule d'hommes et de femmes. Boulangers et banquiers, tisserands et tailleurs, joailliers et selliers, ainsi que d'autres artisans et commerçants dont l'activité ne nécessitait pas la proximité de rivières pour leurs besoins en eau courante, offraient leurs marchandises. La compagnie royale traversa le mal nommé carré du Temple, qui possédait cinq côtés, un pour chacune des grandes maisons des ordres saints des dieux. Divins, acolytes et dédicats marchaient à grands pas, l'air plutôt bureaucratique et tourmenté qu'ascétique. Dans le vaste centre pavé du Carré se dressait la forme familière – feuilles de trèfle et tour – du temple de la Sainte-Famille de Cardegoss, aux dimensions bien plus impressionnantes que la version plus petite et accueillante de Valenda.

À la grande impatience mal dissimulée de Teidez, Iselle demanda qu'on s'y arrête, et envoya Cazaril dans la cour intérieure du temple pour y déposer une offrande de quelques pièces sur l'autel de la Dame Printemps, en signe de reconnaissance pour ce paisible voyage. Un acolyte l'accepta avec des remerciements et lança un regard curieux à Cazaril, lequel marmonna une prière brève et distraite avant de se précipiter pour remonter en selle.

Alors qu'ils gravissaient la pente longue et douce qui menait au Zangre, ils traversèrent des rues où les maisons de la noblesse, massives et hautes, étaient collées les unes aux autres, bâties de pierre taillée avec des grilles de fer ouvragées protégeant portes et fenêtres. La royina douairière en avait habité une semblable aux premiers temps de son veuvage. Iselle, dans son grand enthousiasme, identifia trois candidates possibles pour sa maison d'enfance. Puis, totalement perdue, elle fit promettre à Cazaril de découvrir plus tard laquelle avait été sienne.

Ils atteignirent enfin la grande porte du Zangre lui-même. Une crevasse naturelle qui traversait le plateau s'ouvrait juste devant lui en une brutale fissure ombragée, plus intimidante qu'une douve. Du côté le plus éloigné, d'énormes rochers formaient la rangée de pierres inférieure des murs : irrégulières, mais imbriquées de telle sorte qu'une lame de couteau n'aurait pu se glisser entre elles. Au-dessus d'elle, du bel ouvrage roknari, dont les décorations aux délicats tracés géométriques semblaient de sucre plutôt que de pierre. Au-dessus encore, d'autres pierres s'élevant de plus en plus haut, comme si les hommes avaient voulu défier les dieux qui avaient jeté l'immense rocher sur lequel reposait l'édifice tout entier. Le Zangre était le seul château où Cazaril ait jamais souffert de vertige rien qu'en se tenant à son pied et en levant les yeux.

Le son d'une corne retentit au-dessus d'eux, et des soldats portant la livrée du roya Orico les saluèrent tandis qu'ils franchissaient le pont-levis, puis la voûte étroite qui menait à la cour. Serrant ses rênes, dame Betriz regarda autour d'elle, les lèvres entrouvertes. La cour était dominée par une immense tour rectangulaire, flambant neuve, ajoutée pendant le règne du roya Ias et de sire dy Lutez. Cazaril s'était toujours demandé si son immensité était à la mesure de la puissance des deux hommes… ou de leurs peurs. Un peu plus loin, et presque aussi haute, se dressait une tour ronde au coin du bâtiment principal. Son toit d'ardoise était effondré et son sommet déchiqueté et brisé.

—Par les dieux, dit Betriz en observant la demi-ruine, que s'est-il passé ici ? Pourquoi ne le répare-t-on pas ?

—Ah, dit Cazaril, adoptant le mode professoral pour son propre réconfort plus que pour celui de Betriz. C'est la tour du roya Fonsa le Sage, plus connu après sa mort sous le nom de Fonsa le Plutôt-Sage. On raconte qu'il s'y promenait toute la nuit durant, à essayer de lire dans les étoiles la volonté des dieux et le destin de Chalion. La nuit où il a réussi un charme de mort sur la personne du Général Doré, un terrible orage et des éclairs se sont abattus sur le toit et ont provoqué un incendie qui ne s'est éteint qu'au matin malgré la pluie torrentielle.

Lors de la première invasion roknari par la mer, ils avaient envahi la plus grosse partie de Chalion, Ibra et Brajar en une première vague brutale, et même dépassé Cardegoss, jusqu'au pied des montagnes du Sud. Même Darthaca s'était vu menacer par l'avancement de leurs troupes. Mais des cendres des vieux royaumes affaiblis et du berceau rigoureux des montagnes avaient émergé de nouveaux hommes qui s'étaient battus sur des générations pour reconquérir les pertes de ces premières années. Guerriers et bandits, ils avaient fondé leurs économies sur le pillage ; de nobles fortunes s'étaient bâties par le vol. Paradoxal, dans la mesure où la conception roknari de la collecte d'impôts était une rangée de soldats emportant tout sur leur passage à la pointe de l'épée, telles des sauterelles armées. Les pots-de-vin divers avaient fait reculer les troupes, jusqu'à transformer Chalion en un étrange ballet consanguin d'armées calculantes et de comptables armés. Mais au fil du temps, les Roknari furent repoussés vers la mer au nord, laissant derrière eux, à titre d'héritage, un résidu de châteaux et de violence. À la longue, il ne resta plus aux envahisseurs que les cinq principautés en guerre, blotties contre la côte nord.

Le Général Doré, le Lion de Roknar, avait tenté d'inverser le courant de l'histoire. Par la guerre, la fourberie et les mariages, il avait en dix années de fureur uni les cinq principautés pour la première fois, ou presque, depuis le débarquement roknari. À trente ans à peine, il avait rassemblé entre ses mains une impressionnante marée d'hommes qu'il préparait à balayer le sud une fois encore, déclarant qu'il éradiquerait l'hérésie quintarienne et le culte du Bâtard de la surface du pays par le feu et l'épée. Désunies et désespérées, Chalion, Ibra et Brajar perdaient face à lui sur tous les fronts.

Devant l'échec de formes d'assassinat plus classiques, des charmes de mort furent tentés par dizaines sur la personne du génie doré, sans résultat. Fonsa le Sage, après de longues recherches, en tira la conclusion que le Général Doré devait être l'élu de l'un des dieux : aucun sacrifice inférieur à celui d'un roi ne pouvait infléchir sa destinée monumentale. Fonsa avait successivement perdu cinq fils et héritiers lors des guerres menées au nord. Ias, le dernier et le plus jeune, était retenu par une lutte amère contre les Roknari dans les derniers cols de montagne bloquant leur itinéraire d'invasion. Par une nuit d'orage, avec pour seule compagnie un divin du Bâtard qu'il avait en confiance et un jeune page loyal, Fonsa était monté au sommet de sa tour, verrouillant la porte derrière lui…

Les courtisans de Chalion avaient retiré trois corps carbonisés des décombres le lendemain matin ; seule la différence de taille leur avait permis d'identifier le divin, le page et le roya. Terrifiée et choquée, la cour avait attendu son sort en tremblant. Le courrier de Cardegoss, qui galopait vers le nord avec les nouvelles de deuil et de malheur, croisa le courrier d'Ias en route vers le sud pour porter les nouvelles de la victoire. Les funérailles et le couronnement furent célébrés simultanément entre les murs du Zangre.

Cazaril parcourait à présent ces mêmes murs du regard.

— Lorsque le royse Ias, désormais roya, est rentré de la guerre, poursuivit-il pour Betriz, il a ordonné qu'on fasse murer les plus basses portes et fenêtres de la tour de son défunt père, et proclamé que personne n'y entrerait plus.

Une forme sombre fondit dans un battement d'ailes depuis le sommet de la tour, et Betriz se baissa avec un cri aigu.

— Depuis, les corbeaux y font leur nid, commenta Cazaril, renversant la tête afin de regarder la silhouette noire qui tournoyait dans le ciel d'un bleu intense. Je crois que c'est la même volée de corbeaux sacrés que les divins du Bâtard nourrissent dans la cour du temple. Des oiseaux intelligents. Les acolytes les apprivoisent et leur apprennent à parler.

Iselle, qui s'était approchée tandis que Cazaril discourait sur la triste fin de son royal grand-père, demanda :

— Que disent-ils ?

— Pas grand-chose, admit Cazaril, avec un rapide sourire. Je n'en ai jamais vu un qui possède un vocabulaire de plus de trois cris. Même si certains des acolytes s'obstinaient à affirmer qu'ils disaient bien plus.

Alertés par le cavalier envoyé en avant par dy Sanda, un essaim de valets et de serviteurs se précipitèrent pour assister les invités qui arrivaient. Le gardien du Zangre, de ses propres mains, installa un escabeau pour la royesse Iselle. Peut-être rendue consciente de sa dignité par ce gentilhomme aux cheveux gris qui courbait la tête, elle utilisa cette fois l'escabeau pour descendre de cheval avec une grâce toute féminine. Teidez lança ses rênes à un valet qui s'inclinait, et promena sur son environnement des yeux brillants. Le gardien s'entretint avec dy Sanda et Cazaril au sujet de dizaines de détails pratiques, depuis l'installation des chevaux et des valets jusqu'à celle – Cazaril sourit brièvement – du royse et de la royesse.

Le gardien escorta les enfants de sang royal vers leurs chambres dans l'aile gauche du bâtiment principal, suivi par une parade de serviteurs qui traînaient les bagages. Teidez et son entourage se virent attribuer la moitié d'un étage ; Iselle et ses dames, l'étage au-dessous. Cazaril occupait une petite chambre à celui des gentilshommes, mais tout au bout. Il se demanda si on le destinait à garder l'escalier.

— Allez donc vous rafraîchir et vous reposer, dit le gardien. Le roya et la royina vous recevront ce soir lors du banquet de célébration auquel assistera la cour tout entière.

Un troupeau de serviteurs apportant de l'eau pour la toilette, du linge propre, du pain, des fruits, des pâtisseries, du fromage et du vin fit comprendre aux visiteurs de Valenda qu'ils ne mourraient pas de faim d'ici là.

— Où sont mon frère et ma belle-sœur ? demanda Iselle au gardien.

Celui-ci fit une petite révérence.

— La royina se repose. Le roya rend visite à sa ménagerie, qui lui est d'un grand réconfort.

— J'aimerais beaucoup la voir, dit-elle d'une voix un peu mélancolique. Il m'en a souvent parlé dans ses lettres.

— Demandez-le-lui. Il sera content de vous la montrer, l'assura le gardien avec un sourire.

Le groupe des dames se trouva bientôt absorbé par un déballage frénétique de bagages afin de choisir leurs atours pour le banquet, exercice qui ne nécessitait pas l'assistance inexperte de Cazaril. Il donna des directives au domestique afin qu'il installe son coffre dans sa chambre étroite avant de partir, puis déposa ses sacoches de selle sur son lit et les fouilla en quête de la lettre que la provincara l'avait strictement chargé de remettre à Orico, au roya en personne et à nul autre, le plus tôt possible après son arrivée. Il ne s'arrêta que pour nettoyer ses mains de la poussière de la route et jeter un rapide coup d'œil par sa fenêtre. Le profond ravin de ce côté du château semblait plonger tout droit juste au-dessous de son appui de fenêtre. On apercevait à peine le cours d'eau qui scintillait bien plus bas, vertigineux, à travers le sommet des arbres.

Cazaril ne se perdit qu'une fois sur le chemin de la ménagerie, qui se trouvait hors des murs et de l'autre côté des jardins, adjacente aux écuries. Il l'identifia au moins grâce à l'odeur âcre et piquante d'étranges fumiers ni humains ni chevalins. Cazaril, dont les yeux commençaient à s'habituer à l'ombre fraîche du bâtiment de pierre, regarda à l'intérieur d'une aile cintrée et entra avec une certaine timidité.

Plusieurs anciennes stalles avaient été converties en cages pour un couple d'ours noirs au poil magnifiquement brillant. L'un d'entre eux dormait sur un tas de paille dorée ; l'autre ouvrit les yeux au passage de Cazaril, levant le museau pour renifler d'un air plein d'espoir. À l'autre bout de l'aile, les stalles abritaient quelques bêtes fort curieuses que Cazaril n'aurait même pas su nommer, semblables à de grandes chèvres aux longues pattes, mais dotées d'importantes encolures courbes, d'yeux liquides et doux, et d'une fourrure épaisse et soyeuse. Dans une pièce latérale, une dizaine de gros oiseaux aux couleurs vives se lissaient les plumes sur leurs perchoirs tout en marmottant, et d'autres, minuscules mais non moins colorés, voltigeaient en pépiant dans des cages alignées le long du mur. De l'autre côté de la volière, dans une baie ouverte, il trouva enfin des occupants humains : un valet très soigné dans la livrée du roya, et un homme corpulent assis en tailleur sur une table, qui tenait un léopard par son collier orné de pierreries. Cazaril sursauta et se figea lorsque l'homme plongea la tête juste en face des mâchoires ouvertes du grand félin.

L'homme étrillait vigoureusement la bête. Un nuage de poils jaunes et noirs s'éleva tandis que le léopard se tortillait sur la table avec une expression que Cazaril identifia comme une extase féline. L'animal accaparait tellement l'attention de Cazaril qu'il lui fallut un moment pour reconnaître en cet homme le roya Orico.

La dizaine d'années écoulée depuis la dernière fois que Cazaril l'avait vu n'avait pas été tendre. Orico n'avait jamais été bel homme, même dans la vigueur de sa jeunesse. Il était d'une taille légèrement inférieure à la moyenne, avec un nez court et brisé lors d'un malheureux accident de cheval, du temps de son adolescence, et qui semblait maintenant planté au milieu de son visage comme un champignon écrasé. Il avait naguère les cheveux auburn et bouclés. Ils étaient maintenant d'un brun grisâtre, toujours bouclés mais nettement plus fins. Ses cheveux étaient d'ailleurs la seule chose en lui à s'être affinée ; son corps, dans l'ensemble, avait épaissi. Il avait le visage pâle et bouffi, avec des paupières gonflées. Il murmurait à l'intention de son chat tacheté qui frotta sa tête contre sa tunique, répandant d'autres poils, puis lécha vigoureusement le brocart avec une langue de la taille d'une éponge, visant une large tache de sauce qui s'étalait sur le ventre impressionnant du roya. Les manches de celui-ci étaient retroussées, dévoilant sur ses bras une demi-douzaine de croûtes laissées par des traces de griffes. Le grand félin saisit un bras nu qu'il garda brièvement entre ses dents jaunes, mais sans refermer les mâchoires. Cazaril desserra les doigts de la garde de son épée, puis se racla la gorge.

Lorsque le roya tourna la tête, Cazaril tomba sur un genou.

— Sire, je vous transmets les salutations respectueuses de la provincara douairière de Baocia, ainsi que cette lettre d'elle.

Il tendit le papier et ajouta, au cas où personne ne le lui aurait annoncé :

— Le royse Teidez et la royesse Iselle sont arrivés sains et saufs, sire.

— Oh, oui.

Le roya fit un signe de tête au valet âgé qui débarrassa Cazaril de sa lettre avec une gracieuse révérence.

— Madame la douairière m'a recommandé de vous la remettre en mains propres, ajouta Cazaril d'une voix mal assurée.

—Oui, oui, juste un instant…

Non sans effort, Orico se pencha par-dessus son ventre pour serrer brièvement le chat dans ses bras, puis attacha une chaîne d'argent à son collier. Avec quelques murmures de plus, il lui commanda de bondir doucement de la table. Lui descendit plus lourdement et dit :

—Tiens, Umegat.

C'était de toute évidence le nom du valet, non celui du chat, car l'homme s'avança pour saisir la laisse d'argent en échange de la lettre. Il mena la bête à sa cage, un peu plus loin dans l'aile, et sans cérémonie aucune, l'y poussa d'un coup de genou dans la croupe lorsque l'animal s'arrêta pour se frotter aux barreaux. Cazaril respira un peu mieux une fois la cage verrouillée par le valet.

Orico rompit le sceau, répandant ainsi de la cire sur le carrelage propre. D'un air absent, il fit signe à Cazaril de se relever et se mit à lire lentement l'écriture tremblotante de la provincara, ne s'arrêtant que pour approcher ou éloigner le papier de temps à autre, les yeux plissés. Cazaril, qui retrouvait facilement ses vieilles habitudes de courrier, joignit les mains derrière son dos et attendit patiemment d'être questionné ou congédié selon le bon vouloir d'Orico.

Cazaril observa le valet – gardien ? – tandis qu'il patientait. Même sans l'indice fourni par son nom, l'homme était manifestement d'origine roknari. Umegat avait été de grande taille, mais semblait maintenant quelque peu voûté. Sa peau, qui avait dû être d'une nuance d'or poli dans sa jeunesse, était maintenant parcheminée, pâlie jusqu'à la teinte de l'ivoire. De fines rides bordaient ses yeux et sa bouche. Ses cheveux de bronze bouclés, virant au gris, étaient liés en deux nattes qui partaient de ses tempes, parcouraient le sommet de sa tête et se rejoignaient sur la nuque en une queue impeccable, selon la vieille mode roknari. Elles lui donnaient l'air d'un Roknari pure souche, bien que les métis soient monnaie courante en Chalion. Le roya Orico lui-même comptait plusieurs princesses roknari dans son arbre généalogique, à la fois du côté de Chalion et de Brajar, ce qui expliquait la couleur de cheveux de la famille. Le valet portait la livrée des serviteurs du Zangre, tunique, jambières et tabard jusqu'aux genoux orné du symbole de Chalion, un léopard royal rampant sur fond de château stylisé. Il semblait autrement plus soigné et minutieux que son maître.

Orico termina la lettre et soupira.

—La royina Ista était bouleversée, n'est-ce pas? demanda-t-il à Cazaril.

—Elle était naturellement inquiète de voir ses enfants séparés d'elle, répondit prudemment Cazaril.

—C'est ce que je craignais. Aucun moyen de l'empêcher. Du moment qu'elle est bouleversée à Valenda, et non à Cardegoss. Je ne veux pas d'elle ici, elle est trop… difficile. (Il se frotta le nez du dos de la main puis renifla.)

Dites à madame la provincara qu'elle a toute mon estime, et assurez-la que je prends grand soin du sort de ses petits-enfants. Ils bénéficient de la protection de leur frère.

—Je compte lui écrire ce soir, Sire, afin de l'informer de notre arrivée. Je lui transmettrai vos paroles.

Orico hocha la tête, se frotta de nouveau le nez et inspecta Cazaril.

—Est-ce que je vous connais ?

—Je... j'en doute fort, Sire. J'ai été engagé récemment par la provincara comme secrétaire de la royesse Iselle. J'avais servi le défunt provincar de Baocia en tant que page, dans ma jeunesse, ajouta-t-il à titre de références.

Il ne fit aucune mention du temps passé au service de Guarida, susceptible de réveiller les souvenirs plus récents du roya, bien que Cazaril n'ait jamais été qu'un visage parmi la foule qui servait Guarida. Sa barbe récente, ses cheveux grisonnants, son affaiblissement général lui fournissaient en outre un déguisement spontané : si Orico ne le reconnaissait pas, y avait-il une chance pour que d'autres ne l'identifient pas non plus ? Il se demanda combien de temps il pourrait passer à Cardegoss sans donner son nom. Trop tard pour en changer, hélas.

Il pouvait demeurer anonyme un peu plus longtemps, semblait-il, car Orico répondit d'un hochement de tête satisfait et le congédia d'un geste de la main.

—Vous serez donc au banquet. Dites à ma jolie sœur qu'il me tarde de l'y voir.

Cazaril s'inclina docilement puis se retira.

Tandis qu'il regagnait la porte du Zangre, il mordillait avec nervosité sa lèvre inférieure. Si la cour entière assistait au banquet ce soir-là, alors le chancelier et march dy Jironal, chef d'état-major et conseiller d'Orico, s'y trouverait aussi : et là où allait le march, son frère le sire Dondo le suivait généralement.

Peut-être qu'eux non plus ne se souviendront pas de moi. Il s'était écoulé bien plus de deux ans depuis la chute – la vente ignominieuse – de Gotorget, et plus longtemps encore depuis l'incident désagréable dans la tente du dément prince Olus. L'existence de Cazaril n'avait guère pu représenter plus qu'un léger désagrément pour ces puissants seigneurs. Ils ne pouvaient savoir qu'il avait compris que sa vente aux galères avait été une trahison consciente, et non un malentendu. S'il ne faisait rien pour attirer l'attention sur lui-même, ils ne se rappelleraient pas ce qu'ils avaient oublié, et il serait en sécurité.

Un bien naïf espoir.

Les épaules de Cazaril se voûtèrent et son pas s'allongea.

De retour dans sa haute chambre, Cazaril caressa avec nostalgie sa modeste robe de laine brune et sa cape noire. Mais obéissant aux ordres envoyés de l'étage supérieur par une servante essoufflée, il revêtit une toilette bien plus voyante, tunique bleu-vert, robe de brocart turquoise et chausses bleu foncé provenant des réserves du vieux provincar, encore légèrement parfumées par les épices avec lesquelles on les avait emballées pour les protéger des mites. Les bottes et l'épée complétaient la tenue de courtisan, même s'il lui manquait bagues et chaînes en signe de richesse.

À la requête insistante de Teidez, Cazaril monta à l'étage afin de vérifier si ses dames étaient prêtes ou non, pour y découvrir qu'il faisait partie d'un ensemble. Iselle avait revêtu ses plus belles robes bleues et blanches, et Betriz et la dame de compagnie portaient respectivement des couches de turquoise et de bleu nuit. L'un des membres du groupe avait limité le contenu de ses bagages, si bien qu'Iselle arborait des bijoux convenant à une demoiselle, de simples diamants étincelant à ses oreilles, une broche à la naissance des seins, une ceinture émaillée, et deux bagues seulement. Betriz affichait une partie du reste de l'inventaire, qui lui avait été prêtée. Cazaril se redressa et regretta moins sa splendeur, déterminé à tenir son rôle pour Iselle.

Après la bagatelle de sept ou huit retours en arrière pour échanges de dernière minute et ajustements d'habits ou d'ornements, Cazaril les mena toutes à l'étage inférieur où ils rejoignirent Teidez et son petit entourage de haut rang, constitué par dy Sanda, le capitaine baocien qui avait veillé sur eux pendant le voyage, et son huissier d'armes, ces deux derniers vêtus de leur plus belle livrée et arborant des épées à la crosse ornée de pierreries. Dans un concert de cliquetis et de froufrous, ils suivirent le page royal envoyé pour les guider jusqu'à la salle du trône d'Orico.

Ils marquèrent une brève pause dans l'antichambre, où ils s'alignèrent dans le bon ordre sous les instructions chuchotées par le gardien du château. Des portes s'ouvrirent à la volée, des cornes résonnèrent, et le gardien annonça d'une voix de stentor :

— Le royse Teidez de Chalion ! La royesse Iselle dy Chalion ! Ser dy Sanda !

Et ainsi de suite par ordre de rang, pour terminer par :

— Dame Betriz dy Ferrej, castillar Lupe dy Cazaril, sera Nan dy Vrit !

Betriz regarda Cazaril de biais, ses yeux bruns soudain joyeux, et murmura entre ses dents :

— Lupe ? Vous vous appelez *Lupe* ?

Cazaril s'estima dispensé de répondre, eu égard à leur situation – ce qui valait sans doute mieux, car sa réponse aurait été totalement inaudible. La pièce grouillait de courtisans et de dames, bruissants et scintillants, l'air était lourd de parfums, d'encens et d'exaltation. Au milieu de cette foule, remarqua-t-il, ses habits étaient *effectivement* modestes et discrets : vêtu de brun et de noir austères, il aurait eu l'air d'un corbeau parmi les paons. Même les murs étaient tapissés de brocart rouge.

Sur une estrade dressée au bout de la pièce, abritée par un baldaquin de brocart rouge bordé de galon d'or, le roya Orico et sa royina étaient installés sur des sièges dorés, côte à côte. Orico avait bien meilleure allure ce soir, nettoyé et vêtu d'habits propres, avec même un peu de couleur sur ses joues bouffies. Il semblait presque royal sous sa couronne dorée, d'une façon plutôt passéiste. La royina Sara était élégamment vêtue de robes écarlates assorties et se tenait bien droite sur son siège, presque guindée. À présent qu'elle avait dépassé la trentaine, sa beauté de naguère était usée et délavée. Elle arborait une expression quelque peu figée, et Cazaril se demanda dans quelle mesure ses sentiments devaient être partagés lors de cette réception royale. Au cours de ses longues années de stérilité, elle avait échoué à honorer son principal devoir envers la royacie de Chalion – si l'échec était bien le sien. Même à l'époque où Cazaril vivait en marge de la cour, des années auparavant, on murmurait qu'Orico n'avait jamais engendré de bâtard, même si l'on attribuait alors ce fait à sa fidélité excessive envers son lit nuptial. La montée en grade de Teidez représentait aussi l'aveu public d'un désespoir plus intime de la part du couple royal.

Teidez et Iselle s'avancèrent vers l'estrade, l'un après l'autre. Ils échangèrent avec le roya et la royina de fraternels baisers de bienvenue sur les mains, mais on n'exigea pas d'eux ce soir-là les baisers de soumission formels sur le front, les mains et les pieds. Tous les membres de leur entourage eurent également le droit de s'agenouiller pour embrasser les mains royales. Celle de Sara était froide comme la cire, sous les lèvres respectueuses de Cazaril.

Debout derrière Iselle, Cazaril s'arma de patience tandis que les frères et sœurs de sang royal se préparaient à recevoir une longue file de courtisans. Ils ne pouvaient en offenser aucun en l'oubliant ou en lui refusant une présentation ou un contact en personne. Cazaril eut le souffle coupé lorsqu'il reconnut les deux premiers hommes à s'avancer, et les deux plus en vue.

Le march dy Jironal portait les robes de cour réservées au général de l'ordre militaire saint du Fils, couches superposées de brun, d'orange et de jaune. Dy Jironal n'avait pas beaucoup changé depuis l'époque où, trois ans plus tôt, Cazaril avait accepté de ses propres mains, dans sa tente, les clés de Gotorget et la charge de son commandement. Il était toujours maigre, grisonnant, l'œil glacial, tendu par l'énergie, susceptible d'oublier de sourire. Sa large bandoulière était alourdie par l'émail et les bijoux représentant les symboles du Fils : armes, animaux et fûts de vin. La lourde chaîne d'or du chancelier de Chalion pendait à son cou.

Trois grosses bagues ornaient ses mains, celle de sa propre riche maison, celle de Chalion, et celle de l'ordre du Fils. Aucune autre n'encombrait ses doigts : les bijoux les plus riches n'auraient pu ajouter à l'impact de ce désinvolte étalage de pouvoir.

Le sire Dondo dy Jironal portait lui aussi les robes d'un saint général, aux couleurs bleue et blanche de l'ordre de la Fille. Plus trapu que son frère, accablé d'une regrettable tendance à transpirer abondamment, il irradiait encore à quarante ans du dynamisme familial. À l'exception de ses nouveaux honneurs, il semblait n'avoir ni changé, ni vieilli depuis la dernière fois que Cazaril l'avait vu, dans le campement de son frère. Cazaril s'aperçut qu'il avait espéré que Dondo aurait au moins forci comme Orico, étant donné ses excès notoires à table, au lit, et dans toutes autres sources de plaisir, mais il n'était que légèrement bedonnant. Les scintillements à ses mains, sans parler de ses oreilles, son cou, ses bras et ses bottes aux éperons dorés, compensaient le mépris de son frère pour l'étalage de richesse familiale.

Le regard du march dy Jironal croisa Cazaril sans s'arrêter ni sembler le reconnaître, mais les sourcils noirs de Dondo se froncèrent alors qu'il attendait son tour, et il considéra en grimaçant les traits affables et inexpressifs de Cazaril. Sa grimace s'intensifia brusquement. Mais le regard inquisiteur de Dondo s'arracha de lui lorsque son frère fit signe à un serviteur d'apporter ses présents pour le royse Teidez : une selle et une bride aux boucles d'argent, une arbalète de chasse d'excellente qualité, ainsi qu'une lance pour la chasse au sanglier dont la pointe d'acier ciselé luisait d'un éclat mauvais. Les remerciements enthousiastes de Teidez étaient parfaitement sincères.

Sire Dondo, après sa présentation formelle, claqua des doigts et un serviteur s'avança, muni d'un petit coffret qu'il ouvrit. D'un geste parfaitement théâtral, il en tira un interminable rang de perles qu'il leva bien haut à la vue de tous.

— Royesse, je vous souhaite la bienvenue à Cardegoss au nom de mon ordre saint, de ma glorieuse famille, et de ma noble personne ! Permettez-moi de vous offrir votre taille en perles (il brandit le rang, dont la longueur égalait effectivement la taille d'une Iselle stupéfaite) et de remercier les dieux qu'ils ne vous aient pas faite plus grande, ou je serais ruiné.

La plaisanterie fit glousser les courtisans. Avec un sourire engageant à l'intention d'Iselle, il murmura :

— Puis-je ?

Sans attendre sa réponse, il se pencha pour lui passer le rang de perles par-dessus la tête. Elle tressaillit lorsque sa main lui effleura la joue, mais palpa les sphères luisantes et lui renvoya un sourire ébahi. Elle balbutia ses remerciements de charmante façon, et Dondo s'inclina. Trop bas, songea Cazaril avec aigreur ; le geste semblait, à ses yeux, teinté de subtile ironie.

Ce fut alors seulement que Dondo saisit l'occasion de murmurer à l'oreille de son frère. Cazaril ne put distinguer ses paroles, mais crut voir les lèvres barbues de Dondo former le mot « Gotorget ». Le regard que dy

Jironal braquait sur Cazaril se fit surpris et perçant, l'espace d'un instant, mais ensuite les deux hommes durent céder la place au noble seigneur qui leur succédait dans la file.

Une quantité impressionnante de cadeaux de bienvenue, riches ou astucieux, furent déversés sur le royse et la royesse. Cazaril prit en charge ceux d'Iselle, et avec l'aide de Betriz, nota en détail leur provenance afin de les ajouter plus tard à l'inventaire de la maison. Les courtisans se pressaient autour des jeunes gens comme des mouches autour d'une flaque de miel, songea Cazaril non sans ironie. Teidez était ravi au point de glousser de rire ; dy Sanda se tenait légèrement raide, à la fois heureux et tendu. Iselle, quoique manifestement ravie, se conduisit avec une grande dignité. Elle ne s'effaroucha qu'une fois, lorsqu'on lui présenta un envoyé roknari d'une des principautés du Nord, individu de haute taille à la peau dorée et aux cheveux fauves coiffés en nattes compliquées. Ses robes de riche lin brodé flottèrent comme des bannières lorsqu'il s'inclina. Elle lui rendit sa révérence avec une courtoisie maîtrisée bien que sans sourire, et le remercia pour une magnifique ceinture de corail taillé, d'or et de jade.

Les présents de Teidez étaient les plus variés, encore que fortement orientés vers les armes. Ceux d'Iselle consistaient surtout en bijoux, même s'ils ne comptaient pas moins de trois superbes boîtes à musique. Au bout d'un moment, tous les cadeaux qui n'étaient pas portés immédiatement furent étalés sur une table à la vue de tous, sous la surveillance de plusieurs pages – l'étalage de la richesse des donateurs, de leur esprit ou de leur générosité représentait après tout la moitié de leur valeur –, et toute l'élite de Cardegoss rejoignit la salle de banquet.

Le royse et la royesse furent conduits à la haute table et placés de chaque côté d'Orico et de sa royina. Ils se retrouvèrent flanqués à leur tour par les frères Jironal, le chancelier dy Jironal adressant un sourire un peu tendu au jeune Teidez, Dondo s'efforçant de se rendre agréable aux yeux d'Iselle, même s'il riait visiblement plus fort qu'elle à ses propres traits d'esprit. Cazaril était placé à l'une des longues tables perpendiculaires à l'avant de la pièce, avec l'élite, et pas trop loin de ses élèves. Il découvrit que l'homme entre deux âges placé à sa droite était un représentant ibrane.

— Les Ibranes m'ont bien traité lors de mon dernier séjour dans votre pays, avança poliment Cazaril après qu'ils se furent présentés, et sans rentrer dans le détail. Comment êtes-vous venu à Cardegoss, Messire ?

L'Ibrane lui adressa un sourire amical.

— Vous êtes l'homme de la royesse Iselle, hein ? Eh bien, en dehors de l'attraction évidente que représente la chasse à Cardegoss en automne, le roya d'Ibra m'a dépêché afin de persuader le roya Orico de ne pas soutenir la nouvelle rébellion de l'héritier en Ibra du Sud. L'héritier accepte l'aide de Darthaca ; je crois qu'il y verra avec le temps un cadeau qui se retournera contre lui.

— La rébellion de son héritier est un pénible contretemps pour le roya d'Ibra, dit Cazaril avec une sincérité mêlée de neutralité calculée.

Au cours des trente dernières années, le Vieux Renard d'Ibra avait assez souvent joué un double jeu avec Chalion pour qu'on le considère comme un ami douteux et un ennemi dangereux. Mais si cette affreuse guerre intermittente avec son fils était le châtiment des dieux pour sa duplicité, alors les dieux étaient vraiment à craindre.

— J'ignore le fond de la pensée du roya Orico, mais il semble que soutenir la jeunesse contre l'âge est un pari sans risque. Ils doivent se réconcilier, ou le temps décidera pour eux. Pour le vieil homme, vaincre son fils revient à se vaincre lui-même.

— Pas cette fois. Ibra possède un autre fils. (Le représentant regarda autour de lui avant de se pencher plus près de Cazaril, baissant la voix.) Un fait qui n'a pas échappé à l'attention de l'héritier. Afin d'assurer ses arrières, il s'en est pris l'automne dernier à son jeune frère, une attaque aussi crapuleuse que secrète – même s'il affirme maintenant que l'initiative ne venait pas de lui, mais de laquais qui avaient mal compris des paroles irréfléchies. Ou les avaient trop bien comprises, dirais-je plutôt. Sa tentative pour se débarrasser du jeune royse Bergon a été contrecarrée, grâce aux dieux, et ce dernier secouru. Mais l'héritier a fini par épuiser l'indulgence de son père. Cette fois, aucune paix ne sera conclue tant que l'Ibra du Sud ne se sera pas rendue.

— Une bien triste affaire, répondit Cazaril. J'espère qu'ils retrouveront tous leurs esprits.

— Oui, acquiesça le représentant.

Il sourit, peut-être pour signifier qu'il appréciait l'habileté de Cazaril à ne déclarer aucune préférence, et laisser agir sa persuasion naturelle.

La nourriture du Zangre était exquise, et Cazaril se retrouva presque louchant de satiété. La cour gagna ensuite la salle où devait se tenir le bal, et le roya Orico s'y endormit promptement sur son siège, suscitant l'envie de Cazaril. Les musiciens de la cour étaient excellents comme toujours. La royina Sara ne dansait pas non plus, mais son visage glacial s'adoucissait sous le charme apparent de la musique, et sa main marquait la cadence sur l'accoudoir de son siège. Cazaril s'en alla poursuivre sa pénible digestion contre un mur latéral, appuya confortablement ses épaules et regarda des gens plus jeunes et vigoureux, ou moins repus, qui se promenaient, tournoyaient et oscillaient gracieusement au son de ces délicats accords. Ni Iselle, ni Betriz, ni même Nan dy Vrit ne manquèrent de partenaires.

Cazaril, fronçant les sourcils, regarda Betriz reprendre la danse avec son troisième, non, cinquième jeune seigneur. La royina Ista n'avait pas été la seule parente inquiète à le prendre à part avant qu'ils ne quittent Valenda : ser dy Ferrej aussi. « Surveillez ma Betriz », l'avait-il supplié. « Elle devrait avoir une mère, ou quelque dame âgée qui connaisse le monde, mais hélas… » Dy Ferrej était partagé entre sa peur du désastre et son espoir d'une bonne occasion. « Aidez-la à se méfier des hommes indignes, des fêtards, des parasites sans terres, vous voyez de quoi je parle. » Comme lui-même ? ne put s'empêcher de songer Cazaril. « D'un autre côté, si elle rencontrait quelqu'un de solide, d'honorable, je ne verrais aucune objection à ce qu'elle choisisse selon son inclination… Vous savez, un brave homme comme, disons, votre ami le march dy Palliar… » Cet exemple désinvolte ne semblait pas assez aléatoire aux oreilles de Cazaril. Betriz avait-elle conçu un attachement secret ? Palli, malheureusement, n'était pas présent ce soir, car il avait regagné sa région après la nomination de sire Dondo au titre de saint général. Cazaril aurait accueilli avec gratitude un visage amical et familier dans cette foule.

Avisant un mouvement, il reconnut un visage au sourire froid, familier mais aucunement bienvenu. Le chancelier dy Jironal le salua d'une légère révérence ; il s'écarta du mur pour la lui retourner. Ses esprits traversèrent une brume de nourriture et de vin pour retrouver leur pleine vivacité.

— Dy Cazaril. C'est donc bien vous. Nous vous avions cru mort.

Je m'en serais douté.

— Non, Messire. Je me suis échappé.

— Certains de vos amis craignaient que vous ayez déserté…

Aucun de mes amis *n'aurait craint une telle chose.*

— Mais les Roknari vous disaient mort.

— Un infâme mensonge, Messire. (Cazaril ne dit pas de *qui* provenait le mensonge, sa seule audace.) Ils m'ont vendu aux galères avec les hommes non rachetés.

— Quelle vilenie !

— C'était bien mon opinion.

— Un miracle que vous ayez survécu à l'épreuve.

— Oui. En effet. (Cazaril cligna des yeux et lui adressa un sourire suave.) Avez-vous au moins récupéré l'argent de votre rançon, pour prix de ce mensonge ? Ou un voleur l'a-t-il empoché ? J'aime à penser que quelqu'un a payé pour cette tromperie.

— Je ne me rappelle pas. C'est l'intendant qui a dû s'en occuper.

— Dans tous les cas, c'était une malchance épouvantable, mais tout a fini par s'arranger.

— Certes. J'aimerais en savoir un peu plus sur vos aventures, à l'occasion.

— Lorsqu'il vous plaira, Messire.

Dy Jironal hocha la tête avec un sourire austère et reprit son chemin, manifestement rassuré.

Cazaril sourit à son tour, satisfait de sa propre maîtrise, si ce n'était pas simplement sa terreur maladive. Il était capable, semblait-il, de sourire, sourire encore, et ne pas se jeter à la gorge de cet infâme menteur. *Je peux jouer les courtisans, hein ?*

Ses pires craintes apaisées, Cazaril renonça à ses futiles efforts d'invisibilité, et s'enhardit jusqu'à demander à dame Betriz de lui accorder un rondeau. Il se savait grand, dégingandé et disgracieux, mais au moins n'était-il pas ivre au point de chanceler, ce qui lui donnait l'avantage sur la moitié des jeunes hommes présents. Sans parler du sire Dondo dy Jironal, lequel, après avoir longtemps monopolisé Iselle pour la danse, s'était éloigné avec ses parasites de fêtards en quête de plaisirs plus corsés ou d'un couloir tranquille où vomir. Cazaril espérait la seconde option. Les yeux de Betriz pétillaient d'euphorie tandis qu'elle glissait d'un pas au suivant.

Orico finit par se réveiller, les musiciens par faiblir, et la soirée toucha à sa fin. Cazaril mobilisa les pages, dame Betriz et sera dy Vrit pour l'aider à emporter à l'abri le butin d'Iselle. Teidez, qui avait dédaigné la danse, s'était moins gavé de vin que du spectaculaire étalage de friandises, et dy Sanda, en conséquence, aurait peut-être à s'occuper d'une violente indigestion avant l'aube. Mais le jeune garçon était bien davantage ivre d'attentions que de vin.

— Messire Dondo m'a dit qu'on me donnerait dix-huit ans ! annonça-t-il à Iselle, triomphant.

La poussée de croissance qui lui avait fait dépasser sa sœur aînée l'été dernier avait occasionné bien des vantardises de sa part, et bien des ricanements de celle d'Iselle. Il regagna sa chambre sur des pieds qui touchaient à peine terre.

Tandis qu'ils rangeaient les babioles dans les coffres à verrou de l'antichambre d'Iselle, Betriz demanda à Cazaril, les mains chargées de bijoux :

— Pourquoi n'utilisez-vous pas votre nom, Sire Caz ? Qu'est-ce qui vous déplaît dans Lupe ? C'est un vrai nom d'homme *fort*, en outre.

— Une vieille aversion, soupira-t-il. Mon frère aîné et ses amis avaient pris l'habitude de me tourmenter en hurlant et en jappant jusqu'à me faire pleurer de rage, ce qui me rendait encore plus furieux. Hélas, lorsque j'ai grandi suffisamment pour pouvoir le battre, il avait abandonné le jeu. Ce que j'ai trouvé très injuste de sa part.

— Je vois ! répondit Betriz en riant.

Cazaril se réfugia dans le calme de sa propre chambre, où il s'aperçut qu'il avait oublié de rédiger le mot promis solennellement à la provincara pour la rassurer. Partagé entre son lit et son devoir, il sortit en soupirant plumes, cire et papier, mais son rapport fut bien plus court que le récit divertissant qu'il avait eu en tête, quelques lignes laconiques se terminant par : « Tout va bien à Cardegoss ».

Il le scella, trouva un page somnolent pour la remettre au courrier qui partirait le lendemain matin du Zangre, puis s'effondra sur son lit.

Chapitre 8

Au banquet de bienvenue du premier soir succédèrent bien trop vite les repas du lendemain, ainsi qu'une fête nocturne incluant une mascarade. Des banquets toujours plus somptueux se suivirent en cascade les jours suivants, jusqu'à ce que Cazaril, au lieu de regretter que le roya Orico se soit si tristement empâté, se mette à s'étonner qu'il soit encore capable de marcher. Au moins le bombardement initial de cadeaux sur le royse et la royesse avait-il ralenti. Cazaril reprit son inventaire et se mit à réfléchir à la façon de redistribuer une partie de ces largesses. On attendait d'une royesse qu'elle se montre généreuse.

Au quatrième matin, il s'éveilla d'un rêve confus dans lequel il parcourait le Zangre, les mains pleines de bijoux qu'il ne pouvait jamais remettre aux bonnes personnes au bon moment, et parmi lesquelles se trouvait un rat parlant qui lui donnait des indications absurdes. Il se frotta les yeux pour en chasser le sable du sommeil et jura de renoncer aux vins liquoreux d'Orico, ou à ses friandises trop riches en pâte d'amandes, il ne savait trop. Il se demanda quels repas il lui faudrait affronter ce jour-là. Puis rit tout haut de lui-même, se rappelant les rations des sièges. Souriant toujours, il s'extirpa de son lit.

Il déploya la tunique portée la veille et en délaça les larges manches pour en tirer la moitié d'une miche de pain presque rassis que Betriz l'avait prié d'y fourrer lorsque des averses importunes, encore que de saison, avaient écourté le pique-nique royal en bord de rivière. Il se demanda, stupéfait, si ces manches de courtisans avaient été conçues dans le but d'abriter des provisions, à l'époque où ce vêtement était neuf. Il ôta sa chemise de nuit, enfila ses chausses dont il noua les cordons, et se dirigea vers sa bassine pour sa toilette.

Un battement d'ailes confus devant sa fenêtre ouverte lui fit tourner la tête. Cazaril vit l'un des corbeaux du château se poser sur le large appui de pierre et lever la tête vers lui. Il croassa deux fois puis émit d'étranges petits grognements. Amusé, Cazaril s'essuya le visage puis, ramassant le pain, s'avança lentement vers l'oiseau pour voir si c'était l'un des corbeaux apprivoisés qui accepteraient de la nourriture de sa main.

L'oiseau semblait guetter le pain, car il ne s'enfuit pas à son approche. Cazaril lui tendit un morceau. L'oiseau d'un noir luisant l'observa quelques instants, puis picora prestement la miette entre ses doigts. Cazaril se retint de sursauter lorsque le bec noir et acéré piqua sa main sans la transpercer. L'oiseau changea de place et secoua les ailes, déployant une queue à laquelle manquaient deux plumes. Il grogna puis se remit à croasser, un son criard et perçant qui se répercuta dans la petite chambre.

— Tu ne devrais pas dire « croa, croa », lui dit Cazaril. Tu devrais dire « Caz, Caz ! »

Il s'amusa pendant quelques minutes, et sembla amuser l'oiseau, en essayant de lui apprendre ce nouveau langage, allant jusqu'à roucouler « Cazaril ! Cazaril ! » avec ce qu'il espérait être un accent d'oiseau, mais malgré de généreuses rations de pain, le corbeau semblait encore plus hermétique qu'Iselle au darthacain.

Un coup frappé à sa porte interrompit la leçon, et il demanda d'une voix absente :

— Oui ?

La porte s'ouvrit d'un coup ; le corbeau recula dans un battement d'ailes et s'enfuit par la fenêtre. Cazaril se pencha pour le regarder s'envoler. L'oiseau se laissa choir à pic, puis déploya ses ailes avec un bruit sec et s'éleva de nouveau, porté par un courant matinal qui remontait le long du ravin abrupt.

— Messire dy Cazaril, le...

La voix se figea brusquement. Cazaril quitta l'appui de fenêtre et se retourna pour faire face au page qui se tenait à la porte, l'air secoué. Cazaril s'aperçut avec une bouffée de gêne glaciale qu'il n'avait pas encore revêtu sa chemise.

— Oui, jeune homme ?

Sans paraître se hâter, il prit sa tunique d'un air désinvolte, la déploya puis l'enfila.

— Qu'y a-t-il ?

Son débit traînant n'invitait à aucun commentaire ou question sur le désastre vieux d'un an qui ornait son dos.

La gorge serrée, le page retrouva sa voix.

— Messire dy Cazaril, la royesse Iselle vous prie de la rejoindre dans la chambre verte aussitôt après le petit déjeuner.

— Merci, dit froidement Cazaril.

Il le congédia d'un sobre hochement de tête. Le page s'éloigna au galop.

L'excursion matinale pour laquelle Iselle demandait l'escorte de Cazaril ne devait pas les mener plus loin qu'à la ménagerie d'Orico. Le roya lui-même y conduirait sa sœur ; pénétrant dans la chambre verte, Cazaril le trouva assoupi dans une chaise, occupé à sa sieste quotidienne d'après petit déjeuner. Orico s'éveilla en reniflant et se frotta le front comme pour chasser une migraine. Il brossa de sa large tunique des miettes collantes, ramassa un carré de linge enveloppant un paquet, puis conduisit sa sœur, Betriz et Cazaril jusqu'à la porte du château et leur fit traverser les jardins.

Dans la cour des écuries, ils rencontrèrent Teidez et son escorte de chasse matinale en train de s'aligner. Le royse réclamait cette faveur depuis son arrivée au Zangre. Le sire Dondo, qui semblait avoir accédé aux désirs du jeune garçon, menait le groupe comprenant une demi-douzaine d'autres courtisans, valets et rabatteurs, trois paires de chiens, et ser dy Sanda. Teidez, juché sur son cheval noir, salua d'un air enjoué sa sœur et son roya de frère.

— Sire Dondo dit que c'est sans doute trop tôt pour repérer des sangliers, leur expliqua-t-il, car les feuilles ne sont pas encore tombées. Mais nous aurons peut-être de la chance.

Le valet de Teidez, qui le suivait sur son propre cheval, était chargé d'un véritable arsenal incluant l'arbalète et la lance à sangliers toutes neuves, juste au cas où. Iselle, qui n'avait visiblement pas été invitée, les regarda avec un soupçon d'envie.

Dy Sanda, enchanté par ce noble sport, arborait le plus large sourire qu'on lui ait jamais vu lorsque sire Dondo, avec un cri de triomphe, guida les cavaliers hors de la cour à un trot rapide. Cazaril les regarda s'éloigner et s'efforça de déterminer ce qui le dérangeait dans ce joli tableau d'automne. Il s'aperçut qu'aucun des compagnons de Teidez n'avait moins de trente ans. Aucun ne suivait le jeune garçon par amitié, ni même par amitié anticipée : ils étaient tous là dans leur propre intérêt. Si ces courtisans avaient un peu de jugeote, songea-t-il, ils feraient mieux d'amener dès maintenant leurs fils à la cour et de les y lâcher pour laisser la nature prendre le dessus. Une approche qui n'était pas sans périls, mais…

Orico contourna les écuries d'un pas lourd, suivi par Cazaril et les dames. Le gardien Umegat, visiblement prévenu, patientait d'un air digne près des portes de la ménagerie, grandes ouvertes au soleil et à la brise matinale. Il inclina sa tête soigneusement nattée devant son maître et ses invités.

— Voici Umegat, dit Orico à sa sœur à titre de présentation. Il s'occupe de cet endroit pour moi. Un Roknari, mais un brave homme tout de même.

Iselle réprima une inquiétude légère mais visible et inclina gracieusement la tête. Dans un roknari de cour passable, bien qu'employant à tort le mode grammatical qu'utilise le maître parlant aux guerriers, et non aux serviteurs, elle dit :

— *Les Très-Saints vous accordent leurs grâces en ce jour, Umegat.*

Umegat ouvrit de grands yeux et s'inclina plus avant.

— *Les Très-Saints vous les accordent également, m'hendi*, lui répondit-il avec l'accent le plus pur de l'Archipel, et dans la forme grammaticale correcte de l'esclave parlant au maître.

Cazaril haussa les sourcils. Umegat n'avait rien d'un métis de Chalion, semblait-il. Il se demanda quelle succession d'événements l'avait conduit ici. Intrigué, il avança :

— *Vous êtes bien loin de chez vous, Umegat*, dans le mode du serviteur au serviteur de moindre rang.

Un sourire se dessina sur les lèvres du valet.

— *Vous avez l'oreille, m'hendi. C'est très rare en Chalion.*

— *Messire dy Cazaril est mon professeur*, expliqua Iselle.

— *Alors vous êtes en de bonnes mains, Madame.* (Se tournant vers Cazaril, il adopta le mode de l'esclave à l'érudit, d'une politesse plus exquise encore que celle de l'esclave au maître.) *Mais Chalion est maintenant mon foyer, Très-Sage.*

— Allons donc montrer mes créatures à ma sœur, intervint Orico, visiblement lassé de ces civilités bilingues.

Il leva sa serviette avec un sourire de conspirateur.

— J'ai volé un rayon de miel à la table du petit déjeuner pour mes ours, et il va bientôt couler si je ne m'en débarrasse pas vite.

Umegat lui rendit son sourire et les conduisit vers la fraîcheur du bâtiment de pierre.

L'endroit était plus immaculé encore que le jour de leur arrivée, et nettement mieux entretenu que les salles de banquet d'Orico. Avec un geste d'excuse, le roya se dirigea vers l'une de ses cages à ours. L'animal s'éveilla et s'assit sur son arrière-train ; Orico s'accroupit sur la paille luisante, et tous deux se regardèrent. Le roya était presque de même forme que l'ours. Il déballa sa serviette et détacha un morceau du rayon de miel que l'ours renifla avant de lui lécher les doigts d'une langue rose et longue. Iselle et Betriz s'extasièrent devant la superbe fourrure épaisse de l'ours, mais ne firent pas mine de rejoindre le roya dans la cage.

Umegat les conduisit ensuite aux créatures semblables à des chèvres, herbivores de toute évidence, et cette fois les demoiselles entrèrent dans les stalles pour caresser les bêtes et les complimenter, envieuses, sur leurs grands yeux bruns et leurs cils recourbés. Umegat expliqua qu'on les appelait « vellas », qu'elles étaient importées d'un endroit plus lointain que l'Archipel, et fournit des carottes que les demoiselles donnèrent aux bêtes avec des rires et une satisfaction mutuelle. Iselle nettoya les derniers bouts de carotte mélangés à de la bave de vella sur sa jupe, et tous suivirent Umegat jusqu'à la volière. Orico, qui s'attardait avec son ours, leur fit signe, languissant, de poursuivre sans lui.

Une forme noire surgie de la lumière du jour descendit en piqué dans l'aile cintrée pour aller se percher dans un battement d'ailes sur l'épaule de Cazaril. Celui-ci faillit sauter au plafond. Il tordit le cou pour découvrir le corbeau aperçu à sa fenêtre le matin même, à en juger par l'espace vide dans les plumes de sa queue. L'oiseau resserra ses griffes sur son épaule et cria :

— Caz, Caz !

Cazaril éclata de rire.

— Il était temps, stupide volatile ! Mais tu n'as rien à y gagner cette fois : je n'ai plus de pain.

Il haussa l'épaule mais l'oiseau s'y accrocha obstinément et répéta « Caz, Caz ! » tout contre son oreille, à un volume assourdissant.

Betriz éclata de rire, les lèvres ouvertes de stupeur.

— Qui est votre ami, Sire Caz ?

— Il est venu à ma fenêtre ce matin, et j'ai tenté de lui enseigner, hum, quelques mots. Je ne pensais pas y réussir…

— Caz, Caz ! insista le corbeau.

— Vous devriez vous montrer aussi attentive à votre darthacain, Madame ! conclut Cazaril. Allons, ser dy Corbeau, laisse-moi donc. Va te trouver un poisson assommé sous les chutes, ou un mouton mort bien odorant, ou quoi que ce soit d'autre… Ouste !

Il abaissa son épaule, mais l'oiseau s'accrocha, tenace.

— Quels oiseaux gourmands, ces corbeaux du château. Les corbeaux de la campagne sont obligés d'aller chercher leur pitance. Ces créatures paresseuses attendent que vous la leur versiez dans le bec.

— En effet, dit Umegat avec un sourire rusé, les oiseaux du Zangre sont de véritables courtisans parmi les corbeaux.

Cazaril réprima trop tard un éclat de rire et lança un regard furtif à l'impeccable valet roknari – enfin, anciennement roknari. Dans tous les cas, si Umegat travaillait ici depuis longtemps, il avait pu étudier les courtisans à loisir.

— Cette adoration serait bien plus flatteuse si tu étais plus appétissant. Ouste !

Il repoussa le corbeau de son épaule, mais celui-ci ne fit qu'aller se percher au sommet de son crâne en lui plantant les griffes dans le cuir chevelu.

— Aïe !

— Cazaril ! cria le corbeau d'une voix perçante depuis son nouveau perchoir.

— Vous devez être un professeur de langues virtuose, Messire dy Cazaril.

Le sourire d'Umegat s'élargit.

— Je t'ai entendu, assura-t-il au corbeau. Si vous voulez bien baisser la tête, Messire, je vais tenter de vous délester de votre passager.

Cazaril s'exécuta. Murmurant quelques mots en roknari, Umegat persuada l'oiseau de se percher sur son bras, le porta jusqu'à l'extérieur où il le lança dans les airs. Le corbeau s'éloigna dans un battement d'ailes en émettant, au soulagement de Cazaril, des croassements plus ordinaires.

Ils gagnèrent ensuite la volière, où Iselle se révéla aussi populaire auprès des petits oiseaux colorés que Cazaril auprès du corbeau déplumé. Ils bondirent sur sa manche, et Umegat lui montra comment les amadouer pour qu'ils prennent des graines entre ses dents.

Ils s'intéressèrent ensuite aux oiseaux sur leurs perchoirs. Betriz admira un spécimen d'un vert éclatant avec des plumes jaunes sur la poitrine et une gorge rubis. Il faisait claquer son grand bec jaune, oscillait d'une patte sur l'autre et tirait une langue étroite et noire.

— Celui-ci est un arrivage récent, leur expliqua Umegat. Je crois qu'il a mené une vie d'errance difficile. Il est plutôt docile, mais il a fallu du temps et de la patience pour le calmer.

— Est-ce qu'il parle ? demanda Betriz.

— Oui, répondit Umegat. Mais il ne connaît que des gros mots. En roknari, peut-être par chance. Je crois qu'il a dû appartenir à un marin. Le march dy Jironal l'a rapporté du nord ce printemps avec son butin de guerre.

Les récits et rumeurs de cette campagne peu concluante avaient atteint Valenda. Cazaril se demanda si Umegat avait été butin de guerre – comme lui-même – et s'il était arrivé de cette manière en Chalion. Il commenta sèchement :

— Bel oiseau, mais un bien maigre prix pour trois villes et le contrôle d'un col de montagne.

— Je crois que le sire dy Jironal a rapporté beaucoup plus de biens meubles que celui-ci, dit Umegat. Pendant le trajet de retour vers Cardegoss, il a fallu à ses bagages une heure pour passer les portes.

— Moi aussi, j'ai dû affronter des mulets de cette lenteur, murmura Cazaril, peu impressionné. Chalion a perdu bien plus que dy Jironal a gagné lors de cette entreprise irréfléchie.

Iselle fronça les sourcils.

— N'était-ce pas une victoire ?

— Selon quelle définition ? Nous disputons cette frontière aux principautés roknari depuis des décennies. C'était autrefois une bonne terre, il n'en reste plus rien. Des vignes, des oliveraies et des vergers brûlés, des fermes désertées, des animaux abandonnés qui meurent de faim ou redeviennent sauvages… C'est la paix, et non la guerre, qui fait la fortune d'un pays. La guerre ne fait que transférer aux plus forts la possession des vestiges des plus faibles. Pire encore, ce qui est acheté avec du sang est revendu pour des pièces, puis volé de nouveau.

Amer, il ajouta :

— Votre grand-père le roya Fonsa a racheté Gotorget avec les vies de ses fils. Elle a été vendue par le march dy Jironal pour trois cent mille royales.

Quelle merveilleuse transmutation, lorsque le sang d'un homme se métamorphose en l'argent d'un autre. Changer le plomb en or n'est rien à côté.

—Ne peut-il jamais y avoir la paix au nord ? demanda Betriz, surprise par sa véhémence nouvelle.

Cazaril haussa les épaules.

—Pas tant que la guerre apporte du profit. Les princes roknari jouent le même jeu. C'est une corruption universelle.

—*Remporter* la guerre y mettrait fin, ajouta Iselle, songeuse.

—En voilà, un rêve, soupira Cazaril. Si le roya pouvait le faire au nez et à la barbe de ses seigneurs sans leur laisser voir qu'ils perdent leur futur gagne-pain. Mais non. C'est irréalisable. Chalion seule ne pourrait vaincre les cinq principautés, et même si elle y parvenait par miracle, elle ne possède aucune compétence navale pour garder ensuite les côtes. Si toutes les royacies quintariennes pouvaient s'allier, et se battre durement pendant toute une génération, peut-être un roya d'une force et d'une détermination rares pourrait-il aller jusqu'à unir le pays entier. Mais le coût en hommes et en argent serait immense.

Iselle dit lentement :

—Plus grand que le coût du sang et du pouvoir aspirés sans fin au nord ? Si on y parvenait une fois, une *bonne* fois pour toutes, alors ce serait fait à jamais.

—Mais il n'y a personne pour s'y risquer. Aucun homme qui possède le courage, l'assurance et la volonté nécessaires. Le roya de Brajar est un ivrogne vieillissant qui s'amuse avec les dames de sa cour, le Renard d'Ibra est entravé par les querelles civiles, Chalion…

Cazaril hésita, conscient que son agitation l'attirait dangereusement vers une franchise impolie.

—Teidez, commença Iselle avant d'inspirer profondément. Peut-être que ce sera le lot de Teidez, une fois devenu adulte.

Un sort que Cazaril ne souhaitait à aucun homme, et pourtant le jeune garçon faisait preuve de talents naissants dans ce sens, en espérant seulement que son éducation au cours des prochaines années puisse les concentrer vers un but direct et précis.

—La conquête n'est pas le seul moyen d'unir les peuples, remarqua Betriz. Il y a le mariage.

—Oui, mais personne ne peut épouser trois royacies et cinq principautés, dit Iselle en plissant le nez. Pas tous en même temps, en tout cas.

L'oiseau vert, peut-être irrité d'avoir perdu l'attention du public, choisit ce moment pour lâcher une phrase particulièrement obscène en argot roknari. Un oiseau de marin, en effet – de galérien, songea Cazaril. Umegat sourit, pince-sans-rire, devant le ricanement involontaire de Cazaril, mais leva légèrement les sourcils en voyant Iselle et Betriz serrer les lèvres et s'empourprer, échanger des regards et manquer de perdre leur sérieux. D'un geste souple, il saisit un chaperon qu'il enfonça sur la tête de l'oiseau.

— Bonne nuit, mon vert ami, lui dit-il. Je crois que tu n'es pas encore tout à fait prêt pour la bonne société. Peut-être messire dy Cazaril devrait-il t'enseigner le roknari de la cour, non ?

Cazaril se disait qu'Umegat semblait parfaitement capable de l'enseigner lui-même, lorsqu'il fut interrompu par un pas étonnamment rapide à la porte de la volière, qui s'avéra être celui d'Orico, essuyant de la salive d'ours sur ses chausses avec un sourire. Cazaril constata que le gardien du château, le premier jour, avait dit vrai : la ménagerie semblait apporter au roya du réconfort. Le regard clair, le visage de nouveau coloré, il avait visiblement récupéré de l'épuisement manifesté juste après le petit déjeuner.

— Vous devez venir voir mes chats, dit-il aux dames.

Tous le suivirent dans l'aile de pierre, où il exhiba fièrement les cages renfermant un couple de superbes chats dorés aux oreilles en pinceau, provenant des montagnes du sud de Chalion, et un rarissime chat albinos aux yeux bleus, de la même race, avec des oreilles ornées de pinceaux d'un noir surprenant. Ce côté de l'aile abritait aussi une cage contenant un couple de ce qu'Umegat appelait renards des sables de l'Archipel, pareils à des loups maigres et demi-développés, mais avec d'énormes oreilles triangulaires et une expression cynique.

Avec un geste théâtral, Orico se tourna enfin vers son évident favori, le léopard. Sorti de sa cage au bout de sa chaîne d'argent, il se frotta aux jambes du roya en émettant d'étranges petits grognements. Cazaril retint son souffle lorsque Iselle, encouragée par son frère, s'agenouilla pour caresser la bête, le visage tout proche de ses puissantes mâchoires. Ses yeux ronds d'ambre limpide lui semblaient tout sauf amicaux, mais leurs paupières se fermèrent à demi sous l'effet d'un plaisir évident, et le large museau couleur de brique frémit lorsque Iselle gratta vigoureusement le léopard sous le menton et fit courir ses doigts dans sa fabuleuse robe tachetée. Mais lorsque Cazaril s'agenouilla à son tour, le grondement prit à ses oreilles une nuance résolument hostile, et ce regard d'ambre distant ne l'encouragea guère à prendre de telles libertés. Cazaril garda prudemment ses mains éloignées.

Le roya ayant choisi de rester consulter son gardien de ménagerie, Cazaril raccompagna ses dames jusqu'au Zangre, et ils débattirent amicalement pour décider quelle était la bête la plus intéressante.

— Et *vous*, quelle créature avez-vous trouvée la plus curieuse ? l'interrogea Betriz.

Cazaril hésita avant de répondre, mais opta finalement pour la vérité.

— Umegat.

Elle ouvrit la bouche pour protester contre cette plaisanterie supposée, mais la referma lorsque Iselle la foudroya du regard. Un silence pensif retomba, et s'attarda pendant tout le trajet jusqu'aux portes du château.

Le raccourcissement des jours à l'approche de l'automne ne fit pas l'effet d'une perte aux habitants du Zangre, car les chandelles, festins et fêtes continuaient d'illuminer leurs nuits. Les courtisans se surpassaient à tour de rôle pour offrir des divertissements, peu avares d'argent comme d'esprit. Teidez et Iselle étaient éblouis, mais la royesse, par chance, pas totalement ; aidée par les commentaires et sous-entendus de Cazaril, elle se mit à chercher messages et sens cachés, à guetter les intentions, à calculer dépenses et attentes.

Teidez, aux yeux de Cazaril, semblait tout absorber sans exception. Les premiers signes d'indigestion apparaissaient. Teidez et dy Sanda s'affrontaient de plus en plus ouvertement, et dy Sanda perdait la bataille lorsqu'il s'agissait de faire respecter la discipline imposée au jeune homme dans la maison de la provincara. Même Iselle commençait à s'inquiéter de la tension croissante entre son frère et le précepteur, comme le déduisit rapidement Cazaril lorsque Betriz le coinça un matin, avec une fausse désinvolture, dans un coin de fenêtre donnant sur le confluent des rivières et la moitié de l'arrière-pays de Cardegoss.

Après quelques remarques sur le temps – ce qui était de saison – et sur la chasse – ce qui ne l'était pas moins –, elle dévia brusquement sur le sujet qui l'amenait à lui, baissant la voix pour demander :

— Quelle était cette affreuse dispute entre Teidez et le pauvre dy Sanda dans votre couloir, la nuit dernière ? Nous entendions leur vacarme à travers les fenêtres *et* à travers le sol.

— Hum…

Cinq dieux, comment allait-il s'en tirer ? *Ces demoiselles.* Il regrettait presque qu'Iselle n'ait pas envoyé Nan dy Vrit. Mais sans doute cette veuve raisonnable était-elle à l'étage, occupée à parler quenouilles. Oui, et mieux valait être brutal que mal compris. Et mieux valait aussi être brutal avec Betriz qu'avec Iselle en personne. Betriz, qui n'était plus une enfant, et surtout n'était pas la sœur unique de Teidez, déciderait mieux que lui de ce qui pouvait atteindre ou non les oreilles d'Iselle.

— Hier soir, Dondo dy Jironal a conduit une fille de joie jusqu'au lit de Teidez. Dy Sanda l'a mise à la porte. Teidez était en rage.

En rage, embarrassé, peut-être secrètement soulagé, et plus tard dans la soirée, malade d'avoir trop bu. Ah, quelle superbe vie de cour.

— Oh, répondit Betriz. (Il l'avait un peu choquée, mais pas excessivement, remarqua-t-il à son grand soulagement.) Oh.

Elle sombra dans un silence pensif, contemplant par la fenêtre les plaines dorées qui se déployaient au-delà de la rivière et de sa vallée. La moisson était presque entièrement terminée. Elle se mordit la lèvre inférieure et tourna de nouveau vers lui des yeux plissés d'inquiétude.

— Ce n'est pas… Ce ne peut pas être… Il y a quelque chose de très curieux dans le spectacle d'un homme de quarante ans comme le sire Dondo qui s'accroche à la manche d'un garçon de quatorze ans.

— S'accrocher à un garçon ? Oui, très curieux. Mais s'accrocher à un royse, son futur roya, futur fournisseur de rang, de fortune, de faveurs, d'opportunités militaires… Vous voyez le tableau. Si Dondo lâchait cette manche, trois autres hommes s'en saisiraient sur-le-champ. Ce qui compte, c'est… la *manière.*

Elle tordit les lèvres de dégoût.

— Je vois. Une fille de joie, beurk. Et le sire Dondo… C'est ce qu'on appelle un *entremetteur*, n'est-ce pas ?

— Oui, et d'autres noms moins polis. Ce n'est pas que… que Teidez ne soit pas très proche de l'âge adulte, et tous les hommes doivent apprendre à un moment ou à un autre…

— Leur nuit de noces ne leur suffit donc pas ? *Nous*, il nous faut tout apprendre cette nuit-là.

— Les hommes… se marient généralement plus tard, offrit-il, préférant éviter ce genre de dispute, et embarrassé par le souvenir de son propre apprentissage tardif. Mais normalement, un homme possède un ami, un frère, ou au moins un père ou un oncle qui peut lui apprendre, hum… comment les choses se passent. Avec les dames. Mais Dondo dy Jironal n'est rien de tout cela pour Teidez.

Betriz grimaça.

— Teidez n'a rien de tout cela. Enfin, excepté… le roya Orico, qui est à la fois son père et son frère, d'une certaine façon.

Leurs yeux se croisèrent, et Cazaril comprit qu'il n'était pas nécessaire d'ajouter à haute voix : « mais pas d'une façon très utile ».

Après un autre moment de réflexion, elle ajouta :

— Et je n'arrive pas à imaginer ser dy Sanda…

Cazaril étouffa un gloussement.

— Oh, pauvre Teidez. Moi non plus.

Il hésita avant d'ajouter :

— C'est un âge ingrat. Si Teidez avait passé son enfance à la cour, il serait habitué à cette atmosphère et ne se montrerait pas si… impressionné. Ou s'il y avait été conduit plus âgé, il aurait peut-être eu un caractère mieux formé, un esprit plus résolu. Non que la cour ne soit pas éblouissante à tous les âges, surtout lorsque l'on se retrouve soudain lâché au centre de la roue. Et cependant, si Teidez doit succéder à Orico, il serait temps que son précepteur commence à le former. Qu'il lui explique plaisirs et devoirs à proportions égales.

— Est-il formé de la sorte ? Je n'en ai pas l'impression. Dy Sanda fait tout son possible, mais…

— Il est surpassé en nombre, compléta Cazaril, lugubre. C'est le cœur du problème. (Il fronça les sourcils, étudiant la question.) Dans la maison de la provincara, dy Sanda pouvait compter sur l'autorité de cette dernière pour compléter la sienne. Ici, à Cardegoss, le roya Orico devrait jouer son rôle, mais ne manifeste aucun intérêt. Dy Sanda se retrouve seul à mener un impossible combat.

— Est-ce que cette cour... ? (Betriz fronça les sourcils, s'efforçant de formuler des pensées inhabituelles.) Est-ce que cette cour possède un centre ?

Cazaril soupira de lassitude.

— Une cour bien menée possède toujours quelqu'un qui représente l'autorité morale. Si ce n'est pas le roya, peut-être sa royina, quelqu'un comme la provincara qui donne le ton, maintienne les usages. Orico est... (il ne pouvait dire *faible*, n'osait dire *malade*) incapable de le faire, et la royina Sara... (la royina Sara semblait un fantôme aux yeux de Cazaril, pâle et insaisissable, presque invisible) non plus. Ce qui nous amène au chancelier dy Jironal. Qui est bien trop absorbé par les affaires d'État, et ne se mêle pas de refréner son frère.

Betriz plissa les yeux.

— Vous voulez dire qu'il le soutient ?

Cazaril porta un doigt à ses lèvres en signe d'avertissement.

— Vous souvenez-vous d'Umegat et de sa plaisanterie sur les corbeaux du Zangre qui se comportent en courtisans ? L'inverse est vrai. Avez-vous déjà regardé un vol de corbeaux s'assembler pour piller le nid d'un autre oiseau ? L'un d'entre eux éloigne les parents oiseaux, tandis qu'un autre se précipite pour s'emparer des œufs ou des oisillons... (Sa voix se fit ironique.) Par bonheur, la plupart des courtisans de Cardegoss collaborent avec bien moins d'astuce qu'un vol de corbeaux.

Betriz soupira.

— Je ne sais même pas si Teidez comprend que tout cela n'est pas pour son propre bien.

— Je crains que dy Sanda, malgré son inquiétude bien réelle, ne le lui ait pas expliqué en termes assez directs. Mais je vous accorde qu'il faudrait être sacrément direct pour transpercer le brouillard de flatteries dans lequel flotte Teidez.

— Mais vous le faites pour Iselle, en permanence, protesta Betriz. Vous lui dites : regardez cet homme, voyez ce qu'il va faire, pourquoi il bouge ainsi... La septième ou huitième fois où vous touchez dans le mille, on ne peut pas s'empêcher d'écouter... Et la dixième ou douzième fois, de commencer à voir soi-même. Dy Sanda ne peut-il agir ainsi avec Teidez ?

— Il est plus facile de voir les taches sur le visage des autres que sur le nôtre. Ce troupeau de courtisans est loin d'exercer la même pression sur Iselle que sur Teidez. Grâce aux dieux. Ils savent tous qu'elle doit être vendue hors de la cour, sans doute même hors de Chalion, et ne constitue plus une proie pour eux. De Teidez dépendent leurs vies futures.

Sur cette note aussi peu concluante que satisfaisante, ils furent contraints d'en rester là, mais Cazaril fut heureux de savoir qu'Iselle et Betriz devenaient plus attentives aux dangers subtils de la vie de cour. Toute cette gaieté éblouissait et séduisait, festin pour les yeux qui pouvait laisser la raison aussi vacillante et ivre que le corps. Pour quelques dames et courtisans, supposait Cazaril, c'était bel et bien le jeu innocent et joyeux – encore que coûteux – dont il avait les apparences. Pour d'autres, c'était un ballet d'ostentation, de messages cryptés, de bottes et de parades aussi sérieuses que des duels, à défaut de causer une mort aussi instantanée. Pour rester debout, il fallait distinguer les joueurs de ceux dont on se jouait. Dondo dy Jironal était lui-même un joueur important, et cependant... Si tous ses mouvements n'étaient pas dictés par son frère aîné, on pouvait affirmer sans trop de risques qu'ils étaient permis par lui.

Non. Pas *sans trop de risques*. Simplement *sans se tromper*.

Aussi limitée que soit sa vision de la morale de la cour, il fallait reconnaître à Orico qu'il possédait d'excellents musiciens, songeait Cazaril, qui les écoutait d'une oreille avide lors du bal du lendemain soir. Si la royina Sara possédait une consolation équivalente à la ménagerie d'Orico, c'était sans doute les ménestrels et chanteurs du Zangre. Elle ne dansait jamais, souriait rarement, mais ne manquait aucune fête où l'on jouait de la musique, assise auprès de son époux somnolent et abruti de vin, ou bien, si Orico se retirait tôt pour tituber jusqu'à son lit, elle s'installait derrière un écran ouvragé avec ses dames, dans la galerie située à l'opposé des musiciens. Cazaril pensait comprendre son appétit pour de tels réconforts, lui qui s'appuyait au mur à un emplacement devenu coutumier, tapait du pied et regardait avec bienveillance ses dames tournoyer sur le parquet de bois ciré.

Danseurs et musiciens reprirent leur souffle après un rondeau animé, et Cazaril se joignit aux vagues applaudissements que menait la royina derrière son écran. Une voix totalement inattendue s'éleva tout contre l'oreille de Cazaril.

—Eh bien, Castillar. Vous semblez redevenu vous-même.

—Palli !

Cazaril résista à la pulsion de se jeter sur lui, et se contenta d'une large révérence. Palli, vêtu formellement des chausses bleues, de la tunique et du tabard blanc de l'ordre militaire de la Fille, les bottes cirées et l'épée brillant à sa taille, lui rendit en riant un salut tout aussi cérémonieux, qu'il compléta ensuite en saisissant les mains de Cazaril, brièvement mais fermement.

—Qu'est-ce qui t'amène à Cardegoss ? s'empressa de demander Cazaril.

—La justice, par la déesse ! Et une sacrée mission, l'aboutissement d'un an de travail. J'accompagne le seigneur dédicat et provincar dy Yarrin, qui mène une petite quête sainte personnelle, mais, heu... (Palli parcourut du regard la pièce bondée où les danseurs s'alignaient de nouveau) peut-être pas ici. Il semble que tu aies survécu à ton séjour à la cour… J'espère que tu es venu à bout de cette petite crise de nerfs ?

Les lèvres de Cazaril se tordirent.

— Jusqu'à présent. Je t'en dirai plus, mais… pas ici.

Un coup d'œil circulaire l'assura que ni le sire Dondo ni son frère n'étaient présents, même si une demi-douzaine d'hommes qu'il savait être leurs créatures allait s'empresser de leur rapporter cette rencontre et ce salut. Qu'il en soit ainsi.

— Allons donc chercher un endroit plus frais.

Ils gagnèrent ensemble la chambre voisine d'un pas nonchalant et désinvolte, et Cazaril conduisit Palli à l'embrasure d'une fenêtre qui donnait sur une cour éclairée par la lune. Du côté le plus éloigné de la cour, un couple assis se tenait enlacé, mais Cazaril le jugea hors de portée de voix et peu susceptible de s'intéresser à eux.

— Alors, qu'est-ce qui peut bien amener ce vieux dy Yarrin à la cour ? demanda Cazaril, curieux.

Le provincar dy Yarrin était le plus haut seigneur de Chalion qui ait choisi l'allégeance à l'ordre militaire de la Fille. La plupart des jeunes hommes aux penchants militaires se consacraient à l'ordre bien plus prestigieux du Fils, avec sa glorieuse tradition de batailles contre l'envahisseur roknari. Même Cazaril s'était consacré au Fils, dans sa jeunesse, avant de renier son serment lorsque… *peu importe*. L'ordre militaire saint de la Fille, bien plus petit, s'occupait surtout de tâches plus domestiques telles que garder les temples, patrouiller sur les routes des lieux de pèlerinage ; par extension, contrôler le banditisme, poursuivre les voleurs de bétail et de chevaux, aider à la capture de meurtriers. Il est vrai que le nombre réduit de soldats consacrés à la déesse était souvent compensé par l'attachement qu'ils lui portaient. Palli était fait pour ce rôle, songea Cazaril avec un sourire, et avait dû trouver enfin sa vocation.

— Nettoyage de printemps. (Palli sourit comme l'un des renards des sables d'Umegat.) Un bourbier peu ragoûtant à l'intérieur des murs du temple va enfin être assaini. Dy Yarrin soupçonnait depuis quelque temps qu'étant donné la façon dont s'éternise l'agonie du vieux général, l'intendant de l'ordre à Cardegoss devait filtrer les fonds qui lui passaient entre les mains. (Palli agita les siennes pour illustrer ses propos.) Et remplir sa bourse au passage.

— C'est fâcheux, grogna Cazaril.

Palli le regarda en levant un sourcil.

— Tu n'es pas surpris ?

Cazaril haussa les épaules.

— Pas tellement. Ces choses arrivent un peu partout, quand les hommes sont tentés au-delà de leurs forces. Je n'avais rien entendu de particulier sur l'intendant de la Fille, cela dit, en dehors des calomnies habituelles contre tous ceux qui occupent des postes importants à Cardegoss, honnêtes ou pas, et colportées par tous les idiots.

Palli hocha la tête.

— Dy Yarrin a passé plus d'un an à rassembler discrètement preuves et témoignages. Nous avons surpris l'intendant – et ses livres – il y a deux heures environ. Il est maintenant enfermé dans la propre cave de la maison de la Fille, sous surveillance. Dy Yarrin présentera toute l'affaire au conseil de l'ordre demain matin. L'intendant sera destitué de son poste et de son rang demain après-midi et livré à la chancellerie de Cardegoss le soir même pour y recevoir son châtiment. Ha !

Son poing se referma en signe de triomphe anticipé.

— Félicitations ! Est-ce que tu comptes ensuite rester ici ?

— J'espère rester une semaine ou deux, pour la chasse.

— Oh, parfait !

Du temps pour bavarder, et un homme d'esprit et d'honneur avec qui le faire : un double luxe.

— Je loge en ville au palais Yarrin – mais pour ce soir, je ne peux m'attarder longtemps ici. Je suis simplement monté au Zangre avec dy Yarrin pendant qu'il faisait sa révérence, et son rapport, au roya Orico et au général Dondo dy Jironal. (Palli marqua une pause.) Je déduis de ta bonne santé apparente que tes inquiétudes à propos des Jironal étaient sans fondement ?

Cazaril resta silencieux. La brise qui traversait l'embrasure devenait glaciale. Même les amoureux aperçus dans la cour étaient rentrés. Il répondit enfin :

— Je prends soin de ne contrarier aucun des Jironal. D'aucune façon.

Palli fronça les sourcils et sembla contenir le discours qui se pressait à ses lèvres.

Un couple de serviteurs traversa l'antichambre en direction de la salle de bal, poussant sur un chariot une cruche de vin chaud qui embaumait les épices et le sucre. Une jeune fille sortit en gloussant, suivie de près par un jeune courtisan hilare ; tous deux disparurent de l'autre côté, mais leurs rires mêlés continuèrent à résonner dans l'air. Des accords de musique s'élevèrent de nouveau, flottant telles des fleurs depuis la galerie.

Le visage de Palli se détendit.

— Dame Betriz dy Ferrej accompagne-t-elle aussi la royesse Iselle de Valenda ?

— Tu ne l'as donc pas vue parmi les danseurs ?

— Non : je t'ai vu le premier, espèce de longue brindille collée aux murs. Quand j'ai entendu dire que la royesse était ici, je suis venu dans l'espoir que tu y serais aussi, même si après le discours que tu m'as tenu lors de notre dernière rencontre, je ne pouvais être sûr de te trouver. Penses-tu que je devrais demander une danse avant que dy Yarrin ait fini de se cloîtrer avec Orico ?

— Si tu te sens la force de bousculer toute la populace qui l'entoure, peut-être, répondit Cazaril en lui faisant signe d'avancer. En général, je me fais battre.

Palli y parvint sans effort apparent, et conduisit bientôt une Betriz surprise et hilare de figure en figure avec panache et entrain. La royesse Iselle lui accorda également une danse. Toutes deux semblaient ravies de le retrouver. Alors qu'il reprenait son souffle après la danse, il fut salué par quatre ou cinq autres seigneurs qu'il semblait connaître, jusqu'à ce qu'un page vienne lui toucher le coude pour lui glisser un message à l'oreille. Palli se retira après quelques révérences, sans doute pour rejoindre son collègue le seigneur dédicat dy Yarrin et l'escorter jusqu'à sa demeure.

Cazaril espérait que le nouveau saint général de la Fille, le sire Dondo dy Jironal, serait heureux et reconnaissant de trouver sa maison nettoyée le lendemain. Il l'espérait de tout cœur.

Chapitre 9

Cazaril passa la journée du lendemain à anticiper la façon dont la visite de Palli à la cour illuminerait sa routine. Iselle et Betriz couvraient également de louanges le jeune march, ce qui fit brièvement réfléchir Cazaril. Palli se montrerait sous son meilleur jour dans ce splendide décor.

Et alors ? Palli était un homme qui possédait des terres, de l'argent, un beau visage, du charme et d'honorables responsabilités. Même à supposer que dame Betriz et lui aient des affinités. L'un d'entre eux était-il inférieur à ce que méritait l'autre ? Néanmoins, Cazaril se surprit malgré lui à établir des projets de loisirs avec Palli qui excluaient les dames.

Mais à sa grande déception, Palli ne se montra pas à la cour ce soir-là, pas plus que le provincar dy Yarrin. Cazaril supposa que la journée épuisante passée à la maison de la Fille, à présenter des preuves à la commission de justice qui s'y serait assemblée, avait pris un tour plus complexe que prévu et s'était poursuivie après le dîner. Si Palli, dans son optimisme, avait sous-estimé la durée de la procédure, au moins lui permettrait-elle de prolonger sa visite à Cardegoss.

Il ne revit Palli que le matin suivant, lorsque le march fit irruption dans le bureau de Cazaril, installé dans une antichambre de la suite occupée par la royesse Iselle et ses dames. Cazaril leva les yeux de son écritoire, surpris. Palli avait quitté ses habits de cour et s'était vêtu pour la route de hautes bottes usées, d'une épaisse tunique et d'une courte cape pour monter à cheval.

— Palli ! Assieds-toi…

Cazaril lui désigna un tabouret. Le march le tira vers lui et s'abaissa avec un grognement de fatigue.

— Un moment seulement, vieux frère. Je ne pouvais partir sans te faire mes adieux. Dy Yarrin, nos troupes et moi avons reçu l'ordre de quitter Cardegoss avant midi, sous peine d'expulsion par l'ordre saint de la Fille.

Son sourire était aussi tendu qu'une haussière.

— *Quoi ?* Que s'est-il passé ?

Cazaril posa sa plume et repoussa le livre de comptes de la maison d'Iselle, de plus en plus complexe. Palli passa la main dans ses sombres cheveux et secoua la tête, comme incrédule.

— Je ne suis pas sûr de pouvoir en parler sans exploser. C'est tout ce que j'ai pu faire hier soir pour ne pas tirer mon épée et transpercer les entrailles de ce fils de chienne au sourire suffisant. Caz, ils ont rejeté la cause de Yarrin ! Confisqué toutes ses preuves, congédié ses témoins – sans les appeler ! sans les écouter ! – et ils ont laissé ce menteur, ce bandit, ce ver de terre d'intendant quitter la cave...

— Qui donc ?

— Notre *saint* général, Dondo dy Jironal, et ses, ses, ses *créatures* du conseil de la Fille, ses petits chiens serviles... Que la déesse m'aveugle si j'ai jamais vu une bande de mufles aussi obséquieux ! La honte de ses couleurs pures ! (Palli crispa le poing sur ses genoux, bredouillant.) Nous savions tous que la maison de l'ordre à Cardegoss était en plein désarroi depuis quelque temps. Je suppose que nous aurions dû adresser une pétition au roya pour qu'il destitue le vieux général lorsqu'il s'est trouvé trop malade pour garder les choses en main, mais personne n'avait le cœur de le chasser ainsi. Nous pensions tous qu'un nouvel homme plus jeune et vigoureux remettrait les choses en ordre et repartirait sur de nouvelles bases. Mais tout ceci est bien pire que de la négligence. C'est de la malfaisance active ! Caz, ils ont innocenté l'intendant et renvoyé dy Yarrin... Ils ont à peine regardé ses lettres et ses livres ; au nom de la déesse, ses papiers remplissaient deux coffres... Je jure que la décision avait été prise avant le début de la réunion !

Cazaril n'avait pas entendu Palli bégayer de rage depuis le jour où la nouvelle de la vente de Gotorget avait été annoncée à la garnison affamée et meurtrie, par le robuste courrier du roya, qui avait traversé les lignes roknari. Il se rassit et tira sur sa barbe.

— Je crois – non, je suis certain au fond de mon cœur – que le sire Dondo a été payé pour rendre ce jugement. S'il n'est pas tout simplement le nouveau maître de l'intendant... Et deux coffres remplis de preuves servent maintenant à allumer le feu sur l'autel de la Dame... Caz, notre nouveau saint général gère l'ordre de la Fille comme sa vache laitière personnelle. Un acolyte m'a raconté hier – sur les marches, et il tremblait en murmurant ces mots – qu'il a donné six troupes des hommes de la Fille à l'héritier d'Ibra, en Ibra du Sud, en tant que simples mercenaires. Ce n'est pas leur mandat, ce n'est pas l'œuvre de la déesse... Pire que de l'argent volé, c'est du sang volé !

Un froissement d'étoffe et une inspiration attirèrent les regards des deux hommes vers la porte interne. Dame Betriz s'y tenait, main sur le cadre, et la royesse Iselle lorgnait par-dessus son épaule. Toutes deux écarquillaient les yeux.

Palli ouvrit la bouche puis la referma, avala sa salive, bondit sur ses pieds et salua les demoiselles.

— Royesse. Dame Betriz. Je dois hélas prendre congé de vous. Je rentre à Palliar ce matin.

— Nous regretterons votre compagnie, March, dit la royesse d'une voix éteinte.

Palli se tourna vers Cazaril.

— Caz… (Il s'excusa d'un hochement de tête.) Je suis désolé de ne pas t'avoir cru au sujet des Jironal. Tu n'étais pas fou, après tout. Tu avais raison sur toute la ligne.

Cazaril cligna des yeux, dérouté.

— Et moi qui pensais que tu m'avais cru…

— Le vieux dy Yarrin était aussi méfiant que toi. Il soupçonnait ces ennuis depuis le début. Je lui avais demandé pourquoi il pensait que nous aurions besoin d'une si grande troupe pour entrer à Cardegoss. Et il m'a répondu : « Non, mon garçon : c'est pour *quitter* Cardegoss. » Je n'avais pas compris sa plaisanterie. Jusqu'à présent.

Palli eut un rire amer.

— Est-ce que vous… ? Est-ce que vous ne reviendrez pas ici ? demanda Betriz d'une voix un peu voilée, avant de porter une main à ses lèvres.

— Je jure devant la déesse (Palli toucha son front, ses lèvres, son nombril et son aine, avant de la poser à plat sur son cœur selon le geste consacré) que je ne reviendrai à Cardegoss que pour l'enterrement de Dondo dy Jironal. Mesdames…

Il se mit au garde-à-vous et s'inclina.

— Caz… (Il lui saisit les mains par-dessus la table et se pencha pour les embrasser ; Cazaril se hâta de lui rendre l'honneur.) Adieu.

Palli se détourna et quitta la pièce à grands pas.

L'espace laissé vide par son départ sembla s'effondrer autour de cette absence, comme si quatre hommes venaient de s'en aller. Betriz et Iselle s'y trouvèrent attirées ; Betriz gagna la porte extérieure sur la pointe des pieds pour guetter les derniers échos de ses pas qui s'éloignaient le long du couloir.

Cazaril reprit sa plume et en tripota l'extrémité avec nervosité.

— Quelle partie du récit avez-vous entendue ? demanda-t-il aux dames.

Betriz consulta Iselle du regard puis répondit :

— La totalité, je crois. Il ne parlait pas à voix basse.

Elle retraversa l'antichambre d'un pas lent, le visage troublé.

Cazaril réfléchit à un moyen de mettre en garde ces auditrices inattendues.

— Cette affaire concernait le conseil d'un ordre militaire saint. Palli n'aurait pas dû en parler hors de la maison de la Fille.

— Mais n'est-il pas un seigneur dédicat, répondit Iselle, un membre de ce conseil ? N'a-t-il pas autant qu'eux le droit, sinon le devoir, de parler ?

— Oui, mais… emporté par sa colère, il a proféré de graves accusations contre son propre saint général, sans qu'il soit… en son pouvoir de les prouver.

Iselle braqua sur lui un regard perçant.

— Est-ce que vous le croyez ?

— Là n'est pas la question.

— Mais si c'est exact… C'est un crime, et même bien pire. Un acte d'impiété révoltante, et une violation de la confiance du roya et de la déesse, mais aussi de tous ceux qui ont juré d'obéir en leur nom.

Elle voit les conséquences dans les deux sens ! Parfait ! Non, un instant.

— Nous n'avons pas vu les preuves. Peut-être le conseil avait-il de bonnes raisons de les rejeter. Nous ne pouvons savoir.

— Si nous ne pouvons voir les preuves comme l'a fait le march dy Palliar, pouvons-nous juger les hommes et raisonner en sens inverse ?

— Non, dit fermement Cazaril. Même un homme habitué à mentir peut dire la vérité de temps à autre, ou un honnête homme, être tenté de mentir par quelque besoin extraordinaire.

— Croyez-vous que votre ami mentait ? s'étonna Betriz.

— Comme il est mon ami, non, bien sûr que non, mais… peut-être qu'il se trompe.

— Toute cette histoire est trop confuse, annonça Iselle d'un ton décidé. Je vais prier la déesse pour qu'elle nous guide.

Cazaril, qui se rappelait la dernière fois où elle avait fait de même, s'empressa de répondre :

— Nul besoin de demander conseil en si haut lieu, Royesse. Vous avez entendu par accident une confidence. Il est de votre devoir de ne pas la répéter. Par les mots *ou* par les actes.

— Mais si c'est la vérité, elle est importante. Terriblement importante, Sire Caz !

— Néanmoins, le jugement qu'on porte sur une personne ne constitue pas une preuve plus solide que des ragots.

Iselle eut une moue pensive.

— Il est vrai que je n'aime pas le sire Dondo. Il dégage une drôle d'odeur et ses mains sont toujours chaudes et moites.

Betriz ajouta avec une grimace de dégoût :

— Oui, et il passe son temps à toucher les gens avec. Beurk !

La plume se brisa dans la main de Cazaril en éclaboussant sa manche de gouttelettes d'encre. Il poussa les morceaux de côté.

— Oh ? dit-il sur un ton qu'il espérait neutre. Et quand donc ?

— Oh, partout, lors des bals, des dîners, dans les couloirs. Enfin, la plupart des gentilshommes ici nous font la cour, certains de manière fort plaisante, mais le sire Dondo… se montre pressant. Il y a suffisamment de dames plus proches de son âge à la cour. Je ne comprends pas pourquoi il n'essaie pas de les courtiser.

Cazaril faillit lui demander si trente-cinq ans lui semblait un âge aussi avancé que quarante, mais il se retint et dit plutôt :

— Il désire gagner de l'influence sur le royse Teidez, bien sûr. Et par conséquent, il désire toutes les bonnes grâces qu'il peut obtenir de la sœur de Teidez, directement ou par l'intermédiaire de ses gens.

Betriz soupira de soulagement.

— Oh, vous le pensez vraiment ? J'étais malade à la seule idée qu'il puisse *vraiment* tomber amoureux de moi. Mais s'il ne fait que me flatter dans son propre intérêt, tant mieux.

Cazaril méditait toujours la question lorsque Iselle reprit :

— Il a de moi une image très étrange s'il s'imagine que séduire mes gens lui attirera mes bonnes grâces ! Et je ne crois pas qu'il ait besoin de raffermir son influence sur Teidez, si ce que j'ai vu jusqu'ici en est un exemple. Enfin, s'il avait une bonne influence, ne devrions-nous pas voir des résultats positifs ? Nous devrions voir Teidez persévérer dans ses études, mener une vie plus saine, s'ouvrir à un monde aussi vaste soit-il.

Cazaril retint la remarque selon laquelle c'était sans doute ce que Teidez recevait le moins du sire Dondo.

Iselle poursuivit avec ardeur :

— Teidez ne devrait-il pas être initié à l'art de gouverner ? Ou voir au moins comment fonctionne la chancellerie, assister à des conseils, écouter les représentants ? Ou à défaut d'art de gouverner, au moins celui de la guerre ? Je n'ai rien contre la chasse, mais ne devrait-il pas apprendre les manœuvres militaires auprès des hommes ? Son régime spirituel semble se composer seulement de friandises et exclure la viande. Quel genre de roya espèrent-ils le voir devenir ainsi ?

Sans doute semblable à Orico : maladif, hébété, peu susceptible de rivaliser avec le chancelier dy Jironal pour le contrôle de Chalion. Mais Cazaril répondit à haute voix :

— Je l'ignore, Royesse.

— Et comment le saurais-je ? Comment puis-je savoir quoi que ce soit ?

Elle faisait les cent pas dans la chambre, raide de frustration, dans un bruissement de jupes.

— Maman et Grand-maman voudraient que je veille sur lui. Cazaril, pourriez-vous au moins découvrir s'il est vrai que les hommes de la Fille ont été vendus à l'héritier d'Ibra ? Ce fait-là, pour le reste, ne peut pas être un secret !

Elle marquait un point. Cazaril avala sa salive.

— Je vais essayer, Madame. Mais ensuite ? (Il prit une voix sévère pour gagner en emphase.) Dondo dy Jironal représente une puissance que l'on n'ose traiter qu'avec la courtoisie la plus stricte.

Iselle fit volte-face pour le dévisager.

—Quel que soit le degré de corruption de cette puissance ?

—Plus elle est corrompue, plus elle est dangereuse.

Iselle redressa le menton.

—Alors dites-moi, Castillar : quel danger représente, selon vous, Dondo dy Jironal ?

Il se retrouva pris au dépourvu, bouche bée. *Alors dis-le : Dondo dy Jironal est le deuxième homme le plus dangereux de Chalion, juste après son frère.* Au lieu de quoi il prit une nouvelle plume dans le pot d'argile et se mit à en aiguiser la pointe avec un petit couteau. Au bout d'un moment, il répondit :

—Moi non plus, je n'aime pas ses mains moites.

Iselle ricana. Mais Cazaril se vit épargner la suite du contre-interrogatoire grâce à Nan dy Vrit, qui les appela pour une petite histoire vitale de foulards dont les semences de perles s'échappaient, et les deux dames regagnèrent leurs chambres.

Dans la fraîcheur des après-midi où ne se déroulaient pas de parties de chasse plus intéressantes, la royesse Iselle employait son inépuisable énergie à emmener tous ses gens se promener à cheval dans les bois de chênes près de Cardegoss. Cazaril, avec dame Betriz et une poignée de valets essoufflés, descendait au petit galop une allée cavalière verdoyante dans le sillage de la jument pommelée, dans l'air vif pailleté de feuilles mortes dorées, lorsque son oreille perçut un fracas de sabots qui s'approchait d'eux. Il jeta un coup d'œil par-dessus son épaule et son estomac se souleva : un groupe d'hommes masqués descendait le sentier au grand galop. La troupe hurlante les rattrapa bientôt. Cazaril avait à moitié tiré son épée lorsqu'il reconnut les chevaux et l'équipage appartenant à de jeunes courtisans du Zangre. Les hommes étaient vêtus d'une incroyable collection de guenilles, les bras et les jambes nus arborant des traces qui rappelaient étrangement le cirage à bottes.

Cazaril prit une profonde inspiration et se pencha brièvement par-dessus son pommeau, ordonnant à son cœur de ralentir, tandis que la meute souriante « capturait » la royesse et dame Betriz puis attachait ses prisonniers, dont il faisait partie, à l'aide de rubans de soie. Il souhaita de tout cœur qu'on le *prévienne* de ces farces. Sire dy Rinal, hilare, ne semblait pas se rendre compte qu'il était passé tout près de recevoir une lame d'acier en travers de la gorge. L'épée aurait pu dans un même élan tuer son robuste page, qui galopait de l'autre côté de Cazaril, et s'enfoncer dans le ventre d'un troisième homme, avant qu'ils puissent, s'ils avaient été des bandits, s'unir pour le faire tomber. Et tout cela avant que le cerveau de Cazaril ait pu formuler sa première pensée claire, ou sa bouche s'ouvrir pour hurler un avertissement. Tous rirent de bon cœur de l'expression terrifiée qu'ils avaient lue sur son visage, et le taquinèrent sur son épée tirée ; il leur sourit d'un air penaud, et décida de ne pas expliquer quel aspect du jeu avait chassé toutes les couleurs de son visage.

Ils chevauchèrent vers leur «campement de bandits», une large clairière où plusieurs serviteurs du Zangre, eux aussi vêtus d'artistiques guenilles, faisaient rôtir des cerfs et du menu gibier embrochés sur des feux ouverts. Des dames bandits, des bergères, et quelques mendiantes plutôt aristocratiques saluèrent à grands cris le retour des ravisseurs. Iselle glapit d'indignation hilare lorsque dy Rinal, le roi-bandit, tailla une de ses mèches bouclées qu'il brandit à titre de rançon. La mascarade n'était pas encore terminée, car à ce signal, une troupe de «sauveteurs» vêtus de bleu et de blanc, menés par le sire Dondo dy Jironal, entrèrent dans le camp au galop. Un vigoureux combat d'épées simulé s'ensuivit, avec quelques séquences alarmantes et salissantes impliquant l'emploi de vessies de porc remplies de sang, et tout s'acheva lorsque les bandits furent tous massacrés – certains se plaignant encore de cette injustice – et la boucle de cheveux récupérée par Dondo. Un faux divin du Frère vint alors ressusciter miraculeusement les bandits à l'aide d'une outre de vin, et la compagnie tout entière s'installa sur des draps étalés au sol pour boire et festoyer sérieusement.

Cazaril partageait un drap avec Iselle, Betriz et sire Dondo. Il s'assit en tailleur près du bord, grignotant pain et venaison, et regarda Dondo distraire la royesse avec ce qui semblait, à ses oreilles, des traits d'esprit fort maladroits. Dondo pria Iselle de lui accorder sa mèche tranchée en récompense de son audacieux sauvetage, et offrit en retour, appelant d'un claquement de doigts le page qui rôdait tout près d'eux, un étui de cuir repoussé contenant deux superbes peignes d'écaille ornés de pierreries.

—Un trésor pour un trésor, et nous sommes quittes, lui dit Dondo, avant de ranger la mèche, de manière ostentatoire, dans une poche interne de sa cape, à l'emplacement du cœur.

—Mais quel présent cruel, rétorqua Iselle, m'offrir des peignes sans me laisser de cheveux qu'ils puissent retenir.

Elle éleva un peigne à la lumière du soleil, translucide et scintillant.

—Mais vous pourrez laisser repousser vos cheveux, Royesse.

—Peut-on faire repousser un nouveau trésor?

—Aussi aisément que de nouveaux cheveux, je vous l'assure.

Il se pencha pour s'appuyer sur son coude à ses côtés et lui sourit, la tête reposant presque sur les genoux d'Iselle.

Le sourire amusé disparut du visage de la royesse.

—Trouvez-vous votre poste fraîchement acquis si rentable en ce cas, Saint Général?

—Certes.

—Alors vous avez le mauvais rôle. Peut-être auriez-vous dû jouer le roi-bandit aujourd'hui.

Le sourire de Dondo s'estompa.

— Si le monde n'était ainsi, comment pourrais-je donc acheter assez de perles pour satisfaire de jolies dames ?

Les joues d'Iselle se colorèrent, et elle baissa les yeux. Dondo sourit d'un air satisfait. Cazaril, langue serrée entre ses dents, tendit la main pour saisir une bouteille de vin en argent, dans le but de la renverser par accident, en cas d'urgence, dans le cou d'Iselle. Malheureusement, la bouteille était vide. Mais à son immense soulagement, Iselle choisit de mordre dans une bouchée de pain et de viande et se mit à mastiquer. Il remarqua cependant que lorsqu'elle changea ensuite de position, elle prit soin d'éloigner ses jupes de sire Dondo.

La froideur du soir d'automne grandissait avec les ombres lorsque la compagnie repue regagna le Zangre à faible allure après le pique-nique des bandits. Iselle serra la bride à sa jument pommelée afin de se retrouver l'espace d'un instant à la hauteur de Cazaril.

— Castillar. Avez-vous jamais découvert pour moi la vérité sur les troupes de la Fille vendues comme mercenaires ?

— Je l'ai entendu dire par un ou deux autres hommes, mais ce n'est pas ce que j'appellerais des informations confirmées.

Elles étaient, en fait, totalement confirmées, mais Cazaril jugea imprudent d'en informer Iselle à ce moment précis.

Elle fronça les sourcils en silence, puis éperonna sa jument pour lui faire rattraper dame Betriz.

Cette nuit-là, le banquet du soir, plus frugal qu'à l'ordinaire, se conclut sans aucune danse, et les dames et courtisans fatigués s'en allèrent très tôt retrouver leur lit ou des plaisirs plus intimes. Cazaril trouva Dondo dy Jironal en train de lui emboîter le pas dans une antichambre.

— Marchez donc un peu avec moi, Castillar. Je crois qu'il nous faut parler.

Cazaril haussa les épaules, obligeant, et suivit Dondo en feignant de ne pas remarquer les deux jeunes hommes de main qui les suivaient à pas feutrés. Ils sortirent de la tour du côté le plus étroit de la forteresse et pénétrèrent dans une petite cour inégale qui donnait sur le confluent des rivières. Sur un signal de Dondo, ses deux amis patientèrent à la porte, appuyés contre le mur de pierre comme deux sentinelles mortes d'ennui.

Cazaril calcula ses chances. Dondo était à portée de main, et malgré la maladie qui avait suivi, ses mois passés à ramer sur les galères avaient rendu ses bras noueux bien plus musclés qu'il y paraissait. Dondo devait être mieux exercé. Les deux hommes de main étaient jeunes. Un peu ivres, mais jeunes. À trois contre un, ils n'auraient peut-être même pas besoin de sortir leurs épées. Un secrétaire malhabile, trop imbibé de vin après le souper, sorti se promener sur les remparts, pouvait très bien glisser et chuter dans le noir, rebondir contre les cent mètres de paroi rocheuse pour terminer sa course dans l'eau; on trouverait son corps brisé le lendemain matin sans une seule trace de lame révélatrice.

Quelques lanternes fixées aux murs projetaient sur les pavés une lumière orange et vacillante. D'un geste, Dondo invita Cazaril à s'asseoir sur un banc de granit taillé, appuyé au mur externe. La pierre était froide et grumeleuse contre les jambes de Cazaril lorsqu'il y prit place, et la brise nocturne humide contre son cou. Avec un petit grognement, Dondo s'assit à son tour, écartant mécaniquement les pans de sa cape pour libérer la garde de son épée.

—Ainsi, Cazaril, commença Dondo, je vois que vous êtes très proche de la royesse Iselle, ces jours-ci.

—Le poste de secrétaire implique de grandes responsabilités. Celui de précepteur, davantage encore. Je m'en acquitte avec un grand sérieux.

—Rien de surprenant: vous avez toujours pris les choses trop au sérieux. Une qualité trop poussée chez un homme peut devenir un défaut, vous savez.

Cazaril haussa les épaules. Dondo s'appuya au mur et croisa les chevilles, comme s'il s'installait confortablement pour bavarder avec un proche.

—Par exemple (il désigna la tour qui s'élevait devant eux), une jeune fille de son âge et de son genre devrait commencer à se rendre agréable aux hommes, mais je la trouve étrangement distante. Une pareille jument est faite pour enfanter: elle a de bonnes hanches bien larges pour accueillir un homme. (Il remua les siennes pour illustrer ses paroles.) Il est à espérer qu'elle a échappé à cette malheureuse affection du sang, et que ce ne soit pas là un signe avant-coureur des… troubles de l'esprit qui ont affligé sa pauvre mère.

Cazaril décida de ne pas mordre à l'hameçon.

—Mm, dit-il.

—C'est à espérer. Et cependant, si tel n'est pas le cas, on peut presque se demander si une personne… trop sérieuse n'a pas entrepris de la dresser contre moi.

—Cette cour ne manque pas de commérages. Ni de commères.

—Certes. Et, dites-moi… en quels termes lui parlez-vous de moi, Cazaril?

—Prudents.

Dondo se laissa aller en arrière et croisa les bras.

—Bien. Très bien. (Il marqua une pause.) Et pourtant, je crois que je les préférerais chaleureux. Chaleureux, ce serait préférable.

Cazaril s'humecta les lèvres.

—Iselle est une jeune fille très intelligente et sensée. Je suis sûr qu'elle devinerait si je lui mentais. Autant laisser les choses en l'état.

Dondo renifla.

— Ah, nous y voilà. Je me disais que vous auriez gardé quelque rancune envers moi pour cet horrible petit jeu du dément Olus.

Cazaril nia d'un geste.

— Non. C'est oublié, Messire. (La proximité de Dondo, aussi proche que dans la tente d'Olus, son odeur quelque peu curieuse, ravivaient la scène jusqu'aux moindres détails dans la mémoire de Cazaril, le désespoir, le crissement du métal, l'impact...) C'était il y a longtemps.

— Ha. J'aime les hommes aux souvenirs malléables, et cependant... Je crois toujours que vous manquez de chaleur. Je suppose que vous êtes encore pauvre, comme toujours. Certains individus ne comprennent jamais comment se faire une place dans le monde.

Dondo décroisa les bras, et avec quelque difficulté, fit glisser une bague de l'un de ses doigts courtauds et moites. L'or en était pauvre, mais une pierre verte et plate taillée en biseau luisait sur sa monture. Il la tendit à Cazaril.

— Que ceci réchauffe votre cœur à mon propos. Et votre langue.

Cazaril ne fit pas un geste.

— La royesse survient à tous mes besoins, Messire.

— Certes. (Les sourcils noirs de Dondo se nouèrent ; ses yeux sombres reflétaient la lueur des lanternes derrière ses paupières baissées.) Votre poste vous donne bien des occasions de vous remplir les poches, je suppose.

Cazaril serra les dents, s'efforçant de cacher ses tremblements d'indignation.

— Si vous refusez de croire en ma probité, Messire, peut-être pourriez-vous au moins réfléchir à l'avenir de la royesse Iselle, et croire que je possède toujours l'esprit que m'ont donné les dieux. Aujourd'hui, elle possède une maison. Un autre jour, ce sera peut-être une royacie, ou une principauté.

— Ah oui, le croyez-vous vraiment ? (Dondo se rassit avec un étrange sourire, puis rit tout haut.) Ah, pauvre Cazaril. Si un homme néglige l'oiseau qu'il a en main pour la volée qu'il voit dans un arbre, il risque de se retrouver sans aucun oiseau. Est-ce vraiment très malin ?

Avec une feinte modestie, il déposa la bague entre eux sur la pierre.

Cazaril ouvrit les deux mains et les tendit devant sa poitrine, paumes en avant, en un geste d'apaisement. Puis il les reposa fermement sur ses genoux et dit avec une douceur nullement trompeuse :

— Gardez votre trésor, Messire, pour acheter un homme de moindre prix. Je suis sûr que vous en trouverez un.

Dondo ramassa la bague et regarda Cazaril avec une intense sévérité.

— Vous n'avez pas changé. Toujours le même petit saint moralisateur. Vous êtes bien les mêmes, vous et cet idiot de dy Sanda. Rien d'étonnant, je suppose, connaissant la vieille femme de Valenda qui vous a tous deux choisis.

Il se leva et rentra à grands pas, enfilant de nouveau sa bague. Les deux hommes qui l'attendaient jetèrent un regard curieux à Cazaril avant de le suivre.

Cazaril soupira et se demanda si ce moment de furieuse satisfaction avait été acheté à un prix trop élevé. Peut-être eût-il été plus sage d'accepter le pot-de-vin et de laisser sire Dondo apaisé, heureux de croire qu'il avait acheté un homme de plus, pareil à lui, facile à comprendre et à contrôler. Avec une certaine lassitude, il se remit debout et regagna l'intérieur pour monter l'escalier menant à sa chambre.

Il insérait la clé dans sa serrure lorsque dy Sanda passa dans le couloir en bâillant. Ils échangèrent des murmures de salut assez cordiaux.

— Restez un instant, dy Sanda.

Ce dernier le regarda par-dessus son épaule.

— Castillar ?

— Prenez-vous soin de verrouiller votre porte ces temps-ci, et de garder sur vous la clé ?

Dy Sanda se retourna en haussant les sourcils.

— Je possède un coffre doté d'une serrure bien solide, qui renferme tout ce que j'ai à garder.

— Ce n'est pas suffisant. Il vous faut bloquer l'accès à votre chambre.

— Afin que rien n'y soit volé ? Mais je ne possède pas grand-chose qui…

— Non. Afin qu'on ne puisse y placer aucun objet volé.

Dy Sanda ouvrit la bouche et demeura un instant immobile, digérant l'information, avant de lever les yeux pour croiser ceux de Cazaril.

— Oh, dit-il enfin. (Il hocha lentement la tête, saluant presque.) Je vous remercie, Castillar. Je n'y avais pas songé.

Cazaril rendit son salut et entra dans sa chambre.

Chapitre 10

Cazaril s'assit dans la pièce avec une profusion de chandelles et *La Légende de l'arbre vert*, classique brajarien du roman en vers, et soupira de soulagement. Célèbre du temps de Fonsa le Sage, la bibliothèque du Zangre avait été négligée depuis ; ce volume, à en juger par la poussière, n'avait pas quitté les étagères depuis la fin du règne de Fonsa. Mais tout autant que les vers de Behar, c'était le luxe de disposer d'assez de bougies pour rendre plaisante et non pénible sa lecture tardive qui remplissait son cœur de joie. Ainsi qu'une légère culpabilité : le coût des bonnes chandelles de cire finirait par s'accumuler dans les livres de comptes de la maison d'Iselle, attisant ainsi les soupçons. Tandis que les cadences épiques de Behar résonnaient dans sa tête, il humecta son doigt pour tourner la page.

Les strophes n'étaient pas ici les seules choses qui résonnaient de vacarme et d'échos. Il leva les yeux au plafond, d'où filtraient des bruits de pas lourds et rapides, des grattements, des rires et des appels étouffés. Dans tous les cas, faire respecter un certain calme à l'heure du coucher relevait par chance des tâches de Nan dy Vrit, et non des siennes. Il retourna aux visions théologiques et symboliques du poète, ignorant le fracas, jusqu'à ce qu'un cochon se mette à pousser des cris perçants.

Même le grand Behar ne pouvait égaler ce genre de mystère. Un sourire aux lèvres, Cazaril reposa le livre sur sa courtepointe et balança hors du lit ses jambes encore vêtues de chausses, ferma sa tunique, tortilla ses orteils pour les glisser dans ses chaussures, puis ramassa la chandelle afin de s'éclairer pour monter à l'étage.

Il croisa Dondo dy Jironal qui descendait. Celui-ci portait ses habituels habits de courtisan, tunique de brocart bleu et chausses de serge, mais il tenait sa cape blanche à la main, tout comme son ceinturon et son épée dans son fourreau. Il avait le visage rouge et figé. Cazaril ouvrit la bouche pour le saluer poliment, mais les mots moururent sur ses lèvres lorsque Dondo le fusilla du regard. Dy Jironal le dépassa à toute allure, sans un mot.

Cazaril se précipita dans le couloir à l'étage pour trouver tous ses chandeliers muraux allumés et une foule inexplicable. Non seulement Iselle, Betriz et Nan dy Vrit, mais également sire dy Rinal, l'un de ses amis et une autre dame, ainsi que ser dy Sanda, qui riaient tous ensemble. Ils s'écartèrent pour céder le passage à Teidez et à l'un de ses pages qui traversaient l'assemblée en courant, à la poursuite éperdue d'un porcelet nettoyé et couvert de rubans, traînant derrière lui un foulard. Le page attrapa l'animal aux pieds de Cazaril et Teidez poussa un cri de triomphe.

— Dans le sac, dans le sac ! s'écria dy Sanda.

Avec dame Betriz, ils s'approchèrent de Teidez et du page qui unissaient leurs efforts pour capturer la créature hurlante dans un grand sac de toile où elle n'avait clairement aucune envie d'aller. Betriz se pencha pour gratouiller la bête remuante derrière les oreilles.

— Mes remerciements, dame Truie ! Vous avez joué votre rôle à la perfection. Mais il est temps de rentrer chez vous.

Le page hissa sur son épaule le sac alourdi, salua l'assemblée et s'éloigna d'un pas vacillant, le sourire aux lèvres.

— Mais que se passe-t-il ici ? interrogea Cazaril, partagé entre rire et inquiétude.

— Vous avez raté une de ces farces ! s'écria Teidez. Vous auriez dû voir l'expression du sire Dondo !

Cazaril l'avait vue, et elle ne lui avait guère inspiré d'allégresse. Son estomac se souleva.

— Qu'avez-vous fait ?!

Iselle releva vivement la tête.

— Mes allusions et les franches paroles de dame Betriz ayant échoué à décourager les attentions de sire Dondo, ou à le convaincre qu'elles étaient indésirables, nous avons conspiré pour lui attribuer l'amour qu'il désirait. Teidez s'est chargé de se procurer notre acteur dans les étables. Si bien qu'au lieu de la pucelle que sire Dondo s'attendait à rejoindre lorsqu'il s'est approché du lit de Betriz sur la pointe des pieds, dans le noir, il a trouvé… dame Truie !

— Oh, vous calomniez cette pauvre bête, Royesse ! s'écria sire dy Rinal. Peut-être était-elle également pucelle, après tout.

— Elle l'était certainement, ou elle n'aurait pas crié ainsi, répliqua la dame qui riait à son bras.

— Mais quel dommage, reprit dy Sanda d'une voix acide, que sire Dondo ne l'ait pas trouvée à son goût. Je vous avoue ma surprise. D'après les rumeurs courant sur son compte, j'aurais cru qu'il s'allongeait en n'importe quelle compagnie.

Du coin de l'œil, il guetta l'effet de ces paroles sur un Teidez souriant.

— Et après que nous l'avions aspergée de mon *meilleur* parfum darthacain, en outre, soupira Betriz.

Dans ses yeux, la gaieté le disputait à une rage étincelante et à une intense satisfaction.

— Vous auriez dû m'en parler, commença Cazaril.

Lui parler de quoi ? De cette farce ? Ils savaient de toute évidence qu'il les aurait empêchés de la mener à bien. Du harcèlement constant de Dondo ? Était-il si terrible ? Ses ongles s'enfoncèrent dans sa paume. Et qu'aurait-il pu faire alors ? En parler à Orico, ou à la royina Sara ? *À quoi bon...*

Sire dy Rinal reprit :

— Ce sera la meilleure histoire de la semaine dans tout Cardegoss. Et pas un conte sans queue ni tête, mais avec une jolie queue en tire-bouchon. Sire Dondo n'a pas été objet de risée depuis des années, et je crois que c'était largement son tour. J'entends déjà tous ces « grouik ». Il ne pourra plus s'asseoir devant une assiette de porc pendant des mois sans les entendre. Royesse, Dame Betriz (il s'inclina devant elles), je vous remercie du fond du cœur.

Les deux courtisans et la dame se retirèrent, sans doute pour raconter la farce à ceux de leurs amis qui ne dormaient pas encore.

Cazaril, retenant les premières remarques qui tentaient de franchir ses lèvres, lâcha finalement :

— Royesse, ce n'était pas très sage.

Iselle fronça les sourcils, inébranlable.

— Cet homme porte la robe de saint général de la Dame Printemps, mais tente de dérober à des femmes leur virginité, sacrée pour la Dame, tout comme il dérobe... Enfin, vous dites que nous n'avons pas de preuves de ses autres larcins. Cette fois-ci nous avions toutes les preuves, par la déesse ! Au moins aura-t-il peut-être appris qu'il est peu judicieux d'essayer de voler *ma* maison. Le Zangre est censé être une cour royale, pas une basse-cour !

— Détendez-vous, Cazaril, lui conseilla dy Sanda. Après tout, il ne pourra pas s'en prendre au royse ou à la royesse pour venger sa vanité outragée.

Il regarda autour de lui ; Teidez avait remonté le couloir pour ramasser les rubans piétinés que le porcelet avait perdus dans sa fuite. Baissant la voix, dy Sanda ajouta :

— Et c'était une bonne chose de montrer à Teidez son *héros* sous un jour moins flatteur. Lorsqu'un sire Dondo en chaleur a surgi de la chambre de Betriz avec les cordons de ses chausses à la main, il a trouvé tous nos témoins alignés pour l'attendre. Dame Truie a failli le faire tomber quand elle s'est enfuie entre ses jambes. Il a eu l'air d'un imbécile total. C'est la meilleure leçon que je sois parvenu à donner depuis un mois que nous sommes ici. Peut-être pourrions-nous commencer à regagner du terrain perdu dans cette direction, non ?

— Je prie pour que vous ayez raison, répondit prudemment Cazaril.

Il évita de répondre tout haut que le royse et la royesse étaient les *seules* personnes sur lesquelles Dondo ne pourrait se venger.

Néanmoins, il n'y eut aucun signe de représailles lors des jours qui suivirent. Sire Dondo supporta les railleries de sire dy Rinal et de ses amis avec un pauvre sourire, mais un sourire tout de même. À chaque repas, Cazaril s'attendait à voir un certain porcelet servi rôti à la table de la royesse, des rubans autour du cou, mais le plat n'apparut jamais. Betriz, tout d'abord gagnée par la nervosité de Cazaril, fut bientôt rassurée. Mais pas Cazaril. Malgré son caractère impulsif, Dondo avait largement fait preuve de sa capacité à attendre longtemps les occasions sans oublier ses blessures.

Au grand soulagement de Cazaril, les cris de cochon poussés dans les couloirs du château s'éteignirent en moins de quinze jours, remplacés par de nouvelles fêtes, de nouvelles farces, de nouveaux ragots. Cazaril se prit à espérer que sire Dondo avalerait sans le recracher ce remède administré à la vue de tous. Peut-être son frère aîné, qui visait de plus larges horizons que la petite société confinée aux murs du Zangre, avait-il entrepris de juguler toute réaction intempestive. Il y avait bien assez de nouvelles provenant du monde extérieur pour absorber l'attention des adultes : l'aggravation de la guerre civile en Ibra du Sud, le banditisme dans les provinces, les intempéries qui fermaient les cols de montagne bien trop tôt pour la saison.

À la lumière de ces derniers rapports, Cazaril réfléchit à la logistique des déplacements de la maison de la royesse, au cas où la cour déciderait de quitter le Zangre plus tôt que prévu pour rejoindre ses traditionnels quartiers d'hiver, avant le Jour du Père. Assis dans son bureau, il totalisait mules et chevaux lorsque l'un des pages d'Orico apparut à la porte de l'antichambre.

— Messire dy Cazaril, le roya vous prie de le rejoindre dans la tour d'Ias.

Haussant les sourcils, Cazaril posa sa plume et suivit le jeune garçon, curieux de savoir quel service le roya comptait lui demander. Les lubies soudaines d'Orico pouvaient se révéler un rien excentriques. Par deux fois, il avait ordonné à Cazaril de l'accompagner lors de ses expéditions dans la ménagerie, pour n'y accomplir que des tâches dont un page ou un valet aurait pu se charger, comme tenir la chaîne des animaux ou apporter des brosses et de la nourriture. Enfin, non : le roya l'avait aussi questionné sur les actes de sa sœur Iselle, de manière très décousue. Cazaril avait saisi l'occasion pour lui faire part de l'horreur qu'inspirait à Iselle l'idée d'être vendue à l'Archipel, ou à tout autre prince roknari, espérant que l'oreille du roya était plus attentive que semblait l'indiquer son allure somnolente.

Le page le conduisit au second étage de la tour d'Ias, dans la longue pièce dont dy Jironal avait fait sa chancellerie du temps où la cour résidait au Zangre. Elle était remplie d'étagères débordant de livres, de parchemins, de dossiers, et d'une rangée de sacoches de selles employées par les courriers royaux. Les deux gardes en livrée qui se tenaient au garde-à-vous les suivirent à l'intérieur et se postèrent devant la porte. Cazaril les sentit le suivre du regard.

Le roya Orico était assis avec le chancelier derrière une large table jonchée de papiers. Orico semblait las. Dy Jironal était austère et concentré, vêtu ce jour-là d'habits de cour ordinaires, mais avec sa chaîne autour du cou. Un courtisan, que Cazaril identifia comme ser dy Maroc, maître d'armure et de garde-robe du roya, se tenait en bout de table. L'un des pages d'Orico, l'air très inquiet, se tenait à l'autre bout.

Le garçon qui escortait Cazaril annonça :

— Le castillar dy Cazaril, Sire.

Puis après un coup d'œil à l'autre page, il se dirigea vers le mur le plus éloigné pour s'y faire tout petit.

Cazaril s'inclina.

— Sire, Messire le chancelier ?

Caressant sa barbe striée d'acier, dy Jironal regarda Orico, qui haussa les épaules, et dit calmement :

— Castillar, Sa Majesté vous saurait gré de bien vouloir ôter votre tunique et vous retourner.

Une gêne glaciale noua les mots dans la gorge de Cazaril. Il ferma la bouche, hocha la tête et défit les attaches de sa tunique. Il retira ensemble cape et tunique qu'il replia soigneusement sur son bras. Le visage impassible, il fit un demi-tour militaire et resta immobile. Derrière lui, il entendit deux hommes retenir des halètements de surprise, et une jeune voix marmonna :

— C'était bien ça. J'avais bien vu.

Oh. Ce page-*là*. Oui.

Quelqu'un se racla la gorge ; Cazaril attendit que le rouge s'efface de ses joues, puis se tourna de nouveau. Il demanda d'une voix ferme :

— Était-ce tout, Sire ?

Orico, incapable de tenir en place, répondit :

— Castillar, on murmure... Vous êtes accusé... Il y a eu une accusation... selon laquelle vous avez été condamné en Ibra pour le crime de viol, et flagellé au pilori.

— C'est un mensonge, Messire. Qui l'a donc affirmé ?

Il regarda ser dy Maroc, qui avait légèrement pâli pendant que Cazaril tournait le dos. Dy Maroc n'était au service direct d'aucun des frères Jironal, et n'était pas non plus, à la connaissance de Cazaril, l'une des créatures les plus mûres de Dondo. Se pouvait-il qu'on l'ait corrompu ? Ou était-il un honnête pigeon ?

Une voix claire s'éleva depuis le couloir.

— Je souhaite *moi aussi* voir mon frère, et sur-le-champ ! J'en ai le droit !

Les gardes d'Orico se précipitèrent dans la pièce pour en ressortir aussitôt, tandis que la royesse Iselle faisait irruption, suivie d'une dame Betriz très pâle et de ser dy Sanda.

Iselle engloba la scène d'un seul regard. Elle leva le menton et s'écria :

— Que se passe-t-il, Orico ? Dy Sanda me dit que tu as arrêté mon secrétaire ! Sans même me prévenir !

À en juger par le pli irrité de la bouche du chancelier, cette intrusion n'était pas prévue dans ses projets. Orico secoua ses mains dodues.

— Non, non, pas « arrêté ». Personne n'a arrêté personne. Nous sommes ici pour enquêter sur une accusation.

— Quelle accusation ?

— Une très grave, Royesse, et qui ne vous concerne pas, répliqua dy Jironal. Vous devriez vous retirer.

L'ignorant avec ostentation, elle tira une chaise et s'y laissa tomber, bras croisés.

— Si c'est une grave accusation contre le serviteur le plus fiable de ma maison, alors elle me concerne parfaitement. Cazaril, de quoi s'agit-il ?

Celui-ci lui fit une petite révérence.

— Il semblerait que des personnes, dont j'ignore encore le nom, aient fait circuler des calomnies selon lesquelles les cicatrices de mon dos étaient un châtiment pour crime.

— L'automne dernier, ajouta avec nervosité dy Maroc. En Ibra.

À en juger par la façon dont Betriz ouvrait de grands yeux et retenait son souffle, elle avait vu le dos mutilé de Cazaril lorsqu'elle l'avait contourné à la suite d'Iselle. Les lèvres de ser dy Sanda dessinèrent également une moue de dégoût.

— Puis-je remettre ma tunique, Sire ? demanda sèchement Cazaril.

— Oui, oui, acquiesça Orico avec un geste hâtif.

— La nature du crime, Royesse, ajouta dy Jironal d'une voix doucereuse, est à même de semer des doutes sérieux quant à la confiance que l'on peut accorder à cet homme s'il est au service de votre maison, ou à vrai dire, à celui de n'importe quelle dame.

— Quoi, un viol ? railla Iselle. *Cazaril ?* Je n'ai jamais entendu de mensonge aussi absurde.

— Et cependant, reprit dy Jironal, il y a ces traces de flagellation.

— Le cadeau d'un contremaître roknari, siffla Cazaril entre ses dents, en réponse à un acte de rébellion irréfléchi. L'automne dernier, et au large d'Ibra, ce point au moins est exact.

— Plausible, et cependant… curieux, répondit prudemment Jironal. La cruauté des galères est légendaire, mais on n'imagine pas un contremaître compétent abîmer un esclave au point de le rendre inutile.

Cazaril sourit à moitié.

— Je l'avais provoqué.

— Comment donc, Cazaril ? demanda Orico, qui s'appuya en arrière, serrant d'une main son double menton.

— J'ai entouré son cou de ma chaîne et fait de mon mieux pour l'étrangler. J'y suis presque arrivé. Mais on m'a séparé de lui un rien trop tôt.

— Dieux tout-puissants, dit le roya. Vous cherchiez à vous suicider ?

— Je… ne sais plus très bien. Je croyais être au-delà de la fureur, mais… On m'avait donné un nouveau voisin de banc, un jeune Ibrane de quinze ans tout au plus. Il disait avoir été enlevé, et je le croyais. Il était manifestement d'une bonne famille, délicat, le langage soigné, peu habitué aux endroits les plus rudes : il se couvrait d'horribles ampoules au soleil, et ses mains saignaient sur les rames. Effrayé, intraitable, honteux… il m'a dit s'appeler Danni, mais ne m'a jamais confié son nom de famille. Le contremaître avait voulu se servir de lui à des fins interdites aux Roknari, et Danni s'était débattu. Avant que je puisse l'arrêter. C'était une folie, mais le garçon ne se rendait pas compte… Je me suis dit… Enfin, je n'avais pas les idées très claires, mais je me suis dit que si je le frappais plus fort, je pourrais détourner l'attention du contremaître avant qu'il se venge de lui.

— Afin qu'il se venge de vous à sa place ? demanda Betriz, pensive.

Cazaril haussa les épaules. Il avait enfoncé son genou dans l'aine du contremaître avant de lui passer la chaîne autour du cou, pour s'assurer qu'il serait hors d'usage pendant la semaine à venir, mais la semaine passerait rapidement, et ensuite ?

— C'était un geste futile. Ou qui *aurait* été futile s'il n'y avait pas eu l'aubaine de cette flottille ibrane qui nous a croisés et secourus le lendemain.

— Alors vous avez des témoins, l'encouragea dy Sanda. Et en grand nombre, semble-t-il. Le jeune garçon, les galériens, les marins ibranes… Qu'est devenu le garçon par la suite ?

— Je l'ignore. Je suis tombé malade et on m'a gardé à l'hôpital sacré de la Mère-Clémente de Zagosur pendant un certain temps. Tout le monde avait été éparpillé lorsque je suis, hum, reparti.

— Un conte bien héroïque, commenta dy Jironal d'une voix sèche, calculée de manière à rappeler aux auditeurs que c'était la version de Cazaril.

Les sourcils froncés, il parcourut l'assemblée du regard, s'attardant un instant sur dy Sanda, et sur une Iselle indignée.

— Cependant… je crois que vous pourriez demander à la royesse de vous donner un mois de congé afin que vous puissiez gagner Ibra et y trouver quelques-uns de ces témoins, dispersés comme par hasard. Si vous y parvenez.

Laisser ses dames sans surveillance un mois durant, *ici ?* Et survivrait-il au voyage ? Ou serait-il tué et enterré dans une tombe peu profonde dans les bois, à deux heures de cheval de Cardegoss, pour laisser la cour déduire sa culpabilité de sa fuite présumée ? Betriz pressa une main contre ses lèvres blanchies, mais son regard meurtrier était entièrement tourné vers dy Jironal.

Ici au moins, il y avait une personne qui croyait en la parole de Cazaril, et non en la preuve de son dos. Il se redressa quelque peu.

—Non, dit-il enfin. Je suis calomnié. C'est ma parole contre l'ouï-dire. À moins que vous ayez des preuves plus solides que les ragots du château, je réfute ce mensonge. Ou bien… D'où tenez-vous cette histoire ? Êtes-vous remonté à la source ? Qui m'accuse ? Est-ce vous, dy Maroc ?

Il regarda le courtisan avec une moue sévère.

—Expliquez-vous, dy Maroc, l'invita dy Jironal avec un vague geste de la main.

Dy Maroc prit une inspiration.

—Je tiens l'histoire d'un marchand de soie ibrane avec lequel j'ai traité pour la garde-robe du roya : il disait reconnaître le castillar qu'il avait vu se faire fouetter à Zagosur, et il était choqué de le voir ici. Il disait que c'était une sale histoire : que le castillar avait ravi la fille d'un homme qui l'accueillait et l'abritait, et il se souvenait donc très bien de lui, car l'affaire était atroce.

Cazaril se gratta la barbe.

—Êtes-vous sûr qu'il ne m'avait pas simplement confondu avec un autre homme ?

—Non, répondit sèchement dy Maroc, car il avait votre nom.

Cazaril plissa les yeux. Aucune erreur, c'était bien un mensonge, acheté et rémunéré. Mais quelle langue avait-on achetée ? Celle du courtisan ou du marchand ?

—Où se trouve ce marchand ? intervint dy Sanda.

—Il a mené ses marchandises en Ibra juste avant les premières neiges.

Cazaril dit d'une voix douce :

—Et depuis quand savez-vous cette histoire ?

Dy Maroc hésita, visiblement prêt à revenir sur sa déclaration, car ses doigts remuèrent à son côté comme s'il comptait.

—Il est parti voici trois semaines. Nous avons parlé juste avant son départ.

Maintenant je sais qui ment. Cazaril eut un sourire sans joie. Qu'il y ait eu un véritable marchand de soie, qui avait réellement quitté Cardegoss à cette date, il n'en doutait pas. Mais l'Ibrane était parti bien avant que Dondo tente d'acheter Cazaril avec une émeraude, et Dondo n'aurait pas cherché à l'éliminer par ce moyen indirect s'il n'avait échoué à l'acheter directement. Malheureusement, ce n'était pas là un raisonnement que Cazaril pouvait produire pour sa défense.

—Le marchand de soie, ajouta dy Maroc, ne pouvait avoir aucune raison de mentir.

Mais vous, si. Je me demande laquelle ?

—Vous étiez informé de cette grave accusation depuis plus de trois semaines, et c'est maintenant seulement que vous la signalez à votre seigneur ? Très curieux de votre part, dy Maroc.

Dy Maroc lui lança un regard noir.

—Si l'Ibrane est parti, dit Orico d'un ton plaintif, impossible de découvrir qui dit vrai.

—Alors messire dy Cazaril devrait sans doute se voir accorder le bénéfice du doute, répliqua dy Sanda, qui se tenait bien droit, l'air sévère. Vous ne le connaissez peut-être pas, mais la provincara dy Baocia, qui lui a donné cette charge, l'a bien connu : il a servi son défunt époux pendant six ou sept ans.

—Dans sa jeunesse, ajouta dy Jironal. Les hommes changent, vous savez. Surtout dans la violence de la guerre. Si le moindre doute pèse sur cet homme, il ne devrait pas occuper un poste aussi important, et si j'ose dire (il fixa son regard sur Betriz) aussi tentant.

Betriz prit une longue inspiration outragée qui fut, peut-être par chance, interrompue par l'exclamation d'Iselle :

—Mais quelles fadaises ! Au beau milieu de la fureur de la guerre, vous avez vous-même donné à cet homme les clés de la forteresse de Gotorget, qui était le point d'ancrage de toute la ligne de bataille de Chalion au nord. Vous lui faisiez clairement confiance *à l'époque*, March ! Et *lui* n'a pas davantage trahi cette confiance.

Dy Jironal crispa la mâchoire puis esquissa un mince sourire.

—Voilà Chalion devenue bien militante, si même nos demoiselles s'efforcent de nous donner de meilleurs conseils sur nos stratégies.

—Elles pourraient difficilement en donner de pires, grogna Orico pour lui-même.

Seul un coup d'œil en biais indiqua que dy Jironal l'avait entendu.

Dy Sanda reprit, d'une voix intriguée :

—Oui, et pourquoi le castillar n'a-t-il pas été racheté avec le reste de ses officiers lors de la reddition de Gotorget, dy Jironal ?

Cazaril serra les dents. *Taisez-vous, dy Sanda.*

—Les Roknari nous ont dit qu'il était mort, répliqua aussitôt le chancelier. Ils l'avaient caché par vengeance, ai-je supposé en apprenant qu'il était en vie. Mais si le marchand de soie disait vrai, c'était peut-être pour cacher leur honte. Il a dû leur échapper et traîner dans Ibra quelque temps, jusqu'à sa, hem, malheureuse arrestation.

Après un bref coup d'œil à Cazaril, il détourna le regard.

Tu sais que tu mens. Je sais que tu mens. Mais dy Jironal ignorait au juste, encore maintenant, si Cazaril savait qu'il mentait. Ce qui ne ressemblait guère à un avantage. Le moment semblait mal choisi pour une contre-accusation. Cette calomnie lui avait à moitié coupé l'herbe sous les pieds, même sans attendre le verdict d'Orico.

—Dans tous les cas, je ne comprends pas comment sa disparition a pu être acceptée sans la moindre enquête, reprit dy Sanda qui regardait dy Jironal en plissant les yeux. Il était le *commandant* de la forteresse.

Iselle ajouta, pensive :

— Si c'est à une vengeance que vous pensez, vous devez estimer qu'il a coûté cher aux Roknari sur le terrain, pour qu'ils l'emploient ainsi par la suite.

Dy Jironal, qui ne semblait guère apprécier la direction prise par ce raisonnement, fit la grimace. Il se rassit et mit fin à la digression d'un geste de la main.

— Alors nous sommes dans une impasse. La parole d'un homme contre celle d'un autre, sans rien qui permette de trancher. Sire, je vous recommande ardemment la prudence. Que messire dy Cazaril se voie confier un poste moins important, ou qu'on le renvoie à la douairière dy Baocia.

Iselle en bafouilla presque :

— Et laisser passer cette calomnie sans protester ! Non ! Je ne le permettrai pas !

Orico se frotta la tête comme pour chasser une migraine, et regarda du coin de l'œil son glacial conseiller en chef et sa demi-sœur furieuse. Il grogna faiblement.

— Oh, dieux que je déteste ce genre de situation… (Son expression changea et il se redressa de nouveau.) Ah ! Mais bien sûr. Il reste juste la solution… juste la solution la plus *juste*, héhé…

Il fit signe au page qui avait amené Cazaril et lui chuchota à l'oreille. Dy Jironal les regarda, sourcils froncés, mais sembla ne pas réussir à entendre leurs paroles. Le page se rua hors de la pièce.

— Quelle est votre solution, Sire ? demanda dy Jironal avec appréhension.

— Pas ma solution. Celle des dieux. Nous allons laisser les dieux décider qui est innocent, et qui ment.

— Vous ne songez pas à trancher la question par un combat à l'épée, n'est-ce pas ? demanda dy Jironal, une nuance d'horreur intense dans la voix.

Cazaril ne pouvait que partager cette horreur – tout comme ser dy Maroc, à en juger par son visage soudain exsangue.

Orico cligna des yeux.

— Eh bien, voilà une autre idée. (Il regarda tour à tour dy Maroc et Cazaril.) Ils semblent tous deux de force égale, en outre. Dy Maroc est plus jeune, bien sûr, et se débrouille fort bien sur le sable de mon arène, mais l'expérience compte beaucoup.

Dame Betriz regarda dy Maroc et son expression se fit soudain inquiète. Cazaril fit de même, pour la raison inverse, supposa-t-il. Dy Maroc était en effet un très habile danseur en duel. Face à la brutalité d'un champ de bataille, il tiendrait, estima Cazaril, peut-être cinq minutes. Dy Jironal croisa le regard de Cazaril, pour la première fois ou presque de cet interrogatoire, et Cazaril comprit qu'il faisait le même calcul. Son estomac se souleva à l'idée d'être forcé de massacrer le jeune homme, fût-il un outil doublé d'un menteur.

— J'ignore si l'Ibrane mentait ou non, précisa prudemment dy Maroc. Je ne sais que ce que j'ai entendu.

— Oui, oui. (Orico repoussa l'argument d'un geste de la main.) Je crois que mon plan sera plus efficace.

Il renifla, s'essuya le nez sur sa manche et attendit. Un silence interminable et troublant retomba. Il fut rompu par le retour du page qui annonça :

— Umegat, Sire.

Le sémillant valet roknari entra et regarda l'assemblée, l'air légèrement surpris, mais marcha droit vers son maître et s'inclina.

— En quoi puis-je vous servir, Messire ?

— Umegat, dit Orico. Je veux que tu sortes attraper le premier corbeau sacré que tu verras, et que tu le ramènes ici. Toi, dit-il en désignant le page, accompagne-le en tant que témoin. Allons, maintenant, dépêchez-vous.

Orico frappa dans ses mains pour les presser.

Sans manifester de surprise ni poser de questions, Umegat s'inclina de nouveau et sortit à pas feutrés. Cazaril vit dy Maroc lancer au chancelier un regard piteux qui demandait « Et maintenant ? » Dy Jironal serra les dents et l'ignora.

— Alors, reprit Orico, comment nous organiser ? Je sais : Cazaril, allez vous placer à un bout de la pièce. Dy Maroc, placez-vous à l'autre bout.

Les yeux de Jironal suivirent ses gestes, trahissant un calcul incertain. D'un hochement de tête, Orico désigna pour dy Maroc l'extrémité de la pièce où la fenêtre était ouverte. Cazaril se trouva relégué du côté fermé, le plus sombre.

— Vous tous, dit Orico en désignant Iselle et sa cohorte, placez-vous sur le côté, en tant que témoins. Vous, vous et vous aussi, dit-il aux gardes et au page restant.

Orico se redressa péniblement et se dirigea vers la table pour arranger ce tableau humain à sa convenance. Dy Jironal resta assis à sa place où il jouait avec une plume, la mine renfrognée.

Umegat revint bien plus tôt que Cazaril ne s'y attendait, avec sous le bras un corbeau à l'air mécontent, et le page exalté qui bondissait autour de lui.

— Est-ce le premier corbeau que vous avez vu ? demanda Orico au jeune garçon.

— Oui, Messire, répondit le page essoufflé. Enfin, il y en avait toute une volée qui tournoyait au-dessus de la tour de Fonsa, alors je suppose que nous en avons vu six ou sept en même temps. Umegat s'est simplement tenu dans la cour avec le bras tendu et les yeux fermés, sans bouger. Et celui-ci est descendu vers lui pour atterrir juste sur sa manche !

Cazaril plissa les yeux, s'efforçant de distinguer si l'oiseau qui marmottait, par le plus grand des hasards, avait dans la queue deux plumes manquantes.

— Très bien, dit joyeusement Orico. Maintenant, Umegat, je veux que tu te tiennes au centre exact de la pièce, et quand je t'en donnerai le signal, que tu lâches le corbeau sacré. Nous verrons vers quel homme il se dirigera, et alors nous saurons ! Attends : chacun d'entre nous devrait dire une prière en son cœur pour que les dieux nous guident.

Iselle se détendit, mais Betriz leva les yeux.

— Mais Sire. Comment saurons-nous ? Le corbeau volera-t-il vers le menteur, ou vers l'homme honnête ?

Elle braqua sur Umegat un regard dur.

— Oh, dit Orico. Hum.

— Et s'il se contente de décrire des cercles ? demanda dy Jironal, une nuance d'exaspération dans la voix.

Alors nous saurons que les dieux sont aussi perdus que nous tous, n'osa dire tout haut Cazaril.

Umegat, qui caressait l'oiseau pour le calmer, s'inclina légèrement.

— La vérité étant sacrée aux dieux, que le corbeau vole vers l'homme honnête, Sire.

Il ne regarda pas Cazaril.

— Oh, très bien. Alors poursuivez.

Umegat, avec un sens de la mise en scène que Cazaril commençait à percevoir, se plaça précisément entre les deux accusés, tendit le bras sur lequel était posé l'oiseau et retira lentement la main qui le contrôlait. Il demeura un moment immobile avec une expression de pieuse quiétude. Cazaril se demanda ce que faisaient les dieux de la cacophonie de prières contradictoires qui devait s'élever de la pièce en cet instant. Puis Umegat lança le corbeau en l'air et laissa retomber son bras. Avec un cri rauque, l'oiseau déploya ses ailes et une queue à laquelle manquaient deux plumes.

Dy Maroc écartait les bras, plein d'espoir, avec l'air de se demander s'il avait le droit de capturer la créature lorsqu'elle fondrait sur lui. Cazaril, qui s'apprêtait à crier « Caz, Caz » par sécurité, se trouva soudain rempli d'une curiosité toute théologique. Il connaissait déjà la vérité ; que d'autre pourrait bien révéler ce test ? Il se tenait immobile et droit, lèvres entrouvertes, et regarda, fasciné autant que troublé, le corbeau ignorer la fenêtre ouverte pour voler droit vers son épaule.

— Eh bien, dit-il doucement à l'oiseau qui plantait ses griffes, oscillant d'un côté à l'autre. Eh bien.

Le corbeau inclina son bec noir et braqua sur lui des yeux inexpressifs en boutons de bottines.

Iselle et Betriz se mirent à bondir en poussant des cris, à se serrer l'une contre l'autre, et faillirent effrayer l'oiseau. Dy Sanda eut un sourire sardonique. Dy Jironal serra les dents ; dy Maroc sembla quelque peu consterné.

Orico frotta ses mains dodues.

— Très bien. Voilà qui est réglé. Maintenant, par les dieux, je veux mon dîner.

Iselle, Betriz et dy Sanda entourèrent Cazaril comme une garde d'honneur et l'accompagnèrent hors de la tour d'Ias, vers la cour.

— Comment avez-vous su qu'il fallait venir à ma rescousse ? leur demanda Cazaril.

Il leva furtivement les yeux, et ne vit pas de corbeaux en train de tournoyer.

— J'ai su par un page qu'on vous avait arrêté ce matin, répliqua dy Sanda, et je suis aussitôt allé trouver la royesse.

Cazaril se demanda si dy Sanda, comme lui-même, consacrait un budget privé à la rémunération des observateurs apportant les nouvelles du Zangre le plus rapidement possible. Et se demanda pourquoi ses propres arrangements n'avaient pas mieux fonctionné dans ce cas précis.

— Je vous remercie d'avoir protégé (il se retint de dire « mes arrières ») mes intérêts. Je serais renvoyé à l'heure qu'il est, si vous n'étiez pas tous venus me soutenir.

— Nul besoin de nous remercier, reprit dy Sanda. Je crois que vous en auriez fait tout autant pour moi.

— Mon frère avait besoin d'un appui, dit Iselle avec un soupçon d'amertume. Dans le cas contraire, il ploie devant la puissance la plus immédiate.

Cazaril hésitait entre louer sa perspicacité et lui reprocher sa franchise. Il jeta un coup d'œil à dy Sanda.

— Depuis combien de temps, si vous le savez, cette histoire circule-t-elle dans la cour ?

— Dans les quatre ou cinq derniers jours, je pense, répondit-il en haussant les épaules.

— Mais c'est la première fois que nous en entendions parler, *nous* ! s'indigna Betriz.

Dy Sanda ouvrit les mains en un geste d'excuse.

— Il semblerait que la chose ait semblé trop crue pour vos oreilles virginales, Madame.

Iselle se renfrogna. Dy Sanda accepta les remerciements réitérés de Cazaril et prit congé afin de retourner surveiller Teidez.

Betriz, devenue soudain très silencieuse, dit d'une voix étouffée :

— Tout était ma faute, n'est-ce pas ? Dondo s'en est pris à vous pour se venger de l'histoire du cochon. Oh, Sire Caz, je suis *désolée* !

— Non, Madame, répondit fermement Cazaril. Il y a entre Dondo et moi de vieilles querelles qui remontent à... bien avant Gotorget.

Le visage de Betriz s'illumina, à son grand soulagement, mais il sauta néanmoins sur l'occasion pour ajouter prudemment :

— Cela dit, la farce du cochon n'a guère arrangé les choses, et je vous conseille de ne jamais recommencer.

Betriz soupira, pour ajouter ensuite avec un petit sourire :

— Dans tous les cas, il a cessé de me harceler. Ce qui est déjà un bon point.

— Je ne nie pas que ce soit pour le mieux, mais... Dondo reste un homme puissant. Je vous implore, toutes les deux, de toujours garder entre vous et lui une distance respectable.

Iselle tourna vivement les yeux vers lui. Puis elle dit doucement :

— Nous sommes ici en état de siège, n'est-ce pas ? Moi, Teidez, tout notre entourage.

— Je crois, soupira Cazaril, que la situation n'est pas si terrible. Simplement, soyez plus prudentes à compter de maintenant, d'accord ?

Il les escorta jusqu'à leurs chambres dans le bâtiment principal, mais ne retourna pas à ses calculs. Il préféra redescendre et gagner la ménagerie à grands pas. Il trouva Umegat dans la volière, en train de persuader les petits oiseaux de prendre des bains de poussière dans une bassine de cendres pour les protéger des poux. Le Roknari toujours soigné, son tabard protégé par un tablier, leva les yeux et lui sourit.

Cazaril ne lui rendit pas ce sourire.

— Umegat, commença-t-il sans préambule. Je dois savoir. Est-ce vous qui avez choisi le corbeau, ou le corbeau qui vous a choisi ?

— Est-ce important pour vous, Messire ?

— Très !

— Pourquoi ?

Cazaril ouvrit la bouche puis la referma. Il reprit enfin, d'un ton presque suppliant :

— C'était une ruse, non ? Vous avez rusé en apportant le corbeau que je nourris à ma fenêtre. Les dieux ne sont pas vraiment intervenus dans cette pièce, n'est-ce pas ?

Umegat haussa les sourcils.

— Le Bâtard est le plus subtil des dieux, Messire. Le recours à une ruse ne signifie pas que l'on n'est pas touché par les dieux.

Il ajouta comme pour s'excuser :

— J'ai bien peur que les choses soient ainsi.

Il pépia pour l'oiseau, qui semblait avoir terminé de voleter dans les cendres, l'attira vers sa main à l'aide d'une graine tirée de la poche de son tablier, puis le relâcha dans sa cage toute proche.

Cazaril le suivit, insistant.

— C'était le corbeau que je nourris. Logique qu'il soit venu vers moi. Vous le nourrissez aussi, n'est-ce pas ?

— Je nourris tous les corbeaux sacrés de la tour de Fonsa. Comme le font les pages et les dames, les visiteurs du Zangre, et les acolytes et divins de toutes les maisons du temple en ville. C'est un miracle que ces corbeaux n'aient pas grossi au point de ne plus pouvoir voler.

Avec un geste précis du poignet, Umegat s'empara d'un autre oiseau qu'il déposa dans le bain de cendres.

Cazaril recula lorsque l'oiseau souleva un nuage de poussière, et reprit, fronçant les sourcils :

— Vous êtes roknari. N'êtes-vous pas de confession quadraine ?

— Non, Messire, répondit sereinement Umegat. Je suis depuis ma jeunesse un dévot quintarien.

— Vous êtes-vous converti lors de votre arrivée en Chalion ?

— Non, alors que je me trouvais toujours dans l'Archipel.

— Comment se fait-il... que l'on ne vous ait pas fait pendre pour hérésie ?

— J'ai atteint le navire en partance pour Brajar avant qu'on m'attrape.

Le sourire d'Umegat se crispa.

En effet, il avait toujours ses pouces. Cazaril étudia son visage aux traits fins.

— Qu'était votre père, dans l'Archipel ?

— Étroit d'esprit. Mais très pieux, à sa façon très carrée.

— Ce n'est pas ce que je voulais dire.

— Je sais, Messire. Mais il est mort depuis vingt ans. Tout cela n'a plus d'importance. Je suis satisfait de mon sort actuel.

Cazaril se gratta la barbe tandis qu'Umegat passait à un autre oiseau coloré.

— Alors depuis combien de temps êtes-vous gardien de cette ménagerie ?

— Depuis le début. Six années environ. Je suis arrivé avec le léopard et les premiers oiseaux. Nous étions un cadeau.

— De qui ?

— Oh, de l'archidivin de Cardegoss et de l'ordre du Bâtard. À l'occasion de l'anniversaire du roya, voyez-vous. Mais bien des bêtes superbes s'y sont ajoutées depuis.

Cazaril digéra l'information.

— C'est une collection fort inhabituelle.

— Oui, Messire.

— Dans quelle mesure ?

— Très inhabituelle.

— Pouvez-vous m'en dire plus ?

— Je vous supplie de ne pas m'en demander plus, Messire.

— Pourquoi donc ?

— Car je ne souhaite pas vous mentir.

— Pourquoi pas ?

Tous les autres le font.

Umegat inspira et gratifia Cazaril d'un sourire rusé.

— Parce que, Messire, c'est le corbeau qui m'a choisi.

Cazaril lui rendit un sourire un peu contraint. Il salua Umegat et se retira.

Chapitre 11

Cazaril quittait sa chambre pour descendre au petit déjeuner, deux ou trois matins plus tard, lorsqu'un page essoufflé l'accosta et le saisit par la manche.

— M'sire dy Cazaril ! Le gardien du château vous demande de le rejoindre dès maintenant dans la cour !

— Pourquoi donc ? Que se passe-t-il ?

Obéissant à l'empressement du garçon, Cazaril lui emboîta le pas.

— C'est ser dy Sanda. Il a été attaqué la nuit dernière par des voleurs, détroussé et poignardé !

Cazaril allongea le pas.

— Sa blessure est-elle grave ? Où se trouve-t-il ?

— Pas blessé, M'sire. Tué !

Cinq dieux, non ! Cazaril laissa le page derrière lui alors qu'il descendait bruyamment l'escalier. Il se rua dans la cour avant du Zangre juste à temps pour voir un homme portant le tabard du connétable de Cardegoss, et un autre vêtu en fermier, descendre du dos d'une mule une forme raide et la déposer sur les pavés. Le gardien de château du Zangre, sourcils froncés, s'accroupit auprès du corps. Deux gardes du roya observaient la scène à quelques pas de distance, prudemment, comme s'ils craignaient la contagion des blessures par lame.

— Que s'est-il passé ? questionna Cazaril.

Le fermier, avisant ses habits de cour, ôta son bonnet de laine en guise de salut.

— Je l'ai trouvé ce matin au bord de la rivière, Messire, alors que j'allais faire boire mon bétail. La rivière fait des méandres, et j'y trouve souvent des choses prises dans les bancs de sable. Une roue de chariot, la semaine dernière. Je regarde toujours. Mais il n'y a pas souvent de cadavres, grâce en soit rendue à la Mère. Pas depuis la noyade de cette pauvre femme, il y a deux ans… (Il échangea avec le connétable des regards chargés de souvenirs.) Celui-ci n'avait pas l'air d'un noyé.

Les chausses de Sanda étaient encore trempées, mais ses cheveux avaient fini de dégoutter. Sa tunique avait été ôtée par ceux qui l'avaient trouvé : Cazaril vit le brocart plié sur le garrot de la mule. Nettoyées par l'eau de la rivière, ses plaies avaient maintenant l'apparence de fentes sombres et plissées sur la pâleur de sa peau, au niveau du dos, du ventre, du cou. Cazaril compta plus d'une dizaine de coups, violents et profonds.

Le gardien du château, assis sur ses talons, désigna un bout de corde effilochée, nouée autour de la ceinture de Sanda.

— Ils lui ont arraché sa bourse. Ils étaient sacrément pressés.

— Mais ce n'était pas qu'un vol, dit Cazaril. Un ou deux de ces coups auraient suffi à le mettre à terre, à l'empêcher de résister. Ils n'avaient pas besoin de… Ils voulaient s'assurer de sa mort.

Ils ou *il ?* Aucun moyen de le savoir, mais dy Sanda n'avait pas dû être facile à terrasser. Il penchait plutôt pour *ils*.

— Je suppose qu'on lui a pris son épée.

Avait-il même eu le temps de la tirer ? Ou le premier coup l'avait-il atteint par surprise, assené par un homme qu'il accompagnait en toute confiance ?

— On la lui a prise, ou il l'a perdue dans la rivière, dit le fermier. Il n'aurait pas flotté si rapidement vers moi si elle l'avait encore tiré vers le fond.

— Avait-il des bagues, des bijoux ? demanda l'assistant du connétable.

Le gardien hocha la tête.

— Plusieurs, et une boucle d'oreille d'un bon prix.

Tous disparus à présent.

— Il me faudra la description de tout, Messire, dit l'assistant, et le gardien acquiesça d'un signe de tête.

— Vous savez où on l'a découvert, dit Cazaril à l'homme du connétable. Savez-vous où il a été attaqué ?

L'homme secoua la tête.

— Difficile à dire. Peut-être dans les bas-fonds.

L'endroit le plus bas de Cardegoss, d'un point de vue aussi social que topographique, blotti des deux côtés du mur qui passait entre les deux rivières.

— Il n'existe qu'une demi-douzaine d'endroits où l'on peut jeter un corps par-dessus les murs de la ville et s'assurer que le courant l'emportera. Certains sont plus isolés que d'autres. Où l'un d'entre vous l'a-t-il vu pour la dernière fois ?

— Je l'ai vu pendant le souper, dit Cazaril. Il ne m'a pas parlé de se rendre en ville. (Il y avait ici, à l'intérieur du Zangre, deux ou trois endroits d'où l'on pouvait également jeter un corps dans les rivières…) A-t-il des os brisés ?

— Je n'en ai pas senti, Messire, répondit l'homme du connétable.

En effet, le corps livide n'affichait pas d'hématomes importants.

L'interrogatoire des gardes du château révéla que dy Sanda, la nuit précédente, avait quitté le Zangre, seul et à pied, à la moitié de leur veille environ. Cazaril renonça au plan qui germait dans son esprit, consistant à fouiller de fond en comble les immenses couloirs et niches du château en quête de nouvelles traces de sang. Plus tard dans l'après-midi, les hommes du connétable trouvèrent trois personnes qui déclaraient avoir vu le secrétaire du royse boire dans une taverne des bas-fonds, et repartir seul ; l'un d'eux affirmait qu'il s'en était allé en état d'ivresse. Ce témoin-là, Cazaril aurait voulu le voir seul à seul dans l'une des cellules de pierre du Zangre, de celles qui absorbaient les cris, au long des antiques tunnels menant aux rivières. Il aurait pu alors lui faire cracher une bien meilleure vérité. Cazaril n'avait jamais vu dy Sanda boire jusqu'à l'ivresse, jamais.

Il se vit confier la tâche de dresser l'inventaire des maigres biens matériels de Sanda avant de les emballer, afin qu'ils soient envoyés par charrette à son frère aîné survivant, quelque part dans les provinces de Chalion. Tandis que les hommes du connétable de la ville fouillaient les bas-fonds à la recherche des voleurs présumés – en vain, supposait Cazaril – il parcourut tous les bouts de papier qu'il trouva dans la chambre de dy Sanda. Mais si une invitation mensongère l'avait attiré dans les bas-fonds, il l'avait reçue verbalement ou emportée avec lui.

Dy Sanda n'ayant aucun parent assez proche que l'on devait attendre, les funérailles eurent lieu le lendemain. Le royse, la royesse et leur suite ayant honoré le service de leur présence, certains courtisans qui souhaitaient s'attirer leurs faveurs y assistèrent aussi. La cérémonie du départ, qui se déroula dans la chambre du Fils, donnant sur la cour principale du temple, fut brève. Cazaril comprit quel homme solitaire avait été dy Sanda. Pas d'amis se pressant au pied de sa bière pour réciter de longs panégyriques pour leur réconfort mutuel. Seul Cazaril prononça quelques paroles de regret formelles au nom de la royesse, et parvint à les réciter sans recours au papier enfoui dans sa manche, sur lequel il les avait composées le matin même en toute hâte.

Cazaril s'éloigna du cercueil afin de laisser place à la bénédiction des animaux, et alla rejoindre le petit cortège funèbre devant l'autel. Des acolytes portant chacun la couleur de son dieu d'élection apportèrent les créatures et se placèrent autour de la bière à cinq endroits régulièrement répartis. Dans les temples de campagne, on employait pour ce rite les assortiments d'animaux les plus hétéroclites ; pour la défunte fille d'un homme pauvre, Cazaril l'avait un jour vu mené à bien – avec succès – par un unique acolyte portant un panier de cinq chatons avec des rubans colorés autour du cou. Les Roknari avaient souvent recours à des poissons, bien qu'au nombre de quatre et non cinq ; les divins quadrains les marquaient à l'aide de teinture et interprétaient la volonté des dieux d'après les dessins qu'ils décrivaient en nageant dans une cuve. Quelle que soit la méthode employée, ce présage était le seul minuscule miracle que les dieux accordaient à tout homme, sans distinction de rang, à l'heure de son trépas.

Le temple de Cardegoss avait assez de ressources pour commander les plus beaux des animaux sacrés, sélectionnés pour leurs couleurs et leur sexe. L'acolyte de la Fille, vêtue de robes bleues, portait un superbe geai bleu femelle à crête, né au cours du printemps. La représentante de la Mère, vêtue de vert, tenait sur son bras un énorme oiseau vert, proche parent, songea Cazaril, de celui que gardait Umegat dans la ménagerie du roya. L'acolyte du Fils aux robes rouge orangé menait un splendide jeune renard dont la fourrure dorée semblait luire comme des flammes dans les ombres de la chambre voûtée remplie d'échos. L'acolyte du Père, en gris, fut précédé par un vieux loup gris, robuste et plein d'une immense dignité. Cazaril s'attendait à voir l'acolyte du Bâtard, vêtue de robes blanches, porter l'un des corbeaux sacrés de Fonsa, au lieu de quoi elle tenait dans ses bras un couple de rats blancs dodus au regard curieux.

Le divin se prosterna afin de laisser les dieux adresser leur signe, puis recula pour se placer à la tête de Sanda. Chacun à son tour, les acolytes aux robes vivement colorées lâchèrent leurs créatures. Le geai bleu s'éleva lorsque l'acolyte secoua le poignet, mais revint se poser sur son épaule, tout comme l'oiseau vert de la Mère. Le renard, libéré de sa chaîne de cuivre, renifla, trottina vers la bière, geignit, fit un bond et vint se blottir contre le flanc de Sanda. Il posa son museau sur le cœur du mort avec un profond soupir.

Le loup, qui semblait avoir une grande expérience en la matière, ne montra aucun intérêt. L'acolyte du Bâtard lâcha ses rats sur les pavés, mais ils se contentèrent de grimper sur sa manche pour fourrer le nez dans ses oreilles et se coincèrent les griffes dans ses cheveux jusqu'à ce qu'il faille les dégager doucement.

Pas de surprise ce jour-là. À moins que des personnes se soient d'elles-mêmes consacrées à un autre dieu, une âme sans enfant allait normalement à la Fille ou au Fils, les parents décédés au Père ou à la Mère. Dy Sanda, homme sans enfant, avait servi dans sa jeunesse l'ordre militaire du Fils en tant que dédicat convers. Il était dans l'ordre des choses que son âme soit reprise par le Fils. Même s'il était arrivé qu'à ce stade de la cérémonie, les proches survivants découvrent pour la première fois que le défunt qu'ils enterraient possédait quelque part un enfant inconnu. Le Bâtard reprenait tous ceux de Son ordre, ainsi que toutes les âmes dédaignées par les dieux plus grands. Le Bâtard était le dieu des derniers recours, refuge ultime, encore qu'ambigu, de ceux qui avaient voué leur vie au désastre.

Obéissant au choix sans équivoque de l'élégant renard de l'Automne, l'acolyte du Fils s'avança pour mettre un terme à la cérémonie, appelant la bénédiction de son dieu sur l'âme de Sanda. Le cortège s'aligna derrière la bière pour placer de petites offrandes sur l'autel du Fils à l'intention du défunt.

Cazaril faillit s'enfoncer les ongles dans les paumes lorsqu'il regarda Dondo dy Jironal exécuter les gestes de deuil pieux. Bouleversé et muet, Teidez devait regretter, espérait Cazaril, toutes les fois où il s'était violemment plaint de son sévère mais loyal secrétaire-précepteur de son vivant ; son offrande consistait en une pile d'or non négligeable.

Iselle et Betriz se tinrent tout aussi tranquilles, pendant et après la cérémonie. Elles firent peu de commentaires sur les rumeurs de cour qui entouraient le meurtre, mais refusèrent simplement des invitations à se rendre en ville et trouvèrent des excuses pour vérifier quatre ou cinq fois par soir que Cazaril était toujours en vie.

Le mystère suscita bien des murmures à la cour. On parlait de nouveaux châtiments draconiens pour la basse et dangereuse racaille que représentaient voleurs et assassins. Cazaril ne répondait rien. Pour lui la mort de Sanda ne recelait aucun mystère, sinon dans son lien exact avec les Jironal. Il retourna la question dans sa tête encore et encore, mais la façon de procéder lui échappait. Il n'osait pas lancer le processus avant que chaque étape ne soit clarifiée jusqu'au bout ; dans le cas contraire, autant se trancher lui-même la gorge et en finir une bonne fois pour toutes.

À moins, décida-t-il, qu'un assassin ou voleur malchanceux ne se voie accuser à tort. Alors il devrait… Quoi donc ? Que valait maintenant sa parole, après la tentative de calomnie sur les cicatrices de son dos ? La plus grande partie de la cour avait été impressionnée par le témoignage du corbeau, mais quelques-uns n'y avaient pas cru. Il n'était guère difficile de deviner lesquels, à en juger par la façon dont certains gentilshommes écartaient leurs capes de Cazaril, ou dont certaines dames évitaient son contact. Mais le bureau du connétable ne présenta aucune victime sacrificielle, et la gaieté retrouvée de la cour se referma sur ce désagréable incident comme une croûte sur une plaie.

Teidez se vit désigner un nouveau secrétaire, choisi parmi la chancellerie du roya par l'aîné dy Jironal lui-même. C'était un personnage au visage étroit, et malgré sa qualité de créature du chancelier, il ne fit aucune tentative pour se lier à Cazaril. Dondo dy Jironal entreprit publiquement de distraire le jeune royse de son chagrin en lui fournissant les divertissements les plus délectables. Et à quel degré, Cazaril le vit trop bien, regardant à la nuit tombée filles de joie et compagnons d'âge mûr aller et venir dans la chambre de Teidez. À une occasion, Teidez se précipita dans la chambre de Cazaril, visiblement incapable de différencier les deux portes, et vomit à ses pieds un quart de vin rouge. Cazaril le ramena à ses serviteurs, malade et aveuglé, pour qu'ils le nettoient.

Le moment qui causa cependant le plus grand trouble à Cazaril fut le soir où il distingua un éclat vert au doigt du capitaine de la garde de Teidez, l'homme qui les avait accompagnés depuis Baocia. Qui, avant de prendre la route, avait juré à la mère et à la grand-mère, solennellement et à genoux, de protéger de sa vie celle des deux jeunes gens… La main de Cazaril s'empara au passage de celle du capitaine pour le faire approcher. Il baissa les yeux vers la pierre verte familière.

—Jolie bague, dit-il au bout d'un moment.

Le capitaine retira sa main, sourcils froncés.

—C'est ce que je me suis dit.

—J'espère que vous ne l'avez pas payée un prix trop élevé. Je crois que la pierre est fausse.

—C'est une émeraude véritable, Messire!

—À votre place, je la montrerais à un joaillier pour m'en assurer. C'est pour moi une source d'étonnement continuelle, les mensonges que racontent les hommes de nos jours pour défendre leurs intérêts.

Le capitaine cacha la bague de l'autre main.

—C'est une très bonne bague.

—Comparée à ce qu'elle vous a coûté, je dirais que c'est de la camelote.

Le capitaine serra les lèvres, puis haussa les épaules avant de s'éloigner.

Si c'est un siège, songea Cazaril, *nous sommes en train de le perdre.*

Le temps se fit frais et pluvieux, les rivières grossirent, tandis que la saison du Fils touchait à sa fin. Lors du concert qui suivit le souper par un soir humide, Orico se pencha vers sa sœur et murmura:

—Amène tes gens à la salle du trône demain midi, afin d'assister à l'investiture de Jironal. J'y annoncerai d'heureuses nouvelles à la cour tout entière. Et porte tes atours les plus festifs. Oh, et puis tes perles… Sire Dondo disait l'autre soir qu'il ne te voit jamais porter ses perles.

—Je ne crois pas qu'elles m'aillent, répliqua Iselle.

Elle jeta un regard en biais à Cazaril, assis près d'elle, puis baissa les yeux vers ses mains crispées sur ses genoux.

—C'est absurde, comment des perles pourraient-elles ne pas aller à une demoiselle?

Le roya se rassit pour applaudir le morceau alerte qui venait de prendre fin.

Iselle se garda de répondre jusqu'à ce que Cazaril ait escorté ses dames à l'antichambre qui lui servait de bureau. Il s'apprêtait à leur souhaiter une bonne nuit et à rejoindre en bâillant son propre lit lorsqu'elle éclata:

—Il est *hors de question* que je porte les perles de ce voleur de sire Dondo. J'aimerais les rendre à l'ordre de la Fille, mais je jure que ce serait une insulte à la déesse. Elles sont souillées. Cazaril, que puis-je en faire?

—Le Bâtard ne fait pas la fine bouche. Donnez-les au divin de son hospice des enfants trouvés, afin qu'ils le vendent pour les orphelins, suggéra-t-il.

Iselle esquissa un sourire.

— *Voilà* qui ennuierait sire Dondo. Et il ne pourrait même pas protester ! Excellente idée. Vous les porterez aux orphelins avec ma bénédiction. Et pour ce qui est de demain… je porterai ma cape de velours rouge par-dessus ma robe de soie blanche, ce sera parfaitement festif, et la parure de grenats offerte par Maman. Personne ne pourra me reprocher de porter les bijoux de ma mère.

— Mais que croyez-vous que voulait dire votre frère à propos d'« heureuses nouvelles » ? demanda Nan dy Vrit. Vous ne pensez pas qu'il ait déjà pris de décision quant à vos fiançailles, n'est-ce pas ?

Iselle se tut, clignant des yeux, puis ajouta d'une voix ferme :

— Non. C'est impossible. Il doit y avoir des mois de négociations auparavant : lettres, ambassadeurs, échanges de cadeaux, accords autour de la dot… *et* mon consentement. Il faut que mon portrait soit fait. Et que je reçoive un portrait de l'homme, quel qu'il puisse être. Un portrait fidèle et honnête, fait par un artiste que j'enverrai moi-même. Si mon prince est obèse, ou chauve, ou a la lippe pendante, qu'il en soit ainsi, mais je refuse qu'on me mente en peinture.

L'image ainsi évoquée fit grimacer Betriz.

— J'espère que tu gagneras un séduisant seigneur, lorsque viendra l'heure.

Iselle soupira.

— Ce serait agréable, mais si j'en juge par la plupart des grands seigneurs que j'ai vus, c'est peu probable. Je choisirai avant tout la santé, je crois, et je n'accablerai pas les dieux d'impossibles prières. En bonne santé, et quintarien.

— Sage décision, approuva Cazaril, qui encourageait ce pragmatisme dans l'espoir de faciliter sa propre vie dans un futur proche.

Betriz ajouta, mal à l'aise :

— On a vu circuler à la cour beaucoup de représentants roknari cet automne.

Iselle pinça les lèvres.

— Mm.

— Il n'y a pas énormément de candidats quintariens parmi les plus hauts seigneurs, concéda Cazaril.

— Le roya de Brajar est veuf à nouveau, avança Nan dy Vrit avec une moue dubitative.

Iselle balaya l'hypothèse d'une main.

— Sûrement pas. Il a cinquante-sept ans, il a la goutte, et un héritier déjà adulte et marié. Quel intérêt pour moi d'avoir un fils favorable à son oncle Orico (ou à son oncle Teidez, si les choses tournent ainsi) s'il ne règne pas sur ses terres ?

— Il y a le petit-fils de Brajar, dit Cazaril.

— Il a sept ans ! Je devrais attendre sept années de plus…

Pas forcément une mauvaise chose, songea Cazaril.

— Il est encore trop tôt, mais sept ans, ce serait beaucoup trop long, reprit Iselle. Il peut se passer bien des choses dans l'intervalle. Des gens peuvent mourir, des pays entrer en guerre…

— Il est vrai, dit Nan dy Vrit, que votre père le roya Ias vous avait fiancée à l'âge de deux ans à un prince roknari, mais le pauvre Iad est mort d'une fièvre peu après, si bien que rien ne s'est fait. Dans le cas contraire, vous auriez rejoint sa principauté depuis deux ans.

Betriz ajouta pour la taquiner :

— Le Renard d'Ibra est veuf, lui aussi.

— Il a plus de soixante-dix ans ! s'étrangla Iselle.

— Mais il n'est pas obèse. Et je suppose que tu n'aurais pas à le supporter bien longtemps.

— Ha. Il vivrait vingt ans de plus par malveillance, je crois : il n'en manque pas. Et son héritier est marié, lui aussi. Je crois que son deuxième fils est le seul royse de nos terres qui soit proche de mon âge, et il n'est pas l'héritier.

— On ne vous offrira pas d'Ibrane cette année, Royesse, dit Cazaril. Le Renard ne cache pas son courroux envers Orico pour la maladresse avec laquelle il s'est mêlé de la guerre en Ibra du Sud.

— Oui, mais… on dit que tous les hauts seigneurs ibranes reçoivent un entraînement d'officiers navals, répliqua Iselle avec un regard introspectif.

— Quand bien même, de quelle utilité serait-ce à Orico ? ricana Nan dy Vrit. Il n'y a pas un mètre de côte en Chalion.

— À nos dépens, murmura Iselle.

À contrecœur, Cazaril ajouta :

— Quand nous possédions Gotorget et ces cols de montagne, nous étions presque en position de descendre nous emparer du port de Visping. Mais nous avons perdu cet angle d'attaque… Enfin, bref. Mon hypothèse, Royesse, est que l'on vous destine à un seigneur darthacain. Alors consacrons un peu plus de temps à ces déclinaisons la semaine prochaine, d'accord ?

Iselle fit la moue mais soupira en signe de consentement. Cazaril s'inclina en souriant avant de se retirer. Si elle ne devait pas épouser un roya régnant, l'idée d'un seigneur de la frontière darthacaine pour Iselle ne lui déplaisait pas trop. La puissance ou la distance suffirait à protéger Iselle des… dangers de la cour de Chalion. Et le plus tôt serait le mieux.

Pour elle, ou pour toi ?

Pour nous deux.

Malgré Nan dy Vrit qui se couvrait les yeux en grimaçant, Cazaril trouva Iselle radieuse et charmante dans ses robes carmin, avec ses boucles ambrées qui lui tombaient en cascade jusqu'à la taille. Prévenu, il portait une tunique de brocart rouge ayant appartenu à l'ancien provincar, ainsi que sa cape de laine blanche. Betriz était vêtue elle aussi de son rouge favori. Prétextant une fatigue oculaire, Nan avait opté pour un noir et blanc très sobre. Les rouges juraient quelque peu, mais bravaient sans aucun doute la pluie.

Ils traversèrent en courant les pavés mouillés pour rejoindre le grand bâtiment de la tour d'Ias. Tous les corbeaux de la tour de Fonsa étaient partis se percher... Non, pas tous. Cazaril baissa la tête lorsqu'un certain stupide oiseau dont deux plumes manquaient à la queue surgit de la bruine en criant « Caz, Caz ! » Soucieux de protéger sa cape blanche des dépôts, il le repoussa. L'oiseau rejoignit les ardoises brisées en décrivant des cercles, avec des cris lugubres et stridents.

La salle du trône d'Orico, tendue de brocart rouge, était éclairée par des chandeliers muraux défiant la grisaille automnale ; deux ou trois dizaines de courtisans et de dames y dégageaient une importante chaleur. Orico portait ses robes de cérémonie et sa couronne, mais la royina Sara n'était pas à ses côtés. Teidez s'était vu accorder une chaise plus basse à la droite d'Orico.

Les gens de la royesse embrassèrent des mains avant de prendre place, Iselle dans une petite chaise à la gauche du siège vide de Sara, les autres debout. Orico, souriant, débuta sa distribution de largesses en accordant à Teidez le revenu de quatre villes royales pour soutenir sa maison, ce pour quoi son jeune frère le remercia en lui embrassant les mains et en récitant un bref discours. Dondo n'avait pas fait veiller le royse trop tard cette nuit-là, si bien qu'il semblait bien moins vert et malade que d'habitude.

Puis Orico fit signe à son chancelier d'approcher. Comme il l'avait annoncé, le roya lui remit les lettres et l'épée, puis reçut le serment qui fit de l'aîné dy Jironal le provincar d'Ildar. Plusieurs des seigneurs de basse lignée d'Ildar s'agenouillèrent pour prêter serment à dy Jironal l'un après l'autre. De façon plus inattendue, les deux se retournèrent en même temps pour transférer le domaine de Jironal, ainsi que ses villes et ses recettes fiscales, au sire – désormais march – Dondo.

Iselle se montra surprise, mais visiblement contente, lorsque son frère lui accorda ensuite la rente de six villes pour soutenir sa maison. Ce en quoi il n'était que temps : jusqu'à présent, elle avait une rente plutôt maigre pour une royesse. Elle le remercia chaleureusement tandis que le cerveau de Cazaril se lançait dans des calculs. Iselle pouvait-elle s'offrir sa propre compagnie de gardes, au lieu des hommes prêtés par Baocia qu'elle partageait jusqu'alors avec Teidez ? Et Cazaril pourrait-il les choisir lui-même ? Pourrait-elle prendre en ville une maison à elle, protégée par ses propres gens ? Iselle regagna sa chaise sur l'estrade et arrangea ses jupes, tandis que s'effaçait de son visage une certaine tension, à peine visible avant sa disparition.

Orico s'éclaircit la voix.

— Je suis heureux d'arriver à la plus belle des récompenses du jour, bien méritée, et, heu, ardemment désirée. Iselle, lève-toi...

Orico se leva, main tendue vers sa demi-sœur ; intriguée mais souriante, elle se leva à son tour et vint se placer près de lui à l'avant de l'estrade.

— March dy Jironal, approchez-vous, poursuivit Orico.

Sire Dondo, vêtu des robes de saint général de la Fille et suivi d'un page portant la livrée des Jironal, se positionna de l'autre côté d'Orico. Les cheveux se dressèrent sur la nuque de Cazaril, qui observait la scène depuis le côté de la pièce. *Mais que veut Orico... ?*

— Mon très cher et loyal chancelier et provincar dy Jironal a sollicité une faveur de ma maison, et après réflexion, j'en ai conclu que j'accéderais à sa requête avec une grande joie. (Mais il ne semblait aucunement joyeux, simplement nerveux.) Il a demandé la main de ma sœur Iselle pour son frère, le nouveau march. Je la lui accorde de bon cœur.

Il tourna la grosse main de Dondo paume vers le haut, la fine main d'Iselle paume vers le bas, les serra l'une contre l'autre à hauteur de sa poitrine, et recula d'un pas.

Le visage d'Iselle se vida de couleurs et d'expression. Totalement muette, elle fixait Dondo des yeux comme si elle refusait d'en croire ses sens. Le sang battait aux oreilles de Cazaril, grondant presque, et il peinait à reprendre son souffle. *Non, non, non... !*

— Pour cadeau de fiançailles, ma chère Royesse, j'ai deviné ce que votre cœur désirait le plus afin de compléter votre trousseau, lui dit Dondo, qui fit signe à son page de s'avancer.

Iselle, braquant sur lui ce même regard figé, répondit :

— Vous avez deviné que je voulais une ville côtière avec un excellent port ?

Momentanément pris de court, Dondo simula un rire franc et se détourna d'elle. Le page ouvrit un étui de cuir repoussé, révélant une délicate tiare de perles et d'argent, que Dondo exposa à la vue de toute la cour. Quelques vagues applaudissements parcoururent la foule, ceux de ses amis. La main de Cazaril se crispa sur la garde de son épée. S'il la tirait pour allonger une botte... il serait terrassé avant d'avoir traversé la salle du trône.

Lorsque Dondo éleva la tiare pour la déposer sur la tête d'Iselle, elle recula comme un cheval effarouché.

— *Orico...*

— Cette union est mon désir et ma volonté, chère sœur, dit Orico d'une voix coupante.

Dondo, qui semblait peu enclin à la poursuivre tiare en main à travers la pièce, marqua une pause, et lança au roya un regard plein de sens.

La gorge d'Iselle se serra. De toute évidence, elle cherchait désespérément la meilleure réaction possible. Elle avait ravalé son premier cri d'indignation, et n'avait pas la ressource de simuler un évanouissement convaincant. Elle demeura consciente et prise au piège.

—Sire. Comme l'a dit le provincar de Labran lorsque les forces du Général Doré ont envahi ses murs… « c'est une surprise totale ».

Ce trait d'esprit arracha aux courtisans des gloussements plus qu'hésitants.

Baissant la voix, elle murmura entre ses dents :

—Tu ne m'avais rien dit. Tu ne m'as même rien *demandé*.

Orico répliqua, à voix basse lui aussi :

—Nous en reparlerons plus tard.

Après une autre pause, elle acquiesça d'un hochement de tête. Dondo parvint enfin à se débarrasser de la tiare de perles. Il se pencha pour embrasser la main d'Iselle. Il eut la prudence de ne pas lui demander de lui rendre son baiser selon la coutume ; à en juger par l'expression de haine stupéfaite sur le visage d'Iselle, elle l'aurait très certainement mordu.

Le divin de la cour d'Orico, arborant les robes de la saison du Frère, s'avança pour appeler sur le couple la bénédiction de tous les dieux.

Orico annonça :

—Dans trois jours, nous nous retrouverons tous ici afin de voir cette union scellée et célébrée. Merci à tous.

—Trois jours ! *Trois jours !* répéta Iselle dont la voix se brisa pour la première fois. N'est-ce pas plutôt trois *ans*, sire ?

—Trois jours, dit Orico. Tiens-toi prête.

Il s'apprêtait à quitter en toute hâte la salle du trône, rassemblant ses serviteurs autour de lui. La plupart des courtisans suivirent les dy Jironal pour leur présenter leurs félicitations. Quelques-uns des curieux les plus hardis s'attardèrent, les oreilles dressées pour épier la conversation entre frère et sœur.

—Comment, en trois *jours* ! C'est même trop bref pour envoyer un courrier à Baocia, sans parler d'attendre une réponse de ma mère ou de ma grand-mère…

—Ta mère, comme tu le sais, est trop malade pour supporter la fatigue d'un voyage à la cour, et ta grand-mère doit rester à Valenda pour s'occuper d'elle.

—Mais je ne…

Elle se retrouva en train de parler au large dos du roya, alors qu'Orico quittait précipitamment la salle du trône.

Elle se rua dans la chambre voisine à sa suite, tandis que Betriz, Nan et Cazaril, tous trois inquiets, lui emboîtaient le pas.

—Mais Orico, je n'ai *aucune* envie d'épouser Dondo dy Jironal !

—Une dame de ton rang ne se marie pas pour son propre plaisir, mais dans l'intérêt de sa maison, lui dit-il d'une voix dure lorsqu'elle dut, pour l'acculer, se planter face à lui.

—Ah oui, vraiment ? Alors peut-être pourrais-tu m'expliquer quel intérêt tirera la maison de Chalion de me voir jetée, *gaspillée*, entre les bras du fils cadet d'un petit seigneur ? Mon époux aurait dû nous apporter une royacie à titre de dot !

—Cette union lie les Jironal à moi... et à Teidez.

—Dis plutôt qu'elle nous enchaîne à eux ! L'intérêt me semble un peu à sens unique !

—Tu disais ne pas vouloir épouser un prince roknari, et je ne t'en ai pas imposé un. Et ce n'était pas faute d'offres : j'en ai refusé deux cette saison. Réfléchis-y et pense à ta chance, chère sœur !

Cazaril n'aurait su dire si Orico la menaçait ou la suppliait. Le roya poursuivit :

—Tu ne souhaitais pas quitter Chalion. Très bien, tu ne quitteras pas Chalion. Tu voulais épouser un seigneur quintarien : je t'en donne un, et rien de moins qu'un saint général ! En outre, poursuivit-il avec un vigoureux haussement d'épaules, si je t'avais donnée à une puissance trop proche de mes frontières, elle aurait pu se servir de toi comme excuse pour me soutirer quelques terres. À travers cette union, j'agis pour la paix future de Chalion.

—Sire Dondo a quarante ans ! C'est un voleur impie et corrompu ! Un escroc ! Un libertin ! Pire encore ! Orico, tu ne peux *pas* m'y obliger !

Sa voix montait dans les aigus.

—Je ne veux rien savoir, dit Orico, qui se plaqua effectivement les mains sur les oreilles. Trois jours. Reprends-toi et réfléchis à ta garde-robe. (Il la fuyait comme une tour en flammes.) Je ne veux rien savoir !

Il tint parole. À quatre reprises ce jour-là, elle voulut aller le supplier dans ses quartiers, et à quatre reprises les gardes la repoussèrent. Après quoi il quitta tout bonnement le Zangre pour s'installer dans un pavillon de chasse au plus profond des bois de chênes, stratégie d'une remarquable lâcheté. Cazaril ne put qu'espérer que les fuites du toit déverseraient une eau de pluie glacée sur la tête du roya.

Cazaril dormit mal cette nuit-là. Lorsqu'il s'aventura à l'étage le lendemain matin, il trouva trois femmes à bout de nerfs qui semblaient n'avoir pas fermé l'œil.

Iselle, les yeux cernés, l'attira par la manche vers son salon, le fit asseoir devant la fenêtre et baissa la voix jusqu'à un murmure vibrant de colère.

—Cazaril. Pouvez-vous nous procurer quatre chevaux ? Ou trois ? Ou deux, ou même un seul ? J'y ai bien réfléchi. J'ai passé la nuit à réfléchir. La seule réponse possible est la fuite.

Il soupira.

—J'y ai réfléchi, moi aussi. Premièrement, je suis surveillé. Quand j'ai quitté le Zangre la nuit dernière, deux des gardes du roya m'ont suivi.

Pour me protéger, ont-ils dit. Je pourrais peut-être en tuer ou en corrompre un… Mais deux, j'en doute.

—Nous pourrions faire semblant de partir à la chasse, proposa Iselle.

—Sous la pluie ? (À travers la haute fenêtre, Cazaril désigna la bruine qui tombait toujours, embrumait la vallée au point qu'on ne distinguait même plus la rivière, changeait les branches nues des arbres en taches d'encre noire sur fond gris.) Et même s'ils nous laissaient sortir, ils prendraient soin d'envoyer une escorte armée.

—Si nous pouvions trouver le moyen de prendre l'avantage…

—Et quand bien même ? S'ils nous rattrapaient sur la route – *quand* ils le feraient ! – leur première réaction serait de me faire descendre de cheval pour me couper la tête et abandonner mon corps aux renards et aux corbeaux. Ensuite, ils vous ramèneraient. Et même si par miracle ils ne nous capturaient pas, où irions-nous ?

—À la frontière. N'importe laquelle.

—Brajar et l'Ibra du Sud vous renverraient aussitôt pour plaire à Orico. Les cinq principautés ou le Renard d'Ibra vous prendraient en otage. Pour Darthaca… il faudrait déjà que nous parvenions à traverser la moitié de Chalion et toute l'Ibra du Sud. Je crains que ce soit impossible, Royesse.

—Alors que puis-je faire d'autre ?

Sa jeune voix était teintée de désespoir.

—Personne ne peut contraindre à un mariage. Les deux parties doivent donner leur libre consentement devant les dieux. Si vous avez le courage de simplement dire « Non », ils ne peuvent poursuivre. Ne pouvez-vous trouver en vous les ressources nécessaires ?

Elle pinça les lèvres.

—Bien sûr que si. Mais ensuite ? Maintenant, je crois que c'est vous qui n'avez pas assez réfléchi. Croyez-vous que sire Dondo se contenterait d'abandonner, parvenu à ce stade ?

—Le mariage n'est pas valide s'ils vous y obligent, et tout le monde le sait. Accrochez-vous à cette idée.

Elle secoua la tête, entre douleur et exaspération.

—Vous ne comprenez pas.

Partout ailleurs il aurait pris ces paroles pour des pleurnicheries de jeune fille, jusqu'à ce que Dondo vienne trouver sa promise dans sa chambre l'après-midi même, dans l'espoir de la ramener à davantage de servilité bienséante. Les portes menant au salon de la royesse étaient ouvertes, mais un garde armé se tenait devant chacune, afin de retenir Cazaril d'un côté et Nan dy Vrit et Betriz de l'autre. Il ne perçut pas un mot sur trois de la furieuse querelle à mi-voix entre le courtisan trapu et la demoiselle aux cheveux roux. Mais au terme de la dispute, Dondo sortit en arborant un air de sauvage satisfaction, et Iselle s'effondra sur le siège placé devant la fenêtre, presque incapable de respirer, tant elle était partagée entre terreur et fureur.

S'accrochant à Betriz, elle dit d'une voix étranglée :

— Il a dit... que si je ne donnais pas les bonnes réponses, il me prendrait quand même. Je lui ai rétorqué : « Orico ne vous laisserait jamais violer sa sœur. » Il m'a répondu : « Pourquoi pas ? Il nous a laissés violer sa femme. » Comme la royina Sara ne concevait toujours pas, et ne pouvait concevoir, et comme Orico était trop impuissant pour engendrer un bâtard malgré toutes les dames, demoiselles et filles de joie qu'ils lui apportaient, et, et d'autres choses encore plus dégoûtantes, les Jironal ont fini par le persuader de les laisser tenter leur chance... Dondo m'a dit que son frère et lui avaient essayé chaque nuit pendant un an, l'un à la fois ou tous les deux ensemble, jusqu'à ce qu'elle menace de se tuer. Il a dit qu'il abuserait de moi jusqu'à planter son fruit en moi, et que quand je serais pleine à éclater, je m'accrocherais bien à lui comme mari. (Elle cligna des yeux voilés de larmes, lèvres retroussées sur des dents serrées.) Il m'a dit que mon ventre deviendrait énorme parce que je suis petite. Combien de courage croyez-vous qu'il me faille pour ce simple « Non », Cazaril ? Et que se passe-t-il quand le courage ne fait aucune différence, strictement aucune ?

Moi qui croyais que le seul endroit où le courage n'avait aucune importance était une galère roknari. Je me trompais. Il murmura, servile :

— Je l'ignore, Royesse.

Acculée et désespérée, elle se réfugia dans le jeûne et la prière ; Nan et Betriz l'aidèrent à installer un autel portatif dans ses appartements et rassemblèrent pour le décorer tous les symboles de la Dame Printemps qu'elles purent trouver. Cazaril, suivi par ses deux gardes, descendit à Cardegoss où il trouva un marchand de fleurs qui vendait des violettes hors de saison, et il en rapporta pour les placer dans un vase sur l'autel. Il se sentait stupide et impuissant, malgré les larmes versées sur sa main par la royesse lorsqu'elle le remercia. Refusant nourriture et boisson, elle restait étendue sur le sol dans une attitude d'intense supplication, tellement semblable à la royina Ista le jour où Cazaril l'avait vue dans la salle des ancêtres de la provincara qu'il s'enfuit de la pièce, troublé. Il marcha dans le Zangre des heures durant, essayant de réfléchir, sans pouvoir penser à autre chose qu'à des horreurs.

Tard ce soir-là, dame Betriz l'appela dans l'antichambre qui lui servait de bureau, rapidement devenue un lieu de violents cauchemars.

— J'ai la réponse ! lui dit-elle. Cazaril, apprenez-moi comment tuer un homme avec un couteau.

— Quoi ?

— Les gardes de Dondo se méfient assez de vous pour ne pas vous laisser l'approcher. Mais je me tiendrai auprès d'Iselle le matin de ses noces, pour être son témoin et réciter les réponses. Personne ne l'attendra de *moi*. Je cacherai le couteau dans mon corsage. Quand Dondo s'approchera, et se penchera pour lui embrasser la main, je pourrai le frapper deux ou trois fois avant qu'on m'arrête. Mais je ne sais pas exactement où ni comment frapper. Le cou, d'accord, mais à quel endroit ? (Avec grand sérieux, elle tira un poignard sale de dessous ses jupes et le lui tendit.) Montrez-moi. Nous pouvons nous entraîner jusqu'à ce que j'aie acquis l'habileté et la rapidité.

—Cinq dieux, non, Dame Betriz ! Abandonnez ce projet dément ! Ils vous terrasseraient – et ensuite, ils vous *pendraient* !

—Si seulement j'étais capable de tuer Dondo d'abord, j'irais à la potence le cœur léger. J'ai juré de défendre Iselle avec ma propre vie. Qu'il en soit ainsi.

Ses yeux bruns luisaient d'un éclat féroce dans la blancheur de son visage.

—Non, dit-il fermement, lui retirant le couteau pour ne pas le lui rendre. (Il se demanda où d'ailleurs elle se l'était procuré.) Ce n'est pas une tâche pour une dame.

—Je dirais que c'est une tâche pour quiconque peut la tenter. C'est moi qui ai la plus grande chance. Montrez-moi !

—Écoutez, non. Contentez-vous… d'attendre. Moi, je vais tenter quelque chose, trouver ce que je peux faire.

—Est-ce que *vous* pourriez tuer Dondo ? Iselle est en train de prier la Dame de la tuer ou de tuer Dondo avant le mariage, et peu lui importe lequel des deux. Eh bien moi, il m'importe. Je crois que ce devrait être Dondo.

—Je suis bien d'accord. Écoutez, Dame Betriz. Attendez simplement. Je verrai ce que je peux faire.

Si les dieux ne répondent pas à vos prières, Dame Iselle, je jure d'essayer.

Le lendemain, dernier jour précédent le mariage, il passa des heures à tenter de suivre sire Dondo à travers le Zangre comme un sanglier dans une forêt de pierre. Il ne put l'approcher d'assez près pour le frapper. En milieu d'après-midi, Dondo regagna le grand palais des Jironal en ville, et Cazaril ne put en franchir les murs, ni les portes. À la deuxième tentative, les hommes de Dondo le jetèrent dehors, et l'un d'eux le maintint en place tandis qu'un autre le frappait à la poitrine, au ventre et à l'aine avec assez de force pour faire de son retour au Zangre un lent zigzag au cours duquel il dut se tenir d'une main aux murs comme un ivrogne. Les gardes du roya, qu'il avait pu semer dans les allées de Cardegoss, arrivèrent à temps pour assister à la correction et à son retour. Ils n'intervinrent à aucun moment.

Dans un sursaut d'inspiration, il réfléchit au passage secret qui reliait le Zangre au grand palais des Jironal lorsqu'il était encore la propriété de sire dy Lutez. On racontait que Ias et dy Lutez l'utilisaient dans la journée, pour des conférences, ou la nuit, pour des rendez-vous galants, selon le conteur. Le tunnel, découvrit-il, était à présent aussi secret que la grand-rue de Cardegoss, et des gardes en surveillaient des deux côtés les portes verrouillées. Sa tentative de corruption lui valut jurons et bousculades, ainsi que la promesse d'une autre rossée.

Quel assassin je fais, songea-t-il avec amertume tandis qu'il regagnait sa chambre en titubant au crépuscule et s'effondrait sur son lit en gémissant. Il resta étendu quelque temps, la tête et le corps endoloris, avant de s'éveiller suffisamment pour allumer une chandelle. Il aurait mieux valu monter voir comment allaient ses dames, mais il ne se sentait pas capable d'affronter des pleurs. Ni de rapporter son échec à Betriz, ou de penser à ce qu'elle lui demanderait ensuite. Si lui ne pouvait tuer Dondo, quel droit avait-il de contrarier ses efforts ?

Je mourrais le cœur léger, si je pouvais seulement arrêter cette abomination demain…

Tu le penses vraiment ?

Il se redressa avec raideur, se demandant si cette dernière voix était bien la sienne. Sa langue avait remué derrière ses lèvres, comme elle le faisait toujours lorsqu'il jacassait pour lui seul. *Oui.*

Il atteignit tant bien que mal le pied de son lit, tomba à genoux et ouvrit le couvercle de son coffre. Il fouilla parmi les vêtements pliés, parfumés au clou de girofle pour les protéger des mites, jusqu'à trouver une cape de velours noir entourant une robe de laine brune, laquelle enveloppait un carnet codé qu'il n'avait pas fini de déchiffrer lorsque le juge corrompu avait fui Valenda, et qu'il ne pouvait plus rendre au temple sans devoir fournir d'explications gênantes. Il le tira fébrilement et alluma d'autres bougies. *Il ne reste pas beaucoup de temps.* Un tiers environ restait à traduire. *Oublie les expériences ratées. Va donc à la dernière page, d'accord ?*

Même à travers ce mauvais code, le désespoir du marchand de laine était palpable, en une sorte d'étrange et rayonnante simplicité. Abandonnant toutes ses curieuses élaborations précédentes, il s'était en dernier ressort tourné non vers la magie, mais vers la prière. Rien qu'un rat et un corbeau pour transmettre l'appel, rien que des chandelles pour éclairer sa voie, rien que des herbes pour soulager son cœur de leurs parfums, et purifier son esprit pour accomplir sa volonté ; une volonté ensuite écartée, déposée de tout son cœur sur l'autel de son dieu. « À l'aide. À l'aide. À l'aide. »

C'étaient les derniers mots inscrits dans le carnet.

Je peux le faire, se dit Cazaril, ébahi.

Et s'il échouait… alors resteraient Betriz et son couteau.

Je n'échouerai pas. Je n'ai pratiquement fait qu'échouer toute ma vie durant. Je n'échouerai pas à l'heure de ma mort.

Il glissa le livre sous son oreiller, verrouilla la porte derrière lui et s'en alla chercher un page.

Le jeune homme somnolent qu'il choisit attendait dans le couloir de servir les seigneurs et les dames dînant dans la salle de banquet d'Orico, où l'absence d'Iselle devait être le sujet de bien des commérages, même pas à voix basse puisque aucune des personnes concernées n'était présente. Dondo festoyait en privé dans son palais auprès de ses parasites ; Orico se cachait toujours dans les bois.

Il pêcha une royale d'or dans sa bourse et l'éleva, souriant à travers le « o » formé par le pouce et l'index.

—Hé, jeune homme. Tu aimerais gagner une royale ?

Les pages du Zangre avaient appris la prudence ; une royale suffisait à acheter les services très intimes de ceux qui les vendaient. Ainsi qu'à servir d'avertissement pour ceux qui refusaient de jouer à ces jeux.

—Pour quelle tâche, Messire ?

—M'attraper un rat.

—Un rat, Messire ? Pourquoi ?

Ah. Pourquoi. *Eh bien, afin que je puisse jeter un charme de mort au deuxième homme le plus puissant de Chalion, bien sûr !* Non.

Cazaril appuya ses épaules contre le mur et lui sourit d'un air confiant.

—Quand j'étais dans la forteresse de Gotorget, pendant le siège, il y a trois ans – savais-tu que j'en étais le commandant ? enfin, avant que notre brave général ne la vende à notre insu –, nous avions appris à manger du rat. Ces bestioles-là sont savoureuses, pour peu qu'on en attrape assez. Je regrette la saveur d'un bon cuissot de rat rôti à la chandelle. Si tu m'en attrapes un bien gros et bien gras, il y aura une autre pièce pour accompagner celle-ci.

Cazaril lâcha la pièce dans la main du page et se lécha les babines en se demandant s'il avait vraiment l'air dément. Le page recula un peu.

—Tu sais où trouver ma chambre ?

—Oui, Messire…

—Apporte-le là-bas. Dans un sac. Aussi vite que tu le pourras. J'ai faim.

Le pas vacillant, Cazaril s'éloigna en riant. Un rire vrai, non simulé. Une euphorie étrange et sauvage lui emplissait le cœur.

Elle se prolongea jusqu'à ce qu'il regagne sa chambre et s'assoie pour réfléchir à son stratagème, à sa funeste prière, à son suicide. Il faisait nuit ; le corbeau ne volerait pas jusqu'à sa fenêtre, même pour le morceau de pain que Cazaril avait dérobé à la salle de banquet avant de rejoindre le bâtiment principal. Il tourna et retourna le petit pain entre ses mains. Les corbeaux se perchaient dans la tour de Fonsa. S'ils ne voulaient pas voler jusqu'à lui, il pouvait ramper vers eux, sur le toit d'ardoise. Se faufiler dans le noir ? Et ensuite regagner sa chambre, avec un paquet croassant sous le bras ?

Non. Que le paquet soit le rat dans un sac. S'il accomplissait l'acte là-bas, à l'ombre du toit brisé sur les plates-formes branlantes et calcinées qui tenaient encore debout, il n'aurait qu'un voyage à effectuer. Et puis… un charme de mort avait déjà fonctionné là-bas, n'est-ce pas ? De façon spectaculaire, et pour le grand-père d'Iselle. L'esprit de Fonsa accorderait-il son aide au soldat impie de sa petite-fille ? Sa tour était un endroit chargé d'histoire, consacré au Bâtard et à ses animaux, surtout la nuit, à minuit sous la pluie glacée. Nul besoin que le corps de Cazaril soit retrouvé ni enterré. Les corbeaux pourraient se repaître de ses restes, un marché équitable pour le crime qu'il s'apprêtait à commettre sur leur pauvre camarade. Les animaux étaient innocents, même les sinistres corbeaux; sans doute cette innocence les rendait-elle tous un peu sacrés.

Le page hésitant arriva bien plus vite que l'attendait Cazaril, muni d'un sac remuant. Cazaril en inspecta le contenu – le rat qui tentait de le mordre en sifflant devait bien peser près d'un kilo – puis versa la somme promise. Le page empocha la pièce puis s'éloigna en regardant par-dessus son épaule. Cazaril resserra l'ouverture du sac et le verrouilla dans son coffre pour empêcher la fuite du prisonnier condamné.

Ôtant ses habits de courtisan, il revêtit la robe et la cape dans lesquelles était mort le marchand de laine, par superstition. Bottes, chaussures ou pieds nus? Qu'est-ce qui serait le plus prudent sur les tuiles et les pavés glissants? Pieds nus, décida-t-il. Mais il enfila ses chaussures pour une dernière expédition pratique.

—Betriz? murmura-t-il assez fort à travers la porte de son antichambre. Dame Betriz? Je sais qu'il est tard, mais pouvez-vous me rejoindre?

Elle portait encore ses habits de la journée, le visage pâle et épuisé. Elle le laissa lui serrer les mains et pencha brièvement le front contre sa poitrine. Le tiède parfum de ses cheveux le ramena, l'espace d'un instant vertigineux, à son deuxième jour passé à Valenda, debout à ses côtés dans la foule du temple. La seule chose inchangée depuis ce jour heureux était la loyauté de la dame.

—Comment va la royesse? lui demanda Cazaril.

Elle leva les yeux vers lui à la faible lueur des chandelles.

—Elle adresse d'incessantes prières à la Fille. Elle n'a rien mangé ni bu depuis hier. J'ignore où sont les dieux, et pourquoi ils nous ont abandonnés.

—Je n'ai pas pu tuer Dondo aujourd'hui. Je n'ai pas pu l'approcher.

—Je m'en doutais. Ou nous en aurions entendu parler.

—Il me reste une dernière chose à essayer. Si j'échoue… je reviendrai demain matin, et nous verrons alors ce que nous pouvons faire de votre couteau. Mais je voulais simplement que vous sachiez… que si je ne reviens pas demain, tout va bien. Ne vous inquiétez pas pour moi et ne me cherchez pas.

—Vous n'allez pas nous abandonner?

Ses mains se crispèrent sur celles de Cazaril.

—Non, jamais.

Elle cligna des yeux.

—Je ne comprends pas.

—Ce n'est pas grave. Prenez soin d'Iselle. Et ne faites jamais confiance au chancelier dy Jironal, jamais.

—Je n'ai pas besoin de vous pour le savoir.

—Il y a autre chose. Mon ami Palli, le march dy Palliar, connaît la véritable histoire de la trahison qui a suivi Gotorget. Comment je suis devenu l'ennemi de Dondo… n'a aucune importance, mais Iselle doit savoir que le fils aîné dy Jironal m'a délibérément rayé de la liste des hommes à racheter, afin de m'envoyer aux galères et à la mort. Il n'y a aucun doute. J'ai vu la liste, de sa propre écriture, que je connaissais bien pour avoir lu ses ordres militaires.

—Ne peut-on rien faire ? siffla-t-elle à travers des dents serrées.

—J'en doute. Si la chose pouvait être prouvée, la moitié des seigneurs de Chalion refuseraient sans doute de servir sous sa bannière par la suite. Ce serait peut-être suffisant pour le renverser. Mais peut-être pas. C'est une querelle qu'Iselle peut engranger dans son carquois ; peut-être un jour pourra-t-elle tirer cette flèche.

Il baissa les yeux vers le visage de Betriz, levé vers le sien, ivoire et corail sertis de profonds yeux d'ébène, immenses dans cette faible lumière. Maladroitement, il se pencha pour l'embrasser.

Elle en eut le souffle coupé, puis rit de surprise et porta une main à ses lèvres.

—Je suis désolée. Votre barbe me gratte.

—Je... Pardonnez-moi. Palli serait pour vous un mari plus qu'honorable, s'il est à votre goût. Il est très sincère. Autant que vous. Répétez-le-lui.

—Cazaril, qu'allez-vous... ?

Nan dy Vrit appela depuis les chambres de la royesse :

—Betriz ? Venez ici, je vous prie.

L'heure était venue de se dépouiller de tout, y compris des regrets. Il embrassa les mains de Betriz et s'enfuit.

L'équipée nocturne sur le toit du Zangre, du bâtiment principal à la tour de Fonsa, s'avéra tout aussi vertigineuse que l'avait prévu Cazaril. Il pleuvait toujours. La lune brillait de façon intermittente derrière les nuages, mais son morne éclat ne l'aidait guère. La prise, sous ses talons nus, était toujours graveleuse ou glissante à lui couper le souffle, et d'une froideur engourdissante. Le pire resta le petit bond final de près de deux mètres jusqu'au sommet de la tour ronde. Par chance, il lui fallait sauter vers le bas et non vers le haut, si bien qu'il échappa au statut de cadavre suicidé, éclaboussant les pavés beaucoup plus bas.

Le sac remuant dans sa main, la respiration sifflante entre ses lèvres froides, il s'accroupit à demi après le bond, tremblant, s'appuyant sur une surface d'ardoises glissantes de pluie. Il imagina que l'une d'elles se détachait pour aller se briser sur les pavés au sol, attirant l'attention des gardes... Lentement, il progressa jusqu'à se trouver face au trou béant du toit ouvert. Il s'assit sur le bord et tâtonna du bout du pied. Il ne sentit aucune surface solide au-dessous de lui. Il attendit le retour de la lune ; était-ce un sol, là-dessous ? Ou bien une portion de rambarde ? Un corbeau marmonna dans le noir.

Il passa les dix minutes suivantes, vacillant et les mains tremblantes, à tenter d'allumer sur ses genoux le bout de chandelle tiré à tâtons de sa poche, avec une pierre et de l'amadou. Il se brûla mais parvint finalement à produire une petite flamme.

C'était une rambarde, et une surface de parquet rudimentaire. Quelqu'un avait accumulé de lourds boisages à l'intérieur de la tour après l'incendie, sans doute afin de travailler à renforcer les pierres pour éviter qu'elles ne tombent sur la tête des gens. Cazaril retint son souffle et se laissa choir sur une plate-forme solide, encore que petite et pleine d'échardes. Il cala son bout de chandelle dans l'espace entre deux planches et en alluma une autre à l'aide de sa flamme, tira son pain et le poignard affûté de Betriz, puis regarda autour de lui. Attraper un corbeau. D'accord. Tout semblait si simple à l'abri de sa chambre. Il ne parvenait même pas à *voir* les corbeaux dans ces ombres vacillantes.

Le battement d'ailes d'un corbeau venu se poser sur la rambarde, tout près de sa tête, faillit lui arrêter le cœur. Frissonnant, il tendit un morceau de pain. L'oiseau l'arracha de ses mains avant de s'éloigner. Cazaril jura, puis respira plusieurs fois et se concentra. Un couteau. Du pain. Un sac de toile qui se tortillait. Un homme à genoux. De la sérénité dans son cœur ? À peine.

À l'aide. À l'aide. À l'aide.

Le corbeau, ou son frère jumeau, revint. « Caz, Caz ! » cria-t-il, pas très fort. Mais l'écho de son cri se répercuta dans la tour avec une étrange résonance.

— Très bien, souffla Cazaril. Très bien.

Il se battit avec le rat pour le tirer du sac, approcha le couteau de sa gorge et murmura :

— Retourne à ton seigneur avec ma prière.

D'un coup vif et rapide, il fit couler son sang ; le liquide sombre et tiède se déversa sur sa main. Il déposa la petite dépouille à ses genoux.

Il tendit le bras vers son corbeau ; l'oiseau bondit dessus et se pencha pour laper le sang de rat sur ses doigts. La langue noire ainsi surgie surprit Cazaril au point qu'il sursauta et faillit perdre à nouveau l'oiseau. Il coinça le corbeau sous son bras et l'embrassa sur la tête.

— Pardonne-moi. Je suis dans le besoin. Peut-être que le Bâtard te nourrira du pain des dieux, et que tu pourras te percher sur Son épaule, quand tu Le rejoindras. Vole vers ton maître avec ma prière.

D'un coup sec, il brisa la nuque du corbeau. L'oiseau battit brièvement des ailes, puis s'immobilisa entre ses mains. Il le posa devant son autre genou.

— Seigneur Bâtard, dieu de justice quand la justice a échoué, de l'équilibre, de toutes choses intempestives, de ma détresse. Pour dy Sanda. Pour Iselle. Pour tous ceux qui l'aiment : dame Betriz, la royina Ista, la vieille provincara. Pour mon dos mutilé. Pour la vérité contre les mensonges. Reçois ma prière.

Il ignorait si c'étaient là les bonnes paroles, ou s'il en existait d'ailleurs. Sa respiration se faisait haletante ; il pleurait peut-être. Il pleurait sans doute. Il se retrouva plié en deux au-dessus des bêtes mortes. Une affreuse douleur naissait dans son ventre, qui lui brûlait et lui déchirait les entrailles. Oh. Il ne savait pas qu'il devrait avoir *mal*...

Quoi qu'il en soit, c'est une mort préférable à une salve de carreaux d'arbalètes brajariens plantés dans mon derrière sur les galères, sans raison aucune.

Par politesse, il pensa à ajouter comme dans les prières qu'il récitait enfant à l'heure du coucher :

— Pour tes bienfaits aussi, nous te remercions, dieu des choses intempestives.

À l'aide. À l'aide. À l'aide.

Oh.

Les flammes des chandelles vacillèrent et moururent. Le monde obscur s'assombrit davantage, puis s'éteignit.

Chapitre 12

Cazaril ouvrit ses yeux en forçant pour décoller ses paupières scellées. Sans comprendre, il leva la tête vers une fissure inégale et grise dans le ciel, encadrée de noir. Il lécha des lèvres encroûtées, avala sa salive. Il était étendu sur le dos contre des planches dures : les fortifications de la tour de Fonsa. Les souvenirs de la nuit lui revinrent d'un seul coup.

Je vis.

Donc j'ai failli.

Sa main droite, qui cherchait à tâtons autour de lui, rencontra un petit tas inerte de plumes froides et recula. Haletant, il se rappela la terreur de la veille. La douleur sourde d'une crampe lui tordait les entrailles. Il était frissonnant, humide, frigorifié, aussi froid qu'un cadavre. Mais il n'était pas un cadavre. Il respirait. Ce qui devait donc être le cas de Dondo dy Jironal, en ce… Était-ce le matin de ses noces ?

Tandis que ses yeux s'ajustaient lentement, il vit qu'il n'était pas seul. Alignés le long de la rambarde grossière qui bordait la plate-forme des ouvriers, une dizaine de corbeaux étaient perchés dans les ombres, totalement silencieux, presque immobiles. Ils semblaient tous baisser les yeux sur lui.

Cazaril se toucha le visage mais n'y décela aucune plaie : nul oiseau n'avait tenté de le picorer à titre d'expérience.

— Non, murmura-t-il d'une voix tremblante. Je ne suis pas votre petit déjeuner. Désolé.

L'un d'entre eux s'agita dans un bruissement d'ailes, mais aucun ne s'enfuit au son de sa voix. Même lorsqu'il se redressa, ils bougèrent sans prendre la voie des airs.

Depuis la nuit précédente, tout n'était pas noyé dans la pénombre ; les fragments d'un rêve lui revinrent en mémoire. Il avait rêvé qu'il était Dondo dy Jironal, festoyant avec ses amis et leurs putains dans une salle éclairée de torches et de chandelles, la table scintillant de gobelets d'argent, ses mains épaisses étincelant de bagues. Il avait trinqué au sacrifice de la virginité d'Iselle avec des plaisanteries obscènes, et bu comme un trou… Puis il avait été saisi d'une toux, d'un grattement dans sa gorge qui s'était rapidement changé en douleur. Sa gorge avait enflé, s'était refermée, empêchant l'air d'entrer comme s'il était étranglé de l'extérieur. Les visages rougis de ses compagnons tournoyaient autour de lui, rires et dérision cédant la place à la panique, forcés de constater devant ses traits livides et virant au violet qu'il ne plaisantait pas. Des cris, des coupes de vin renversées, d'horribles murmures choqués répétant « poison ! » Aucune dernière parole ne s'échappa de cette gorge étranglée de l'intérieur, de cette langue épaissie. Rien que des convulsions muettes, un cœur qui s'emballait, la poitrine et la tête comprimées comme par un étau, des nuages noirs piquetés de rouge envahissant sa vision défaillante…

Ce n'était qu'un rêve. Si je vis, lui aussi.

Épuisé, désespéré, Cazaril se rallongea sur les planches dures, se recroquevillant sur son ventre douloureux, pendant la moitié d'un tour de sablier. La rangée de corbeaux le veillait dans un troublant silence. L'idée lui vint peu à peu qu'il lui faudrait rentrer. Et il n'avait pas songé au chemin du retour.

Il pourrait descendre le long des fortifications…, ce qui ne ferait que le laisser au fond d'une tour condamnée, sur un sol où s'accumulaient des années de détritus et de guano, à crier pour qu'on le fasse sortir. L'entendrait-on seulement à travers cette épaisseur de pierre ? Prendraient-ils sa voix étouffée pour un écho des croassements des corbeaux, ou les cris d'un fantôme ?

Vers le haut, alors ? Par le chemin qu'il avait emprunté à l'aller ?

Il se releva enfin, s'accrochant à la rambarde – même alors, les corbeaux ne prirent pas la fuite – puis étira ses muscles raides et endoloris. Il lui fallut repousser physiquement plusieurs oiseaux de la rambarde afin de libérer un espace où se tenir ; ils s'éloignèrent dans un froissement d'ailes indigné, mais toujours dans ce silence singulier. Il ôta la robe brune et la chiffonna, en fourra l'ourlet sous sa ceinture. S'il se tenait en équilibre sur la rambarde, le bord de la tour était facile à atteindre. Il l'empoigna et se souleva. Ses bras étaient musclés et son corps, maigre. Après un horrible moment où il prit conscience du vide dans lequel gigotaient ses jambes nues, il franchit le bord et se retrouva dehors, sur les ardoises. Un brouillard épais l'empêchait presque de voir la cour au-dessous de lui. C'était l'aube, ou le moment qui suivait l'aube, devina-t-il ; les habitants de rang moindre du château seraient déjà debout en ce matin de fin d'automne. Les corbeaux le suivirent en file indienne, solennels, traversant la fissure du toit pour venir se percher sur la pierre ou l'ardoise. Ils tournaient la tête pour suivre sa progression.

Il eut une vision de ces oiseaux en train de l'assaillir pour gêner le bond de la tour au bâtiment principal, afin de venger leur camarade.

Puis une autre vision, tandis qu'il progressait avec des pieds et des mains tremblants, dans laquelle il lâchait tout et chutait vers une mort bienvenue sur les pierres. Une crampe lui tordit les entrailles et lui coupa le souffle.

Il aurait alors lâché prise sans la terreur soudaine de survivre à sa chute et de se retrouver infirme, les jambes brisées. Cette seule pensée le poussa par-dessus les avant-toits, sur les ardoises du bâtiment principal. Ses muscles craquèrent lorsqu'il se souleva. Ses mains s'accrochaient si fort qu'elles furent éraflées à vif.

Il ne savait au juste, dans ce brouillard pâlissant, de laquelle de ces dizaines de lucarnes surgies des toits il avait émergé la veille. Et à supposer qu'on l'ait fermée et verrouillée depuis ? Il s'avança petit à petit pour les essayer toutes. Les corbeaux le suivirent le long des gouttières, s'élevant par petits bonds, leurs pattes griffues glissant elles aussi sur les ardoises de temps à autre. La brume ornait leurs plumes de perles scintillantes, ainsi que la barbe et les cheveux de Cazaril, parant de sequins d'argent sa cape noire. La quatrième fenêtre s'ouvrit au contact de ses doigts tâtonnants. C'était bien le débarras abandonné. Il se glissa par la fenêtre qu'il claqua ensuite sur son escorte en livrée noire, juste à temps pour empêcher plusieurs oiseaux de le suivre à l'intérieur. L'un d'eux rebondit contre la vitre avec un bruit sourd.

Cazaril se faufila le long de l'escalier sans rencontrer de serviteurs matinaux, s'engouffra dans sa chambre et referma la porte derrière lui. La vessie pleine et le ventre tordu de crampes, il utilisa son pot de chambre ; ses intestins se vidèrent d'inquiétants caillots de sang. Ses mains tremblaient lorsqu'il les lava dans la cuvette. Quand il alla vider l'eau sanglante dans le ravin, l'ouverture de la fenêtre délogea de l'appui de pierre deux sentinelles corbeaux muettes. Il la referma hermétiquement avant de la verrouiller.

Il zigzagua jusqu'à son lit comme un homme pris de boisson, s'y effondra et s'enroula dans sa courtepointe. Frissonnant toujours, il entendit les bruits des serviteurs du château portant de l'eau, du linge ou des pots, des bruits de pas dans les couloirs et l'escalier, et à l'occasion quelques ordres et appels à voix basse.

Réveillait-on maintenant Iselle, à l'étage supérieur, pour qu'elle soit lavée et parée, liée par des cordes de perles, enchaînée par des bijoux, avant son horrible rendez-vous avec sire Dondo ? Avait-elle seulement dormi ? Ou pleuré toute la nuit, prié des dieux devenus sourds ? Il devait monter, offrir le réconfort qu'il pourrait. Betriz avait-elle trouvé un autre couteau ? *Je ne pourrai pas les regarder en face.* Il se recroquevilla davantage et ferma les yeux de douleur.

Il était toujours étendu dans son lit, respirant par halètements dangereusement proches de sanglots, lorsqu'un bruit de bottes résonna dans le couloir avant qu'on ouvre sa porte à grand fracas. La voix du chancelier dy Jironal rugit :

— Je sais que c'est lui. C'est forcément lui !

Les bruits de pas traversèrent son parquet et sa courtepointe lui fut arrachée. Il se retourna et leva les yeux, surpris, vers le visage d'un Jironal à la barbe d'acier qui le dévisageait d'un air stupéfait.

— Vous êtes en vie ! cria dy Jironal, d'une voix indignée.

Une demi-douzaine de courtisans, parmi lesquels Cazaril reconnut quelques-uns des hommes de Dondo, se précipita pour le regarder par-dessus l'épaule du chancelier. L'épée en main, voyant bouger Cazaril, ils semblaient prêts à rectifier cette erreur sur un mot de Jironal. Le roya Orico se tenait derrière la foule, en chemise de nuit, une vieille cape miteuse serrée autour de son cou par ses doigts boudinés. Orico avait un air… étrange. Cazaril cligna des yeux puis les frotta. Une sorte d'aura entourait le roya, non pas de lumière, mais de ténèbres. Cazaril la voyait avec une parfaite clarté, si bien qu'il ne pouvait parler de nuage ni de brouillard, car elle ne masquait rien. Et pourtant c'était là, qui se déplaçait en même temps que l'homme, comme une traîne.

Dy Jironal se mordit la lèvre inférieure, sondant des yeux le visage de Cazaril.

— Si ce n'est vous, qui donc ? Ce doit être quelqu'un… ce doit être quelqu'un qui soit proche de… cette fille ! Cette infâme petite meurtrière !

Il se détourna vivement avant de se ruer hors de la pièce, invitant d'un geste brusque ses hommes à le suivre.

— Que se passe-t-il ? demanda Cazaril à Orico, qui s'était tourné pour se dandiner à leur suite.

Orico le regarda par-dessus son épaule, puis écarta ses mains en signe d'impuissance abasourdie.

— Le mariage est annulé. Dondo dy Jironal a été assassiné hier soir, vers minuit – au moyen d'un charme de mort.

Cazaril ouvrit la bouche, mais il n'en sortit qu'un faible « Oh. »

Il se rassit, hébété, tandis qu'Orico rejoignait son chancelier d'un pas traînant.

Je ne comprends pas.

Si Dondo est assassiné, et que je vis… alors on ne m'a pas accordé de miracle de mort. Et pourtant, Dondo est mort. Comment ?

Quelle autre explication, sinon que quelqu'un avait devancé Cazaril ?

Avec un temps de retard, ses pensées rejoignirent celles de Jironal.

Betriz ?

Non, oh non… !

Il se rua hors du lit, tomba lourdement sur le sol, se redressa tant bien que mal et rattrapa en vacillant la foule de courtisans enragés et déroutés.

Il atteignit l'antichambre surpeuplée pour entendre dy Jironal brailler : « Alors faites-la sortir, que je la voie ! » à une Nan dy Vrit échevelée et effrayée, qui bloqua néanmoins de son corps l'entrée des chambres intérieures comme si elle défendait un pont-levis. Cazaril faillit s'évanouir de soulagement lorsqu'une Betriz visiblement furieuse apparut derrière l'épaule de Nan. Celle-ci était en robe de chambre mais Betriz, l'air las et chiffonné, portait toujours la même robe de laine verte que la veille. Et elle, avait-elle dormi ? *Mais elle est vivante, vivante !*

— Pourquoi ces braillements grossiers, Messire ? demanda froidement Betriz. C'est aussi inconvenant qu'intempestif.

Dy Jironal restait bouche bée, visiblement pris de court. Au bout d'un moment, ses mâchoires se refermèrent en claquant.

— Où est la royesse, alors ? Je dois voir la royesse.

— Elle se repose pour la première fois depuis plusieurs jours. Je refuse qu'on la dérange. Il lui faudra bien assez tôt échanger ses rêves contre des cauchemars.

Une franche hostilité dilatait ses narines.

Dy Jironal se redressa ; il inspira en sifflant.

— La réveiller ? Est-ce que vous *pouvez* la réveiller ?

Par les dieux. Iselle aurait-elle pu… ? Mais avant qu'une nouvelle panique prenne Cazaril à la gorge, Iselle apparut en personne, bouscula ses deux dames, et s'avança froidement dans l'antichambre pour affronter dy Jironal.

— Je ne dors pas. Que voulez-vous, Messire ?

Ses yeux balayèrent son frère Orico, qui se tenait au bord de la foule, et l'ignorèrent avec mépris pour retourner à dy Jironal. Ses sourcils étaient tendus sous l'effet de la prudence. Sans doute aucun, elle comprenait quel pouvoir l'avait contrainte à ce mariage redouté.

Le regard de Jironal passa d'une femme à l'autre, toutes indiscutablement vivantes devant lui. Il fit volte-face pour scruter de nouveau Cazaril, qui regardait Iselle en clignant des yeux. Une aura se déployait autour d'elle aussi, comme celle d'Orico, mais la sienne était davantage troublée, bouillonnement de ténèbres profondes et de bleu pâle lumineux, évoquant l'aurore qu'il avait vue un jour dans le ciel des régions du Sud.

— Qui que ce soit, grinça dy Jironal. Où que ce soit. Je trouverai le cadavre de ce lâche même s'il me faut fouiller Chalion tout entière.

— Et ensuite, demanda Orico, frottant ses bajoues mal rasées. Vous le ferez pendre ?

Il rendit à dy Jironal un regard ironique ; le chancelier fit demi-tour et s'enfuit à pas lourds. Cazaril s'écarta pour laisser passer l'entourage, son regard furtif oscillant entre Orico et Iselle, comparant les deux… Une hallucination ? Personne d'autre, dans la pièce, ne luisait ainsi. *Je suis peut-être malade. Ou bien fou.*

— Cazaril, que s'est-il passé ? demanda Iselle avec une perplexité impatiente dès que les hommes eurent franchi la porte externe, que Nan se rua pour refermer derrière les envahisseurs.

— Quelqu'un a tué Dondo dy Jironal la nuit dernière. Au moyen d'un charme de mort.

Bouche bée, elle joignit les mains comme un enfant qui se voit accorder son plus cher désir.

— Oh ! Oh ! Oh, que voilà des nouvelles *bienvenues* ! Oh, grâces à la Dame, oh, grâces au Bâtard… J'enverrai des offrandes à son autel… Oh, Cazaril, qui… ?

Comme Betriz le regardait avec l'air de se perdre en conjectures, Cazaril grimaça.

— Pas moi. De toute évidence.

Mais pas faute d'avoir essayé.

— Avez-vous… ? commença Betriz avant de refermer la bouche.

Cazaril fit signe qu'il appréciait la délicatesse avec laquelle elle évitait de lui demander à haute voix, devant deux témoins, s'il avait comploté un crime capital. Il n'avait pas même besoin de parler, tant le regard de Betriz brillait de spéculation.

Iselle fit les cent pas, bondissant presque de soulagement.

— Je crois que je l'ai senti, dit-elle d'une voix émerveillée. Dans tous les cas, j'ai senti quelque chose… Minuit, vers minuit, avez-vous dit ? (Personne ne l'avait formulé ici.) Un soulagement soudain, comme si quelque chose en moi savait que mes prières étaient entendues. Mais je ne m'attendais pas à *ceci*. J'avais demandé à la Dame de *me* laisser mourir… (Marquant une pause, elle pressa la main contre son large front blanc.) Ou d'accomplir Sa volonté. (Sa voix ralentit.) Cazaril… est-ce que… ? Est-ce que je pourrais l'avoir fait ? La déesse m'a-t-elle ainsi exaucée ?

— Je… Je ne vois pas comment, Royesse. Vous avez prié la Dame Printemps, n'est-ce pas ?

— Oui, et la Mère Été, aussi. Mais surtout la Dame Printemps.

— Les Grandes Dames accordent des miracles de vie et de guérison. Pas de mort.

En temps normal. Et les miracles étaient aussi rares que capricieux. Les dieux. Qui connaissait leurs limites, leurs desseins ?

— Ce n'était pas une sensation de mort, confessa Iselle. Et pourtant, j'étais soulagée. J'ai avalé un peu de nourriture sans la rendre, et j'ai dormi un peu.

Nan dy Vrit acquiesça.

— Et j'en étais heureuse, Madame.

Cazaril prit une profonde inspiration.

— Dans tous les cas, dy Jironal résoudra le mystère pour nous, j'en suis sûr. Il voudra connaître les noms de toutes les personnes mortes la nuit dernière à Cardegoss – et même partout dans Chalion, j'en jurerais – jusqu'à découvrir le meurtrier de son frère.

— Bénie soit la pauvre âme qui a déjoué ainsi ses plans infâmes. (Solennellement, Iselle se toucha le front, les lèvres, le nombril, l'aine et le cœur, les doigts posés à plat.) Et à un tel prix. Puissent les démons du Bâtard lui témoigner toute la clémence dont ils sont capables.

— Amen, dit Cazaril. Espérons seulement que dy Jironal ne trouvera pas de proches ou d'amis sur lesquels exercer sa vengeance.

Il entoura de ses deux bras son ventre saisi d'une nouvelle crampe.

Betriz s'approcha pour le regarder bien en face, tendit la main avant de la laisser tomber, hésitante.

— Sire Caz, vous avez une mine terrible. Votre peau a la couleur de la bouillie d'avoine froide.

— Je suis… malade. Une indigestion. (Il prit une inspiration.) Alors nous nous préparons aujourd'hui non pour un sinistre mariage, mais pour de joyeuses funérailles. Je suppose, Mesdames, que vous saurez contenir votre joie en public ?

Nan dy Vrit ricana. Iselle lui fit signe de se taire et dit d'une voix ferme :

— Une piété solennelle, je vous le promets. Et s'il y a dans mon cœur de la gratitude et non de la peine, seuls les dieux le sauront.

Hochant la tête, Cazaril frotta son cou endolori.

— En règle générale, la victime d'un charme de mort est brûlée avant la tombée de la nuit, pour refuser le corps, selon les divins, à d'étranges choses qui pourraient souhaiter s'y installer. Il semble qu'une telle mort les y invite. Ce seront des funérailles terriblement précipitées pour un si haut seigneur. Il leur faudra tout préparer avant la nuit.

L'aura scintillante d'Iselle lui donnait presque la nausée. La gorge serrée, il détourna le regard.

— Alors, Cazaril, dit Betriz, je vous en prie, allez vous coucher en attendant. Nous sommes saines et sauves, tout d'un coup. Vous n'avez rien de plus à faire.

Elle s'empara de ses mains froides, les serra rapidement et lui adressa un petit sourire inquiet. Il parvint à lui rendre un sourire las avant de se retirer.

Il rampa jusqu'à son lit. Il y était allongé depuis peut-être une heure, hébété et frissonnant toujours, lorsque sa porte s'ouvrit pour laisser entrer Betriz sur la pointe des pieds. Baissant les yeux vers lui, elle posa la main sur son front moite.

— Je craignais que vous ayez attrapé une fièvre, dit-elle, mais vous êtes glacé.

— J'ai, heu… attrapé froid, oui. J'ai dû rejeter mes couvertures pendant la nuit.

Elle lui toucha l'épaule.

— Vos habits sont trempés. (Elle plissa les yeux.) Quand avez-vous mangé pour la dernière fois ?

Il ne se le rappelait plus très bien.

— Hier matin, je dirais.

— Je vois.

Elle le regarda encore un moment avec les sourcils froncés, puis se détourna et quitta la pièce.

Dix minutes plus tard, une servante entra munie d'un édredon de plumes et d'une bassinoire remplie de charbons ardents ; quelques minutes plus tard encore, un valet portant un récipient d'eau chaude, ayant reçu l'ordre strict de s'assurer que Cazaril s'était lavé et remis au lit dans des habits secs. Et ceci, dans un château rendu frénétique par l'agitation de tous les courtisans et les dames qui tâchaient de se préparer à une apparition publique aussi solennelle qu'imprévue. Cazaril se laissa faire. Le valet finissait de le border dans l'enveloppe chaude et sèche de ses draps lorsque Betriz réapparut avec un bol sur un chariot. Désormais la porte ouverte, elle vint s'asseoir sur le bord du lit.

— Mangez.

C'était du pain trempé dans du lait chaud, avec un soupçon de miel. Il accepta la première cuillerée avec surprise, puis tenta de se redresser sur ses oreillers.

— Je ne suis pas *si* malade.

S'efforçant de regagner sa dignité, il lui prit le bol ; elle n'émit aucune objection, du moment qu'il continuait à manger. Il se découvrit affamé. Lorsqu'il eut fini le plat, il avait cessé de frissonner.

Elle sourit d'un air satisfait.

— Vous avez une couleur franchement moins sinistre à présent. Très bien.

— Comment va la royesse ?

— Nettement mieux. Elle est… J'allais dire effondrée, mais je ne veux pas dire dépassée. Le soulagement bienvenu qui suit la disparition d'une pression intolérable. C'est un bonheur de la voir.

— Oui, je comprends.

Betriz hocha la tête.

— Elle se repose maintenant, jusqu'à l'heure de s'habiller.

Elle lui reprit le bol vide qu'elle mit de côté, puis baissa la voix.

— Cazaril, qu'avez-vous *fait* hier soir ?

— Rien. De toute évidence.

Elle pinça les lèvres, exaspérée. Mais à quoi bon lui faire porter maintenant le fardeau de son secret ? Se confesser soulagerait l'âme de Cazaril, mais mettrait la sienne en danger lors de toute enquête future exigeant son témoignage assermenté.

— Sire dy Rinal dit que vous avez payé un page pour vous attraper un rat, hier soir. C'est en apprenant ces nouvelles que le chancelier dy Jironal s'est précipité dans votre chambre, toujours selon dy Rinal. Le page affirme que vous disiez vouloir manger ce rat.

— Oui, eh bien ? Ce n'est pas un crime pour un homme que de manger un rat. C'était un petit festin en mémoire du siège de Gotorget.

— Ah oui ? Vous venez de dire que vous n'avez rien avalé depuis hier matin. (Elle hésita, l'inquiétude brillant dans ses yeux.) La femme de chambre dit aussi avoir trouvé du sang dans votre pot qu'elle a vidé ce matin.

— Démons du Bâtard ! (Cazaril, qui s'était laissé glisser dans ses couvertures, se redressa de nouveau.) *Rien* n'est donc sacré pour les commères du château ? Un homme n'a-t-il aucun droit sur son pot de chambre ici ?

Elle tendit la main.

— Sire Caz, ne plaisantez pas. Qu'avez-vous exactement ?

— J'avais mal au ventre. C'est terminé à présent. Quelque chose qui ne passait pas. En quelque sorte. (Il grimaça et décida de taire les hallucinations.) De toute évidence, le sang du pot de chambre provenait du meurtre du rat. Et le mal de ventre, c'était tout ce que je méritais pour avoir mangé une créature si dégoûtante. Hein ?

— C'est une bonne histoire, dit-elle lentement. Elle se tient parfaitement.

— Eh bien voilà.

— Mais Caz... les gens vont vous trouver *étrange*.

— Je pourrai les ajouter à ma collection, avec tous ceux qui pensent que je viole des jeunes filles. Je suppose qu'il me fallait une troisième perversion, pour une question d'équilibre.

Enfin, il y avait bien les soupçons liés à la pratique des charmes de mort. Voilà qui pouvait le conduire à la potence.

Betriz se rassit, sourcils froncés.

— Très bien. Je ne vous harcèlerai pas. Mais je me demandais... (Elle s'entoura de ses deux bras et le regarda avec une vive attention.) Si deux personnes – théoriques – décidaient de jeter un charme de mort à la même victime en même temps, pourraient-elles se retrouver... à *moitié* mortes ?

Cazaril la regarda à son tour – non, elle n'avait pas l'air malade – et secoua la tête.

— Je ne crois pas. À en juger par tous les échecs de ceux qui voulaient en appeler aux dieux par les charmes de mort, si la chose était possible, elle se serait sans doute déjà produite. Le démon du Bâtard est toujours représenté dans les sculptures du temple avec un joug sur les épaules et deux seaux identiques, un pour chacune des âmes. Je ne crois pas que le démon puisse en décider autrement. (Les paroles d'Umegat lui revinrent : « *J'ai bien peur que les choses soient ainsi.* ») Je ne suis même pas sûr que le dieu puisse en décider autrement.

Elle plissa davantage les yeux.

— Mais *vous* m'avez dit, si vous ne reveniez pas ce matin, de ne pas m'inquiéter pour vous ni vous chercher. *Vous* avez dit que tout irait bien. Vous avez également dit que si les corps ne sont pas brûlés comme il faut, des choses étranges et terribles peuvent leur arriver.

Il remua, mal à l'aise.

— J'avais pris mes précautions.

En quelque sorte.

— Quelles précautions ? Vous vous êtes enfui sans laisser à vos proches le moyen de savoir où vous chercher, ou même s'il fallait prier.

Il s'éclaircit la voix.

— Les corbeaux de Fonsa. J'ai grimpé sur le toit de la tour de Fonsa pour, hem, dire mes prières, la nuit dernière. Si les choses avaient tourné autrement, je me disais qu'ils pourraient nettoyer les dégâts, de la même façon que leurs congénères nettoient les champs de bataille, ou les moutons égarés sur les falaises.

— Cazaril ! s'écria-t-elle, indignée, avant de ramener sa voix à un murmure. Caz, c'est, c'est… Vous essayez de me dire que vous vous êtes aventuré là-bas tout seul pour mourir dans le désespoir, et dans l'optique de laisser votre corps se faire dévorer par… C'est *horrible* !

Il fut stupéfait de lui voir des larmes aux yeux.

— Voyons ! Ce n'était rien de si méchant. Bien dans la manière d'un soldat, me semblait-il.

Il tendit une main vers les larmes sur ses joues, hésita puis la laissa retomber sur la courtepointe.

Betriz serra les poings sur ses genoux.

— Si vous *essayez* seulement de recommencer ce genre de chose sans me prévenir, sans prévenir qui que ce soit, je vous, je vous… assommerai à coups de gifles !

Elle s'essuya les yeux avec les jointures de ses doigts, se frotta le visage et se redressa, la colonne vertébrale bien droite. Sa voix reprit aussitôt le ton de la conversation.

— L'enterrement au temple est prévu une heure avant le coucher du soleil. Comptez-vous y aller, ou resterez-vous au lit ?

— Si j'arrive à marcher, je viendrai. Je compte bien regarder jusqu'au bout. Tous les ennemis de Dondo y assisteront, ne serait-ce que pour prouver qu'*eux* ne sont pas coupables. Ce sera un spectacle passionnant.

Les rites funéraires se déroulant au temple de Cardegoss pour Dondo dy Jironal attirèrent une foule nettement plus importante que ceux du pauvre solitaire dy Sanda. Le roya Orico lui-même, sobrement vêtu, mena une procession chaotique du Zangre jusqu'au bas de la colline. La royina Sara voyageait dans une chaise à porteurs. Son visage impassible semblait sculpté dans la glace, mais ses atours arboraient des couleurs criardes, les tenues de trois jours de fête assemblées au petit bonheur, scintillant de ce qui semblait être la moitié de son coffre à bijoux. Tous firent mine de ne pas le remarquer.

Cazaril lui lança des regards furtifs, mais pas à cause de son étrange choix d'habits. C'était l'autre vêtement, la cape d'ombre, jumelle visible-invisible de celle d'Orico, qui attirait et agaçait son œil interne. Teidez arborait lui aussi une de ces auras sombres, tache floue qui suivait ses pas le long des rues pavées. Quel que soit ce mirage noir, il semblait commun à toute la famille. Cazaril se demanda ce qu'il verrait alors s'il pouvait observer la royina douairière Ista.

L'archidivin de Cardegoss en personne, vêtu de robes aux cinq couleurs, conduisait la cérémonie, attirant une foule si nombreuse qu'elle se déroula dans la cour principale du temple. La procession venue du palais des Jironal plaça la bière contenant le corps de Dondo à quelques pas devant le foyer des dieux, plate-forme de pierre ronde au-dessus de laquelle se dressait une tente de cuivre perforé soutenue par cinq minces piliers afin de protéger le feu sacré des éléments. Une lumière d'un gris uniforme remplissait la cour tandis que le jour humide et froid cédait la place à un soir brumeux. L'air était d'un violet flou, alourdi par un curieux mélange d'encens brûlés lors des prières et rites de purification.

Le corps rigide de Dondo, étendu sur la bière et entouré de fleurs et d'herbes symbolisant chance et protection – trop tard, se dit Cazaril – avait été revêtu des robes bleues et blanches de saint général de l'ordre militaire de la Fille. L'épée de son rang reposait sur sa poitrine, encore dans son fourreau, et ses mains étaient crispées sur la garde. Le corps ne semblait pas particulièrement difforme ni enflé – dy Rinal répandait à mi-voix l'atroce rumeur selon laquelle il avait fallu l'envelopper serré dans des bandes de lin avant de pouvoir le vêtir. Le visage du cadavre était à peine plus bouffi que lors des lendemains de fête de Dondo. Mais il faudrait le brûler avec ses bagues. Pour les ôter de ses doigts boudinés, il aurait fallu le recours d'un couteau de boucher.

Cazaril avait pu descendre du Zangre sans trébucher, mais les crampes revenaient à l'assaut de son ventre, gonflé de façon déplaisante contre sa ceinture. Il s'installa à ce qu'il espérait être une place discrète derrière Betriz et Nan dans la foule du château. Iselle dut aller se placer entre le chancelier et le roya Orico, dans la position de veuve éplorée que lui conféraient ses brèves fiançailles. Elle scintillait toujours comme une aurore aux yeux douloureux de Cazaril. Son visage était sévère et pâle. La vue du corps de Dondo semblait lui ôter toute envie de faire preuve d'une joie déplacée.

Deux courtisans s'avancèrent pour réciter des panégyriques apparemment sincères sur Dondo, que Cazaril eut bien du mal à associer à la vie dissolue de l'homme étendu là. Le chancelier dy Jironal était trop secoué pour parler longtemps, mais cette surface d'acier empêchait de distinguer s'il s'agissait de douleur ou de rage, ou des deux. Il annonça qu'il offrirait une récompense de mille royales pour toute information permettant d'identifier le meurtrier de son frère, seule référence faite en ce jour à la mort brutale de Dondo.

Il était évident qu'on avait déposé une large bourse sur l'autel du temple. Tous les acolytes, dédicats et divins de Cardegoss semblaient entassés en blocs compacts pour entonner répliques et prières à l'unisson et dans l'harmonie, comme si le volume garantissait un supplément de sainteté. L'une des chanteuses, dans le groupe des contraltos en robe verte, attira l'attention de Cazaril. Boulotte et d'âge moyen, elle luisait comme une chandelle vue à travers un vitrail vert. À une occasion elle leva les yeux droit vers Cazaril, puis les détourna pour les reporter sur le divin tourmenté qui conduisait leurs oraisons.

Cazaril poussa Nan du coude et murmura :

— Qui est cette acolyte, au bout du deuxième rang des chanteurs de la Mère, le savez-vous ?

— L'une des sages-femmes de la Mère. On dit qu'elle est très bonne.

— Oh.

Lorsque l'on amena les animaux sacrés, la foule se fit attentive. Il n'y avait aucune certitude quant au dieu qui reprendrait l'âme de Dondo dy Jironal. Le général de la Fille précédent, bien que père et grand-père, avait été réclamé immédiatement par la Dame Printemps, qu'il avait longuement servie jusqu'à sa mort. Dondo lui-même avait servi comme officier dans l'ordre militaire du Fils, dans sa jeunesse. Et il était de notoriété publique qu'il avait engendré une multitude de bâtards, ainsi que deux filles méprisées nées de sa défunte première épouse, qui avaient été confiées aux soins de parents à la campagne. Et – pensée non formulée – comme son âme avait été emportée par le démon du Bâtard, il était sûrement passé entre les mains de celui-ci. Ces mains s'étaient-elles refermées dessus ?

L'acolyte qui portait le geai de la Fille s'avança sur un geste de l'archidivin Mendenal et leva le poignet. L'oiseau tressaillit mais s'accrocha obstinément à sa manche. Elle regarda l'archidivin, qui fronça les sourcils et lui désigna la bière d'un mouvement de tête. Les narines de l'acolyte frémirent en signe de protestation, mais elle s'avança docilement, entoura le geai de ses mains et le posa fermement sur la poitrine du cadavre.

Elle le libéra. Le geai leva la queue, lâcha un échantillon de guano puis s'élança vers le ciel, traînant ses attaches de soie brodée et poussant des cris perçants. Cazaril crut entendre trois hommes au moins siffler et étouffer des rires, mais devant les dents serrées du chancelier, ils évitèrent de s'éclaffer tout haut. Les yeux d'Iselle brillaient comme des flammes céruléennes, et elle les gardait sagement fixés au sol ; son aura était troublée. L'acolyte recula, tête renversée pour suivre attentivement le vol de l'oiseau. Le geai vint se percher sur les ornements surmontant l'un des piliers de porphyre qui encerclaient la cour, et poussa un nouveau cri perçant. L'acolyte regarda l'archidivin, qui la congédia d'un geste hâtif, puis elle s'inclina et se retira pour convaincre l'oiseau de revenir se percher sur sa main.

L'oiseau vert de la Mère refusa lui aussi de quitter le bras de son porteur. L'archidivin Mendenal ne répéta pas la désastreuse expérience précédente, mais fit simplement signe à l'acolyte de regagner sa place.

L'acolyte du Fils tira la chaîne du renard jusqu'au bord de la bière. L'animal geignit et montra les dents, ses griffes noires grattant bruyamment le carrelage dans une tentative de fuite. L'archidivin le congédia d'un signe.

Le robuste loup gris, assis sur son arrière-train avec une énorme langue rouge pendant de ses mâchoires démuselées, poussa un profond grognement lorsque l'acolyte à la robe grise fit mine de lever la chaîne d'argent. Le vibrato résonna dans toute la cour de pierre. Le loup se coucha à plat ventre sur le carrelage, puis étendit ses pattes. Avec précaution, l'acolyte baissa les mains et renonça ; le regard qu'il adressa à l'archidivin criait silencieusement « Je refuse d'y toucher. » Mendenal n'insista pas.

Tous les yeux, dans l'expectative, se tournèrent vers l'acolyte du Bâtard vêtu d'une robe blanche et portant ses rats blancs. Les lèvres du chancelier dy Jironal étaient pâles et serrées sous l'effet d'une fureur impuissante, mais il ne pouvait rien dire ni faire. La dame blanche prit une inspiration, s'avança vers la bière, et abaissa ses créatures sacrées vers la poitrine de Dondo pour signifier que le dieu acceptait cette âme rejetée, dédaignée, refusée.

À l'instant où ses mains relâchèrent les corps blancs et soyeux, les deux rats bondirent des deux côtés de la bière, comme propulsés par des lance-pierres. L'acolyte bondit de droite à gauche, incapable de décider lequel des animaux sacrés pourchasser le premier, et leva les bras en l'air. L'un des rats fila se réfugier à l'abri des piliers. L'autre décampa vers l'assemblée qui s'écarta sur son passage ; plusieurs dames poussèrent de petits cris nerveux. Un murmure ébahi, incrédule, déconcerté parcourut l'assemblée des dames et courtisans, ainsi qu'une vague de murmures choqués.

Parmi lesquels ceux de Betriz.

— Cazaril, dit-elle d'une voix inquiète, se pressant contre lui pour lui chuchoter à l'oreille, qu'est-ce que ça signifie ? Le Bâtard reprend *toujours* les délaissés. Toujours. C'est Son, Son… c'est Son *métier*. Il ne peut *pas* dédaigner une âme perdue… Je croyais qu'il l'avait déjà prise.

Cazaril n'était pas moins stupéfait.

— Si aucun dieu n'a repris l'âme de sire Dondo… alors elle est toujours de ce monde. Je veux dire que si elle n'est pas *là-bas*, alors elle se trouve toujours *ici*. Quelque part…

Fantôme tourmenté, esprit revenant. *Errant et damné.*

Les cérémonies cessèrent tout net lorsque l'archidivin et le chancelier dy Jironal se retirèrent autour du foyer pour une conversation à voix basse, ou peut-être une dispute, à en croire les paroles hachées, étouffées, qui parvenaient à la foule curieuse. L'archidivin resurgit pour appeler à lui un acolyte du Bâtard ; après une conférence à mi-voix, le jeune homme aux habits blancs s'éloigna en courant. Au-dessus d'eux, le ciel gris s'assombrissait. Un sous-divin, de sa propre initiative, entonna un hymne improvisé pour que les chanteurs en robe comblent l'intervalle. Lorsqu'ils eurent fini, dy Jironal et Mendenal étaient de retour.

Mais ils attendaient toujours. Les chanteurs entonnèrent un autre hymne. Cazaril se surprit à regretter de n'avoir pas employé *Les Cinq Chemins de l'âme* d'Ordol à d'autres fins que de meubler ses siestes ; par malheur, le livre était resté à Valenda. Si l'esprit de Dondo n'avait pas été restitué par le serviteur démon à son maître, où se trouvait-il ? Et si le démon ne pouvait revenir qu'avec ses deux seaux remplis d'âmes, où se trouvait maintenant l'esprit égaré du meurtrier inconnu de Dondo ? Et d'ailleurs, où se trouvait le *démon* ? Cazaril n'avait jamais lu beaucoup de théologie. Pour des raisons qui lui échappaient à présent, il avait jugé ces études inutiles, réservées aux rêveurs détachés du monde réel. Jusqu'à ce qu'il s'éveille à ce cauchemar.

Un piaillement à sa botte lui fit baisser les yeux. Un rat blanc sacré, la truffe rose frémissante, s'étirait le long de sa jambe. Il frotta rapidement son petit visage pointu au tibia de Cazaril. Celui-ci se pencha pour le ramasser, dans l'intention de le rendre à son propriétaire. Le rat se tordit d'extase entre ses mains en coupe et lui lécha le pouce.

À la surprise de Cazaril, l'acolyte essoufflé revint dans la cour du temple avec à sa suite le valet Umegat, vêtu comme d'habitude du tabard du Zangre. Mais ce fut Umegat qui le stupéfia.

Le Roknari brillait d'une aura blanche, pareil à un homme qui se tient devant une fenêtre bien claire lors d'une aube marine. Cazaril ferma les yeux, bien que sachant qu'il ne le voyait pas avec son regard. La lueur blanche continua de bouger derrière ses paupières. Là-bas, une obscurité qui n'était pas obscurité, deux autres plus loin, et une aurore troublée, et plus loin sur le côté, une faible étincelle verte. Il ouvrit aussitôt les yeux. Umegat le regarda fixement l'espace d'une fraction de seconde, et Cazaril se sentit mis à nu. Le valet du roya s'avança vers l'archidivin pour se présenter à lui avec une modeste révérence, puis le suivit à l'écart pour converser à mi-voix.

L'archidivin appela l'acolyte du Bâtard, qui avait récupéré l'une de ses bêtes ; elle remit le rat à Umegat, qui le prit au creux de son bras et jeta un coup d'œil à Cazaril. Le valet roknari se dirigea vers lui, s'excusant humblement tandis qu'il traversait la foule des courtisans qui lui prêtait à peine attention. Cazaril ne comprenait pas pourquoi ils ne s'écartaient pas devant la vague laissée par son aura blanche comme la mer devant un voilier. Umegat tendit sa main ouverte. Cazaril la regarda en clignant bêtement des yeux.

— Le rat sacré, Messire ? insista gentiment Umegat.

— Oh.

La créature se tenait tranquille, chatouillant et suçotant ses doigts. Umegat arracha l'animal peu consentant à la manche de Cazaril, comme s'il retirait une graine de bardane, et empêcha juste à temps son compagnon de sauter prendre sa place. Jonglant avec les rats, il rejoignit calmement la bière, où l'attendait l'archidivin. Cazaril perdait-il l'esprit *(ne réponds pas à cette question)* ou Mendenal était-il à deux doigts de s'incliner devant le valet ? Les courtisans du Zangre semblaient ne rien voir d'anormal à ce que l'archidivin appelle le dresseur le plus expert du roya pour gérer cette crise. Tous les yeux étaient braqués sur les rats, non sur le Roknari. La déraison était celle de Cazaril seul.

Umegat tenait les créatures dans ses bras et leur parlait à voix basse lorsqu'il approcha du corps de Dondo. Il s'écoula un long moment pendant lequel les rats, bien que passifs, ne firent pas mine de réclamer Dondo au nom de leur dieu. Umegat s'éloigna finalement, secouant la tête pour s'excuser auprès de l'archidivin, et rendit les rats à la jeune femme anxieuse.

Mendenal se prosterna entre la bière et le foyer pour une servile prière, mais se releva bientôt. Des dédicats apportaient des cierges pour allumer les lanternes aux murs de la cour où déclinait la lumière. L'archidivin appela les porteurs de cercueil afin qu'ils conduisent la bière vers le bûcher réservé à Dondo, et la procession des chanteurs leur emboîta le pas.

Iselle rejoignit Betriz et Cazaril. Elle frottait le dos de sa main contre ses yeux cernés de noir.

—Je ne crois pas pouvoir en supporter plus. Dy Jironal peut bien s'occuper de faire rôtir son frère. Ramenez-moi, Cazaril.

La royesse et son petit groupe se détachèrent du cortège funèbre, imités par d'autres personnes lasses, et franchirent le portique dans le crépuscule humide de ce jour d'automne.

Le valet Umegat, qui patientait appuyé contre un pilier, se redressa pour s'approcher d'eux et s'inclina.

—Messire dy Cazaril. Puis-je vous dire deux mots ?

Cazaril fut presque surpris que l'aura ne se reflète pas sur les pavés humides à ses pieds. Il s'excusa d'un salut auprès d'Iselle et suivit le Roknari à l'écart. Les trois femmes attendaient à l'angle du portique, Iselle s'appuyant au bras de Betriz.

—Messire, dans les meilleurs délais, je souhaiterais que vous m'accordiez une audience en privé.

—Je vous rejoindrai à la ménagerie dès qu'Iselle sera installée. (Cazaril hésita.) Savez-vous que vous brûlez comme une torche ?

Le valet pencha la tête.

—C'est ce que m'ont dit, Messire, les rares yeux capables de voir. Mais on ne peut hélas se voir soi-même. Aucun miroir de ce monde ne peut le refléter. Seulement les yeux de l'âme.

—Il y avait une femme, à l'intérieur, qui brillait comme une bougie verte.

— Mère Clara ? Oui, elle vient de me parler de vous. C'est une excellente sage-femme.

— Et quelle est alors cette… cette antilumière ?

Cazaril jeta un bref coup d'œil à l'endroit où patientaient les dames. Umegat porta un doigt à ses lèvres.

— Pas ici, je vous en prie, Messire.

La bouche de Cazaril dessina un « oh » muet. Il hocha la tête.

Le Roknari s'inclina très bas. Lorsqu'il se retourna pour s'enfoncer à pas feutrés dans la pénombre naissante, il ajouta par-dessus son épaule :

— Et vous, vous brillez comme une ville en flammes.

Chapitre 13

L'épreuve des étranges funérailles de sire Dondo avait épuisé la royesse à tel point qu'elle trébuchait lorsqu'ils remontèrent au château. Cazaril laissa Nan et Betriz dresser des projets pour mettre Iselle directement au lit et se faire servir un dîner léger dans leurs chambres. Il quitta de nouveau le bâtiment principal pour se diriger vers les portes du Zangre. Marquant une pause, il regarda en direction de la ville pour voir si une colonne de fumée s'élevait toujours du temple. Il lui sembla distinguer un léger reflet orange sur les nuages bas, mais il faisait trop sombre pour en voir plus.

Son cœur bondit lorsque retentirent de soudains battements d'ailes alors qu'il traversait la cour des écuries, mais ce n'étaient que les corbeaux de Fonsa qui le poursuivaient de nouveau. Il en repoussa deux qui voulaient se percher sur son épaule et tenta de les faire fuir, sifflant et frappant du talon. Ils bondirent hors de portée mais refusèrent de le quitter et le suivirent, de façon fort peu discrète, jusqu'à la ménagerie.

L'un des valets d'Umegat attendait près des lanternes murales qui entouraient la porte de l'aile. C'était un petit homme âgé, dépourvu de pouces, qui gratifia Cazaril d'un large sourire dévoilant une langue tronquée, et lui adressa en guise de bienvenue une sorte de bourdonnement dont ses gestes amicaux soulignaient le sens. Il fit glisser la large porte juste assez pour laisser entrer Cazaril avant lui, chassa les corbeaux qui tentaient de le suivre, puis expulsa le plus tenace d'un coup de pied avant de refermer la porte.

Le chandelier du valet, abrité par une tulipe de verre soufflé, possédait une épaisse poignée conçue pour qu'il puisse l'entourer de ses doigts. Ce fut à cette lumière qu'il guida Cazaril le long de l'aile de la ménagerie. Les animaux, dans leurs stalles, accueillirent le passage de Cazaril par des cris nasillards et des coups de pattes, se pressant aux barreaux pour le guetter depuis les ombres. Les yeux du léopard brillaient comme des étincelles vertes ; son grondement rebondit sur les murs, non pas sourd et hostile, mais produisant une sorte de chant bizarrement inquisiteur.

Le dortoir des valets de la ménagerie occupait la moitié de l'étage du bâtiment, l'autre moitié étant dévolue aux réserves de paille et de fourrage. Une porte ouverte déversait la lueur d'une bougie dans le couloir obscur. Le valet frappa sur le chambranle ; la voix d'Umegat répondit.

— Très bien. Merci.

Le valet se retira avec une révérence. Cazaril franchit la porte pour découvrir une chambre étroite mais privée dont la vitre donnait sur la cour obscure. Umegat tira le rideau de la fenêtre et s'affaira autour d'une table de pin rudimentaire couverte d'un tissu aux motifs colorés, sur laquelle reposaient une cruche de vin et des coupes d'argile, ainsi qu'une assiette de pain et de fromage.

— Merci d'être venu, Sire Cazaril. Entrez, je vous en prie, installez-vous. Merci, Daris, ce sera tout.

Umegat referma la porte. Avant de s'asseoir sur la chaise désignée par ce dernier, Cazaril s'arrêta pour regarder une grande étagère couverte de livres, parmi lesquels des titres en ibrane, en darthacain et en roknari. Quelques lettres dorées sur la tranche familière d'un livre de l'étagère supérieure attirèrent son attention : *Les Cinq Chemins de l'âme.* « Ordol ». La reliure de cuir était usée et le volume, comme la plupart de ses voisins, dépourvu de poussière. De la théologie, pour la plupart. *Pourquoi ne suis-je pas surpris ?*

Cazaril s'assit sur la chaise de bois grossier. Umegat retourna une coupe qu'il remplit de vin rouge, et la tendit à son hôte avec un bref sourire. Cazaril referma dessus ses mains tremblantes avec une gratitude infinie.

— Merci. J'en avais bien besoin.

— Je le conçois très bien, Messire.

Umegat se versa une coupe à son tour et s'assit à table en face de Cazaril. La table était simple et rudimentaire, mais les généreux bougeoirs aux chandelles de cire y diffusaient une lumière riche et claire. Une lumière de lecteur.

Cazaril porta la coupe à ses lèvres et avala. Lorsqu'il la reposa, Umegat s'empressa de la remplir de nouveau. Cazaril ferma les yeux puis les rouvrit. Ouverts ou fermés, Umegat brillait toujours.

— Vous êtes un acolyte… Non. Vous êtes un divin. N'est-ce pas ? demanda Cazaril.

Umegat s'éclaircit la voix avec l'air de s'excuser.

— Oui. De l'ordre du Bâtard. Même si ce n'est pas le but de ma présence ici.

— Alors quel est-il ?

— Nous y viendrons.

Umegat se pencha, ramassa le couteau et se mit à couper des tranches de pain et de fromage.

— Je pensais… J'espérais… Je me demandais si vous aviez été envoyé par les dieux. Pour me guider et me protéger, dit Cazaril.

Les lèvres d'Umegat dessinèrent un sourire.

—Vraiment ? Et moi qui me demandais si vous étiez envoyé par les dieux pour *me* guider et *me* protéger.

—Oh. Ce n'est… pas très bon signe, alors. (Cazaril s'affala un peu sur sa chaise et prit une autre gorgée de vin.) Depuis quand ?

—Depuis ce jour, dans la ménagerie, où ce corbeau de Fonsa vous a pratiquement sauté sur la tête en criant : « Celui-ci ! Celui-ci ! » Mon dieu d'élection, je dois l'avouer, se montre parfois d'une malicieuse ambiguïté, mais ce message-là était difficile à manquer.

—Est-ce que je brillais alors ?

—Non.

—Et quand ai-je commencé à, heu, à le faire ?

—Dans l'intervalle entre la dernière fois où je vous ai vu, à savoir tard hier soir lorsque vous êtes rentré au Zangre en boitant comme après une chute de cheval, et la cérémonie d'aujourd'hui au temple. Je crois que vous avez une meilleure idée que moi de ce moment *précis*. Ne voulez-vous pas manger un peu, Messire ? Vous n'avez pas l'air très en forme.

Cazaril n'avait rien avalé depuis le pain trempé dans du lait apporté à midi par Betriz. Umegat attendit que son hôte ait la bouche remplie de fromage et de croûte molle avant de remarquer :

—L'une de mes diverses tâches lorsque j'étais un jeune divin, avant ma venue à Cardegoss, était d'enquêter pour le temple sur les cas présumés de charmes de mort.

Cazaril s'étouffa ; Umegat poursuivit, serein :

—Ou les miracles de mort, pour employer des termes plus corrects d'un point de vue théologique. Nous avions découvert de nombreux cas de mises en scène très ingénieuses : en général, des empoisonnements, même si les meurtriers les moins, hem, réfléchis avaient parfois recours à des méthodes plus brutales. Il m'a fallu leur expliquer que le Bâtard n'exécute jamais les pécheurs non repentis avec un poignard ou un maillet. Les vrais miracles étaient beaucoup plus rares que le suggère leur notoriété. Mais je n'ai jamais rencontré de cas authentique où la victime était innocente. Pour me montrer plus précis encore, ce qu'accordait le Bâtard, c'étaient des miracles de justice.

Sa voix s'était faite plus cassante, plus ferme, et la servilité s'en était évaporée en même temps que la plus grande partie de son subtil accent roknari.

—Ah, balbutia Cazaril avant de prendre une autre gorgée de vin.

C'est l'homme le plus spirituel que j'aie rencontré à Cardegoss, et j'ai passé les trois derniers mois à l'ignorer parce qu'il porte des habits de serviteur. Cela dit, Umegat ne semblait pas vouloir attirer l'attention sur lui-même.

—Ce tabard est aussi efficace qu'une cape d'invisibilité, vous savez, dit Cazaril.

Umegat sourit et but une gorgée de vin.
— Oui.
— Alors… êtes-vous toujours enquêteur ?
Tout était-il fini ? Allait-il être accusé, arrêté, exécuté pour sa tentative de meurtre, même ratée, sur la personne de Dondo ?
— Non. Plus maintenant.
— Alors qu'êtes-vous donc ?
À la grande surprise de Cazaril, Umegat éclata de rire.
— Je suis un saint.
Cazaril le dévisagea pendant un long, long moment puis vida sa coupe. Umegat la remplit avec amabilité. Cazaril n'avait plus beaucoup de certitudes ce soir-là, mais d'une certaine façon, il ne pensait pas qu'Umegat soit fou. Ni menteur.
— Un saint. Du Bâtard.
Umegat hocha la tête.
— C'est… une destinée inhabituelle pour un Roknari. Comment en êtes-vous arrivé là ? demanda Cazaril.
Question inepte, mais après deux coupes de vin sur un estomac vide, la tête commençait à lui tourner.
Le sourire d'Umegat se fit triste et introspectif.
— Pour vous, la vérité. Je suppose que les noms n'auront plus d'importance. C'était il y a une vie entière. Quand j'étais un jeune seigneur de l'Archipel, je suis tombé amoureux.
— Les jeunes seigneurs comme les jeunes rustres font de même partout dans le monde.
— Mon amant avait dans les trente ans. Un homme à l'esprit vif et au cœur généreux.
— Oh. Pas dans l'Archipel, en effet.
— Certes. Je n'avais pas le moindre intérêt pour la religion. Pour des raisons évidentes, il était secrètement quintarien. Nous projetions de nous enfuir ensemble. J'ai atteint le navire en partance pour Brajar. Mais pas lui. Pendant le voyage, malade et désespéré, j'ai appris – pensais-je – à prier. J'espérais qu'il était monté à bord d'un autre vaisseau et que nous nous retrouverions dans la cité portuaire que nous avions choisie pour destination. Il m'a fallu plus d'un an avant de découvrir comment il avait fini ses jours, de la bouche d'un marchand roknari que nous connaissions tous deux.
Cazaril but une gorgée.
— Comme d'habitude ?
— Oh, oui. Les parties génitales, les pouces, afin qu'il ne puisse pas signer le cinquième dieu… (Umegat se toucha le front, les lèvres, le nombril, l'aine et le cœur, repliant le pouce contre sa paume à la manière quadraine, niant ainsi le cinquième doigt qui était celui du Bâtard.) Ils ont gardé sa

langue pour la fin, pour qu'il puisse en trahir d'autres. Il ne l'a jamais fait. Il est mort en martyr, pendu.

Cazaril se toucha le front, les lèvres, le nombril, l'aine et le cœur, la main à plat.

—Je suis désolé.

Umegat hocha la tête.

—J'y ai pensé longtemps. Du moins, pendant les moments où je n'étais pas en train de me soûler, de vomir ou de faire l'idiot, hein ? La jeunesse. Ça n'a pas été facile. Et puis un jour, j'ai fini par me rendre au temple pour me convertir. (Il prit une inspiration.) Et l'ordre du Bâtard m'a accueilli. Ils donnent un foyer aux vagabonds, des amis aux solitaires, un honneur aux laissés-pour-compte. Et ils m'ont donné du travail. J'ai été... charmé.

Un divin du temple. Umegat omettait quelques détails, devina Cazaril. Quarante années de détails. Il n'y avait rien d'inexplicable à ce qu'un homme intelligent, énergique et dévoué soit monté dans la hiérarchie du temple jusqu'à obtenir ce rang. Mais c'était la partie concernant le fait de briller comme une pleine lune sur la neige qui donnait le vertige à Cazaril.

—Très bien. Magnifique. De grandes tâches. Des hospices pour les enfants trouvés et des... des enquêtes. Maintenant, expliquez-moi pourquoi vous brillez dans le noir.

Il avait trop bu ou pas assez, décida-t-il, lugubre.

Umegat se frotta le cou et tira doucement sur sa queue-de-cheval.

—Comprenez-vous ce qu'implique le fait d'être un saint ?

Cazaril se racla la gorge, mal à l'aise.

—Il faut être très vertueux, je suppose.

—Non, en fait. Il ne faut même pas être bon. Ni même gentil. (Umegat prit un air désabusé.) Cela dit, après avoir connu... certaines expériences, les goûts changent. L'ambition matérielle semble immatérielle. L'avarice, la fierté, la vanité, la colère semblent alors trop quelconques pour que l'on s'en préoccupe.

—Et la luxure ?

Umegat s'anima.

—La luxure, je suis heureux de vous l'apprendre, semble très peu affectée. Ou plutôt, je dirais, l'amour. Car l'égoïsme et la cruauté qui ternissent la luxure deviennent très vite ennuyeux. Mais personnellement, je crois que ce n'est pas tant l'accroissement de la vertu que le remplacement des vices précédents par une dépendance à son dieu. (Umegat vida sa coupe.) Les dieux aiment leurs hommes et femmes aux âmes élevées comme un artiste aime le marbre fin, mais ce n'est pas une question de vertu. Plutôt de volonté. Qui sont le marteau et le ciseau. Vous a-t-on jamais cité le sermon des coupes d'Ordol, devenu un classique ?

—Celui où le divin verse de l'eau partout ? Je l'ai entendu pour la première fois vers dix ans. J'ai trouvé la chose très distrayante quand il s'en est renversé sur les chaussures, mais bon, j'avais dix ans. Je crains que notre divin du temple de Cazaril ait eu un débit légèrement soporifique.

—Assistez-y maintenant, et je vous promets que vous ne vous ennuierez pas. (Umegat retourna sa coupe d'argile sur la nappe.) Les hommes disposent de libre arbitre. Les dieux ne peuvent pas plus l'influencer que je ne peux remplir cette coupe de vin par le fond.

—Non, ne gaspillez pas le vin! protesta Cazaril comme Umegat s'emparait de la cruche. J'ai déjà vu la démonstration.

Umegat renonça avec le sourire.

—Mais avez-vous vraiment compris à quel point les dieux sont impuissants, quand l'esclave le plus humble peut les exclure de son cœur? Et par conséquent les exclure aussi du monde, car les dieux ne peuvent l'atteindre qu'à travers les âmes des vivants. Si les dieux pouvaient se frayer un passage à travers n'importe qui selon leur bon vouloir, alors les hommes ne seraient que des pantins. C'est seulement s'ils empruntent ou se voient accorder la volonté d'une créature consentante qu'ils disposent d'un canal par lequel agir. Ils peuvent parfois se glisser dans l'esprit des animaux, avec quelques efforts. Les plantes… demandent beaucoup de prévoyance. (Umegat remit sa coupe à l'endroit et souleva la cruche.) Ou parfois un homme peut s'ouvrir à eux, et les laisser se répandre dans le monde à travers lui. (Il remplit sa coupe.) Un saint est une âme non pas vertueuse, mais vide. Il, ou elle, fait librement don de sa volonté à son dieu. Et en renonçant à l'action, rend l'action possible.

Il porta la coupe à ses lèvres, posa un regard dérangeant sur Cazaril par-dessus le bord, et en but le contenu. Puis ajouta:

—Votre divin n'aurait pas dû employer de l'eau. Elle ne retient pas assez l'attention. Du vin. Ou du sang, à petite dose. Un liquide de plus d'importance.

—Hum, répondit Cazaril.

Umegat se rassit et l'étudia quelques instants. Cazaril ne pensait pas que le Roknari soit en train de regarder sa chair. *Alors, dis-moi donc ce que fait un divin roknari renégat-érudit du saint temple du Bâtard déguisé en valet dans la ménagerie d'Orico?* À haute voix, il parvient à reformuler d'un ton plaintif:

—Mais que faites-vous ici?

Umegat haussa les épaules.

—J'accomplis la volonté des dieux.

Puis prenant pitié du regard exaspéré de Cazaril, il ajouta:

—Et il semblerait que Sa volonté soit de garder Orico en vie.

Cazaril se redressa, luttant contre la mélasse qui semblait engluer son cerveau.

—Orico est malade?

—Oui. Un secret d'État, même s'il est devenu bien assez évident pour tous ceux qui possèdent un esprit et des yeux. Néanmoins…

Umegat posa le doigt sur ses lèvres pour lui ordonner la discrétion.

— Oui, mais… je croyais que la guérison était le domaine de la Mère et de la Fille.

— Si la maladie du roya était de cause naturelle, oui.

— Des causes surnaturelles ? (Cazaril plissa les yeux.) La cape sombre… vous la voyez aussi ?

— Oui.

— Mais Teidez aussi possède cette ombre, tout comme Iselle… et la royina Sara est souillée elle aussi. Quelle horreur est-ce donc là, pour que vous ne me laissiez pas en parler dans la rue ?

Umegat reposa sa coupe, tira sur sa queue-de-cheval couleur de bronze et soupira.

— Tout remonte à Fonsa le Plutôt-Sage et au Général Doré. Ce qui est pour vous, je suppose, de l'histoire et du conte. Mais j'ai connu cette période de désespoir.

Il ajouta, sur le ton de la conversation :

— J'ai vu le général à une occasion, vous savez. J'étais espion dans sa principauté à l'époque. Je détestais tout ce qu'il représentait, et pourtant… s'il m'avait adressé la parole, je crois que je me serais traîné derrière lui à genoux. Il était bien plus qu'un simple élu des dieux. Il était l'avatar incarné marchant vers le pivot du monde à l'instant le plus parfait. Ou presque. Il attendait son heure lorsque Fonsa et le Bâtard l'ont contrecarré.

La voix cultivée d'Umegat, légèrement nostalgique, s'était teintée de crainte respectueuse. Il avait les yeux tournés vers l'intérieur, vers ses souvenirs.

Son regard s'arracha au passé perdu pour revenir à Cazaril. Il se rappela comment sourire, tendit la main, pouce levé, et l'agita de gauche à droite.

— Le Bâtard, bien qu'Il soit le plus faible de Sa famille, est le dieu de l'équilibre. L'opposition qui donne à la main sa meilleure prise. On dit que si jamais l'un des dieux subsume tous les autres, la vérité deviendra unique, et simple, et parfaite, et le monde verra sa fin dans une explosion de lumière. Certains hommes à l'esprit bien ordonné trouvent même cette idée attirante. Personnellement, elle m'horrifie, mais j'ai toujours eu des goûts très grossiers. En attendant, le Bâtard, qui n'appartient à aucune saison fixe, se déplace pour nous préserver tous.

Les doigts d'Umegat rebondirent l'un après l'autre, Fille-Mère-Fils-Père, contre le bout de son pouce. Il poursuivit :

— Le Général Doré était une déferlante de fatalité, prête à submerger le monde. L'âme de Fonsa rivalisait avec la sienne, mais pas avec sa terrible destinée. Lorsque le démon des morts emporta leurs âmes loin du monde, cette fatalité a débordé pour prendre possession des héritiers de Fonsa, miasme de malchance et de subtile amertume. L'ombre noire que vous voyez est le destin inachevé du Général Doré, qui se cristallise autour des vies de ses ennemis. Sa malédiction *post mortem*, si vous voulez.

Cazaril se demanda si cette histoire expliquait la triste fin de toutes les campagnes militaires d'Ias et d'Orico auxquelles il avait participé.

—Comment… Comment la malédiction peut-elle être levée?

Umegat soupira.

—Depuis six ans, aucune réponse ne m'a été donnée. Peut-être s'éteindra-t-elle avec la mort de tous ceux qu'ont engendrés les reins de Fonsa.

C'est-à-dire le roya, Teidez… Iselle!

—Ou peut-être, poursuivit Umegat, qu'elle continuera même alors de se répandre à travers le temps comme une dose de poison. Elle aurait dû tuer Orico il y a des années. Le contact des créatures sacrées purifie le roya de l'effet corrosif de cette malédiction, mais seulement de façon temporaire. La ménagerie retarde sa destruction, mais le dieu ne m'a jamais dit pourquoi. (La voix d'Umegat se fit sinistre.) Les dieux n'écrivent pas de lettres d'instructions, vous savez. Pas même à leurs saints. Je l'ai suggéré dans mes prières. Je suis resté assis des heures avec l'encre qui séchait sur ma plume, entièrement à Son service. Et que nous envoie-t-Il à la place? Un corbeau surexcité dont le vocabulaire tient en un mot.

Cazaril tressaillit de remords, songeant à ce pauvre corbeau. En vérité, il regrettait beaucoup plus la mort du corbeau que celle de Dondo.

—Alors voilà ce que je fais ici, dit Umegat, avant de lever des yeux perçants vers Cazaril. Et maintenant. Que faites-*vous* ici?

Cazaril écarta les mains en signe d'impuissance.

—Umegat, je n'en sais rien.

Il ajouta d'un ton plaintif:

—Vous n'en savez rien? Vous m'avez dit… que j'étais éclairé. Est-ce que je vous ressemble? Ou à Iselle? Ou même à Orico?

—Vous ne ressemblez à rien de ce que j'ai vu depuis qu'on m'a accordé l'œil intérieur. Si Iselle est une chandelle, vous êtes un incendie. Vous êtes même… assez troublant à contempler.

—Je ne me sens pas comme un incendie.

—Alors comment vous sentez-vous?

—À l'instant? Comme un tas de fumier. Malade. Ivre. (Il fit tourner le vin rouge au fond de sa coupe.) Et il y a cette crampe qui va et vient dans mon ventre. (Elle se tenait tranquille pour l'instant, mais son ventre était toujours enflé.) Et je suis fatigué. Je ne m'étais pas senti si fatigué depuis ma maladie dans la maison de la Mère à Zagosur.

—Je crois, dit prudemment Umegat, qu'il est très, très important que vous me disiez la vérité.

Ses lèvres souriaient toujours, mais ses yeux gris semblaient brûler. Cazaril songea alors qu'un bon enquêteur du temple *devait* se montrer charmant, et habile à soutirer les confidences des gens au cours de ses enquêtes. Doué pour les enivrer.

Tu as donné ta vie. Ce n'est pas juste de la réclamer maintenant en pleurnichant.

— J'ai tenté un charme de mort sur Dondo dy Jironal la nuit dernière.

Umegat ne semblait ni choqué ni surpris, simplement plus attentif.

— Oui. Où donc ?

— Dans la tour de Fonsa. J'ai rampé sur les toits. J'avais apporté mon propre rat, mais le corbeau… est venu à moi. Il n'avait pas peur. Je l'avais nourri, voyez-vous.

— Poursuivez, souffla Umegat.

— J'ai tué le rat et brisé le cou du pauvre corbeau, et j'ai prié à genoux. Et puis j'ai eu mal. Je ne m'y attendais pas. Et je ne pouvais plus respirer. Les bougies se sont éteintes. Et j'ai dit « Merci », parce que je ressentais… (Il n'aurait su décrire ce qu'il avait éprouvé, cette paix singulière, comme s'il s'était allongé dans un endroit sûr pour y reposer à jamais.) Et puis j'ai perdu connaissance. J'ai cru que je mourais.

— Et ensuite ?

— Ensuite… plus rien. Je me suis réveillé dans le brouillard matinal, malade, frigorifié, avec l'impression d'être le dernier des idiots. Non, attendez… J'avais fait un cauchemar dans lequel Dondo s'étouffait à mort. Mais je savais que j'avais échoué. Alors je me suis traîné jusqu'à mon lit. Et puis dy Jironal a fait irruption…

Umegat tambourina un moment sur la table, fixant Cazaril avec des yeux mi-clos. Puis il le regarda avec les yeux fermés. Puis ouverts à nouveau.

— Messire, puis-je vous toucher ?

— D'accord…

Un bref instant, tandis que le Roknari se penchait sur lui, Cazaril redouta quelque tentative malvenue d'intimité, mais le toucher d'Umegat était aussi professionnel que celui d'un médecin : front, visage, cou, colonne vertébrale, cœur, abdomen… Cazaril se raidit, mais la main d'Umegat ne descendit pas plus bas. Lorsqu'il eut fini, son expression s'était figée. Le Roknari s'en alla chercher une autre cruche de vin dans un panier près de la porte, avant de regagner sa chaise.

Cazaril tenta d'écarter sa coupe de la cruche.

— J'ai assez bu. Je ne marcherai plus droit si j'en prends encore.

— Mes valets pourront vous raccompagner jusqu'à votre chambre dans un instant. Non ?

Umegat remplit plutôt sa propre coupe et se rassit. Du bout du doigt, il dessina un motif sur le dessus de table, le répéta trois fois (Cazaril n'aurait su dire si c'était un charme ou un signe de nervosité) avant de dire enfin :

— D'après le témoignage des animaux sacrés, aucun dieu n'a accepté l'âme de Dondo dy Jironal. C'est normalement le signe d'un esprit troublé lâché dans le monde, et les parents comme les amis, et les ennemis, se précipitent alors au temple pour acheter rites et prières. Certains pour le salut de l'âme, d'autres pour leur propre sécurité.

—Je suis sûr, dit Cazaril avec amertume, que Dondo aura toutes les prières que l'argent peut acheter.

—Je l'espère.

—Pourquoi ? Que… ?

Que voyez-vous ? Que savez-vous ?

Umegat leva les yeux et inspira.

—L'esprit de Dondo a été repris par le démon, mais pas transmis aux dieux. C'est notre seule certitude. Mon hypothèse est que le démon n'a pu le remettre au Bâtard parce qu'on l'a empêché de prendre la deuxième âme pour rétablir l'équilibre.

Cazaril s'humecta les lèvres et demanda d'une voix craintive et enrouée :

—Empêché comment ?

—À l'instant où il tentait de le faire, je crois que le démon a été capturé, gêné – lié, si vous voulez – par un deuxième miracle simultané. À en juger par les couleurs distinctives qui brûlent autour de vous, c'était par la main gracieuse et sainte de la Dame Printemps. Si j'ai raison, les acolytes du temple peuvent tous retourner se coucher, car l'esprit de Dondo n'est pas en liberté. Il est lié au démon des morts, lié à son tour au lieu où se trouve la deuxième âme. Laquelle, pour l'instant, est liée à son corps toujours vivant. (Umegat leva le doigt pour désigner directement Cazaril.) Là.

Cazaril resta bouche bée. Il baissa les yeux vers son ventre douloureux et gonflé, puis les releva vers le… saint fasciné. Il se rappela brièvement les corbeaux ensorcelés de Fonsa. Un refus violent lui brûlait les lèvres, mais il en resta là, retenu par sa vision intérieure de l'aura très claire d'Umegat.

—Je n'ai pas prié la Fille hier soir !

—Il semblerait que quelqu'un l'ait fait.

Iselle.

—La royesse dit avoir prié. L'avez-vous vue comme moi aujourd'hui… (Cazaril traça avec les mains des gestes imprécis, sans savoir par quels mots décrire cette perturbation bouillonnante.) Est-ce là ce que vous voyez en moi ? Iselle me voit-elle comme je la vois ?

—En a-t-elle fait mention ?

—Non. Mais moi non plus.

Umegat lui adressa une fois encore ce regard en biais.

—Avez-vous déjà vu, quand vous étiez dans l'Archipel, les nuits où l'océan était touché par la Mère ? La façon dont les eaux luisaient d'un reflet vert dans le sillage du passage d'un navire ?

—Oui…

— Ce que vous avez vu autour d'Iselle était de la même nature. Le passage de la Fille, comme un parfum qui s'attarde dans l'air. Ce que je vois en vous n'est pas un passage mais une présence. Une bénédiction. Beaucoup plus intense. Votre halo s'éteint doucement – les animaux sacrés devraient vous consacrer moins d'attention d'ici un jour ou deux – mais au centre subsiste un noyau bleu saphir, dans lequel je ne peux voir. Je crois que c'est une encapsulation.

Il joignit ses mains en coupe comme un homme enfermant un lézard vivant.

Cazaril avala sa salive et souffla :

— Êtes-vous en train de me dire que la déesse a transformé mon ventre en parfaite petite annexe de l'enfer ? Un démon, une âme perdue, scellés ensemble comme deux serpents dans une bouteille ? (Il tendit vers son ventre ses mains formant une serre, comme pour s'arracher les entrailles sur place.) Et vous parlez de *bénédiction* ?

Les yeux d'Umegat conservèrent leur sérieux, mais ses sourcils se froncèrent de compassion.

— Mais qu'est-ce qu'une bénédiction sinon une malédiction observée d'un autre point de vue ? Si cela peut vous consoler, j'imagine que Dondo dy Jironal est encore moins satisfait que vous de la tournure des événements.

Après un moment de réflexion, il ajouta :

— Je ne crois pas davantage que le démon en soit ravi, d'ailleurs.

Cazaril faillit tomber de sa chaise tant il s'agitait.

— Cinq dieux ! Comment puis-je me défaire de ce… ce… cette horreur ?

Umegat le retint d'un geste.

— Je vous… suggère… de ne pas vous emballer. Les conséquences pourraient être compliquées.

— Comment ça, « compliquées » ? Comment pourraient-elles l'être plus que cette monstruosité ?

— Eh bien (Umegat se pencha en arrière et joignit le bout de ses doigts), la manière la plus évidente de briser cette, heu, bénédiction, serait à travers votre mort. Une fois votre âme libérée, le démon pourrait vous emporter tous deux.

Un frisson parcourut Cazaril, qui se rappelait comment une crampe tordant son ventre avait failli le faire chuter, à l'aube, alors qu'il franchissait le trou du toit. Pour masquer sa terreur ivre, il adopta un ton pince-sans-rire pareil à celui d'Umegat.

— Oh, magnifique. Avez-vous d'autres remèdes à me conseiller, docteur ?

Les lèvres d'Umegat tressaillirent, et il accueillit ce sarcasme en agitant brièvement les doigts.

— De la même façon, si le miracle que vous abritez prenait fin, si la main de la Dame se retirait (Umegat mima le geste d'une personne ouvrant les mains pour libérer un oiseau), je crois que le démon s'empresserait alors de mener sa tâche à bien. Non qu'il ait le choix : les démons du Bâtard ne connaissent pas de libre arbitre. En fait, il est même inutile de leur parler.

— Vous essayez de me dire que je peux mourir à tout moment !

— Oui. Et dans quelle mesure est-ce différent de la vie que vous meniez hier ? demanda ironiquement Umegat, inclinant la tête.

Cazaril renifla. C'était un bien maigre réconfort, mais un réconfort néanmoins, d'une manière très équivoque. Umegat semblait être un saint intelligent. Bien plus que Cazaril ne s'y serait attendu... Mais avait-il déjà croisé un saint ? *Comment le saurais-je ? J'ai bien ignoré celui-ci.*

La voix d'Umegat se teintait d'une curiosité d'érudit.

— En fait, la situation répondra peut-être à une question que je me pose depuis longtemps. Le Bâtard commande-t-il une troupe de démons des morts, ou un seul ? Si tous les miracles de mort du monde cessent pendant que le démon est prisonnier en vous, ce serait une preuve flagrante de la singularité de ce pouvoir saint.

Un rire lugubre franchit les lèvres de Cazaril.

— Mon service rendu à la théologie quintarienne ! Par les dieux, Umegat, que dois-je faire ? Il n'y a jamais eu d'exemples de cette sainte abomination dans *ma* famille. Je ne suis pas fait pour ces choses-là. Je ne suis *pas* un saint.

Umegat ouvrit la bouche pour la refermer aussitôt. Il dit enfin :

— On s'y habitue à l'usage. La première fois que j'ai abrité un miracle, je n'en étais pas ravi non plus, et pourtant je suis du métier, pourrait-on dire. Le conseil que je vous donnerais personnellement, ce soir, serait de vous soûler à mort et d'aller dormir.

— Afin que je puisse me réveiller demain avec des démons dans le corps *et* un mal de tête ?

Cela dit, il n'imaginait pas comment s'endormir dans d'autres conditions, sauf si on l'assommait.

— La chose a fonctionné pour moi, à une occasion. Se soûler est une bonne solution, car se trouver ainsi immobilisé pour un temps nous empêche de faire des bêtises. (Umegat détourna le regard.) Les dieux n'accordent pas de miracles dans nos intérêts, mais dans le leur. Si vous êtes devenu leur outil, c'est pour un motif plus grand, un motif important. Mais vous êtes un outil. Vous n'êtes pas l'œuvre. Attendez-vous à être employé en conséquence.

Alors que Cazaril s'efforçait en vain de décrypter ces paroles, Umegat se pencha pour reverser du vin dans la coupe de Cazaril. Lequel n'était plus en état de résister.

Il fallut deux valets, une heure plus tard, pour guider ses pas titubants sur les pavés humides de la cour, l'aider à franchir les portes et monter l'escalier, puis lâcher sa forme flasque sur son lit. Cazaril n'aurait su dire à quel moment précis il avait abdiqué de sa conscience assiégée, mais jamais il n'avait été si heureux de le faire.

Chapitre 14

Cazaril devait reconnaître au moins ce mérite au vin d'Umegat : grâce à lui, il passa les premières heures du lendemain matin à souhaiter la mort plutôt qu'à la craindre. Il sut que son malaise se dissipait lorsque la peur reprit le dessus.

Il se surprit à éprouver peu de regret pour la vie qu'il avait perdue. Il avait visité le monde bien plus que la plupart des hommes, et il avait eu ses chances, même si les dieux étaient témoins du gâchis qu'il en avait fait. Comme il ordonnait ses pensées, s'abritant sous ses couvertures, il s'aperçut avec une certaine surprise que son plus grand regret allait aux tâches qu'il serait contraint de laisser inachevées.

Les craintes qu'il n'avait pas eu le temps d'envisager le jour où il avait suivi Dondo lui occupaient désormais l'esprit. Qui protégerait ses dames, s'il devait mourir maintenant ? De combien de temps disposerait-il pour leur trouver un meilleur bastion ? À qui pourrait-il les confier sans crainte ? Betriz pourrait trouver protection en devenant la femme, disons, d'un seigneur de campagne comme le march dy Palliar. Mais Iselle ? Sa mère et sa grand-mère étaient trop faibles et distantes, Teidez trop jeune. Orico semblait entièrement la créature de son chancelier. Il ne pourrait y avoir de sécurité pour Iselle avant qu'elle ait quitté cette cour maudite.

Une autre crampe rappela son attention au petit enfer mortel qu'abritait son ventre, et il regarda d'un air inquiet son estomac noué sous la tente de ses draps. Son agonie serait-elle très douloureuse ? Il n'avait pas tellement perdu de sang ce matin. Clignant des yeux, il regarda sa chambre dans la lumière du début d'après-midi. Les étranges hallucinations, taches pâles et floues aux frontières de sa vision, qu'il avait d'abord attribuées au vin de la veille, subsistaient encore. Peut-être un autre symptôme ?

Un coup fut frappé à la porte de sa chambre. Cazaril rampa hors de son tiède refuge pour aller ouvrir, ne marchant qu'à peine voûté. Umegat, qui portait une aiguière munie d'un bouchon, entra en lui souhaitant un bon après-midi et referma la porte derrière lui. Il dégageait toujours un éclat léger; les événements de la veille n'étaient donc pas, hélas, un mauvais rêve.

— Ma parole, ajouta le valet qui promena autour de lui un regard ébahi, avant d'agiter la main. Dehors! Dehors!

Les taches pâles et floues tournoyèrent dans la chambre avant de s'enfuir à travers les murs.

— Mais que sont ces choses-là? demanda Cazaril qui se réinstallait dans son lit. Vous les voyez aussi?

— Des fantômes. Tenez, buvez ceci. (Umegat versa le contenu de l'aiguière dans la coupe émaillée assortie à la cuvette de Cazaril, puis la lui tendit.) Pour calmer votre estomac et vous éclaircir les idées.

Alors qu'il s'apprêtait à la rejeter avec dégoût, Cazaril découvrit que ce n'était pas du vin mais une sorte de tisane froide. Il la goûta prudemment. Son agréable amertume nettoya sa bouche pâteuse de façon fort bienvenue. Umegat tira un tabouret jusqu'à son lit et s'installa, l'air enjoué. Cazaril ferma les yeux et les rouvrit aussitôt.

— Des fantômes?

— Je n'ai jamais vu autant de fantômes du Zangre rassemblés en un même lieu. On dirait que vous les attirez comme les animaux sacrés.

— Est-ce que d'autres gens les voient?

— Tous ceux qui possèdent l'œil intérieur. Trois personnes à Cardegoss, à ma connaissance.

Dont deux présents dans cette pièce.

— Sont-ils là depuis longtemps?

— Je les aperçois de temps à autre. Ils sont généralement plus discrets. N'ayez pas peur d'eux. Ils sont impuissants et ne peuvent vous faire de mal. De vieilles âmes perdues.

Devant le regard ahuri de Cazaril, Umegat précisa:

— Lorsque, de temps à autre, aucun dieu ne reprend une âme séparée de son corps, elle est abandonnée à errer de par le monde, et perd peu à peu conscience d'elle-même jusqu'à disparaître. Les nouveaux fantômes prennent d'abord la forme qu'ils avaient de leur vivant, mais par désespoir et solitude, ils ne peuvent la maintenir.

Cazaril entoura son ventre de ses deux bras.

— Oh.

Son esprit cherchait à galoper dans trois directions à la fois. Alors quel était le sort des âmes acceptées par les dieux? Et qu'arrivait-il exactement à l'esprit enragé qui s'était logé en lui de façon si miraculeuse et hideuse? Et… les paroles de la royina douairière lui revinrent: «*Le Zangre est hanté, vous savez.*» Ce n'était après tout, semblait-il, ni folie ni métaphore, mais une simple remarque. Alors lesquels de ses étranges propos ne relevaient pas du désordre mental, mais de la pure vérité, vue à travers des yeux changés?

Il leva les yeux vers Umegat qui le regardait d'un air pensif. Le Roknari lui demanda poliment :

— Alors comment vous sentez-vous aujourd'hui ?

— Bien mieux cet après-midi que ce matin.

Puis il ajouta, un peu à contrecœur :

— Bien mieux qu'hier.

— Avez-vous mangé ?

— Pas encore. Peut-être plus tard. (Il se caressa la barbe.) Que se passe-t-il à l'extérieur ?

Umegat se rassit, haussant les épaules.

— Le chancelier dy Jironal, n'ayant trouvé aucun candidat en ville, a quitté Cardegoss pour chercher le corps du meurtrier de son frère et tous les complices encore en vie.

— J'espère qu'il n'accusera pas d'innocents à tort.

— Un enquêteur confirmé du temple l'accompagne, ce qui devrait suffire à éviter de telles erreurs.

Cazaril digéra l'information. Après une pause, Umegat reprit :

— En outre, une faction de l'ordre militaire de la Fille a envoyé des messagers à tous ses seigneurs dédicats, pour les convoquer à une assemblée générale. Ils comptent s'assurer que le roya Orico ne leur imposera pas un autre supérieur comme sire Dondo.

— Comment comptent-ils l'en empêcher ? Par la révolte ?

Umegat rejeta d'un geste cette suggestion synonyme de trahison.

— Certainement pas. Par une pétition. Une requête.

— Mm. Mais je croyais qu'ils avaient protesté en vain la dernière fois. Dy Jironal refusera de laisser le contrôle de cet ordre lui filer entre les doigts.

— L'ordre militaire est soutenu par la maison tout entière, cette fois.

— Et, heu… qu'avez-vous fait aujourd'hui ?

— Prié pour qu'on nous guide.

— Avez-vous reçu une réponse ?

— Peut-être, répondit Umegat avec un sourire ambigu.

Cazaril réfléchit un moment à la meilleure façon de formuler la remarque suivante.

— Vous avez accès à des ragots intéressants. Je suppose, dans ce cas, qu'il serait maintenant inutile pour moi de me rendre au temple afin de confesser à l'archidivin Mendenal le meurtre de Dondo ?

Umegat haussa les sourcils.

— Je suppose, répondit-il enfin, que je ne devrais pas être surpris de voir la Dame Printemps choisir un outil aiguisé.

— Vous êtes un divin, un enquêteur confirmé. Je ne pensais pas que vous pourriez, ou voudriez, contourner vos serments et disciplines. Vous m'avez immobilisé pour vous donner le temps de faire un rapport, et d'en débattre. (Cazaril hésita.) Le fait que je ne sois pas actuellement en état d'arrestation me… renseigne sur cette conférence, mais je ne sais pas dans quelle mesure.

Umegat étudia ses mains à plat sur ses genoux.

— En tant que divin, je m'en remets à mes supérieurs. En tant que saint, je réponds à mon dieu. À Lui seul. S'Il a confiance en mon jugement, je le dois par conséquent aussi. Tout comme mes supérieurs. (Il leva des yeux remplis d'une troublante franchise.) Que la déesse vous ait fait messager dans Son intérêt est plus que manifeste, à en juger par la façon dont Elle préserve votre vie heure par heure. Le temple est… non pas à votre service, mais au Sien. Je crois pouvoir vous promettre que personne ne se mettra sur votre chemin.

Cazaril se mit à geindre :

— Mais que suis-je supposé *faire* ?

Umegat lui répondit, s'excusant presque :

— D'après ma propre expérience, je dirais… accomplir vos tâches quotidiennes comme elles se présentent.

— Vous ne m'êtes pas d'une grande utilité.

— Oui, je sais. (Umegat sourit, mû par un humour pince-sans-rire.) C'est ainsi que les dieux apprennent l'humilité aux aspirants sages, je crois.

Après une pause, il ajouta :

— En parlant de tâches quotidiennes, je dois maintenant retourner aux miennes. Orico n'est pas très bien aujourd'hui. N'hésitez pas à venir à la ménagerie lorsque l'envie vous en prend, Messire dy Cazaril.

— Attendez… (Cazaril tendit la main alors qu'Umegat se levait.) Pouvez-vous me dire… ? Orico est-il au courant du miracle de la ménagerie ? Comprend-il… ? Sait-il seulement qu'il est maudit ? Je jurerais qu'Iselle n'en sait rien, ni Teidez. *(La royina Ista, par contre…)* Ou le roya sait-il seulement qu'il se sent mieux au contact de ses animaux ?

Umegat hocha la tête.

— Orico sait. Son père Ias le lui a dit sur son lit de mort. Le temple a multiplié les tentatives secrètes pour briser cette malédiction. La ménagerie est la seule qui ait semblé fonctionner.

— Et la royina douairière Ista ? Est-ce qu'elle possède une ombre comme celle de Sara ?

Umegat tira sur sa queue-de-cheval d'un air pensif.

— Je serais plus à même de répondre si je l'avais rencontrée face à face. La famille dy Baocia l'a retirée de Cardegoss peu avant mon arrivée.

— Est-ce que le chancelier dy Jironal sait ?

Il fronça les sourcils.

— S'il l'a appris, ce n'est pas de ma bouche. J'ai souvent recommandé à Orico de ne pas parler de son miracle, mais…

— Si Orico a tu quelque chose à dy Jironal, ce serait une première.

Umegat acquiesça d'un haussement d'épaules mais ajouta :

— Étant donné les désastres qui ont marqué le début de son règne, Orico croit que toute action qu'il entreprendra aura des retombées néfastes pour Chalion. Le chancelier joue le rôle des pincettes avec lesquelles le roya tente de gérer les affaires d'État sans répandre son poison.

— On pourrait se demander si dy Jironal est la réponse à cette malédiction, ou s'il y contribue.

— La procuration a semblé fonctionner, les premiers temps.

— Et récemment ?

— Récemment… nous avons redoublé de prières appelant les dieux à l'aide.

— Et comment vous ont-ils répondu ?

— Il semblerait que ce soit en vous envoyant.

Cazaril se redressa, saisi d'une nouvelle terreur, et agrippa ses draps.

— Personne ne m'a envoyé ! Je suis venu par hasard.

— J'aimerais qu'un de ces jours, vous me racontiez ces hasards. Lorsque vous le souhaiterez, Messire.

Umegat, avec un regard rempli d'espoir qui effraya Cazaril presque autant que ses remarques de saint, s'inclina avant de partir.

Après quelques heures de plus passées tapi sous ses couvertures, Cazaril décida qu'à moins qu'un homme puisse se tuer à force d'hésitations, il n'allait pas mourir dans l'après-midi. Et son estomac grondait d'une façon qui n'avait décidément rien de surnaturel. Alors que la froide lumière d'automne s'estompait, il rampa hors du lit, étira ses muscles endoloris et s'habilla pour descendre dîner.

Le Zangre avait perdu de son entrain. La cour étant plongée dans un deuil profond, la soirée se déroulerait sans fêtes ni musique. Cazaril trouva la salle de banquet dépeuplée ; ni les gens d'Iselle ni ceux de Teidez n'étaient présents, la royina Sara s'était absentée, et le roya Orico, son ombre ténébreuse accrochée à lui, mangea en toute hâte pour repartir aussitôt après.

Cazaril apprit bientôt le motif de l'absence de Teidez : le chancelier dy Jironal avait emmené le royse avec lui en mission d'investigation. Apprenant ces nouvelles, Cazaril cligna des yeux et resta muet. Dy Jironal n'allait tout de même pas tenter de prolonger l'entreprise de séduction par corruption si bien entamée par son frère ? Totalement austère comparé à Dondo, il n'avait ni les goûts, ni le style nécessaires pour se livrer à ces plaisirs puérils. Il était impossible de l'imaginer festoyant avec un jeune homme. Pouvait-on espérer qu'il tenterait d'inverser la stratégie destinée à influencer Teidez, de prendre le garçon en main avec une attitude toute paternelle, de lui enseigner l'art de gouverner ? Le jeune royse était à moitié malade d'oisiveté autant que de dissolution ; toute exposition au travail des hommes lui ferait l'effet d'un remède. Plus probablement, songea Cazaril avec lassitude, le chancelier n'osait tout simplement pas laisser sa future emprise sur Chalion lui échapper même un instant.

Sire dy Rinal, assis face à Cazaril, fit la moue devant la salle à moitié vide et commenta :

— Tout le monde déserte. Ils filent vers leurs résidences d'été, s'ils en ont, avant l'arrivée de la neige. Les célébrations du Jour du Père seront sinistres, j'en jurerais. Il n'y a que les tailleurs et les couturières qui soient occupés à retaper des habits de deuil.

Cazaril tendit la main à travers la tache spectrale qui flottait près de son assiette pour faire descendre sa dernière bouchée avec une gorgée de vin soigneusement coupé. Quatre ou cinq revenants l'avaient suivi dans la salle du banquet et s'assemblaient à présent autour de lui comme des enfants frigorifiés autour d'un foyer. Il avait choisi ce soir-là, par automatisme, des habits sombres ; il se demanda s'il serait nécessaire de chercher à se procurer la tenue de deuil formelle, lavande et noire, telle que l'arborait dorénavant un dy Rinal toujours élégant. L'abomination logée dans son ventre y verrait-elle de l'hypocrisie, ou un geste de respect ? Le saurait-elle seulement ? Récemment détachée de son corps, quelle part de sa répugnante nature l'âme de Dondo conservait-elle ? Ces vieux fantômes usés semblaient l'observer depuis l'extérieur ; Dondo le faisait-il de l'intérieur ? Il eut un bref sourire, alternative à une série de hurlements qui auraient fait sursauter le pauvre dy Rinal. Il parvint à demander poliment :

— Comptez-vous rester ou partir ?

— Partir, je crois. J'accompagnerai la marchesse dy Heron jusqu'à Heron même, puis je franchirai les cols de montagnes les plus bas jusqu'à chez moi. La vieille dame sera peut-être même tellement heureuse de compter une épée de plus parmi ses gens qu'elle m'invitera à rester. (Il but une gorgée de vin et baissa la voix.) Si même le Bâtard n'a pas voulu nous délester de sire Dondo, vous comprenez bien qu'il doit être en liberté quelque part. On suppose qu'il se contentera de hanter le palais de Jironal où il est mort, mais en fait, il pourrait se trouver n'importe où dans Cardegoss. Il était bien assez vicieux de son vivant ; il doit être à présent d'humeur vindicative. Assassiné la veille de ses noces, cinq dieux !

Cazaril émit un petit bruit neutre.

— Le chancelier semble décidé à parler de charme de mort, mais je ne serais pas surpris qu'il s'agisse en fait de poison. Aucun moyen de s'en assurer maintenant que le corps est brûlé, je suppose. Il y a au moins une personne qui doit s'en réjouir.

— Mais il était entouré d'amis. Personne n'a dû pouvoir l'administrer… Étiez-vous présent ?

Dy Rinal fit la grimace.

— Après dame Truie ? Non. Grâce en soit rendue à tous ses couinements, je n'assistais pas à cette boucherie.

Dy Rinal regarda autour de lui, comme s'il craignait qu'un fantôme rancunier soit en train de l'approcher discrètement. Il ne semblait pas conscient d'être entouré d'une demi-douzaine d'entre eux. Cazaril en chassa un de son visage, en s'efforçant de ne pas fixer son regard sur ce qui, pour son compagnon, ne devait être que du vide.

Ser dy Maroc, le maître de la garde-robe du roya, s'approcha de leur table en disant :

— Dy Rinal ! Avez-vous entendu les nouvelles en provenance d'Ibra ?

Avec un peu de retard, il observa Cazaril, coudes appuyés sur l'autre bout de la table, et il hésita, rougissant légèrement.

Cazaril répondit avec un sourire aigre :

— Je suppose que vos ragots sur Ibra proviennent de sources plus fiables ces jours-ci, Maroc ?

Dy Maroc se raidit.

— Si le propre courrier de la chancellerie en est un, alors oui. Il a fait irruption alors que mon tailleur en chef retouchait les vêtements de deuil d'Orico, qu'il a dû élargir de quatre largeurs de doigts… Quoi qu'il en soit, c'est officiel. L'héritier d'Ibra est mort la semaine dernière en Ibra, très soudainement, d'une fluxion de poitrine. Sa faction s'est dissolue et se hâte de conclure un traité avec le vieux Renard, ou de sauver leurs vies en se sacrifiant mutuellement. La guerre en Ibra du Sud est terminée.

— Parfait ! (Dy Rinal se redressa et se caressa la barbe.) Faut-il parler de bonnes nouvelles, ou de mauvaises ? Bonne pour le pauvre Ibra, les dieux en sont témoins. Mais notre Orico a *encore* choisi le côté des perdants.

Dy Maroc acquiesça.

— À en croire la rumeur, le Renard en veut terriblement à Chalion d'avoir remué et laissé bouillir le chaudron, alors que l'héritier n'avait guère besoin d'aide pour entretenir le feu.

— Peut-être le goût du vieux roya pour les conflits s'éteindra-t-il avec son premier-né, dit Cazaril, sans optimisme excessif.

— Alors le Renard a un nouvel héritier, cet enfant… Comment s'appelle le jeune homme, déjà ? demanda dy Rinal.

— Le royse Bergon, le renseigna Cazaril.

— Ah oui, reprit dy Maroc. Un très jeune homme, en effet. Et le Renard pourrait mourir à tout moment en laissant sur le trône un gamin sans expérience.

— Pas si dénué d'expérience, dit Cazaril. Il a assisté à la tenue d'un siège et à la levée d'un autre, alors qu'il accompagnait sa mère et ses gens, et a survécu à une guerre civile. Et j'ai tendance à penser qu'un fils du Renard ne doit pas être stupide.

—Le premier devait l'être, répondit dy Rinal, catégorique. Pour laisser ses partisans dans un tel désarroi.

—On ne peut dire que mourir d'une fluxion de poitrine relève du manque d'esprit, dit Cazaril.

—À supposer qu'il s'agisse bien d'une fluxion de poitrine, reprit dy Rinal, avec une nouvelle moue dubitative.

—Comment, pensez-vous que le Renard aurait empoisonné son propre fils ? demanda dy Maroc.

—Ou plutôt ses agents.

—Dans ce cas, il aurait pu le faire plus tôt, et épargner à Ibra bien des malheurs…

Avec un mince sourire, Cazaril se leva de table, abandonnant dy Rinal et dy Maroc à leurs racontars. Son malaise s'était dissipé, et il se sentait bien mieux après avoir dîné, mais l'épuisement qu'il ressentait encore n'était pas ce qu'il aurait appelé *se sentir bien*. Faute de se voir convoquer par la royesse, il regagna son lit.

Fatigué au point d'en oublier la peur, il s'endormit très vite. Mais vers minuit, il s'éveilla en sursaut. Les cris lointains d'un homme résonnaient dans sa tête. Des hurlements, des sanglots brisés, des cris de rage étouffés… Il se redressa d'un bond, le cœur battant la chamade, tournant la tête pour localiser le bruit. Étrange et faible : pouvait-il provenir du Zangre de l'autre côté du ravin, ou de la rivière sous sa fenêtre ? Personne ne sembla y réagir dans le château, ni bruits de pas, ni cris ou questions de la part des gardes… Quelques instants plus tard, Cazaril comprit qu'il n'entendait pas ces hurlements tourmentés avec ses oreilles, pas plus qu'il ne voyait les taches pâles flottant autour du lit avec ses yeux. Et il reconnut la voix.

Il se rallongea, recroquevillé et haletant, pour supporter ce tumulte dix minutes de plus. L'âme damnée de Dondo se préparait-elle à briser le miracle de la Dame pour l'entraîner en enfer ? Il allait quitter son lit et courir vers la ménagerie, encore en chemise de nuit, cogner aux portes pour réveiller Umegat et demander l'aide du saint – megat y pouvait-il quelque chose ? – lorsque les cris s'estompèrent de nouveau.

C'était presque l'heure de la mort de Dondo, comprit-il. Peut-être l'esprit acquérait-il certains pouvoirs à cette heure-là ? Il n'aurait su dire s'il l'avait fait ou non la veille, tellement il était ivre alors. Un cauchemar troublant avait dû se mêler aux autres pour ne devenir qu'un fragment dément de l'ensemble.

Les choses auraient pu être pires, se dit-il alors que son cœur ralentissait peu à peu. Dondo aurait pu garder une voix distincte. La perspective du fantôme de Dondo libre de lui parler chaque nuit pour déverser sa colère, ses insultes ou ses infâmes allusions, vint à bout de son courage comme n'avaient pu le faire ses simples cris et lui fit verser quelques larmes de terreur.

Fais confiance à la Dame. Fais confiance à la Dame. Il murmura quelques prières incohérentes et retrouva une maîtrise progressive. Si Elle l'avait mené si loin dans un but précis, Elle n'allait sans doute pas l'abandonner maintenant.

Une nouvelle et horrible pensée lui traversa l'esprit, alors qu'il se répétait mentalement le sermon d'Umegat. Si la déesse ne pouvait entrer dans le monde que si Cazaril renonçait pour Elle à sa propre volonté, le fait de s'accrocher à la vie, acte de volonté s'il en était, pouvait-il suffire à L'exclure, ainsi que Son miracle ? Son encapsulation protectrice pouvait éclater comme une bulle de savon, libérant un paradoxe de mort et de damnation... Suivre encore et encore cette boucle de logique suffit à le tenir éveillé des heures tandis que la nuit s'épuisait peu à peu. Le carré formé par la fenêtre de sa chambre virait légèrement au gris lorsqu'il sombra de nouveau dans une inconscience bienvenue.

Ce fut ainsi que tard le lendemain matin, flanqué de son escorte spectrale, il monta les marches jusqu'à l'antichambre qui lui servait de bureau. Il se sentait stupide et rongé par le manque de sommeil, et envisageait sans grand enthousiasme de rattraper une semaine de correspondance et de comptes négligés, lâchés en piles désordonnées sur son bureau à l'heure des fiançailles désastreuses d'Iselle.

Il trouva ses dames levées de bonne heure. Dans le salon voisin de son bureau, toutes ses cartes neuves de salle de classe étaient étalées sur une table. Iselle les étudiait, appuyée sur ses mains. Derrière elle, sourcils froncés et bras croisés sous la poitrine, Betriz regardait par-dessus son épaule. Les deux jeunes femmes, ainsi que Nan dy Vrit occupée à coudre, portaient des habits noirs et lavande selon les strictes coutumes de deuil de la cour, prudent camouflage que Cazaril ne put qu'approuver.

Lorsqu'il entra, il vit près de la main d'Iselle des bouts de papier dispersés sur lesquels étaient griffonnées des listes, dont certains éléments avaient été rayés, d'autres entourés ou cochés. La mine renfrognée, Iselle désigna un point de la carte marqué par une solide épingle à chapeau, et dit à sa compagne par-dessus son épaule :

— Mais c'est à peine mieux que...

Elle s'interrompit en apercevant Cazaril. La cape sombre et invisible l'entourait toujours ; seuls quelques faibles filaments de lumière bleue luisaient encore dans ses flasques replis. Les taches spectrales s'en éloignèrent brutalement et disparurent de la seconde vue de Cazaril, ce qui ne le soulagea qu'à demi.

— Tout va bien, Sire Caz ? l'interrogea Iselle, qui le regarda en fronçant les sourcils. Vous n'avez pas l'air en forme.

Cazaril fit la révérence.

— Mes excuses pour mon absence d'hier, Royesse. J'ai souffert de… de coliques. Mais elles sont presque passées à présent.

Nan dy Vrit, assise dans un coin, leva de son ouvrage des yeux hostiles pour commenter :

— À en croire la femme de chambre, vous souffriez d'avoir trop bu et festoyé avec les valets d'écurie. Elle dit vous avoir vu rentrer tellement ivre après les funérailles de sire Dondo que vous teniez à peine debout.

Conscient du regard insistant et malheureux de Betriz, il répondit pour s'excuser :

— Bu, oui ; festoyé, non. La situation ne se reproduira pas, Madame.

Il ajouta un peu sèchement :

— De toute façon, ça n'a pas suffi.

— C'est un scandale pour la royesse, que son secrétaire soit vu ivre au point de…

— Tais-toi, Nan, l'interrompit une Iselle impatiente. Laisse-le donc.

— Que faites-vous, Royesse ? demanda Cazaril, désignant la carte constellée d'épingles.

Iselle inspira longuement.

— J'ai bien réfléchi. J'y ai consacré des journées. Tant que je reste célibataire, des projets verront le jour à mon insu. Je ne doute pas que dy Jironal produise d'autres candidats pour tenter de nous lier à son clan, Teidez et moi. Et d'autres factions… Maintenant qu'Orico s'est montré capable de me céder de son plein gré à un seigneur de basse lignée, tous les petits seigneurs de Chalion vont le harceler pour obtenir ma main. Ma seule défense, mon seul refuge sûr, consiste à être déjà mariée. Et *pas* à un seigneur de basse lignée.

Cazaril haussa les sourcils.

— Je vous avouerais, Royesse, que mes propres pensées ont suivi une direction similaire.

— Et très vite, très vite, Cazaril. Avant qu'ils ne puissent trouver quelqu'un d'encore *pire* que Dondo.

Sa voix était chargée d'une certaine tension.

— Même notre chancelier bien-aimé y verrait une tâche intimidante, murmura-t-il embarrassé, et il eut la satisfaction de lui soutirer un bref éclat de rire.

Il reprit avec une moue :

— Le besoin est grand, je vous l'accorde, mais le danger n'est tout de même pas si pressant. Dy Jironal lui-même repoussera les seigneurs de basse lignée, j'en suis sûr. Votre première ligne de défense doit consister à repousser le prochain candidat de Jironal. Même si après avoir passé sa famille en revue, je vois mal qui il pourrait bien présenter. Ses deux fils sont mariés, faute de quoi il aurait pu en proposer un pour remplacer Dondo. Ou se proposer lui-même, s'il n'avait également une épouse.

—Les épouses meurent, dit Betriz, l'air grave. Parfois même au moment le plus opportun.

Cazaril secoua la tête.

—Dy Jironal a conçu ses alliances familiales avec soin. Ses belles-filles, et sa femme, aussi, le relient à certaines des plus grandes familles de Chalion, filles et sœurs de puissants provincars. Je ne dis pas qu'il ne profiterait pas d'une place libre, mais il ne peut se permettre qu'on le voie, ou qu'on le soupçonne seulement, en train d'en créer une. Et ses petits-fils sont encore au berceau. Non, dy Jironal doit jouer un jeu de patience.

—Et ses neveux ? dit Betriz.

Après réflexion, Cazaril secoua de nouveau la tête.

—Un lien beaucoup trop lâche, pas assez contrôlé. Il désire un subordonné, pas un rival.

—Je refuse, siffla Iselle entre ses dents, d'attendre une décennie pour être mariée à un garçon plus jeune que moi de quinze ans.

Cazaril jeta un coup d'œil involontaire à dame Betriz. Lui-même avait quinze ans de plus que… Il chassa de son esprit cette pensée décourageante. L'horrible barrière entre eux ne se limitait plus à la seule opposition de la jeunesse et de l'âge mûr. *La vie n'épouse pas la mort.*

—Nous avons placé une épingle sur la carte pour chaque souverain ou héritier célibataire auquel nous avons pensé entre ici et Darthaca, dit Betriz.

Cazaril s'avança pour inspecter la carte.

—Comment, même les principautés roknari ?

—Je voulais envisager toutes les options, répliqua Iselle. Sans celle-ci, eh bien… il ne restait pas grand choix. J'avoue que l'idée d'un prince roknari ne me plaît guère. Même en dehors de leur horrible religion carrée, il y a leur coutume de choisir pour héritier n'importe quel fils, né d'une épouse légitime ou d'une concubine, ce qui empêche totalement de prédire si l'on épouse un futur souverain ou un futur parasite.

—Ou un futur cadavre, dit Cazaril. La moitié des victoires remportées par Chalion sur les Roknari étaient le fait de candidats aigris et déçus qui poignardaient dans le dos leurs princes de demi-frères.

—Mais alors il ne nous reste que quatre authentiques quintariens de rang, reprit Betriz. Le roya de Brajar, Bergon d'Ibra, et les fils jumeaux du haut march de Yiss, juste de l'autre côté de la frontière darthacaine. Et ils n'ont que douze ans.

—Pas impossible, dit prudemment Iselle, mais le march dy Yiss n'aurait par la suite aucune raison naturelle de s'allier à Teidez contre les Roknari. Il ne partage aucune frontière avec les principautés et ne souffre pas des ravages qu'elles causent. Et il a prêté allégeance à Darthaca, qui n'a aucun intérêt à voir se nouer entre les États ibranes une alliance forte et unie visant à mettre fin à cette guerre perpétuelle au nord.

Cazaril se réjouissait d'entendre sa propre analyse dans la bouche de la royesse ; elle avait prêté plus d'attention qu'il le croyait à ses cours de géographie. Il l'encouragea d'un sourire.

— Et de plus, ajouta Iselle avec humeur, Yiss ne possède pas non plus de côte. (Sur la carte, sa main dériva vers l'est.) Mon cousin le roya de Brajar est très âgé, et on dit qu'il est trop imbibé de boisson pour partir en guerre. Et son petit-fils est trop jeune.

— Brajar possède de bons ports, dit Betriz.

Elle ajouta, plus hésitante bien qu'avec l'air de souligner un avantage :

— Je suppose qu'il ne vivrait pas très longtemps.

— Sans doute, mais quelle aide pourrais-je apporter à Teidez en n'étant qu'une simple royina douairière ? Ce n'est pas comme si je pouvais dire à un beau-petit-fils comment déployer ses troupes ! (La main d'Iselle retourna vers la côte opposée.) Et le fils aîné du Renard d'Ibra est marié, son cadet n'est pas l'héritier, et le pays est secoué par la guerre civile.

— Plus maintenant, dit abruptement Cazaril. Personne ne vous a donc parlé des nouvelles arrivées hier d'Ibra ? L'héritier est mort. Terrassé en Ibra du Sud, par une fluxion de poitrine. Personne ne doute que le jeune royse Bergon prenne sa place. Il est resté loyal envers son père tout au long de cette histoire.

Iselle tourna la tête pour le dévisager, les yeux écarquillés.

— Vraiment… ! Quel âge a Bergon, déjà ? Quinze ans, je crois ?

— Il doit approcher les seize ans, Royesse.

— Bien mieux que cinquante-sept ans ! (Ses doigts légers descendirent la côte d'Ibra le long d'une enfilade de villes maritimes pour s'arrêter au grand port de Zagosur, reposant sur une des épingles à tête de nacre.) Que savez-vous du royse Bergon, Cazaril ? Est-il gâté par la nature ? L'avez-vous jamais vu lorsque vous étiez en Ibra ?

— Pas de mes propres yeux. On le dit beau garçon.

Iselle haussa les épaules, agacée.

— Tous les royses sont décrits comme beaux garçons, à moins qu'ils soient parfaitement grotesques. Auquel cas on dit qu'ils ont de la *personnalité.*

— Je crois que Bergon est plutôt musclé, ce qui laisse présager une allure saine et agréable. On dit qu'il a reçu un entraînement de marin.

Cazaril vit un éclat d'enthousiasme juvénile briller dans ses yeux, et se sentit obligé d'ajouter :

— Mais votre frère Orico mène une demi-guerre contre le roya d'Ibra depuis sept ans. Le Renard n'aime guère Chalion.

Iselle joignit les mains.

— Mais quel meilleur moyen qu'un traité de mariage pour mettre fin à une guerre ?

— Le chancelier dy Jironal s'y opposera sûrement. En dehors du fait qu'il veuille vous utiliser pour renforcer ses liens familiaux, il veut que Teidez n'ait aucun allié, présent ou futur, plus fort que lui-même.

— Suivant ce raisonnement, il devra s'opposer à tous les bons partis que je proposerai. (Iselle se pencha de nouveau sur la carte, et sa main décrivit un arc qui embrassait à la fois Chalion et Ibra : deux tiers des terres entre les mers.) Mais si je pouvais rapprocher Teidez et Bergon…

Sa paume posée à plat glissa lentement le long de la côte nord, traversant les cinq principautés roknari. Les épingles arrachées au papier s'éparpillèrent.

— Oui, souffla-t-elle.

Elle plissa les yeux et serra les mâchoires, puis releva vers Cazaril des yeux flamboyants.

— Je vais en parler sur-le-champ à mon frère Orico, avant le retour de Jironal. Si je peux le convaincre de donner sa parole et de l'annoncer en public, je suppose que même dy Jironal ne pourra le faire revenir sur sa décision ?

— Réfléchissez d'abord, Royesse. Pensez à toutes les solutions. Le premier inconvénient est sans doute ce sinistre beau-père. (Cazaril fronça les sourcils.) Même si je suppose que le temps se chargera de l'éliminer. Et s'il y a un homme capable de surmonter ses émotions en faveur de la politique, c'est bien le vieux Renard.

Elle se détourna de la table pour faire les cent pas dans la chambre, dans un bruissement de lourdes jupes. Sa sombre aura la drapait toujours.

La royina Sara partageait le pire de la malédiction d'Orico ; elle avait dû l'attirer sur elle en épousant le roya. Si Iselle se mariait hors de Chalion, laisserait-elle la malédiction derrière elle ? Était-ce pour elle un moyen d'échapper au fléau ? Mais la prudence nuança son exaltation croissante. Peut-être la vieille et funeste destinée du Général Doré la suivrait-elle au-delà des frontières vers son nouveau pays ? Cazaril devait consulter Umegat, et vite.

Iselle s'arrêta pour regarder par l'embrasure de la fenêtre devant laquelle elle avait subi la cour hideuse de Dondo. Elle plissa les yeux. Puis dit enfin d'un ton décidé :

— Je dois essayer. Je ne peux pas, et ne veux pas, laisser mon destin dériver vers d'autres chutes désastreuses sans faire l'effort de le gouverner. Je vais m'adresser à mon frère, et immédiatement.

Elle se dirigea vers la porte et fit brusquement signe comme un général qui presse ses troupes.

— Betriz, Cazaril, suivez-moi !

Chapitre 15

Après avoir cherché dans tout le Zangre, ils trouvèrent Orico, à la grande surprise de Cazaril, dans les appartements de la royina Sara situés à l'étage supérieur de la tour d'Ias. Le roya et la royina étaient assis à une petite table près d'une fenêtre et jouaient ensemble à un jeu d'attaques et de parades. Ce jeu simple, avec son plateau sculpté et ses billes colorées, semblait un passe-temps pour enfants et convalescents, pas pour le seigneur et la dame les plus haut placés de Chalion… Non qu'un œil exercé puisse prendre Orico pour un homme en bonne santé. Les ombres bizarres qui entouraient le couple royal ne semblaient que souligner de manière redondante leur tristesse lasse. Ils jouaient non pas par oisiveté, comprit Cazaril, mais pour se divertir, se distraire de la peur et du malheur qui les cernaient de tous côtés.

La tenue de Sara déconcerta Cazaril. Au lieu des habits de deuil noirs et lavande qu'arborait Orico, elle était vêtue de blanc, tenue officielle du Jour du Bâtard, ce jour férié intercalaire qui s'insérait tous les deux ans après le Jour de la Mère pour réajuster les saisons du calendrier. Les étoffes blanchies étaient beaucoup trop légères pour ce temps, et elle serrait contre elle un châle de laine blanche pour combattre le froid. Enveloppée de ces couleurs pâles, elle semblait sombre, mince et cireuse. Et c'était là une insulte encore plus marquée que ses robes de couleurs vives revêtues à la hâte pour l'enterrement de Dondo. Cazaril se demanda si elle comptait porter le blanc du Bâtard pendant toute la période de deuil. Et si dy Jironal oserait protester.

Iselle fit la révérence à son frère et à sa belle-sœur, et se dressa devant Orico avec des yeux brillants, les mains serrées devant elle en une attitude de féminité modeste contredite par la droiture de sa colonne vertébrale. Cazaril et dame Betriz, qui l'encadraient, s'inclinèrent à leur tour. Se détournant de la table de jeu, Orico répondit au salut de sa sœur. Il ajusta sa bedaine sur son giron et jeta à Iselle un coup d'œil embarrassé. À y regarder de plus près,

Cazaril voyait les endroits où son tailleur avait ajouté un pan de brocart lavande sous les bras pour élargir sa tunique à la taille, ainsi qu'une légère décoloration là où les coutures de la manche avaient été refaites. La royina Sara serra son châle et se retira dans le siège placé devant la fenêtre.

Avec le plus sobre des préambules, Iselle se lança dans son discours visant à convaincre le roya d'entamer des négociations formelles avec Ibra pour demander la main du royse Bergon. Elle souligna l'occasion ainsi présentée de demander la paix, et de combler la brèche qu'avait créée le malheureux soutien apporté par Orico au défunt héritier, car sans aucun doute, ni Chalion ni une Ibra épuisée n'étaient en position de poursuivre le conflit. Elle lui fit remarquer que Bergon était le meilleur choix possible en termes d'âge et de rang, et souligna l'avantage que tirerait plus tard Orico – diplomate, elle se retint d'ajouter « puis Teidez » – d'un parent et allié dans la cour d'Ibra. Elle dépeignit un tableau coloré du harcèlement des seigneurs de basse lignée de Chalion venus réclamer sa main, qu'Orico pourrait éviter grâce à ce choix, démonstration d'éloquence qui soutira au roya un soupir mélancolique.

Néanmoins, Orico débuta son prévisible discours équivoque en rebondissant sur ce dernier point.

—Mais Iselle, ton deuil te protège pour l'instant. Même Martou… Enfin, Martou n'insulterait pas la mémoire de son frère en épousant la fiancée endeuillée de Dondo par-dessus ses cendres encore fumantes.

Iselle ricana de cet « endeuillée ».

—Les cendres de Dondo refroidiront bien assez tôt, et ensuite? Orico, tu ne m'imposeras plus jamais un mari sans mon assentiment – mon assentiment *préalable*. Je ne te laisserai pas faire.

—Non, non, se hâta d'acquiescer Orico, agitant les mains. C'était… c'était une erreur, je m'en rends maintenant compte. Je suis désolé.

En voilà un euphémisme…

—Je ne comptais pas t'insulter, ma chère sœur, ni les dieux. (Orico promena autour de lui un regard un peu vague, comme s'il craignait à tout moment qu'un dieu offensé ne bondisse sur lui depuis quelque cachette astrale.) Je pensais bien agir, pour toi et pour Chalion.

Avec un temps de retard, Cazaril s'aperçut qu'alors que seuls Umegat et lui, dans la cour, savaient quelles prières avaient précipité Dondo… enfin, non pas hors de ce monde, mais hors de sa vie, personne n'ignorait que la royesse priait pour appeler à l'aide. Personne, selon Cazaril, ne la soupçonnait ou ne l'accusait d'avoir jeté un charme de mort (bien sûr, ils ne soupçonnaient ou n'accusaient pas davantage Cazaril), et pourtant, Iselle était là, mais plus Dondo. Le décès mystérieux de Dondo avait dû troubler tous les courtisans dotés d'un cerveau, et certains plus qu'un peu.

—À l'avenir, aucun mariage ne sera contracté pour toi sans ton accord préalable, dit Orico avec une fermeté peu coutumière. Je t'en fais la promesse sur ma propre tête et ma couronne.

C'était un serment solennel ; Cazaril haussa les sourcils. Orico semblait sincère. Iselle fit la moue, puis accepta cette réponse d'un hochement de tête las.

Un souffle léger, émanant de narines féminines, attira l'attention de Cazaril vers la royina Sara. L'embrasure de la fenêtre plongeait son visage dans l'ombre, mais sa bouche se tordit brièvement, réaction ironique aux paroles de son époux. Cazaril se rappela quelles promesses solennelles envers elle Orico avait brisées, et détourna le regard, décontenancé.

— De la même façon, dit Orico, se hâtant vers sa prochaine dérobade comme un homme traversant un cours d'eau sur des pierres de gué, en raison de notre deuil, il est trop tôt pour te proposer à Ibra. Le Renard pourrait voir dans cette hâte une insulte.

Iselle eut un geste d'impatience.

— Mais si nous attendons, Bergon a toutes les chances de nous être volé ! Le royse est maintenant l'héritier, il est en âge de prendre femme, et son père veut la paix à ses frontières. Le Renard va sûrement l'échanger contre une alliée… Une fille du haut march de Yiss, peut-être, ou une riche noble darthacaine, et Chalion aura perdu sa chance !

— C'est trop tôt. Trop tôt. Je ne nie pas que tes arguments soient valables, et ils serviront peut-être en leur temps. Il est vrai que le Renard a entrepris de demander ta main il y a quelques années, j'ai oublié pour lequel de ses fils, mais tout a cessé lorsque les conflits ont éclaté en Ibra du Sud. Rien n'est fixé. Après tout, ma pauvre mère brajarienne a été fiancée cinq fois avant de se voir enfin mariée au roya Ias. Prends patience, calme-toi, et attends une période plus propice.

— Je crois que c'est le meilleur moment. Je veux te voir prendre une décision, l'annoncer et t'y tenir, avant le retour du chancelier dy Jironal.

— Ah, hum, oui. Et c'est un autre point. Je ne peux absolument pas prendre une décision d'une nature aussi grave sans consulter mon plus haut conseiller et les autres seigneurs du conseil.

Orico hocha la tête pour appuyer ses paroles.

— Tu n'as pas consulté les autres seigneurs la dernière fois. Moi, je crois que tu as une peur très étrange de faire quoi que ce soit qui puisse déplaire à dy Jironal. Qui est roya à Cardegoss, de toute façon, Orico dy Chalion ou Martou dy Jironal ?

— Je, je, je… vais réfléchir à tes paroles, ma chère sœur.

De ses mains dodues, Orico fit de petits gestes lâches pour la congédier.

Iselle, après l'avoir dévisagé quelques instants avec une intensité ardente qui le fit se tortiller, acquiesça provisoirement.

— Oui, réfléchis à ma requête. Je te reposerai la question demain matin.

Sur cette promesse – ou menace –, elle salua de nouveau Orico et Sara avant de se retirer avec Betriz et Cazaril dans son sillage.

— Demain et tous les jours suivants ? demanda Cazaril à mi-voix tandis qu'elle descendait le couloir dans un sauvage bruissement de jupes.

— Chaque jour jusqu'à ce qu'Orico cède, répliqua-t-elle à travers des dents serrées. Comptez là-dessus, Cazaril.

Une lumière d'hiver jaune et oblique perçait les nuages gris lorsque Cazaril, plus tard dans l'après-midi, quitta le Zangre pour le bâtiment des écuries. Il serrait contre lui son manteau de fine laine brodée et rentrait le cou comme une tortue pour se protéger du vent froid et humide. Lorsqu'il ouvrait la bouche pour exhaler, son haleine formait un petit nuage devant lui. Il souffla quelques bouffées à l'intention des fantômes qui le suivaient en permanence, pâles au point d'être presque invisibles à la lumière du soleil. Un givre humide faisait crisser les pavés sous ses pas. Il repoussa la lourde porte de la ménagerie juste assez pour s'y engouffrer et la referma aussitôt après. Il resta un temps immobile pour laisser ses yeux s'accoutumer à la pénombre intérieure, et la douce poussière du foin le fit éternuer.

Le valet sans pouces déposa un seau, se précipita vers lui, s'inclina et émit des petits bruits accueillants.

— Je viens voir Umegat, lui dit Cazaril.

Le petit homme âgé s'inclina de nouveau et lui fit signe d'avancer. Il mena Cazaril le long de l'aile. Les superbes animaux s'approchèrent tous de l'avant de leurs stalles pour le regarder en grognant, et les renards des sables bondirent en jappant d'excitation sur son passage.

Une chambre aux murs de pierre, à l'extrême fin, se révéla être une sellerie convertie en salle de travail et de loisirs pour les serviteurs de la ménagerie. Un petit feu qui brûlait dans un foyer de moellons combattait le froid. L'odeur légère et agréable de la fumée de bois se mêlait à celle du cuir, du savon et du produit d'entretien des métaux. Les coussins rembourrés de laine sur les chaises que lui désigna le valet étaient usés et délavés, et la vieille table de travail éraflée et tachée. Mais la pièce était balayée et les fenêtres, de chaque côté du foyer, possédaient de petites vitres rondes soigneusement nettoyées. Le valet émit quelques sons avant de s'éloigner de nouveau.

Quelques minutes plus tard, Umegat entrait, s'essuyant les mains sur un chiffon et ajustant son tabard.

— Bienvenue, Messire, dit-il doucement.

Éprouvant soudain quelques doutes quant à l'étiquette, Cazaril se demanda s'il lui fallait se lever comme devant un supérieur, ou rester assis comme pour un serviteur. Il n'existait en roknari aucun mode grammatical pour le secrétaire s'adressant au saint. Il se redressa et se pencha à moitié depuis la taille, maladroitement, à titre de compromis.

— Umegat.

Umegat referma la porte par souci d'intimité. Cazaril se pencha en avant, referma les mains sur le dessus de table et s'exprima avec la précipitation du patient s'adressant au médecin.

— Vous voyez les fantômes du Zangre. Les entendez-vous parfois ?

— Pas en temps ordinaire. Et vous ?

Umegat tira une chaise et s'assit à angle droit par rapport à Cazaril.

— Pas ceux-là… (Il chassa de la main le plus tenace, qui l'avait suivi à l'intérieur. Umegat fit la moue, le cingla d'un coup de chiffon, et le fantôme s'éloigna en voltigeant.) Celui de Dondo. (Cazaril lui décrivit le tumulte intérieur de la veille.) J'ai cru qu'il essayait de s'échapper. Peut-il y parvenir ? Si l'emprise de la déesse faiblit ?

— Je suis certain qu'aucun fantôme ne peut vaincre un dieu, dit Umegat.

— Ce n'est… pas une vraie réponse. (Cazaril se mit à ruminer. Peut-être Dondo et le fantôme espéraient-ils le tuer d'épuisement.) Pouvez-vous au moins m'indiquer une façon de le faire taire ? M'enfouir la tête sous l'oreiller n'a servi à rien.

— Il y a là une sorte de symétrie, observa Umegat d'une voix lente. Les fantômes externes que vous voyez sans les entendre, les fantômes internes que vous entendez sans les voir… Si le Bâtard y est pour quelque chose, il s'agit peut-être du respect de l'équilibre. Dans tous les cas, je suis sûr que votre survie n'avait rien d'un hasard et qu'on ne vous retirerait pas la vie par accident.

Cazaril digéra quelques instants l'information. « Tâches quotidiennes », hein ? Celles du jour prenaient une bien curieuse tournure. Ils parlaient désormais en camarades.

— Umegat, écoutez, je viens d'avoir une idée. Nous savons que la malédiction a suivi la descendance masculine de la maison de Chalion, de Fonsa à Ias puis à Orico. Pourtant, la royina Sara porte une ombre presque aussi sombre que celle d'Orico, et elle n'a pas été engendrée par les reins de Fonsa. Elle a dû attirer la malédiction sur elle en se mariant, non ?

Les rides fines du visage d'Umegat s'approfondirent lorsqu'il prit un air songeur.

— Sara portait déjà cette ombre lors de mon arrivée, il y a bien des années, mais je suppose… Oui, c'était sans doute le cas.

— Même chose pour Ista, je présume ?

— On peut le présumer.

— Dans ce cas, Iselle pourrait-elle y *échapper* par le mariage ? La rejeter en prononçant ses vœux de mariage, lorsqu'elle quittera sa propre famille pour entrer dans celle de son mari ? Ou la malédiction la poursuivrait-elle pour les souiller tous deux ?

Umegat haussa les sourcils.

— Je l'ignore.

— Mais vous n'avez pas la certitude que c'est impossible ? Je pensais que ce serait peut-être un moyen de sauver… quelque chose.

Umegat se rassit.

— Peut-être. Je l'ignore. Pour Orico, la question ne s'est jamais posée.

— J'ai besoin de savoir, Umegat. La royesse Iselle est en train de presser Orico pour qu'il entreprenne des négociations afin qu'elle se marie hors de Chalion.

— Le chancelier dy Jironal ne le permettra *jamais*.

— Je préfère ne pas sous-estimer ses capacités de persuasion. Elle n'a rien d'une Sara.

— Sara non plus, autrefois. Mais vous avez raison. Oh, mon pauvre Orico, se retrouver broyé entre deux meules pareilles.

Cazaril se mordit la lèvre inférieure et marqua une longue pause avant de poser la question suivante.

— Umegat… vous observez cette cour depuis de nombreuses années. Dy Jironal a-t-il toujours été cet escroc pernicieux ou la malédiction l'a-t-elle lentement corrompu, lui aussi ? Est-ce elle qui a permis à un tel homme d'atteindre cette position, ou bien tout homme entré au service de la maison de Chalion doit-il devenir ainsi corrompu avec le temps ?

— Vous posez des questions très intéressantes, Sire Cazaril. (Umegat fronça ses sourcils grisonnants, l'air songeur.) Je regrette de ne pas vous offrir de meilleures réponses. Martou dy Jironal a toujours été puissant, intelligent, compétent. Nous laisserons de côté son jeune frère qui s'est fait une réputation de gros bras sur le champ de bataille, non de grand cerveau à la cour. Lorsqu'il a pris le poste de chancelier, je n'aurais pas cru l'aîné dy Jironal plus sensible aux tentations d'orgueil et d'avarice que n'importe quel autre haut seigneur de Chalion devant subvenir aux besoins d'un clan.

Un bien léger compliment. Et pourtant…

— Pourtant je crois… (Umegat sembla prolonger la pensée de Cazaril, et il leva les yeux pour croiser les siens) que la malédiction ne lui a apporté aucun bien non plus.

— Alors… se débarrasser de Jironal n'est pas la solution aux malheurs d'Orico ? Un autre homme semblable, peut-être pire, prendrait simplement sa place ?

Umegat ouvrit les mains.

— La malédiction prend une centaine de formes, et altère chaque bonne chose destinée à Orico selon la faiblesse de sa nature. Une épouse devenue stérile au lieu d'être fertile. Un conseiller en chef corrompu au lieu d'être loyal. Des amis inconstants au lieu d'être fidèles, de la nourriture qui affaiblit au lieu de renforcer, et ainsi de suite.

Un secrétaire-précepteur devenu lâche et stupide au lieu d'être courageux et sage ? Ou peut-être seulement lucide et fou… Si tout homme entrant dans la sphère de la malédiction était vulnérable, se voyait-il destiné à devenir le fléau d'Iselle, comme dy Jironal était celui d'Orico ?

— Et Teidez, et Iselle… Tous ses choix doivent-ils s'avérer aussi mauvais que ceux d'Orico, ou supporte-t-il un fardeau plus lourd en sa qualité de roya ?

— Je crois que la malédiction a empiré pour Orico avec le temps. (Le Roknari plissa ses yeux gris.) Vous m'avez posé une dizaine de questions, Sire Cazaril. Permettez-moi de vous en poser une. Comment êtes-vous entré au service de la royesse Iselle ?

Cazaril ouvrit la bouche et se rassit, son esprit retournant d'abord au jour où la provincara lui avait tendu une embuscade en lui offrant un emploi. Mais non, avant ce jour-là, il y avait eu… et encore avant, il y avait eu… Il se retrouva en train de raconter à Umegat la journée où un soldat de la Fille montant un cheval nerveux avait laissé tomber une pièce d'or dans la boue, puis son arrivée à Valenda. Umegat fit infuser du thé sur le petit feu et poussa une tasse fumante devant Cazaril, qui ne s'interrompit que pour apaiser sa gorge asséchée. Cazaril décrivit comment Iselle avait décontenancé le juge corrompu le Jour de la Fille, puis, enfin, comment ils étaient tous arrivés à Cardegoss.

Umegat tirait sur sa queue-de-cheval.

— Pensez-vous que vos pas étaient dirigés depuis si longtemps ? Troublant. Mais les dieux sont parcimonieux, et tentent leur chance là où ils le peuvent.

— Si les dieux tracent ce chemin pour moi, alors où est mon libre arbitre ? Non, c'est impossible !

— Ah. (Cette question théologique épineuse éclaira le visage d'Umegat.) J'ai réfléchi de nouveau à ces questions, qui n'amoindrissent ni les dieux ni les hommes. Peut-être qu'au lieu de contrôler chaque pas, les dieux ont-ils lancé une centaine ou un millier de Cazaril et d'Umegat sur cette route. Et que seuls arriveront ceux qui le choisiront.

— Mais suis-je le premier arrivé, ou le dernier ?

— Eh bien, dit sèchement Umegat, je peux vous assurer que vous n'êtes pas le premier.

Cazaril émit un grognement compréhensif. Après avoir digéré cette idée, il ajouta soudain :

— Mais si les dieux vous ont donné à Orico, et m'ont donné à Iselle – même s'il me semble que Quelqu'un a commis une sainte erreur –, qui a-t-on chargé de protéger Teidez ? Ne devrions-nous pas être trois ? Un homme du Frère, sans doute, mais j'ignore s'il serait outil, saint ou idiot… À moins que tous les protecteurs destinés au jeune homme soient tombés sur le côté de la route, un par un ? Peut-être que cet homme n'est pas encore arrivé. (Une nouvelle pensée lui coupa le souffle.) Peut-être que c'était dy Sanda. (Il se pencha et enfouit son visage dans ses mains.) Si je reste ici plus longtemps à vous parler théologie, je jure que je finirai encore par m'abrutir de boisson, simplement pour empêcher mon cerveau de tourner sans fin sous mon crâne.

—La dépendance à la boisson est en fait un risque très courant parmi les divins, dit Umegat.

—Je commence à comprendre pourquoi. (Cazaril inclina la tête en arrière pour atteindre la dernière goutte de thé refroidie dans sa tasse, puis la reposa.) Umegat… si je dois me demander, pour chacun de mes actes, non seulement s'il est bon et sage, mais s'il est aussi celui que je suis censé choisir, je vais devenir fou. Encore plus fou. Je vais finir tapi dans un coin sans pouvoir faire quoi que ce soit, à part peut-être pleurer et radoter.

Umegat ricana – avec cruauté, songea Cazaril – mais secoua ensuite la tête.

—On ne peut pas devancer les intentions des dieux. Tenez-vous-en à la vertu, si vous pouvez l'identifier, et accrochez-vous à l'idée que le devoir qui se présente à vous est celui que l'on attend de vous. Et que les talents qui vous sont accordés sont ceux que vous devez placer au service des dieux. Rappelez-vous que les dieux ne réclament rien de plus que ce qu'ils vous ont d'abord accordé. Pas même votre vie.

Cazaril s'essuya le visage et inspira.

—Alors je vais consacrer tous mes efforts à promouvoir le mariage d'Iselle, pour briser l'emprise de la malédiction sur elle. Je dois avoir confiance en ma propre raison, sinon pourquoi la déesse aurait-elle choisi un homme raisonnable pour gardien d'Iselle ?

Mais il ajouta à mi-voix :

—Ou du moins, j'étais un homme raisonnable…

Il hocha la tête, avec bien plus de fermeté qu'il n'en éprouvait, et repoussa la chaise.

—Priez pour moi, Umegat.

—Toutes les heures, Messire.

La nuit tombait lorsque dame Betriz apporta un cierge dans le bureau de Cazaril et fit le tour de la pièce pour allumer ses chandelles de lecture dans leurs globes de verre. Il sourit et la remercia. Elle lui rendit son sourire et éteignit son cierge, mais marqua ensuite une pause, au lieu de retourner tout de suite dans les appartements des dames. Il remarqua qu'elle se tenait à l'emplacement exact où ils s'étaient séparés la nuit de la mort de Dondo.

—Les choses semblent se calmer un peu, grâce aux dieux, dit-elle.

—Un peu, oui.

Cazaril déposa sa plume.

—Je commence à croire que tout ira bien.

—Oui.

Une crampe lui tordit l'estomac. *Non.*

Un long silence. Il reprit sa plume et la plongea dans l'encre, bien qu'il n'ait plus rien à écrire.

— Cazaril, devez-vous vraiment croire que vous allez mourir pour vous décider à embrasser une dame ? demanda-t-elle abruptement.

Il baissa la tête, rougissant, et s'éclaircit la voix.

— Mes excuses les plus sincères, Dame Betriz. La chose ne se reproduira plus.

Il n'osa lever les yeux, par peur qu'elle tente à nouveau d'abattre ses fragiles barrières. Par crainte qu'elle y parvienne. *Oh, Betriz, ne sacrifiez pas votre dignité à ma futilité !*

La voix de Betriz se fit plus froide.

— Je suis désolée de l'entendre, Cazaril.

Il garda les yeux baissés sur son livre tandis que ses pas s'éloignaient.

Plusieurs jours s'écoulèrent pendant lesquels Iselle continua sa campagne sur Orico. Plusieurs nuits s'écoulèrent, hantées pour Cazaril par les hurlements de l'âme tourmentée de Dondo. Ces visites intestinales se révélèrent n'être que nocturnes, un quart d'heure consacré à venger la terreur de cette mort. Cazaril ne pouvait s'endormir avant l'interlude de minuit, malade d'appréhension, ni longtemps après, secoué par les échos, et son visage devint gris de fatigue. Les vieux fantômes flous commençaient à ressembler à de sympathiques animaux domestiques en comparaison. Incapable de boire assez de vin pour dormir malgré cette agitation, il se résolut à l'endurer.

Orico supportait les visites de sa sœur avec un courage moindre. Il se mit à l'éviter avec des stratégies de plus en plus bizarres, mais elle l'entreprenait néanmoins, dans sa chambre, dans la cuisine, et à une occasion, à la grande indignation de Nan dy Vrit, dans son bain de vapeur. Le jour où il gagna à l'aube son pavillon de chasse dans le bois de chênes, Iselle le suivit aussitôt après le petit déjeuner. Cazaril fut soulagé de constater que son propre cortège de spectres resta en arrière lorsqu'ils quittèrent le Zangre, comme reliés au lieu de leur mort.

De toute évidence, le grand galop était pour Iselle une source de bonheur indicible, qui lui permettait de chasser les nœuds et tensions résultant de sa vie au château. Une journée en selle dans l'air froid du début de l'hiver, à l'occasion d'un entretien futile, ravivait l'éclat de ses yeux et les couleurs de ses joues. Dame Betriz n'était pas moins revigorée. Les quatre gardes baociens chargés de les accompagner ne les suivaient qu'à grand-peine et s'épuisaient autant que leurs chevaux à garder l'allure. Cazaril dissimulait son supplice. Il trouva du sang dans ses urines ce soir-là, pour la première fois depuis des jours, et la sérénade nocturne de Dondo se révéla d'autant plus éprouvante que l'oreille intérieure de Cazaril distingua les mots qu'il criait.

Ces mots ne semblaient avoir aucun sens, mais ils étaient audibles. D'autres suivraient-ils ?

Tard le lendemain matin, craignant une autre chevauchée semblable, Cazaril gravit d'un pas fatigué les marches menant aux appartements d'Iselle. Il venait à peine de s'installer avec raideur à la chaise de son bureau et de sortir son livre de comptes lorsque apparut la royina Sara, accompagnée par deux de ses dames. Elle flotta près de Cazaril dans un nuage de laine blanche. Surpris, il se remit debout et s'inclina très bas ; elle répondit d'un vague hochement de tête.

Un tumulte de voix féminines dans les chambres interdites annonça sa visite à sa belle-sœur. Nan dy Vrit et les dames de compagnie de la royina se trouvèrent exilées dans le salon, où elles restèrent à coudre et à échanger tranquillement des ragots. Au bout d'une demi-heure, la royina Sara retraversa l'antichambre de Cazaril avec la même distraction et la même absence de sourire.

Betriz suivit peu après.

—La royesse vous prie de la rejoindre dans son salon, dit-elle à Cazaril.

Ses sourcils noirs étaient froncés par l'inquiétude. Cazaril se leva aussitôt pour la suivre à l'intérieur.

Assise sur une chaise sculptée, les mains crispées sur ses bras, Iselle était pâle et respirait fort.

—Ignoble ! Mon frère est ignoble, Cazaril ! lui dit-il alors qu'il s'inclinait et tirait un tabouret tout près d'elle.

—Madame ? demanda-t-il en s'abaissant aussi prudemment que possible.

La crampe de la nuit précédente le faisait encore souffrir s'il bougeait trop rapidement.

—Aucun mariage sans mon consentement, oui, il l'a bien dit... Mais aussi aucun sans celui de Jironal ! Sara me l'a chuchoté. Après la mort de son frère, mais avant de quitter Cardegoss à la poursuite du meurtrier, le chancelier s'est enfermé avec mon frère pour le persuader d'ajouter un codicille à son testament. Dans l'hypothèse de la mort d'Orico, le chancelier devient régent pour mon frère Teidez...

—Je crois que cet arrangement était connu depuis quelque temps, Royesse. Un conseil de régence a également été formé afin de le guider. Les provincars de Chalion ne permettraient pas qu'un tel pouvoir soit transmis à l'un des leurs sans possibilité de le contrôler.

—Oui, oui, je le savais, mais...

—Le codicille ne tente pas d'abolir ce conseil, j'espère ? demanda Cazaril, alarmé. *Voilà* qui ferait des vagues parmi les seigneurs.

—Non, cette partie-là reste intacte. Mais précédemment, j'étais sous la tutelle de ma grand-mère et de mon oncle le provincar de Baocia.

Maintenant, je passe sous la tutelle de Jironal lui-même. Et il n'y a aucun conseil pour l'en empêcher ! Et puis écoutez bien, Cazaril ! Il reste mon gardien jusqu'au jour de mon mariage, et l'autorisation de mon mariage est entièrement entre ses mains ! Il peut me garder célibataire jusqu'à ce que je meure de vieillesse, s'il le souhaite !

Cazaril dissimula son malaise et leva une main apaisante.

— Certainement pas. Il mourra de vieillesse bien avant vous. Et bien avant ce jour, lorsque Teidez entrera dans l'âge adulte et régnera sur la royacie, il pourra vous libérer au moyen d'un décret royal.

— La majorité de Teidez est fixée à vingt-cinq ans, Cazaril !

Une décennie plus tôt, Cazaril aurait partagé son indignation face à une si lointaine échéance. À présent, l'idée semblait plutôt bonne. Mais pas avec dy Jironal tenant les rênes, cela dit.

— J'aurais presque vingt-huit ans !

Douze années de plus laissées à la malédiction pour faire son œuvre à l'intérieur d'elle… Non, il n'y avait rien de bon là-dedans.

— Et il pourrait *vous* chasser de ma maison sur-le-champ !

Vous avez une autre patronne qui n'a pas encore choisi de me chasser.

— Je vous accorde que vous avez des raisons de vous inquiéter, Royesse, mais ne voyez pas tout en noir avant l'heure. Rien de tout cela ne compte tant qu'Orico est en vie.

— Il ne va pas très bien, selon Sara.

— Il n'est pas très solide, concéda-t-il prudemment. Mais il est loin d'être un vieillard. Il dépasse à peine les quarante ans.

À en juger par l'expression d'Iselle, elle le trouvait déjà bien trop âgé.

— Il va… bien plus mal qu'il n'y paraît, d'après Sara.

Cazaril hésita.

— Est-elle donc si intime avec lui pour le savoir ? Je croyais qu'ils vivaient séparés.

— Je ne les comprends pas. (Iselle se frotta les yeux avec les jointures de ses doigts.) Oh, Cazaril, c'était donc *vrai*, ce que m'a dit Dondo ! J'ai cru par la suite que c'était un affreux mensonge pour m'effrayer. Sara souhaitait tellement un enfant qu'elle a donné son accord pour laisser dy Jironal tenter sa chance, lorsque Orico… n'en était plus capable. C'est seulement lorsqu'il a échoué à lui faire un enfant que son frère l'a convaincu de le laisser tenter sa chance. Dondo était abject et prenait plaisir à l'humilier. Mais Cazaril, Orico *savait*. Il a aidé à *convaincre* Sara de subir ces outrages. Je n'y comprends rien, car Orico ne déteste sûrement pas Teidez au point de souhaiter voir le bâtard de Jironal prendre sa place.

— Non.

Et si ? Un fils de Sara et dy Jironal ne descendrait pas de Fonsa le Plutôt-Sage. Orico avait dû estimer que cet enfant pourrait, en grandissant, libérer la royacie de Chalion de la malédiction fatale du Général Doré. Une mesure désespérée, mais peut-être bien efficace.

—La royina Sara, ajouta Iselle, la bouche tordue, dit que si dy Jironal trouve le meurtrier de Dondo, elle compte financer son enterrement, verser une pension à sa famille et faire dire pour lui des prières perpétuelles au temple de Cardegoss.

—C'est bon à savoir, dit Cazaril d'une voix éteinte.

Même s'il n'avait aucune famille pour recevoir de pension. Il se pencha un peu et sourit pour dissimuler une grimace de douleur. Alors, même Sara, qui avait rempli les oreilles virginales d'Iselle de détails d'une choquante intimité, lui avait tu la malédiction. Et il était désormais persuadé que Sara savait elle aussi. Orico, Sara, dy Jironal, Umegat, probablement Ista, peut-être même la provincara, et aucun n'avait choisi d'imposer à ces enfants le fardeau de la connaissance du sombre nuage qui planait au-dessus d'eux. Qui était-il pour trahir cette implicite conspiration du silence?

Personne ne m'en a parlé non plus. Est-ce que je les remercie de leur attention? Mais alors, quand les protecteurs de Teidez et d'Iselle comptaient-ils leur parler du tabou auquel ils étaient soumis? Orico pensait-il le leur révéler sur son lit de mort, comme l'avait fait son père Ias?

Cazaril avait-il le droit de dévoiler à Iselle des secrets que ses gardiens naturels choisissaient de dissimuler?

Était-il préparé à lui expliquer *comment* il avait tout découvert?

Il jeta un coup d'œil à dame Betriz, assise sur un autre tabouret, qui regardait avec anxiété sa maîtresse bouleversée. Même Betriz, qui savait très bien qu'il avait tenté de recourir aux charmes de mort, ignorait qu'il avait réussi.

—Je ne sais plus quoi essayer, gémit Iselle. Orico est incompétent.

Iselle pouvait-elle se soustraire à cette malédiction sans en apprendre l'existence? Il inspira profondément, car ce qu'il s'apprêtait à dire frôlait la trahison.

—Vous pourriez prendre des mesures pour arranger vous-même votre mariage.

Betriz s'agita et se redressa, les yeux écarquillés.

—Quoi, en secret de mon frère? demanda Iselle.

—En tout cas, en secret de son chancelier.

—Est-ce légal?

Cazaril expira.

—Un mariage, contracté et consommé, ne peut être aisément annulé, même par un roya. Si un groupe de Chalionais suffisamment vaste peut être persuadé de vous soutenir, et il existe déjà une faction considérable opposée à dy Jironal, l'annulation serait encore plus ardue.

Et si elle quittait Chalion pour entrer sous la protection, par exemple, d'un beau-père aussi habile que le Renard d'Ibra, elle pourrait laisser derrière elle malédiction et faction tout à la fois. Arranger les choses de façon qu'elle n'échange pas son statut d'otage impuissant dans une cour contre celui d'otage tout aussi impuissant dans une autre serait le plus difficile. *Mais au moins un otage sans malédiction, n'est-ce pas ?*

— Ah ! (Les yeux d'Iselle s'illuminèrent d'approbation.) Cazaril, est-ce réalisable ?

— Il y a des difficultés pratiques, reconnut-il. Qui, toutes, possèdent des solutions pratiques. La plus critique consiste à découvrir un homme de confiance pour vous servir d'ambassadeur. Il doit avoir assez d'esprit pour vous gagner la position la plus forte possible lors des négociations avec Ibra, et assez de souplesse pour éviter d'offenser Chalion, assez de cran pour franchir déguisé des frontières délicates, de force pour voyager, de loyauté envers vous et vous seule, et de foi en votre cause impossible à briser. Un mauvais choix pourrait s'avérer fatal.

Peut-être littéralement.

Elle joignit les mains et fronça les sourcils.

— Pouvez-vous me trouver un tel homme ?

— Je vais y réfléchir et regarder autour de moi.

— Faites, Sire Cazaril, souffla-t-elle. Faites.

Dame Betriz dit d'une voix étrangement sèche :

— Vous n'aurez sans doute pas à chercher loin.

— Ce ne peut être moi.

Avalant sa salive, il troqua « Je pourrais tomber mort à vos pieds à tout moment » pour :

— Je n'oserais pas vous laisser ici sans protection.

— Nous allons tous y réfléchir, dit fermement Iselle.

Les festivités du Jour du Père se déroulèrent sans incident. Une pluie froide rendit les célébrations de Cardegoss quelque peu humides, et dissuada bien des gens du Zangre de participer à la procession municipale, mais Orico s'y rendit pour honorer ses devoirs de roya et contracta un rhume de cerveau en conséquence. Il en tira parti en restant au lit, évitant ainsi de voir qui que ce soit. Les citoyens du Zangre, toujours vêtus de noir et de lavande pour sire Dondo, se limitèrent à une fête du Père très sobre, avec de la musique sacrée mais aucun bal.

La pluie glaciale continua toute la semaine. Cazaril, par un après-midi humide, combinait travaux pratiques et devoirs de précepteur en apprenant à Iselle et Betriz comment tenir des comptes, lorsqu'un coup frappé à la porte de la chambre précéda la voix hésitante d'un page annonçant :

— Le march dy Palliar souhaite voir messire dy Cazaril.

— Palli !

Cazaril se tourna sur sa chaise et se mit debout, une main posée sur la table. Un ravissement sincère colora soudainement les visages de ses deux dames et chassa leur ennui.

— Je ne t'attendais pas si tôt à Cardegoss !

— Moi non plus.

Palli s'inclina devant les dames et gratifia Cazaril d'un sourire en coin. Il laissa tomber une pièce dans la main du page et lui fit un signe de tête ; le jeune garçon se plia en deux, avec une ampleur révélatrice de son appréciation de la somme, et se retira. Palli reprit :

— Je n'ai pris que deux officiers et chevauché sans relâche ; ma troupe de Palliar nous suit à une allure moins rude pour les chevaux. (Il regarda autour de lui et haussa ses larges épaules.) La déesse me préserve ! Je ne pensais pas énoncer une prophétie, lors de mon dernier passage ici. J'en ai des frissons bien pires que ceux que me donne cette misérable pluie.

Il ôta une cape de laine tachée par l'eau, révélant les habits bleus et blancs d'un officier de l'ordre de la Fille, et fit courir une main dans ses cheveux sombres constellés de gouttes. Il serra les mains de Cazaril et ajouta :

— Démons du Bâtard, Caz, tu as une mine affreuse !

Cazaril ne pouvait hélas pas lui répondre : « Très bien exprimé ». Il préféra détourner la remarque en marmonnant :

— C'est le temps, je suppose. Il rend tout le monde morne et ennuyeux.

Palli recula pour le regarder de la tête aux pieds.

— « Le temps » ? La dernière fois que je t'ai vu, ta peau n'avait pas cette couleur de pâte moisie, tu n'avais pas les yeux cernés comme un raton laveur, et tu semblais plutôt en forme, pas aussi… pâle, fatigué, bedonnant.

Cazaril se redressa, indigné, pour rentrer son ventre douloureux, alors que Palli ajoutait en le montrant du pouce :

— Royesse, vous devriez montrer votre secrétaire à un médecin.

Iselle fixa Cazaril avec une soudaine expression de doute, puis porta une main à sa bouche, comme si elle le regardait vraiment pour la première fois depuis des semaines. Ce qui était sans doute le cas ; son attention avait été totalement absorbée par ses propres soucis lors de cette période désastreuse. Le regard de Betriz passa de l'un à l'autre, et elle se mit à mordiller sa lèvre inférieure.

— Je n'ai pas besoin de médecin, dit Cazaril d'une voix ferme, forte et rapide.

Ou de n'importe qui d'autre pour m'interroger, par les dieux.

— C'est ce que disent tous les hommes, par peur de la lancette et du purgatif. (Palli écarta cette protestation indignée.) La dernière fois qu'un de mes sergents a attrapé des ampoules aux fesses à force d'avoir chevauché, j'ai dû l'amener à la pointe de l'épée jusqu'aux sangsues du vieux médecin. (Son visage s'assombrit, et il s'excusa auprès d'Iselle d'une révérence.) Puis-je te parler en privé un instant ? Je promets de ne pas le garder trop longtemps, Royesse. Je ne peux pas m'attarder.

Le visage grave, Iselle lui accorda sa royale permission. Cazaril, prompt à déceler les sous-entendus dans la voix de Palli, le conduisit non pas dans son antichambre mais tout en bas de l'escalier, jusqu'à sa propre chambre. Par chance, le couloir était vide. Il referma derrière eux sa lourde porte afin de décourager d'indiscrètes oreilles humaines. Les taches spectrales et séniles gardaient les confidences.

Cazaril prit la chaise, le meilleur moyen de cacher ses mouvements peu gracieux. Palli s'assit au bord du lit, plia sa cape près de lui et joignit les mains entre ses genoux.

— Le courrier de la Fille à Palliar a dû faire très vite malgré les vents hivernaux, dit Cazaril, comptant mentalement les jours.

Palli haussa ses sombres sourcils.

— Tu es déjà au courant ? Je croyais que c'était, hem, un appel à réunion privée. Même si la nouvelle est connue bien assez tôt, lorsque les autres seigneurs dédicats parviendront à Cardegoss.

Cazaril haussa les épaules.

— J'ai mes sources.

— Je n'en doute pas. Et j'ai les miennes. (Palli agita un doigt devant lui.) Tu es à présent le seul espion du Zangre en qui j'aie confiance. Que s'est-il passé à la cour, sous le regard des dieux ? Les histoires les plus horribles et les plus confuses circulent à propos de la mort soudaine de notre saint général. Et aussi plaisante que soit l'image, j'ai du mal à croire qu'il ait vraiment été emporté par un vol de démons aux ailes flamboyantes appelés par les prières de la royesse Iselle.

— Heu… Pas tout à fait. Il s'est simplement étouffé au beau milieu d'une beuverie, la nuit précédant ses noces.

— Étouffé avec sa langue menteuse et venimeuse, j'espère.

— À peu de chose près.

Palli renifla.

— Les seigneurs dédicats que sire Dondo a mis dans une colère folle – non seulement ceux qu'il n'a pas pu acheter, mais aussi ceux qui ont pris honte d'avoir cédé – ont vu dans sa mort un signe que la roue avait tourné. Dès l'arrivée de notre quorum à Cardegoss, nous comptons prendre de vitesse le chancelier et présenter à Orico notre propre candidat au poste de saint général. Ou peut-être une liste de trois hommes parmi lesquels le roya pourrait choisir.

— Voilà qui passerait sans doute mieux. C'est un équilibre délicat entre… (Cazaril se retint de dire « loyauté et trahison ».) Et puis, dy Jironal a ses propres pouvoirs au temple, ainsi que dans le Zangre. On ne souhaite pas que ce conflit interne prenne une tournure trop affreuse.

— Même dy Jironal n'oserait pas perturber le temple en montant les soldats du Fils contre ceux de la Fille, dit Palli, confiant.

— Mm, répondit Cazaril.

— D'un autre côté, certains des seigneurs dédicats, sans citer de noms pour l'instant, souhaitent aller plus loin. Peut-être s'assembler pour présenter à Orico assez de preuves des pots-de-vin, menaces, détournements de fonds et malfaisances dus aux deux Jironal pour le forcer à destituer le chancelier. Forcer le roya à prendre position.

Cazaril se frotta le nez et dit à titre d'avertissement :

— Forcer Orico à prendre position reviendrait à déplacer une montagne. Je ne le conseille pas. Et il n'acceptera pas plus facilement de laisser partir dy Jironal. Le roya compte sur lui… beaucoup plus que je ne peux l'expliquer. Il faudrait que vos preuves soient plus que flagrantes.

— Oui, et c'est en partie ce qui m'amène à toi. (Palli se pencha vers lui, l'expression attentive.) Accepterais-tu de répéter sous serment, devant une assemblée secrète de la Fille, l'histoire que tu m'as racontée à Valenda sur la façon dont les Jironal t'ont vendu aux galères ?

Cazaril hésita.

— Je n'ai que ma parole à offrir comme preuve, Palli. Trop faible pour vaincre celle de Jironal, je t'assure.

— Pas seule, non. Mais elle pourrait être la pièce qui fait pencher la balance, la brindille qui allume le feu.

Simplement la paille qui se distingue de toutes les autres ? Est-ce qu'il *souhaitait* seulement être connu comme le pivot de ce projet ? Cazaril serra les lèvres, désarçonné.

— Et tu es un homme de réputation, poursuivit Palli avec conviction.

Cazaril se crispa.

— Pas très bonne, j'imagine… !

— Eh bien, tout le monde connaît le secrétaire si intelligent de la royesse Iselle, celui qui tient son propre conseil, et celui de la royesse… L'homme du bastion de Gotorget, totalement indifférent à la richesse…

— Non, ce n'est pas vrai, l'assura sincèrement Cazaril. C'est seulement que je m'habille mal. Mais j'aime la richesse.

— Et qui possède la confiance totale de la royesse. Et n'essaie pas de me faire croire à une avarice de courtisan : de mes propres yeux, je t'ai vu refuser trois jolis pots-de-vin roknari destinés à te faire trahir Gotorget, le dernier alors que tu mourais presque de faim, et je peux produire des témoins vivants qui le confirmeront.

— Enfin, *bien sûr* que je n'ai pas…

— Le conseil écouterait ta voix, Caz !

Cazaril soupira.

— Je vais… y réfléchir. J'ai des devoirs plus pressants. Dites que je parlerai au cours de la session secrète, si, et seulement si, tu penses que mon témoignage est indispensable. La politique interne du temple ne me concerne pas.

Un tiraillement dans son ventre lui fit regretter ce choix de mots. *Je crois bien que je subis la propre politique interne de la déesse, en ce moment même.*

Le hochement de tête satisfait de Palli rendit cette affirmation bien plus sérieuse que Cazaril le souhaitait. Il se leva, remercia Cazaril et prit congé de lui.

Chapitre 16

Deux après-midi plus tard, Cazaril était assis sans méfiance à sa table de travail, occupé à réparer ses plumes, lorsqu'un page du Zangre entra dans l'antichambre pour annoncer :

— Voici le dédicat Rojeras, obéissant aux ordres de la royesse Iselle, M'sire.

Rojeras était un homme d'une quarantaine d'années, dont les cheveux d'un blond roux commençaient à dégarnir le front, avec des taches de rousseur et des yeux bleus perçants. Son métier était annoncé par ses robes vertes de dédicat convers de l'hôpital sacré de la Mère-Clémente qui oscillaient sous la brusquerie de ses gestes, et son rang par le galon cousu sur son épaule. Cazaril comprit aussitôt qu'aucune de ses dames ne pouvait être le gibier, car dans ce cas l'ordre de la Mère aurait envoyé une femme médecin. Il se raidit d'inquiétude, mais hocha poliment la tête. Il se leva et se tourna pour transmettre le message aux chambres internes, mais trouva dame Betriz et la royesse déjà à la porte, accueillant l'homme de sourires aucunement surpris.

Betriz s'inclina à demi pour répondre au salut du dédicat et dit :

— Voici l'homme dont je vous ai parlé, Royesse. D'après le divin supérieur de la Mère, il s'est consacré à l'étude des maladies de langueur, et ses apprentis ont voyagé depuis tous les recoins de Chalion pour être ses élèves !

Ainsi, l'excursion de dame Betriz au temple, la veille, avait d'autres buts que des prières et des offrandes de charité. Iselle s'y connaissait bien mieux en conspirations de cour qu'il l'avait cru. Sans aucun doute, elle avait organisé tout ceci au nez et à la barbe de Cazaril avec une grande habileté. Il était tombé dans une embuscade, tendue par ses propres dames. Il sourit, ravalant sa peur. L'homme ne possédait aucun des signes lumineux indiquant la seconde vue ; que pourrait lui apprendre le seul corps de Cazaril ?

Iselle examina le médecin et hocha la tête, satisfaite.

—Dédicat Rojeras, veuillez examiner mon secrétaire et me présenter votre rapport.

—Royesse, je n'ai pas besoin de voir un médecin!

Et surtout, je n'ai pas besoin qu'un médecin me voie.

—Alors tout ce que nous perdrons, c'est un peu de temps, contra Iselle, que les dieux nous accordent chaque jour en égales proportions. Sous peine de me mécontenter, je vous ordonne de le suivre, Cazaril.

Sa voix trahissait une détermination sans appel.

Maudit soit Palli, pour lui avoir non seulement mis cette idée en tête, mais lui avoir aussi appris à l'empêcher de s'enfuir. Iselle était une élève trop rapide. Pourtant… soit le médecin diagnostiquerait un miracle, soit il l'ignorerait. Dans la première hypothèse, Cazaril pourrait faire appeler Umegat et laisser le saint, avec ses appuis haut placés au temple, s'en occuper. Et dans la deuxième, quel mal y aurait-il?

Cazaril s'inclina pour signifier son accord docile, encore que légèrement offensé, et mena ce visiteur indésirable jusqu'à sa chambre. Dame Betriz suivit pour s'assurer que les ordres de sa maîtresse étaient respectés. Elle s'excusa d'un rapide sourire, mais ses yeux étaient emplis d'appréhension lorsque Cazaril referma la porte sur elle.

Enfermé avec Cazaril, le médecin le fit asseoir près de la fenêtre tandis qu'il tâtait son pouls, examinait ses yeux, ses oreilles et sa gorge. Il pria Cazaril de produire un échantillon d'urine qu'il renifla et étudia dans un tube de verre tenu à la lumière. Il s'enquit de ses intestins, et Cazaril lui parla du sang à contrecœur. Puis il demanda à Cazaril de se dévêtir et de s'allonger, et entreprit d'écouter son cœur et sa respiration avec l'oreille collée à sa poitrine, et ses doigts rapides et froids poussèrent et tapotèrent toutes les zones de son corps. Cazaril dut lui expliquer l'origine de ses cicatrices de flagellation; Rojeras limita ses commentaires à quelques suggestions glaçantes quant à la façon de le débarrasser de ses dernières adhérences, si Cazaril le désirait et en avait le cran. En outre, Cazaril lui dit qu'il préférait attendre sa prochaine chute de cheval, ce qui fit glousser Rojeras.

Le sourire du médecin s'effaça lorsqu'il se remit à examiner plus soigneusement le ventre de Cazaril, se penchant pour tâter ici et là.

—Ici, je vous fais mal.

Déterminé à faire comme si de rien n'était, Cazaril répondit fermement:

—Non.

—Et ici?

Cazaril glapit.

—Ah. Je vous fais mal, donc.

D'autres tâtonnements. D'autres grimaces. Rojeras marqua une longue pause, le bout des doigts reposant simplement sur le ventre de Cazaril, son regard distant. Puis il sembla se secouer pour s'éveiller. Aux yeux de Cazaril, il évoquait Umegat.

Rojeras souriait toujours lorsque Cazaril se rhabilla, mais ses yeux étaient voilés par les pensées.

—Parlez, dédicat, l'encouragea Cazaril. Je suis un homme de raison, et je ne vais pas me décomposer.

—Vraiment ? Parfait.

Rojeras inspira et dit simplement :

—Messire, vous avez une tumeur tout à fait palpable.

—Et... c'est tout ? demanda Cazaril, qui se rasseyait prudemment.

Rojeras releva vivement les yeux.

—Vous n'êtes pas surpris ?

Pas autant que lors de mon précédent diagnostic. Cazaril songea avec nostalgie au soulagement qu'il éprouverait en apprenant que ses crampes récurrentes résultaient d'une cause aussi naturelle et banale. Malheureusement, il était tout à fait certain que la plupart des tumeurs ne hurlaient pas d'obscénités au beau milieu de la nuit.

—J'avais des raisons de penser que quelque chose n'allait pas. Mais qu'est-ce que ça signifie ? Que pensez-vous qu'il arrivera ?

Rojeras conserva une voix aussi neutre que possible.

—Eh bien... (Il s'assit au bord du lit vide de Cazaril et joignit les doigts.) Il existe de nombreuses variétés de tumeurs. Certaines sont diffuses, certaines nodulaires ou encapsulées, certaines tuent rapidement, certaines subsistent des années sans paraître causer de désagrément. La vôtre semble encapsulée, ce qui est rassurant. Il en existe une espèce commune, une sorte de kyste rempli de liquide, qu'une de mes patientes a portée en elle pendant plus de douze ans.

—Oh, dit Cazaril avec un sourire apaisé.

—Au moment de sa mort, la tumeur pesait plus de cent livres, poursuivit le médecin.

Cazaril eut un mouvement de recul, mais Rojeras continua avec insouciance :

—Et il en existe une autre, très intéressante, que je n'ai vue que deux fois au cours de mes études : une masse ronde qui, une fois ouverte, se révéla contenir des nodules de chair avec des cheveux, des dents et des os. L'un était dans le ventre d'une femme, ce qui relevait d'une certaine logique, mais l'autre se trouvait dans la jambe d'un homme. Selon moi, elles étaient engendrées par un démon échappé qui tentait de prendre forme humaine. Si le démon avait réussi, je présume qu'il se serait libéré à coups de dents pour entrer dans le monde sous une forme charnelle, qui aurait sans doute été une abomination. J'ai longtemps espéré en retrouver un autre à l'intérieur d'un patient toujours en vie, afin de pouvoir l'étudier et voir si ma théorie se tient.

Il couva Cazaril d'un œil spéculateur.

Avec un très gros effort, Cazaril se retint de bondir en hurlant. Terrorisé, il baissa les yeux sur son ventre gonflé, puis les détourna prudemment. Il avait cru souffrir d'un mal spirituel, non physique. Il n'avait jamais songé qu'il pourrait être les deux à la fois. C'était là une intrusion du surnaturel dans le monde concret qui semblait bien trop plausible, étant donné les circonstances. Il demanda d'une voix étranglée :

— Est-ce que *celles-ci* aussi peuvent grossir jusqu'à cent livres ?

— Les deux que j'ai excisées étaient bien plus petites, le rassura Rojeras.

Cazaril releva les yeux, soudain plein d'espoir.

— Alors vous pouvez les retirer ?

— Oh… Seulement sur des personnes déjà mortes, s'excusa le médecin.

— Mais, mais… est-ce possible ?

Si un homme avait le courage de s'allonger et de s'offrir de sang-froid à l'acier tranchant… Si cette abomination pouvait être arrachée avec la vitesse et la brutalité d'une amputation… Était-il possible d'exciser physiquement un miracle, si ce miracle était fait chair ?

Rojeras secoua la tête.

— Sur un bras ou une jambe, peut-être. Mais celle-ci… Vous avez été soldat : vous avez dû voir ce qui arrive aux vilaines blessures au ventre. Même si vous parveniez à survivre au choc et à la douleur de l'incision, la fièvre vous tuerait en quelques jours. (Sa voix se fit plus sincère.) Je l'ai tenté à trois reprises, et seulement parce que mes patients menaçaient de se tuer si je refusais d'essayer. Tous sont morts. Je ne souhaite plus tuer d'autres personnes ainsi. Ne vous tourmentez pas en espérant l'impossible. Prenez ce que vous offre la vie dans l'intervalle, et priez.

C'est pour avoir prié que je me retrouve là… ou que cette chose s'y retrouve.

— Ne dites rien à la royesse !

— Messire, dit gravement le médecin, je le dois.

— Mais je ne dois pas… Pas maintenant… Elle ne doit pas me confiner au lit ! Je ne peux pas m'éloigner d'elle !

Sa voix paniquée montait vers les aigus.

Rojeras haussa les sourcils.

— Votre loyauté vous honore, Sire Cazaril. Calmez-vous ! Vous n'avez pas besoin de rester au lit tant que vous n'en ressentez pas le besoin. En fait, les petites tâches telles que celles que vous remplissez à son service pourraient bien vous occuper l'esprit et vous aider à vous habituer à l'idée.

Cazaril inspira profondément et décida de ne pas détromper Rojeras de ses belles illusions sur le service de la maison de Chalion.

— Tant que vous m'assurez que je ne dois pas être exilé de mon poste.

—Tant que vous comprenez que je ne vous laisse pas toute licence de vous fatiguer plus que de raison, répliqua sévèrement Rojeras. De toute évidence, vous avez besoin de bien plus de repos que vous vous en accordez.

Cazaril se hâta d'acquiescer en essayant de se donner l'air à la fois énergique et docile.

—Autre point essentiel, ajouta Rojeras qui se redressa comme pour prendre congé, mais sans se lever encore. Je ne vous le demande que parce que, comme vous dites, vous êtes un homme de raison, et que je crois que vous comprendrez.

—Oui? demanda prudemment Cazaril.

—À votre mort, que j'espère très lointaine, pourrai-je avoir une note de votre main m'autorisant à retirer votre tumeur pour ma collection?

—Vous *collectionnez* ces horreurs? grimaça Cazaril. La plupart des gens se contentent de tableaux, de vieilles épées ou de sculptures d'ivoire. (L'indignation le disputa à la curiosité, mais perdit.) Heu... Comment les conservez-vous?

—Dans des bocaux d'esprit de vin. (Rojeras sourit, la pâleur de sa peau légèrement colorée par l'embarras.) Je sais que tout ça peut paraître épouvantable, mais je continue à espérer... que si seulement j'en apprends *suffisamment*, je finirai par comprendre, je découvrirai une façon d'empêcher ces choses de tuer les gens.

—Mais je suppose que ce sont les dons obscurs des dieux, et que par piété nous ne pouvons leur résister?

—Nous résistons parfois à la gangrène, grâce à l'amputation. Nous résistons aux infections de la mâchoire, en arrachant les dents gâtées. Nous résistons aux fièvres, en appliquant le chaud et le froid, et divers soins. Pour chaque remède, il y a dû y avoir une première fois.

Rojeras se tut, puis finit par reprendre:

—Il est évident que la royesse Iselle a pour vous beaucoup d'affection et d'estime.

Ignorant quoi répondre, Cazaril dit:

—Je la sers depuis le printemps dernier, à Valenda. J'avais autrefois servi la maison de sa grand-mère.

—Elle ne présente aucune tendance à l'hystérie, n'est-ce pas? Les dames de haute naissance sont parfois...

Rojeras haussa les épaules, plutôt que de risquer de manquer de respect.

—Non, reconnut Cazaril. Personne dans sa maison. C'est même plutôt le contraire.

Il ajouta:

—Mais vous n'êtes sans doute pas obligé d'en parler aux dames et les inquiéter si... si tôt?

— Bien sûr que si, répondit le médecin, bien qu'avec douceur, avant de se relever. Comment la royesse pourrait-elle prendre de bonnes décisions sans disposer de bonnes informations ?

Un argument très pertinent. Cazaril le rumina, embarrassé, tandis qu'il suivait le dédicat à l'étage.

Betriz se pencha dans le couloir en entendant approcher leurs pas.

— Est-ce que tout va bien ? demanda-t-elle à Rojeras.

Celui-ci leva la main.

— Un moment, Madame.

Ils se dirigèrent vers le salon de la royesse, où Iselle attendait bien droite sur la chaise sculptée, les mains serrées sur ses genoux. Elle accueillit le salut de Rojeras d'un hochement de tête. Cazaril n'avait aucune envie de regarder, mais il ignorait que dire, et se laissa donc choir sur la chaise qu'une Betriz inquiète venait d'apporter pour lui, et que lui désigna Iselle. Rojeras resta debout en présence de la royesse.

— Madame, dit Rojeras à Iselle, s'inclinant de nouveau comme pour s'excuser de sa brutalité, votre secrétaire est atteint d'une tumeur abdominale.

Iselle le dévisagea, choquée. Le visage de Betriz perdit toute expression. Iselle avala sa salive et dit :

— Il n'est pas… en train de *mourir*, tout de même ?

Elle lança un coup d'œil craintif à Cazaril.

Rojeras, qui avait le plus grand mal à respecter ses principes de franchise devant cette situation, se retira brièvement derrière une dissimulation toute courtisane.

— La mort touche tous les hommes, à des degrés divers. Il est au-delà de mes compétences d'affirmer combien de temps sire Cazaril peut encore vivre.

Son regard en biais croisa celui, dur et suppliant, de Cazaril, et il ajouta avec une note d'espoir :

— Il n'y a aucune raison pour qu'il ne puisse poursuivre ses devoirs de secrétaire aussi longtemps qu'il se sent assez bien. Vous ne devriez pas lui permettre de se surmener, cependant. Avec votre permission, je souhaiterais revenir chaque semaine pour le réexaminer.

— Bien sûr, dit Iselle d'une voix faible.

Après quelques conseils de plus sur le régime et les devoirs de Cazaril, Rojeras se retira poliment.

Ses yeux de velours brun troublés par les larmes, Betriz lâcha d'une voix étouffée :

— Je ne pensais pas que ce serait… Aviez-vous deviné lorsque… ? Cazaril, je ne veux pas vous voir mourir !

Cazaril répliqua d'un air piteux :

— Moi non plus, je ne veux pas me voir mourir, alors nous sommes deux.

— Trois, ajouta Iselle. Cazaril, que pouvons-nous *faire* pour vous ?

Cazaril, qui allait répondre « rien », saisit cette occasion pour lancer d'une voix ferme :

— Ceci avant toute chose : ayez la gentillesse de ne pas en parler aux commères du château. Mon désir le plus cher est que cette information reste privée aussi longtemps... aussi longtemps que ce sera possible.

D'une part, apprendre que Cazaril était mourant donnerait peut-être à dy Jironal quelques nouvelles idées quant au décès de son frère. Le chancelier devrait bientôt rentrer à Cardegoss, peut-être assez frustré pour recommencer à méditer son histoire de cadavre manquant.

Iselle accepta en hochant lentement la tête, et Cazaril eut la permission de regagner son antichambre, où il ne put se concentrer sur ses livres de comptes. Lorsque dame Betriz fut entrée trois fois sur la pointe des pieds pour demander s'il n'avait besoin de rien, une fois sur ordre de la royesse et deux fois de sa propre initiative, Cazaril contre-attaqua en déclarant qu'il était temps de reprendre quelques leçons de grammaire négligées depuis longtemps. Si elles refusaient de le laisser seul, autant tirer parti de leur compagnie. Ses deux élèves se montrèrent très disciplinées, obéissantes et distinguées cet après-midi-là. Bien qu'ayant longtemps souhaité cette attitude studieuse et docile, il se surprit à espérer qu'elle ne durerait pas.

Pourtant, ils avancèrent plutôt bien dans les leçons, même la longue série d'exercices sur les modes grammaticaux du roknari de cour. Son attitude irritable n'appelait pas à la consolation. Les demoiselles, bénie soit leur résolution, ne tentèrent pas de lui en infliger. À la fin, les deux jeunes filles le traitaient presque de façon habituelle, selon ses désirs, même s'il n'y avait aucune fossette sur les joues de Betriz pour le réconforter.

Iselle se leva pour évacuer sa tension en faisant les cent pas dans la chambre ; elle s'arrêta pour regarder par la fenêtre la froide brume d'hiver qui emplissait le ravin au-dessous des murs du Zangre. Elle frottait sa manche d'un air absent, et remarqua d'un ton plaintif :

— La couleur lavande ne me va pas. C'est comme porter un hématome. Il y a bien trop de morts à Cardegoss. Nous n'aurions pas dû venir ici.

Considérant qu'il serait inopportun de signifier son accord, Cazaril se contenta de s'incliner et se retira pour se préparer à descendre dîner.

Les premiers flocons de l'hiver saupoudrèrent les rues et les murs de Cardegoss cette semaine-là, mais ils fondaient l'après-midi. Palli tenait Cazaril informé de l'arrivée de ses collègues les seigneurs dédicats, qui entraient dans la capitale un par un, et soutirait en échange à son ami les potins du Zangre. Une aide et une confiance mutuelles, réfléchit Cazaril, mais aussi une double brèche dans les murs qu'ils avaient chacun, en théorie, contribué à fortifier. Pourtant, s'il devait jamais s'agir de prendre parti entre le temple et le Zangre, Chalion aurait déjà perdu.

Dy Jironal, avec le royse Teidez à sa suite, entra comme soufflé par le vent froid du sud-est qui déposa aussi sur la ville, au passage, une quantité fort malvenue de neige fondue. Au grand soulagement de Cazaril, le chancelier arrivait les mains vides, privé de victime sur laquelle exercer revanche et justice. Impossible de lire sur son visage s'il avait renoncé à trouver sa proie, ou s'il avait juste été rappelé par des espions ayant forcé l'allure pour l'avertir d'une réunion à Cardegoss de forces que lui-même n'avait pas appelées.

Teidez se traîna vers ses quartiers dans le château avec l'air fatigué, maussade et malheureux. Cazaril n'en fut pas surpris. Parcourir trois provinces pour traquer toutes les morts survenues la nuit du décès de Dondo avait dû être bien assez horrible sans ce temps épouvantable.

Pendant la période où il se laissait éblouir par la flagornerie experte de Dondo, Teidez avait négligé la compagnie de sa sœur aînée. Lorsqu'il vint rendre visite à Iselle cet après-midi-là, il accepta et retourna même l'étreinte de sa sœur, visiblement plus désireux de lui parler qu'il l'avait été depuis longtemps. Cazaril se retira discrètement dans son antichambre et s'assit avec ses livres de comptes ouverts, jouant avec sa plume en train de sécher. Depuis qu'Orico avait, en guise de cadeau de fiançailles, accordé à sa sœur la rente de six villes pour soutenir sa maison, sans les reprendre lorsque le mariage fit place aux funérailles, les comptes et la correspondance de Cazaril s'étaient complexifiés.

Méditatif, il écoutait à travers la porte ouverte les jeunes voix s'élever puis se taire. Teidez détaillait son voyage pour les oreilles avides de sa sœur : les routes boueuses dans lesquelles pataugeaient les chevaux, les hommes revêches et tendus, la nourriture médiocre et les quartiers glaciaux. Iselle, d'une voix qui trahissait davantage d'envie que de compassion, lui fit remarquer à quel point l'entraînement était profitable pour ses futures campagnes d'hiver. Le motif du voyage fut à peine évoqué entre eux, Teidez semblant toujours offensé et dérouté par le fait que sa sœur dénigre son défunt héros, et Iselle peu désireuse de lui imposer le fardeau des causes les plus grotesques de son antipathie.

En plus d'être choqué par la nature horrible et soudaine du meurtre de Dondo, Teidez devait être l'une des seules personnes ayant connu l'homme et qui le pleuraient sincèrement. Et pourquoi pas ? Dondo avait flatté et cajolé Teidez et fait grand cas de lui. Il avait couvert le jeune garçon de cadeaux et de plaisirs, certains dangereusement inadaptés à son âge, et comment Teidez pouvait-il comprendre que les vices des adultes ne se confondaient pas avec leurs honneurs ?

L'aîné dy Jironal semblait un compagnon froid et insensible en comparaison. L'expédition paraissait avoir provoqué une scission lorsque l'enquête s'était faite plus rude, à la grande frustration de Jironal. Pire encore, dy Jironal, qui avait désespérément besoin de Teidez, n'était aucunement doué pour cacher le peu d'estime qu'il lui portait, si bien qu'il l'avait laissé à ses gens – secrétaire-précepteur, gardes et serviteurs – qui le traitaient davantage comme un poids mort que comme un lieutenant. Mais si, comme le laissait supposer son ton maussade, Teidez avait commencé à renvoyer l'antipathie de son principal gardien, c'était sans doute pour les mauvaises raisons. Et si son nouveau secrétaire reprenait la tâche abandonnée de sa noble éducation, rien dans le récit de Teidez ne permettait d'en rendre compte.

Au bout d'un moment, Nan dy Vrit pria les jeunes gens de se préparer pour le dîner, et mit fin à la visite. Teidez traversa lentement l'antichambre de Cazaril, les yeux baissés sur ses bottes et les sourcils froncés. Le jeune garçon était devenu presque aussi grand que son demi-frère Orico, et même s'il gardait pour l'instant la vigueur musculaire de la jeunesse, son visage rond laissait supposer qu'il deviendrait peut-être tout aussi imposant. Cazaril tourna une page de son livre de comptes au hasard, plongea de nouveau sa plume dans l'encre et leva les yeux avec un sourire hésitant.

— Comment allez-vous, Messire ?

Teidez haussa les épaules, mais parvenu à la moitié de la pièce, il fit demi-tour et s'approcha de la table de Cazaril. Son expression n'était pas boudeuse – ou du moins, pas seulement – mais lasse et préoccupée. Il tambourina brièvement des doigts sur la table et regarda par-dessus la pile de livres et de papiers. Cazaril joignit les mains et l'encouragea d'un regard inquisiteur.

Teidez répondit d'un ton abrupt :

— Quelque chose ne va pas à Cardegoss. N'est-ce pas ?

Il y avait à Cardegoss tant de choses qui n'allaient pas que Cazaril savait à peine comment prendre ces paroles. Il répondit prudemment :

— Qu'est-ce qui vous incite à le penser ?

Teidez décrivit un petit geste puis s'arrêta.

— Orico est mal en point et ne règne pas comme il le devrait. Il dort tout le temps, comme un vieillard, mais il n'est pourtant pas si vieux. Et tout le monde dit qu'il a perdu son… (Teidez rougit un peu, et son geste se fit plus vague.) Vous savez… Qu'il ne peut pas faire ce que doivent faire les hommes, avec les femmes. N'avez-vous jamais songé qu'il y avait quelque chose d'*anormal* à propos de cette maladie ?

Après une brève hésitation, Cazaril répondit sans se compromettre :

— Voilà de judicieuses observations, Royse.

— La mort de sire Dondo semblait anormale, elle aussi. Moi, je crois que tout est lié !

Le jeune homme réfléchissait : parfait !

— Vous devriez faire part de vos pensées à… Pas dy Jironal. À votre frère Orico. Il est la personne d'autorité la mieux placée à qui en parler.

Cazaril imagina Teidez en train d'essayer de soutirer à Orico une réponse franche, et soupira. Si même Iselle ne pouvait le ramener à la raison, avec toute sa passion et sa persuasion, quel espoir avait un Teidez à l'éloquence bien moindre ? Orico éluderait les réponses, à moins d'avoir eu le temps de s'y préparer.

Cazaril devrait-il prendre lui-même sa tutelle en main ? Non seulement il n'avait pas reçu l'autorisation de révéler ces secrets d'État, mais il n'était même pas censé les connaître. Et puis… C'était de la bouche du roya en personne, non de son entourage ou malgré lui, que Teidez devait apprendre l'existence de la malédiction du Général Doré, car dans le cas contraire il se teinterait d'une nuance douteuse de conspiration.

Il gardait le silence depuis trop longtemps. Teidez se pencha au-dessus de la table, plissant les yeux, et siffla :

— Sire Cazaril, *que savez-vous* au juste ?

Je sais que nous ne devons pas vous laisser plus longtemps dans l'ignorance. Et Iselle non plus.

— Royse, je vous en parlerai plus tard. Je ne peux pas vous répondre ce soir.

Teidez pinça les lèvres. D'un geste impatient, il passa la main dans ses boucles d'ambre sombre. Ses yeux étaient hésitants, méfiants et aussi, se dit Cazaril, étrangement pleins de solitude.

— Je vois, dit-il d'un ton neutre, avant de se détourner pour quitter la pièce.

Les mots qu'il murmura résonnèrent dans le couloir :

— Je dois le faire moi-même…

S'il voulait dire parler à Orico, parfait. Cazaril irait cependant trouver Orico le premier, oui, et si c'était insuffisant, reviendrait avec Umegat pour le soutenir. Il replaça ses plumes dans leur pot, ferma ses livres, inspira pour se blinder contre les tiraillements qui le faisaient souffrir à chaque mouvement brusque, et se releva.

Un entretien avec Orico était plus facile à décider qu'à obtenir. Le prenant pour un autre ambassadeur de l'offre de mariage ibrane d'Iselle, le roya esquiva Cazaril dès qu'il l'aperçut et chargea le chambellan d'offrir une dizaine d'excuses pour justifier son indisposition. L'affaire fut encore compliquée par la nécessité d'avoir cette conversation en privé, d'homme à homme, et sans interruption. Cazaril traversait le couloir depuis la salle de banquet après le souper, tête baissée, réfléchissant à la meilleure façon de coincer son gibier royal, lorsqu'une main posée sur son épaule le fit se retourner.

Il leva les yeux, et l'excuse qu'il allait présenter pour sa distraction mourut sur ses lèvres. L'homme qu'il venait de croiser était ser dy Joal, l'un des hommes de main de Dondo désormais sans emploi (et comment toutes ces âmes mûres gagnaient-elles leur argent de poche ces jours-ci ? Le frère de Dondo avait-il hérité d'elles ?), flanqué d'un de ses camarades, souriant à moitié, et d'un ser dy Maroc à la mine songeuse et embarrassée. L'homme qui venait de lui tomber dessus, rectifia Cazaril. La lueur des chandeliers muraux reflétés par les miroirs allumait de vives étincelles dans les yeux alertes de l'homme le plus jeune.

— Espèce de rustre maladroit ! rugit dy Joal, d'une voix qui manquait de spontanéité. Comment osez-vous me bloquer le passage ?

— Je vous demande pardon, Ser dy Joal, répondit Cazaril. J'avais l'esprit ailleurs.

Il fit une demi-révérence et s'apprêta à s'éloigner.

Dy Joal fit un bond de côté pour le bloquer et écarta un pan de sa cape pour révéler la garde de son épée.

— Et moi, je dis que vous m'avez bousculé. M'accusez-vous aussi de mentir ?

C'est une embuscade. Ah. Cazaril s'arrêta, serrant les dents. Il demanda d'une voix lasse :

— Que me voulez-vous, dy Joal ?

— Vous en êtes témoins ! (Dy Joal fit signe à son camarade et à dy Maroc.) Il m'a bousculé.

Son camarade répondit docilement :

— Oui, je l'ai vu.

Dy Maroc semblait moins catégorique.

— Je vous demande réparation, Sire Cazaril ! reprit dy Joal.

— Je le vois bien, dit sèchement Cazaril.

Mais était-ce là stupidité d'ivrogne, ou la forme d'assassinat la plus simple au monde ? Un duel jusqu'au premier sang, pratique approuvée permettant aux jeunes courtisans impétueux et pleins d'entrain de se défouler, suivi par : « L'épée a glissé, sur mon honneur ! Il s'est jeté dessus ! » et la confirmation du nombre de témoins rémunérés que l'on pouvait s'offrir.

— Je dis que je verserai trois gouttes de votre sang pour laver cet affront.

C'était la formule consacrée.

— Et moi, je dis que vous devriez aller vous plonger la tête dans l'eau jusqu'à ce que vous ayez dessoûlé, jeune homme. Je ne me bats pas en duel. D'accord ?

Cazaril leva brièvement les bras, mains tendues, dégageant sa propre cape pour montrer qu'il n'avait apporté aucune épée à dîner.

— Laissez-moi passer.

— Urrac, prête donc ton épée à ce lâche ! Nous avons nos deux témoins. Allons régler ceci dehors.

Dy Joal désigna d'un mouvement de tête les portes au bout du couloir qui menaient vers la cour principale.

Le camarade détacha son épée, souriant, et la lança vers Cazaril. Celui-ci leva un sourcil, mais pas la main, et laissa l'épée rengainée atterrir en cliquetant à ses bottes. Il la renvoya d'un coup de pied à son propriétaire.

— Je ne me bats pas en duel.

— Dois-je vous traiter directement de lâche ? demanda dy Joal.

Il avait les lèvres entrouvertes et le souffle accéléré par l'excitation, tant il était impatient de commencer le combat. Cazaril vit du coin de l'œil une poignée de curieux, attirés par les éclats de voix, s'avancer le long du couloir vers le cœur de l'altercation.

— Traitez-moi de tous les noms que vous voudrez, si vous tenez vraiment à passer pour un idiot, soupira Cazaril. Vos éructations ne m'atteignent pas.

Il s'efforçait de dégager une impression d'ennui languissant, mais le sang battait plus vite à ses oreilles. De peur ? Non. *De fureur...*

— Votre nom est celui d'un seigneur. N'en avez-vous donc pas l'honneur ?

Un coin de la bouche de Cazaril se releva, sans aucun humour.

— La confusion d'esprit que vous baptisez honneur est une maladie dont les maîtres de galères roknari possèdent le remède.

— Au temps pour votre honneur, alors. Vous ne me refuserez pas trois gouttes de sang pour le mien !

— C'est juste.

La voix de Cazaril se fit étrangement calme ; son cœur emballé ralentit de nouveau. Ses lèvres découvrirent ses dents en un curieux sourire.

— C'est juste, souffla-t-il de nouveau.

Cazaril leva la main gauche, paume tendue, et de la droite il tira le couteau pendu à sa ceinture, qu'il venait d'employer à couper du pain pour le souper. La main de Joal se crispa sur la garde de son épée, qu'il tira à moitié.

— Pas dans la salle du roya ! s'écria dy Maroc, inquiet. Vous savez qu'il faut le faire dehors, dy Joal ! Par le Frère, il n'a pas d'épée, tu ne peux pas !

Dy Joal hésita ; au lieu de s'avancer vers lui, Cazaril retroussa sa manche gauche et dirigea sa lame de couteau vers son propre poignet. Il ne ressentit aucune douleur. Le sang perla, carmin sombre et luisant à la lueur des bougies, mais sans couler exagérément. Une sorte de voile troubla sa vision, effaçant les gens qui l'entouraient et le jeune idiot au sourire désormais hésitant qui lui avait demandé réparation. *Je vais t'en donner.* Il replaça le couteau dans l'étui à sa ceinture. Dy Joal, pas encore assez prudent, laissa retomber son bras et lâcha son épée. Souriant, Cazaril leva les mains, l'une sanglante, l'autre nue. Puis il s'élança.

Il atteignit un dy Joal surpris et le repoussa contre le mur, qu'il heurta avec un bruit sourd qui se répercuta le long du couloir, un bras coincé derrière lui. La main droite de Cazaril se referma sur le cou de Joal, le soulevant de terre pour le clouer au mur. Il maintint la pression afin de l'empêcher d'utiliser son bras coincé ; lorsque dy Joal tenta de le griffer, il colla son autre bras contre le mur. Le poing de Joal se tortilla dans l'étau sanglant qui l'emprisonnait, sans parvenir à se libérer. Incapable de crier, même s'il roulait des yeux au blanc apparent, le jeune homme vira à l'écarlate tandis qu'un gargouillis franchissait ses lèvres. Ses talons martelaient le mur. Les hommes de main savaient que les doigts tordus de Cazaril pouvaient tenir une plume ; ils oubliaient qu'il avait aussi manié une rame. Dy Joal n'irait nulle part, à présent.

Cazaril rugit à ses oreilles, d'une voix basse mais audible de tous :

— Je ne me bats pas en duel, jeune homme. Je tue comme tue un soldat, c'est-à-dire comme un boucher, avec la même rapidité, la même efficacité, la même absence de risque si je peux l'éviter. Si je décide que tu dois mourir, tu mourras quand je l'aurai choisi, là où je l'aurai choisi, par les moyens que j'aurai choisis, et tu ne verras jamais arriver le coup.

Il relâcha le bras à présent affaibli de Joal, éleva son poignet droit et pressa la plaie contre la bouche entrouverte et tremblante de sa victime terrifiée.

— Tu voulais trois gouttes de mon sang, pour ton honneur ? Tu vas les boire.

Cazaril pressa plus fort, souillant de sang le visage de son adversaire, fasciné par la netteté du tableau, les traînées rouges sur la peau livide, le contact âpre de la barbe naissante contre son poignet, la vive lueur des bougies reflétée dans les larmes qui coulaient de ces yeux écarquillés. Il les fixa pour les regarder se brouiller.

— Cazaril, au nom des dieux, laissez-le *respirer*.

Le cri de détresse de dy Maroc transperça le brouillard rouge de Cazaril.

Il desserra quelque peu son étreinte et dy Joal, frissonnant, prit une inspiration. Maintenant son genou en place, Cazaril retira sa poigne gauche sanglante et lui assena dans l'estomac un coup rude et précis qui lui coupa le souffle ; les genoux de Joal tressautèrent. Alors seulement, Cazaril recula et le relâcha.

Dy Joal tomba à terre et resta prostré, haletant, pleurant et s'étouffant, sans même tenter de se relever. Au bout d'un moment, il se mit à vomir.

Cazaril enjamba cette gadoue de nourriture, de vin et de bile pour rejoindre Urrac, qui recula d'un pas vacillant jusqu'à se trouver acculé contre le mur opposé. Cazaril se pencha vers son visage et répéta doucement :

— Je ne me bats pas en duel. Mais si l'envie te vient de mourir comme un bœuf tué à coups de gourdin, croise à nouveau ma route.

Il pivota sur ses talons ; le visage de dy Maroc, livide, tremblota à la lisière de sa vision.

— Cazaril, avez-vous perdu la tête ?

— Essaie un peu.

Cazaril lui retourna un sourire féroce. Dy Maroc recula. Des gouttes de sang giclant toujours de ses doigts, Cazaril remonta le couloir à grands pas et sortit dans le froid mordant de la nuit, laissant derrière lui des hommes flous. La porte refermée fit taire la rumeur croissante de voix.

Il courait presque lorsqu'il traversa la cour aux pavés glacés pour rejoindre le bâtiment principal et son refuge. Son souffle et ses pas se faisaient plus rapides et moins réguliers à mesure que quelque chose – lucidité, terreur à retardement ? – s'infiltrait dans son esprit. Son ventre fut secoué de crampes violentes alors qu'il montait les marches de pierre. Ses doigts tremblaient tellement lorsqu'il voulut manipuler la clé pour regagner sa chambre qu'il la fit tomber deux fois et dut s'y reprendre à deux mains, arc-bouté contre le battant, pour la guider vers la serrure. Il verrouilla la porte derrière lui et s'effondra en travers de son lit, sifflant et gémissant. Son escorte de fantômes avait fui aux abris lors de la confrontation, sans qu'il remarque leur désertion sur le moment. Il roula sur le flanc et se recroquevilla autour de son ventre douloureux. Alors seulement, son poignet entaillé se mit à palpiter. Tout comme sa tête.

Il avait vu plusieurs fois des hommes devenir fous furieux dans la violence de la bataille. Mais jamais il n'avait imaginé ce qu'ils pouvaient ressentir. Personne n'avait parlé de cette euphorie diffuse, aussi enivrante que le vin ou le sexe. Combinaison inconnue mais naturelle de tension nerveuse, de peur et de mortalité, entassées dans un espace trop petit, pendant une trop brève durée. Rien de surnaturel. Ce n'était pas… la chose dans son ventre qui s'efforçait de le tordre, de le manipuler, de le pousser vers la mort et sa propre libération…

Oh.

Tu sais ce que tu as fait à Dondo. Maintenant, tu sais ce que Dondo est en train de te faire.

Chapitre 17

Ce fut par hasard, le lendemain matin, que Cazaril aperçut Orico qui franchissait d'un pas tranquille les portes du Zangre en direction de la ménagerie, un seul page sur ses talons. Cazaril fourra dans la poche interne de sa cape les lettres qu'il apportait au bureau de la chancellerie et se détourna de la tour d'Ias pour le suivre. Le chambellan du roya avait refusé un peu plus tôt de déranger sa sieste d'après le petit déjeuner ; manifestement, Orico avait fini par se lever et cherchait à présent le réconfort parmi ses animaux. Cazaril se demanda si le roya s'était réveillé avec un mal de tête pareil au sien.

Parcourant les pavés, Cazaril remit de l'ordre dans ses arguments. Si le roya redoutait l'action, Cazaril lui ferait remarquer que l'inaction ne risquait pas moins d'être détournée par l'influence mauvaise de la malédiction. Si le roya insistait sur le jeune âge des enfants, il rétorquerait qu'ils n'auraient pas dû, en premier lieu, être convoqués au Zangre. Mais à présent qu'ils s'y trouvaient, si Orico ne pouvait les protéger, il était de son devoir, à la fois envers Chalion et envers les enfants, de leur parler des dangers qu'ils couraient. Cazaril appellerait Umegat pour lui confirmer que le roya ne pouvait attirer la malédiction sur lui seul, et qu'en effet ce n'était pas le cas. *Ne les jetez pas yeux bandés dans cette bataille*, implorerait-il, dans l'espoir que le cri de Palli frappe le cœur d'Orico comme il avait frappé le sien. Et dans le cas contraire…

S'il prenait lui-même l'affaire en mains, devrait-il d'abord en parler à Teidez, en tant qu'héritier de Chalion, et en appeler à son aide pour la protection de sa sœur ? Ou bien à Iselle, et obtenir ainsi son soutien pour convaincre un Teidez bien plus difficile ? La deuxième option lui permettrait de cacher sa complicité derrière les jupes de la royesse, mais seulement si le secret de sa culpabilité survivait à un habile contre-interrogatoire.

Un raclement de sabots l'arracha à ses réflexions. Il leva les yeux juste à temps pour laisser passer le groupe en train de quitter les écuries.

Le royse Teidez, montant son beau cheval noir, menait un cortège de gardes baociens, leur capitaine et deux hommes. Les habits de deuil lavande et noirs du royse donnaient à son visage rond un air pâle et fatigué à la lumière du soleil d'hiver. La pierre verte de Dondo scintilla au doigt du capitaine des gardes lorsqu'il leva la main pour retourner à Cazaril son salut poli.

— Où allez-vous donc, Royse ? demanda Cazaril. À la chasse ?

Le cortège était armé pour la chasse de lances et d'arbalètes, d'épées et de gourdins.

Teidez arrêta son cheval agité et baissa brièvement les yeux vers Cazaril.

— Non, juste galoper au bord de la rivière. Le Zangre est… étouffant, ce matin.

En effet. Et si par hasard ils levaient un cerf ou deux, eh bien, ils étaient préparés à accepter la largesse des dieux. Mais ils ne pouvaient pas vraiment chasser en période de deuil, non.

— Je comprends, dit Cazaril, réprimant un sourire. Ce sera bon pour les chevaux.

Teidez leva de nouveau ses rênes. Cazaril recula, puis ajouta soudain :

— Je souhaiterais vous parler plus tard, Royse, du sujet qui vous préoccupait hier.

Teidez lui fit un vague signe de main, assorti d'un froncement de sourcils : pas exactement un accord, mais ce serait suffisant. Cazaril lui fit un salut d'adieu et ils quittèrent la cour dans un fracas de sabots.

Et il demeura prostré tandis que la pire crampe éprouvée jusque-là le frappa avec la puissance des sabots arrière d'un cheval. Il en eut le souffle coupé. Des vagues de douleur se répandirent dans tout son corps depuis cette source centrale, jusqu'à des spasmes brûlants dans les paumes de ses mains et la plante de ses pieds. Il fut secoué par la vision hideuse du monstre-démon évoqué par Rojeras, prêt à s'échapper vers la lumière du jour à coups de griffes. Une créature, ou bien deux ? Sans corps pour séparer leurs esprits, enfermés sous la pression du miracle de la Dame, Dondo et le démon avaient-ils commencé à se fondre en une créature unique et monstrueuse ? Il était vrai qu'il n'avait distingué qu'une seule voix, non un duo, qui hurlait depuis son ventre au beau milieu de la nuit. Ses genoux lâchèrent et il s'effondra sur les pavés froids. Il aspira une bouffée d'air en frissonnant. Le monde semblait tourner autour de lui par petites secousses étourdissantes.

Au bout de quelques minutes, une ombre traînant un puissant arôme de chevaux se dressa derrière son épaule. Une voix bourrue lui murmura à l'oreille :

— Messire ? Tout va bien ?

Cazaril leva les yeux en clignant pour découvrir l'un des valets d'écurie penché sur lui, un homme d'âge moyen aux dents gâtées.

— Pas… vraiment, parvint-il à répondre.

— Souhaitez-vous retourner à l'intérieur, Messire ?

— Oui… je crois…

Le valet passa une main sous son coude pour l'aider à se relever, et le soutint pendant tout le trajet jusqu'au bâtiment principal. Au pied de l'escalier, Cazaril souffla :

— Attendez. Pas encore.

Et il s'assit lourdement sur les marches.

Après une minute embarrassante, le valet demanda :

— Dois-je aller chercher quelqu'un pour vous, Messire ? Il me faut retourner à ma besogne.

— Ce n'est… qu'un spasme. Il aura disparu dans quelques minutes. Tout va bien maintenant. Allez-y.

La douleur diminuait, lui laissant une étrange impression de vide et de nudité.

Le valet baissa les yeux vers Cazaril avec une moue hésitante, mais baissa ensuite la tête avant de s'éloigner.

Lentement, assis sur les marches, il commença à retrouver son souffle et son équilibre, et parvint à redresser le dos. Le monde cessa de palpiter. Même les quelques taches fantômes qui avaient rampé hors des murs pour s'amasser à ses pieds se tenaient plus tranquilles. Cazaril les regarda dans les ombres de la cage d'escalier et songea que ce devait être une damnation froide et solitaire que cette lente érosion, cette perte de tout ce qui avait fait d'eux des individus. Que devait-on ressentir lorsque son propre esprit pourrissait lentement autour de soi comme la chair sur des membres morts ? Les fantômes ressentaient-ils leur propre diminution, ou bien la perception de soi s'estompait-elle aussi, par clémence, avec le temps ? L'enfer légendaire du Bâtard, avec tous les tourments qu'on lui supposait, semblait en comparaison une forme de paradis.

— Ah ! Cazaril !

Une voix étonnée lui fit lever les yeux. Palli se tenait là, une botte posée sur la première marche, flanqué de deux jeunes hommes portant eux aussi le bleu et le blanc de l'ordre de la Fille sous des capes d'équitation de laine grise.

— Que fais-tu assis sur les marches ?

— Je me repose un instant. (Cazaril esquissa un rapide sourire dissimulateur et se remit debout, bien qu'en gardant une main contre le mur, comme par hasard, afin de conserver son équilibre.) Que se passe-t-il ?

— J'espérais que tu aurais un peu de temps pour marcher jusqu'au temple avec moi. Et parler à certaines personnes de cette… (Palli décrivit un cercle avec le doigt) petite histoire de Gotorget.

— Déjà ?

— Dy Yarrin est arrivé hier soir. Nous sommes maintenant une assemblée suffisante pour prendre des décisions importantes. Et avec le retour en ville de Jironal, il vaudrait mieux nous organiser sans plus tarder.

En effet. Cazaril s'en irait chercher Orico juste après son retour. Il jeta un coup d'œil aux deux compagnons puis de nouveau à Palli, comme s'il espérait des présentations, mais avec dans les yeux cette question cachée : « Sont-ils des oreilles fiables ? »

— Ah, dit Palli d'un ton joyeux. Permets-moi de te présenter mes cousins, Ferda et Foix dy Gura. Ils m'ont accompagné depuis Palliar. Ferda est lieutenant de mon maître d'équitation, et son jeune frère Foix... Eh bien, il nous aide à porter des charges lourdes. Saluez le castillar, les garçons.

Le plus petit et le plus robuste eut un sourire penaud, et tous deux produisirent des révérences relativement gracieuses. Il y avait une légère ressemblance familiale avec Palli dans leur mâchoire volontaire et leurs yeux bruns et vifs. Ferda était noueux et d'âge moyen, cavalier de toute évidence, avec les jambes déjà un peu arquées, alors que son frère était large et musclé. Ils semblaient deux petits seigneurs de campagne plutôt sympathiques, sains, joyeux, pas encore marqués par la vie. Et d'une jeunesse révoltante. Mais la légère emphase de Palli sur le mot « cousins » répondit à la question muette de Cazaril.

Les deux frères restèrent en arrière tandis que Cazaril et Palli franchissaient les portes pour marcher dans Cardegoss. Ils étaient peut-être jeunes, mais ils promenaient partout des yeux alertes, et d'un air désinvolte, ils empêchaient leur cape d'entraver la garde de leur épée. Cazaril était soulagé de savoir que Palli ne se déplaçait pas seul dans les rues de Cardegoss, même dans la lumière grise de cette journée d'hiver. Cazaril se raidit lorsqu'ils passèrent sous le palais Jironal aux murs de pierre sculptée, mais ses portes de fer ne crachèrent aucun homme de main armé venu les molester. Ils atteignirent le carré du Temple sans avoir rencontré personne de plus intimidant qu'un trio de servantes. Elles sourirent aux hommes portant les couleurs de l'ordre de la Fille et ricanèrent entre elles après les avoir dépassés, ce qui sembla légèrement inquiéter les frères Gura, et leur fit en tout cas adopter une démarche plus raide.

L'enceinte immense de la maison de la Fille formait un mur qui longeait entièrement l'un des côtés du pentagone du temple. Le portail principal était dédié aux femmes et aux jeunes filles qui formaient le plus gros des dédicats, acolytes et divins du temple. Les hommes de son ordre militaire avaient leur propre entrée, leur propre bâtiment et leur écurie pour les chevaux des courriers. Les couloirs du quartier général militaire étaient glacés malgré les bougeoirs allumés en grand nombre et l'abondance de belles tapisseries et de tentures qui en ornaient les murs, tissées et brodées par des dames pieuses à travers Chalion tout entière. Cazaril allait se diriger vers la salle principale, mais Palli l'attira vers un autre couloir et lui fit monter un escalier.

— Vous ne vous rassemblez pas dans la salle des seigneurs dédicats ? demanda Cazaril, regardant par-dessus son épaule.

Palli secoua la tête.

— Trop froide, trop grande et trop vide. On s'y sent excessivement exposé. Pour les témoignages et les débats secrets, nous avons choisi une chambre où nous pouvons nous donner l'impression d'être une majorité, et ne pas avoir les pieds gelés.

Palli laissa les frères dy Gura dans le couloir où ils contemplèrent une tapisserie aux couleurs vives illustrant la légende de la Vierge et de la cruche d'eau, représentant une vierge-déesse des plus voluptueuses. Il fit passer Cazaril devant deux gardes de la Fille, qui inspectèrent leurs visages avec soin avant de retourner le salut de Palli, et lui fit franchir une double porte sculptée de motifs de vigne entrelacée. La chambre qu'il découvrit au-delà dévoilait une longue table à tréteaux et une vingtaine d'hommes, entassés mais bien au chaud – et par-dessus tout, remarqua Cazaril, réunis en privé. En plus des bonnes chandelles de cire, un vitrail coloré représentant les fleurs de printemps favorites de la Dame combattait la grisaille hivernale.

Les collègues de Palli s'assirent bien droits, hommes jeunes comme barbes grises, vêtus de robes bleues et blanches, chères et neuves ou usées et délavées, mais tous égaux par le sérieux et l'austérité de leurs visages. Le provincar de Yarrin, seigneur le plus haut placé de Chalion ici présent, occupait la tête de table sous la fenêtre. Cazaril se demanda combien ici étaient des espions, ou du moins des bavards. Le groupe semblait déjà trop grand et trop diversifié pour une conspiration réussie, malgré leurs précautions extérieures pour garder leur réunion secrète. *Dame, montrez-leur la voie de la sagesse.*

Palli s'inclina et commença :

— Messires, voici le castillar dy Cazaril, qui fut mon commandant lors du siège de Gotorget, et vient aujourd'hui témoigner devant vous.

Palli prit un siège vide vers le milieu de la table et laissa Cazaril prendre place au bout. Un autre seigneur dédicat lui fit jurer de dire la vérité au nom de la déesse. Cazaril n'eut aucun mal à répéter avec ferveur et sincérité le passage qui disait : « Puissent Ses mains me retenir, et ne pas me lâcher. »

Dy Yarrin mena l'interrogatoire. Il se montra astucieux et clairement informé par Palli, car il ne lui fallut que quelques minutes pour soutirer à Cazaril toute l'histoire des séquelles de Gotorget. Cazaril n'ajouta aucun détail coloré. Pour certaines des personnes présentes, il n'en avait pas besoin : il déduisait de leurs lèvres pincées quelle proportion de ses sous-entendus elles comprenaient. Inévitablement, d'autres voulurent savoir comment il s'était attiré les foudres de Dondo, et il lui fallut à contrecœur répéter l'histoire de sa décapitation manquée dans la tente du prince Olus. Il était généralement considéré comme impoli de dénigrer les morts, partant du principe qu'ils ne pouvaient se défendre. Dans le cas de Dondo, Cazaril n'en était pas si sûr. Mais il fit également ce récit, aussi rapidement et sobrement qu'il le put. Malgré sa concision, lorsqu'il eut terminé, il se retrouva appuyé des deux mains sur la table, avec une dangereuse impression de vertige.

Un bref débat s'ensuivit à propos de l'obtention de preuves pour corroborer son récit, ce que Cazaril avait cru impossible ; dy Yarrin, cependant, ne semblait pas du même avis. Mais d'un autre côté, Cazaril n'avait jamais envisagé d'obtenir le témoignage de Roknari survivants, directement ou par le biais de chapitres sœurs de l'ordre de la Fille au-delà des frontières des principautés.

— Cependant, Messires, dit un Cazaril un peu gêné lors d'une des rares pauses parmi ce flot de suggestions et d'objections, même si mes paroles étaient confirmées une dizaine de fois, mon histoire n'est pas de nature à faire tomber un homme de pouvoir. Pas comme la trahison de sire dy Lutez.

— Laquelle ne fut jamais vraiment prouvée, même à l'époque, murmura sèchement dy Yarrin.

— Et quelle serait donc cette nature ? avança Palli. Je ne crois pas que les dieux calculent la grandeur comme le font les hommes. Pour ma part, je trouve la destruction fortuite d'une vie plus répugnante encore que si elle était volontaire.

Cazaril s'appuya plus lourdement sur la table, afin de ne pas s'effondrer pour illustrer ce moment dramatique. Palli avait affirmé que sa voix serait entendue au conseil ; très bien, que ce soit la voix de la prudence.

— Choisir votre propre saint général fait sans doute partie de votre mandat, Messires. Orico pourrait même accéder à votre choix, si vous lui facilitez la tâche. Défier le chancelier de Chalion et le saint général de votre ordre frère va beaucoup trop loin, et j'ai dans l'idée qu'Orico ne pourra se laisser convaincre d'abonder dans ce sens. Je vous le déconseille.

— Ce sera tout ou rien, intervint l'un des hommes.

— Jamais plus nous ne voulons subir un deuxième Dondo, commença un autre.

Dy Yarrin leva la main, interrompant ainsi cette vague de protestations animées.

— Je vous remercie, Sire Cazaril, à la fois pour votre témoignage et pour votre avis. (Son choix de vocabulaire invitait ses compagnons à décider lequel était lequel.) Nous devons poursuivre ce débat en assemblée privée.

Ce qui signifiait qu'on le congédiait. Palli repoussa sa chaise et se leva. Ils retournèrent chercher les dy Gura dans le couloir ; Cazaril fut un peu surpris de voir que Palli ne cessait pas de l'escorter aux portes de la maison.

— Ne devrais-tu pas rejoindre ton conseil ? demanda-t-il alors qu'ils atteignaient le coin de la rue.

— Dy Yarrin me racontera tout à mon retour. Je compte m'assurer que tu arriveras sain et sauf aux portes du Zangre. Je n'ai pas oublié ton récit sur la mort du pauvre dy Sanda.

Tandis qu'ils se dirigeaient vers la place du temple, Cazaril regarda par-dessus son épaule les deux jeunes officiers qui le suivaient. *Oh.* L'escorte armée était pour *lui.* Il décida de ne pas s'en plaindre et demanda plutôt à Palli :

— Qui serait selon toi le premier candidat au poste de saint général présenté à Orico ? Dy Yarrin ?

— Ce serait mon choix, dit Palli.

— Il semble être en position de force dans votre conseil. A-t-il un quelconque intérêt personnel ?

— Peut-être. Mais s'il est choisi, il compte céder le titre de provincar de Yarrin à son fils aîné, afin de consacrer toute son attention à l'ordre.

— Ah. Si seulement Martou dy Jironal avait fait de même pour l'ordre du Fils.

— En effet. Avec tellement de postes, comment peut-il en servir un seul correctement ?

Ils gravirent la colline, se faufilèrent à travers les rues pavées, enjambèrent prudemment des ruisseaux rincés par les récentes pluies froides. D'étroites rues commerçantes cédèrent la place à de plus grands quartiers peuplés de belles maisons. Cazaril pensa à dy Jironal lorsque son palais leur apparut de nouveau. Si la malédiction fonctionnait en déformant et trahissant les vertus, quelle qualité avait-elle corrompue chez Martou dy Jironal ? L'amour de la famille, peut-être, pour le transformer en méfiance de tout ce qui n'y appartenait pas ? Sa confiance excessive en son frère Dondo s'était peut-être muée en faiblesse et en ruine. Peut-être.

— Eh bien… J'espère que l'équilibre prévaudra.

Palli fit la grimace.

— La vie de cour est en train de faire de toi un diplomate, Caz.

Cazaril lui retourna un faible sourire.

— Je ne peux même pas commencer à t'expliquer ce que la vie de cour est en train de faire de moi… Ah !

Il se pencha lorsque l'un des corbeaux de Fonsa, apparu au-dessus d'un toit voisin, plongea droit vers sa tête en poussant des cris rauques. L'oiseau tomba presque du ciel à ses pieds et sautilla sur les pavés, croassant et battant des ailes. Deux autres le suivirent. L'un atterrit sur le bras tendu de Cazaril et s'y accrocha, sifflant et poussant des cris perçants, les griffes s'enfonçant dans sa chair. Quelques plumes noires tournoyèrent follement dans les airs.

— Maudits oiseaux !

Il avait cru qu'ils cessaient de s'intéresser à lui, mais voilà qu'ils revenaient avec le même enthousiasme encombrant.

Palli, qui avait reculé en riant, jeta un coup d'œil par-dessus le toit et dit :

— Cinq dieux, quelque chose les a effrayés ! C'est toute la volée qui flotte au-dessus du Zangre. Regarde-les tournoyer !

Ferda dy Gura se protégea les yeux pour observer ce que lui désignait Palli, le lointain tourbillon de formes sombres, pareilles à des feuilles noires dans un cyclone, qui piquaient et fondaient sur eux. Son frère Foix plaqua les mains sur ses oreilles pour les protéger des cris perçants des corbeaux à leurs pieds, et hurla pour couvrir le vacarme :

— Et bruyants, avec ça !

Ces oiseaux n'étaient pas en transe, comprit Cazaril : ils étaient hystériques. Son cœur se figea dans sa poitrine.

— Quelque chose ne va pas du tout. Venez !

Il n'était pas dans la meilleure forme pour gravir la colline en courant. Sa main appuyait très fort contre un violent point de côté lorsqu'ils approchèrent de l'étable à la lisière du Zangre. Ses oiseaux messagers voletaient au-dessus de sa tête pour l'escorter. Des cris d'hommes couvraient les hurlements continus des corbeaux, et Palli et ses cousins n'eurent pas besoin d'encouragements pour calquer leur allure sur la sienne.

Un valet portant le tabard royal de la ménagerie titubait en hurlant devant ses portes ouvertes, le visage dégoulinant de larmes et de sang. L'épée tirée, deux des gardes baociens de Teidez en habits verts et noirs bloquaient l'accès aux portes et tenaient à distance trois gardes du Zangre plantés craintivement devant eux, lames également tirées sans oser frapper. Ce courage-là ne manquait pas aux corbeaux. Ils piquèrent maladroitement sur les Baociens pour tenter de griffer à coups de serres, de frapper à coups de bec. Les Baociens les repoussaient en jurant. Deux piles de plumes noires reposaient déjà sur les pavés, l'une immobile, l'autre agitée de soubresauts.

Cazaril se précipita vers les portes de la ménagerie, rugissant :

— Au nom du Bâtard, que se passe-t-il ici ? Comment osez-vous tuer les corbeaux sacrés ?

L'un des Baociens tendit vers lui la pointe de son épée.

— Restez à distance, Sire Cazaril ! Vous ne pouvez passer ! Nous avons reçu les ordres stricts du royse !

Les lèvres retroussées par la fureur, Cazaril écarta l'épée avec son bras enveloppé dans sa cape, et d'un coup brusque il l'arracha aux mains du garde.

— Rendez-la moi, pauvre inconscient !

Il la jeta sur les pavés dans la direction des gardes du Zangre et de Palli, qui avait tiré la sienne dans un mouvement de panique en voyant Cazaril désarmé entrer dans la bagarre. L'épée tournoya sur les pavés dans un fracas métallique, jusqu'à ce que Foix l'arrête sous sa botte et la maintienne au sol avec un regard et un poids synonymes de défi.

Cazaril se tourna vers le second Baocien, dont la lame s'abaissa brusquement. Reculant devant Cazaril, le garde s'empressa de crier :

— Castillar, nous le faisons pour préserver la vie du roya Orico !

— Quoi donc ? Orico est là-dedans ? *Mais que faites-vous ?*

Un grondement félin suivi d'un hurlement s'éleva de l'intérieur et fit pivoter Cazaril, qui abandonna les Baociens intimidés aux gardes du Zangre, désormais assez confiants pour avancer. Il se précipita vers l'aile ombragée de la ménagerie.

Le vieux valet muet, prostré sur le carrelage, émettait des pleurs étouffés. Ses mains sans pouces étaient pressées contre son visage, et un peu de sang lui coulait entre les doigts ; il leva les yeux au bruit des pas de Cazaril, sa bouche humide et tremblotante tordue de douleur. Dépassant les stalles des ours, Cazaril aperçut deux tas inertes piqués de carreaux d'arbalètes, la fourrure humide et souillée de sang. La porte de la stalle des vellas était ouverte, et les bêtes reposaient sur le flanc dans la paille, les yeux ouverts et fixes, la gorge tranchée.

Tout au bout de l'aile, le royse Teidez se tenait près du corps flasque du chat tacheté. Il se redressa à l'aide de son épée sanglante et s'appuya dessus, haletant, l'expression sauvage et triomphante. Son ombre bouillonnait autour de lui comme des nuages d'orage à minuit. Il leva les yeux vers Cazaril avec un sourire féroce.

— Ha ! s'écria-t-il.

Le capitaine des gardes baociens, un petit oiseau au cou brisé encore en main, surgit de la volière pour bloquer la route à Cazaril. Des piles de plumes colorées, des oiseaux morts et mourants de toutes tailles, jonchaient le sol de la volière, certains battant toujours des ailes, impuissants.

— Attendez, Castillar…, commença-t-il.

Ses mots s'étouffèrent brusquement lorsque Cazaril le saisit par la tunique, le retourna puis le jeta au sol juste devant Palli, qui le suivait en murmurant, ébahi et consterné :

— Bâtard en pleurs, Bâtard en pleurs…

C'était la litanie de Palli pendant les batailles de Gotorget, lorsque son épée s'élevait et s'abaissait sans fin sur des hommes gravissant les échelles, et qu'il n'avait plus le souffle pour crier.

— Tiens-le, rugit Cazaril par-dessus son épaule, alors qu'il s'avançait vers Teidez.

Teidez rejeta la tête en arrière et soutint le regard de Cazaril.

— Vous ne pouvez pas m'arrêter : je l'ai fait ! J'ai sauvé le roya !

— Quoi ?… Quoi ?… Quoi ?… (Cazaril était tellement furieux et effrayé que ses lèvres et son esprit peinaient à former des paroles cohérentes.) Jeune inconscient ! Mais quelle folie destructrice avez-vous, avez-vous… ?

Ses mains tremblantes se mirent à décrire de grands gestes.

Teidez se pencha vers lui, les dents luisant derrière ses lèvres retroussées.

— J'ai brisé la malédiction, la magie noire qui rendait Orico malade. Elle provenait de ces maudits animaux. Ils étaient un cadeau secret des Roknari, destiné à l'empoisonner lentement. Et nous avons tué l'espion roknari, je crois…

Teidez lança un regard dubitatif par-dessus son épaule.

Alors seulement, Cazaril aperçut le dernier corps sur le sol, tout au bout de l'aile. Umegat était couché sur le flanc, aussi immobile que les oiseaux ou les vellas. Les carcasses des renards des sables étaient entassées tout près de lui. Cazaril ne l'avait pas vu tout de suite, car son aura d'un blanc lumineux était éteinte. *Mort?* Cazaril gémit, s'avança vers lui et tomba à genoux. Le côté gauche de la tête d'Umegat était lacéré, la tresse gris bronze défaite et trempée de matières sanglantes. Il avait la peau aussi grise qu'un vieux chiffon. Mais son cuir chevelu saignait toujours lentement, ce qui signifiait…

—Est-ce qu'il respire toujours? demanda Teidez, qui s'avançait pour regarder par-dessus l'épaule de Cazaril. Le capitaine l'a frappé avec le pommeau de son épée, lorsqu'il a refusé de céder le passage…

—Jeune idiot! Inconscient!

—«Idiot», moi? C'était *lui* qui se cachait derrière tout ça. (Teidez désigna Umegat du menton.) Un sorcier roknari, envoyé pour affaiblir et tuer Orico.

Cazaril serra les dents.

—Umegat est un divin du temple. Envoyé par l'ordre du Bâtard pour s'occuper des animaux sacrés, qui étaient un cadeau des dieux pour *protéger* Orico. Et si vous ne l'avez pas tué, ce ne sera que par chance.

Le souffle d'Umegat était étrange et superficiel, ses mains aussi froides que celles d'un cadavre, pourtant il respirait.

—Non… (Teidez secoua la tête.) Non, vous vous trompez, c'est impossible…

Pour la première fois, l'exultation héroïque vacilla sur son visage.

Cazaril se déplia pour se relever et Teidez recula légèrement. Cazaril se tourna et trouva Palli derrière lui, à son grand soulagement, et Ferda derrière l'épaule de Palli, qui braquait autour de lui un regard de stupéfaction horrifiée. Palli, au moins, devait savoir donner les premiers soins.

—Palli, cria-t-il d'une voix âpre, viens par ici. Occupe-toi des valets blessés, surtout celui-ci. Il a peut-être une fracture du crâne.

Il désigna le corps assombri d'Umegat.

—Ferda.

—Messire?

L'insigne et les couleurs de Ferda lui permettraient l'accès à n'importe quelle partie des zones sacrées.

—Cours jusqu'au temple. Trouve l'archidivin Mendenal. Ne laisse rien ni personne t'empêcher d'aller directement à lui. Explique-lui ce qui s'est passé ici, et demande-lui d'envoyer des médecins du temple… Dis-lui qu'Umegat a besoin de la sage-femme de la Mère, celle qui a le don. Il saura de quoi tu parles. Dépêche-toi!

Palli, déjà agenouillé près d'Umegat, ajouta :

— Donne-moi ta cape. Et cours, mon garçon !

Ferda lança la cape à son commandant, pivota et disparut avant que Palli puisse inspirer une seconde fois. Palli se mit à envelopper la laine grise autour du Roknari inconscient.

Cazaril se retourna vers Teidez, dont les yeux passaient de l'un à l'autre avec une incertitude croissante. Le royse se retira vers l'enveloppe inerte du léopard étendue mollement sur le carrelage, un mètre quatre-vingts de la truffe au bout de la queue. Sa superbe fourrure tachetée masquait ses plaies, que seuls trahissaient des poils collés par le sang sur ses flancs. Cazaril repensa au corps transpercé de dy Sanda.

— Je l'ai tué avec mon épée en tant que symbole royal de ma maison, même s'il était ensorcelé, expliqua Teidez. Et pour mettre mon courage à l'épreuve. Il m'a griffé à la jambe.

Il se pencha et frotta maladroitement son tibia droit, où ses chausses noires déchirées pendaient en rubans humides de sang.

Teidez était l'héritier de Chalion et le frère d'Iselle. Cazaril ne pouvait pas regretter que la bête ne l'ait pas mordu à la gorge. Ne le devait pas, en tout cas.

— Cinq dieux, mais d'où vous sont venues ces idées saugrenues ?

— Elles ne sont pas saugrenues ! Vous saviez que la maladie d'Orico avait des causes surnaturelles ! Je l'ai lu sur votre visage. Démons du Bâtard, n'importe qui pouvait le voir. Sire Dondo m'a révélé le secret avant de mourir. Je crois qu'on l'a tué pour l'empêcher de le révéler, mais c'était trop tard.

— Avez-vous conçu ce... projet d'attaque tout seul ?

Teidez leva fièrement la tête.

— Non, mais comme il ne restait plus que moi, je l'ai mené à bien tout seul ! Nous devions le faire ensemble, une fois Dondo marié à Iselle : détruire la malédiction, et libérer la maison de Chalion de son influence néfaste. Mais ensuite je me suis retrouvé seul. Alors je suis devenu son porte-étendard, son bras d'outre-tombe, prêt à porter un dernier coup en faveur de Chalion !

— Ah ! Ah !

Abasourdi, Cazaril faisait les cent pas. Mais Dondo avait-il cru à ses propres mensonges, où était-ce là un plan rusé visant à exploiter Teidez, de manière oblique et sans laisser de preuves, afin d'affaiblir ou d'assassiner Orico ? Malice ou stupidité ? Avec Dondo, comment savoir ?

— Non !

— Sire Cazaril, que faisons-nous de ces Baociens ? demanda Foix d'une voix hésitante.

Levant les yeux, Cazaril vit le capitaine des gardes baociens désarmé, pris entre Foix et l'un des gardes du Zangre.

— Et vous ! rugit Cazaril. Espèce d'outil, espèce d'imbécile, vous avez contribué à ce... ce sacrilège idiot sans prévenir personne ? Ou êtes-vous toujours la créature de Dondo ? Ah ! Emmenez-les, lui et ses hommes, et enfermez-les dans une cellule jusqu'à ce que…

Cazaril hésita. Dondo était responsable de tout ceci, oh oui, affairé à répandre désastre et chaos, tout portait sa marque. Mais pour une fois, supposa Cazaril, Martou ne se trouvait pas derrière son frère. C'était même plutôt l'inverse, s'il ne se trompait pas dans ses hypothèses.

— Jusqu'à ce que le chancelier en soit informé, poursuivit-il. Vous, là-bas… (Un geste du bras attira l'attention d'un autre garde du Zangre.) Courez jusqu'à la chancellerie, ou au palais Jironal, partout où vous pensez pouvoir le trouver, et dites-lui ce qui vient de se passer. Priez-le de venir me trouver avant d'aller voir Orico.

— Sire Cazaril, vous ne pouvez ordonner l'arrestation de mes gardes ! s'écria Teidez.

Cazaril était ici la seule personne ayant l'air de posséder – à défaut de l'avoir vraiment – l'autorité nécessaire pour mener à bien l'étape suivante.

— Et *vous*, retournez directement dans votre chambre, jusqu'à ce que votre frère ordonne le contraire. C'est *moi* qui vais vous y escorter.

— Lâchez-moi ! glapit Teidez lorsque la poigne de fer de Cazaril se referma sur son bras.

Mais il n'osa pas lutter contre ce qu'il voyait sur son visage. Cazaril dit entre ses dents, dégoulinant de fausse cordialité :

— Non, certes pas. Vous êtes blessé, jeune Sire, et il est de mon devoir de vous emmener voir un médecin.

Il ajouta dans un souffle, à l'oreille du seul Teidez :

— Et je vous assommerai pour vous y traîner, s'il le faut.

Teidez, recouvrant autant de dignité qu'il le pouvait, grommela à son capitaine des gardes :

— Suivez-les sans faire d'histoires, alors. Je vous ferai chercher plus tard, lorsque j'aurai prouvé que sire Cazaril se trompe.

Ses deux ravisseurs ayant déjà commencé à entraîner le capitaine dehors, ces mots furent adressés au dos du Baocien et tombèrent à plat. Les valets blessés avaient rampé jusqu'à Palli et tentaient de l'aider à s'occuper d'Umegat. Regardant par-dessus son épaule, Palli rassura brièvement Cazaril d'un signe de la main.

Cazaril répondit d'un hochement de tête, et sous couvert de le soutenir, emmena le royse à la force du bras loin du cauchemardesque abattoir qui avait été la ménagerie du roya. *Trop tard, trop tard, trop tard…*, ricochait à chaque pas dans son cerveau. À l'extérieur, les corbeaux avaient cessé de tournoyer dans les airs en hurlant. Ils bondissaient frénétiquement sur les pavés, aussi perdus et stupéfaits que les propres pensées de Cazaril.

Sans relâcher son étreinte, Cazaril mena Teidez jusqu'aux portes du Zangre où d'autres gardes venaient seulement d'apparaître. Teidez pinça les lèvres pour ravaler d'autres protestations, même si son expression maussade, furieuse et outragée ne présageait rien de bon pour la suite. Le royse refusait de ménager sa jambe blessée, qui laissait pourtant des empreintes sanglantes sur les pavés de la cour principale.

L'attention de Cazaril fut brusquement attirée vers la gauche lorsqu'un page et une servante de Sara apparurent à la porte de la tour d'Ias.

— Vite, vite ! cria la femme au jeune garçon, qui se rua vers les portes, le visage exsangue. Il faillit bousculer Cazaril dans sa hâte.

— Où vas-tu, jeune homme ? appela Cazaril.

Il se retourna et recula de quelques pas en gesticulant.

— Au temple, Messire. Je ne peux pas rester... La royina Sara... Le roya vient d'avoir un malaise !

Il se détourna pour bondir vers les portes ; les gardes le regardèrent puis reportèrent leur attention sur la tour d'Ias, embarrassés.

Entre les doigts de Cazaril, le bras de Teidez perdit de sa raideur. Sous sa mine boudeuse, une lueur apeurée gagna ses yeux, et il lança prudemment un regard en biais vers son gardien.

Après un instant d'indécision, Cazaril, sans relâcher Teidez, fit demi-tour et se dirigea vers la tour d'Ias. Il s'empressa de rattraper et d'appeler la servante retournée à l'intérieur, mais elle ne sembla pas l'entendre et monta les marches quatre à quatre. Il s'essoufflait déjà en atteignant le troisième étage, où Orico avait ses appartements. Non sans appréhension, il inspecta le couloir central.

La royina Sara, enveloppée dans son châle blanc, remontait le couloir en courant, une femme sur ses talons. Cazaril s'inclina, anxieux, lorsqu'elle atteignit l'escalier.

— Madame, que s'est-il passé ? Puis-je faire quoi que ce soit ?

Elle porta la main à son visage terrifié.

— Je le sais à peine moi-même, Castillar. Orico... Il était en train de me faire la lecture dans mes appartements pendant que je cousais, comme il le fait parfois pour me réconforter, quand il s'est soudain arrêté pour se frotter les yeux et s'est écrié qu'il ne voyait plus les mots et que la pièce était toute noire. Mais elle ne l'était pas ! Ensuite, il est tombé de sa chaise. J'ai appelé mes dames, nous l'avons mis au lit et nous avons envoyé quérir un médecin du temple.

— Nous avons vu le page du roya, l'assura Cazaril. Il courait aussi vite qu'il le pouvait.

— Oh, parfait...

— Était-ce une attaque d'apoplexie, croyez-vous... ?

— Je ne crois pas... Je n'en sais rien. Il peut encore parler, et sa respiration n'est pas trop pénible... Qu'étaient tous ces cris près de l'étable, tout à l'heure ?

Sans attendre la réponse, elle s'éloigna d'un air distrait pour gravir l'escalier.

Teidez, le visage blafard, se passa la langue sur les lèvres mais ne dit mot lorsque Cazaril le força à se retourner pour le ramener vers la cour.

Le royse ne retrouva pas sa voix avant l'ascension des marches du bâtiment principal, pendant laquelle il répéta, à bout de souffle :

— C'est impossible. Dondo m'a dit que la ménagerie était un sort de magie noire, un sortilège roknari pour garder Orico malade et faible. Et je voyais bien, moi, que c'était le cas.

— Il existe bien un sortilège roknari, mais la ménagerie est un miracle de magie blanche qui garde Orico en vie malgré ce sort. Ou plutôt, était. Jusqu'à aujourd'hui, ajouta Cazaril d'une voix amère.

— Non… non… vous vous trompez. Dondo m'a dit…

— Dondo se trompait. (Cazaril hésita un instant.) Ou bien Dondo souhaitait accélérer le remplacement d'un roya favorable à son frère aîné par celui qui était favorable à lui-même.

Teidez ouvrit la bouche pour protester mais aucun son n'en sortit. Cazaril ne le croyait pas capable de feindre cette lueur choquée dans son regard. La seule grâce du jour, si grâce il y avait : Dondo avait peut-être entraîné Teidez sur la mauvaise pente, mais il ne semblait pas l'avoir corrompu, pas jusqu'à ce point. Teidez était un outil, pas un complice, pas un fratricide volontaire. Par malheur, il était un outil qui avait continué à fonctionner loin de la main de l'artisan. *Et de qui est-ce la faute si le jeune garçon gobait tous ces mensonges, quand il n'y avait personne pour lui dire la vérité ?*

L'homme au teint cireux qui servait au royse de secrétaire-précepteur leva des yeux surpris de son bureau lorsque Cazaril fit entrer le garçon dans ses appartements.

— Occupez-vous de votre maître, lui dit vivement Cazaril. Il est blessé. Il ne doit pas quitter ce bâtiment avant que le chancelier dy Jironal ne soit informé des événements et ne lui donne congé.

Il ajouta, avec une satisfaction mauvaise :

— Si vous étiez au courant de cet acte de vandalisme et n'avez rien fait pour l'empêcher, le chancelier sera furieux contre vous.

L'homme pâlit de confusion ; Cazaril lui tourna le dos. À présent, voir ce qui se passait avec Umegat…

— Mais, Sire Cazaril, demanda Teidez d'une voix tremblante, que dois-je faire ?

Cazaril lâcha par-dessus son épaule, alors qu'il quittait de nouveau la pièce :

— Prier.

Chapitre 18

Alors qu'il se tournait vers l'escalier, Cazaril entendit des pantoufles de femme gravir les marches en toute hâte. Il leva les yeux et vit Betriz se précipiter vers lui, traînant derrière elle ses jupes lavande.

— Sire Cazaril ! Que se passe-t-il ? Nous avons entendu crier… L'une des servantes dit que Teidez est devenu fou, et qu'il a voulu tuer les animaux du roya !

— Pas fou : induit en erreur. Et il n'a pas voulu : il a réussi.

En quelques phrases brèves et amères, Cazaril lui décrivit les horreurs de la ménagerie.

— Mais *pourquoi ?*

La voix de Betriz était rauque sous l'effet du choc.

Cazaril secoua la tête.

— Un mensonge de sire Dondo, pour autant que je sache. Il avait convaincu le royse qu'Umegat était un sorcier roknari qui utilisait ces animaux pour empoisonner le roya, d'une façon ou d'une autre. Ce qui est l'exact inverse de la vérité : les animaux préservaient Orico, et maintenant, il vient d'avoir un malaise. Cinq dieux, je ne peux pas tout vous expliquer ici dans l'escalier. Dites à la royesse Iselle que je la rejoindrai bientôt, mais avant tout je dois aller voir les valets blessés. Restez à l'écart de la ménagerie, et éloignez-en Iselle aussi. (Et s'il ne donnait pas à Iselle de quoi s'occuper, elle trouverait elle-même.) Surveillez Sara, toutes les deux ; elle est à moitié paniquée.

Cazaril poursuivit la descente des marches et dépassa l'emplacement où il avait été précédemment détourné – de façon délibérée ? – par sa propre douleur. Le fantôme démoniaque de Dondo ne faisait plus aucun effort pour s'emparer de lui.

De retour dans la ménagerie, Cazaril découvrit que l'admirable Palli et ses hommes avaient déjà emporté Umegat et les valets les plus sérieusement blessés à l'hôpital de la Mère. Le valet restant trébuchait un peu partout en essayant d'attraper un petit oiseau jaune et bleu qui avait échappé au capitaine baocien pour se réfugier sur les corniches les plus élevées. Plusieurs domestiques de l'étable étaient venus proposer une aide maladroite ; l'un d'eux avait ôté son tabard et s'en servait pour donner de grands coups dans les airs, espérant faire descendre l'oiseau affolé.

— Arrêtez !

Cazaril étouffa un sentiment de panique. À sa connaissance, la petite créature à plumes était le dernier fil reliant Orico à la vie. Il préféra charger les bénévoles de rassembler les corps des animaux tués, de les aligner dans la cour de l'étable, et de nettoyer le sang qui souillait le carrelage à l'intérieur. Il ramassa une poignée de graines dans la stalle des vellas, vestiges de leur dernier dîner interrompu, et attira le petit oiseau pépiant jusqu'à sa propre main, comme il avait vu faire Umegat. À sa grande surprise, l'oiseau vint vers lui et se laissa remettre en cage.

— Garde-le au prix de ta vie, dit-il au valet, avant d'ajouter avec une moue théâtrale : s'il meurt, tu meurs.

Une menace vide de sens, mais elle devrait suffire pour l'instant. Le valet, dans tous les cas, semblait impressionné. *S'il meurt, Orico meurt ?* Cette possibilité semblait terriblement plausible. Il se détourna pour aider à tirer de la ménagerie les lourds cadavres des ours.

— Devrions-nous les écorcher, Messire ? demanda l'un des volontaires, qui contemplait sur les pavés le résultat de la partie de chasse infernale menée par Teidez.

— Non ! dit Cazaril.

Même les quelques corbeaux de Fonsa qui s'attardaient près de la cour, malgré leur intérêt prudent pour les carcasses sanglantes, ne firent pas mine de les approcher.

— Traitez-les… comme vous traiteriez les soldats du roya morts pendant la bataille. Brûlés ou enterrés. Mais pas écorchés. Ni mangés, au nom des dieux. (La gorge serrée, Cazaril se pencha pour ajouter à la rangée les cadavres des deux corbeaux morts.) Il y a eu bien assez de sacrilèges aujourd'hui.

Et les dieux fassent que Teidez n'ait pas tué un saint en plus des animaux sacrés.

Un claquement de sabots annonça l'arrivée de Martou dy Jironal, sans doute arraché à son palais ; quatre serviteurs essoufflés gravissaient la colline à pied dans son sillage. Le chancelier descendit de son cheval qui fit un écart en s'ébrouant, confia la bête à un valet qui s'inclinait, et s'avança pour inspecter l'alignement de cadavres. Le seul mouvement était celui du vent froid qui faisait onduler la sombre fourrure des ours. Les lèvres de Jironal proférèrent des jurons muets.

— Mais quelle est cette folie ?

Il leva les yeux vers Cazaril et les plissa sous l'effet d'un doute ébahi.

— Est-ce *vous* qui avez mis cette idée dans la tête de Teidez ?

Pour Cazaril, dy Jironal ne semblait pas jouer la comédie ; il était tout autant que lui-même pris au dépourvu.

— Moi ? Non ! Je ne contrôle pas Teidez.

Cazaril ajouta d'une voix aigre :

— Et il semblerait que vous non plus. Il a passé les deux dernières semaines constamment en votre compagnie ; n'aviez-vous pas remarqué le moindre indice ?

Dy Jironal secoua la tête.

— À sa décharge, Teidez semblait avoir l'idée confuse que cette action viendrait en aide au roya. Le manque de bon sens est un défaut courant à son âge ; le manque d'informations... Eh bien, ni vous ni Orico ne lui avez rendu service. Si on l'avait davantage nourri de vérités, il lui serait resté moins de place pour les mensonges. J'ai fait enfermer son garde baocien, et j'ai conduit Teidez à ses appartements, en attendant...

Faute de pouvoir dire « les ordres du roya », Cazaril conclut :

— ... vos ordres.

La main de Jironal décrivit un geste inachevé.

— Attendez. La royesse... Il s'est enfermé avec sa sœur hier. Est-il possible qu'elle l'ait influencé ?

— Cinq témoins vous diront le contraire. Dont Teidez en personne. Aucun signe n'indiquait hier qu'il avait cette idée en tête.

Presque aucun signe. *J'aurais dû, j'aurais dû, j'aurais dû...*

— Vous contrôlez la royesse Iselle de bien assez près, lâcha dy Jironal d'une voix amère. Croyez-vous que j'ignore qui l'a encouragée à nous tenir tête ? Je ne cerne pas le motif de l'attachement pernicieux qu'elle vous porte, mais je compte bien briser ce lien.

— Oui. (Cazaril montra les dents.) Dy Joal a tenté de manier votre couteau hier soir. Il saura vous demander de mieux rémunérer ses services, la prochaine fois. Une prime de risque.

Une lueur de compréhension scintilla dans les yeux de Jironal ; Cazaril inspira pour se maîtriser. Cette histoire faisait resurgir leur hostilité bien trop près de la surface. Retenir toute l'attention de Jironal était bien la dernière chose qu'il souhaitait.

— Dans tous les cas, il n'y a aucun mystère. Teidez dit que votre aimable frère Dondo avait mis ce projet au point avec lui avant sa mort.

Dy Jironal recula d'un pas, les yeux écarquillés, mais il serra les dents pour contenir toute autre réaction. Cazaril poursuivit :

— À présent, ce que *je* souhaiterais vivement savoir, et vous êtes mieux placé que moi pour connaître la réponse, c'est si *Dondo* connaissait le véritable effet de cette ménagerie sur Orico ?

Le regard de Jironal se planta sur son visage.

— Et vous ?

— Tout le Zangre le sait à présent : Orico est devenu aveugle et s'est effondré au moment même où ses créatures se faisaient massacrer. Sara et ses dames l'ont porté au lit et ont envoyé chercher les médecins du temple.

Cette réponse éludait la question tout en détournant brutalement l'attention de Jironal ; le chancelier pâlit, fit demi-tour et se dirigea vers les portes du Zangre. Cazaril remarqua qu'il ne resta pas pour s'enquérir de l'état d'Umegat. De toute évidence, dy Jironal savait quel effet produisait la ménagerie ; comprenait-il comment ?

Et toi ?

Secouant la tête, Cazaril prit la direction inverse pour une pénible excursion en ville.

L'hôpital sacré de la Mère-Clémente était une vieille bâtisse aménagée, léguée à l'ordre par une veuve pieuse, située derrière la maison de la Mère par rapport au carré du Temple. Cazaril chercha Umegat et Palli à travers un labyrinthe de couloirs jusqu'à la galerie du deuxième étage qui surmontait une cour interne. Il repéra facilement la chambre grâce aux frères dy Gura qui montaient la garde devant sa porte close. Ils le saluèrent et le laissèrent entrer.

Il trouva Umegat étendu sur un lit, inconscient. Une femme aux cheveux blancs, vêtue des robes vertes des médecins, était penchée sur lui, en train de recoudre son cuir chevelu lacéré. Elle était assistée par une femme d'âge moyen, boulotte et d'allure familière, dont la nuance virescente ne devait rien à sa robe verte. Cazaril distinguait toujours son faible halo avec les yeux fermés. L'archidivin de Cardegoss lui-même, dans ses habits aux cinq couleurs, les couvait d'un regard anxieux. Palli s'appuyait contre un mur, les bras croisés ; son visage s'illumina et il se redressa lorsqu'il aperçut Cazaril.

— Comment va-t-il ? demanda Cazaril à voix basse.

— Le pauvre est toujours sans connaissance, murmura Palli. Je crois qu'il a dû prendre un sacré coup. Et toi ?

Cazaril répéta le récit du soudain malaise d'Orico. L'archidivin Mendenal s'approcha pour écouter, et la femme médecin regarda par-dessus son épaule.

— Aviez-vous entendu cette partie de l'histoire, Messire l'archidivin ? demanda Cazaril.

— Oh, oui. Je suivrai les médecins d'Orico jusqu'au Zangre dès que possible.

Si la femme médecin aux cheveux blancs se demandait pourquoi un valet blessé réclamait plus d'attention de la part d'un archidivin que le roya malade, elle n'en laissa rien paraître de plus qu'un léger haussement de sourcils. Elle termina sa dernière suture et trempa un linge dans une bassine pour laver autour de la blessure le sang qui formait des croûtes sur le cuir chevelu rasé. Elle se sécha les mains, souleva les paupières d'Umegat pour inspecter le blanc de ses yeux, et se redressa. La sage-femme de la Mère ramassa la tresse gauche d'Umegat qui avait été tranchée et le reste de ce désordre médical, et se mit à tout ranger.

L'archidivin Mendenal joignit les doigts et demanda au médecin :

— Alors ?

— Alors, il n'y a pas de fracture du crâne, pour autant que je puisse le sentir. Je vais laisser la blessure à découvert afin de remarquer plus vite si elle se met à saigner ou enfler. Je ne peux rien dire de plus avant son réveil. Il n'y a rien d'autre à faire maintenant que de le garder au chaud et de le surveiller jusqu'à son réveil.

— C'est-à-dire dans combien de temps ?

La femme médecin jeta un regard dubitatif à son patient. Cazaril l'imita. Umegat, toujours méticuleux, aurait détesté son apparence actuelle : décomposé, à moitié rasé, désespérément mou. La chair d'Umegat était toujours d'un gris mortel, qui donnait à sa peau dorée de Roknari l'apparence d'un chiffon sale. Sa respiration était laborieuse. *Très mauvais.* Cazaril avait vu guérir des hommes d'apparence semblable ; il en avait aussi vu empirer et mourir.

— Je ne saurais dire, répondit enfin la femme médecin, faisant écho au diagnostic mental de Cazaril.

— Vous pouvez nous laisser. L'acolyte va le surveiller, pour l'heure.

— Oui, mon Révérend.

Elle s'inclina et donna des instructions à la sage-femme :

— Faites-moi appeler immédiatement s'il se réveille, s'il a de la fièvre ou des convulsions.

Elle ramassa ses instruments.

— Sire dy Palliar, je vous remercie de votre aide, dit l'archidivin avant d'ajouter : Sire Cazaril, je vous prie de rester.

Palli répondit simplement :

— Mais je vous en prie, mon Révérend.

Puis lorsqu'il eut compris l'allusion, un battement de cœur plus tard :

— Oh. Ah. Si tout est en ordre pour toi, Caz… ?

— Pour l'instant.

— Alors je vais peut-être retourner à la maison de la Fille. Si tu as besoin de quoi que ce soit, n'importe quand, fais-moi appeler au palais Yarrin et je te rejoindrai aussitôt. Tu ne devrais pas te déplacer seul.

Il braqua sur Cazaril un regard sévère, pour s'assurer qu'il comprenait ses mots comme un ordre et non une plaisanterie d'adieu. Lui aussi s'inclina, ouvrit la porte pour la femme médecin et la suivit dehors.

Une fois la porte fermée, Mendenal se tourna vers Cazaril, les mains tendues en signe de supplication.

— Sire Cazaril, que devons-nous faire ?

Cazaril recula.

— Cinq dieux, c'est à *moi* que *vous* le demandez ?

Les lèvres de l'homme se tordirent de regret.

— Sire Cazaril, je ne suis archidivin de Cardegoss que depuis deux ans. On m'a choisi parce que j'étais un bon administrateur, j'imagine, et pour satisfaire ma famille, car mon frère et mon père avant lui étaient de puissants provincars. J'ai été consacré à l'ordre du Bâtard à l'âge de quatorze ans, avec une bonne rente afin de subvenir à mes besoins et à mon avancement. J'ai fidèlement servi les dieux toute ma vie, mais... ils ne me parlent pas. (Il dévisagea Cazaril, et jeta un regard en biais à la sage-femme, avec dans les yeux un curieux mélange d'envie et d'espoir déçu, mais sans trace d'hostilité.) Quand un homme pieux ordinaire se trouve dans une pièce avec trois saints actifs, s'il lui reste un peu de bon sens, il demande conseil et ne fait pas semblant de donner des instructions.

— Je ne suis pas...

Cazaril ravala sa négation. Il avait des soucis bien plus pressants qu'un débat sur la définition théologique de son état actuel, encore que si c'était de la sainteté, à quoi devait ressembler la damnation ?

— Honorable acolyte... Désolé, j'ai oublié votre nom ?

— Je m'appelle Clara, Sire Cazaril.

Cazaril fit une petite révérence.

— Acolyte Clara. Voyez-vous, ou plutôt ne voyez-vous *pas*, l'aura d'Umegat ? Je ne l'ai jamais vu lorsque... Est-elle supposée s'éteindre lorsqu'un homme est endormi ou inconscient ?

Elle secoua la tête.

— Les dieux nous accompagnent dans l'éveil comme dans le sommeil, Sire Cazaril. Ma vision n'a pas la puissance de la vôtre, mais en effet, le Bâtard a retiré sa présence de l'érudit Umegat.

— Oh non, souffla Mendenal.

— En êtes-vous sûre ? demanda Cazaril. Ce ne pourrait être un défaut de ma... de votre seconde vue ?

Elle le regarda avec une petite grimace.

— Non. Car je vous vois parfaitement. Je vous voyais avant que vous ne passiez la porte. C'est presque douloureux de se trouver dans la même pièce que vous.

— Est-ce que cela signifie que le miracle de la ménagerie est rompu ? demanda un Mendenal inquiet avec un geste en direction du valet inconscient. Nous n'avons donc plus de digue pour retenir cette marée noire ?

Elle hésita.

— Umegat n'accueille plus le miracle. J'ignore si le Bâtard l'a transféré vers une autre volonté.

Mendenal se tourna pour décocher à Cazaril un regard plein d'espoir.

— La sienne, peut-être ?

Elle regarda Cazaril en fronçant les sourcils, portant une main distraite à son front comme pour s'abriter les yeux.

— Si je suis une sainte, comme me l'a dit l'érudit Umegat, je ne suis qu'une petite sainte domestique. Si la tutelle d'Umegat n'avait pas affiné mes perceptions au fil des années, je me serais seulement considérée comme très chanceuse dans ma profession.

La chance, ne put s'empêcher de songer Cazaril, n'était pas la caractéristique principale de ses expériences depuis qu'il avait atterri dans le labyrinthe des dieux.

— Et pourtant la Mère ne fait que se servir de moi de temps en temps, puis elle passe la main. Sire Cazaril... flamboie. Depuis la première fois que je l'ai vu, à l'enterrement de sire Dondo. La lueur blanche du Bâtard et la clarté bleue de la Dame Printemps, toutes deux mêlées, la présence constante et active des deux dieux, teintée d'une autre, plus sombre, que je n'arrive pas à distinguer. Umegat y verrait plus clairement. Si le Bâtard a rajouté quelque chose à ce mélange déjà existant, je ne saurais le dire.

L'archidivin se toucha le front, les lèvres, le nombril, l'aine et le cœur, les doigts posés à plat, puis lança un regard avide à Cazaril.

— Deux dieux, deux à la fois, et dans cette pièce !

Cazaril se pencha en avant, serrant les poings, et la pression de sa ceinture lui rappela douloureusement la hideuse difformité qu'elle cachait.

— Umegat ne vous a-t-il pas expliqué ce que j'ai fait à sire Dondo ? N'avez-vous pas parlé à Rojeras ?

— Oui, oui, et j'ai aussi parlé à Rojeras, un homme très compétent, mais bien sûr il ne pouvait pas comprendre...

— Il a compris bien mieux que vous ne semblez comprendre. Je porte la mort et le meurtre dans mes entrailles. Une abomination, qui pour autant que je le sache, prend une forme physique et pas seulement psychique, engendrée par un démon et par le fantôme maudit de Dondo dy Jironal. Qui hurle en moi la nuit, d'ailleurs, avec la voix de Dondo, avec tout son vocabulaire le plus vil, et la bouche de Dondo ressemble aux égouts de Cardegoss. Sans autre issue que de me déchirer pour sortir. Il n'y a là rien de saint, c'est *dégoûtant* !

Mendenal recula, clignant des yeux. Cazaril se prit la tête à deux mains.

— Je fais des rêves horribles. Et j'ai des douleurs au ventre. Des crises de rage. Et je crains que Dondo soit en train de déteindre.

— Oh, cinq dieux, dit faiblement Mendenal. Je ne savais pas, Sire Cazaril. Umegat disait seulement que vous étiez ombrageux, et qu'il valait mieux vous laisser entre ses mains.

— « Ombrageux », répéta Cazaril d'une voix caverneuse. Ah oui, vous ai-je parlé des fantômes ?

C'était sans doute révélateur de... quelque chose, qu'ils semblent devenus le cadet de ses soucis.

— Les fantômes ?

— Tous les fantômes du Zangre me suivent à travers le château et s'assemblent autour de mon lit la nuit.

— Oh, dit Mendenal, l'air soudain inquiet. Ah.

— « Ah » ?

— Umegat vous a-t-il mis en garde au sujet des fantômes ?

— Non… Il disait qu'ils ne peuvent me faire de mal.

— En fait, oui et non. Ils ne peuvent vous faire aucun mal de votre vivant. Mais comme Umegat me l'a expliqué, le miracle de la Dame a retardé l'accomplissement de celui du Bâtard, sans l'annuler. Il s'ensuit que, hem, si Sa main s'ouvrait, et que le démon s'envolait avec votre âme – et celle de Dondo, bien sûr – elle laisserait dans votre enveloppe une sorte de… dangereux vide théologique, pas tout à fait comparable à la mort naturelle. Et les fantômes des damnés exclus s'efforceront… d'y entrer.

Après un bref silence tendu Cazaril demanda :

— Est-ce qu'ils y parviennent parfois ?

— Parfois. J'ai assisté à un cas lorsque j'étais un jeune divin. Les esprits dégradés sont des créatures lentes et stupides, mais il est très difficile de les chasser une fois qu'ils ont pris possession d'un corps. Il faut les brûler… enfin, *vifs* n'est sans doute pas le terme adéquat. Un spectacle hideux, surtout si les parents ne comprennent pas, car bien sûr, comme c'est votre corps, il hurle avec votre voix… Ce qui dans ce cas ne serait pas *votre* problème, car vous seriez alors, hem, ailleurs. Mais afin d'éviter, disons, certains autres problèmes pénibles, il vaudrait mieux que vous vous assuriez d'être en permanence accompagné par quelqu'un qui comprendrait la nécessité de brûler votre corps avant le coucher du soleil…

La voix de Mendenal s'estompa sur un ton d'excuse.

— Merci, mon Révérend, dit Cazaril avec une affreuse politesse. J'ajouterais que Rojeras avance la théorie selon laquelle le démon est en train de se fabriquer un nouveau corps à partir de ma tumeur pour s'échapper à coups de dents, au cas où je risquerais à nouveau de passer une bonne nuit de sommeil. Cela dit, je ne vois pas pourquoi les *deux* ne pourraient se produire. L'un après l'autre.

Mendenal s'éclaircit la voix.

— Je suis désolé, Messire. Je pensais que vous deviez savoir.

Cazaril soupira.

— Oui… Je suppose que oui. (Il leva les yeux, se rappelant la scène de la veille avec dy Joal.) Est-il possible… ? Supposons que l'emprise de la Dame se relâche juste un peu. Est-il possible que l'âme de Dondo déteigne sur la mienne ?

Mendenal haussa les sourcils.

— Je ne… Umegat saurait. Oh, comme je souhaite qu'il se réveille ! Je suppose qu'il serait plus facile pour le fantôme de Dondo de trouver un corps que de s'en fabriquer un à partir d'une tumeur. On peut imaginer qu'il serait trop petit.

Il décrivit avec les mains un geste de mesure hésitant.

— Pas si j'en crois Rojeras, dit sèchement Cazaril.

Mendenal se frotta le front.

— Ah, pauvre Rojeras. Il a cru que je me découvrais un intérêt soudain pour sa spécialité lorsque je lui ai parlé de vous, et bien sûr, je n'ai pas voulu le détromper. J'ai cru qu'il allait parler pendant la moitié de la nuit. J'ai fini par lui promettre une bourse pour ses recherches, afin d'échapper à la visite de sa collection.

— Je paierais une belle somme pour y échapper, moi aussi, reconnut Cazaril, avant de demander par curiosité : Mon Révérend… pourquoi n'ai-je pas été arrêté pour le meurtre de Dondo ? Quel stratagème Umegat a-t-il employé ?

— Quel meurtre ? Il n'y a pas eu de meurtre.

— Pardonnez-moi, mais cet homme est mort, de ma main, et au moyen d'un charme de mort, ce qui est un crime capital.

— Oh. Oui, je vois. Les ignorants sont pleins d'erreurs à propos des charmes de mort, enfin, même le nom est une erreur. C'est une question théologique intéressante, voyez-vous. *Tenter* un charme de mort est un crime d'intention, de conspiration. Alors que le *réussir* ne relève pas d'un charme de mort, mais d'un miracle de justice, et ne peut être un crime, car c'est la main du dieu qui emporte la victime – les victimes – enfin, ce n'est pas comme si le roya pouvait envoyer ses officiers arrêter le Bâtard, non ?

— Pensez-vous que le chancelier actuel de Chalion appréciera la distinction ?

— Ah… non. C'est pourquoi Umegat a conseillé au temple de préférer une approche plus discrète à ce… problème très complexe. (Mendenal se gratta la joue, de nouveau inquiet.) Non que quiconque ait déjà survécu à l'application de cette sorte de justice… La distinction était plus claire quand elle n'était que théorique. *Deux* miracles. Je n'avais jamais pensé à deux miracles. C'est sans précédent. La Dame Printemps doit beaucoup vous aimer.

— Comme un routier aime la mule qui porte ses bagages, répondit amèrement Cazaril, en la fouettant pour lui faire franchir les cols les plus élevés.

L'archidivin prit un air quelque peu égaré ; seule l'acolyte Clara eut un petit sourire. Umegat aurait ricané, se dit Cazaril. Il commençait à comprendre pourquoi le saint roknari aimait tant parler boutique avec lui. Seuls les saints pouvaient plaisanter ainsi au sujet des dieux, car ils ne pouvaient que plaisanter ou hurler, et eux seuls savaient que c'était la même chose aux yeux des dieux.

— Oui, mais, reprit Mendenal. Umegat était d'accord sur ce point : une préservation si extraordinaire doit bien servir un dessein extraordinaire. N'en avez-vous pas… la moindre idée ?

—Messire l'archidivin, je ne sais rien. (La voix de Cazaril tremblait.) Et je suis…

Il s'interrompit.

—Oui ? l'encouragea Mendenal.

Si je le dis à voix haute, je vais m'effondrer ici même. Il s'humecta les lèvres et avala sa salive. Lorsqu'il put enfin forcer sa langue à prononcer les mots, elle ne produisit qu'un murmure rauque.

—Je suis terrifié.

—Oh, dit l'archidivin au bout d'un long moment. Ah. Oui, je… J'imagine que ce doit… Ah, si seulement Umegat se réveillait !

La sage-femme de la Mère s'éclaircit la voix, hésitante.

—Messire dy Cazaril ?

—Oui, Acolyte Clara ?

—Je crois que j'ai un message pour vous.

—Lequel ?

—La Mère m'a parlé en rêve la nuit dernière. Je n'en étais pas tout à fait sûre, car mon cerveau, dans mon sommeil, tisse des fantaisies à partir de tout ce qui occupe mes pensées, et je pense souvent à Elle. J'avais donc résolu d'en parler à Umegat aujourd'hui, afin qu'il me guide de ses conseils avisés. Mais Elle m'a dit, Elle a dit… (Clara inspira et raffermit sa voix, son expression devenue plus calme.) « Dis au fidèle messager de ma Fille de se méfier par-dessus tout du désespoir. »

—Oui ? reprit Cazaril après une pause. Et alors… ?

Bon sang, quitte à ce que les dieux lui envoient des messages à travers les rêves des autres, il les aurait préférés moins cryptés. Et plus concrets.

—C'était tout.

—En êtes-vous sûre ? demanda Mendenal.

—Eh bien… Elle a peut-être parlé du fidèle courtisan de sa Fille. Ou gardien. Ou capitaine. Ou tous les quatre… Cette partie-là est confuse dans mon souvenir.

—Si c'est le cas, qui sont les trois autres hommes ? demanda Mendenal, intrigué.

L'écho inconscient des paroles prononcées à Valenda par la provincara glaça Cazaril jusqu'aux tréfonds de son ventre douloureux.

—C'est… C'est moi, Archidivin. C'est moi.

Il s'inclina pour l'acolyte et lui dit à travers des lèvres engourdies :

—Merci, Clara. Priez votre Dame pour moi.

Elle lui retourna un sourire muet et compréhensif, ainsi qu'un petit hochement de tête.

Laissant l'acolyte de la Mère surveiller Umegat, l'archidivin s'excusa pour aller s'occuper du roya Orico, et il invita timidement Cazaril à l'accompagner aux portes du Zangre. Cazaril fut reconnaissant de son offre et le suivit dehors. La rage et la terreur qui s'étaient accumulées en lui avaient depuis longtemps disparu, pour le laisser faible et mou. Ses genoux le lâchèrent sur les marches de la galerie ; s'il n'avait pas saisi la rampe, il aurait dégringolé la moitié des marches. À sa grande gêne, un Mendenal prévenant insista pour que Cazaril voyage jusqu'en haut de la colline dans sa propre chaise à porteurs, soulevée par quatre robustes dédicats, tandis que Mendenal marchait à côté. Cazaril se sentit ridicule et trop voyant. Mais, dut-il admettre, il en fut fort reconnaissant.

L'entretien tant redouté par Cazaril ne se déroula qu'après le souper. Appelé par un page, il rejoignit à contrecœur le salon de la royesse. Iselle, l'air fatiguée, l'attendait en compagnie de Betriz ; la royesse lui désigna un tabouret. Les bougies qui brillaient dans tous les chandeliers muraux ne parvenaient pas à chasser l'ombre qui s'accrochait à elle.

— Comment se porte Orico ? demanda-t-il aux dames.

Aucune d'entre elles n'était venue souper dans la salle de banquet, préférant rester auprès de la royina et du roya malade à l'étage.

Betriz répondit :

— Il semblait plus calme ce soir, lorsqu'il s'est aperçu qu'il n'était pas totalement aveugle : il peut distinguer une flamme de bougie avec l'œil droit. Mais il ne peut pas uriner normalement, et son médecin l'estime en danger d'hydropisie. Il a l'air terriblement enflé.

Elle se mordit la lèvre inférieure d'inquiétude.

Cazaril se tourna vers la royesse.

— Et avez-vous pu voir Teidez ?

Iselle soupira.

— Oui, juste après le sermon que lui a fait le chancelier dy Jironal. Il était trop perturbé pour faire preuve de bon sens. S'il était plus jeune, je dirais que c'est une de ses crises de colère. Je regrette qu'il soit devenu trop grand pour qu'on le gifle. Il refuse de manger, jette des objets à tous ses serviteurs, et maintenant qu'on l'a autorisé à quitter sa chambre, il refuse de sortir. Quand il se met dans cet état, il n'y a plus qu'à le laisser seul. Il ira mieux demain. (Elle regarda Cazaril en plissant les yeux et en pinçant les lèvres.) Et vous, Messire. Depuis combien de temps étiez-vous au courant de la malédiction qui pèse sur Orico ?

— Sara a fini par vous parler, n'est-ce pas ?

— Oui.

— Que vous a-t-elle dit au juste ?

Iselle lui fit un résumé relativement correct de l'histoire de Fonsa et du Général Doré, et de l'héritage de malchance transmis par Ias à Orico. Elle ne fit pas mention d'elle-même ni de Teidez.

Cazaril se mordit la jointure des doigts.

— Alors vous connaissez la moitié des faits.

—Et je n'aime pas cette moitié, Cazaril. Le monde exige que je fasse les bons choix sans posséder d'informations, puis attribue mes erreurs à ma jeunesse, comme si elle était responsable de mon ignorance. L'ignorance n'est pas de la stupidité, mais elle revient au même. Et je *déteste* me sentir stupide.

Il y avait dans ces derniers mots, sans doute possible, la froideur de l'acier.

Cazaril baissa la tête en signe d'excuse. Penser à ce qu'il allait perdre lui donnait envie de pleurer. Ce n'était pas pour préserver son innocence de jeune fille, ni celle de Betriz, qu'il avait si longtemps gardé le silence, ni même par peur d'être arrêté. Il avait craint de perdre le paradis de leur regard, et l'affreuse perspective de devenir hideux à leurs yeux le rendait malade. *Espèce de lâche. Parle, et finis-en.*

—J'ai entendu parler de la malédiction pour la première fois le lendemain de la mort de Dondo, d'abord de la bouche du valet Umegat, qui n'est pas un valet, d'ailleurs, mais un divin du Bâtard, et le saint qui accueillait le miracle de la ménagerie pour Orico.

Betriz ouvrit de grands yeux.

—Oh. Je... Je l'aimais bien. Comment va-t-il?

Cazaril fit avec la main un petit geste d'équilibre.

—Mal. Il est toujours inconscient. Et pire encore, il a... (Il avala sa salive: *Nous y voici.*) cessé de briller.

—« Cessé de briller » ? demanda Iselle. J'ignorais qu'il avait commencé.

—Oui, je sais. Vous ne pouvez le voir. Je ne vous ai... pas tout dit sur le meurtre de Dondo. (Il inspira.) C'est moi qui ai sacrifié rat et corbeau, et prié le Bâtard pour la mort de Dondo.

—Ah! Je m'en doutais, dit Betriz en se redressant.

—Oui, mais... ce que vous ignorez, c'est qu'il m'a exaucé. J'aurais dû mourir cette nuit-là, dans la tour de Fonsa. Mais d'autres prières sont entrées en jeu. Celles d'Iselle, je pense.

Il désigna la royesse d'un signe de tête. Elle ouvrit les lèvres et porta la main à sa poitrine.

—J'ai prié que la Fille me protège de Dondo!

—Vous avez prié, et c'est moi que la Fille a protégé.

Il ajouta d'un air piteux:

—Mais pas de Dondo, en fin de compte. Vous avez vu comment, pendant son enterrement, tous les dieux ont refusé de signifier qu'ils avaient pris son âme?

—Oui, et il était donc exclu, damné, prisonnier de ce monde, dit Iselle. La moitié de la cour craignait qu'il soit en liberté dans Cardegoss, et se parait de charmes contre lui.

—À Cardegoss, oui. En liberté... non. La plupart des âmes perdues sont liées à l'endroit de leur mort. Celle de Dondo est liée à la personne qui l'a tué. (Il ferma les yeux, incapable de soutenir la vue de leurs visages pâlissants.) Vous vous souvenez de ma tumeur ? Ce n'est pas une tumeur. Ou pas seulement. L'âme de Dondo est prisonnière à l'intérieur de moi. Ainsi que le démon des morts, semble-t-il, mais au moins le démon se tient-il remarquablement tranquille. C'est Dondo qui refuse de se taire. Il hurle en moi, la nuit. Enfin. (Il rouvrit les yeux, sans oser toutefois les lever.) Toute cette… activité divine m'a donné une sorte de seconde vue. Umegat l'a aussi – il y a une petite sainte de la Mère en ville qui la possède, et je la possède également. Umegat dégage – dégageait – une lueur blanche. La mère Clara dégage une légère lueur verte. Tous deux m'ont dit que la mienne est bleue et blanche, éblouissante. (Il se força enfin à croiser le regard d'Iselle.) Et je vois la malédiction d'Orico sous la forme d'une ombre noire. Iselle, écoutez, c'est important. Je ne crois pas que Sara le sache. Cette ombre n'affecte pas seulement Orico. Elle est aussi sur vous et sur Teidez. Tous les descendants de Fonsa semblent touchés par cette noirceur.

Après une brève pause, assise bien droite et en silence, Iselle dit seulement :

— Il y a une certaine logique.

Betriz le regardait de biais. À en croire sa ceinture, sa tumeur n'avait pas grossi, mais sous ce regard il se sentait monstrueux. Il se pencha un peu pour cacher son ventre et parvint à lui adresser un faible sourire forcé.

— Mais comment se débarrasser de cette… hantise ? demanda Betriz d'une voix lente.

— Hum… D'après ce que j'ai compris, si je suis tué, mon âme cessera d'être rattachée à mon corps, et le démon sera relâché pour terminer sa tâche. Enfin, je crois. Je crains que le démon essaie de me tromper ou de me trahir pour provoquer ma mort, s'il le peut ; il semble un tantinet monomaniaque. Il veut rentrer chez lui. Ou, si la main de la Dame s'ouvre, le démon sera relâché, et arrachera mon âme de mon corps, et nous repartirons tous ensemble.

Il décida de ne pas leur imposer l'autre théorie de Rojeras.

— Non, Sire Caz, vous ne comprenez pas. Je voulais savoir comment vous en débarrasser *sans* mourir.

— J'aimerais le savoir, moi aussi, soupira Cazaril, avant de redresser péniblement le dos et d'offrir un sourire plus convaincant. Mais peu importe. C'est de mon plein gré que j'ai offert ma vie contre celle de Dondo, et j'ai reçu ce que je demandais. Le paiement de ma dette n'est que retardé, non pas annulé. La Dame semble me garder en vie dans le but de lui rendre un service qui reste encore à accomplir. Dans le cas contraire, je me tuerai moi-même de dégoût pour en finir.

Plissant les yeux à ces mots, Iselle se redressa et lâcha brusquement :

— Dans tous les cas, *moi*, j'exige que vous restiez à mon service. Vous m'entendez, Cazaril !

Il eut un bref sourire plus authentique.

— Ah.

— Oui, dit Betriz, et vous ne pouvez pas vous attendre à *nous* voir faire les dégoûtées simplement parce que vous êtes… habité. Enfin… nous nous attendons bien à partager un jour nos corps, nous. Ce qui ne nous rend pas répugnantes, n'est-ce pas ?

Elle hésita, ne sachant où l'emmenait cette métaphore. Cazaril, dont l'esprit évitait ce même parallèle depuis quelque temps, dit simplement :

— Oui, mais avec Dondo ? Vous non plus, toutes les deux, vous ne vouliez pas de Dondo.

En vérité, tous les hommes qu'il avait jamais tués avaient remonté le bras tenant l'épée pour s'incruster dans sa mémoire, et l'accompagnaient toujours en un sens. *Et ainsi portons-nous nos péchés.*

Iselle leva la main à ses lèvres, soudain inquiète.

— Cazaril… Il ne peut pas sortir, n'est-ce pas ?

— Je prie la Dame pour qu'il ne le puisse pas. L'idée qu'il déteigne sur mon esprit est… pire que tout le reste. Pire encore que… peu importe. Oh. Tout ceci me rappelle que je devrais vous prévenir pour les fantômes.

Il répéta rapidement les explications de l'archidivin sur la nécessité de s'assurer que son corps soit brûlé, et pour quelle raison. Ce fut pour lui un immense soulagement de le partager avec elles. Elles se montrèrent déconcertées, mais attentives ; il songea qu'il pourrait peut-être compter sur elles pour s'acquitter de cette tâche. Et il eut honte de ne pas avoir cru plus tôt en leur courage.

— Mais écoutez-moi bien, Royesse, reprit-il. La malédiction du Général Doré a poursuivi la lignée de Fonsa, mais Sara possède elle aussi cette ombre. Umegat et moi pensons tous deux qu'elle a été contaminée par le mariage.

— Ce qui lui a rendu la vie bien assez difficile, reconnut Iselle.

— Il y a donc une certaine logique à penser que vous pouvez y échapper par le mariage. Ce n'est qu'un espoir, mais néanmoins, un grand espoir. Je crois que nous devrions nous concentrer sur la question : j'aimerais vous savoir loin de Cardegoss, loin de cette malédiction, et même loin de Chalion dès qu'il sera possible de l'arranger.

— Avec la cour dans un tumulte pareil, les négociations de mariage sont… (Iselle marqua brusquement une pause.) Mais… et Teidez ? Et Orico ? Et Chalion elle-même ? Vais-je les abandonner comme un général qui s'enfuit d'une défaite ?

— Les plus hauts commandants ont des responsabilités plus grandes qu'une seule bataille. Si une bataille ne peut être gagnée… Si le général ne peut sauver ce jour-là, au moins sa retraite pourra-t-elle sauver d'autres journées futures.

Elle médita ses paroles, sourcils froncés par le doute.

—Cazaril… pensez-vous que ma mère et ma grand-mère étaient au courant de cette noirceur qui plane sur nous ?

—Votre grand-mère, je l'ignore. Votre mère… (Si Ista avait vu par elle-même les fantômes du Zangre, elle avait dû recevoir provisoirement la seconde vue. Quelles pouvaient en être les implications ? L'imagination de Cazaril s'empêtra.) Votre mère savait quelque chose, mais j'ignore dans quelle mesure. Assez pour être terrifiée quand on vous a invités à Cardegoss, en tout cas.

—Et moi qui pensais qu'elle faisait trop d'histoires, murmura Iselle. Je la croyais folle, comme le chuchotaient les serviteurs. (Elle fronça un peu plus les sourcils.) J'ai beaucoup de choses à méditer.

Comme son silence s'éternisait, Cazaril se leva et souhaita poliment aux deux dames une bonne nuit. La royesse répondit d'un hochement de tête distrait. Betriz joignit les mains, le fixant comme si elle cherchait désespérément quelque chose, puis s'inclina à demi.

—Attendez ! s'écria soudain Iselle comme il atteignait la porte.

Il fit demi-tour ; elle bondit de sa chaise, marcha vers lui et saisit ses deux mains.

—Vous êtes trop grand. Baissez la tête, lui commanda-t-elle.

Docile, il pencha la tête et elle se mit sur la pointe des pieds. Surpris, il cligna des yeux lorsque les jeunes lèvres plantèrent un baiser ferme et formel sur son front, puis sur le dos de chaque main, qu'elle élevait vers sa bouche. Puis elle se laissa tomber à genoux dans un bruissement de soie parfumée, et alors que la bouche de Cazaril s'ouvrait sur une protestation muette, embrassa chacune de ses bottes avec la même absence d'hésitation.

—Voilà, dit Iselle, se relevant. (Elle redressa le menton.) À présent, vous pouvez vous retirer.

Des larmes coulaient sur les joues de Betriz. Trop secoué pour parler, Cazaril s'inclina très bas et s'enfuit vers l'agitation de son lit.

Chapitre 19

Cazaril trouva le Zangre étrangement silencieux le lendemain. Après la mort de Dondo, la cour avait été gagnée par l'inquiétude, oui, mais restait agitée et friande de ragots et de chuchotements. À présent, même les murmures s'étaient tus. Tous ceux qui n'avaient pas de tâches immédiates gardaient leurs distances, et ceux qu'attendaient des tâches impératives s'en acquittaient dans un silence hâtif et inquiet.

Iselle et Betriz passèrent la journée dans la tour d'Ias, à veiller sur Sara et Orico. À l'aube, Cazaril et le lugubre gardien du château supervisèrent l'incinération et l'enterrement des restes des animaux. Pendant la journée, Cazaril alterna tentatives de remise en ordre de son bureau et visites pénibles à l'hôpital du temple. Umegat était toujours dans le même état, le teint gris et le souffle laborieux. Après sa deuxième visite, Cazaril s'arrêta au temple lui-même pour prier dans un murmure, se prosternant tour à tour devant chacun des cinq autels. S'il était effectivement contaminé par cette maladie de sainteté, bon sang, autant qu'elle serve à quelque chose.

« Les dieux n'accordent pas de miracles dans nos intérêts, mais dans le leur », avait dit Umegat. Ah oui ? Il semblait à Cazaril que ce marché devait fonctionner dans les deux sens. Si les gens cessaient de prêter leur volonté aux dieux pour leur permettre d'accomplir ces miracles, alors que pourraient y faire les dieux ? *Eh bien, la première conséquence pour moi serait de tomber raide mort.* Première chose. Cazaril s'attarda longtemps devant l'autel de la Dame Printemps mais s'y trouva muet, incapable de bouger les lèvres. Confus, honteux, désespéré ? Mais loquace ou muet, les dieux ne lui renvoyèrent que le même silence obstiné, cinq fois de suite.

Remontant la colline d'un pas lourd, il se rappela les paroles de Palli insistant pour qu'il ne se déplace jamais seul lorsqu'il croisa dy Joal et un autre serviteur du chancelier qui entraient dans le palais Jironal. La main de Joal se crispa sur la garde de son épée, mais il ne la tira pas ; avec des hochements de tête polis et prudents, ils marchèrent à bonne distance l'un de l'autre.

De retour dans son bureau, Cazaril frotta son front douloureux et se concentra sur le mariage d'Iselle. Le royse Bergon d'Ibra, donc. Le jeune homme conviendrait aussi bien qu'un autre et mieux que la plupart, supposait Cazaril. Mais l'agitation de la cour de Chalion empêchait les négociations ouvertes ; il faudrait envoyer un message secret, et très vite. Lorsqu'il passa en revue la liste des courtisans capables de mener à bien cette mission diplomatique, Cazaril n'en trouva aucun qui ait sa confiance. Lorsqu'il parcourut la liste nettement plus courte des hommes de confiance, il n'y trouva aucun diplomate d'expérience. Umegat était hors d'état. L'archidivin ne pouvait partir en secret. Palli ? Le march dy Palliar avait au moins le rang nécessaire pour imposer le respect à Ibra. Il tenta d'imaginer l'honnête Palli négociant les subtilités du contrat de mariage d'Iselle avec le Renard d'Ibra, et soupira. Peut-être… Peut-être que si on envoyait Palli avec une liste d'instructions extrêmement explicite et détaillée… ?

Nécessité fait loi. Il en toucherait deux mots à Palli le lendemain.

Avant de se coucher, Cazaril pria à genoux qu'on lui épargne le cauchemar récurrent des trois nuits précédentes, dans lequel Dondo reprenait une taille normale dans son ventre gonflé, puis se frayait un chemin à coups d'épée, vêtu de ses robes d'enterrement. Peut-être la Dame entendit-elle sa prière ; dans tous les cas, un autre cauchemar l'éveilla à l'aube, la tête et le cœur cognant fort. Dans celui-ci, Dondo parvenait à aspirer l'âme de Cazaril dans son propre ventre à sa place, et s'échappait pour prendre le contrôle de son corps. Puis entamait une carrière de rapine dans le quartier des femmes tandis qu'un Cazaril impuissant l'observait. À son grand désarroi, lorsqu'il s'éveilla haletant dans la lumière grise et reprit contrôle de la réalité, Cazaril s'aperçut que son corps était douloureusement stimulé.

Alors, Dondo était-il *vraiment* plongé dans une prison obscure, privé de sons comme de sensations ? Ou l'accompagnait-il en qualité d'espion et de voyeur suprême ? Cazaril n'avait pas imaginé faire l'amour à Be… à une dame depuis que cette maudite calamité lui était imposée ; il l'imaginait à présent, et l'idée de ce quatuor à l'étroit entre ses draps le fit frissonner.

Cazaril imagina s'échapper par la fenêtre. Peut-être pourrait-il faire passer ses épaules et plonger ; la chute serait prodigieuse, l'atterrissage… rapide. Il se redressa, clignant des yeux, pour trouver une demi-douzaine de fantômes rassemblés avidement autour de lui comme des vautours autour d'un cheval mort. Il siffla et agita un bras pour les disperser. Étaient-ils capables d'animer un corps à la tête écrasée ? Les paroles de l'archidivin semblaient l'impliquer. Cette lugubre patrouille semblait empêcher l'évasion par le suicide. Redoutant le sommeil, il quitta son lit pour aller se laver et se vêtir.

De retour d'un petit déjeuner frugal dans la salle de banquet, Cazaril croisa dans l'escalier une Nan dy Vrit essoufflée.

— Ma dame vous prie de la rejoindre de suite, lui dit Nan.

Cazaril hocha la tête et reprit la montée des marches. Comme il allait dépasser le troisième étage, Nan ajouta :

— Pas dans ses appartements. Dans ceux du royse Teidez.

— Oh.

Cazaril haussa les sourcils et passa donc devant sa propre chambre pour rejoindre celle de Teidez au bout du couloir, Nan sur ses talons.

Alors qu'il entrait dans l'antichambre servant de bureau, jumelle de celle d'Iselle à l'étage, il entendit des voix depuis les appartements ouverts ; le murmure d'Iselle et la voix forte de Teidez :

— Je ne veux pas manger. Je ne veux voir personne ! Allez-vous-en !

Le salon était jonché d'armes, de vêtements et de cadeaux éparpillés au hasard. Cazaril se fraya un chemin jusqu'à la chambre à coucher.

Teidez était allongé sur ses oreillers, toujours en chemise de nuit. L'air humide et renfermé de la pièce dégageait une odeur de sueur masculine, ainsi qu'une autre senteur piquante. Le secrétaire-précepteur du jeune homme se tenait, inquiet, d'un côté du lit ; Iselle occupait l'autre côté, mains sur les hanches.

— Je veux me rendormir, dit Teidez. Allez-vous-en. (Puis levant les yeux vers Cazaril, il eut un mouvement de recul et le montra du doigt.) Et lui, je ne veux surtout pas le voir ici !

Nan dy Vrit répondit d'une voix autoritaire :

— Allons, pas de ça, jeune homme. Vous ne devriez pas parler ainsi à cette vieille Nan.

Teidez, intimidé par quelque ancienne habitude, échangea sa voix revêche pour un ton plaintif.

— J'ai mal à la tête.

Iselle dit d'une voix ferme :

— Nan, apportez de la lumière. Cazaril, je voudrais que vous regardiez la jambe de Teidez. Elle me semble avoir un curieux aspect.

Nan tenait un chandelier à bout de bras pour ajouter à la faible lumière grise de la fenêtre. Teidez commença par serrer ses couvertures contre sa poitrine, mais n'osa pas combattre le regard de sa sœur aînée ; elle les lui arracha d'un coup sec et les replia sur le côté.

Trois sillons parallèles encroûtés décrivaient une spirale sur la jambe du jeune garçon. Ils ne semblaient ni profonds ni dangereux en soi, mais la chair qui les entourait avait tellement enflé que la peau était luisante et argentée. Un fluide rose translucide et un pus jaune suintaient de leurs bords. Cazaril se força à conserver une expression neutre tandis qu'il étudiait les stries rouges et brûlantes qui grimpaient au-dessus du genou et s'enroulaient à l'intérieur de la cuisse. Teidez avait les yeux vitreux. Il rejeta la tête en arrière lorsque Cazaril tendit la main vers lui.

— Ne me touchez pas !

— Tenez-vous tranquille ! ordonna Cazaril à voix basse.

Le front de Teidez, sous le poignet de Cazaril, était brûlant. Cazaril leva les yeux vers le secrétaire au teint cireux qui l'observait en fronçant les sourcils.

— Depuis combien de temps a-t-il de la fièvre ?

— Seulement depuis ce matin, je crois.

— Quand son médecin l'a-t-il vu pour la dernière fois ?

— Il a refusé de voir un médecin, Sire Cazaril. Il m'a lancé une chaise quand j'ai voulu l'aider, et il a lui-même bandé la blessure.

— *Et vous l'avez laissé faire ?*

La voix de Cazaril fit sursauter le secrétaire. L'homme haussa les épaules d'un air hésitant.

— Il ne m'a pas laissé le choix.

Teidez grommela :

— Au moins, il y a des gens qui m'obéissent. Je me rappellerai lesquels, plus tard.

Il lança un regard mauvais à Cazaril à travers des paupières mi-closes, et fit la grimace à sa sœur.

— La blessure s'est infectée. Je vais m'assurer qu'un médecin du temple vienne le voir immédiatement.

Teidez, maussade, se blottit sous ses couvertures.

— Je peux me rendormir maintenant? Si vous n'y voyez pas d'inconvénient. Et tirez le rideau, la lumière me fait mal aux yeux.

— Oui, restez au lit, lui dit Cazaril avant de se retirer.

Iselle le suivit dans l'antichambre, baissant la voix.

— Ce n'est pas normal, n'est-ce pas ?

— Non. En effet. Bien observé, Royesse. Votre jugement était correct.

Elle hocha la tête d'un air satisfait et il la salua avant de rejoindre l'escalier. À en juger par le visage assombri de Nan dy Vrit, elle au moins comprenait à quel point ce n'était pas normal. Tandis qu'il descendait les marches et traversait la cour pavée vers la tour d'Ias, Cazaril n'avait qu'une pensée en tête : il y avait très peu de chances pour qu'un homme, aussi jeune et fort soit-il, survive à une amputation aussi haut sur la cuisse. Il allongea le pas.

Par chance, Cazaril trouva immédiatement dy Jironal à la chancellerie. Il était en train de boucler une sacoche de selle pour la confier à un courrier.

— Comment sont les routes? demanda dy Jironal à l'individu, typiquement mince et noueux et vêtu du tabard de la chancellerie par-dessus un curieux assortiment de lainages d'hiver.

— Boueuses, Messire. Il sera dangereux de chevaucher à la nuit tombée.

—Dans ce cas, faites de votre mieux, soupira dy Jironal avant de lui assener une tape sur l'épaule.

L'homme salua puis s'éloigna derrière Cazaril. Dy Jironal fit la moue en accueillant son nouveau visiteur.

—Cazaril.

—Messire.

Cazaril offrit une fraction de salut avant d'entrer. Dy Jironal s'assit au bord de son bureau et croisa les bras.

—Vos tentatives pour vous cacher derrière l'ordre de la Fille dans l'espoir de me destituer sont vouées à l'échec, vous savez, dit-il sur un ton badin. Et je vais m'assurer du retentissement de cet échec.

Cazaril eut un geste impatient. Il aurait été plus surpris que dy Jironal n'ait *pas* fait espionner les conseils de l'ordre.

—Vous avez des soucis bien plus graves ce matin que je ne puis vous en offrir, Messire.

Dy Jironal ouvrit de grands yeux surpris ; il inclina la tête, soudain attentif.

—Oh ?

—Quel aspect avait la blessure de Teidez quand vous l'avez vue ?

—Quelle blessure ? Il ne m'en a montré aucune.

—Sur la jambe droite. Il semble que le léopard d'Orico l'ait griffé pendant qu'il tuait la pauvre bête. En réalité, les marques semblaient peu profondes, mais elles se sont infectées. Sa peau est brûlante. Et, vous voyez ces marques fiévreuses qui apparaissent parfois sur la peau autour d'une blessure empoisonnée ?

—Oui, répondit Jironal, mal à l'aise.

—Celles de Teidez s'étendent de la cheville à l'aine. Elles évoquent une explosion.

Dy Jironal jura.

—Je vous conseille de chasser ce troupeau de médecins inutiles de la chambre d'Orico afin de les envoyer à la chambre de Teidez. Ou vous risquez de perdre deux pantins royaux la même semaine.

Le regard de Jironal heurta celui de Cazaril comme le silex heurte l'acier, mais après une brusque inspiration, il haussa la tête et se releva. Cazaril le suivit dehors. Corrompu par l'avarice et l'orgueil familial, dy Jironal l'était sans doute, mais il n'avait rien d'un incompétent. Cazaril comprenait comment Orico avait pu choisir de tant endurer en échange de ses services.

Après s'être assuré que dy Jironal montait vers la chambre d'Orico avec la hâte nécessaire, Cazaril redescendit. Il n'avait pas de nouvelles de l'hôpital du temple depuis la veille au soir ; il voulait s'assurer de l'état d'Umegat. Il quitta le Zangre après avoir longé le bâtiment de la ménagerie. Il eut la surprise de voir le valet muet monter la colline dans sa direction. L'homme agita une main sans pouce lorsqu'il vit Cazaril, et pressa le pas.

Il le rejoignit essoufflé et souriant. Son visage portait des hématomes livides, rouge violacé autour d'un œil, hérités de cette futile bataille dans la ménagerie, et son nez cassé était toujours enflé, l'arête lacérée noire et couverte de croûtes. Mais ses yeux brillaient dans leur matrice abîmée ; il dansait presque en avançant vers Cazaril.

Celui-ci haussa les sourcils.

— Vous semblez heureux... Quoi, Umegat s'est-il réveillé ?

Il hocha vigoureusement la tête. Cazaril lui rendit son sourire, défaillant de soulagement.

L'homme émit une sorte de gargouillis étouffé, dont Cazaril distingua peut-être un mot sur quatre, mais bien assez pour comprendre qu'il était envoyé là pour une course urgente. Il fit signe à Cazaril d'attendre à l'extérieur de la ménagerie sombre et silencieuse, et revint quelques minutes plus tard avec un sac attaché à sa ceinture et un livre dans la main, qu'il brandit d'un air heureux. Cazaril en déduisit qu'Umegat était non seulement réveillé, mais assez bien portant pour réclamer son livre favori : Ordol, nota Cazaril stupéfait. Ravi de la compagnie du petit homme trapu, Cazaril l'accompagna en ville.

Cazaril réfléchit aux stigmates de martyre que l'homme arborait avec une indifférence apparente. C'était le témoignage muet d'horribles tourments subis au nom de son dieu. Cette terreur avait-elle duré une heure, un jour, des mois ? Impossible de dire au juste si la douce rondeur de son apparence résultait de la castration ou simplement de l'âge. Cazaril pouvait difficilement lui demander son histoire. Tenter seulement d'écouter ses échanges mal articulés demandait un effort d'attention pénible pour les oreilles. Il ignorait même si l'homme était de Chalion ou d'Ibra, de Brajar ou de Roknar, comment il était arrivé à Cardegoss, combien de temps il avait servi auprès d'Umegat. Et accompli ces tâches quotidiennes comme elles lui venaient. Il marchait à présent d'un pas lourd avec le livre sous le bras, les yeux brillants. Voilà donc à quoi finissait par ressembler un fidèle serviteur des dieux, héroïque et bien-aimé.

Ils atteignirent la chambre d'Umegat pour le trouver assis dans son lit, soutenu par des oreillers. Il était pâle et épuisé, son cuir chevelu hérissé et plissé autour des sutures, ses cheveux restants semblables au trou d'un rat, ses lèvres encroûtées, son visage non rasé. Le valet sans langue fouilla son sac, en tira du matériel de rasage qu'il agita dans les airs avec une mine triomphante ; Umegat eut un sourire las. Il regarda Cazaril sans lever la tête des oreillers. Il se frotta les yeux et les plissa d'un air incertain.

Cazaril avala sa salive.

— Comment vous sentez-vous ?

— Mal de tête, parvint à dire Umegat.

Il ricana doucement, puis ajouta enfin :

— Est-ce que *toutes* mes belles créatures sont mortes ?

Sa langue était épaisse, sa voix basse et mal articulée, mais il semblait tout à fait cohérent.

— Presque toutes. Sauf un petit oiseau bleu et jaune qui s'était échappé. Il est maintenant de retour dans sa cage. Je n'ai laissé personne en faire des trophées. Hier, je les ai vus se faire incinérer comme des soldats tombés au combat. L'archidivin Mendenal a entrepris de trouver une place d'honneur pour leurs cendres.

Umegat hocha la tête puis grimaça. Il pinça ses lèvres encroûtées.

Cazaril jeta un coup d'œil au valet – oui, cet homme devait être de ceux qui connaissaient la vérité – puis de nouveau à Umegat, et demanda d'une voix hésitante :

— Savez-vous que vous avez cessé de briller ?

Umegat cligna rapidement des yeux.

— Je… m'en doutais. Et en tout cas, il est nettement moins dérangeant de *vous* regarder ainsi.

— Votre seconde vue vous a été retirée ?

— Mm. La seconde vue est, de toute façon, redondante à la raison. Vous vivez, et j'en conclus donc que la main de la Dame n'a pas relâché son emprise sur vous.

Il ajouta au bout d'un moment :

— J'ai toujours su qu'elle ne m'était prêtée que pour un temps. En tout cas, c'était une formidable expérience tant qu'elle durait. (Sa voix s'abaissa à un murmure.) Une formidable expérience. (Il détourna le visage.) J'aurais supporté qu'on me la reprenne. Qu'on l'arrache à mes mains… J'aurais dû le voir venir.

Les dieux auraient dû vous avertir…

Le petit valet âgé, dont le visage s'était décomposé au son de la douleur dans la voix d'Umegat, ramassa le livre et le lui tendit pour le consoler.

Umegat sourit faiblement et le lui prit avec tendresse.

— Au moins, il me reste mon ancienne profession vers laquelle retourner, non ? (Ses mains lissèrent les pages à un emplacement familier, et il baissa les yeux. Son sourire s'estompa et sa voix se fit plus aiguë.) Est-ce une plaisanterie ?

— Qu'est-ce qui est une plaisanterie, Umegat ? C'est bien votre livre, je l'ai vu l'apporter de la ménagerie.

Umegat lutta péniblement pour se redresser.

— Mais quel est ce *langage* ?

Cazaril s'avança pour regarder par-dessus son épaule.

— De l'ibrane, bien sûr.

Umegat feuilleta le livre, les doigts tremblants, les yeux agités de tics, son souffle accéléré et ses lèvres ouvertes sous l'effet d'une sorte de terreur.

— C'est… c'est du *charabia*. Ce sont juste des, des… petites taches d'*encre. Cazaril !*

— C'est de l'ibrane, Umegat. Seulement de l'ibrane.

— Ce sont mes yeux. Quelque chose en moi…

Il saisit son visage et se frotta les yeux.

— Oh, cinq dieux ! cria-t-il soudain avant d'éclater en larmes, qui devinrent des sanglots déchirants au troisième souffle. Je suis puni !

— Allez chercher le médecin, allez chercher le médecin ! cria Cazaril au valet effrayé, et l'homme hocha la tête avant de s'éloigner.

Les doigts crispés d'Umegat arrachaient les pages dans sa poigne aveugle. Maladroitement, Cazaril tenta de l'aider, tapota son épaule, redressa le livre avant de le lui enlever. Ayant trouvé une brèche dans les murailles d'Umegat à cet endroit inattendu, la dépression nerveuse à laquelle il avait froidement résisté s'y infiltra et l'homme se mit à pleurer – mais *pas* comme un enfant. Aucun sanglot d'enfant ne pouvait être si terrifiant.

Après plusieurs atroces minutes, la femme médecin aux cheveux blancs vint calmer le divin perturbé ; il s'accrocha à elle, plein d'espoir, et refusa presque de lâcher ses mains pour la laisser mener sa tâche à bien. Ses explications selon lesquelles beaucoup d'hommes et de femmes victimes d'attaques se rétablissaient en quelques jours, des gens malades apportés par des parents inquiets et qui marchaient sans aide au bout de quelques jours, l'aidèrent à retrouver sa maîtrise éprouvée. Il lui fallut toute sa force d'esprit, car les tests suivants, menés après qu'on eut envoyé un dédicat de passage à la bibliothèque de l'ordre, révélèrent qu'il ne pouvait plus lire le roknari et le darthacain non plus, et qu'en outre ses mains avaient perdu la capacité de manier une plume pour former des lettres.

La plume tomba de son poing maladroit, laissant des traînées d'encre sur les draps, et il enfouit son visage dans ses mains en gémissant :

— Je suis puni. Ma joie et mon refuge m'ont été repris…

— Parfois, les gens peuvent réapprendre les choses qu'ils ont oubliées, hasarda la femme médecin. Et votre compréhension des mots que vous entendez n'a pas été altérée, pas plus que votre mémoire des gens que vous voyez. J'ai vu ce genre de phénomène se produire chez quelques patients. Vous pouvez toujours vous faire faire la lecture…

Les yeux d'Umegat croisèrent ceux du valet sans langue qui se tenait à côté du lit, serrant toujours l'Ordol. Le vieil homme frotta son poing contre sa bouche en émettant un étrange bruit de gorge, une plainte de pur désespoir. Des larmes coulaient du coin de ses yeux sur son visage couturé de cicatrices.

Les lèvres d'Umegat lâchèrent un soupir et il secoua la tête ; distrait de son propre trouble par son reflet sur cette figure âgée, il tendit la main pour saisir celle du valet.

—Chht, chht. Nous formons un beau duo, maintenant. (Il soupira et se laissa retomber sur ses oreillers.) Ne dites jamais que le Bâtard n'a aucun sens de l'humour.

Au bout d'un moment, il finit par fermer les yeux. Par épuisement ou volonté de tout effacer, Cazaril n'aurait su le dire.

Il étouffa sa propre question terrifiée : *Umegat, que devons-nous faire maintenant ?* Umegat n'était pas en état de faire quoi que ce soit, même donner des instructions. Même prier ? Cazaril n'osa pas même lui demander de prier pour Teidez, vu les circonstances.

Le souffle d'Umegat se fit plus profond et il sombra dans un sommeil troublé. Avec douceur, en s'efforçant de ne faire aucun bruit, le valet déposa son nécessaire de rasage sur une table latérale et s'assit pour attendre son réveil. La femme médecin prit quelques notes et s'éloigna sans bruit. Cazaril la suivit dans la galerie qui surmontait la cour. La fontaine centrale ne fonctionnait pas par ce froid, et l'eau qu'elle contenait était sombre et mousseuse à la lumière grise de l'hiver.

—Est-il *vraiment* puni ? lui demanda-t-il.

Elle se frotta la nuque d'un geste las.

—Comment le saurais-je ? Les blessures à la tête sont les plus étranges de toutes. J'ai vu un jour une femme dont les yeux semblaient totalement intacts devenir aveugle à cause d'un coup à l'*arrière* de la tête. J'ai vu des gens perdre la parole, ou le contrôle d'une moitié de leur corps mais pas de l'autre. Sont-ils punis ? Si c'est le cas, les dieux sont mauvais, et je n'y crois pas. Je pense que c'est le hasard.

Je crois que les dés sont pipés par les dieux. Il voulait lui recommander de prendre grand soin d'Umegat, mais de toute évidence elle le faisait déjà, et il ne voulait pas passer pour un obsédé ou sembler remettre en doute ses talents ou sa dévotion. Il se contenta de lui souhaiter une bonne journée et entreprit de chercher l'archidivin pour lui parler de l'aspect inquiétant que prenait la blessure de Teidez.

Il trouva l'archidivin Mendenal dans le temple, devant l'autel de la Mère, occupé à bénir la femme d'un riche marchand de cuir et sa fille nouveau-née. Cazaril dut donc attendre que la famille dépose ses offrandes avant de ressortir pour aller lui annoncer les nouvelles à mi-voix. Mendenal pâlit et se précipita aussitôt vers le Zangre.

Malgré le point de vue dérangeant qu'il avait développé quant à l'efficacité et l'absence de nocivité de la prière, Cazaril s'étendit sur les pavés froids devant l'autel de la Mère et se souvint d'Ista. S'il y avait peu d'espoir de salut pour Teidez lui-même, attiré par Dondo vers ce sacrilège brutal, peut-être la Mère avait-elle encore un peu de pitié pour Ista ? Le message que lui avait adressé la déesse l'autre jour à travers le rêve de Son acolyte avait semblé plein de clémence. D'une certaine façon. Même s'il pouvait se révéler n'être que froidement concret. À plat ventre sur les ardoises polies, il sentait la grosseur mortelle dans son abdomen, une masse inconfortable qui semblait avoir la taille de ses deux poings.

Il finit par se lever et partit chercher Palli dans le vieux palais de pierre du provincar dy Yarrin. Un serviteur mena Cazaril vers une chambre d'amis à l'arrière de la maison. Palli était assis à une petite table, occupé à écrire sur un grand livre, mais il déposa sa plume à l'entrée de Cazaril et lui fit signe de prendre une chaise face à lui.

Dès que le serviteur eut refermé la porte derrière lui, Cazaril se pencha et lui dit :

— Palli, pourrais-tu, en cas de besoin, porter à Ibra un message secret pour la royesse Iselle ?

Palli haussa les sourcils.

— Quand donc ?

— Bientôt.

Il secoua la tête.

— Si bientôt veut dire maintenant, je ne crois pas. Je suis très pris par mes devoirs de seigneur dédicat : j'ai promis à dy Yarrin ma voix au Conseil.

— Tu pourrais laisser à dy Yarrin un mandataire, ou un autre camarade qui ait ta confiance.

Palli frotta son menton rasé et lâcha un « hm » peu convaincu.

Cazaril envisagea de se présenter comme saint de la Fille pour en imposer hiérarchiquement à Palli, à dy Yarrin et à leur ordre militaire tout entier. Ce qui nécessiterait des explications compliquées. Il lui faudrait divulguer le secret de la malédiction de Fonsa. Ce qui impliquerait non seulement d'admettre, mais de revendiquer son… état particulier. Touché par les dieux. *Ravi* par les dieux. Et tenant un discours aussi dément que tous ceux d'Ista, voire plus encore. Il opta pour un compromis.

— Je crois que c'est peut-être lié aux affaires de la Fille.

Palli serra les lèvres.

— Comment le sais-tu ?

— Je le sais.

— Eh bien, pas moi.

— Attends, je sais. Avant d'aller te coucher ce soir, prie pour être conseillé.

— Moi ? Pourquoi pas toi ?

— Mes nuits sont… bien remplies.

— Et depuis quand crois-tu aux rêves prophétiques ? Je croyais que tu les avais toujours tenus pour des absurdités, les illusions que se créent les gens pour prétendre à une importance qu'ils ne gagneront jamais autrement.

— Ma… conversion est récente. Écoute, Palli. Fais-le simplement, à titre d'expérience. Pour me faire plaisir, si tu veux bien.

Palli signifia d'un geste qu'il cédait.

— Pour toi, d'accord. Pour ce qui est du reste… (Il fronça ses noirs sourcils.) Ibra… ? Et en secret de qui devrais-je m'y rendre ?

— Dy Jironal. Essentiellement.

— Oh ? Voilà qui pourrait intéresser dy Yarrin. Quelque chose qui le concerne ?

— Pas directement, je ne crois pas.

À contrecœur, Cazaril ajouta :

— Et aussi en secret d'Orico.

Palli se rassit, inclinant la tête. Il baissa la voix.

— Ne fais pas le timide, Caz. Dis-moi plutôt quel genre de corde tu me proposes de me passer autour du cou ? Est-ce de la trahison ?

— Pire, soupira Cazaril. De la théologie.

— Hein ?

— Oh, ce qui me rappelle… (Cazaril se pinça l'arête du nez, cherchant à décider si son mal de tête empirait.) Préviens dy Yarrin que ses conseils sont espionnés pour le compte de Jironal. Même s'il est peut-être assez futé pour s'en être rendu compte, je ne sais pas.

— De pire en pire. Est-ce que tu dors assez, Caz ?

Un éclat de rire amer franchit les lèvres de Cazaril.

— Non.

— Tu t'es toujours montré étrangement visionnaire quand tu étais épuisé, tu sais. Dans tous les cas, je n'irai nulle part sur la seule base d'une poignée d'allusions.

— Si tu acceptais, tu serais informé de tous les détails.

— Quand j'aurai tous ces détails, alors je déciderai.

— Très bien, soupira Cazaril. J'en parlerai à la royesse. Mais je ne voulais pas lui proposer un homme susceptible d'échouer.

— Hé ! s'indigna Palli. Quand ai-je échoué ?

— Jamais, Palli. C'est pourquoi j'ai pensé à toi. (Cazaril sourit et, avec un petit grognement de douleur, se remit debout.) Je dois retourner au Zangre.

Rapidement, il lui décrivit l'inquiétante évolution de la blessure de Teidez. Le visage de Palli se fit très grave.

— Est-ce qu'il va très mal ?

— Je ne… (La prudence tempérait la franchise de Cazaril.) Teidez est jeune, fort et bien nourri. Je ne vois pas de raison pour qu'il ne puisse combattre cette infection.

— Cinq dieux, Caz, il est l'espoir de la maison. Que deviendra Chalion dans le cas contraire ? Et Orico qui est mal portant lui aussi !

Cazaril hésita.

— Orico… n'est pas très bien depuis quelque temps, mais je suis sûr que dy Jironal n'imaginait jamais qu'ils tomberaient malades en même temps. Tu devrais peut-être signaler à dy Yarrin que notre cher chancelier risque d'être assez distrait dans les jours qui viennent. Si les seigneurs dédicats veulent le précéder au chevet d'Orico pour lui faire signer quoi que ce soit, c'est peut-être le meilleur moment.

Il s'extirpa de la cascade d'hésitations de Palli, mais ne put résister devant son insistance à le voir prendre les dy Gura comme escorte. Alors qu'il gravissait une fois de plus la colline, ses calculs constants quant à la meilleure façon de préserver Iselle du naufrage de sa maison maudite se réduisirent à la seule détermination de ne pas s'effondrer devant ces jeunes hommes consciencieux, pour devoir se faire traîner chez lui avec les bras passés sur leurs épaules.

À son retour, Cazaril trouva le troisième étage du bâtiment principal rempli d'une foule prometteuse. Des médecins aux robes vertes et leurs assistants acolytes allaient et venaient. Des serviteurs apportaient de l'eau, des draps, des couvertures, d'étranges boissons dans des aiguières d'argent. Tandis que Cazaril se demandait quelle aide il pourrait bien offrir, l'archidivin émergea de l'antichambre pour se diriger vers l'autre bout du couloir, le visage fermé et introspectif.

— Mon Révérend ? demanda Cazaril, touchant sa manche aux cinq couleurs sur son passage. Comment va le jeune homme ?

— Ah, Sire Cazaril. (Mendenal se tourna brièvement.) La royesse et le chancelier m'ont donné des bourses afin que je prie pour son salut. J'y allais justement.

— Croyez-vous… que des prières puissent être bénéfiques ?

Croyez-vous que n'importe quelle prière puisse être bénéfique ?

— La prière l'est toujours.

Oh que non, voulut répondre Cazaril, mais il tint sa langue.

Mendenal ajouta sur un ton suggestif, en baissant la voix :

— La vôtre pourrait être particulièrement efficace. En cette période.

Pas pour autant que Cazaril l'ait remarqué.

— Mon Révérend, je ne déteste aucun homme au point de lui infliger les conséquences de *mes* prières.

— Ah, dit Mendenal, gêné.

Il parvint à sourire et prit poliment congé.

La royesse Iselle apparut dans le couloir qu'elle parcourut du regard. Elle aperçut Cazaril et lui fit signe d'approcher. Il s'inclina.

— Royesse ?

Elle aussi baissa la voix ; tout le monde ici semblait parler tout bas.

— Il est question d'amputation. Pourriez-vous… ? Accepteriez-vous… d'aider à le maintenir en place, s'il faut en arriver là ? Je crois que vous êtes coutumier de cette procédure ?

— En effet, Royesse.

Cazaril avala sa salive. Des souvenirs cauchemardesques d'affreux moments passés dans les hôpitaux des champs de bataille lui revinrent à l'esprit. Il n'avait jamais pu décider lesquels étaient les plus pénibles à supporter pour ceux qui opéraient : les hommes qui tentaient de supporter l'épreuve avec courage ou ceux à qui la terreur faisait perdre l'esprit. Mieux valaient, de loin, les hommes inconscients.

— Dites aux médecins que je suis à leur service, et à celui de sire Teidez.

Depuis l'antichambre où il patientait appuyé contre le mur, Cazaril entendit le moment où la proposition parvint aux oreilles de Teidez. Le garçon appartenait à la deuxième catégorie, semblait-il. Il hurla, brailla qu'il ne laisserait pas des traîtres et des idiots le rendre infirme, et leur lança des objets à la tête. Son hystérie croissante ne se calma que lorsqu'un deuxième médecin déclara que cette infection n'était pas la gangrène – l'intuition de Cazaril lui donna raison – mais plutôt un empoisonnement du sang, et que l'amputation ferait plus de mal que de bien. Le traitement se limita à un simple coup de lancette, même si, à voir Teidez se débattre en criant, il aurait aussi bien pu s'agir d'une amputation. Malgré le drainage de la blessure, la fièvre de Teidez ne cessait de grimper ; des serviteurs apportèrent des seaux d'eau froide pour lui préparer un bain dans un baquet de cuivre au milieu du salon, puis les médecins durent se battre pour l'y faire entrer.

Entre les médecins, les acolytes et les serviteurs, il semblait y avoir assez de mains pour les tâches pratiques, si bien que Cazaril se retira quelque temps dans son bureau. Là, il se changea les idées en écrivant des lettres acerbes destinées aux conseillers municipaux en retard pour verser la taille à la maison de la royesse, c'est-à-dire la totalité d'entre eux. Ils avaient envoyé des lettres d'excuse prétextant moissons médiocres, banditisme, maladies ou intempéries pour abuser les collecteurs d'impôts. Six villes à problèmes ; Cazaril se demanda si Orico avait joué un mauvais tour à sa sœur et à Dondo en leur abandonnant comme cadeau de fiançailles les six pires débiteurs de ses listes d'impôts, ou si ce désordre s'étendait à Chalion tout entière.

Iselle et Betriz entrèrent, l'air tendu et fatigué.

— Je n'ai jamais vu mon frère aussi malade, confia Iselle à Cazaril. Nous allons installer mon autel privé et prier après le dîner. Je me demande si nous devrions peut-être aussi jeûner.

— Je crois qu'il faudrait ici non pas les prières des autres mais celles de Teidez ; non pour sa santé, mais pour son pardon.

Iselle secoua la tête.

— Mais il refuse de prier. Il dit que ce n'est pas sa faute mais celle de Dondo, ce qui est sans doute vrai dans une certaine mesure… Il crie qu'il n'a jamais eu l'intention de faire de mal à Orico, et que ceux qui l'affirment le calomnient.

— Est-ce que certains le disent ?

— Personne ne le dit en face de la royesse, précisa Betriz. Mais selon Nan, d'étranges rumeurs courent parmi les serviteurs.

Iselle fronça les sourcils.

— Cazaril… est-ce possible ?

Cazaril appuya ses coudes sur la table et frotta le point douloureux entre ses sourcils.

— Je pense que… Pas de la part de Teidez. Je le crois quand il affirme que l'idée venait de Dondo. Et Dondo, je le crois capable de tout. Réfléchissez-y de son point de vue. Il épouse la sœur de Teidez, puis s'arrange pour que Teidez monte sur le trône encore mineur. Il savait, pour avoir observé son frère Martou, quel pouvoir peut obtenir un homme aussi proche d'un roya. Cela dit, j'ignore comment il comptait se débarrasser de Martou, mais je suis certain que Dondo aspirait à devenir le prochain chancelier, peut-être régent, de Chalion. Voire roya de Chalion, selon les infortunes qu'il pourrait attirer sur Teidez.

Iselle se mordilla la lèvre inférieure.

— Et moi qui croyais que vous n'aviez sauvé que *moi*.

Elle toucha brièvement l'épaule de Cazaril avant de regagner ses appartements.

Juste avant le dîner, Cazaril accompagna Iselle et Betriz pour leur visite à Orico. Si son état ne s'améliorait pas, il n'empirait pas non plus. Ils le trouvèrent installé dans des draps frais, assis dans son lit, avec Sara qui lui faisait la lecture. Le roya parlait, plein d'espoir, d'une amélioration de son œil droit, car il distinguait à présent des formes mouvantes. Cazaril estima le diagnostic d'hydropisie plus que probable, car la chair bouffie d'Orico était exagérément enflée ; l'empreinte du pouce du roya, appliquée sur le gras de son visage, restait longtemps pâle et visible. Iselle rapporta à Orico une version édulcorée des informations alarmantes sur l'infection de Teidez, mais dans l'antichambre, en repartant, elle parla franchement à Sara. Les lèvres de celle-ci se serrèrent ; elle fit peu de commentaires à la sœur de Teidez, mais Cazaril devina qu'il y avait là au moins une personne qui ne priait pas pour le garçon brutal et égaré.

Après le souper, la fièvre de Teidez grimpa encore plus. Il cessa de se débattre et de se plaindre et tomba dans un état de léthargie. Quelques heures avant minuit, il sembla s'endormir. Iselle et Betriz quittèrent enfin l'antichambre du royse et montèrent prendre quelque repos dans leurs chambres.

Vers minuit, incapable de dormir en raison de son anticipation coutumière, Cazaril redescendit le couloir vers les appartements de Teidez. Le médecin en chef, venu réveiller le jeune garçon pour lui administrer un sirop contre la fièvre, fraîchement concocté et livré par un acolyte essoufflé, découvrit que Teidez ne pouvait être ranimé.

Cazaril monta les marches quatre à quatre pour transmettre la nouvelle à une Nan dy Vrit somnolente.

— Eh bien, Iselle ne peut rien y faire, estima Nan. Elle vient à peine de s'endormir, la pauvre. Ne peut-on la laisser dormir ?

Cazaril hésita puis répondit :

— Non.

Ce fut ainsi que les deux jeunes femmes, inquiètes et fatiguées, se rhabillèrent pour descendre en groupe au salon surpeuplé de Teidez. Le chancelier dy Jironal arrivait de son palais.

Dy Jironal fit la moue en voyant Cazaril, puis s'inclina devant Iselle.

— Royesse. Cette chambre de malade n'est pas un endroit pour vous.

Son regard mauvais tourné vers Cazaril ajouta en silence : « Pour vous non plus ».

Iselle plissa les yeux mais répondit d'une voix calme et digne :

— Personne ici n'en a davantage le droit. Ni le devoir.

Après une courte pause, elle ajouta :

— Et je dois témoigner au nom de ma mère.

Dy Jironal inspira, puis sembla renoncer à ce qu'il allait dire. Il était dans son intérêt de reporter leur affrontement à un autre endroit et un autre moment. Il y aurait bien assez d'occasions.

Des compresses froides ne purent faire baisser la fièvre de Teidez, ni des piqûres d'aiguille le faire réagir. Les soignants inquiets s'affolèrent lorsqu'il eut une brève attaque. Sa respiration se fit encore plus pénible et plus laborieuse que l'avait été celle d'Umegat inconscient. Dehors, dans le couloir, un quintet de chantres, une voix pour chacun des ordres, chantait des prières ; leurs voix se mêlaient et se répondaient en écho, fond sonore d'une poignante beauté pour accompagner ces moments affreux.

Les harmonies cessèrent. À ce moment seulement, Cazaril s'aperçut que la respiration laborieuse avait cessé dans la chambre à coucher. Tout le monde se tut en entendant ce silence. L'un des médecins, le visage exsangue et humide de larmes, vint dans l'antichambre appeler dy Jironal et Iselle à témoigner. Des voix très douces et basses s'élevèrent et se turent dans la chambre de Teidez.

Tous deux étaient très pâles lorsqu'ils ressortirent. Dy Jironal était livide et choqué ; jusqu'au dernier moment, comprit Cazaril, l'homme s'était attendu à voir guérir Teidez. Iselle était blême et presque impassible. L'ombre noire s'épaississait autour d'elle.

Tous les visages de l'antichambre se tournèrent vers elle, pareils aux aiguilles d'une boussole. La royacie de Chalion avait une nouvelle héritière.

Chapitre 20

Bien que rougis par la fatigue et le chagrin, les yeux d'Iselle étaient secs. Betriz, venue lui apporter son soutien, essuyait les siennes. Il était difficile de dire laquelle des deux jeunes femmes s'appuyait sur l'autre.

Le chancelier dy Jironal s'éclaircit la voix.

— Je vais annoncer ce deuil à Orico.

Avec un temps de retard, il ajouta :

— Permettez-moi de vous apporter mon aide, Royesse.

— Oui... (Iselle balaya la chambre d'un regard absent.) Que tous ces braves gens retournent à leurs tâches.

Les sourcils de Jironal s'abaissèrent, comme si une centaine de pensées défilaient derrière ses yeux et comme s'il ignorait laquelle saisir en premier. Il regarda Betriz, puis Cazaril.

— Votre personnel... Votre personnel doit être augmenté pour honorer votre nouveau rang. J'y veillerai.

— Je ne peux penser à toutes ces choses maintenant. Demain sera bien assez tôt. Pour ce soir, Messire chancelier, je vous prie de me laisser à mon chagrin.

— Bien sûr, Royesse.

Dy Jironal s'inclina et fit mine de partir.

— Oh, ajouta Iselle, je vous prie de ne pas envoyer de messager à ma mère avant que je puisse écrire une lettre à lui confier.

Dans l'embrasure de la porte, dy Jironal s'arrêta pour lui adresser un autre demi-salut.

— Certainement.

Tandis que Betriz escortait Iselle vers la sortie, la royesse murmura au passage à Cazaril :

— Rejoignez-moi dans une demi-heure. Je dois réfléchir.

Cazaril inclina la tête.

La foule des courtisans de l'antichambre et du salon se dispersa, à l'exception du secrétaire de Teidez, qui affichait un air de deuil et d'inutilité. Seuls restèrent les acolytes et les serviteurs chargés de laver et préparer le corps du royse. Le chœur des chantres troublés et stupéfaits entonna une dernière prière de ses voix étouffées et tremblantes, cette fois une mélopée pour le passage des morts, puis lui aussi prit le chemin de la sortie.

Cazaril n'aurait su dire si c'était sa tête ou son ventre qui lui faisait le plus mal. Il s'enfuit vers sa propre chambre au bout du couloir, ferma la porte derrière lui et se prépara à l'assaut nocturne de Dondo, qui n'allait guère tarder à en croire son estomac noué.

Les crampes familières le plièrent en deux, mais à sa grande surprise, Dondo resta silencieux cette nuit-là. Était-il, lui aussi, désarçonné par la mort de Teidez ? Si Dondo avait prévu que la destruction du jeune garçon succéderait à celle d'Orico, c'était à présent le cas, mais trop tard pour servir les desseins qu'il avait poursuivis de son vivant.

Cazaril ne trouva dans ce silence aucun répit. Sa sensibilité accrue à cette présence malveillante lui assurait que Dondo était toujours enfermé en lui. Affamé. Furieux. Méditatif ? L'intelligence n'était pas, jusqu'ici, la caractéristique principale de ses éructations. Peut-être le choc de sa mort s'estompait-il. Pour laisser la place à… Quoi donc ? Une attente. Une traque ? Dondo avait naguère été un chasseur compétent.

Cazaril comprit que Dondo ne devait pas partager le souhait du démon, lequel désirait sans doute remplir ses deux seaux d'âmes pour rejoindre son maître. Le ventre de son pire ennemi était pour lui une prison haïssable, mais ni l'enfer du Bâtard, ni l'oubli glacé des fantômes rejetés par les dieux n'offraient d'alternatives très satisfaisantes. Cazaril osait à peine imaginer les autres possibilités, mais il était parfaitement conscient que si Dondo cherchait une forme physique à travers laquelle regagner le monde, la sienne était à portée de main. D'une façon ou d'une autre. Ses mains palpèrent son ventre, et il s'efforça de déterminer, pour la centième fois, à quelle vitesse grossissait sa tumeur.

Les crampes et l'éprouvant quart d'heure de terreur passèrent. La requête d'Iselle lui revint à l'esprit. Rédiger la lettre nécessaire pour informer Ista de la mort de son fils serait atroce ; il n'était guère étonnant qu'Iselle ait besoin d'assistance. Bien qu'il se sente peu à même de remplir la tâche, il devait s'efforcer d'accéder à tout ce qu'elle lui demanderait sous l'effet de la douleur et du chagrin. Il se déplia, s'extirpa du lit et monta l'escalier.

Il trouva Iselle assise à son bureau avec ses meilleurs parchemins et plumes et sa cire à cacheter étalés devant elle. Des chandelles supplémentaires allumées tout autour de la chambre repoussaient la pénombre. Sur un carré de soie, Betriz était en train d'étaler et de compter une étrange petite pile de bibelots : broches, bagues, et l'amas pâle et luisant formé par la rangée de perles de Dondo que Cazaril n'avait pas encore pu remettre au temple.

Songeuse, Iselle regardait la page vierge en tournant et retournant sa bague sur son pouce. Levant les yeux, elle dit à voix basse :

— Parfait, vous êtes là. Fermez la porte.

Il la ferma sans bruit derrière lui.

— À votre service, Royesse.

— Je prie pour que ce soit vrai, Cazaril : je prie pour que ce soit vrai.

Elle le jaugea du regard. Betriz dit d'une voix inquiète :

— Il est malade, Iselle. En es-tu sûre ?

— Ma seule certitude, c'est qu'il me reste peu de temps. Et pas d'autre choix. (Elle prit une profonde inspiration.) Cazaril, demain matin je veux que vous voyagiez vers Ibra en tant que messager pour arranger mon mariage avec le royse Bergon.

Cazaril cligna des yeux, s'efforçant de suivre des pensées aux allures de caravane qui l'abandonnaient sur le côté de la route.

— Le chancelier dy Jironal ne me laissera jamais partir.

— Évidemment, ce ne peut être qu'en secret. (Iselle eut un geste impatient.) Vous partirez donc d'abord pour Valenda, qui est presque sur la route, pour apprendre à ma mère le décès de mon frère. Dy Jironal sera d'accord, et trop heureux de se débarrasser de vous : je suis sûre qu'il vous prêtera même un bâton de courrier grâce auquel vous pourrez réquisitionner les chevaux des relais de la chancellerie. Vous savez que d'ici demain midi, ma maison sera truffée de ses espions.

— C'était manifeste.

— Mais après votre escale à Valenda, vous retournerez non pas à Cardegoss, mais à Zagosur, ou bien là où se trouve le royse Bergon. Dans l'intervalle, j'insisterai pour que Teidez soit enterré à Valenda, son foyer bien-aimé.

— Teidez désespérait de quitter Valenda, rappela Cazaril, soudain pris de vertige.

— Oui, mais dy Jironal l'ignore, n'est-ce pas ? Le chancelier ne me laisserait pas quitter Cardegoss et sa surveillance pour d'autres raisons, mais il ne peut pas refuser d'accéder à des demandes dictées par la piété familiale. Je vais demander à Sara de me soutenir dans ce projet, dès demain matin.

— Vous êtes doublement en deuil maintenant, pour votre frère et celui de dy Jironal. Il ne peut pas vous dénicher de nouveau fiancé avant des mois.

Elle secoua la tête.

— Il y a une heure, je suis devenue le futur de Chalion. Dy Jironal doit me prendre et me garder sous son emprise s'il veut contrôler ce futur. Le moment critique n'est pas le début de mon deuil de Teidez, mais celui de mon deuil d'Orico. C'est à ce moment-là, et pas avant, que je passerai entièrement sous son contrôle. À moins que je sois mariée d'abord.

» Une fois sortie de Cardegoss, je ne compte pas y retourner. Par ce temps, le cortège de Teidez pourrait passer des mois sur la route. Et si le temps n'est pas coopératif, je trouverai d'autres moyens de nous retarder. D'ici à ce que vous reveniez avec le royse Bergon, je devrais encore être à l'abri à Valenda.

— Attendez, que…, *Revenir* avec le royse Bergon ?

— Oui, bien sûr, vous devez l'amener jusqu'à moi. Réfléchissez. Si je quitte Chalion pour me marier en Ibra, dy Jironal me déclarera rebelle et me forcera à rentrer à la tête d'une colonne de troupes étrangères. Mais si je prends l'avantage dès le premier instant, je n'aurai jamais à le lui reprendre. C'est *vous* qui me l'avez appris !

C'est moi qui… ?

Elle se pencha, l'expression de plus en plus attentive.

— Je veux épouser le royse Bergon, oui, mais je refuse d'abandonner Chalion pour l'avoir, pas un mètre carré de terre. Ni à Jironal, ni au Renard non plus. Ce sont mes conditions. Bergon et moi hériterons chacun de nos couronnes respectives. Bergon aura autorité en Chalion en tant que roya consort, et moi en Ibra en tant que royina consort, chacun à travers l'autre, de façon égale et réciproque. Notre futur fils, si la Mère et le Père le veulent bien, héritera des deux couronnes pour les unir en une seule. Mais ma future autorité en Chalion doit rester la *mienne*, et non se transformer en dot pour mon époux. Je refuse de devenir une Sara, une simple épouse ignorée, sans aucune voix devant mes propres conseils !

— Le Renard exigera bien plus.

Elle releva le menton.

— C'est pourquoi je vous veux comme messager, et personne d'autre. Si vous ne pouvez m'obtenir le royse Bergon à des conditions qui ne violent pas ma future souveraineté, alors abandonnez et rentrez chez nous. Et à la mort d'Orico, j'élèverai moi-même ma bannière contre dy Jironal. (Sa bouche dessina une ligne sinistre ; son ombre noire s'agita.) Malédiction ou pas, je refuse d'être la jument bridée de Martou dy Jironal et être menée à coups d'éperons.

Oui, Iselle avait le cran, la volonté et l'esprit qui manquaient à Orico pour résister à dy Jironal ; qui manquaient aussi à Teidez. Cazaril le lisait dans ses yeux, y voyait des armées aux lances ornées de pennons se tortiller dans l'ombre noire qui l'entourait tel un voile de fumée s'élevant d'une ville en flammes. C'était la forme que prendrait la malédiction de sa maison pour la prochaine génération : non la douleur personnelle, mais la guerre civile entre les factions royales et nobles, qui déchirerait le pays d'un bout à l'autre.

À moins qu'elle puisse rejeter à la fois maison et malédiction, pour entrer sous la protection de Bergon…

— Je serai votre messager, Royesse.

— Parfait. (Elle se rassit et lissa de la main les parchemins vierges.) À présent, nous devons écrire plusieurs lettres. La première sera votre lettre d'autorité au Renard, et je crois qu'elle devrait être de ma propre main. Vous avez lu et rédigé des traités. Vous devez m'indiquer les tournures exactes, afin que je ne passe pas pour une jeune ignorante.

— Je vais faire de mon mieux, mais je ne suis pas un homme de loi, Iselle.

Elle haussa les épaules.

— Si nous réussissons, j'aurai des épées pour soutenir mes paroles. Et dans le cas contraire, aucune subtilité légale ne leur donnera de sens. Qu'elles soient simples et claires. Commençons…

Après trois quarts d'heure éreintants passés à se concentrer en se mordant les lèvres, ils produisirent un document impeccable qu'Iselle signa d'un grand geste avant de le sceller avec sa bague. Betriz, pendant ce temps, avait fini d'inventorier le petit tas de pièces et de bijoux.

— Ce sont là toutes les pièces dont nous disposons ? demanda Iselle.

— Malheureusement, oui, soupira Betriz.

— Dans ce cas, il ne lui restera qu'à mettre les bijoux en gage lorsqu'il atteindra Valenda, ou tout autre endroit sûr. (Iselle enveloppa les bibelots dans le carré de soie et les fit glisser sur la table jusqu'à Cazaril.) Votre bourse, Messire. La Fille fasse que ce soit suffisant pour votre aller et retour.

— Plus que suffisant, si je ne me trompe pas.

— Rappelez-vous que cet argent est à dépenser, non à économiser. En tant que représentant de mes intérêts, vous devez produire une forte impression en Ibra. Pensez à vous habiller. Et le royse Bergon doit voyager dans des conditions adaptées à son rang et au mien, sans humilier Chalion.

— Ce qui risque d'être délicat. Sans l'armée, je veux dire. Je vais y réfléchir. Beaucoup de choses dépendront, comment dire, d'un certain nombre d'affaires encore à régler. Ce qui me fait penser que… Nous devons disposer d'un moyen sûr de communiquer. Dy Jironal ou ses espions ne manqueront pas d'intercepter toutes les lettres que vous recevrez.

— Ah.

— Il existe un code très simple qui est néanmoins presque impossible à déchiffrer. Il faut simplement posséder deux copies de la même édition d'un livre. L'une m'accompagne, l'autre reste avec vous deux. Des séquences de trois chiffres (numéro de page, de ligne, et emplacement dans la ligne) désignent les mots que le destinataire inverse ensuite pour retrouver le terme. Et si possible, n'utilisez pas toujours la même numérotation pour les mêmes mots, mais trouvez-les sur une autre page. Il existe de meilleurs codes, mais je n'ai pas le temps de vous les enseigner. Je, heu… Je ne possède aucun livre en deux exemplaires.

— Je vous les trouverai avant votre départ, dit Betriz d'une voix énergique.

— Merci.

Cazaril se frotta le front. C'était folie d'entreprendre ce voyage dans les montagnes au beau milieu de l'hiver, alors qu'il était malade et perdait peut-être du sang. Il tomberait de cheval dans la neige où il gèlerait sur place, et les loups les dévoreraient tous, lui, son cheval *et* ses lettres d'autorisation.

— Iselle. Mon cœur en a la volonté. Mais mon corps est un territoire occupé, à moitié déserté. J'ai peur de ne pas arriver au bout de ce voyage. Mon ami le march dy Palliar est un bon cavalier doublé d'une fine lame. Puis-je vous proposer qu'il me remplace comme représentant ?

Iselle se fit pensive.

— Je crois que ce sera un duel d'esprit contre le Renard pour remporter la main de Bergon, pas un duel d'épées. Mieux vaut envoyer l'esprit en Ibra et garder l'épée en Chalion.

Idée séduisante que laisser Iselle et Betriz sous la protection d'un ami fort sur lequel compter… un ami possédant des appuis, en outre.

— Dans tous les cas, puis-je l'inviter à prendre part à nos conseils demain ?

Iselle interrogea Betriz du regard ; Cazaril ne vit aucun signal évident transmis de l'une à l'autre, mais Iselle hocha la tête d'un air décidé.

— Oui. Amenez-le moi le plus tôt possible.

La royesse tira vers elle un autre morceau de papier et prit une nouvelle plume.

— À présent, je vais écrire la lettre au royse Bergon, que vous apporterez scellée pour la lui remettre intacte. Et ensuite, soupira-t-elle la lettre pour ma mère. Je crois que vous ne pourrez m'aider pour aucune des deux. Allez donc dormir tant que vous le pouvez.

Congédié, il se leva et s'inclina.

Alors qu'il atteignait la porte, elle ajouta doucement :

— Je suis heureuse que ce soit vous qui lui portiez la nouvelle, Cazaril, et pas n'importe quel courrier de la chancellerie venu. Même si la mission est difficile.

Elle prit une profonde inspiration et se pencha vers le papier. La lueur des chandelles transformait ses cheveux d'ambre en auréole brillante autour de son visage concentré. Cazaril l'abandonna à cette flaque de lumière pour rejoindre la froide pénombre du couloir.

Cazaril fut réveillé à l'aube par des coups insistants frappés à la porte de sa chambre. Quand il s'extirpa du lit pour ouvrir le verrou, il trouva non pas le page qu'il s'attendait à voir le chercher, mais Palli.

D'ordinaire très soigné, Palli donnait l'impression de s'être habillé dans le noir, à tâtons ; ses cheveux ébouriffés par le sommeil pointaient dans d'étranges directions. Ses yeux étaient sombres et grands ouverts. Les frères dy Gura, bâillant et somnolents mais enjoués, sourirent à Cazaril depuis le couloir tandis que Palli s'infiltrait à coups d'épaule. Cazaril tendit sa chandelle de chevet au plus grand des frères, Ferda, pour qu'il l'allume au chandelier mural ; il la rendit à son seigneur et commandant Palli, qui la prit avec des mains légèrement tremblantes. Palli ne parla qu'une fois la porte refermée sur lui et Cazaril.

— Démons du Bâtard, Caz ! Qu'est-ce que c'est que cette histoire ?

— Quoi donc ? demanda Cazaril, confus.

Palli alluma un autre chandelier dans le coin où Cazaril faisait sa toilette et se retourna.

— Tu m'as dit de prier pour demander conseil. Dans mon sommeil, s'il vous plaît. Je te ferai savoir que la nuit dernière, j'ai été tué cinq fois dans mes rêves. Alors que j'étais en route. Chaque fois de manière plus horrible. Dans le dernier rêve, mes chevaux m'ont dévoré. Je refuse de monter sur quoi que ce soit qui ressemble à un cheval, une mule ou un poney pendant une semaine au moins !

— Oh. (Cazaril cligna des yeux, méditant les informations. Tout semblait très clair.) Dans ce cas, je refuse que tu prennes la route.

— J'en suis soulagé.

— Je dois y aller moi-même.

— Aller où ? Par ce temps ? Il neige, tu sais.

— Ah, il ne manquait plus que ça. Personne ne te l'a donc dit ? Le royse Teidez est mort hier de sa blessure infectée, vers minuit.

Le visage de Palli se fit soudain très grave ; sa bouche forma un « oh » muet.

— Voilà qui change bien des choses pour Chalion.

— En effet. Laisse-moi m'habiller, et accompagne-moi à l'étage.

En toute hâte, Cazaril s'aspergea le visage d'eau froide et enfila ses habits de la veille.

À l'étage, Cazaril trouva Betriz elle aussi vêtue des habits noirs et lavande de la veille. De toute évidence, elle n'avait pas encore dormi. Cazaril attira les frères dy Gura hors de vue du couloir pour les installer dans son bureau. Palli et lui entrèrent dans le salon.

La main de Betriz toucha un paquet scellé qui attendait sur une petite table.

— Toutes les lettres sont prêtes à partir pour… (elle regarda Palli et hésita) Valenda.

— Iselle est-elle endormie ? demanda Cazaril tout bas.

— Elle se repose seulement. Elle voudra vous voir. Tous les deux.

Betriz disparut un instant dans la chambre à coucher d'où s'échappa un murmure étouffé, puis revint avec deux livres sous le bras.

— J'ai fouiné dans la bibliothèque du roya pour trouver deux volumes identiques. Il n'y avait pas beaucoup de vrais doublons. J'ai préféré prendre les plus gros, afin d'avoir un plus grand choix de vocabulaire.

— Très bien, dit Cazaril en s'emparant d'un des livres.

Il le regarda et étouffa un rire amer. « Ordol », disaient les lettres dorées sur la tranche. *Les Cinq Chemins de l'âme.*

— Parfait. J'avais besoin de réviser ma théologie.

Il le déposa auprès du paquet de lettres.

Iselle émergea, drapée d'une lourde robe de chambre en velours bleu sous lequel pointait la dentelle blanche de sa chemise de nuit. Ses cheveux d'ambre lui tombaient en cascade sur les épaules. Elle avait le visage aussi pâle et bouffi de sommeil que Betriz. Elle accueillit Cazaril et Palli d'un hochement de tête.

— Messire dy Palliar. Merci de me venir en aide.

— Je, heu…, dit Palli.

Il lança à Cazaril un regard désespéré : « Mais à quoi est-ce que je donne mon accord ? »

— Accepte-t-il de voyager pour vous ? demanda une Betriz inquiète. Vous ne devriez pas y aller, vous le savez bien.

— Heu… Non. Palli, je te demande plutôt de jurer de servir et protéger la royesse Iselle, personnellement, au nom des dieux, et surtout de la Dame Printemps. Il n'y a là aucune trahison : elle est la légitime héritière de Chalion. Et tu auras donc l'honneur d'être le premier de ses courtisans à le faire.

— Je, je, je… Je peux vous jurer fidélité en plus de celle que j'ai jurée à votre frère Orico, Madame. Je ne peux prêter serment à vous plutôt qu'à lui.

— Je ne vous demande pas de privilégier mon service par rapport à celui d'Orico. Je ne vous demande que de le privilégier par rapport à celui du chancelier d'Orico.

— Ce que, par contre, je peux faire, dit Palli, dont le visage s'éclaira. Et de tout cœur.

Il embrassa le front d'Iselle, ses mains et ses pantoufles, et toujours agenouillé devant ses jupes, récita les serments d'un seigneur de Chalion, avec Betriz et Cazaril pour témoins. Il ajouta, sans se relever :

— Que penseriez-vous, Royesse, de sire dy Yarrin au poste de saint général de l'ordre de la Fille ?

— Je crois… que décider de telles préférences n'est pas de mon ressort. Mais il me semble en tout cas un bien meilleur choix que n'importe quel candidat du clan dy Jironal.

Palli hocha lentement la tête, approuvant le bon sens de ces paroles, puis se redressa.

— Je le lui ferai savoir.

— Iselle aura besoin de tout le support pratique que tu pourras lui donner pendant les funérailles de Teidez, dit Cazaril à Palli. Il doit être enterré à Valenda. Puis-je vous suggérer de choisir dans la troupe de Palliar pour intégrer le cortège du royse ? Ce qui vous donnera une bonne excuse pour vous entretenir souvent, et vous assurera d'être du côté de la royesse lorsqu'elle quittera Cardegoss.

—Quel raisonnement rapide, dit Iselle.

Cazaril ne se sentait pas rapide. Il avait l'impression que son esprit se traînait dans le sillage de celui d'Iselle, chaussé de bottes couvertes de dix kilos de boue. Chacune. L'autorité qu'elle avait reçue la nuit précédente avait dû libérer quelque énergie tapie en elle; elle irradiait, à l'intérieur de son cocon de ténèbres. Il redoutait de fermer les yeux, par peur de le voir encore brûler.

—Mais devrez-vous voyager seul, Cazaril? s'inquiéta Betriz. Je n'aime pas cette perspective.

Iselle fit la moue.

—Jusqu'à Valenda, je crois bien que oui. Il n'y a presque personne à Cardegoss en qui j'aie assez confiance pour l'envoyer avec lui. (Elle étudia Cazaril d'un air dubitatif.) À Valenda, ma grand-mère pourra peut-être vous fournir des hommes. En vérité, vous ne devriez pas arriver à la cour du Renard seul et sans compagnie. Je ne veux pas donner l'impression que nous sommes désespérés.

Elle ajouta, un peu amère:

—Même si c'est le cas.

Betriz se mit à tirer sur ses velours noirs.

—Mais si vous tombez malade en route? Supposez que votre tumeur empire? Et qui brûlerait votre corps si vous deviez mourir?

La tête de Palli pivota.

—«Tumeur»? Cazaril? Qu'est-ce qui se passe encore?

—*Caz*aril, vous ne lui avez rien dit? Je vous croyais amis! (Betriz se tourna vers Palli.) Il compte monter à cheval et voyager – voyager! – jusqu'en Ibra avec une énorme tumeur mortelle dans le ventre, sans personne pour l'aider sur la route. Plus que courageuse, je trouve cette idée *stupide*. Il doit se rendre en Ibra, faute d'autre candidat, mais pas seul, ni de cette manière!

Palli se rassit, le pouce sur les lèvres, et étudia Cazaril à travers des yeux plissés. Il dit enfin:

—Je me disais bien que tu avais l'air malade.

—Oui, enfin, il n'y a rien à y faire.

—Heu… Est-ce que c'est très…? Je veux dire est-ce que tu…?

—Est-ce que je vais mourir? Oui. Dans combien de temps? Personne ne le sait. Ce qui, comme le souligne l'érudit Umegat, ne différencie pas ma vie de la tienne. De toute façon, qui souhaite mourir dans un lit?

—Toi, à ce que tu disais. De vieillesse extrême, au lit, avec l'épouse de quelqu'un.

—La mienne, de préférence, soupira Cazaril. Enfin. (Il parvint à ne pas regarder Betriz.) Ma mort est le problème des dieux. Pour ma part, je monterai dès qu'un cheval pourra être sellé.

Il se remit debout en grognant puis ramassa livre et paquet.

Palli regarda Betriz, qui joignit des mains crispées et lui lança un regard implorant. Il marmonna un juron à mi-voix, se releva et se diriger vers la porte de l'antichambre qu'il ouvrit d'un coup sec. Foix dy Gura, l'oreille collée à l'autre côté, se redressa en vacillant, cligna des yeux et sourit à son commandant. Son frère Ferda, appuyé au mur opposé, ricana.

— Bonjour les garçons, dit Palli d'une voix doucereuse. J'ai un petit travail pour vous.

Cazaril, Palli sur ses talons, franchit à grands pas les portes du Zangre, vêtu pour chevaucher sous la neige, avec sur son épaule la sacoche de selle alourdie par les vêtements de rechange, une petite fortune, de la théologie, et une trahison contestable.

Il trouva les frères dy Gura déjà arrivés dans la cour de l'étable. Renvoyés au palais Yarrin sur les ordres pressants de Palli, ils avaient également troqué leurs habits de cour bleus et blancs contre des tenues plus adaptées au voyage, avec de hautes bottes bien usées.

Betriz les accompagnait, enveloppée dans une cape de laine blanche. Leurs têtes étaient rapprochées et Betriz décrivait de grands gestes emphatiques. Foix leva les yeux pour voir approcher Cazaril ; son large visage se figea en une expression sobre et plutôt intimidée. Il fit un geste et prononça quelques mots ; Betriz regarda par-dessus son épaule, et la conversation cessa brusquement. Les frères se tournèrent pour saluer Cazaril. Betriz le regarda fixement, comme si son visage était une leçon qu'elle se forçait à mémoriser.

— Ferda ! dit Palli.

Le maître des écuries se mit au garde-à-vous devant lui. Palli tira deux lettres de sa cape, l'une scellée, l'autre simplement pliée.

— Ceci (il tendit à Ferda le papier plié) est une lettre d'autorisation de ma main, en tant que seigneur dédicat de l'ordre de la Fille, qui t'autorise à demander l'assistance nécessaire de nos chapitres frères au cours du voyage. Tous les coûts seront à régler avec moi à Palliar. Celle-ci, poursuivit-il en lui remettant la lettre scellée, ne doit être ouverte qu'à Valenda.

Ferda hocha la tête et les rangea toutes deux. La deuxième lettre plaçait les frères dy Gura sous le commandement de Cazaril au nom de la Fille, sans plus de détails. Leur voyage vers Ibra leur réservait une intéressante surprise.

Palli marcha autour d'eux, les inspectant d'un œil de commandant.

— Avez-vous assez de vêtements chauds ? Êtes-vous armés contre les bandits ?

Ils montrèrent des épées polies et des arbalètes apprêtées, des cordes d'arc protégées de l'humidité, des réserves de carreaux, du matériel en parfait état. Seuls quelques flocons de neige tourbillonnaient encore dans l'air humide pour venir se poser sur la laine, le cuir et les cheveux, où ils formaient des gouttelettes en fondant. Il n'était tombé que de la poudreuse à l'aube. Dans les collines, les chutes de neige seraient sans doute plus importantes.

Betriz tira de sous sa cape un objet blanc et duveteux. Clignant des yeux, Cazaril reconnut un bonnet de fourrure dans le style des robustes montagnards du sud de Chalion, avec des rabats censés protéger les oreilles et se lier sous le menton, la fourrure vers l'intérieur. Les hommes et les femmes en portaient de semblables, mais celui-ci était manifestement conçu pour une dame, en peau de lapin blanche avec des fleurs brodées en fil d'or sur le sommet.

— Cazaril, j'ai pensé que vous pourriez en avoir besoin en traversant les hauts cols de montagne.

Foix haussa les sourcils et sourit, Ferda ricana derrière sa main.

— Charmant, dit-il.

Betriz rougit.

— C'est tout ce que j'ai pu trouver, vu le temps dont je disposais, se défendit-elle. C'est toujours mieux que de se geler les oreilles !

— En effet, dit gravement Cazaril. Je n'ai pas de bonnet aussi pratique. J'en serai très reconnaissant.

Ignorant les sourires des jeunes hommes, il le lui prit et s'agenouilla pour le ranger soigneusement dans sa sacoche. Ce n'était pas seulement un geste visant à contenter Betriz, même s'il souriait intérieurement de la grimace qu'elle fit à Ferda ; lorsque les frères affronteraient le vent d'hiver dans les montagnes de la frontière, leurs sourires s'effaceraient bien assez tôt.

Iselle apparut aux portes, dans une cape de velours d'un violet sombre tirant sur le noir, suivie par un commis de la chancellerie qui lui tendit un bâton de courrier numéroté en échange de la signature de Cazaril sur son grand livre. Il referma le livre et s'empressa de franchir le pont-levis pour se réfugier à l'abri du froid.

— Avez-vous pu obtenir la permission de Jironal ? demanda Cazaril en rangeant le bâton à l'abri dans une poche intérieure de son manteau.

Le bâton garantissait à son porteur de nouveaux chevaux, de la nourriture et un lit propre, encore qu'étroit et dur, dans tous les relais des routes principales traversant Chalion.

— Pas celle de Jironal. Celle d'Orico. Il est toujours roya de Chalion, même s'il m'a fallu le rappeler au commis de la chancellerie. (Iselle ricana doucement.) Les dieux vous accompagnent, Cazaril.

— Hélas oui, soupira-t-il, avant de comprendre que ce n'était pas une remarque mais un adieu.

Il pencha la tête pour embrasser ses mains glacées. Betriz lui lança un regard en biais. Il hésita, puis se racla la gorge et lui prit les mains à son tour. Les doigts de Betriz se crispèrent autour des siens au contact de ses lèvres, et elle retint son souffle, mais ses yeux regardaient au loin par-dessus la tête de Cazaril. Il se redressa pour voir les frères dy Gura se faire tout petits sous son regard noir.

Un valet du Zangre leur amena trois chevaux de courrier sellés. Palli serra les mains de ses cousins. Ferda prit les rênes du cheval qui s'avéra être celui de Cazaril, un rouan élancé qui égalait sa taille. Foix, le plus musclé, s'empressa de l'aider à monter en selle, et tandis qu'il s'installait avec un léger grognement, Foix lui demanda, inquiet :

— Tout va bien, Messire ?

Ils n'étaient même pas encore partis ; mais que leur avait donc raconté Betriz ?

— Oui, tout va très bien, l'assura Cazaril. Merci.

Ferda lui tendit ses rênes, et Foix l'aida à fixer ses précieuses sacoches. Ferda monta en selle d'un bond léger, son frère l'imita plus lourdement, et ils quittèrent la cour de l'étable. Cazaril se retourna sur sa selle pour regarder Iselle et Betriz traverser le pont-levis et franchir la grande porte du Zangre. Betriz regarda en arrière, et leva haut la main ; Cazaril lui rendit son salut. Puis les chevaux tournèrent après le premier coin, et les bâtiments de Cardegoss masquèrent les portes à sa vue. Un unique corbeau les suivit, voltigeant de gouttière en corniche.

Dans la première rue, ils rencontrèrent le chancelier dy Jironal qui remontait lentement à cheval de son palais, flanqué de deux serviteurs armés à pied. Il était manifestement rentré se laver, se nourrir et se changer, régler sa correspondance la plus urgente. À en juger par son visage gris et ses yeux injectés de sang, il n'avait pas plus dormi qu'Iselle la nuit précédente.

Dy Jironal arrêta son cheval et adressa à Cazaril un étrange petit salut.

— Où allez-vous, Sire Cazaril… (son attention fut attirée par les selles de courrier arborant l'insigne de Chalion, léopard et château) sur un des chevaux de ma chancellerie ?

Cazaril lui retourna un demi-salut depuis sa selle.

— À Valenda, Messire. La royesse Iselle a décidé qu'elle ne voulait pas qu'un étranger apporte la mauvaise nouvelle à sa mère et à sa grand-mère, si bien qu'elle m'a envoyé comme courrier.

— Ista la Folle, hein ? (Dy Jironal fit une grimace.) Je ne vous envie pas cette tâche.

— En effet. (Cazaril laissa une nuance d'espoir imprégner sa voix.) Mais si vous m'ordonnez de retourner auprès d'Iselle, je vous obéirai sur-le-champ.

— Non, non. (Les lèvres de Jironal dessinèrent un léger sourire satisfait.) Je ne vois pas d'homme plus à même de remplir cette pénible tâche. Poursuivez. Oh… Quand comptez-vous revenir ?

— Je ne sais pas très bien. Iselle désirait qu'avant mon retour, je m'assure que sa mère irait bien. Je ne m'attends pas à ce qu'Ista prenne bien cette nouvelle.

— Très juste. Dans ce cas, nous guetterons votre retour.

J'en suis persuadé. Il échangea d'autres hochements de tête circonspects avec dy Jironal, et les deux groupes reprirent la route dans des directions opposées. Cazaril regarda en arrière pour croiser le regard de Jironal faisant de même, juste avant de tourner au coin qui menait aux portes du Zangre. Dy Jironal savait qu'aucune embuscade ne pouvait empêcher le départ de Cazaril sur des chevaux du courrier. Le retour serait une autre histoire. *Sauf que je ne reviendrai pas par cette route.*

Voire pas du tout ? Il avait passé en revue toutes les catastrophes qui pourraient résulter de son échec ; quel pourrait être son sort s'il réussissait ? Que faisaient les dieux des saints dont ils n'avaient plus besoin ? Il n'en avait jamais rencontré à sa connaissance, à part peut-être, maintenant, Umegat… une pensée qui n'avait rien de très rassurant, à la réflexion.

Ils atteignirent les portes de la ville et traversèrent le pont jusqu'à la route qui longeait la rivière. Le corbeau de Fonsa ne suivit pas plus loin, mais se percha sur les hauts créneaux des murailles et lança quelques croassements tristes, que l'écho renvoya tandis qu'ils descendaient dans le ravin. Le mur rocheux du Zangre, dénudé de verdure en hiver, se dressait haut et raide parmi les eaux rapides et noires de la rivière. Cazaril se demanda si Betriz les regarderait passer sur la route par l'une des grandes fenêtres du château. Il ne pourrait pas la voir, si haut et dans une telle pénombre.

Les bruits sourds des sabots et les éclaboussures éparpillèrent ces lugubres pensées. Un courrier qui regagnait la ville les croisa à toute allure, son cheval au galop écumant et soufflant. Il – non, elle – les salua sur son passage. Les femmes courriers étaient très appréciées de certains des maîtres d'écurie de la chancellerie, du moins sur les routes les plus sûres, car ils affirmaient que leur légèreté et celle de leurs mains épargnaient les animaux. Foix lui rendit son salut et se tourna sur sa selle pour regarder filer ses tresses noires. Cazaril ne pensait pas qu'il était en train d'admirer ses dons de cavalière.

Ferda poussa sa monture pour rattraper celle de Cazaril.

— Pouvons-nous galoper maintenant, Messire ? demanda-t-il, plein d'espoir. La lumière est bonne, et ces bêtes bien en forme.

Cinq dieux, pas moi. Cazaril inspira, tout à sa lugubre anticipation.

— Oui.

Il serra les talons de ses bottes contre les flancs du rouan, et l'animal se lança dans un grand galop aux longues foulées. La route s'ouvrait devant eux à travers le paysage d'un brun grisâtre, et serpentait vers des brumes grises chargées d'une douce odeur de végétation d'hiver pourrissante. Pour disparaître dans l'incertitude.

Chapitre 21

Ils atteignirent Valenda le lendemain au crépuscule. La ville formait une masse noire se détachant sur un ciel d'étain, ses ombres croissantes éclairées ici et là par la lueur orange d'une torche ou d'une bougie, petites étincelles de lumière et de vie. Ils n'avaient pas pu changer de montures en route, car les relais étaient réservés pour l'itinéraire de la capitale baocienne de Taryoon, si bien que cette dernière étape avait été pénible pour les chevaux. Pendant le bout de chemin restant, Cazaril fut soulagé de laisser marcher les bêtes épuisées, tête baissée et la bride sur le cou, pour traverser la ville et gravir la colline. Il souhaitait de toutes ses forces pouvoir s'arrêter ici, se laisser tomber sur le bord de la route et ne plus bouger pendant des jours. Dans quelques minutes, il devrait annoncer à une mère la mort de son fils. De toutes les épreuves qu'il s'attendait à affronter au cours de ce voyage, celle-ci était la pire.

Ils atteignirent bien trop tôt les portes du château de la provincara. Les gardes le reconnurent aussitôt et se précipitèrent pour appeler les serviteurs ; le valet Demi lui tint son cheval et fut le premier à demander :

— Que faites-vous ici, Messire ?

Le premier, mais pas le dernier.

— J'apporte des messages pour la provincara et dame Ista, répondit Cazaril, penché par-dessus son pommeau.

Foix apparut à l'épaule de son cheval, les yeux levés dans l'attente ; Cazaril passa la jambe par-dessus les hanches de sa monture, libéra d'un coup de pied l'autre étrier puis se laissa tomber. Ses genoux le lâchèrent, et il serait alors tombé si une main robuste ne l'avait saisi par le coude. Ils avaient voyagé vite. Pris de vertige, il se demanda quel en serait le prix pour lui. Il resta un moment immobile, tremblant, avant de retrouver son équilibre.

— Ser dy Ferrej est-il là ?

— Il a escorté la provincara en ville à une fête de mariage, l'informa Demi. J'ignore quand ils sont censés rentrer.

— Oh, dit Cazaril.

Il était presque trop épuisé pour penser. La nuit précédente, sous l'effet de la fatigue, il avait failli s'endormir sur une couchette du relais quelques minutes après y avoir été mené par son escorte, et ne s'était pas même réveillé à l'heure de Dondo. Attendre la provincara ? Il avait pensé lui rapporter les nouvelles en premier lieu, et la laisser décider de la meilleure façon d'en informer sa fille. *Non. C'est intolérable. Finissons-en.*

— Dans ce cas, je verrai d'abord dame Ista.

Il ajouta :

— Les chevaux ont besoin d'être bouchonnés, abreuvés et nourris. Voici Ferda et Foix dy Gura, deux hommes d'une bonne famille de Palliar. Assurez-vous qu'ils ne manqueront de rien. Nous n'avons pas mangé.

Ils ne s'étaient pas non plus lavés, mais c'était l'évidence même : leurs lainages trempés de sueur étaient éclaboussés par la boue des routes d'hiver, leurs mains encrassées, leurs visages maculés de poussière. Tous trois clignaient des yeux, épuisés, à la lumière des torches de la cour. Les doigts de Cazaril, raides d'avoir serré les rênes dans le froid depuis l'aube, peinèrent à détacher ses sacoches. Foix s'en chargea pour lui et les souleva du cheval. Cazaril les lui reprit d'un air pour le moins déterminé, les replia sur son bras, et se détourna.

— Amenez-moi maintenant à Ista, je vous prie, dit-il d'une voix éteinte. J'ai des lettres à lui remettre de la part de la royesse Iselle.

Un serviteur le conduisit à l'intérieur, vers l'étage du nouveau bâtiment. L'homme dut attendre Cazaril qui montait lentement à sa suite. Il avait des jambes de plomb. L'homme échangea des murmures avec les serviteurs de la royina pour négocier l'entrée de Cazaril dans ses appartements. L'air y était parfumé à l'aide de bols de pétales séchés, illuminé par des bougies, réchauffé par l'âtre situé dans un coin. Cazaril se sentit énorme, sale et maladroit dans la délicatesse de ce salon.

Ista était assise sur un banc muni de coussins, vêtue d'habits chauds, ses cheveux d'un brun grisâtre liés en une épaisse corde dans son dos. Comme pour Sara, l'ombre de la malédiction, d'un noir d'encre, s'accrochait à elle. *Alors. J'avais bien deviné.*

Ista se tourna vers lui ; elle ouvrit de grands yeux, et son visage se figea. Elle devait déduire de sa seule présence que les choses allaient très mal. Les centaines de façons de lui annoncer la nouvelle en douceur, répétées pendant les longues heures de chevauchée, semblèrent lui filer entre les doigts sous la pression de ces yeux sombres et dilatés. Tout retard serait désormais d'une cruauté sans pareille. Il tomba sur un genou devant elle et s'éclaircit la voix.

— Premièrement. Iselle va bien. Accrochez-vous à cette idée. (Il inspira.) Deuxièmement. Teidez est mort il y a deux nuits, d'une blessure infectée.

Les deux femmes qui servaient Ista poussèrent un cri et s'étreignirent l'une l'autre. Ista bougea à peine, tressaillit juste un peu, comme atteinte par une flèche invisible. Elle expira longuement, sans un mot.

—Comprenez-vous mes paroles, Royina ? demanda Cazaril d'une voix hésitante.

—Oh oui, souffla-t-elle. (Un coin de sa bouche se releva ; Cazaril n'aurait pu parler de sourire. Cette sombre ironie n'avait rien d'un sourire.) Quand on l'attend depuis trop longtemps, un coup fait l'effet d'une libération, vous savez. L'attente est terminée. Je peux cesser de craindre à présent. Pouvez-vous le comprendre ?

Cazaril hocha la tête.

Après un silence troublé seulement par les sanglots d'une des dames, elle ajouta doucement :

—Comment a-t-il été blessé ? À la chasse ? Ou bien est-ce… autre chose ?

—Pas… exactement à la chasse. D'une certaine façon, c'était… (Cazaril humecta ses lèvres gercées par le froid.) Madame, voyez-vous quoi que ce soit d'*étrange* sur ma personne ?

—Je ne vois plus qu'avec les yeux à présent. Je suis aveugle depuis des années, voyez-vous. Voyez-*vous* ?

L'accentuation rendit le sens de sa question très clair.

—Oui.

Elle hocha la tête et se laissa aller en arrière.

—C'est ce que je pensais. Ils ont une allure bien particulière, ceux qui voient avec ces yeux-là.

Une domestique s'approcha d'Ista et lui dit d'une voix bien trop légère :

—Madame, vous devriez peut-être aller vous coucher maintenant. Madame votre mère ne tardera sans doute plus…

Elle jeta à Cazaril un regard lourd de sens par-dessus son épaule ; de toute évidence, elle croyait Ista partie dans l'un de ses délires. Dans ce que tout le monde prenait pour l'un de ses délires. Ista avait-elle jamais été folle ?

Cazaril se rassit sur ses talons.

—Je vous prie de nous laisser. Je dois m'entretenir en privé avec la royina à propos d'affaires urgentes.

—Messire…

La femme parvint à esquisser un sourire factice, et lui murmura à l'oreille :

—Nous n'osons pas la laisser seule en ce moment de deuil : elle pourrait se faire du mal.

Cazaril se dressa de toute sa hauteur et prit les deux dames par le bras pour les conduire à la porte, doucement mais fermement.

—Je me chargerai de la surveiller. Voilà, vous pouvez attendre dans cette chambre de l'autre côté du couloir, et si j'ai besoin de vous, je vous appellerai, d'accord ?

Il referma les deux portes avant qu'elles puissent protester.

Ista restait immobile, à l'exception de ses mains. Elle tenait un mouchoir de fine dentelle qu'elle se mit à plier, encore et encore, en carrés de plus en plus petits. Cazaril s'assit en tailleur à ses pieds puis leva les yeux vers ce visage blafard.

—J'ai vu les fantômes du Zangre, dit-il.

—Oui.

—Autre chose. J'ai vu le nuage sombre qui plane sur votre maison. La malédiction du Général Doré, le fléau des héritiers de Fonsa.

—Oui.

—Alors vous êtes au courant ?

—Oh, oui.

—Elle plane sur vous en ce moment même.

—Oui.

—Elle planait sur Orico, et sur Sara. Sur Iselle… et Teidez.

—Oui.

Elle inclina la tête et détourna le regard. Cazaril repensa à l'état de choc qu'il avait parfois vu des hommes atteindre pendant la bataille, entre le moment où un coup était porté et celui où leur corps tombait ; des hommes qui auraient dû être inconscients, ou morts, qui continuaient pourtant à tituber, accomplissant parfois des actes hors du commun. Cette cohérence tranquille résultait-elle d'un choc semblable, prête à se dissoudre – devait-il en profiter ? Ista avait-elle jamais été vraiment incohérente ? *Ou était-ce nous qui ne la comprenions pas ?*

—Orico est tombé malade. Les circonstances dans lesquelles j'ai acquis cette seconde vue sont liées à toute cette sombre histoire. Mais je vous en prie, je vous en prie, Madame, dites-moi comment vous l'avez appris. Qu'avez-vous vu, et quand, et pourquoi ? Je *dois* comprendre. Car je pense, et je le redoute même, qu'elle m'a été accordée, *imposée*, dans un but précis. Mais rien ne m'a encore appris quel était ce but. Même la seconde vue ne peut transpercer ces ténèbres.

Ses sourcils se haussèrent.

—Je peux vous transmettre des vérités. Je ne peux vous donner la compréhension. Car comment donne-t-on ce qu'on ne possède pas ? J'ai toujours dit la vérité.

—Oui. Je m'en aperçois à présent. (Il prit une inspiration avant de se lancer.) Mais avez-vous déjà dit toute la vérité ?

Elle se mordilla la lèvre inférieure tout en étudiant Cazaril. Ses mains tremblantes, qui semblaient appartenir à une autre Ista que ce visage sculpté, se mirent à déplier sur son genou le nœud serré de son mouchoir. Lentement, elle hocha la tête. Sa voix était si basse que Cazaril dut se pencher pour saisir tous ses mots.

—Tout a commencé quand j'étais enceinte d'Iselle. Les visions. La seconde vue venait et disparaissait. Je croyais que c'était un effet de ma grossesse : parfois, elle affecte le cerveau des femmes. Les médecins m'en ont convaincue, pendant quelque temps. Je voyais voltiger les fantômes aveugles. Je voyais le nuage sombre accroché à Ias, et au jeune Orico. J'entendais des voix. Je rêvais des dieux, du Général Doré, de Fonsa et de ses deux fidèles compagnons en train de brûler dans sa tour. De Chalion qui brûlait comme cette tour.

» Après la naissance d'Iselle, les visions ont cessé. Je me suis crue guérie d'une folie passagère.

L'œil ne pouvait se voir lui-même, pas même l'œil intérieur. *Lui* s'était vu accorder Umegat, et la connaissance achetée chèrement par d'autres qu'on lui avait tendue comme un cadeau. Quelle peur serait à présent la sienne, s'il cherchait toujours à tâtons des explications à l'inexplicable ?

— Ensuite je me suis retrouvée enceinte de Teidez. Et les visions ont recommencé, deux fois pires qu'avant. C'était insupportable de me croire folle. C'est seulement quand j'ai menacé de me tuer qu'Ias m'a avoué que c'était la malédiction, et qu'il était au courant. Il l'avait toujours su.

Et comme il se serait senti trahi, d'apprendre que ceux qui connaissaient la vérité ne lui avaient rien dit, pour le laisser aux prises avec une terreur solitaire.

— J'étais horrifiée d'avoir imposé ce terrible danger à mes deux enfants. J'ai prié et prié les dieux pour qu'ils lèvent la menace, ou qu'ils me disent au moins comment le faire, qu'ils épargnent les innocents.

» Puis la Mère Été m'est apparue, alors que mon ventre était rond de Teidez à en éclater. Pas dans un rêve, pas pendant mon sommeil, mais alors que j'étais éveillée et sobre, en plein jour. Elle se tenait aussi proche de moi que vous l'êtes maintenant, et je suis tombée à genoux. J'aurais pu toucher sa robe, si je l'avais osé. Son haleine était un parfum, comme des fleurs sauvages dans l'herbe d'été. Son visage était trop beau pour que mes yeux puissent le supporter, c'était comme regarder le soleil. Sa voix était une musique.

Le pli des lèvres d'Ista s'adoucit ; encore maintenant, la paix de cette vision se reflétait brièvement sur son visage, éclair de beauté pareil au reflet des rayons solaires sur des eaux sombres. Mais ses sourcils se crispèrent de nouveau, et elle reprit la parole, penchée vers l'avant, avec un air encore plus sombre, encore plus attentif, si c'était possible.

— Elle m'a dit que les dieux cherchaient à lever la malédiction, qu'elle n'était pas de ce monde, que c'était un cadeau fait au Général Doré qui l'avait gaspillé. Elle m'a dit que les dieux ne pourraient la lever qu'à travers la volonté d'un homme prêt à donner sa vie trois fois pour la maison de Chalion.

Cazaril hésita. Le bruit de son propre souffle dans ses narines semblait suffire à noyer cette voix tranquille. Mais la question monta inévitablement à ses lèvres, même s'il se maudit ensuite de passer pour un idiot.

—Heu… Je suppose qu'il ne servirait à rien que trois hommes donnent plutôt leur vie, un à la fois ?

—Non. (Ses lèvres dessinèrent ce curieux non-sourire ironique.) Vous comprenez le problème.

—Mais je… je… je ne vois pas de solution. Était-ce un mauvais tour, cette… prophétie ?

Elle ouvrit brièvement les mains, de manière ambiguë, puis se remit à plier le mouchoir.

—Je l'ai dit à Ias. Il l'a dit à sire dy Lutez, bien sûr ; Ias partageait tout avec dy Lutez, sauf moi. Sauf moi.

La curiosité historique envahit Cazaril. À présent qu'ils étaient collègues en… sainteté, ou quelque chose d'approchant, il semblait facile de parler à Ista. Cette aisance était folle, oblique, fragile, elle lui échapperait à jamais s'il clignait des yeux, et pourtant… d'un saint à l'autre, d'une âme à l'autre, pendant cet instant fugace, c'était une intimité plus étrange et croissante que celle de deux amants. Il commençait à comprendre pourquoi Umegat l'avait abordée avec tant d'avidité.

—Quelle était *vraiment* leur relation ?

Elle haussa les épaules.

—Ils étaient amants bien avant ma naissance. Qui étais-je pour les juger ? Dy Lutez aimait Ias ; moi aussi, j'aimais Ias. Ias nous aimait tous deux. Il faisait de tels efforts, y consacrait tant d'attention, il supportait le poids de tous ses frères morts et de son père Fonsa. Ces efforts l'avaient presque tué d'épuisement, et pourtant tout allait de travers, de plus en plus de travers.

Elle sembla hésiter, et Cazaril fut terrifié à l'idée d'avoir par inadvertance fait quelque chose qui ait mis fin à ce flux de confidences. Mais elle était apparemment en train de reprendre le contrôle… non de ses pensées, mais de son cœur, car elle poursuivit, encore plus lentement :

—Je ne me rappelle plus qui avait eu l'idée. Nous avions tenu un conseil de nuit, tous les trois, après la naissance de Teidez. J'avais encore la seconde vue. Nous savions tous deux que cette ombre planait sur nos enfants, et aussi sur le pauvre Orico. « Sauvez mes enfants », criait Ias, appuyant son front sur la table et pleurant, « Sauvez mes enfants. » Et sire dy Lutez a dit : « Pour l'amour que je te porte, je vais essayer ; je vais tenter ce sacrifice. »

Cazaril osa à peine murmurer :

—Mais cinq dieux, comment ?

Elle releva brusquement la tête.

—Nous avons débattu d'une centaine de stratégies ; comment peut-on tuer un homme, et cependant le ramener à la vie pour qu'il meure à nouveau ? Impossible, et pourtant pas tout à fait. Nous avons fini par décider que la noyade serait le meilleur moyen. Elle occasionnerait le moins de blessures physiques, et il y avait de nombreuses histoires sur des gens ranimés après une noyade. Dy Lutez alla en trouver quelques-uns, afin de déterminer quel était le secret.

Cazaril expira brusquement. *La noyade, oh, par les dieux.* Et avec le plus grand sang-froid… À présent ses mains tremblaient aussi. Elle poursuivit, d'une voix calme et implacable :

— Après avoir fait jurer le secret à un médecin, nous sommes descendus dans les donjons du Zangre. Dy Lutez s'est laissé dévêtir et attacher, les bras et les jambes liés à son corps, et pendre à l'envers au-dessus du réservoir. Nous l'avons abaissé tête la première. Puis nous l'avons tiré de l'eau, quand il a enfin cessé de se débattre…

— Et il était mort ? demanda doucement Cazaril. Alors l'accusation de trahison…

— Il était bien mort, mais pas pour la dernière fois. Nous sommes tout juste parvenus à le ranimer.

— Oh.

— Oh, mais tout avait fonctionné ! (Elle serra les mains.) Je la sentais, je la voyais, la fissure dans la malédiction ! Mais dy Lutez… il a craqué. Le lendemain soir, il a refusé de se prêter à la deuxième immersion. Il a crié que je tentais de l'assassiner par jalousie. Alors Ias et moi… avons commis une erreur.

Cazaril voyait à présent où la menait son récit. Fermer les yeux ne l'empêcherait pas de voir. Il se força à les garder ouverts, et braqués sur son visage.

— Nous nous sommes emparés de lui pour lui faire subir la deuxième épreuve de force. Il a hurlé et pleuré… Ias flanchait, je criais « Mais il le faut ! Pense aux enfants ! » Mais cette fois, quand nous l'avons sorti de l'eau, il était bel et bien mort noyé, et toutes nos larmes et nos prières n'ont pu le ranimer.

» Ias était brisé. J'étais bouleversée. Ma vision intérieure m'avait été arrachée. Les dieux s'étaient détournés de moi…

— Alors l'accusation de trahison était fausse.

Profondément fausse.

— Oui. Un mensonge pour camoufler nos péchés. Pour expliquer le cadavre. (Elle prit une inspiration.) Mais sa famille eut le droit d'hériter de ses biens ; aucun de leurs droits ne fut atteint.

— À part sa réputation. Son honneur public.

Un honneur qui signifiait tout pour le fier dy Lutez, qui n'avait vu dans sa richesse et sa gloire que des signes extérieurs de cet honneur.

— Nous l'avons fait dans la panique du moment, et ensuite, il était trop tard pour revenir en arrière. De tous nos regrets, je crois que c'est celui qui rongeait Ias le plus cruellement pendant les mois qui ont suivi.

» Ias a refusé de réessayer, de trouver un autre volontaire. Il fallait que ce soit un sacrifice de plein gré, voyez-vous ; un meurtre n'aurait pas fait l'affaire, mais seulement un homme s'avançant de sa propre volonté, les yeux grands ouverts. Ias baissa les bras et mourut de douleur et de remords (ses mains tirèrent le morceau de dentelle presque au point de le déchirer), me laissant seule avec deux jeunes enfants et aucun moyen de les protéger ou de les sauver de ce… cette *noirceur.*

Une inspiration lui souleva la poitrine. Mais elle ne sombra pas dans l'hystérie comme le craignait Cazaril, prêt à bondir pour appeler ses dames de compagnie. Lorsque sa respiration se fit plus lente, il laissa ses muscles se détendre.

—Mais vous, dit-elle enfin. Les dieux vous ont-ils touché ?

—Oui.

—J'en suis désolée.

Un rire mal assuré franchit les lèvres de Cazaril.

—Oui.

Il se frotta la nuque. Son heure était venue de se confier. Avec d'autres personnes, il pourrait édulcorer la vérité selon ses propres besoins. Pas avec Ista. Il lui devait mesure pour mesure, valeur pour valeur. Blessure pour blessure.

—Quelles nouvelles vous sont parvenues de Cardegoss à propos des brèves fiançailles d'Iselle, et de la fin du sire Dondo dy Jironal ?

—Un messager a suivi l'autre avant que nous ne puissions fêter l'événement : nous ne savions plus qu'en faire.

—« Fêter » ? Un homme de quarante ans marié à une jeune fille de seize ?

Elle releva le menton, et l'espace d'un instant ressembla tant à Iselle que Cazaril retint son souffle.

—Il y avait une plus grande différence d'âge entre Ias et moi.

Ah. Oui. Voilà qui devait lui donner une vision différente de ces choses-là.

—Mais Dondo n'était pas Ias, Madame. Il était corrompu, débauché, impie, c'était un escroc… et je suis presque sûr qu'il a fait assassiner ser dy Sanda. Peut-être même qu'il l'a tué de sa propre main. Il s'associait à son frère Martou pour obtenir le contrôle total de la maison de Chalion à travers Orico, Teidez… et Iselle.

Ista porta la main à sa gorge.

—J'ai rencontré Martou à la cour, il y a des années. Il aspirait déjà à être le prochain sire dy Lutez. Dy Lutez, l'étoile la plus noble qui ait jamais brillé à la cour de Chalion… Martou aurait pu lui cirer les bottes, tout au plus. Dondo, je ne l'ai jamais rencontré.

—Dondo était une catastrophe. Je l'ai croisé pour la première fois il y a des années, et il n'avait alors aucune personnalité. L'âge ne l'a guère arrangé. Iselle était bouleversée, et furieuse qu'on la force à l'épouser. Elle a prié les dieux pour qu'ils la libèrent de cette épouvantable union, mais les dieux… n'ont pas répondu. Alors, je l'ai fait.

» Je l'ai suivi toute une journée dans l'intention de l'assassiner pour Iselle, mais je n'ai pu l'approcher. Alors j'ai prié le Bâtard pour qu'il m'accorde le miracle d'un charme de mort. Et il m'a exaucé.

Au bout d'un instant, Ista haussa les sourcils.

— Pourquoi n'êtes-vous pas mort ?

— J'ai cru que je mourais. Quand à mon réveil j'ai trouvé Dondo mort sans moi, je n'ai su que penser. Mais selon Umegat, les prières d'Iselle ont provoqué un second miracle, et la Dame Printemps a empêché le démon du Bâtard de prendre ma vie, mais seulement de façon provisoire. Le saint Umegat, que je prenais pour un valet…

Son histoire s'embrouillait de plus en plus. Il prit une profonde inspiration et revint en arrière pour lui parler d'Umegat, du miracle de la ménagerie, de la façon sont elle avait protégé le pauvre Orico aux prises avec la malédiction.

— Cependant, Dondo, avant sa mort, alors qu'il croyait encore épouser Iselle, avait dit à Teidez que c'était l'inverse : que la ménagerie était un infâme sortilège roknari destiné à affaiblir Orico. Et Teidez l'a cru. Il y a cinq jours, accompagné de ses gardes baociens, il a abattu presque tous les animaux sacrés, et ce n'est que par hasard qu'il a échoué à tuer aussi le saint. Il a été griffé par le léopard mourant d'Orico. Je vous jure que ce n'était qu'une éraflure ! Si j'avais compris… La blessure s'est infectée. Sa fin a été… (Cazaril se rappela à qui il parlait) très rapide.

— Pauvre Teidez, murmura Ista, détournant le regard. Mon pauvre Teidez. Tu étais né pour être trahi, je crois.

— Quoi qu'il en soit, conclut Cazaril, en raison de cet étrange enchaînement de miracles, le démon des morts et le fantôme de Dondo ont été enfermés à l'intérieur de mon ventre. Encapsulés dans une sorte de tumeur, semble-t-il. Lorsqu'ils seront relâchés, je mourrai.

Le visage douloureux d'Ista se fit impassible. Elle leva les yeux pour scruter ceux de Cazaril.

— Ce serait la deuxième fois, dit-elle.

— Ah… Hein ?

Les mains d'Ista abandonnèrent le mouchoir torturé, et se tendirent pour agripper le col de Cazaril. Son regard se fit brûlant, presque douloureux d'intensité. Son souffle s'accéléra.

— Êtes-vous le dy Lutez d'Iselle ?

— Je, je, je…, balbutia Cazaril, dont l'estomac se souleva.

— Deux fois. Deux fois. Mais comment accomplir la troisième ? Oh. Oh. Oh… (Ses yeux étaient dilatés, ses pupilles palpitantes, ses livres frissonnant d'espoir.) *Mais qu'êtes-vous donc ?*

— Je, je, je ne suis que Cazaril, Madame ! Je ne suis pas dy Lutez, j'en suis sûr. Je ne suis ni brillant, ni riche, ni fort. Ni même beau, les dieux m'en sont témoins. Ni courageux, même si je me bats quand je suis pris au piège.

Ista eut un geste d'impatience.

— Enlevez tous ces ornements : même à nu, même dévêtu, même tête en bas, l'homme brillait toujours. Fidèle. Jusqu'à la mort. Seulement... pas jusqu'à deux morts. Ou trois.

— Je... Maintenant, c'est de la folie. Ce n'est pas ainsi que je comptais lever la malédiction, je vous le promets. (Cinq dieux, pas en se *noyant*.) J'ai un autre projet pour en protéger Iselle.

Elle le sonda du regard, sans se départir de cette sauvagerie effrayée.

— Les dieux vous ont-ils donc parlé ?

— Non. J'obéis à ma propre raison.

Elle se réinstalla sur son banc, le relâchant à son grand soulagement, et ses sourcils crispés trahirent son étonnement.

— La raison ? Dans cette affaire ?

— Sara, tout comme vous, s'est rattachée par le mariage à la maison comme à la malédiction de Chalion. Je crois qu'Iselle peut y échapper en se mariant. Teidez n'aurait pu bénéficier de cette échappatoire, mais à présent... Je suis en route vers Ibra, pour tenter d'arranger son mariage avec le nouvel héritier d'Ibra, le royse Bergon. Dy Jironal cherchera à l'empêcher, car cette union signifiera la fin de son emprise sur Chalion. Iselle a l'intention de lui échapper en rapportant le corps de Teidez à Valenda pour qu'on l'y enterre.

Cazaril détailla comment Iselle comptait accompagner le cortège, puis retrouver Bergon à Valenda.

— Peut-être, souffla Ista. Peut-être...

Il ne savait trop à quoi elle faisait référence. Elle braquait toujours sur lui un regard extrêmement troublant.

— Votre mère, dit-il. Est-elle au courant de tout ceci ? La malédiction, la vérité sur dy Lutez ?

— J'ai essayé une fois de lui en parler. Elle a décidé que j'étais réellement folle. Ce n'est pas une mauvaise vie, d'être folle, vous savez. Elle a ses avantages. Vous n'avez pas à prendre de décisions. Que manger, que porter, où aller... Qui vit, qui meurt... Vous pouvez l'essayer par vous-même, si le cœur vous en dit. Racontez seulement la vérité. Dites aux gens que vous portez en vous un fantôme et un démon, que vous avez une tumeur qui vous tient un langage grossier, que les dieux veillent sur vous, et voyez ce qui arrivera ensuite.

Son rire de gorge n'incitait guère Cazaril à l'accompagner. Ses lèvres se tordirent.

— Ne prenez pas cet air affolé, Sire Cazaril. Si je répète votre histoire, vous n'aurez qu'à nier, et c'est moi qui passerai pour folle, pas vous.

— Je... crois qu'on vous a déjà nié bien des choses, Madame.

Elle se mordit la lèvre inférieure et détourna le regard ; son corps tremblait.

Cazaril remua et sentit la sacoche de selle appuyée contre sa hanche.

—Iselle a écrit une lettre pour vous, et une pour sa grand-mère, qu'elle m'a chargé de vous remettre.

Il fouilla dans son sac, y trouva son paquet de correspondance et tendit la lettre à Ista. Ses mains tremblaient de fatigue et de faim. Entre autres choses.

—Je devrais aller me décrasser et manger quelque chose. D'ici au retour de la provincara, je pourrai peut-être avoir l'air assez présentable pour elle.

Ista serra la lettre contre son sein.

—Alors appelez-moi mes dames. Je crois que je vais maintenant me retirer. Je n'ai plus de raisons de rester éveillée…

Cazaril releva brusquement les yeux.

—Iselle. Iselle est une raison de rester éveillée.

—Ah. Oui. Encore une otage qui doit partir. Ensuite, je pourrai dormir à jamais. (Elle se pencha pour lui tapoter l'épaule, étrange geste de réconfort.) Mais pour l'heure, je vais juste dormir cette nuit. Je suis si fatiguée. Je crois que j'ai dû m'acquitter de mon deuil et de mes larmes en avance, si bien qu'il ne m'en reste plus. Je suis entièrement vidée.

—Je comprends, Madame.

—Oui, vous comprenez. C'est étrange.

Cazaril tendit vers le banc une main maladroite, se releva et alla ouvrir aux dames de compagnie en pleurs. Ista serra les dents et les laissa se jeter sur elle. Cazaril souleva ses sacoches de selle et salua avant de sortir.

Un brin de toilette, des habits de rechange et un repas chaud aidèrent grandement Cazaril à reprendre forme humaine, même si sa conversation avec Ista lui tournait encore dans la tête. Lorsque les serviteurs, pour attendre le retour de la provincara, l'installèrent dans son petit salon tranquille du nouveau bâtiment, il fut reconnaissant de pouvoir ordonner ses pensées. Un feu agréable brûlait dans l'excellente cheminée de la pièce. Avec ses os douloureux, il s'assit sur son siège matelassé, sirotant du vin coupé d'eau, en s'efforçant de ne pas somnoler. La vieille dame ne rentrerait sans doute pas très tard.

En effet, elle apparut bientôt, flanquée de sa cousine et compagne dame dy Hueltar et du grave ser dy Ferrej. Elle était vêtue des habits des grands jours, satins et velours verts, scintillants de pierreries, mais un coup d'œil à son visage terreux informa Cazaril qu'un serviteur surexcité avait déjà dû lui dévoiler la mauvaise nouvelle. Cazaril se releva péniblement et s'inclina.

Elle lui saisit les mains et scruta son visage.

—Cazaril, est-ce vrai ?

—Teidez est mort soudainement d'une infection. Iselle va bien (il inspira) et la voici héritière de Chalion.

— Pauvre enfant ! Pauvre enfant ! L'avez-vous dit à Ista ?

— Oui.

— Cinq dieux. Comment l'a-t-elle pris ?

« Bien » n'était pas le mot. Cazaril choisit :

— Calmement, Madame. Au moins n'est-elle pas entrée dans une crise de fureur, comme je le craignais. Je crois que les coups que lui a réservés la vie l'ont laissée comme engourdie. Je ne sais pas comment elle ira demain. Ses dames de compagnie l'ont mise au lit.

La provincara soupira et cligna des yeux pour contenir ses larmes. Cazaril s'agenouilla vers ses sacoches.

— Iselle m'a confié une lettre pour vous. Et il y a un mot pour vous, Ser dy Ferrej, de la part de Betriz. Elle n'a pas eu le temps d'écrire grand-chose. (Il leur tendit les deux missives scellées.) Elles viendront ici toutes les deux. Iselle compte faire enterrer Teidez à Valenda.

— Oh, dit la provincara, rompant la cire froide du sceau sans prêter attention à la chute des débris. Oh, comme j'ai hâte de la voir. (Ses yeux dévorèrent les lignes manuscrites.) C'est court, se plaignit-elle, avant de hausser ses sourcils gris. « Cazaril vous expliquera tout », dit-elle.

— Oui, Madame. J'ai beaucoup de choses à vous dire, dont certaines en privé.

Elle fit signe à ses compagnons de sortir.

— Allez-y, je vous rappellerai.

Dy Ferrej était en train d'ouvrir sa lettre lorsqu'il atteignit la porte.

Elle s'assit dans un froissement de tissu, le papier toujours en main, et désigna un autre siège pour Cazaril, qu'il rapprocha du sien.

— Je dois voir Ista avant qu'elle s'endorme.

— Je tâcherai d'être succinct, Madame. Voici ce que j'ai appris au cours de cette saison à Cardegoss. Ce que j'ai enduré pour l'apprendre…

Ce coût, la brutale ouverture de son monde, Ista l'avait immédiatement compris ; il n'était pas sûr que la provincara le conçoive.

— Peu importe à présent. Mais l'archidivin Mendenal de Cardegoss vous confirmera la véracité de mes dires, si vous avez l'occasion de le lui demander. Dites-lui que je vous envoie et il ne vous refusera rien.

Elle haussa les sourcils.

— Comment se fait-il que vous fassiez plier un archidivin ?

Cazaril ricana doucement.

— J'ai le bras long.

Elle se redressa, lèvres pincées.

— Cazaril, ne faites pas de plaisanteries stupides avec moi. Vous devenez aussi sibyllin qu'Ista.

Oui, la façon dont Ista se protégeait derrière son sens de… non de l'humour, mais de l'ironie pouvait être agaçante, vue de près. Ista. Qui parlait pour Ista ?

— Madame la Provincara… votre fille a le cœur brisé, la volonté ravagée. Elle attend la mort comme une libération. Mais elle n'est pas folle. Les dieux ne sont pas si cléments.

La vieille femme se voûta, comme si ces mots avaient touché un point sensible.

— Sa douleur est extravagante. Aucune femme n'a-t-elle jamais été veuve avant elle ? Aucune n'a-t-elle perdu un enfant ? J'ai souffert les deux, mais je n'ai pas gémi ni pleurniché pendant des années. J'ai pleuré à mon heure, oui, mais ensuite je me suis attelée à mes tâches. Si sa raison est intacte, alors elle se montre extrêmement complaisante.

Pouvait-il lui expliquer en quoi le cas d'Ista était différent sans violer ses confidences tacites ? Dans tous les cas, même une vérité partiale serait utile. Il pencha la tête vers celle de la provincara.

— Tout remonte à la grande guerre qui opposait Fonsa le Plutôt-Sage au Général Doré…

Avec les termes les plus simples possibles, il détailla l'influence interne de la malédiction sur l'histoire de la maison de Chalion. Il y avait eu bien assez de catastrophes pendant le règne d'Ias pour lui permettre de taire la chute de Lutez. L'impuissance d'Orico, la lente corruption de ses conseillers, ses échecs politiques et ses problèmes de santé conduisirent le récit aux jours présents.

La provincara se renfrogna.

— Toute cette malchance est-elle donc l'effet de la magie noire roknari ?

— Pas… d'après ce que j'ai compris. C'est une altération, une perversion de quelque ineffable divinité, détournée de son but premier.

Elle haussa les épaules.

— Ce qui revient au même. Si elle a les effets de la magie noire, alors c'est de la magie noire. La question concrète est plutôt : comment la contrer ?

Cazaril n'avait là-dessus aucune vraie certitude. Car seule une compréhension correcte pouvait mener à une action appropriée. Ista et Ias avaient tenté de trouver une solution par la force, comme si la malédiction relevait de la magie, et que la magie pouvait la contrer. Un rite accompli sans jugeote.

Elle ajouta :

— Et tout ceci est-il lié à cette histoire extravagante selon laquelle on a tué Dondo dy Jironal au moyen d'un charme de mort ?

À cette question au moins, il pouvait répondre mieux que personne. Il avait déjà décidé d'expurger sa version des événements d'autant de détails surnaturels que possible. Il ne pensait pas que la confiance qu'elle lui portait serait accrue par des jacasseries à propos de démons, de fantômes, de saints, de seconde vue, et de choses plus grotesques encore. Il restait bien assez pour la stupéfier. Il commença par le récit des désastreuses fiançailles d'Iselle, même s'il ne précisa pas la source du charme de mort ayant tué Dondo, dissimulant son acte meurtrier comme il avait caché celui d'Ista.

La provincara ne fit guère la délicate.

— Si ce sire Dondo était aussi mauvais que vous le dites, reprit-elle avec une moue dédaigneuse, je dirai des prières pour ce bienfaiteur inconnu !

— Oui, Madame. Je prie pour lui tous les jours.

— Et Dondo, un simple fils cadet... pour Iselle ! Mais à quoi pensait donc ce crétin d'Orico ?

Laissant de côté l'indicible, il lui présenta la ménagerie comme un prodige mis au point par le temple afin de préserver la santé faiblissante d'Orico, ce qui était une partie de la vérité. Elle comprit immédiatement les desseins politiques secrets qui avaient poussé Dondo à convaincre Teidez de la détruire, détruisant Orico par là même, et grinça des dents. Elle se lamenta de la trahison de Teidez. Mais fut revigorée en apprenant que Valenda devait maintenant se préparer à un enterrement, un mariage et une guerre, peut-être simultanément.

— Iselle peut-elle compter sur le soutien de son oncle dy Baocia ? lui demanda Cazaril. Combien d'autres pouvez-vous, avec lui, rassembler pour s'opposer à la faction dy Jironal ?

La provincara dressa un rapide inventaire des seigneurs qu'elle pourrait appeler à Valenda, en apparence pour l'enterrement de Teidez, en réalité pour arracher Iselle aux mains de Jironal. La liste impressionna Cazaril. Après toutes ces décennies consacrées à l'observation politique en Chalion, la provincara n'avait même pas à consulter une carte pour établir sa stratégie.

— Dites-leur de venir assister à l'enterrement de Teidez avec tous les hommes qu'ils pourront rassembler, dit Cazaril. Et en premier lieu, nous devons contrôler les routes entre ici et Ibra, afin de garantir la sécurité du royse Bergon.

— Ce sera difficile, répondit la provincara, qui se rasseyait en faisant la moue. Certaines des terres de Jironal, et celles de ses beaux-frères, sont situées entre ici et la frontière. Vous devriez être accompagné d'une troupe. Je vais dépouiller Valenda pour vous donner les hommes nécessaires.

— Non, dit lentement Cazaril. Vous aurez besoin de tous vos hommes lors de l'arrivée d'Iselle, qui pourrait avoir lieu avant mon retour. Et si j'emmène une troupe en Ibra, notre vitesse sera limitée. Nous ne pouvons espérer obtenir en route de nouvelles montures pour une si grande escorte, et garder le secret deviendrait impossible. Mieux vaut que nous voyagions rapidement, sans bagages et sans attirer l'attention. Réservez plutôt cette troupe pour nous accueillir à notre retour. Oh, et prenez garde, le capitaine baocien que vous aviez envoyé avec Teidez s'est vendu à Dondo : on ne peut lui faire confiance. Vous devrez trouver un moyen de le remplacer à son retour.

La provincara jura.

— Démons du Bâtard, ses oreilles vont chauffer.

Ils établirent des plans pour faire transiter par Valenda les lettres codées échangées entre Iselle et lui, de manière à faire croire aux espions de Jironal que Cazaril était toujours en compagnie de la grand-mère d'Iselle. La provincara décida de mettre en gage quelques-uns des bijoux d'Iselle le lendemain, au meilleur prix, afin d'accroître la somme dont il disposerait pour la prochaine étape du voyage. Ils réglèrent une dizaine d'autres détails pratiques en autant de minutes. Sa détermination elle-même la rendait imperméable aux dieux, imaginait Cazaril ; malgré l'attention qu'elle portait aux cérémonies pieuses, aucun dieu ne pouvait infiltrer cette volonté de fer, même de façon biaisée. Les dieux lui avaient accordé des dons moins dangereux, et Cazaril leur en était reconnaissant.

— Vous comprenez, dit-il enfin, je crois que ce mariage pourrait sauver Iselle. Je ne sais pas s'il sauvera aussi Ista.

Ni Ista, qui traînait sa tristesse dans le château de Valenda, ni Orico, étendu aveugle et bouffi dans le Zangre. Et la provincara aurait beau inciter Ista à se reprendre, rien n'y ferait tant que cette ombre l'étoufferait comme un brouillard empoisonné.

— S'il suffit seulement à sauver Iselle des griffes du chancelier dy Jironal, j'en serais déjà satisfaite. Je ne peux croire qu'Orico ait fait une proposition aussi infâme de son plein gré. (Ce détail juridique la préoccupait presque plus que les questions surnaturelles.) Me prendre ma petite-fille sans même me consulter !

Cazaril se tripota la barbe.

— Vous rendez-vous compte que si tout ceci réussit, votre petite-fille deviendra votre suzeraine ; royina légitime de toute Chalion, et royina consort d'Ibra.

Elle eut un sourire amer.

— C'est la partie la plus démente de l'histoire. Ce n'est qu'une enfant ! Non qu'elle n'ait pas toujours eu plus de bon sens que ce pauvre Teidez. Mais à quoi peuvent bien penser tous les dieux de Chalion, pour placer une enfant sur le trône de Cardegoss !

Cazaril dit avec douceur :

— Peut-être que la restauration de Chalion est l'œuvre d'une vie très longue, et que personne de notre âge ne vivra assez longtemps pour la voir.

Elle ricana.

— Vous-même n'êtes guère plus qu'un enfant. Avec tous ces enfants qui prennent le monde en charge ces jours-ci, pas étonnant que tout aille de travers. Enfin… enfin. Nous devons nous affairer à préparer la journée de demain. Cinq dieux, Cazaril, allez dormir, même si je doute, moi, d'y parvenir. Vous ressemblez à un cadavre réchauffé, et vous n'avez même pas l'excuse de mon âge.

Les articulations grinçantes, il se redressa et salua pour partir. Les élans de furieuse énergie de la provincara étaient fragiles. Il faudrait toute l'aide de ses serviteurs pour l'empêcher de s'épuiser dangereusement. Il trouva une dame dy Hueltar inquiète en train d'attendre dans la pièce voisine, et la fit rentrer afin qu'elle s'occupe de sa cousine.

Cazaril se vit de nouveau attribuer sa chambre habituelle, froide et honorable, dans le donjon principal. Il se glissa avec reconnaissance entre les draps chauffés. C'était ce qui ressemblait le plus à un retour au foyer après tant d'années. Pourtant, ses nouveaux yeux donnaient aux endroits familiers un aspect d'étrangeté ; le monde devenait autre au fur et à mesure que lui était transformé, encore et encore, sans aucun endroit pour se reposer.

Dondo, dans toute sa gloire hétéroclite de fantôme, eut du mal à garder Cazaril éveillé cette nuit-là. Il était devenu un danger presque trop routinier pour être redouté. Des peurs plus récentes assaillaient désormais Cazaril.

Le souvenir de ce terrible espoir dans les yeux d'Ista le troublait. Et l'idée que le lendemain, il monterait un cheval dont chaque enjambée le rapprocherait de la mer.

Chapitre 22

Lorsqu'ils quittèrent Valenda, ce fut avec regret que Cazaril renonça à changer de monture grâce aux relais de la chancellerie, par souci de discrétion. Autant éviter de fournir à dy Jironal un rapport signé de leur itinéraire et de leur destination. Armés de la lettre de recommandation de Palli, ils préférèrent se procurer de nouveaux chevaux dans les chapitres locaux de l'ordre de la Fille. Au pied des montagnes de la frontière occidentale, ils furent contraints de traiter avec un marchand de chevaux local pour qu'il leur fournisse des mules robustes et au pied sûr qui puissent leur faire franchir les hauteurs.

De toute évidence, l'homme vivait confortablement grâce à des années passées à plumer les voyageurs désespérés. Ferda inspecta les bêtes proposées et s'indigna :

— Celle-ci respire mal. Et si celui-là ne boite pas, je veux bien être pendu !

Il se lança aussitôt dans une violente dispute avec le marchand.

Cazaril qui s'appuyait, épuisé, sur la barrière de l'enclos, et songeait qu'il n'avait plus la moindre envie de voyager à dos d'animal, avec ou sans éparvins, pendant les mille prochaines années, se redressa enfin pour franchir la barrière. Il s'avança parmi le troupeau de mules et de chevaux, inquiétés par la capture rudimentaire de leurs camarades rejetés, tendit les mains et ferma les yeux.

— Je vous en prie, ma Dame, donnez-nous trois bonnes mules.

Lorsqu'il sentit un contact contre son flanc, il rouvrit les yeux. Une mule curieuse aux yeux bruns et limpides le regardait. Deux autres s'immiscèrent, agitant leurs longues oreilles ; la plus haute, d'un brun sombre avec le nez couleur crème, posa le menton sur son épaule et poussa un hennissement satisfait dans un déluge de postillons.

— Merci, ma Dame, murmura Cazaril, avant d'ajouter plus haut : Très bien. Suivez-moi.

Il pataugea dans la boue trouée par les sabots jusqu'à la barrière. Les trois mules le suivirent, reniflant avec intérêt.

— Nous prendrons ces trois-ci, dit-il au marchand de chevaux, qui, tout comme Ferda, le regardait bouche bée sans mot dire.

Le marchand fut le premier à retrouver sa voix.

— Mais… mais ce sont mes trois meilleures bêtes !

— Oui. Je sais.

Il sortit, laissant le marchand retenir la barrière pour entraver les trois mules qui tentaient de le suivre, poussant les planches à coups d'épaule en produisant de petits bruits inquiets.

— Ferda, convenez d'un prix. Je vais m'allonger sur ce joli tas de paille. Réveillez-moi quand les bêtes seront sellées…

Sa mule se révéla en bonne santé, stable et morte d'ennui. Il n'y avait rien de mieux sur ces traîtres chemins de montagne, aux yeux de Cazaril, qu'une mule qui s'ennuyait. En effet, les coursiers nerveux dont Ferda appréciait la vitesse sur les terrains plats n'auraient pas mieux fait sur ces pentes vertigineuses aux passages étroits. Et le pas tranquille de la mule ne lui remuait pas les entrailles. Encore que si la déesse lui accordait ses saintes mules, il ignorait pourquoi elle ne leur accordait pas aussi un meilleur temps.

Les frères dy Gura cessèrent de se moquer du bonnet de Cazaril à mi-chemin du col des Dents-du-Bâtard. Il noua les rabats de fourrure sous son menton avant que la neige fondue, apportée par les courants montants, commence à leur cingler le visage. Les yeux plissés pour se protéger du vent, il regardait, entre les oreilles rabattues de sa mule en plein effort, la route qui serpentait entre glace et rochers, et calcula mentalement combien de temps la lumière du jour durerait encore.

Au bout d'un moment, Ferda recula pour se retrouver à ses côtés.

— Messire, devrions-nous chercher un abri contre cette tourmente ?

— Une tourmente ?

Cazaril brossa de sa barbe les paillettes de glace et cligna des yeux. Oh. Les hivers de Palliar étaient doux, pluvieux plutôt que neigeux, et les frères n'avaient jamais quitté leur province.

— Si c'était une tourmente, vous ne verriez même pas les oreilles de votre mule depuis votre selle. Il n'y a là rien de dangereux. Simplement désagréable.

Ferda eut une moue de désarroi, mais resserra les cordons de son capuchon et se pencha pour combattre le vent. En effet, quelques minutes plus tard, la fin de la rafale leur rendit leur visibilité ; la haute vallée s'ouvrit sous leurs yeux. Quelques doigts de pâle lumière solaire traversèrent des nuages d'argent pour tacheter les longues pentes – descendantes.

Cazaril les montra du doigt avec un cri d'encouragement :

— Ibra !

Le temps s'apaisa tandis qu'ils entamaient la longue descente menant à la côte, même si les mules n'avançaient pas plus vite. Les montagnes escarpées de la frontière cédèrent la place à des collines moins impressionnantes, entourées de larges vallées. Lorsqu'ils laissèrent la neige derrière eux, Cazaril autorisa Ferda, un peu à contrecœur, à échanger leurs excellentes mules contre des chevaux plus rapides. L'amélioration des routes combinée au nombre croissant d'auberges de plus en plus civilisées leur permit d'atteindre à peine deux jours plus tard le cours d'eau traversant Zagosur. Ils longèrent des fermes isolées et franchirent des ponts traversant des canaux d'irrigation gonflés par les pluies d'hiver.

Ils débouchèrent du bassin fluvial pour voir la ville se dresser face à eux : murs gris, fouillis compact de maisons blanchies à la chaux, toits couverts de tuiles de ce vert distinctif de la région, et forteresse surmontant le tout avec le célèbre port à ses pieds. La mer s'étalait au-delà, d'un gris d'acier, son horizon plat et infini strié de lumière aqueuse. Le parfum de sel et varech de la marée basse, charriée vers les terres par une brise froide, poussa Cazaril à rejeter la tête en arrière. Foix prit une profonde inspiration, les yeux brillant de fascination face à cette première vision de la mer.

La lettre de Palli et le rang des frères dy Gura leur assurèrent l'asile dans la maison de la Fille, près de la place principale du temple. Cazaril envoya les jeunes hommes acheter, mendier ou emprunter des habits formels de leur ordre, tandis qu'il s'en allait à la recherche d'un tailleur. Apprenant qu'il pourrait donner n'importe quel prix à condition de produire quelque chose assez vite, le tailleur se lança dans une activité fébrile qui permit à Cazaril, une heure plus tard à peine, d'émerger portant sous le bras une version acceptable des vêtements de deuil de la cour de Chalion.

Après un bain glacial, Cazaril se glissa rapidement dans une lourde tunique de brocart grise et lavande au col très haut, d'épaisses chausses de laine d'un violet sombre, et ses bottes nettoyées et cirées. Il ajusta le ceinturon et l'épée prêtés si longtemps auparavant par ser dy Ferrej, plutôt usés mais n'en paraissant que plus honorables, et recouvrit le tout de la masse agréable d'une cape de soie et de velours noirs. L'une des bagues restantes d'Iselle, une améthyste taillée en carré, s'ajustait à l'auriculaire de Cazaril, en un éclat d'or isolé suggérant la sobriété plus que la pauvreté. Entre les habits de deuil et sa barbe grisonnante, l'impression générale serait aussi grave et digne qu'il pouvait l'espérer. Sérieux. Il rassembla ses précieuses lettres diplomatiques qu'il fourra sous son bras, rassembla ses compagnons, qui s'étaient rhabillés de bleu et de blanc impeccables, puis les mena au travers d'étroites rues en lacets jusqu'au sommet de la colline, vers la tanière du Vieux Renard.

L'apparence et le maintien de Cazaril lui permirent de se présenter devant le gardien de château du roya d'Ibra. Il produisit ses lettres et leurs sceaux afin d'accélérer leur rencontre avec le propre secrétaire du roya, qui les reçut debout dans une antichambre nue et blanchie à la chaux, refroidie par l'humidité constante des hivers de Zagosur.

Le secrétaire était maigre, d'âge moyen et d'allure tourmentée. Cazaril le gratifia d'un demi-salut, d'égal à égal.

— Je suis le castillar dy Cazaril, et je viens de Cardegoss en mission diplomatique d'une relative urgence. Je porte des lettres d'introduction au roya et au royse Bergon dy Ibra, de la part de la royesse Iselle dy Chalion. (Il montra leurs sceaux, mais les reprit contre sa poitrine lorsque le secrétaire tendit la main pour s'en emparer.) Je les ai reçues de la royesse elle-même. Elle m'a prié de les remettre au roya en mains propres.

Le secrétaire pencha la tête en signe de compréhension.

— Je vais voir ce que je peux faire pour vous, Messire, mais le roya est harcelé par des solliciteurs, essentiellement les parents d'anciens rebelles qui tentent d'intercéder en leur faveur auprès de lui, si bien qu'il est à bout de patience. (Il inspecta Cazaril de la tête aux pieds.) Je crois que personne n'a dû vous prévenir : le roya a interdit à la cour de porter le deuil du défunt héritier d'Ibra, mort en état de rébellion. Seuls ceux qui veulent défier ouvertement le roya portent cette triste tenue, et la plupart d'entre eux ont la présence d'esprit de le faire… loin de ses yeux. Si vous n'avez aucune intention de l'insulter, je vous conseille d'aller vous changer avant de demander audience.

Cazaril haussa les sourcils.

— Personne ne m'a-t-il donc précédé avec les nouvelles ? Nous avons cheminé très vite, mais je ne pensais pas que nous l'avions dépassé. Je ne porte pas ces couleurs pour l'héritier d'Ibra, mais pour l'héritier de Chalion. Le royse Teidez est mort soudainement la semaine dernière, d'une infection.

— Oh, dit le secrétaire, pris de court. Oh. (Il retrouva rapidement une contenance.) Toutes mes condoléances à la maison de Chalion, pour avoir perdu un espoir si brillant. (Il hésita.) Des lettres de la *royesse Iselle*, dites-vous ?

— Oui.

Cazaril ajouta, pour faire bonne mesure :

— Le roya Orico est très malade, et ne traite pas d'affaires, ou du moins c'était le cas lorsque nous avons quitté Cardegoss en toute hâte.

Le secrétaire ouvrit la bouche puis la referma. Il dit enfin :

— Suivez-moi.

Il les conduisit vers une chambre plus confortable, dans laquelle brûlait un petit feu.

— Je vais voir ce que je peux faire.

Cazaril s'installa sur un siège matelassé près de l'âtre. Foix prit un banc mais Ferda fit le tour de la pièce, regardant les tentures d'un air distrait.

— Nous recevront-ils, Messire ? demanda Ferda. Avoir parcouru tout ce chemin pour rester sur le pas de la porte comme le premier colporteur venu…

— Oh oui. Ils nous verront.

Cazaril eut un léger sourire lorsqu'un serviteur essoufflé vint offrir aux voyageurs du vin et les petits sablés aux épices, marqués du sceau ibrane, qui étaient la spécialité de Zagosur.

— Pourquoi ce chien n'a-t-il pas de pattes ? demanda Foix, qui étudia en louchant la créature en relief avant de mordre dans son biscuit.

— C'est un chien de mer. Il a des nageoires à la place des pattes et chasse les poissons. Il vit en colonies sur le rivage, le long de la côte qui mène à Darthaca.

Cazaril ne laissa le serviteur lui verser qu'une gorgée de vin, en partie par souci de sobriété, en partie pour éviter le gâchis ; comme il s'y attendait, il avait à peine trempé ses lèvres lorsque le secrétaire réapparut.

L'homme s'inclina plus bas que précédemment.

— Suivez-moi par ici je vous prie, Messires.

Ferda avala son verre de sombre vin ibrane, et Foix brossa les miettes de sa cape de laine blanche. Ils se hâtèrent de suivre Cazaril et le secrétaire, qui leur fit monter un escalier et traverser un petit pont de pierre cintré menant à une partie plus récente de la forteresse. Après plusieurs autres virages, ils atteignirent une double porte ornée de créatures marines sculptées dans le style roknari.

Elle s'ouvrit pour laisser passer un seigneur bien vêtu, tenant par le bras un autre courtisan qui se plaignait :

— Mais j'ai attendu cinq jours cette audience ! Quelle est cette bouffonnerie... !

— Vous n'aurez qu'à attendre un peu plus longtemps, Messire, dit le courtisan, qui le guidait d'une main ferme passée sous son coude.

Le secrétaire s'inclina pour prier Cazaril et les frères dy Gura d'entrer, puis annonça leurs noms et leur rang.

Ce n'était pas une salle du trône, mais une salle de réception moins formelle, prévue pour des conférences, non des cérémonies. Une large table en occupait une extrémité, assez spacieuse pour y étaler cartes et documents. Le long mur opposé était percé d'une rangée de portes aux vitres carrées donnant sur un balcon orné de créneaux, lequel surmontait à son tour le port et le chantier naval qui étaient au cœur de la puissance et de la richesse de Zagosur. La lueur argentée de la mer, pâle et diffuse, illuminait la chambre à travers les vitres généreuses, qui faisaient paraître bien pâles les bougies éclairant la pièce.

Une demi-douzaine d'hommes étaient présents, mais l'œil de Cazaril n'eut aucun mal à distinguer le Renard et son fils. À quelque soixante-dix ans, le roya d'Ibra était filiforme, la tête dégarnie, les cheveux brun-roux de sa jeunesse réduits à une fine couronne blanche entourant son crâne. Mais il restait vigoureux, non fragilisé par les années, alerte et détendu sur son siège matelassé. Le grand jeune homme debout à ses côtés avait les cheveux darthacains de sa défunte mère, bruns et raides, encore que teintés de roux, coupés de façon sommaire et juste assez longs pour amortir le port d'un casque. *Il a l'air en bonne santé, au moins. Très bien…* Sa cape d'un vert marin était ornée de centaines de perles formant des motifs de vagues recourbées, qui oscillèrent en lourdes ondes élégantes lorsqu'il se tourna vers les nouveaux visiteurs.

L'homme debout de l'autre côté du Renard portait une chaîne qui le proclamait chancelier d'Ibra. D'allure méfiante et intimidante, il était le serviteur du Renard – surmené, selon tous les témoignages –, et non un rival convoitant son pouvoir. D'autres insignes l'identifiaient comme seigneur des mers, amiral de la flotte d'Ibra.

Cazaril se mit sur un genou devant le Renard, avec une grâce relative malgré les courbatures de la chevauchée, puis pencha la tête.

— Messire, j'apporte de Chalion la triste nouvelle de la mort du royse Teidez, ainsi que des lettres urgentes de sa sœur la royesse Iselle.

Il produisit la lettre confiée par Iselle. Le Renard rompit le sceau et parcourut rapidement les quelques lignes manuscrites. Haussant les sourcils, il dirigea son regard perçant vers Cazaril.

— Très intéressant. Levez-vous, Messire l'ambassadeur, murmura-t-il.

Cazaril prit une inspiration et parvint à se redresser sans devoir prendre appui sur le sol avec la main ou, pire encore, se rattraper à la chaise du roya. Il leva les yeux pour trouver le royse Bergon qui le fixait intensément du regard, les lèvres entrouvertes. Cazaril cligna des yeux et le gratifia d'un hochement de tête et d'un sourire hésitant. C'était en outre un jeune homme bien fait, aux traits réguliers, peut-être même séduisant lorsqu'il ne grimaçait pas ainsi. Pas de strabisme, de lèvre pendante – un peu trapu, mais en bonne santé, et certainement pas gros. Et il n'avait pas quarante ans. Jeune, rasé de près, mais avec une vigueur dans l'ombre de son menton qui lui promettait de gagner en virilité avec l'âge. Cazaril estima qu'Iselle serait satisfaite.

Le regard de Bergon s'intensifia.

— Parlez encore ! dit-il.

— Pardon, Messire ?

Cazaril recula, surpris, lorsque le royse s'avança pour lui tourner autour et l'examiner de la tête aux pieds, le souffle rapide.

— Ôtez votre chemise ! exigea soudain Bergon.

— Quoi ?

— Ôtez votre chemise, ôtez votre chemise !

— Messire… Royse Bergon…

Cazaril se retrouva mentalement projeté dans cette scène atroce orchestrée par dy Jironal pour le calomnier aux yeux d'Orico. Mais il n'y avait ici, à Zagosur, aucun corbeau sacré pour le sauver. Il baissa la voix.

— Je vous en supplie, Messire, ne m'humiliez pas en cette compagnie.

— S'il vous plaît, il y a un peu plus d'un an, à l'automne, n'avez-vous pas été sauvé d'une galère roknari au large de la côte d'Ibra ?

— Oh. Oui… ?

— Ôtez votre chemise !

Le royse dansait presque, tournant de nouveau autour de lui ; Cazaril en eut le vertige. Il jeta un coup d'œil au Renard, qui semblait aussi déconcerté que tous les autres, mais agita la main d'un air curieux pour appuyer l'étrange demande du royse. Effrayé et confus, Cazaril s'exécuta, défit les attaches de sa tunique et la fit glisser en même temps que sa cape, puis replia les habits sur son bras. Les mâchoires serrées, il s'efforça de se dresser avec dignité, de supporter l'humiliation à venir, quelle qu'elle soit.

— Vous êtes *Caz* ! Vous êtes *Caz* ! cria Bergon.

Sa mine songeuse avait cédé la place à un sourire dément. Par les dieux, le royse était fou, et après cette chevauchée effrénée à travers plaines et montagnes, se révélait indigne d'Iselle…

— Oui, mes amis m'appellent ainsi…

Les mots de Cazaril s'étouffèrent dans sa gorge lorsque le royse lui lança soudain les bras autour du cou et faillit le soulever de terre.

— Père, s'écria joyeusement Bergon, c'est cet homme ! C'est cet homme !

— *Quoi* ? commença Cazaril, et soudain, modifiant mentalement l'angle et la voix, il comprit.

Son expression ahurie se changea en sourire. *Comme ce garçon a grandi !* Retirez-lui un an, dix centimètres de taille, effacez l'ombre de barbe, rasez-lui la tête, ajoutez un soupçon de graisse de chiot et une peau brûlée par le soleil…

— Cinq dieux, souffla-t-il. Danni ? Danni !

Le royse lui saisit les mains pour les embrasser.

— Mais où étiez-vous passé ? Je suis tombé malade une semaine après mon retour chez moi, et quand j'ai enfin envoyé des hommes à votre recherche, vous aviez disparu. J'ai retrouvé d'autres hommes du bateau, mais pas vous, et aucun ne savait où vous étiez passé !

— J'étais malade, moi aussi, à l'hôpital de la Mère, ici à Zagosur. Ensuite je suis, hum, rentré chez moi en Chalion.

— Ici ! Vous étiez juste ici pendant tout ce temps ! Je vais exploser. Ah ! Mais j'ai envoyé des hommes dans les hôpitaux… Comment ont-ils pu vous manquer ? Je vous croyais mort de vos blessures, tellement elles étaient affreuses.

— J'étais persuadé qu'il avait dû mourir, dit lentement le Renard qui observait cette scène avec des yeux indéchiffrables. Pour qu'il ne soit pas venu chercher la très grande récompense que lui devait ma maison.

— Je ne savais pas… qui vous étiez, Royse Bergon.

Les sourcils gris du Renard grimpèrent en flèche.

— Vraiment ?

— Non, Père, s'empressa de confirmer Bergon. Je n'ai dit à personne qui j'étais. J'avais utilisé le surnom que me donnait Maman quand j'étais petit.

Il me semblait plus dangereux de faire connaître mon rang que de rester anonyme.

Il ajouta pour Cazaril :

— Quand les hommes à la solde de mon défunt frère m'ont enlevé, ils n'ont pas donné mon nom au capitaine roknari. Je crois qu'ils espéraient que je mourrais sur les galères.

— C'était idiot de garder le secret, Royse, le gronda Cazaril. Les Roknari vous auraient sûrement épargné pour demander une rançon.

— Oui, une rançon importante, et des concessions politiques arrachées à mon père, sans aucun doute, si je m'étais laissé prendre en otage au nom de mon rang. (Bergon serra les mâchoires.) Non. Je refusais de me livrer à eux pour qu'ils jouent à ce jeu.

— Ainsi, dit le Renard d'une voix étrange, levant les yeux vers Cazaril, vous n'avez pas interposé votre corps pour protéger le royse d'Ibra, mais simplement pour un garçon quelconque ?

— Un esclave quelconque. Messire.

Les lèvres de Cazaril se tordirent tandis qu'il regardait le Renard se demander si ce détail faisait de lui un héros ou un idiot.

— Je m'interroge sur votre bon sens.

— Je suis sûr qu'il ne m'en restait que la moitié, concéda Cazaril. J'étais sur les galères depuis qu'on m'avait vendu comme prisonnier de guerre, après la chute de Gotorget.

Le Renard plissa les yeux.

— Oh. Alors vous êtes ce Cazaril-*là*, hein ?

Cazaril lui fit une petite révérence, se demandant ce qu'il avait entendu dire de cette campagne stérile, et secoua sa tunique. Bergon s'empressa de l'aider à la revêtir. Cazaril découvrit qu'il était devenu l'objet des regards de tous les hommes présents dans la pièce, parmi lesquels Ferda et Foix. Son sourire en coin contenait à grand-peine un rire qui couvait au-dessous, même si sous ce rire perçait une terreur nouvelle qu'il pouvait à peine nommer. *Depuis combien de temps suis-je engagé sur cette route ?*

Il tira la dernière lettre de son paquet et adressa au royse Bergon plus de déférence.

— Comme l'atteste le document que tient votre respecté père, je viens ici en tant que porte-parole d'une dame fière et belle, et je ne viens pas seulement vers lui, mais vers vous aussi. L'héritière de Chalion demande votre main en mariage. (Il tendit la missive scellée à un Bergon stupéfait.) Avec cette lettre, je vais laisser la royesse Iselle parler d'elle-même, ce qu'elle fera bien mieux en raison de sa singulière intelligence, de sa légitimité et de ses pieux desseins. Après quoi j'aurai beaucoup d'autres choses à vous dire, Royse.

— Je suis impatient de vous entendre, Sire Cazaril.

Bergon, après avoir parcouru la pièce d'un regard tendu, se dirigea vers une porte-fenêtre, où il rompit le sceau de la lettre pour la lire d'une traite, le pli de ses lèvres assoupli par l'émerveillement.

La stupéfaction avait également touché les lèvres du Renard, même si elle ne les avait pas adoucies pour autant. Cazaril ne doutait pas d'avoir lancé l'esprit de cet homme au grand galop. Et lui-même priait à présent que son propre esprit ait des ailes.

Cazaril et ses compagnons furent bien sûr invités à dîner cette nuit-là dans la salle de banquet du roya. Vers le crépuscule, Cazaril et Bergon allèrent marcher le long de la côte au-dessous de la forteresse. C'était ce qui ressemblerait le plus à une conversation privée, songea Cazaril lorsqu'il commanda aux dy Gura de marcher plus loin, hors de portée d'oreille. Le grondement des vagues enveloppait le son de leurs voix. Quelques goélands blancs plongeaient en poussant des cris aussi perçants que ceux des corbeaux, ou picoraient le varech odorant sur le sable humide, et Cazaril se rappela que ces charognards aux yeux froids et dorés étaient les oiseaux sacrés du Bâtard en Ibra.

Bergon pria sa propre garde lourdement armée de marcher à distance, bien qu'il ne cherche pas à se dispenser d'eux. La routine silencieuse de ses précautions rappela une fois de plus à Cazaril que la guerre civile avait à peine pris fin dans ce pays, et que Bergon avait été à la fois joueur et pion dans ce jeu vicieux. Un pion qui semblait s'être joué lui-même.

— Je n'oublierai jamais la première fois où je vous ai rencontré, dit Bergon, quand ils m'ont lâché près de vous sur le banc de la galère. Pendant quelques instants, vous m'avez effrayé encore plus que les Roknari.

Cazaril sourit.

— Pourquoi, simplement parce que je ressemblais à un épouvantail brûlé, hirsute et puant, squameux, couvert de croûtes ?

Bergon lui rendit son sourire.

— Quelque chose de ce genre, admit-il, penaud. Mais ensuite vous avez souri et dit « Bonsoir, jeune sire », exactement comme si vous m'invitiez à partager un banc dans une taverne et non dans une galère.

— Eh bien, vous étiez un nouveau, et nous n'en avions pas tellement.

— J'y ai beaucoup repensé, par la suite. Je crois que je n'avais pas l'esprit très clair à l'époque…

— Évidemment pas. Vous étiez arrivé après une bonne rossée.

— C'est vrai. Enlevé, terrorisé (je venais d'être battu pour la première fois), mais vous m'avez aidé. Vous m'avez dit comment continuer, qu'attendre et comment survivre. Vous m'avez donné deux fois de l'eau de votre propre ration…

— Eh bien, seulement quand vous en aviez besoin. J'étais déjà habitué à la chaleur, et aussi déshydraté que je pouvais le devenir. Au bout d'un moment, on apprend à faire la différence entre un simple inconfort et le regard fiévreux d'un homme au bord du malaise. C'était très important que vous ne perdiez pas connaissance à la rame, voyez-vous.

— Vous étiez gentil.

Cazaril haussa les épaules.

— Pourquoi pas ? Qu'est-ce que ça pouvait bien me coûter, après tout ?

Bergon secoua la tête.

— N'importe quel homme peut être gentil quand il vit dans le confort. J'avais donc toujours considéré la gentillesse comme une qualité secondaire. Mais quand nous avions faim, soif, peur, quand nous étions malades et que la mort semblait nous appeler, vous étiez toujours aussi courtois qu'un gentilhomme bien à l'aise devant son âtre.

— Les *événements* peuvent être horribles ou inévitables. Les *hommes*, faute de pouvoir décider de les subir ou non, peuvent toujours choisir *comment* les subir.

— Oui, mais… je l'ignorais avant de le voir. C'est alors que j'ai commencé à croire qu'il était possible de survivre. Et je ne parle pas seulement de mon corps.

Cazaril eut un sourire désabusé.

— On me considérait alors comme à moitié dément, vous savez.

Bergon secoua de nouveau la tête et souleva un peu de sable argenté du bout de sa botte en avançant. Le soleil couchant souligna les reflets cuivrés de ses sombres cheveux darthacains.

La défunte mère de Bergon avait été perçue en Chalion comme une virago, une intruse darthacaine soupçonnée de fomenter au nom de son fils les querelles entre son mari et l'héritier. Mais Bergon semblait garder d'elle un souvenir chaleureux ; dans son enfance, il avait traversé deux sièges avec elle, séparé des forces de son père lors de la guerre intermittente avec son demi-frère. Il était visiblement accoutumé aux femmes à l'esprit résolu qui avaient leur voix dans les conseils des hommes. Lorsque Cazaril et lui avaient partagé le banc de la galère, il lui avait parlé de sa défunte mère, encore qu'en termes déguisés, lorsqu'il essayait de s'encourager lui-même. Jamais de son père vivant. L'esprit et la maîtrise précoces dont Bergon avait fait preuve lors de ces jours sinistres sur les galères n'étaient pas entièrement, songea Cazaril, l'héritage du Renard.

Le sourire de Cazaril s'élargit.

— Alors, commença-t-il, laissez-moi tout vous dire sur la royesse Iselle de Chalion…

Bergon resta suspendu aux lèvres de Cazaril lorsqu'il lui décrivit les cheveux d'ambre ondulés d'Iselle et la vivacité de ses yeux gris, sa bouche large et riante, son érudition et ses dons de cavalière. Son assurance solide et inébranlable, sa rapidité de réaction aux cas d'urgence. Vendre Iselle à Bergon semblait à peu près aussi difficile que vendre de la nourriture à un homme affamé, de l'eau à un assoiffé, des capes à des hommes nus dans la tourmente, et il n'avait même pas encore abordé la partie où il expliquait qu'elle hériterait d'une royacie. Le garçon semblait déjà à moitié amoureux. Le Renard serait plus difficile à convaincre ; il soupçonnerait un piège. Cazaril n'avait aucune intention d'en confier la nature au Renard. Mais Bergon était une autre histoire. *Pour vous, la vérité.*

— La demande de la royesse Iselle cache une nécessité plus sombre, poursuivit Cazaril alors qu'ils faisaient demi-tour au bout du croissant de plage. C'est une confidence des plus secrètes, car elle prie pour trouver en vous un mari de confiance. Pour vos oreilles seules. (Il inspira l'air marin et rassembla tout son courage.) Tout remonte à la guerre qui opposait Fonsa le Plutôt-Sage au Général Doré…

Ils repassèrent encore deux fois sur leurs propres traces avant que Cazaril ait fini son récit. Le soleil couchant dessinait une boule rouge qui touchait presque l'horizon plat, et les vagues en train de se briser miroitaient de couleurs sombres et magnifiques, rongeant la plage au fur et à mesure que montait la marée. Cazaril fut aussi franc et précis avec Bergon qu'avec Ista et ne lui cacha aucun détail à l'exception de la confession d'Ista, pas même sa propre hantise par Dondo. À la fin du récit, le visage de Bergon, rougi par la lumière, trahissait une profonde réflexion.

— Sire Cazaril, si cette histoire sortait des lèvres d'un autre homme, je n'y prêterais certainement pas foi. Je le croirais fou.

— Même si la folie peut naître de ces événements, Royse, elle n'en est pas la cause. Tout est vrai. Je l'ai vu. Je crois presque m'y noyer.

La tournure était malheureuse, mais les grondements si proches de la mer rendaient Cazaril nerveux. Il se demandait si Bergon avait remarqué que Cazaril s'arrangeait toujours pour le placer entre les vagues et lui.

— Vous me feriez passer pour le héros d'un conte, qui sauve la belle dame d'un enchantement à l'aide d'un baiser.

Cazaril s'éclaircit la voix.

— Oui, enfin plus qu'un baiser, je crois. Un mariage doit être consommé pour former un lien légal. Et théologique, de la même façon, dirais-je.

Le royse lui lança un regard indéchiffrable. Il garda le silence pendant quelques pas. Puis il dit :

— J'ai vu votre intégrité en action. Elle a… élargi mes perspectives. J'avais été élevé par mon père, qui est un homme prudent, méfiant, toujours occupé à traquer les desseins égoïstes et secrets des hommes. Personne ne peut le tromper. Mais je l'ai vu se tromper lui-même, si vous me comprenez.

— Oui.

— C'était stupide de votre part d'attaquer cet horrible contremaître roknari.

— Oui.

—Et pourtant, je crois que dans des circonstances identiques, vous le referiez.

—Sachant ce que je sais maintenant… ce serait plus dur. Mais j'espérerais encore… Je prierais, Royse, pour que les dieux m'accordent encore cette stupidité dans ma détresse.

—Quelle est cette merveilleuse stupidité qui brille plus fort que tout l'or de mon père ? Pouvez-vous m'apprendre à être aussi stupide, Caz ?

—Oh, souffla Caz, j'en suis sûr.

Cazaril rencontra le Renard dans la fraîcheur du lendemain matin. On l'escorta de nouveau vers cette pièce haute et lumineuse qui donnait sur la mer, mais cette fois pour une conférence plus privée, rien qu'entre lui, le roya et son secrétaire. Le secrétaire s'assit en bout de table avec une pile de papier, de nouvelles plumes et une réserve d'encre. Le Renard s'assit dans l'autre sens, tripotant un jeu de châteaux et de cavaliers dont les pièces exquises étaient taillées dans le jade et le corail, et le plateau fait de malachite polie, d'onyx et de marbre blanc. Cazaril s'inclina et s'assit face au roya sur son invitation.

—Est-ce que vous jouez ? demanda le Renard.

—Non, Messire, répondit Cazaril à regret. Ou seulement de façon très médiocre.

—Ah. Quel dommage. (Le Renard repoussa le plateau de côté.) Bergon est plus qu'enthousiasmé par votre description de ce parangon de Chalion. Vous faites bien votre travail, ambassadeur.

—C'est tout ce que j'espère.

Le roya toucha la lettre de créance d'Iselle qui reposait sur le bois verni.

—Un document extraordinaire. Vous savez qu'elle lie la royesse à tout ce que vous signerez en son nom.

—Oui, Messire.

—Vous savez que son autorité à agir ainsi est contestable. Il y a d'abord la question de son âge.

—Eh bien, Messire, si vous ne lui reconnaissez pas le droit de rédiger son propre traité de mariage, je suppose que je n'ai plus qu'à remonter à cheval et à regagner Chalion.

—Non, non, je n'ai pas dit que *je* le remettais en question !

La voix du vieux roya trahissait un soupçon de panique. Cazaril réprima un sourire.

—En effet, Messire, le simple fait de traiter avec nous revient à reconnaître publiquement son autorité.

—Hm. Certes, certes. Ces jeunes gens sont tellement confiants. C'est pourquoi nous, les vieilles gens, devons protéger leurs intérêts. (Il ramassa l'autre liste que lui avait donnée Cazaril la veille.) J'ai étudié les clauses que vous proposez pour le contrat de mariage. Nous avons beaucoup de points à discuter.

— Pardonnez-moi, Messire. Elles ne sont pas proposées : elles sont exigées. Si vous souhaitez proposer des clauses additionnelles, je vous écoute.

Le roya haussa les sourcils.

— Certainement pas. Pour commencer, il y a la question de la succession pendant la minorité de leur héritier, si cette bénédiction leur est accordée. Il suffit d'un accident de cheval pour que la royina de Chalion devienne régente d'Ibra ! C'est impossible. Bergon courra le risque d'être tué à la bataille, ce qui ne sera pas le cas de son épouse.

— Nous *espérons* que ce ne sera pas son cas. Ou alors je suis curieusement mal informé de l'histoire d'Ibra, Messire. Je croyais que la mère du royse avait gagné deux sièges ? (Le Renard se racla la gorge.) Dans tous les cas, poursuivit Cazaril, nous maintenons que ce risque est réciproque, et que la clause doit l'être aussi. Iselle court le risque de mourir en couches, ce qui ne sera jamais le cas de Bergon. Il suffirait d'un accouchement par le siège pour qu'il devienne régent de Chalion. Combien de vos épouses vous ont survécu, Messire ?

Le Renard inspira, marqua une pause et poursuivit :

— Et puis il y a la clause sur les noms !

Quelques minutes de débat modéré permirent de déterminer que Bergon dy Ibra-Chalion n'était pas plus euphonique que Bergon dy Chalion-Ibra, et cette clause-là fut aussi maintenue.

Le Renard fit la moue et fronça les sourcils, songeur.

— J'ai cru comprendre que vous étiez un homme sans terres, Sire Cazaril. Pourquoi la royesse ne vous récompense-t-elle pas comme il sied à votre rang ?

— Elle me récompense comme il sied au sien. Iselle n'est pas royina de Chalion… pas encore.

— Ah. Moi, d'un autre côté, je suis l'actuel roya, et j'ai le pouvoir d'offrir… beaucoup.

Cazaril se contenta de sourire.

Encouragé, le Renard parla d'une élégante villa donnant sur la mer, et plaça une pièce de corail en forme de château sur la table qui les séparait. Curieux de voir où les mènerait cette discussion, Cazaril se retint de préciser qu'il se souciait peu de voir la mer. Le Renard parla de superbes chevaux, d'une propriété où les mettre en pâture, et déclara que la clause trois lui semblait inadéquate. Quelques cavaliers vinrent s'ajouter au château. Cazaril émit de petits bruits neutres. En toute délicatesse, le Renard parla de l'argent grâce auquel on pouvait se vêtir comme il sied à un homme de rang ibrane plus élevé que castillar, et de la clause six qui pouvait sans doute être réécrite. Une pièce de jade en forme de château rejoignit le jeu grandissant.

Le secrétaire prenait des notes. À chaque murmure indistinct de Cazaril, le respect et le mépris mêlés grandissaient dans les yeux du Renard, même s'il commenta d'un ton légèrement blessé, alors que la pile s'élevait :

— Vous jouez mieux que je ne l'aurais cru, Castillar.

Le Renard se rassit enfin et repoussa d'une main sa petite pile de cadeaux stylisés.

— Comment cela vous convient-il, Cazaril ? Que pensez-vous que cette jeune fille puisse vous donner de mieux que moi ?

Le sourire de Cazaril se fit plus large et plus joyeux.

— Eh bien, Messire, je crois qu'elle me donnera une propriété en Chalion qui me conviendra parfaitement. Large d'un pas et longue de deux, et qui sera mienne à perpétuité. (Délicatement, afin de ne pas impliquer qu'il y avait insulte d'un côté ou de l'autre, il tendit la main et repoussa les pièces vers le Renard.) Je devrais sans doute vous expliquer que j'ai une tumeur dans le ventre, qui me tuera certainement à court terme. Ces récompenses-là sont pour les vivants, je crois. Par pour les mourants.

Les lèvres du Renard remuèrent ; désarroi et stupéfaction se succédèrent rapidement sur son visage, ainsi qu'un soupçon de honte inhabituelle, aussitôt réprimée. Un bref éclat de rire lui échappa.

— Cinq dieux ! Cette fille est assez maligne et intraitable pour m'apprendre mon métier ! Pas étonnant qu'elle vous ait donné tous ces pouvoirs. Par les couilles du Bâtard, elle m'a envoyé un ambassadeur incorruptible !

Trois pensées traversèrent l'esprit de Cazaril : d'abord qu'Iselle n'avait jamais eu de plan si rusé, deuxièmement, que si on le lui expliquait, elle répondrait « Hm ! » et le mettrait de côté pour plus tard, et troisièmement, que le Renard n'avait pas besoin d'être au courant de la première.

Le Renard se calma et inspecta Cazaril de plus près.

— Je suis désolé de l'apprendre, Castillar. Le sujet ne prête pas à rire. La mère de Bergon est morte encore jeune d'une tumeur au sein : elle n'avait que trente-six ans. Toute la douleur qu'elle avait épousée en moi n'avait pu la décourager, mais au bout du compte... Enfin, bref.

— J'ai trente-six ans, ne put s'empêcher de répondre tristement Cazaril.

Le Renard cligna des yeux.

— Alors vous n'avez *vraiment* pas l'air en forme.

— Non, reconnut Cazaril, avant de ramasser la liste des clauses. À présent, Messire, pour en revenir à ce contrat de mariage...

Au terme des négociations, Cazaril ne renonça à aucun point de la liste et obtint l'accord du Renard sur tous. Le Renard, triste et songeur, proposa quelques ajouts intelligents aux clauses d'urgence, que Cazaril s'empressa d'accepter. Le Renard se plaignit quelque peu, pour la forme, et fit de fréquentes références à la soumission qu'une épouse devait à son mari – pas vraiment un trait marquant de l'histoire ibrane récente, ce que Cazaril eut la diplomatie de ne pas faire remarquer – et à la résolution peu naturelle des femmes qui montaient trop à cheval.

— Prenez courage, Messire, le consola Cazaril. Votre destin n'est pas aujourd'hui de gagner une royacie pour votre fils. C'est de gagner un *empire* pour votre petit-fils.

Le Renard s'égaya. Même son secrétaire sourit.

Le Renard lui offrit enfin le jeu de châteaux et de cavaliers, à titre de souvenir personnel.

— Pour moi-même, je crois que je vais les refuser, dit Cazaril, lorgnant avec regret les pièces élégantes, puis une autre idée le traversa. Mais si vous voulez bien les faire emballer, je les rapporterais avec plaisir en Chalion à titre de cadeau de fiançailles pour votre future belle-fille.

Le Renard rit et secoua la tête.

— Si seulement j'avais des courtisans capables de m'offrir autant de loyauté pour si peu de récompenses. Ne voulez-vous donc rien pour vous-même, Cazaril ?

— Je veux du temps.

Le Renard renifla avec un air de regret.

— Comme nous tous. Pour cela, vous devez vous adresser aux dieux, et non au roya d'Ibra.

Cazaril laissa passer la remarque, même si un tic lui agita les lèvres.

— J'aimerais au moins vivre assez longtemps pour voir Iselle mariée et en sécurité. C'est un cadeau que vous pouvez effectivement me faire, Messire, en permettant de hâter la question.

Il ajouta :

— Et il est très urgent que Bergon devienne royse consort de Chalion avant que Martou dy Jironal ne puisse devenir régent de Chalion.

Même le Renard fut obligé de le reconnaître.

Cette nuit-là, après le banquet coutumier du roya, et après s'être défait de Bergon qui, faute de pouvoir le gaver d'honneurs qu'il refusait, semblait vouloir au moins le gaver de nourriture, Cazaril s'arrêta au temple. Ses hautes salles rondes étaient calmes et sombres à cette heure tardive, presque vides d'adorateurs, même si les torches murales et le feu central brûlaient toujours, et si un couple d'acolytes montait la garde pour la nuit. Il leur rendit leurs saluts cordiaux et franchit la voûte décorée de carreaux pour rejoindre la cour de la Fille.

De superbes tapis de prière, tissés par les jeunes filles et les dames d'Ibra, qui en faisaient don aux temples à titre d'acte de piété, protégeaient les genoux et le corps de la froideur du marbre. Cazaril songea que si la coutume était importée en Chalion en même temps que Bergon, elle pourrait bien accroître le nombre de prières en hiver. Des tapis de toutes tailles, couleurs et motifs étaient disposés autour de l'autel de la Dame. Cazaril en choisit un large et épais, à la laine compacte décorée de motifs de fleurs printanières au dessin légèrement flou, sur lequel il s'étendit. Il était venu pour la prière et non pour le sommeil, se rappela-t-il…

Au cours du trajet vers Ibra, il avait saisi chaque occasion de prier dans les maisons de la Fille rurales et rudimentaires, pendant que Ferda s'occupait des chevaux : pour la protection d'Orico, pour la sécurité d'Iselle et de Betriz, pour le réconfort d'Ista. Par-dessus tout, intimidé par la réputation du Renard, il avait prié pour le succès de sa mission. Cette prière-là semblait avoir reçu une réponse à l'avance. Combien de temps à l'avance ? Ses mains tendues suivaient la trame de son tapis, tissé boucle après boucle par les mains patientes d'une femme. Ou peut-être n'avait-elle pas été patiente. Peut-être fatiguée, ou irritée, ou distraite, affamée, en colère. Peut-être mourante. Et, malgré tout, ses mains avaient continué à s'activer.

Depuis combien de temps suis-je engagé sur cette route ?

Un peu plus tôt, il aurait fait remonter son allégeance à la Dame à une pièce lâchée dans la boue hivernale de Baocia par un soldat maladroit. À présent il n'en était plus si sûr, et ne savait même pas au juste s'il aimait cette nouvelle réponse.

Le cauchemar des galères avait précédé la pièce dans la boue. Les dieux avaient-ils manipulé toute sa douleur, sa peur, son supplice dans leurs propres desseins ? N'était-il rien d'autre qu'un pantin au bout d'une ficelle ? Ou plutôt une mule au bout d'une corde, têtue et obstinée, qu'il fallait fouetter pour la faire avancer ? Il savait à peine s'il ressentait de l'émerveillement ou de la rage. Il réfléchit à l'affirmation d'Umegat selon laquelle les dieux ne pouvaient s'emparer de la volonté d'un homme, simplement attendre qu'il la leur offre. Quand avait-il donc donné son accord ?

Oh.

Cette fois-là.

Par une nuit de faim, de froid et de désespoir à Gotorget, il avait fait sa ronde de commandant sur les remparts. Sur la plus haute tour, il avait congédié le jeune garçon qui montait la garde, affamé et prêt à défaillir, afin qu'il descende essayer de se rafraîchir, et avait lui-même pris sa place. Il avait regardé au loin les feux de camp ennemis qui les narguaient depuis le village en ruine, depuis la vallée, depuis les corniches tout autour d'eux, ces feux qui parlaient de chaleur abondante, de nourriture en train de cuire, de confiance, toutes choses dont ses compagnons étaient privés entre ces murs. Et il s'était souvenu de quelle façon il avait comploté, transigé, exhorté ses hommes à la loyauté, bouché des trous, tenté des sorties, gratté de la nourriture souillée, ensanglanté son épée en haut des échelles, et par-dessus tout, prié. Jusqu'à se retrouver à bout de prières.

Dans sa jeunesse à Cazaril, il avait suivi la route commune à la plupart des jeunes hommes bien nés, pour devenir dédicat convers de l'ordre du Frère, avec ses promesses et aspirations militaires. Il avait récité des prières machinales, lorsqu'il en prenait la peine, au dieu qui lui était assigné par son sexe, son âge et son rang. Dans la pénombre de cette tour, il lui semblait que suivre ce chemin sans le remettre en cause l'avait guidé pas à pas vers ce piège impossible, abandonné à la fois des siens et de son dieu.

Il portait sa médaille du Frère sous sa chemise depuis sa cérémonie de consécration à l'âge de treize ans, juste avant qu'il quitte Cazaril pour recevoir un apprentissage de page dans la maison de l'ancien provincar. Cette nuit-là sur la tour, des larmes de fatigue et de désespoir – et, oui, de rage – coulant sur son visage, il l'avait arrachée pour la jeter par-dessus les remparts, reniant le dieu qui l'avait renié. Le fragment d'or avait disparu dans les ténèbres en tournoyant sans un bruit. Et Cazaril s'était jeté à plat ventre sur les pierres, étendu comme il l'était à présent, et avait juré que tout autre dieu prêt à le choisir pouvait le prendre, ou aucun, du moment que les hommes qui lui avaient fait confiance pouvaient quitter ce piège. Mais pour lui-même, il en avait fini. Fini.

Bien sûr, rien ne s'était produit.

Enfin si : il avait fini par se mettre à pleuvoir.

Cazaril s'était finalement relevé, honteux de cette crise et reconnaissant qu'aucun de ses hommes n'y ait assisté. À la relève de la garde, il était descendu en silence. Et rien ne s'était produit pendant plusieurs semaines, jusqu'à l'arrivée de ce courrier bien nourri apportant la nouvelle que tout s'était passé en vain, que leur sang et leur sacrifice allaient être vendus contre de l'or destiné aux coffres de Jironal.

Et ses hommes étaient repartis sains et saufs.

Et ses pieds avaient, seuls, suivi une autre route…

Quelles étaient les paroles d'Ista ? *Les dieux nous accordent les malédictions les plus cruelles en réponse à nos prières. La prière est une dangereuse affaire.*

Ainsi, lorsque l'on choisissait de partager sa volonté avec les dieux, suffisait-il de faire une fois ce choix, comme pour prêter serment à une compagnie militaire ? Ou bien le faisait-on chaque jour, encore et encore et encore ? Ou bien les deux ? Pouvait-il quitter cette route à tout instant, monter à cheval et chevaucher jusqu'à Darthaca, par exemple, vers un nouveau nom, une nouvelle vie ? Exactement comme les centaines d'autres Cazaril hypothétiques d'Umegat, qui n'étaient même pas venus accomplir leur devoir. En abandonnant, bien sûr, tous ceux qui lui avaient fait confiance, Iselle, Ista et la provincara, Palli et Betriz…

Mais pas Dondo, hélas.

Il se tortilla un peu sur le tapis, gêné par la pression interne de son ventre, cherchant à se convaincre que ce n'était que le banquet du Renard, et non sa tumeur qui poursuivait sa hideuse croissance. Qui se hâtait de prendre une forme finie et grotesque, attendant seulement que faillisse la main de la Dame. Peut-être les dieux avaient-ils tiré une leçon de l'erreur d'Ista, du courage perdu de Lutez aussi ? Peut-être s'assuraient-ils cette fois que leur mule ne pourrait déserter en pleine action comme dy Lutez ?

Excepté dans la mort. Cette porte était toujours entrebâillée. Qu'est-ce qui l'attendait de l'autre côté ? L'enfer du Bâtard ? Une dissolution spectrale ? La paix ?

Bah.

De l'autre côté de la place du temple, dans la maison de la Fille, l'attendait un lit doux et confortable. La course effrénée de son cerveau était un signe lui indiquant qu'il était temps de le regagner. Ce n'était pas même de la prière, juste une dispute avec les dieux.

La prière, songea-t-il tandis qu'il se relevait et se tournait vers la porte, consistait à poser un pied devant l'autre. Et continuer d'avancer.

Chapitre 23

Au dernier moment, malgré des principes ayant fait l'unanimité, des traités rédigés en multiples exemplaires dans une belle écriture de la cour, signés par toutes les parties et leurs témoins puis scellés, les détails pratiques faillirent tout faire arrêter. Le Renard hésitait à envoyer son fils en Chalion avec si peu de garanties de sa sécurité personnelle, ce en quoi Cazaril ne pouvait lui donner tort. Mais dans sa royacie usée par la guerre, le roya n'avait ni les hommes ni l'argent nécessaires pour rassembler les forces suffisant à protéger Bergon, et Cazaril redoutait l'impression produite sur Chalion s'ils traversaient la frontière avec des armes, même pour une si juste cause. Le débat s'enflamma ; le Renard, humilié de se voir rappeler qu'il devait la vie de Bergon à Cazaril, se mit à éviter ses requêtes d'une façon qui lui rappelait curieusement Orico.

Cazaril reçut la première lettre d'Iselle par le biais des courriers de l'ordre de la Fille qu'il avait placés sur leur itinéraire de retour. Elle était brève, rédigée quatre jours à peine après que Cazaril avait quitté Cardegoss, et confirmait simplement que les funérailles de Teidez s'étaient déroulées sans incident, et qu'Iselle et son cortège quitteraient la capitale pour Valenda et l'enterrement cet après-midi-là. Elle notait avec un évident soulagement : « Nos prières ont été exaucées : les animaux sacrés ont montré que c'est le Fils Automne qui a repris son âme. Je prie pour qu'il trouve le réconfort en la bonne compagnie du dieu. » Elle ajoutait : « Mon frère aîné est en vie, et a retrouvé la vue d'un œil. Mais il est encore très enflé. Il reste chez lui, au lit. » Plus inquiétant, elle rapportait : « Notre ennemi vient d'imposer à ma maison deux de ses nièces au titre de dames de compagnie. Je ne pourrai pas écrire souvent. Puisse la Dame hâter votre mission. »

Il chercha en vain un post-scriptum de Betriz et faillit le manquer jusqu'à ce qu'il retourne le papier. La cire rompue du sceau cachait à moitié des chiffres minuscules rédigés dans son écriture distinctive. Il gratta le résidu avec l'ongle du pouce. La brève notation ainsi révélée le guida vers une page de la fin du livre, l'une des prières les plus lyriques d'Ordol : un appel passionné à la sécurité d'un être aimé voyageant loin de son foyer. Combien d'années, de décennies, s'étaient écoulées depuis la dernière fois où quelqu'un avait prié pour lui de si loin ? Cazaril ne savait même pas avec certitude si le poème s'adressait à ses yeux ou à ceux des dieux, mais il posa discrètement le code minuscule sur les cinq points sacrés, s'attardant quelque peu sur les lèvres, avant de quitter sa chambre en quête de Bergon.

Il partagea l'autre côté de la lettre avec le royse, qui l'étudia, ainsi que le système de codage, avec fascination. Cazaril composa une brève note rapportant le succès de sa mission, et Bergon, la langue serrée entre les dents, coda laborieusement une lettre de sa propre main destinée à sa promise.

Cazaril compta mentalement les jours. Il était impossible que dy Jironal ne possède pas d'espions à la cour d'Ibra. Tôt ou tard, l'apparition de Cazaril serait rapportée à Cardegoss. Dans combien de temps ? Dy Jironal devinerait-il le succès des négociations menées par Cazaril au nom d'Iselle ? Allait-il capturer la royesse, calculer les prochains mouvements de Cazaril, tenter d'intercepter Bergon en Chalion ?

Après plusieurs journées de retard accumulé à cause de la question de la sécurité du royse, Cazaril, dans un éclair de génie, envoya Bergon plaider sa propre cause. C'était un messager que le Renard ne pourrait éviter, pas même dans ses appartements privés. Bergon était jeune et énergique, son imagination avivée par la passion, et le Renard était vieux et fatigué. Pire, ou peut-être, du point de vue de Cazaril, mieux encore, une ville d'Ibra du Sud ayant appartenu au défunt héritier prit les armes pour contester des accords, et le Renard fut contraint d'y envoyer ses hommes pour tenter de rétablir la paix. Affolé par ce dilemme, déchiré entre ses grands espoirs et sa peur glaciale pour son seul fils survivant, le Renard en rejeta la résolution sur Bergon et sa coterie.

La résolution, comme le découvrait Cazaril, était une qualité dont Bergon ne manquait pas. Le royse adhéra très vite à son plan consistant à voyager léger et sous un déguisement à travers les terres hostiles séparant la frontière ibrane de Valenda. À titre d'escorte, Bergon ne choisit, en plus de Cazaril et des frères dy Gura, que trois proches compagnons : deux jeunes seigneurs ibranes, dy Tagille et dy Cembuer, et le march dy Sould à peine plus âgé.

L'enthousiaste dy Tagille proposa qu'ils se fassent passer pour un groupe de marchands ibranes en route pour Cardegoss. Cazaril insista pour que les hommes accompagnant le royse aient l'expérience des armes, qu'ils soient nobles ou humbles. Le groupe s'assembla au lendemain de la décision de Bergon, avec une discrétion que Cazaril espérait efficace, dans l'un des manoirs de Tagille à l'extérieur de Zagosur. Cazaril découvrit que la compagnie n'était pas si réduite : en comptant les serviteurs, elle se montait à douze cavaliers et à une demi-douzaine de mules pour les bagages. En outre, les serviteurs menaient quatre splendides poneys blancs des montagnes ibranes, cadeaux pour la promise de Bergon, qui serviraient de montures de rechange dans l'intervalle.

Ils partirent de belle humeur ; les compagnons semblaient y voir une grande et noble aventure. Bergon se montra plus pensif et posé, ce qui plut à Cazaril, qui avait l'impression de mener un groupe d'enfants vers de dangereuses cavernes. Mais au moins, dans le cas de Bergon, sans aveuglement. Ce qui était bien plus que les dieux n'en avaient accordé à lui-même, pensa amèrement Cazaril. Il se demanda si la malédiction pouvait se jouer de lui et les mener tous vers la guerre au lieu de les en éloigner. Dy Jironal non plus n'était pas si corrompu à ses débuts.

La vitesse étant limitée à celle de la plus lente des mules de charge, le trajet fut moins pénible que l'avait été la course vers Zagosur. La montée de la côte jusqu'à la base des Dents-du-Bâtard prit quatre jours entiers. Une autre lettre d'Iselle y rattrapa Cazaril, écrite cette fois quelque deux semaines après son départ de Cardegoss. Elle y racontait comment l'on avait enterré Teidez à Valenda avec la pompe nécessaire, et comment elle avait pu rester sur place, prolongeant sa visite à sa mère et à sa grand-mère en deuil. Dy Jironal s'était vu contraint de regagner Cardegoss en apprenant que la santé d'Orico déclinait. Par malheur, il avait laissé derrière lui non seulement ses espionnes, mais aussi plusieurs compagnies de soldats pour garder la nouvelle héritière de Chalion. « Je réfléchis à la façon de m'en débarrasser », expliquait Iselle, ce qui fit dresser les cheveux sur la nuque de Cazaril. Elle y avait aussi joint une lettre pour Bergon, que Cazaril lui transmit sans l'ouvrir. Bergon ne lui en révéla pas le contenu mais il souriait fréquemment en feuilletant Ordol pour la déchiffrer, tête penchée près des bougies dans leur chambre d'auberge mal aérée.

Plus encourageant, la provincara avait joint une lettre de sa propre main, déclarant qu'Iselle avait reçu en privé des promesses de soutien pour ce mariage ibrane, non seulement de son oncle le provincar de Baocia, mais aussi de trois autres provincars. Bergon aurait des défenseurs lors de son arrivée.

Lorsque Cazaril montra ce mot à Bergon, le royse hocha la tête d'un air décidé.

— Parfait. Continuons.

Mais ils durent changer de plan lorsque des voyageurs découragés, qui regagnaient l'auberge après avoir fait demi-tour sur la route, leur apprirent que la neige fraîchement tombée bloquait le col. Consultant la carte et sa mémoire, Cazaril préféra mener la compagnie au nord, à une journée de voyage, vers un col plus haut et moins fréquenté mais que l'on disait encore praticable. Ce qui s'avéra correct, mais deux chevaux se foulèrent les jarrets pendant l'ascension. Tandis qu'ils approchaient de la ligne de partage, le march dy Sould, qui se disait plus à l'aise sur le pont d'un bateau que sur le dos d'un cheval, et qui était devenu de plus en plus silencieux au cours de la matinée, se pencha soudain sur le côté de sa selle pour vomir.

La compagnie essoufflée marqua une pause sur le sentier tandis que Cazaril, Bergon et Ferda se consultaient, et que dy Sould, habituellement plein d'esprit, marmonnait excuses et protestations confuses autant qu'embarrassées.

— Devrions-nous nous arrêter et faire un feu pour essayer de le réchauffer ? demanda le royse inquiet, parcourant du regard les pentes désolées.

Cazaril, qui se tenait lui-même à demi penché, répondit :

— Il est aussi hébété qu'un homme atteint d'une forte fièvre, mais ce n'est pas le cas. Il a été élevé en bord de mer. Je crois que ce n'est pas une infection, plutôt une maladie qui frappe parfois les habitants des plaines dans les hauteurs. Dans tous les cas, il vaut mieux s'occuper de lui une fois sorti de cet endroit sauvage et rocailleux.

Ferda, qui le regardait de biais, demanda :

— Et *vous*, comment allez-vous, Messire ?

Bergon l'observa lui aussi avec une moue inquiète.

— Rien que je puisse guérir en restant assis là. Poursuivons.

Ils remontèrent en selle, Bergon chevauchant près de dy Sould lorsque la piste le permettait. Le malade s'accrochait à sa selle avec une solide détermination. Au bout d'une demi-heure, Foix poussa un faible cri de triomphe essoufflé, désignant le cairn qui marquait la frontière entre Ibra et Chalion. La compagnie poussa des vivats et fit une brève pause pour y ajouter ses propres pierres. Ils entamèrent la descente, plus abrupte encore que la montée. L'état de dy Sould ne s'aggrava pas, ce qui rassura Cazaril quant à son diagnostic. Celui de Cazaril ne s'améliora pas, mais ce n'était pas franchement une surprise.

Dans l'après-midi, ils franchirent le bord le plus bas d'une vallée aride et se retrouvèrent dans un épais bois de pins. L'air y semblait plus riche, même si ce n'était dû qu'au parfum puissant et délicieux des pins, et le lit d'aiguilles qui tapissait le sol protégeait les pieds douloureux de leurs chevaux. Les arbres dans lesquels gémissait le vent les protégeaient de ses doigts fureteurs. Comme ils suivaient une courbe, les oreilles de Cazaril perçurent le bruit étouffé de sabots trottant sur le sentier un peu plus loin, le premier voyageur rencontré de toute la journée ; mais le cavalier était seul, et ne représentait donc aucun danger pour eux.

C'était un homme grisonnant aux sourcils et à la barbe broussailleux, vêtu de cuir taché. Il les salua puis, à la surprise de Cazaril, arrêta en travers de leur chemin sa monture à longs poils rudes.

— Je suis le gardien de château du castillar dy Zavar. Nous avons vu votre compagnie descendre la vallée, lorsque les nuages se sont dégagés. Mon seigneur m'envoie vous avertir qu'une tempête s'est abattue sur la vallée. Il vous invite à vous abriter sous son toit jusqu'à ce que le pire soit passé.

Dy Tagille accueillit cette offre d'hospitalité avec ravissement. Bergon recula pour interroger Cazaril à voix basse:

—Pensez-vous que nous devrions, Caz?

—Je ne sais pas trop…

Il essaya de se rappeler s'il avait déjà entendu parler d'un castillar dy Zavar. Bergon jeta un coup d'œil à son ami dy Sould, affaissé sur son pommeau.

—Je donnerais beaucoup pour le mettre à l'abri. Nous sommes nombreux, et armés.

—Nous n'irions pas vite dans la tempête, reconnut Cazaril, sans parler du risque de perdre notre route.

Le gardien grisonnant cria:

—Comme vous voudrez, gentilshommes, mais comme j'ai pour tâche de récupérer les corps dans les fossés au printemps, je prendrais votre acceptation comme une faveur personnelle. La tempête sera passée avant le matin, je pense.

—Eh bien, je suis content que nous ayons au moins franchi le col avant qu'elle arrive. Oui, décida Bergon, avant d'élever la voix. Nous vous remercions, Messire, et acceptons l'offre aimable de votre seigneur!

L'homme grisonnant les salua et reconduisit son cheval sur la route. Un kilomètre plus loin, il tourna à gauche pour emprunter un sentier plus étroit au travers des grands pins sombres. Le sentier descendit, puis s'éleva abruptement quelque temps en décrivant des lacets. Les hanches des chevaux s'activaient pour les pousser vers le haut de la colline. Au loin, à travers les arbres, Cazaril entendait les croassements chamailleurs d'un vol de corbeaux, qui firent resurgir des souvenirs réconfortants.

Ils émergèrent dans la lumière grise sur une saillie rocheuse. Perchée sur l'affleurement se dressait une petite forteresse quelque peu délabrée bâtie de pierre locale. D'accueillantes volutes de fumée s'élevaient de sa cheminée.

Ils franchirent une arche de pierre qui menait à une cour pavée d'ardoises; une étable s'ouvrait directement sur cette cour, ainsi qu'un large portique de bois au-dessus des portes qui menaient à la pièce principale. Ses murs étaient encombrés d'outils, de tonneaux et d'étranges rebuts. Des peaux de cerf étaient clouées aux murs de l'étable. Plusieurs hommes d'allure coriace apparurent sous le portique, serviteurs, gardes ou valets ou les trois à la fois dans cette fruste maisonnée rurale, pour s'occuper des mules et chevaux des arrivants. Mais c'était la presque demi-douzaine de nouveaux fantômes tournoyant dans la cour qui fit ouvrir de grands yeux à Cazaril et lui coupa le souffle.

Ils étaient récents, comme il le déduisit de leurs contours gris et nets, qui conservaient la forme qu'ils avaient eue de leur vivant: trois hommes, une femme et un enfant en pleurs. La forme féminine montra du doigt l'homme grisonnant. Un feu blanc jaillit de sa bouche, hurlement muet.

Cazaril fit brusquement reculer son cheval pour se placer à côté de Bergon, puis se pencha et murmura :

— C'est un piège. Attention à vos armes. Passez le mot.

Bergon rejoignit derrière lui dy Tagille, qui à son tour se pencha pour parler tout bas à deux des valets. Affichant un sourire trompeur, Cazaril approcha son cheval de celui de Foix, et plaçant sa main devant sa bouche comme pour partager une plaisanterie, il répéta l'avertissement. Foix hocha la tête avec un terne sourire. Alors qu'il se penchait vers son frère, il embrassa la cour du regard pour calculer leurs chances.

Elles ne semblaient pas mauvaises, si l'on exceptait le grand rustre élancé qui se tenait sur le perchoir de bois près de la barrière, appuyé contre le mur interne, une arbalète pendillant de sa main avec une feinte désinvolture. Sauf qu'elle était armée. Cazaril manœuvra pour rejoindre Bergon, se plaçant, ainsi que son cheval, entre le royse et la barrière.

— Attention à l'archer, souffla-t-il. Plongez sous une mule.

Les fantômes fonçaient d'un point à l'autre tout autour de la cour, désignant des hommes cachés derrière les tonneaux et les outils, à l'ombre des stalles, et en train d'attendre juste derrière la porte principale. Cazaril révisa son estimation de leurs chances. L'homme grisonnant fit un signe à l'un de ses gardes, et la barrière se referma derrière le groupe. Cazaril se tortilla sur sa selle et plongea la main dans sa sacoche. Ses doigts touchèrent de la soie, puis la lisse froideur de perles rondes ; il n'avait pas mis en gage les perles de Dondo à Zagosur, car le prix n'y était guère avantageux, si près de leur origine. Il leva la main et tira d'un grand geste la rangée de perles luisantes. Tandis qu'il la faisait tournoyer autour de sa tête, il brisa la ficelle avec son pouce. Des perles giclèrent du collier et se mirent à rebondir dans la cour pavée d'ardoises. Les hommes costauds, surpris, éclatèrent de rire et se précipitèrent pour les ramasser.

Cazaril baissa le bras et cria :

— Maintenant !

Le commandant grisonnant, qui allait apparemment crier un ordre semblable, fut pris de court. Les hommes de Cazaril dégainèrent les premiers et fondirent sur les ennemis distraits. Cazaril se laissa tomber à moitié de sa selle juste avant qu'un carreau d'arbalète vienne s'y planter. Alors que son cheval reculait et s'emballait, Cazaril tira tant bien que mal son épée du fourreau.

Foix, béni soit-il, était parvenu à déballer tranquillement sa propre arbalète avant ce chaos de cris d'hommes et de chevaux affolés. L'un des fantômes masculins traversa le champ de vision intérieure de Cazaril, désignant une forme cachée par les ombres qui filait au long du sommet du portique. Cazaril tapota le bras de Foix et lui dit :

— Là-haut !

Foix arma et se retourna juste au moment où apparaissait un deuxième archer ; Cazaril aurait juré que le fantôme surexcité s'efforçait de diriger le carreau. L'archer fut touché à l'œil et s'effondra aussitôt. Foix plongea pour réarmer et fit tournoyer le mécanisme à rochet.

Cazaril, qui se tournait pour chercher un ennemi, en trouva un qui le cherchait. Depuis la porte principale, l'épée tirée, surgit une forme étrangement familière : ser dy Joal, le laquais de Jironal, que Cazaril avait vu pour la dernière fois à Cardegoss. Cazaril leva son épée juste à temps pour parer son premier coup furieux. Son ventre pris de tiraillements et de crampes se noua douloureusement tandis qu'ils décrivaient brièvement un cercle pour prendre l'avantage, puis dy Joal s'élança.

La douleur insoutenable dans le ventre de Cazaril retira toute la force de son bras et faillit le plier en deux ; il contra de justesse l'attaque suivante, et contre-attaquer devint soudain hors de question. Du coin de l'œil, il vit la femme fantôme se recroqueviller. Il la vit (ou était-ce une perle ? ou les deux réunies ?) se glisser sous la botte de Joal. Celui-ci dérapa de manière aussi violente qu'inattendue et battit des bras pour retrouver l'équilibre. La lame de Cazaril plongea dans sa gorge et se logea brièvement dans les os de son cou.

Un choc hideux remonta le long du bras de Cazaril. Ce n'était plus seulement son ventre mais son corps tout entier qui semblait pris de crampes, puis sa vision se brouilla et s'obscurcit. À l'intérieur de lui, Dondo poussa un cri de triomphe. Le démon des morts surgit tel un feu tournoyant devant ses yeux, avide et implacable. Cazaril, pris de convulsions, se mit à vomir. Alors qu'il reculait sans pouvoir se contrôler, son épée lui échappa et partit de côté ; du sang gicla et dy Joal s'effondra à ses pieds dans une mare écarlate.

Cazaril se retrouva appuyé des mains et des genoux contre les ardoises glaciales, tandis que l'épée lâchée par sa main vide d'énergie résonnait encore faiblement. Il tremblait si violemment de la tête aux pieds qu'il ne put se relever. Il cracha de la bile. À la pointe de son épée, gisant sur la pierre, le sang encore humide de Joal fumait et noircissait. Des vagues de nausée parcouraient son abdomen enflé et palpitant.

À l'intérieur de lui, Dondo hurlait et braillait de rage et de frustration, lentement étouffé pour retomber dans le silence. Le démon reprit sa place dans son ventre comme un chat aux aguets, attentif et tendu. Cazaril crispait et décrispait le poing, juste pour s'assurer qu'il contrôlait toujours son propre corps.

Très bien. Le démon n'était donc pas très regardant sur les âmes qui remplissaient son seau, du moment qu'il y en avait deux. Celle de Cazaril et celle de Dondo. Celle de Cazaril et celle d'un autre tueur – ou victime –, il ne savait trop, et ce détail avait-il la moindre importance, vu les circonstances. Dondo avait clairement espéré s'accrocher à son corps et laisser l'âme de Cazaril se faire emporter. En laissant Dondo, d'une certaine façon, posséder son corps. Dondo et le démon semblaient poursuivre des buts légèrement divergents. Le démon serait heureux que Cazaril meure de n'importe quelle façon. Dondo voulait un meurtre, commis par lui ou sur lui.

Effondré sans forces sur les pierres, des larmes s'échappant de ses paupières, Cazaril s'aperçut que le bruit s'était tu. Une main lui toucha le coude et le fit sursauter. La voix inquiète de Foix parvint à ses oreilles :

— Messire ? Messire, êtes-vous blessé ?

— Non… Pas poignardé, articula Cazaril.

Il cligna des yeux, la respiration sifflante. Il tendit la main pour saisir sa lame, puis la retira brusquement, le bout des doigts douloureux. L'acier était brûlant au toucher. Ferda apparut de l'autre côté, et les deux frères le remirent sur leurs pieds. Il resta debout, frissonnant encore du choc.

— Êtes-vous sûr que tout va bien ? demanda Ferda. Cette dame brune de Cardegoss nous a promis que la royesse nous ferait couper les oreilles si on ne vous ramène pas à elle en vie.

— Oui, ajouta Foix, et qu'ensuite *elle-même* utiliserait le reste de notre peau pour en faire un tambour.

— Votre peau ne craint rien pour l'instant.

Cazaril frotta ses yeux larmoyants et se redressa un peu, regardant autour de lui. Un valet aux allures de sergent, l'épée tirée, forçait une demi-douzaine des gros bras vaincus à rester étendu sur les ardoises, face contre terre. Trois autres bandits assis contre le mur de l'étable saignaient et gémissaient. Un autre serviteur traînait le cadavre de l'archer mort.

Cazaril, fronçant les sourcils, regarda dy Joal étalé devant lui. Ils n'avaient pas échangé un seul mot depuis leur brève rencontre. Il se sentit profondément désolé d'avoir déchiré la gorge de l'homme de main. Sa présence ici impliquait beaucoup de choses, sans rien confirmer. Était-il l'agent de Jironal ou agissait-il seul ?

— Le meneur… où est-il ? Je veux l'interroger.

— Là-bas, Messire. (Foix le montra du doigt.) Mais je crains qu'il ne réponde plus.

Bergon se relevait justement de l'examen d'un corps immobile : celui de l'homme grisonnant, par malchance.

Ferda, gêné, dit comme pour s'excuser :

— Il s'est battu farouchement et a refusé de se rendre. Il avait blessé deux de nos valets, si bien que Foix a fini par l'abattre d'un carreau d'arbalète.

— Croyez-vous qu'il était vraiment le gardien de ces lieux, Messire ? ajouta Foix.

— Non.

Bergon s'avança vers lui avec précaution, l'épée en main, et le détailla de la tête aux pieds avec un regard inquiet.

— Que faisons-nous maintenant, Caz ?

La femme fantôme, désormais moins agitée, lui faisait signe de se diriger vers la barrière. L'un des autres fantômes, tout aussi impatient, lui désignait la porte principale.

—Je… me contente de suivre, pour l'instant.

—Quoi ? demanda Bergon.

Cazaril arracha son regard à ce que ne voyait que son œil intérieur.

—Enfermez-les dans une stalle (il montra du menton leurs ennemis vaincus) et montez la garde. Les blessés comme les indemnes pour l'instant. Nous nous occuperons d'eux après les nôtres. Ensuite, envoyez un groupe d'hommes sains fouiller les lieux, voir s'ils trouvent d'autres hommes cachés. Ou… qui que ce soit d'autre. Occupés à se cacher. Ou… peu importe. (Ses yeux retournèrent à la barrière, où la femme aux contours flous lui faisait de nouveau signe.) Foix, prenez votre arbalète et votre épée et suivez-moi.

—Ne devrions-nous pas emmener d'autres hommes, Messire ?

—Non, je ne crois pas…

Laissant Bergon et Ferda diriger le nettoyage, Cazaril s'avança enfin vers la barrière. Foix le suivit et le regarda descendre sans hésiter un chemin menant vers les pins. Tandis qu'ils progressaient, les cris des corbeaux se faisaient de plus en plus perçants. Cazaril se prépara pour la suite. Le chemin s'arrêtait au bord d'un ravin abrupt.

—Enfer du Bâtard, murmura Foix.

Baissant son arbalète, il toucha les cinq points théologiques – front, lèvres, nombril, aine et cœur, en un geste protecteur.

Ils venaient de trouver les corps.

Ils étaient abandonnés sur un tas d'ordures, jetés par-dessus le bord de la crevasse sur des déchets de cuisine et d'étable accumulés depuis des années. Un homme jeune, deux plus âgés ; dans un endroit si rural, il était difficile de distinguer un maître d'un serviteur à leurs habits, car presque tous portaient des cuirs et des lainages pratiques pour le travail. La femme, rondelette, sans charme et d'âge moyen, était dévêtue, tout comme le petit garçon, qui devait avoir cinq ans. Tous deux avaient été cruellement mutilés. Probablement violés aussi. Morts depuis la veille, déduisit Cazaril de l'œuvre des corbeaux. La femme-fantôme pleurait en silence, et l'enfant spectral s'accrochait à elle en braillant. Ces âmes-là n'étaient pas rejetées par les dieux, simplement séparées de leur cadavre, encore étourdies par leur mort et incapables de retrouver leur chemin sans les cérémonies adéquates.

Cazaril tomba à genoux et murmura :

—Ma Dame. Si je suis en vie à cet endroit, sans doute l'êtes-vous également. S'il vous plaît ainsi, accordez le repos à ces pauvres esprits.

Les visages fantomatiques se transformèrent, troquant la peine contre l'émerveillement ; les corps sans substance se brouillèrent comme des diffractions solaires dans un nuage haut et duveteux, avant de disparaître.

Au bout d'une minute, Cazaril dit d'une voix terne :

— Aidez-moi à me relever, s'il vous plaît.

Un Foix abasourdi passa un bras sous son coude pour le soulever. Cazaril fit demi-tour en titubant et reprit la direction du chemin.

— Messire, ne devrions-nous pas en chercher d'autres ?

— Non, ce sera tout.

Foix le suivit sans un mot de plus.

Dans la cour pavée d'ardoises, ils croisèrent Ferda et un valet armé qui ressortaient par la porte principale.

— En avez-vous trouvé d'autres ? demanda Cazaril.

— Non, Messire.

Près de la porte, seul restait le jeune fantôme masculin, même si son corps luminescent semblait se disperser par rubans comme la fumée dans le vent. Il se tortillait de souffrance, et faisait signe à Cazaril d'approcher. Quelle sinistre urgence l'arrachait aux bras de la déesse pour le retenir dans ce monde de douleur ?

— Oui, oui, j'arrive, lui dit Cazaril.

Le fantôme se glissa à l'intérieur ; Cazaril fit signe à Foix et Ferda, qui le regardaient d'un air gêné, de le suivre. Ils traversèrent la pièce principale et une galerie menant aux cuisines, puis descendirent un escalier de bois vers une réserve obscure aux murs de pierre.

— Avez-vous cherché ici ? cria Cazaril par-dessus son épaule.

— Oui, Messire, dit Ferda.

— Apportez plus de lumière.

Il regarda fixement le fantôme, qui s'agitait à présent tout autour de la salle, décrivant une spirale de plus en plus serrée. Cazaril montra du doigt.

— Déplacez ces tonneaux.

Foix les fit rouler sur le côté. Ferda redescendit de la cuisine avec un bougeoir de chandelles de suif, dont les flammes dégageaient de la fumée ainsi qu'une lumière jaune mais vive dans la pénombre. Caché derrière les tonneaux, ils découvrirent dans le sol un bloc de pierre auquel était fixé un anneau de fer. Cazaril fit de nouveau signe à Foix ; le jeune homme saisit l'anneau et tira de toutes ses forces pour le soulever puis le tirer de côté, révélant d'étroites marches qui descendaient vers une pénombre totale.

Un faible cri leur parvint d'en bas.

Le fantôme se pencha vers Cazaril, comme pour lui embrasser le front, les mains et les pieds, puis retourna au néant. Une faible étincelle bleue, pareille à un accord de musique rendu visible, scintilla brièvement à la seconde vue de Cazaril avant de disparaître. Ferda, les chandelles à la main et l'épée dans l'autre, descendit prudemment les marches de pierre.

Des cris et des rumeurs s'échappèrent de la fente humide et froide. Quelques instants plus tard, Ferda réapparut, soutenant un homme âgé, robuste et échevelé, les jambes tremblantes, le visage couvert d'hématomes.

Dans son sillage, pleurant de joie, une dizaine d'autres personnes tout aussi mal en point montèrent l'une après l'autre.

Les prisonniers libérés fondirent tous sur Ferda et Foix pour les inonder de questions et de récits. Cazaril s'appuya discrètement sur un tonneau pour reconstituer le tableau. L'homme robuste se révéla être le vrai castillar dy Zavar, une femme affolée d'âge moyen était sa castillara, et deux jeunes gens, un fils et une fille, miraculeusement épargnée, du point de vue de Cazaril. Les autres étaient des serviteurs et des personnes à charge de cette maisonnée rurale.

Dy Joal et ses hommes étaient descendus chez eux la veille, sous l'apparence de simples voyageurs. C'était seulement lorsque plusieurs des hommes de main s'étaient mis à molester la cuisinière du castillar et que son mari et le vrai gardien, prenant sa défense, avaient voulu chasser les visiteurs indésirables, que les épées avaient été tirées. Cette maison accueillait souvent des voyageurs égarés, surpris par la nuit ou la tempête en traversant le col de montagne. Personne ici ne connaissait ou ne reconnaissait dy Joal ou ses hommes.

Le vieux castillar saisit la cape de Ferda, l'air inquiet.

— Mon fils aîné est-il en vie ? L'avez-vous vu ? Il est allé chercher l'aide de mon gardien…

— Était-ce un jeune homme de l'âge de ces deux-là (il désigna les frères dy Gura), vêtu de laine et de cuir comme vous-même ?

— Oui…

Le visage du vieil homme se vida dans l'attente.

— Il est entre les mains des dieux, et y trouve un grand réconfort, rapporta simplement Cazaril.

Des cris de douleur accueillirent la nouvelle ; d'un pas fatigué, Cazaril remonta vers la cuisine dans le sillage de la troupe, qui se sépara pour retrouver ses foyers, recouvrir ses morts et soigner ses blessés.

— Messire, lui murmura Ferda, alors que Cazaril marquait une brève pause pour se réchauffer au feu de la cuisine, étiez-vous déjà venu dans cette maison ?

— Non.

— Alors comment… ? Je n'ai rien entendu lorsque j'ai regardé dans cette cave. J'aurais laissé ces pauvres gens mourir de faim, de soif et de folie dans le noir.

— Je crois que les hommes qui accompagnaient dy Joal nous auraient parlé d'eux avant la fin de la nuit. (Cazaril fronça les sourcils d'un air sinistre.) Parmi toutes les autres choses que je compte apprendre d'eux.

Les captifs, sous une coercition approuvée par Cazaril et appliquée de bon cœur par les gens de maison libérés, ne tardèrent pas à réciter leur moitié de l'histoire. Ils formaient une troupe hétéroclite, réunissant des soldats pauvres sans foi ni loi, qui avaient suivi l'homme grisonnant après leur retour à la vie civile, et quelques mercenaires du coin, dont l'un les avait menés vers la propriété dy Zavar en raison de la vue stratégique sur la route qu'offrait sa plus haute tour. Dy Joal, qui chevauchait seul et dans la hâte vers la frontière ibrane, les avait trouvés dans une ville au pied de ces montagnes, où ils vivotaient en protégeant ou détroussant les voyageurs.

Les hommes de main savaient seulement que dy Joal était venu dans le coin pour attaquer un homme qui devait revenir d'Ibra par les cols de montagne. Ils ignoraient la vraie identité de leur nouvel employeur, même s'ils méprisaient ses habits et son maniérisme de courtisan. Cazaril devinait très bien que dy Joal ne contrôlait pas les hommes dont il avait loué les services à la hâte. Lorsque l'altercation autour de la cuisinière avait versé dans la violence, il n'avait eu ni le cran ni la force de l'arrêter, de faire régner la discipline, ou de rétablir l'ordre avant que les événements suivent leur cours affreux.

Bergon, troublé, attira Cazaril à part dans la lumière vacillante des torches éclairant la cour où se tenait cet interrogatoire rudimentaire.

— Caz, est-ce moi qui ai attiré ces malheurs sur les braves gens de ce pauvre dy Zavar ?

— Non, Royse. Il est clair que dy Joal n'attendait que moi, et mon retour en tant que courrier d'Iselle. Le chancelier dy Jironal essaie de m'éloigner d'elle depuis quelque temps, quitte à me faire discrètement assassiner s'il n'y a pas d'autre moyen. Comme je regrette d'avoir tué cet idiot ! Je donnerais mes dents pour apprendre de quoi dy Jironal est au courant.

— Êtes-vous sûr que c'est le chancelier qui a tendu ce piège ?

Cazaril hésita.

— Dy Joal avait un grief personnel contre moi, mais… le monde savait seulement que je voyageais vers Valenda. Dy Joal ne pouvait soupçonner mon véritable itinéraire que si dy Jironal lui en avait parlé. Par conséquent, nous pouvons être sûrs que dy Jironal a eu de mes nouvelles par ses espions d'Ibra. Il a du retard pour ce qui est de découvrir notre vrai but, mais pas beaucoup, je pense. Dy Joal était un bouche-trou, envoyé en toute hâte. Et certainement pas son seul agent. Quelque chose d'autre devra bien suivre.

— Dans combien de temps ?

— Je l'ignore. Dy Jironal commande l'ordre du Fils ; il pourra mettre ses hommes en marche dès qu'il aura développé un mensonge assez plausible pour les convaincre.

Bergon tapota sa cuisse vêtue de cuir avec le fourreau de son épée et leva des yeux songeurs vers le ciel qui s'éclaircissait avec la tombée du soir. Les crêtes des montagnes dessinaient des silhouettes noires sur fond de lueur verte, et les premières étoiles brillaient au-dessus d'eux. Le blizzard annoncé par l'homme grisonnant n'était en fait qu'un simple appât, malgré la légère tempête de neige tombée un peu plus tôt qui avait dû lui en fournir l'idée.

— La lune est presque pleine, et sera bien claire d'ici minuit. Si nous chevauchons jour et nuit, nous pourrons peut-être traverser ce pays agité avant que dy Jironal fasse venir des renforts.

Cazaril hocha la tête.

— Et le laisser envoyer ses hommes surveiller une frontière que nous aurons déjà passée ? Bonne idée.

Bergon l'étudia, dubitatif.

— Mais… serez-vous en état de voyager, Caz ?

— Je préfère voyager que me battre.

— Oui, soupira Bergon.

Le castillar dy Zavar, reconnaissant et attristé, leur offrit tous les rafraîchissements disponibles dans sa maison perturbée. Soucieux d'alléger son propre groupe, Bergon décida de laisser à ses soins les mules, les valets blessés et les chevaux estropiés, qui les rejoindraient dès que possible. Ferda choisit les chevaux les plus rapides et les plus solides, et s'assura qu'ils étaient bien bouchonnés, nourris et reposés avant l'heure du départ. Le march dy Sould avait récupéré après quelques heures de repos dans cet air plus nourrissant, si bien qu'il insista pour accompagner le royse. Dy Cembuer, qui avait souffert d'un bras cassé et de quelques plaies ouvertes après la bataille dans la cour, décida de rester avec les valets et les bagages pour assister dy Zavar jusqu'à ce que tous soient prêts à reprendre la route.

Cazaril fut soulagé de laisser à leurs victimes le problème de la justice appliquée aux brigands. Le départ de Bergon à minuit leur épargnerait d'assister aux pendaisons à l'aube. Il laissa la maisonnée en deuil récolter les perles de Dondo éparpillées, et fourra le reste de la rangée dans sa sacoche de selle.

Le royse et son escorte reprirent la route lorsque la lune s'éleva devant eux au-dessus des collines, remplissant les vallées enneigées d'une lumière liquide. Ils ne se retourneraient plus avant d'atteindre Valenda.

Chapitre 24

Ils traversèrent l'ouest de Chalion par la route que Cazaril avait empruntée à l'aller et changèrent de montures dans d'obscurs relais ruraux de l'ordre de la Fille. À chaque arrêt, il s'inquiétait de savoir s'il y avait de nouveaux messages codés d'Iselle ou des nouvelles de Valenda susceptibles de leur révéler quelle situation tactique les attendait. L'absence de lettres ne fit qu'accroître son malaise. Dans leur projet d'origine, ils comptaient rejoindre Iselle en compagnie de sa mère et de sa grand-mère, protégée par les troupes de son oncle dy Baocia. Cazaril craignait que cette situation idéale ait changé.

Ils marquèrent une pause au milieu de la nuit, à une quarantaine de kilomètres de Valenda, dans le village de Palma. La région de Palma était réputée pour ses riches pâturages ; il s'y trouvait un relais de l'ordre de la Fille consacré à l'élevage et au dressage de montures de rechange pour le temple. Cazaril était certain d'y obtenir des montures fraîches. Il pria également pour des nouvelles tout aussi fraîches.

Plutôt que de mettre pied à terre, Cazaril se laissa lentement tomber de sa monture essoufflée, d'un seul élan, comme si son corps était taillé dans un bloc de bois. Ferda et Foix durent le soutenir pour traverser l'enceinte du relais. Ils le conduisirent vers une chambre décatie, où brûlait un feu vif dans un âtre de pierre. On avait débarrassé en hâte une simple table de pin d'un jeu de cartes. Le commandant-dédicat du relais se précipita pour s'occuper d'eux. L'homme promena un regard incertain sur dy Tagille et dy Sould, sans s'arrêter sur Bergon, déguisé en valet depuis la frontière par souci de prudence. Le commandant se répandit en excuses embarrassées lorsqu'on lui présenta le royse, et envoya son lieutenant chercher de la nourriture et des boissons pour cette compagnie distinguée.

Cazaril s'assit près de la table sur une chaise matelassée, merveilleusement plus confortable qu'une selle même si la pièce semblait toujours tournoyer autour de lui. Il commençait à détester les chevaux presque autant que les bateaux. Il avait la tête remplie de coton, et mieux valait ne pas penser à son corps. Il interrompit l'échange de politesses formelles pour demander d'une voix rauque :

— Quelles nouvelles avez-vous de Valenda ? Détenez-vous de nouveaux messages de la royesse Iselle ?

Ferda plaça dans la main de Cazaril un verre de vin coupé d'eau, dont il vida d'un trait la moitié.

Le commandant-dédicat secoua la tête d'un air compréhensif, pinçant les lèvres.

— Le chancelier dy Jironal a fait entrer en ville mille autres de ses hommes la semaine dernière. Il en a mille de plus qui bivouaquent le long du fleuve. Ils patrouillent la campagne en espérant vous retrouver. Les chercheurs se sont arrêtés deux fois ici. Il tient Valenda sous sa coupe.

— Le provincar dy Baocia n'a-t-il pas d'hommes là-bas ?

— Si, deux compagnies, mais elles se sont vu surpasser. Personne n'a voulu commencer la bataille à l'enterrement du royse Teidez, et ensuite ils n'ont plus osé.

— Avez-vous des nouvelles du march dy Palliar ?

— C'était lui qui apportait les lettres. Nous n'avons plus de nouvelles directes de la royesse depuis cinq jours. On raconte qu'elle est très malade et ne voit personne.

Bergon ouvrit de grands yeux paniqués. Cazaril plissa les siens et frotta sa tête douloureuse.

— Malade ? Iselle ? Enfin… peut-être. Ou bien confinée par dy Jironal, et cette maladie n'est qu'une invention.

L'une des lettres de Cazaril était-elle tombée dans de mauvaises mains ? Il avait craint qu'ils ne doivent faire disparaître la royesse de Valenda comme par enchantement, ou la libérer par la force des armes, tout en préférant la première option. Il n'avait pas songé à ce qu'ils feraient si elle était, peut-être, tombée trop malade pour voyager en ce moment critique.

Son cerveau embrouillé développa une vision démente dans laquelle il s'arrangeait pour faire parvenir Bergon jusqu'à elle, se glissant furtivement sur les toits et les balcons comme un amant dans un poème. Non. Une nuit d'amour secrète entre eux briserait peut-être la malédiction, la renverrait aux dieux qui l'avaient semée, mais il voyait mal comment se débarrasser de deux milliers de soldats, tout ce qu'il y avait de plus concret.

— Orico est-il toujours en vie ? demanda-t-il enfin.

— À notre connaissance.

— Nous ne pouvons rien faire de plus ce soir. (Il n'aurait confiance en aucun projet conçu cette nuit-là par son cerveau épuisé.) Demain, Foix, Ferda et moi nous déguiserons pour aller à pied à Valenda, en mission de reconnaissance. Je vous garantis que je peux passer pour un vagabond des routes. Si nous n'y voyons pas plus clair, alors nous retournerons à Taryoon voir les gens du provincar dy Baocia, pour concevoir de nouveaux projets.

— Est-ce que vous pourrez marcher, Messire ? demanda Foix d'une voix dubitative.

Pour l'heure, il n'était même pas sûr de pouvoir se lever. Il jeta un regard noir et impuissant à Foix, qui était fatigué mais résistant, et plus rose que gris après ces journées passées en selle. Ah, la jeunesse.

— D'ici demain, oui. (Il se passa la main sur le visage.) Les hommes de Jironal comprennent-ils qu'ils ne sont pas des gardiens, mais des geôliers ? Qu'on les conduit à une possible trahison envers l'héritière légitime ?

Le commandant-dédicat se rassit et ouvrit les mains.

— Les deux parties se renvoient ce genre d'accusations comme des boules de neige, en ce moment même. On entend de tous côtés des rumeurs selon lesquelles la royesse a envoyé des agents vers Ibra pour contracter un mariage avec le nouvel héritier.

Il s'excusa auprès de Bergon d'un hochement de tête.

Au temps pour le secret de sa mission. Il réfléchit aux dangers que représentaient d'éventuelles alliances en Chalion. Iselle et Orico contre dy Jironal, très bien. Iselle contre Orico et dy Jironal… terrible danger.

— La nouvelle a reçu des accueils très divers, poursuivit le commandant. Les dames approuvent le choix de Bergon et voient cette histoire comme une romance, car on le dit séduisant et courageux. Les esprits plus sérieux redoutent de voir Iselle vendre Chalion au Renard, en raison de… sa jeunesse et son inexpérience.

En d'autres termes, *sa stupidité et sa frivolité*. Les esprits plus sérieux avaient beaucoup à apprendre. Les lèvres de Cazaril se retroussèrent sur un sourire caustique.

— Non, marmonna-t-il. Ce n'est pas ce que nous avons fait.

Il s'aperçut qu'il parlait à ses genoux, car son front avait inexplicablement glissé jusqu'à la table où il avait pris racine. Au bout d'une minute, la voix de Bergon lui murmura doucement à l'oreille :

— Caz ? Êtes-vous réveillé ?

— Mm.

— Souhaitez-vous aller vous coucher, Messire ? demanda le commandant-dédicat après une autre pause.

— Mm.

Il geignit quelque peu lorsque des mains puissantes passées sous ses bras le remirent debout. Ferda et Foix, qui le conduisaient quelque part en toute cruauté. La table était si confortable… Il ne se souvint même pas d'avoir atteint son lit.

Quelqu'un lui secouait l'épaule.

Une voix affreusement enjouée lui brailla à l'oreille :

— Levez-vous, capitaine Soleil !

Dans un spasme, il agrippa ses couvertures, tenta de se redresser, puis abandonna ses efforts. Il ouvrit de force ses paupières scellées, clignant des yeux à la lueur des bougies. Puis reconnut soudain la voix.

— Palli ! Tu es vivant !

Il avait eu l'intention de pousser un cri de joie. Au moins ses paroles étaient-elles audibles.

— Quelle heure est-il ?

Il lutta de nouveau pour se redresser, et parvint à se hisser sur un coude. Il semblait se trouver dans la chambre aux meubles stricts d'un officier-dédicat expulsé.

— À peu près une heure avant l'aube. Nous avons chevauché toute la nuit. Iselle m'a envoyé te chercher.

Il leva plus haut ses bougies. Bergon, inquiet, se tenait derrière son épaule, ainsi que Foix.

— Démons du Bâtard, Caz, tu ressembles à un cadavre.

— On m'a… déjà fait cette remarque.

Il se rallongea. Palli était là. Palli était là, et tout allait bien. Il pouvait décharger sur lui Bergon et tous ses fardeaux, rester allongé là, ne jamais se lever. Mourir seul et en paix, emportant avec lui Dondo loin de ce monde.

— Emmenez le royse Bergon et sa compagnie jusqu'à Iselle. Laissez-moi…

— Quoi, pour que les patrouilles de Jironal te retrouvent ? Pas si je tiens à ma future fortune de courtisan ! Iselle veut te voir sain et sauf avec elle, à Taryoon.

— Taryoon ? Pas Valenda ? (Il cligna des yeux.) Saine et sauve ?

Cette fois il se redressa et réussit à se mettre debout, puis perdit connaissance.

Le brouillard noir s'estompa et il trouva Bergon, les yeux écarquillés, qui le retenait affaissé au bord du lit.

— Assieds-toi une minute en baissant la tête, conseilla Palli.

Cazaril pencha docilement la tête vers son ventre douloureux. Si Dondo lui avait rendu visite la veille, il n'était pas chez lui. Mais il semblait que le fantôme lui ait donné quelques coups de pied dans son sommeil. De l'intérieur.

Bergon dit doucement :

— Il n'a rien mangé à notre arrivée hier soir. Il s'est effondré aussitôt, et nous l'avons mis au lit.

— Je vois, dit Palli, avant de désigner du pouce Foix qui hocha la tête et sortit de la pièce.

— Taryoon ? marmonna Cazaril.

— Oui. Elle a faussé compagnie aux deux mille hommes de Jironal, rien que ça. Enfin, dans un premier temps, son oncle dy Baocia a retiré ses propres troupes pour rentrer chez lui. Ces idiots l'ont laissé partir ; ils ont cru y voir un danger qui s'éloignait d'eux. Oui, et libre de se déplacer à sa guise ! C'est alors qu'Iselle a chevauché pendant cinq jours de suite, toujours escortée par une troupe de la cavalerie de Jironal, et leur a donné bien plus d'exercice qu'ils n'en souhaitaient. Elle les a totalement convaincus qu'elle comptait s'échapper pendant la chevauchée. Alors un jour où elle et dame Betriz sont allées se promener à pied avec la vieille dame dy Hueltar, ils l'ont laissée faire. J'attendais avec deux chevaux sellés, et deux femmes qui ont procédé avec elles à un échange de capes avant de suivre la vieille dame. Nous avons descendu ce ravin à une vitesse… La vieille provincara a tenté de cacher sa fuite le plus longtemps possible, en faisant croire qu'elle était malade et restait dans les appartements de sa mère. Ils ont bien dû découvrir la ruse, mais je parierais qu'elle était en sécurité chez son oncle bien avant que Valenda soit au courant de sa fuite. Cinq dieux, quelles cavalières, ces filles ! Quatre-vingt-dix kilomètres à travers champs entre le crépuscule et l'aube, à la pleine lune, en ne changeant qu'une fois de montures.

— « Ces » filles ? demanda Cazaril. Dame Betriz est en sécurité aussi ?

— Oh, oui. Et gaies comme des pinsons, toutes les deux, quand je les ai quittées. Elles m'ont fait me sentir vieux.

Cazaril regarda Palli, son cadet de cinq ans, mais ne releva pas.

— Ser dy Ferrej… la provincara, Dame Ista ?

Le visage de Palli s'assombrit.

— Toujours otages à Valenda. Ils ont tous dit aux demoiselles d'y aller, tu sais.

— Ah.

Foix lui apporta sur un plateau un bol de bouillie de haricots, chaude et savoureuse, et Bergon lui-même arrangea ses oreillers puis l'aida à se redresser pour manger. Cazaril s'était cru affamé, mais se trouva incapable d'avaler plus de quelques bouchées. Palli souhaitait prendre la route tant que l'obscurité masquait toujours leur nombre. Cazaril s'efforça d'y mettre du sien et laissa Foix l'aider à se rhabiller. Il redoutait de remonter à cheval.

Dans la cour de l'étable, il découvrit que leur escorte, une dizaine d'hommes de l'ordre de la Fille qui avaient suivi Palli depuis Taryoon, attendait avec une litière installée entre deux montures. Indigné dans un premier temps, il laissa Bergon le convaincre d'y monter, puis la troupe se mit en route dans l'obscurité pâlissante. Les petites routes et les sentiers qu'ils empruntèrent firent ballotter la litière au point de lui soulever le cœur. Au bout d'une demi-heure, il demanda grâce et entreprit de monter à cheval. Quelqu'un avait pensé à lui apporter dans ce but précis un cheval paisible au pas régulier, et il s'accrocha à la selle et supporta sa démarche cahoteuse tandis qu'ils contournaient Valenda et les patrouilles de ses occupants.

Dans l'après-midi, ils parvinrent au bas de pentes boisées pour rejoindre une route plus large, et Palli chevaucha à ses côtés. Ce dernier le regardait curieusement, un peu en biais.

— On m'a dit que tu fais des miracles avec les mules.

— Pas moi. La déesse. (Cazaril eut un sourire tordu.) Il semble qu'elle sache y faire avec les mules.

— On m'a dit aussi que tu es sans pitié avec les brigands.

— Nous étions une compagnie puissante et bien armée. Si les brigands n'avaient pas été dressés contre nous par dy Joal, ils n'auraient jamais rien tenté.

— Dy Joal était l'une des plus fines lames de Jironal. Foix dit que tu l'as vaincu en quelques secondes.

— C'était une erreur. Et puis, son pied a glissé.

Un tic agita les lèvres de Palli.

— Tu n'es pas obligé d'aller le raconter à tout le monde, tu sais. (Il regarda quelques instants droit devant lui, entre les oreilles de son cheval.) Ainsi, le garçon que tu avais défendu sur la galère roknari était Bergon en personne.

— Oui. Kidnappé par les hommes de son frère, comme je l'ai appris. Maintenant je comprends pourquoi la flotte ibrane s'obstinait tant à nous poursuivre.

— Et tu n'as jamais deviné sa vraie identité ? Ni alors, ni plus tard ?

— Non. Il avait… beaucoup plus de maîtrise que j'en avais perçu à l'époque. En voilà un qui fera un roya bon à suivre, quand viendra son heure.

Palli regarda Bergon qui chevauchait avec dy Sould, et se signa, émerveillé.

— Les dieux sont de notre côté, sans aucun doute. Pouvons-nous échouer ?

Cazaril eut un rire amer.

— Oui. (Il songea à Ista, Umegat, au valet sans langue. À la mort qui le guettait lui-même.) Et quand nous échouons, les dieux aussi.

Il ne pensait pas l'avoir déjà compris auparavant, pas en ces termes.

Au moins Iselle était-elle en sécurité pour l'instant, derrière le bouclier de son oncle ; en tant qu'héritière, elle attirerait d'autres hommes ambitieux à ses côtés. Il y en aurait beaucoup, dont Bergon n'était pas le moindre, pour la protéger de ses ennemis, même si les conseillers assez sages pour la protéger aussi de ses amis étaient plus difficiles à trouver… Mais comment pourrait-il préserver Betriz des dangers qui se profilaient ?

— As-tu eu l'occasion d'apprendre à connaître dame Betriz pendant que tu escortais le groupe vers Valenda, et par la suite ? demanda-t-il à Palli.

— Oh, oui.

— Jolie fille, tu ne trouves pas ? As-tu parlé à son père, ser dy Ferrej ?

—Oui. Un homme tout à fait honorable.

—C'est aussi mon opinion.

—Elle s'inquiète beaucoup pour lui en ce moment, ajouta Palli.

—Je l'imagine bien. Et lui pour elle, à la fois pour maintenant et pour plus tard. Si… si tout se passe bien, elle sera la favorite de la future royina. Ce genre d'influence politique peut représenter bien plus aux yeux d'un homme astucieux qu'une simple dot matérielle. Si l'homme a suffisamment d'esprit pour le voir.

—Sans aucun doute.

—Elle est intelligente, énergique…

—Et elle monte très bien à cheval.

Palli parlait avec une étonnante sécheresse.

Cazaril avala sa salive, et s'efforçant d'adopter un ton badin, lâcha :

—Tu ne l'imaginerais pas en future marchesse dy Palliar ?

Un coin de la bouche de Palli se releva.

—Je crains d'avoir aucune chance. Il me semble qu'elle a un autre homme en vue. À en juger par toutes les questions qu'elle m'a posées sur lui, en tout cas.

—Oh ? Qui donc ?

Il tenta, brièvement et en vain, de se convaincre que Betriz rêvait de Rinal, par exemple, ou de l'un des autres courtisans de Cardegoss… Des poids plume, tous autant qu'ils étaient. Peu d'hommes jeunes avaient la richesse ou l'influence suffisantes pour la mériter, et aucun n'avait l'esprit. En fait, à présent que Cazaril se penchait sur la question, aucun d'entre eux n'était assez bon pour elle.

—C'était sous le sceau de la confidence. Mais je crois vraiment que tu devrais lui poser la question quand nous atteindrons Taryoon.

Palli sourit et pressa son cheval.

Cazaril réfléchit à ce qu'impliquait le sourire de Palli, et au bonnet de fourrure blanche toujours rangé dans ses sacoches de selle. *La femme que tu aimes t'aime aussi ?* Avait-il là-dessus le moindre doute ? Il y avait, hélas, suffisamment d'obstacles pour transformer en peine ces joyeux soupçons. *Trop tard, trop tard, trop tard.* À sa fidélité, il ne pourrait renvoyer que du chagrin ; sa bière serait trop dure et trop étroite pour l'offrir comme lit de noces.

Mais c'était néanmoins une note d'espoir dans cette mortelle confusion, comme la découverte d'un survivant sur une épave de bateau, ou d'une fleur s'épanouissant au milieu d'un champ calciné. Dans tous les cas… elle n'aurait qu'à guérir de l'attachement malheureux qu'elle lui portait. Et lui devrait faire appel à toute sa maîtrise pour ne pas l'encourager. Il se demanda s'il pourrait lui vendre Palli en le faisant passer pour la dernière requête d'un mourant.

À vingt-cinq kilomètres de Taryoon, ils furent accueillis par une importante troupe de gardes baociens. *Eux* avaient une litière portée à la main, et des hommes qui se relayaient à la tâche ; trop épuisé pour faire preuve d'autre chose que de reconnaissance, Cazaril se laissa hisser sans protester. Il dormit même quelques heures, enveloppé dans un duvet de plumes, la tête douloureuse soutenue par des oreillers. Il se réveilla enfin pour voir le morne paysage d'hiver s'assombrir en défilant sous ses yeux comme un rêve.

Alors voilà ce qu'on ressentait en mourant. Allongé, ce n'était plus si terrible. *Mais je vous en prie, laissez-moi seulement vivre pour voir Iselle libérée de cette malédiction.* C'était une grande tâche, qu'un homme pouvait considérer en songeant : *Telle a été ma vie ; c'était bien suffisant.* À présent il ne demandait rien de plus que la permission de finir ce qu'il avait commencé. Le mariage d'Iselle, la sécurité de Betriz : si les dieux pouvaient seulement lui accorder ces deux cadeaux, il partirait tranquille et satisfait. *Je suis fatigué.*

Ils franchirent les portes de Taryoon, capitale baocienne, une heure après le coucher du soleil. Des citoyens curieux s'assemblaient sur le chemin de leur petite procession, ou marchaient à côté avec des torches pour éclairer leur route, ou se précipitaient sur leurs balcons pour les regarder passer. À trois occasions, des femmes lancèrent des fleurs, que les compagnons ibranes de Bergon saisirent après une première hésitation ; une chance que les dames sachent viser. Les jeunes seigneurs leur envoyèrent en retour des baisers dans les airs, enthousiastes et pleins d'espoir. Des murmures intéressés flottaient dans leur sillage, surtout du haut des balcons. Près du centre-ville, Bergon et ses amis, escortés par Palli, furent détournés vers le palais du riche march dy Huesta, l'un des partisans principaux du provincar, qui se trouvait aussi être son beau-frère. Les gardes baociens portèrent la litière de Cazaril à une allure rapide vers le nouveau palais du provincar, au bout de la rue qui menait à la vieille forteresse étroite et menaçante.

Serrant contre lui ses précieuses sacoches de selle qui renfermaient l'avenir de deux pays, Cazaril fut conduit par le gardien du château vers une chambre à coucher réchauffée par un feu. La lueur de nombreuses bougies révéla deux serviteurs qui attendaient avec une baignoire sabot, de l'eau chaude, du savon, des ciseaux, des parfums et des serviettes. Un troisième homme apporta un plateau de fromage doux, des gâteaux aux fruits et une grande quantité d'infusions chaudes. Quelqu'un qui ne voulait prendre aucun risque avec la garde-robe de Cazaril avait étendu sur le lit des habits de rechange, une tenue de deuil complète, depuis les sous-vêtements frais jusqu'à une ceinture d'argent et d'améthystes, en passant par des brocarts et des velours. La transformation d'épave de route en courtisan ne prit que vingt minutes.

Cazaril tira de ses sacoches crasseuses son paquet de documents, enveloppés dans de la toile cirée par-dessus la soie, et vérifia qu'ils n'étaient pas souillés de sang ou de poussière. Rien de fâcheux ne s'était infiltré. Il se débarrassa de la toile cirée plus très nette et fourra les papiers sous son bras. Le gardien du château guida Cazaril à travers une cour où des ouvriers s'affairaient à fixer les derniers pavés à la lueur des torches, puis vers un bâtiment attenant. Ils traversèrent une série de pièces jusqu'à une chambre spacieuse et carrelée, adoucie à grand renfort de tentures et de tapis. Des candélabres de fer de taille humaine portant chacun cinq chandelles, forgés selon des motifs complexes, répandaient une tiède lueur. Iselle était assise sur une large chaise sculptée près du mur le plus éloigné, accompagnée de Betriz et du provincar, eux aussi vêtus d'habits de deuil.

Ils levèrent les yeux lorsqu'il entra, les femmes avec impatience, dy Baocia avec une expression tempérée par la prudence. L'oncle d'Iselle ne présentait qu'une très légère ressemblance avec sa jeune sœur Ista, lui étant solide plutôt que frêle, sans être grand non plus, et partageait avec Ista des cheveux d'un brun terne, devenus depuis grisonnants. Près de lui se tenaient un homme robuste que Cazaril prit pour son secrétaire, et un autre, plus âgé, vêtu des robes aux cinq couleurs de l'archidivin de Taryoon. Cazaril l'inspecta, plein d'espoir, traquant toute étincelle de lumière divine, mais ce n'était qu'un simple dévot.

L'épais nuage obscur enveloppait toujours Iselle pour la seconde vue de Cazaril, bouillonnant d'une manière paresseuse et menaçante. *Mais plus pour très longtemps, par la grâce de la Dame.*

— Bienvenue chez vous, Castillar, commença Iselle.

La chaleur de sa voix lui fit l'effet d'une caresse sur son front, et son emploi du titre sonnait comme un avertissement voilé.

Cazaril se signa.

— Cinq dieux, Royesse, tout va bien.

— Avez-vous les traités ? demanda dy Baocia, son regard fixé sur le paquet que Cazaril tenait sous son bras. (Il tendit une main impatiente.) Nous nous sommes fait beaucoup de soucis à ce sujet pendant nos conseils.

Avec un léger sourire, Cazaril alla s'agenouiller aux pieds d'Iselle, et parvint au prix d'un petit effort à ne pas geindre de douleur, ni trébucher avec une inconvenante maladresse. Il effleura des lèvres le dos des mains qu'elle lui tendit, y déposa le paquet de documents, dans ces mains-là seulement, lorsqu'elles se retournèrent.

— Tout s'est déroulé selon vos instructions.

Les yeux d'Iselle brillaient de satisfaction.

— Je vous remercie, Cazaril. (Elle leva les yeux vers le secrétaire de son oncle.) Allez chercher une chaise pour mon ambassadeur, je vous prie. Il vient de faire un voyage long et pénible sans prendre beaucoup de repos.

Elle se mit à déplier la soie.

Le secrétaire apporta une chaise munie d'un coussin rembourré de laine. Cazaril le remercia d'un sourire un peu figé et réfléchit à la manière de se relever avec grâce. À sa grande gêne, Betriz s'agenouilla près de lui, puis la seconde d'après, l'archidivin fit de même, et tous deux parvinrent à le redresser. Les yeux sombres de Betriz l'examinèrent, s'arrêtant brièvement sur son ventre distendu avec un éclair d'inquiétude, mais elle ne put rien faire d'autre en cet endroit que l'encourager d'un sourire.

Iselle était occupée à lire le contrat de mariage, mais prit le temps, lorsque Cazaril s'assit sur la chaise, de lui adresser un petit sourire. Cazaril l'observa patiemment. À la fin de chaque page, elle tendait le rectangle de parchemin calligraphié et paraphé à son oncle attentif, à qui l'archidivin les arrachait presque à son tour. Il rangeait soigneusement les pages dans l'ordre lorsqu'elles lui revenaient.

Dy Baocia joignit les mains et regarda l'archidivin dont les yeux se hâtaient jusqu'au bas de la dernière page. Sans un mot, il tendit le parchemin au robuste secrétaire.

— Alors ? demanda le provincar.

— Elle n'a pas vendu Chalion. (L'archidivin se signa et ouvrit les deux mains, paumes tendues vers le haut, pour remercier les dieux.) Elle vient d'acheter Ibra ! Mes félicitations, Royesse, à votre ambassadeur… et à vous-même.

— À nous tous, ajouta dy Baocia.

Les trois hommes semblaient nettement plus joyeux.

Cazaril s'éclaircit la voix.

— Certes, mais j'espère que vous ne le direz pas en ces termes au royse Bergon. Les traités présentent des avantages potentiels pour les deux parties, après tout. (Il jeta un coup d'œil au secrétaire.) Même si recopier les articles d'une belle et large écriture pour les afficher sur un mur aux portes du palais, à la vue de tous, apaiserait les craintes de votre peuple.

Dy Baocia fronça les sourcils, hésitant, mais l'archidivin acquiesça :

— Une très sage suggestion, Castillar.

— Voilà qui me plairait beaucoup, ajouta Iselle d'une voix douce. Je vous prie, mon oncle, d'en faire ainsi.

Un page essoufflé fit irruption dans la chambre, pour s'arrêter en dérapant devant dy Baocia et lâcher :

— Votre dame m'avertit que le royse Bergon et ses gens approchent des portes, et que vous devez la rejoindre sur-le-champ pour l'accueillir.

— J'y vais de ce pas. (Le provincar inspira et sourit à sa nièce.) Et ainsi, nous vous amenons votre promis. Rappelez-vous qu'il vous faut demander tous les baisers de soumission, sur le front, les mains et les pieds. Chalion doit être vue en train de diriger Ibra. Protégez l'honneur et l'orgueil de votre maison. Nous ne devons pas le laisser prendre l'avantage sur vous, sinon il deviendra très vite outrecuidant. Vous devez débuter comme vous souhaitez poursuivre.

Iselle plissa les yeux. Autour d'elle, l'ombre s'obscurcit et sembla resserrer son emprise.

Cazaril se redressa et lui lança un regard affolé en secouant légèrement la tête.

— Le royse Bergon a lui aussi son orgueil, et non moins honorable que le vôtre, Royesse. Et lui aussi se tiendra ici devant ses propres seigneurs.

Elle hésita, puis ses lèvres prirent un pli plus ferme.

— Je compte bien commencer comme je poursuivrai.

Soudain la douceur de sa voix cédait la place à une dureté d'acier. Elle désigna d'un geste le contrat.

— La substance de notre égalité se trouve ici, mon oncle. Mon orgueil ne demande pas de preuves plus visibles. Nous échangerons les baisers de bienvenue, de l'un à l'autre, sur les mains seulement.

L'ombre se délaya un peu ; Cazaril fut parcouru d'un étrange frisson, comme si une ombre prédatrice venait de passer au-dessus de sa tête avant de s'éloigner, contrariée.

— Une admirable discrétion, accepta Cazaril, soulagé.

Le page, qui dansait d'un pied sur l'autre, maintint la porte ouverte pour le provincar qui s'y engouffra dans la hâte.

— Sire Cazaril, comment s'est déroulé votre voyage ? l'accula Betriz, profitant de cet interlude. Vous semblez tellement… fatigué.

— Une épuisante chevauchée, mais tout s'est très bien passé.

Remuant sur sa chaise, il lui renvoya un sourire. Betriz haussa ses sombres sourcils.

— Je crois que nous devrions faire entrer Ferda et Foix, afin qu'ils nous en disent plus. Tout n'était sans doute pas aussi simple et ennuyeux.

— En fait, nous avons eu une petite altercation avec des brigands dans les montagnes. Une initiative signée dy Joal, j'en suis presque sûr. Bergon s'en est très bien tiré. Avec le Renard… les choses ont été bien plus simples que je l'aurais cru, pour une raison inattendue. (Il se pencha et baissa la voix pour elles deux.) Vous souvenez-vous de mon voisin de banc sur les galères, Danni, le garçon de bonne famille dont je vous ai parlé ?

Betriz hocha la tête, et Iselle dit :

— Je ne suis pas près de l'oublier.

— J'ignorais à quel point c'était une bonne famille. Danni était le nom qu'avait donné Bergon pour cacher son identité à ses ravisseurs. Il semble que son enlèvement ait été un complot fomenté par le défunt héritier d'Ibra. Bergon m'a reconnu alors que je me présentais à la cour ibrane, mais lui avait grandi et changé au point que j'ai failli ne pas le reconnaître.

Les lèvres d'Iselle s'ouvrirent sous l'effet de la surprise. Elle finit par ajouter :

— C'est *certainement* la déesse qui vous a donné à moi.

— Oui, admit-il à contrecœur. J'en suis venu moi-même à cette conclusion.

Les yeux d'Iselle se tournèrent vers la double porte de l'autre côté de la pièce. Ses mains se tortillèrent sur ses genoux sous l'effet d'une nervosité soudaine.

— Comment vais-je le reconnaître ? Est-il… séduisant ?

— J'ignore comment les dames jugent de ces choses-là…

La porte s'ouvrit en grand. Une foule de personnes la franchit : pages, suivants, dy Baocia et son épouse, Bergon, dy Sould et dy Tagille, et Palli fermant la marche. Les Ibranes aussi avaient eu droit à un brin de toilette et portaient les plus belles tenues qu'ils avaient pu emporter dans leurs maigres bagages, agrémentées, soupçonnait Cazaril, de quelques emprunts de dernière minute. Les yeux de Bergon, paniqué mais souriant, allèrent d'Iselle à Betriz avant de s'arrêter sur Iselle. Celle-ci observa les trois visages étrangers, saisie d'une terreur momentanée.

Le grand Palli, qui se tenait derrière Bergon, désigna le royse et articula : « Celui-ci ! » Les yeux gris d'Iselle s'illuminèrent, et ses joues pâles reprirent leurs couleurs. Elle tendit les mains.

— Mon Seigneur Bergon dy Ibra, dit-elle d'une voix qui ne tremblait qu'à peine. Bienvenue en Chalion.

— Ma Dame Iselle dy Chalion, lui répondit Bergon à bout de souffle, se dirigeant vers elle. Dy Ibra vous remercie.

Il s'abaissa sur un genou et lui embrassa les mains. Elle pencha la tête pour embrasser les siennes.

Bergon se releva pour présenter ses compagnons, qui s'inclinèrent convenablement. Avec un léger bruit de raclement, le provincar et l'archidivin eux-mêmes approchèrent une chaise pour Bergon et la placèrent à côté d'Iselle, de l'autre côté de celle de Cazaril. D'une bourse de cuir tendue par dy Tagille, Bergon tira son cadeau de salut royal, un collier de fines émeraudes – l'un des derniers de sa mère que le Renard n'avait pas mis en gage pour acheter des armes. Bergon avait failli apporter une rangée de perles ibranes, avant de les échanger sur les conseils pressants de Cazaril.

Dy Baocia prononça un bref discours de bienvenue, qui aurait pu durer longtemps si la tante d'Iselle, croisant le regard de sa nièce, n'avait profité d'une pause pour inviter l'assemblée à rejoindre la pièce voisine où seraient servis des rafraîchissements. On laissa le jeune couple à des discussions privées, qu'ils tinrent penchés l'un vers l'autre, largement inaudibles aux personnes indiscrètes qui s'attardaient près des portes ouvertes et risquaient souvent un œil pour voir évoluer les choses.

Cazaril n'était pas le dernier à ce faire, qui tendait le cou depuis sa chaise déplacée et passait son temps à grignoter de petits gâteaux et mordre ses articulations. Leurs voix se faisaient parfois plus fortes, parfois plus basses. Bergon décrivait des gestes, et Iselle rit deux fois tout haut, les yeux grands ouverts. Iselle baissa la voix pour parler avec animation ; Bergon pencha la tête pour l'écouter attentivement, et ne quitta jamais son visage des yeux, sauf pour regarder Cazaril à deux occasions, à la suite de quoi ils baissèrent davantage la voix.

Dame Betriz lui apporta un verre de vin coupé d'eau, hochant la tête en réponse à ses remerciements chaleureux. Cazaril crut deviner à qui revenait l'initiative de l'eau chaude, des serviteurs, de la nourriture et des habits qui avaient anticipé son arrivée. La peau fraîche de Betriz luisait d'un éclat doré lisse et jeune à la lueur des chandelles, mais sa robe sombre et ses cheveux tirés en arrière lui conféraient une élégance d'une maturité inattendue. Une énergie ardente, sur le point de se muer en puissance et en sagesse…

— Dans quel état avez-vous laissé Valenda, à votre avis ? lui demanda Cazaril.

— Une grande tension. Mais nous espérons qu'elle s'amenuisera en l'absence d'Iselle. Dy Jironal n'osera tout de même pas faire preuve de violence envers la veuve et la belle-mère du roya Ias ?

— Mm, pas dans un premier temps. Mais avec le désespoir, tout devient possible.

— C'est exact. Ou du moins, les gens cessent de débattre avec vous de ce qui est possible ou non.

Cazaril réfléchit à la course nocturne et sauvage des demoiselles qui avait retourné la situation à leur avantage de façon si abrupte.

— Comment vous êtes-vous enfuies ?

— Eh bien, dy Jironal semblait s'attendre à nous voir tous trembler dans notre château, intimidés par les forces armées qu'il déployait. Vous imaginez très bien ce qu'il en était avec la vieille provincara. Les espionnes de Jironal observaient Iselle en permanence, mais pas moi. J'allais en ville accompagnée de Nan, pour faire de petites courses et observer autour de nous. Toutes les défenses de ses hommes étaient tournées vers l'extérieur, prêtes à repousser d'éventuels sauveteurs. Et personne ne nous empêchait d'aller au temple, où logeait sire dy Palliar, afin de prier pour la santé d'Orico. (Son sourire creusa une fossette dans sa joue.) Nous étions devenues très pieuses, tout d'un coup. (La fossette disparut.) Ensuite la provincara a appris, j'ignore par quelle source, que le chancelier avait envoyé son plus jeune fils et une troupe de sa propre cavalerie ramener Iselle à Cardegoss, car Orico était mourant. Ce qui est peut-être vrai, à notre connaissance, mais fournissait une raison de plus pour ne pas la placer entre les mains de Jironal. Il devenait donc urgent de nous échapper, ce que nous avons fait.

Palli s'était approché pour écouter ; dy Baocia les rejoignit. Cazaril adressa un hochement de tête à dy Baocia.

— Madame votre mère m'a envoyé par écrit la promesse de soutien de vos collègues provincars. Avez-vous reçu d'autres assurances ?

Dy Baocia débita la liste des hommes auxquels il avait écrit, ou dont on lui avait parlé. Elle n'était pas aussi longue que l'aurait espéré Cazaril.

—Voilà pour les mots. Qu'en est-il des troupes ?

Dy Baocia haussa les épaules.

—Deux de mes voisins ont promis à Iselle un soutien plus matériel en cas de besoin. Ils n'apprécient pas davantage que moi la vue des troupes personnelles du chancelier en train d'occuper l'une de mes villes. Le troisième... Eh bien, il est marié à l'une des filles dy Jironal. Il se tient tranquille pour l'instant et ne parle à personne s'il peut l'éviter.

—C'est compréhensible. Quelqu'un sait-il où se trouve dy Jironal en ce moment ?

—À Cardegoss, sans doute, dit Palli. L'ordre militaire de la Fille demeure, même en l'absence de saint général. Dy Jironal redoutait de s'éloigner trop longtemps, par crainte que dy Yarrin cherche à convaincre Orico de rejoindre son camp. Orico lui-même ne tient qu'à un fil, d'après ce que m'a confié dy Yarrin sous le sceau du secret. Il est malade, mais pas idiot, je crois : le roya semble utiliser sa propre maladie pour retarder sa décision, en essayant de n'offenser personne.

—Ce qui lui ressemble bien. (Cazaril tripota sa barbe et leva les yeux vers dy Baocia.) En parlant des soldats du temple, quelle est la taille des forces de l'ordre du Frère postées à Taryoon ?

—Une simple compagnie, d'environs deux cents hommes, répondit le provincar. La garnison n'est pas ici aussi importante qu'en Guarida ou dans les autres provinces qui bordent les principautés roknari.

Ce qui représentait deux cents hommes à l'intérieur des murs de Taryoon, réfléchit Cazaril. Dy Baocia déchiffra son expression.

—L'archidivin s'entretiendra avec leur commandant plus tard dans la soirée. Je crois que le traité de mariage aidera à le convaincre que la nouvelle héritière est loyale au, hem, futur de Chalion.

—Et cependant, ils ont leurs serments d'obéissance, murmura Palli. Mieux vaudrait ne pas les contraindre à les rompre.

Cazaril considéra la distance et le temps nécessaires.

—La nouvelle de la fuite d'Iselle aura sans doute déjà atteint Cardegoss. Celle de l'arrivée de Bergon la suivra de peu. À ce stade, dy Jironal verra la régence sur laquelle il comptait lui filer entre les doigts.

Dy Baocia sourit d'exultation.

—À ce stade, tout sera terminé. Les événements évoluent plus vite qu'il aurait pu l'anticiper, lui ou tout autre.

Le regard en biais qu'il posa sur Cazaril mêlait crainte et respect.

—C'est préférable ainsi, dit Cazaril. Il ne faut pas qu'il se voie forcé de commettre des actes sur lesquels il ne pourra ensuite plus revenir.

Si deux camps, tous deux maudits, s'affrontaient dans une guerre civile, il était parfaitement possible que les deux soient perdants. Ce serait le summum parfait du cadeau mortel du Général Doré, si Chalion tout entière s'effondrait sur elle-même en une telle agonie. La *victoire* consistait à jouer de finesse pour éviter de verser le sang. Même si l'on pouvait présumer que lorsque Bergon arracherait Iselle à l'ombre, le pauvre Orico y resterait sans doute, ainsi que dy Jironal partageant le destin de son maître de nom… *Et qu'adviendrait-il alors d'Ista ?*

—Pour aller droit au but, beaucoup de choses dépendent de la mort du roya. Il pourrait s'accrocher, vous savez.

La malédiction entraînerait sans doute Orico vers le destin le plus atroce. Ce qui semblerait déjà un guide plus fiable s'il n'existait pas tant de formes que puisse prendre une catastrophe. Cazaril comprit que la ménagerie d'Umegat protégeait d'un mal bien plus grand que la simple maladie.

—En regardant de l'avant, nous devons réfléchir à la façon d'amadouer le chancelier dy Jironal : à la fois avant le couronnement d'Iselle, et après.

—Je ne crois pas qu'il se laissera facilement amadouer, Caz, objecta Palli. Il est roya de Chalion, en tout sauf en nom, depuis plus d'une décennie.

—Alors il doit bien en être *fatigué*, soupira Cazaril. Quelques morceaux de choix offerts à ses fils l'adouciraient. La loyauté familiale est sa faiblesse, son angle mort. (Ou du moins, c'était ce que suggérait la malédiction, qui déformait toute vertu en vice correspondant.) Apaisez-le, mais faites preuve de générosité envers son clan… Arrachez-lui les dents lentement et doucement, et ce sera terminé.

Il leva les yeux vers Betriz, auditrice attentive ; oui, il pouvait compter sur elle pour rapporter ce débat à Iselle, plus tard.

Dans l'autre chambre, Iselle et Bergon se levèrent. Elle posa la main sur son bras offert, et chacun d'entre eux lançait à son partenaire des regards timides ; Cazaril imaginait difficilement deux personnes plus grandement satisfaites l'une de l'autre. Même si lorsque Iselle entra dans la salle de réception avec son fiancé, elle semblait tout aussi satisfaite d'elle-même. La fierté de Bergon se traduisait par un air un peu plus ébloui, même s'il gratifia Cazaril, qui se levait péniblement de sa chaise, d'un hochement de tête à la détermination rassurante.

—L'héritière de Chalion, commença Iselle avant de marquer une pause.

—Et l'héritier d'Ibra, ajouta Bergon.

—Sont heureux de vous annoncer, poursuivit Iselle, qu'ils prononceront leurs vœux de mariage devant les dieux, les nobles invités ibranes et les gens de cette ville…

—… dans le temple de Taryoon, après-demain midi, conclut Bergon.

La petite assemblée se répandit en félicitations et cris de joie. Et se mit sans doute à calculer la vitesse à laquelle pouvait chevaucher une colonne de troupes ennemies ; question dont la réponse s'avérait être : pas assez vite.

Unis et renforcés mutuellement, les deux jeunes dirigeants pourraient par la suite agir en proche coordination. Une fois Iselle mariée et libérée de la malédiction, le temps jouerait avec eux. Chaque jour leur assurerait un soutien plus grand. Sous l'effet du plus immense soulagement, Cazaril se laissa retomber sur son siège, les lèvres dessinant un rictus causé par les crampes tordant son ventre.

Chapitre 25

Dans un palais agité par les préparatifs, Cazaril se retrouva, le lendemain, seul à ne rien faire. Iselle était arrivée à Taryoon avec à peine plus que ses vêtements du voyage ; toute la correspondance de Cazaril et les livres de ses chambres étaient restés à Cardegoss. Lorsqu'il décida d'aller la voir pour lui demander ce qu'elle attendait de lui, il trouva ses appartements surpeuplés d'habilleuses un rien hystériques dirigées par sa tante dy Baocia, qui entraient et sortaient les bras chargés de piles de vêtements.

Iselle se débattit pour sortir la tête d'un cocon de soieries et répondit :

— Vous venez de parcourir plus de mille kilomètres pour moi. Allez vous *reposer*, Cazaril. (Elle tendit docilement le bras pour permettre à une femme d'y essayer une manche.) Non, mieux encore : composez deux lettres que le clerc de mon oncle recopiera, l'une adressée à tous les provincars de Chalion, l'autre aux archidivins de tous les temples, pour annoncer mon mariage. Quelque chose qu'ils pourront lire aux gens tout haut. Ce devrait être une tâche agréable et tranquille. Quand vous aurez les dix-sept… non, les seize…

— Dix-sept, confirma sa tante, tout près de son ourlet. Votre oncle en voudra une pour ses archives de chancellerie. Tenez-vous droite.

— Quand tout sera prêt, mettez-les de côté afin que Bergon et moi puissions les signer demain après le mariage, et assurez-vous ensuite de leur envoi.

Elle hocha fermement la tête, au grand agacement de l'habilleuse qui tentait d'ajuster son encolure.

Cazaril se retira avant de recevoir un coup d'épingle et s'appuya un moment sur la rambarde de la galerie.

Le temps était exquis, annonçant le printemps. Le ciel était d'un bleu délavé, et un léger soleil éclairait la cour pavée de neuf, où des jardiniers transportaient dans des bacs des orangers en fleur, destinés à entourer la fontaine à présent bouillonnante. Il arrêta un serviteur de passage pour se faire apporter un pupitre à installer au soleil. Ainsi qu'une chaise munie d'un coussin doux et épais, car bien que la majeure partie de ces mille kilomètres ne soit plus qu'un vague souvenir dans son esprit, son postérieur semblait se les rappeler très bien. Il se penchait en arrière pour laisser la douce lumière tomber sur son visage, fermait les yeux pour composer ses phrases, puis se penchait vers l'avant pour griffonner. Le clerc du provincar emporta bientôt le résultat pour les recopier d'une écriture beaucoup plus élégante, et il se laissa de nouveau aller en arrière, les yeux fermés.

Il ne les ouvrit même pas en entendant approcher des pas, jusqu'à ce qu'un bruit métallique sur la table le fasse sursauter. Il leva les yeux pour découvrir un serviteur, dirigé par dame Betriz, qui déposait un plateau contenant du thé, une cruche de lait, une assiette de fruits secs, et du pain couvert d'un glaçage de miel et de noix. Elle congédia le serviteur et versa elle-même le thé, puis poussa le pain vers lui, et s'assit au bord de la fontaine pour le regarder manger.

— Vous avez de nouveau le visage émacié. Ne mangez-vous pas correctement ? demanda-t-elle avec sévérité.

— Je l'ignore. Quel soleil délicieux ! J'espère qu'il durera jusqu'à demain.

— Dame dy Baocia dit que ce sera le cas, même si elle pense que nous aurons de la pluie d'ici au Jour de la Fille.

Le parfum des orangers en fleur rassemblés à l'abri de la cour semblait se mêler au goût de miel dans sa bouche. Il avala du thé pour faire passer le pain et remarqua, avec un vague émerveillement :

— Dans trois jours, il se sera passé un an précisément depuis mon arrivée au château de Valenda. Je voulais être marmiton.

La fossette apparut sur la joue de Betriz.

— Je m'en souviens. C'était à la veille du Jour de la Fille que nous nous sommes rencontrés pour la première fois, à la table de la provincara.

— Oh, je vous avais vue auparavant. En train de rentrer dans la cour à cheval avec Iselle et… et Teidez.

Et ce pauvre dy Sanda.

Elle sembla étonnée.

— Vraiment ? Où étiez-vous ? Je ne vous avais pas vu.

— Assis sur un banc près du mur. Vous étiez trop occupée à vous faire gronder par votre père pour me remarquer.

— Oh.

Elle soupira et promena sa main dans le petit réservoir de la fontaine, puis secoua les gouttes froides de ses doigts en grimaçant. La Dame Printemps avait peut-être soufflé l'air du jour, mais l'eau était toujours celle du Vieil Hiver.

— On dirait qu'il s'est écoulé cent ans plutôt qu'un seul.

— Et pour moi, on dirait un clin d'œil. Le temps… me distance à présent. Ce qui explique sans doute ma respiration sifflante.

Il ajouta doucement après une pause :

— Iselle a-t-elle parlé à son oncle de la malédiction que nous chercherons à rompre demain ?

— Non, bien sûr que non.

Comme il haussait les sourcils, elle ajouta :

— Iselle est la fille d'Ista. Elle ne peut en parler, par crainte que les gens la croient folle, elle aussi. Et s'en servent comme excuse pour… prendre le contrôle. Dy Jironal y a pensé. À l'enterrement de Teidez, il n'a jamais manqué une occasion de faire de petits commentaires sur Iselle à tous les seigneurs ou provincars à portée d'oreille. Si elle pleurait, n'était-ce pas de façon extravagante ? Si elle riait, comme c'était déplacé le jour de l'enterrement de son frère ? Si elle parlait, il murmurait qu'elle était surexcitée ; si elle se taisait, n'était-elle pas devenue étrangement mélancolique ? Et vous auriez *vu* des hommes se mettre à voir ce qu'il leur disait, que ce soit réel ou non. Vers la fin de son séjour à Valenda, il a même fait de semblables allusions en sa présence, pour voir s'il pouvait l'effrayer ou la mettre en colère, puis l'accuser de devenir une virago instable. Et il faisait circuler des mensonges éhontés. Mais Nan, la provincara et moi avions déjà vu clair dans son jeu, si bien que nous avions prévenu Iselle, qui maîtrisait ses émotions en sa compagnie.

— Ah ! Quelle brave demoiselle.

Betriz hocha la tête.

— Mais sitôt que nous avons appris que les hommes du chancelier venaient la chercher pour la ramener à Cardegoss, Iselle est devenue impatiente de quitter Valenda. Car une fois qu'il serait parvenu à l'enfermer, il pourrait inventer autant d'histoires qu'il lui plairait sur son comportement, et qui pourrait les nier ? Il pourrait convaincre les provincars de Chalion d'approuver l'extension de sa régence pour cette pauvre démente aussi longtemps qu'il le voudrait, sans jamais avoir à lever une épée. (Elle prit une inspiration.) Et c'est pourquoi elle n'ose pas mentionner la malédiction.

— Je vois. Il est sage de sa part de se montrer prudente. Enfin, avec la volonté des dieux, tout sera bientôt fini.

— Des dieux et du castillar dy Cazaril.

Il fit un petit geste pour la garder à distance et prit une autre gorgée de thé.

— Quand dy Jironal a-t-il appris mon départ pour Ibra ?

— Je ne crois pas qu'il ait deviné quoi que ce soit avant que le cortège atteigne Valenda, et il ne vous y a trouvé nulle part. Selon la vieille provincara, il a reçu des rapports de ses espions ibranes. Je crois que c'est en partie la raison pour laquelle, malgré son impatience de rentrer pour éloigner dy Yarrin d'Orico, il refusait de quitter Valenda avant d'y avoir installé ses propres troupes.

—Il a envoyé des assassins m'intercepter à la frontière. Je me demande s'il pensait que je reviendrais seul, pour l'étape suivante des négociations. Il n'attendait sans doute pas le royse Bergon si tôt.

—Personne ne l'attendait. À part Iselle.

Betriz promena ses doigts sur la fine laine noire de sa cape, posée sur ses genoux. Elle décocha ensuite à Cazaril un regard pénétrant qui le mit mal à l'aise.

—Pendant que vous vous efforciez de sauver Iselle... avez-vous découvert comment vous sauver vous-même ?

Il resta un moment silencieux, puis dit simplement :

—Non.

—Ce n'est... pas juste.

Il promena un regard vague autour de la cour délicieusement ensoleillée, évitant ainsi de croiser les yeux de Betriz.

—J'aime ce nouveau bâtiment. Il ne contient aucun fantôme, le savez-vous ?

—Vous changez de sujet. (Sa grimace s'accentua.) Vous le faites souvent pour éviter d'aborder un problème. Je viens de m'en rendre compte.

—Betriz... (Sa voix s'adoucit.) Nous nous sommes engagés sur des chemins séparés depuis la nuit où j'ai appelé la mort sur Dondo. Je ne peux plus faire marche arrière. Vous allez vivre, et pas moi. Nous ne pouvons pas continuer ensemble, même si... Enfin, nous ne pouvons pas.

—Vous ne savez même pas combien de temps il vous reste. Peut-être des semaines. Ou des mois. Mais si une heure est le seul don que nous accorderont les dieux, ce serait une insulte d'autant plus grande pour eux si nous l'ignorions.

—Ce n'est pas le manque de temps. (Il se tortilla, malheureux.) C'est l'abondance de compagnie. Imaginez-nous ensemble : vous, moi, Dondo, le démon... Je ne vous horrifie donc pas ? (Son ton se fit presque plaintif.) Je vous assure que je m'horrifie moi-même !

Elle jeta un coup d'œil à son ventre, puis regarda au loin de l'autre côté de la cour, la mâchoire obstinément serrée.

—Je ne crois pas que la hantise soit contagieuse. Pensez-vous que le courage me manque ?

—Jamais de la vie, souffla-t-il.

Elle grogna, s'adressant à ses pieds :

—Je prendrais d'assaut le paradis, si je savais où le trouver.

—N'avez-vous donc pas lu le livre de ce vieil Ordol quand vous aidiez Iselle à coder ses lettres ? Il affirme que les dieux, tout comme nous, sont ici en permanence, séparés seulement par l'épaisseur d'une ombre. Nous n'avons aucune distance à franchir pour les atteindre. (*En fait, je peux voir leur monde de là où je me trouve.* Ainsi, Ordol disait vrai.) Mais vous ne pouvez rien imposer aux dieux. Ce n'est que justice, je pense. Eux non plus ne peuvent rien nous imposer.

— Voilà que vous recommencez. Vous déformez le sujet.

— Que comptez-vous porter demain ? Une jolie tenue ? Vous n'avez pas le droit d'éclipser la mariée, vous savez.

Elle lui lança un regard noir.

Depuis la galerie, dame dy Baocia sortit la tête par la fenêtre d'Iselle et cria à Betriz une question compliquée à propos d'un grand nombre d'étoffes différentes. Betriz lui répondit d'un signe et se leva à contrecœur. Elle lança d'un ton plutôt abrupt par-dessus son épaule, alors qu'elle allait monter l'escalier :

— Eh bien, il en sera peut-être ainsi, et vous pouvez être aussi maudit qu'il vous plaira, mais si demain je tombe de cheval et me brise le cou, j'espère que vous vous sentirez idiot !

— Encore plus idiot, murmura-t-il au froufrou de ses jupes.

La cour ensoleillée n'était plus qu'une tache brouillée pour ses yeux désobéissants, qu'il essuya d'un geste furtif de sa manche.

Le jour du mariage se leva sur un temps aussi doux qu'on pouvait l'espérer. La cour parfumée par les fleurs d'oranger était peuplée au maximum de sa capacité lorsque Iselle, suivie de sa tante et de Betriz, apparut en haut des marches de la galerie. Cazaril leva la tête et plissa les yeux, satisfait. Les habilleuses avaient accompli des exploits avec les satins et les soies, l'habillant de toutes les nuances de bleu convenant à une mariée. Sa cape bleue était garnie d'autant de perles ibranes qu'on pouvait en trouver à Taryoon, agencées de manière à dessiner une frise de léopards stylisés. Une salve d'applaudissements retentit lorsqu'elle descendit les marches en souriant, l'allure un peu raidie par tous ses atours. Ses cheveux brillaient comme une rivière de trésors sous les rayons solaires. Deux des cousines dy Baocia portaient sa traîne, sous la direction sporadique de leur mère. Même la malédiction semblait l'envelopper comme une robe de zibeline noire. *Mais plus pour très longtemps…*

Cazaril vint docilement se placer à côté du provincar dy Baocia, et se retrouva ainsi en train de l'aider à mener la parade le long de rues en lacets jusqu'au temple tout proche. Par un miracle de coordination, la procession de Bergon venue du palais du march dy Huesta atteignit le portique du temple en même temps que celle d'Iselle. Le royse arborait les rouges et les orangés correspondant à son âge et à son sexe, ainsi qu'une expression de bravoure déterminée qui n'aurait pas détonné sur le visage d'un homme prenant d'assaut un bastion. Palli et sa dizaine de frères-soldats en habits de cour de leur ordre avaient rejoint les gens du royse en même temps que Foix et Ferda, afin de ne pas laisser les Ibranes sembler – et se sentir peut-être –

trop dépassés en nombre. Malgré l'annonce de dernière minute, Cazaril calcula que plus de mille personnes de rang s'assemblaient dans la cour centrale du temple ; et toute la citoyenneté de Taryoon semblait longer l'itinéraire de la royesse et du royse. Une humeur festive s'était sans aucun doute emparée de la ville.

Les deux processions se fondirent en un tourbillon de couleurs pour pénétrer dans l'enceinte sacrée. Le temple de Taryoon possédait d'excellents chanteurs, et le chœur enthousiaste fit pratiquement vibrer les murs de ses chants. Le jeune couple, mené par l'archidivin, entra dans chacun des lobes du temple tour à tour. Ils s'agenouillèrent et prièrent sur des tapis neufs pour demander la bénédiction de chaque dieu : ils prièrent la Fille et le Fils, pour les remercier de les avoir protégés jusque-là dans le long voyage de la vie ; et la Mère et le Père, dans l'espoir de les rejoindre le moment venu.

Par théologie autant que par tradition, le Bâtard n'avait aucune place officielle dans une cérémonie de mariage, mais tous les couples prudents lui envoyaient cependant un don pour l'apaiser. Cazaril et dy Tagille avaient été chargés ce jour-là de jouer les saints courriers. Ils reçurent les offrandes de Bergon et d'Iselle, puis accompagnés d'un chœur d'enfants, petit quoique bruyant, ils contournèrent le bâtiment principal pour gagner la tour du Bâtard. Un divin souriant en robe blanche les attendait à l'intérieur, debout derrière l'autel.

Le couple royal avait été contraint d'emprunter des habits, de l'argent, de la nourriture, ainsi qu'un logement pour la journée, mais Bergon ne se moqua pas du dieu en retour ; dy Tagille déposa une bourse dodue d'or ibrane pour accompagner ses prières. Iselle envoyait, rédigée de sa propre main, la promesse de payer les réparations du toit de la tour du Bâtard à Cardegoss quand elle y deviendrait royina. Cazaril ajouta son propre don : la rangée de perles tachées de sang, tout ce qui restait du cadeau de Dondo et que les brigands n'avaient pas eu. Cet objet difficile et maudit était, sans le moindre doute, un cadeau approprié pour le dieu, et Cazaril soupira de soulagement lorsqu'il s'en débarrassa enfin.

Quittant la tour du Bâtard pour suivre jusqu'au chemin piéton le chœur d'enfant à la démarche un rien bancale, Cazaril regarda la foule et retint son souffle. Un homme d'âge moyen, auquel s'accrochait une lueur grise et voilée, pareille à un jour d'hiver. Lorsque Cazaril ferma les yeux, la faible lueur y brillait toujours. Il regarda de nouveau avec sa vue principale. L'homme portait les robes noires et grises et le galon rouge d'un officier de la cour municipale de Taryoon : sans doute un petit juge. Et un petit saint du Père, comme l'était Clara pour la Mère à Cardegoss… ?

L'homme rendait son regard à Cazaril, bouché bée d'ébahissement, le visage exsangue. Ils n'auraient pas la possibilité d'échanger quelques paroles ici même, car Cazaril fut rappelé aux cérémonies à l'intérieur de la cour haute et pleine d'échos du temple, mais il résolut de parler de lui à l'archidivin à la première occasion.

Près du feu central, le royse et la royesse nouvellement mariés prononcèrent chacun un bref discours, puis l'archidivin, Cazaril et tous les autres retournèrent parader dans les rues tendues de bannières, vers le nouveau palais dy Baocia. Là, se tenait un grand festin destiné à remplir l'après-midi comme les célébrants pour les laisser repus et heureux. La nourriture était d'autant plus impressionnante qu'ils n'avaient eu que deux jours pour la préparer; Cazaril soupçonna qu'on avait puisé dans les réserves des festivités du prochain Jour de la Fille. Mais il ne pensait pas que la déesse leur en tiendrait rigueur. En tant qu'invités principaux, Cazaril et l'archidivin avaient des places à tenir, si bien qu'il ne put espérer de conversation privée avant que la musique et la danse attirent les jeunes gens vers les cours après le dîner. Ce fut alors que les deux hommes qu'il cherchait vinrent le trouver.

Le petit juge se tenait près de l'archidivin, l'air troublé. Il échangea avec Cazaril un regard oblique tandis que l'archidivin les présentait rapidement.

— Messire dy Cazaril, puis-je vous présenter l'honorable Paginine. Il sert la municipalité de Taryoon… (L'archidivin baissa la voix.) Il dit que vous êtes touché par les dieux. Est-ce exact?

— Hélas oui, soupira Cazaril.

Paginine hocha la tête avec l'air de dire: «Je m'en doutais». Regardant autour d'eux, Cazaril attira les deux hommes de côté. Ils eurent du mal à trouver un endroit tranquille et finirent par dénicher une minuscule cour intérieure près d'une entrée latérale du palais. L'air de plus en plus sombre charriait rires et musique. Un serviteur alluma des torches murales et retourna à l'intérieur. Au-dessus d'eux, les hauts nuages voilaient les premières étoiles.

— Votre collègue l'archidivin de Cardegoss sait tout de moi, dit Cazaril à l'archidivin de Taryoon.

— Oh.

L'archidivin cligna des yeux et sembla grandement soulagé. Cazaril songea que sa confiance était mal placée, mais il choisit de ne pas le détromper.

— Mendenal est un excellent homme.

— Le Père Hiver vous a accordé un don, je vois, dit Cazaril au petit juge. Quel est-il?

Paginine baissa la tête avec nervosité.

— Parfois, pas toujours, il me permet de savoir qui ment dans ma chambre des justiciars, et qui dit la vérité. (Paginine hésita.) Ce qui ne fait pas toujours autant de bien qu'on le penserait.

Cazaril lâcha un petit rire. Paginine sembla s'éclairer à la fois pour l'œil intérieur et extérieur de Cazaril, et lui renvoya un sourire ironique.

— Ah, vous comprenez.

— Oh, oui.

— Mais vous, Messire… (Paginine se tourna vers l'archidivin avec un regard troublé.) J'ai dit touché par les dieux, mais l'expression ne suffit pas à décrire ce que je vois. Il est presque… *douloureux* à regarder. C'est la troisième fois, depuis que je possède la seconde vue, que je rencontre quelqu'un qui soit également touché, mais je n'ai jamais rien vu de semblable.

— Le saint Umegat de Cardegoss dit que je ressemble à une ville en flammes, admit Cazaril.

— C'est… (Paginine le regarda en biais.) C'est bien exprimé.

— C'était un homme de mots.

Autrefois.

— Quel est votre don ?

— Je, heu… Je crois que je *suis* le don, en fait. À la royesse Iselle.

L'archidivin porta la main à ses lèvres, puis se signa hâtivement.

— Voilà qui explique les rumeurs courant sur votre compte !

— Quelles rumeurs ? demanda Cazaril, stupéfait.

— Mais Sire Cazaril, interrompit le juge, quelle est cette ombre terrible qui plane sur la royesse Iselle ? Cette chose-là ne vient pas des dieux ! La voyez-vous aussi ?

— J'y… travaille. Il semble que la débarrasser de cette horreur soit la tâche que m'ont confiée les dieux. Je crois y avoir presque réussi.

— Oh, quel soulagement.

Paginine semblait beaucoup plus heureux. Cazaril s'aperçut qu'il ne désirait rien tant qu'attirer Paginine à l'écart pour parler boutique. *Comment traitez-vous ces sujets-là ?* L'archidivin était peut-être pieux, peut-être bon administrateur, sans doute érudit en matière de théologie, mais Cazaril doutait qu'il comprenne ce que les affaires des saints avaient de désagréable. Le sourire amer de Paginine était révélateur. Cazaril voulait s'enivrer avec lui et échanger des plaintes.

À la grande gêne de Cazaril, l'archidivin s'inclina bien bas devant lui et dit d'une voix respectueuse :

— Messire béni des dieux, puis-je faire quoi que ce soit pour vous ?

La question de Betriz lui revint en écho : « Avez-vous découvert comment vous sauver vous-même ? » Peut-être était-il impossible de se sauver soi-même. Peut-être fallait-il, tour à tour, se sauver les uns les autres…

— Pas ce soir. Demain… Plus tard dans la semaine, s'il y a des questions personnelles dont je voudrais vous entretenir. Si vous le permettez.

— Certainement, Messire. Je suis à votre service.

Ils rejoignirent la fête. Cazaril était épuisé et se languissait de son lit, mais la cour sur laquelle donnait la porte de sa chambre était encombrée de bruyants fêtards. Une Betriz essoufflée lui demanda une danse, exercice pour lequel il s'excusa en souriant ; elle ne manquait pas de partenaires.

Elle le cherchait souvent du regard, tandis qu'il guettait l'assemblée, assis contre le mur, avec son gobelet de vin coupé. Lui non plus ne manqua pas de compagnie, car hommes et femmes se succédèrent pour l'entraîner dans d'amicales conversations, dans l'espoir d'obtenir un emploi à la cour de la future royina. À chacun d'entre eux il retourna une réponse aussi polie qu'évasive.

Les seigneurs ibranes attiraient les dames de Chalion comme le miel renversé attire les fourmis, et ils en semblaient ravis. Vers le milieu de la soirée, sire dy Cembuer vint se joindre à la compagnie pour leur plus grand plaisir. Les Ibranes échangèrent des récits de leurs voyages respectifs, suscitant l'admiration et le respect de leurs auditeurs avides. Pour le grand plaisir politique de Cazaril, Bergon tenait le rôle du héros dans cette romantique aventure, où Iselle n'apparaissait pas moins héroïque pour avoir chevauché de nuit depuis Valenda. Connaissant la façon dont circulaient les mythes rassembleurs et attendrissants, celui-là battrait sûrement à plates coutures la piètre histoire de Jironal sur Iselle la Folle. *Et la* nôtre *est authentique !*

Puis vinrent enfin l'heure et la cérémonie que Cazaril attendait impatiemment, et Bergon et Iselle furent conduits à leur chambre. Aucun, remarqua Cazaril satisfait, n'avait bu jusqu'à l'ivresse. Comme son propre vin était devenu de moins en moins coupé au fil de la soirée, il se trouva quelque peu muet lorsque le royse et la royesse l'appelèrent au pied de l'escalier pour échanger les baisers formels de remerciements sur les mains. Tout ému, il se signa et appela sur leur tête des bénédictions pleines d'espoir. La solennelle intensité de leurs regards de gratitude le déconcertait.

Dame dy Baocia s'était arrangée pour qu'un petit chœur chantât des prières afin d'accompagner la montée du couple ; leurs voix cristallines réduisaient les paillardises à des proportions raisonnables. Iselle rougissait de façon charmante, le regard ébloui, lorsque Bergon et elle se penchèrent par-dessus la rampe pour remercier l'assemblée d'un sourire et lui lancer des fleurs.

Ils disparurent dans leur suite éclairée de bougies, et les portes se refermèrent derrière eux. Deux des officiers servant dy Baocia se postèrent dans la galerie pour veiller sur leur repos. Quelques instants plus tard, la plupart des habilleuses et des serviteurs émergèrent, parmi lesquels dame Betriz. Elle fut aussitôt emmenée par Palli et dy Tagille pour reprendre la danse.

Les festivités semblaient devoir se poursuivre jusqu'à l'aube, mais au grand soulagement de Cazaril, une bruine se mit à tomber du ciel glacial, chassant les musiciens et danseurs de sa cour vers l'abri du bâtiment attenant. La main accrochée lourdement à la rampe, Cazaril monta lentement les marches vers sa propre chambre, tournant au coin de la galerie après avoir dépassé la porte des jeunes mariés. *Mon devoir est accompli. Et maintenant ?*

Il n'en savait rien. Ses épaules semblaient soulagées d'une grande terreur morale. À la différence près qu'il vivrait et mourrait désormais selon ses propres choix, et ses propres erreurs. *Je refuse d'avoir des regrets. Je ne regarderai pas en arrière.* Un moment d'équilibre, à la conjonction du passé et du futur.

Il songea plutôt qu'il rejoindrait le petit juge le lendemain. La compagnie de l'homme le soulagerait peut-être de sa solitude.

En fait, je ne suis même pas assez solitaire, se dit-il peu après lorsque les braillements obscènes et incohérents de Dondo, libérés à l'heure habituelle, vinrent agresser son oreille intérieure. Le fantôme égaré fit preuve ce soir-là d'une sauvagerie et d'une fureur toutes nouvelles, la rage déchirant en lambeaux ses derniers vestiges d'intelligence et de lucidité. Cazaril en imaginait très bien la raison, et garda un sourire aux lèvres alors qu'il se roulait sur son lit, tout à son supplice, recroquevillé autour de l'atroce douleur qui palpitait dans son ventre.

Il faillit s'évanouir, mais se força à se lever et à reprendre connaissance, horrifié par la perspective de voir un Dondo affreusement éveillé chercher à s'emparer de son corps toujours vivant et s'en servir pour tenter quelque ignoble assaut contre Iselle et Bergon. Il se tortilla sur le sol, pris d'espèces de convulsions, étouffant les cris et les obscénités qui tentaient de s'échapper de sa bouche, sans plus savoir à *qui* appartenaient ces mots.

Une fois la crise passée, il resta étendu sur les planches froides, haletant, la chemise de nuit remontée sur son corps, ses ongles arrachés et sanglants. Il s'était roulé dans son propre vomi. Il toucha sa barbe humide et y trouva une salive assez dense pour former une mousse autour de ses lèvres. Son estomac – ou avait-il seulement rêvé cette protubérance grotesque ? – avait retrouvé sa précédente distension plus légère, même si ses abdominaux douloureux palpitaient comme des muscles déchirés après une torsion excessive.

Je ne pourrai pas continuer longtemps ainsi. Quelque chose devait céder : son corps, sa santé mentale, son souffle. Sa foi. Quelque chose.

Il se leva, nettoya le sol, fit sa toilette et trouva une chemise propre et sèche pour lui servir de chemise de nuit, puis il lissa ses draps entortillés et tachés de sueur, alluma toutes les bougies de la pièce et se glissa de nouveau dans son lit. Il resta allongé les yeux ouverts, dévorant la lumière.

Enfin, les murmures des serviteurs et le bruit de pas étouffés remontant la galerie lui apprirent que le palais se réveillait. Il avait dû s'assoupir, car ses bougies s'étaient éteintes sans qu'il se rappelle les avoir vues couler. Une lumière grise filtrait sous sa porte et à travers ses volets.

Il y aurait des prières matinales. Y assister serait une bonne idée, même si la perspective de bouger lui répugnait. Cazaril se leva. Lentement. Dans tous les cas, il ne serait pas la seule personne à Taryoon malade d'avoir trop bu la veille. Même si *lui* ne s'était pas enivré. La maisonnée avait délaissé les tenues de deuil pour le mariage ; il choisit parmi les vêtements qu'on lui avait accordés, pour parvenir à un résultat qu'il espérait sobre mais joyeux.

Il descendit dans la cour afin d'attendre le soleil et les jeunes gens. Mais il n'y aurait pas de soleil pour le moment ; malgré l'arrêt de la pluie, le ciel restait couvert et froid. Cazaril se servit de son mouchoir pour sécher le rebord de pierre de la fontaine et y prit place. Il échangea un sourire et un « bonne journée » avec une vieille servante qui passait chargée de linge. Un corbeau sautillait à l'autre bout de la cour, occupé à chercher des miettes de nourriture. Cazaril lui adressa un regard oblique, mais l'oiseau ne sembla éprouver aucune fascination particulière à son égard. À bien y réfléchir, il était plus soulagé qu'autre chose de cette indifférence.

Puis du haut de la galerie, les portes que guettait Cazaril s'ouvrirent enfin. Les gardes baociens somnolents qui les entouraient se mirent au garde-à-vous. Une voix de femme retentit, ainsi que celle d'un homme, basses et joyeuses. Bergon et Iselle apparurent, vêtus pour les prières matinales, la main d'Iselle légèrement appuyée sur le bras offert de Bergon. Ils se retournèrent pour descendre l'escalier côte à côte et sortirent de l'ombre de la galerie.

Non… l'ombre les suivit.

Cazaril ferma très fort les yeux avant de les rouvrir. Il en eut le souffle coupé.

Le nuage étouffant qui enveloppait Iselle enveloppait à présent Bergon aussi.

Iselle sourit à son mari, qui le lui rendit ; la veille, ils avaient semblé impatients, fatigués et un peu effrayés. Ce matin, ils avaient l'air de deux personnes amoureuses. Avec une ombre qui tourbillonnait autour d'eux comme la fumée d'un navire en flammes.

Lorsqu'ils s'approchèrent de lui, Iselle lui lança joyeusement :

— Bonjour, Sire Caz !

Bergon sourit et ajouta :

— Souhaitez-vous vous joindre à nous, Messire ? Nous avons beaucoup de choses pour lesquelles rendre grâces ce matin, n'est-ce pas ?

Les lèvres de Cazaril se retroussèrent sur un simulacre de sourire.

— Je… Je… Un peu plus tard. J'ai oublié quelque chose dans ma chambre.

Il se redressa et les dépassa pour gravir l'escalier en courant. Il se détourna pour les observer de nouveau depuis la galerie alors qu'ils quittaient la cour. Avec des ombres dans leur sillage.

Il claqua la porte de sa chambre derrière lui et resta debout, haletant, presque en larmes. *Cinq dieux. Cinq dieux. Qu'ai-je donc fait ?*

Je n'ai pas libéré Iselle. J'ai maudit Bergon.

Chapitre 26

Bouleversé, Cazaril ne quitta pas sa chambre de la matinée. Dans l'après-midi, un page frappa à sa porte pour lui apporter une fâcheuse nouvelle : le royse et la royesse le priaient de les rejoindre dans leur chambre. Cazaril envisagea de prétexter une maladie, encore qu'il n'ait pas besoin de la feindre. Non, car Iselle lui enverrait sans doute des médecins, probablement en groupe ; il frissonna en se rappelant la fois précédente, avec Rojeras. Avec une infinie répugnance, il réajusta ses habits, se rendit plus présentable et sortit dans la galerie pour rejoindre la suite royale.

Les hautes fenêtres à battants du salon étaient ouvertes pour laisser entrer la fraîche lumière printanière. Iselle et Bergon l'y attendaient, toujours vêtus de leurs habits de fête depuis le banquet donné à midi au palais du march dy Huesta. Ils étaient assis de part et d'autre d'un coin de table devant du papier, du parchemin et des plumes neuves, et une troisième chaise l'invitait à s'installer face à eux. Leurs têtes, l'une ambrée et l'autre brune, étaient penchées l'une vers l'autre pour converser à voix basse. L'ombre tourbillonnait toujours lentement autour d'eux, aussi visqueuse que du goudron chaud. Au son des pas de Cazaril, ils levèrent tous deux les yeux et lui sourirent. Il s'humecta les lèvres et s'inclina, le visage tendu.

Iselle lui désigna les papiers.

— Maintenant, notre tâche la plus urgente consiste à composer une lettre pour mon frère Orico, afin de l'informer des étapes que nous avons franchies, et de l'assurer de notre soumission la plus loyale. Je crois que nous devrions y inclure les articles de notre contrat qui sont les plus favorables à Chalion, afin qu'il accepte mieux l'idée, ne croyez-vous pas ?

Cazaril se racla la gorge et avala sa salive. Les sourcils de Bergon se rejoignirent.

— Caz, vous êtes aussi pâle qu'un… hum. Tout va bien ? Je vous en prie, asseyez-vous !

Cazaril parvint à secouer faiblement la tête. Il fut de nouveau tenté de se réfugier dans un mensonge – ou une demi-vérité, à présent –, car il se sentait bel et bien malade.

— Rien ne va bien, murmura-t-il. (Il tomba sur un genou devant le royse.) J'ai commis une terrible erreur. Je suis désolé, désolé.

Le visage méfiant et surpris d'Iselle se brouilla devant ses yeux.

— Sire Caz… ?

— Votre mariage… (il avala de nouveau et força ses lèvres engourdies à poursuivre) n'a pas libéré Iselle de la malédiction comme je l'espérais. En fait, il l'a étendue à vous deux.

— *Quoi ?* souffla Bergon.

Des larmes altéraient la voix de Cazaril.

— Et maintenant, je ne sais plus que faire…

— Comment le savez-vous ? demanda aussitôt Iselle.

— Je la vois. Je la vois sur vous deux à présent. Je dirais même qu'elle est plus sombre et plus épaisse. Plus avide.

Les lèvres de Bergon s'ouvrirent de désarroi.

— Est-ce que j'ai… ? Est-ce que nous avons fait quelque chose de mal ? D'une façon ou d'une autre ?

— Non, non ! Mais Sara comme Ista se sont rattachées à la maison de Chalion par le mariage, et par là même à la malédiction. Je croyais que c'était lié aux différences entre les hommes et les femmes, qu'elle suivait la lignée mâle des héritiers de Fonsa en même temps que le nom.

— Mais je suis moi aussi l'héritière de Fonsa, dit lentement Iselle. Et la chair et le sang sont bien au-delà des noms. L'union de deux personnes ne signifie pas que l'une disparaît et que seule l'autre demeure. Nous sommes unis, pas soumis. Oh, ne pouvons-nous donc rien faire ? Il doit bien y avoir une solution !

— D'après Ista, commença Cazaril, avant de s'arrêter net.

Il n'était pas si sûr de vouloir rapporter à ces deux jeunes gens décidés les paroles d'Ista. Iselle pourrait y réfléchir de nouveau…

« L'ignorance n'est pas de la stupidité, mais elle revient au même », s'était écriée Iselle. Il était bien trop tard pour la protéger désormais. Par la colère des dieux, elle serait la prochaine royina de Chalion. Avec le droit de régner venait le devoir de protéger : le privilège de recevoir protection devait être abandonné avec les autres jouets de l'enfance. Même la protection d'un savoir amer. *Surtout du savoir.*

Cazaril avala sa salive pour se dénouer la gorge.

— Ista parlait d'une autre solution.

Il se hissa sur la chaise et s'y laissa choir lourdement. D'une voix brisée, en termes assez directs pour paraître brutaux, Cazaril leur répéta le récit d'Ista à propos de sire dy Lutez, du roya Ias, et de sa vision de la déesse. Des deux nuits infernales dans les donjons du Zangre avec l'homme attaché et la cuve d'eau glacée. Lorsqu'il eut terminé, ses deux auditeurs étaient pâles, le regard fixe.

—J'ai cru… J'ai redouté… d'être cet homme-là, dit Cazaril. À cause de la nuit où j'ai voulu troquer ma vie contre la mort de Dondo. J'étais *terrifié* d'être cet homme. « Le dy Lutez d'Iselle », comme Ista m'avait nommé. Mais je jure devant tous les dieux que si j'avais cru à cette solution, je vous aurais demandé de sortir aussitôt avec moi pour aller me noyer dans la fontaine de la cour. Par deux fois. Mais je ne peux plus être la victime de ce sacrifice à présent. Ma deuxième mort doit être la dernière, car le démon s'envolera avec mon âme et celle de Dondo, et je vois mal comment vous pourriez alors la rappeler vers mon corps.

Il frotta ses yeux humides du dos de sa main.

Bergon dévisagea sa nouvelle épouse comme s'il espérait la dévorer des yeux. Il dit enfin d'une voix rauque :

—Et moi ?

—Quoi ? demanda Iselle.

—Je suis venu ici pour te sauver de cette horreur. Alors la méthode est simplement devenue un peu plus pénible, c'est tout. Je n'ai pas peur de l'eau. Et si tu me noyais ?

Les protestations d'Iselle et de Cazaril jaillirent au même instant ; Cazaril lui céda la parole d'un geste de la main. Iselle répéta :

—Il y a déjà eu une tentative. Il y en a eu une, et elle a échoué. Je n'ai pas l'intention de noyer l'un d'entre vous, merci beaucoup ! Non, ni de vous pendre, ni de vous faire subir toutes les horreurs auxquelles vous pourriez penser. Non !

—En outre, ajouta Cazaril, la déesse a dit qu'un homme devait donner sa vie trois fois *pour* la maison de Chalion. Pas *de* la maison de Chalion.

Du moins, selon Ista. Avait-elle répété sa vision mot pour mot ? Ou ses paroles cachaient-elles quelque perfide erreur ? Quelle importance, du moment qu'ils dissuadaient Bergon de faire ce qu'il suggérait.

—Je ne crois pas qu'on puisse briser la malédiction de l'intérieur, sinon ce serait Ias, non dy Lutez, qui se serait plongé dans la cuve. Et puis, les cinq dieux me pardonnent, mais Bergon, vous êtes maintenant concerné par ce fléau.

—Mais il y a quelque chose d'étrange, commenta Iselle, plissant les yeux. Une sorte de tromperie. Quelles étaient les paroles du saint Umegat que vous m'avez rapportées, quand vous lui avez demandé que faire ? À propos des tâches quotidiennes ?

—Il m'a conseillé d'accomplir mes tâches quotidiennes comme elles se présentaient.

—Voilà. Les dieux n'en ont certainement pas fini avec nous. (Elle tambourina des doigts sur le dessus de la table.) Quelque chose me revient…

Ma mère a risqué deux fois sa vie en couches pour la maison de Chalion. Elle n'a jamais eu l'occasion de tenter l'épreuve une troisième fois. *Voilà* bien une tâche que les dieux nous accordent.

Cazaril réfléchit aux ravages que pouvait provoquer la malédiction, entrecroisant les dangers de la grossesse et des couches comme elle avait entrecroisé ceux des batailles menées par Ias et Orico. Il frissonna. La stérilité de Sara était la moindre des catastrophes potentielles.

— Cinq dieux, Iselle, je crois qu'il vaudrait mieux me plonger dans la cuve.

— De plus, ajouta Bergon, la déesse a parlé d'un homme. Elle a bien parlé d'un homme, n'est-ce pas, Caz ?

— Heu… C'est en tout cas ainsi que dame Ista répétait ses paroles, oui.

— D'après les divins, quand les dieux enseignent aux hommes leurs devoirs pieux, ils parlent aussi des femmes, gronda Iselle. Il faudrait savoir. Quoi qu'il en soit, je vis avec cette malédiction depuis seize ans, sans le savoir. Et j'y ai survécu.

Mais elle est de pire en pire. De plus en plus forte. La mort de Teidez semblait à Cazaril un bel exemple de ses effets : les forces et les vertus du jeune garçon, bien que peu nombreuses, manipulées pour attirer le mal. Iselle et Bergon, à eux deux, cumulaient bien des forces et des vertus. Le champ d'action de la malédiction était immense.

Iselle et Bergon se serraient les mains par-dessus la table. Iselle se frotta les yeux de sa main libre, se pinça l'arête du nez et renifla.

— Malédiction ou pas, dit-elle, nous devons témoigner de notre soumission loyale à Orico, et sans attendre. Afin que dy Jironal ne puisse me déclarer en état de rébellion. Si seulement j'étais près d'Orico, je sais que je pourrais le convaincre des bénéfices que retire Chalion de ce mariage !

— Orico est très facile à convaincre, reconnut Cazaril, caustique. La difficulté consiste à ce qu'il *reste* convaincu.

— Oui, et je n'oublie pas un instant que dy Jironal se trouve aux côtés d'Orico à Cardegoss. Ma plus grande peur est que le chancelier puisse, en apprenant la nouvelle, persuader Orico de modifier encore une fois la teneur de son testament.

— Ralliez suffisamment de provincars de Chalion à votre camp, Royesse, et ils vous aideront peut-être à résister à ce genre de codicilles tardifs.

Iselle fronça les sourcils.

— Si seulement nous pouvions retourner à Cardegoss. Je devrais être auprès d'Orico, s'il se trouve sur son lit de mort. Nous devrions être dans la capitale quand les événements suivront leurs cours.

Après une pause, Cazaril répliqua :

— Difficile. Vous ne devez pas vous livrer aux mains de Jironal.

— Je ne comptais pas m'y rendre sans escorte. (Son sourire se para d'un sombre éclat, comme la lune reflétée sur une lame de couteau.)

Mais nous devrions profiter de toutes les subtilités légales aussi bien que des avantages tactiques. Ce serait une bonne chose de rappeler aux seigneurs de Chalion que le chancelier tient tous ses pouvoirs légaux du roya. Et de lui seul.

Bergon ajouta, mal à l'aise :

— Vous connaissez cet homme bien mieux que moi. Croyez-vous que dy Jironal se contentera de rester assis en apprenant la nouvelle ?

— Plus longtemps nous pourrons l'inciter à rester assis, mieux ce sera. Nous gagnons du soutien de jour en jour.

— Et *vous*, avez-vous la moindre nouvelle de la réaction de Jironal ? demanda Cazaril.

— Pas encore, répondit Bergon.

Le décalage fonctionnait hélas dans les deux sens.

— Si vous en recevez, prévenez-moi sur-le-champ. (Cazaril prit une longue inspiration, lissa une feuille de papier vierge et s'empara d'une plume.) Bien. Par quel titre souhaitez-vous tous deux vous présenter… ?

Le problème posé par la livraison de cette missive d'une importance politique vitale s'avérait quelque peu délicat, songeait Cazaril alors qu'il traversait la cour sous les appartements royaux, avec le document scellé et signé dans les mains. Il ne s'agissait pas de le jeter dans un sac de courrier pour qu'il soit délivré au galop à la chancellerie du Zangre. L'article nécessitait une délégation d'hommes de rang, non seulement pour lui accorder le poids nécessaire, ainsi qu'à Iselle et Bergon, mais aussi pour s'assurer qu'il soit remis à Orico et à non à dy Jironal. Des hommes de confiance devaient faire à haute voix une lecture précise de cette lettre au roya mourant et aveugle, et fournir des réponses politiques à toutes les questions qu'Orico pourrait poser sur les noces précipitées de sa sœur. Des seigneurs et des divins : plusieurs de chaque, décida Cazaril. L'oncle d'Iselle était bien placé pour conseiller des hommes adéquats, capables de voyager très vite, et le soir même. Il allongea le pas et se mit en quête d'un page ou serviteur qui puisse lui apprendre où trouver dy Baocia.

Sous la voûte carrelée qui menait à la cour, il rencontra Palli et dy Baocia lui-même qui hâtaient le pas. Tous deux portaient aussi leurs habits du banquet.

— Caz ! le héla Palli. Où étais-tu pendant le repas ?

— Je me reposais. J'ai… passé une mauvaise nuit.

— Quoi ? Et moi qui aurais juré que tu étais le seul d'entre nous à s'être couché sobre.

Cazaril ne releva pas.

— Qu'est-ce que c'est ?

Palli éleva une liasse de lettres pas encore ouvertes.

— Des nouvelles de Yarrin à Cardegoss, envoyées à la hâte par le courrier du temple. J'ai pensé que le royse et la royesse devaient en être informés sur-le-champ. Dy Jironal a quitté le Zangre à cheval hier matin, personne ne sait pour quelle destination.

— A-t-il emmené des troupes… ? Non, va leur dire tout de suite. Vas-y.

Cazaril pivota sur ses talons et les mena jusqu'aux appartements royaux. L'un des serviteurs d'Iselle les fit entrer puis alla chercher le jeune couple pour le mener au salon. Tandis qu'ils patientaient, Cazaril leur montra la lettre adressée à Orico et leur en expliqua la teneur. Le provincar hocha la tête d'un air réfléchi et nomma quelques seigneurs susceptibles de la porter à Cardegoss.

Iselle et Bergon entrèrent, Iselle tapotant toujours ses cheveux tressés pour les remettre en place, et les trois hommes s'inclinèrent devant eux. Le royse Bergon, remarquant aussitôt les documents dans la main de Palli, les pria de prendre place autour de la table.

Palli répéta les nouvelles concernant dy Jironal.

— Le chancelier n'a emmené qu'une force légère de sa cavalerie personnelle. Dy Yarrin a estimé qu'il comptait soit parcourir une courte distance, soit voyager très vite.

— Quelles sont les nouvelles sur mon frère Orico ? demanda Iselle.

— Eh bien, voilà… (Palli lui passa la lettre pour qu'elle puisse l'examiner.) Une fois dy Jironal éloigné, dy Yarrin a aussitôt voulu voir le roya, mais la royina Sara lui a dit qu'il dormait, et a refusé de déranger son sommeil malgré toutes les supplications. Comme elle avait entrepris auparavant de faire entrer dy Yarrin malgré les ordres de Jironal, il craint que l'état du roya ait empiré.

— Que dit l'autre lettre ? demanda Bergon.

— Des nouvelles anciennes, mais néanmoins intéressantes, répondit Palli. Cazaril, mais qu'est-ce que ce vieil archidivin a bien pu dire de toi ? Le commandant des troupes de l'ordre du Fils à Taryoon est venu à moi, tout tremblant : il semble croire que tu es touché par les dieux et n'ose pas t'approcher. Il voulait parler à un homme qui a prêté serment au temple comme lui-même. Il avait reçu une copie d'un ordre envoyé par la chancellerie à tous les relais militaires de l'ordre du Fils dans l'ouest de Chalion – dans le but de t'arrêter pour trahison, s'il te plaît. Tu es calomnié…

— Encore ? murmura Cazaril en s'emparant de la lettre.

— Et accusé de t'être infiltré en Ibra pour vendre Chalion au Renard. Ce qui, à présent que tout le monde connaît les faits, tombe un tantinet à plat.

Cazaril parcourut la lettre.

— Je vois. C'était son filet pour m'attraper si ses assassins échouaient à la frontière. Il s'y est pris un peu tard, je crois bien. Comme tu dis, des nouvelles anciennes.

— Oui, mais il y a une suite. Cet idiot servile de commandant des troupes a renvoyé une réponse à dy Jironal pour admettre qu'il t'avait vu, mais s'excuser de ne pas t'avoir arrêté. Il a rétorqué que l'ordre d'arrestation était de toute évidence une erreur. Que tu avais agi sous les ordres de la royesse Iselle, et pour le bien de Chalion, sans la moindre trahison ; que le mariage était approuvé par toute la population de Taryoon. Et que tout le monde trouve la royesse superbe, aussi. Que tous ont vu la nouvelle héritière comme une personne bonne et sage, ce qui apporte espoir et soulagement après le désastre que fut le règne d'Orico.

Dy Baocia ricana.

— Ce qui sonne comme une insulte involontaire, étant donné que c'est aussi le désastre du règne de Jironal. Mais était-elle vraiment involontaire ?

— Je crois que oui. L'homme est, comment dire, simple et franc. Il dit qu'il espérait aider à convaincre dy Jironal de soutenir la royesse.

— La lettre aura plutôt l'effet inverse, dit lentement Cazaril. Elle persuaderait dy Jironal que ses propres soutiens faiblissent rapidement et qu'il ferait bien d'agir sur-le-champ pour les renforcer. Quand dy Jironal aurait-il reçu ce sage conseil émanant d'un subordonné ?

Les lèvres de Palli se tordirent.

— Tôt hier matin.

— Eh bien… elle ne contient rien qu'il aurait alors appris d'autres sources, je suppose.

Cazaril fit passer l'ordre à Bergon, qui attendait avec un vif intérêt.

— Alors, dy Jironal a quitté Cardegoss, dit Iselle d'un air pensif.

— Oui, mais pour aller où ? demanda Palli.

Dy Baocia se tirailla la lèvre inférieure.

— S'il est parti avec si peu d'hommes, ce doit être pour un endroit où ses forces sont réunies. Un endroit assez proche pour pouvoir attaquer Taryoon. Ce qui signifie qu'il se rend soit chez son beau-fils le provincar de Thistan, à l'ouest, soit à Valenda, au nord-ouest.

— Thistan est en fait plus proche de nous, dit Cazaril.

— Mais à Valenda, il tient ma mère et ma sœur en otage, précisa dy Baocia d'une voix lugubre.

— Pas plus qu'avant, ajouta Iselle, la voix tendue d'inquiétude contenue. Elles m'ont priée de partir, mon oncle…

Bergon écoutait avec la plus grande attention. Cazaril se rappela que le royse ibrane avait grandi avec la guerre civile ; il était peut-être troublé, mais ne laissait paraître aucun signe de panique.

— Je crois que nous devrions nous rendre directement à Cardegoss tant que dy Jironal ne s'y trouve pas, et nous en emparer.

— Si nous voulons entreprendre une telle incursion, souleva son oncle, nous devrions d'abord prendre Valenda, libérer notre famille et renforcer notre base. Mais si dy Jironal rassemble des hommes pour attaquer Taryoon, je ne souhaite pas la priver de ses défenses.

Iselle répondit d'un geste impatient.

— Mais si Bergon et moi sommes hors de Taryoon, dy Jironal n'aura aucune raison de l'attaquer. Ni Valenda. C'est moi qu'il veut, qu'il *doit* avoir.

— La vision de Jironal en train de vous tendre une embuscade sur la route, pendant que vous êtes à découvert et vulnérable, ne me dit rien qui vaille non plus.

— Combien d'hommes pourriez-vous nous accorder pour qu'ils nous escortent à Cardegoss, mon oncle ? demanda Iselle. À cheval. Les fantassins suivront à leur meilleure allure. Et dans quel délai pourriez-vous les rassembler ?

— Je pourrais avoir cinq cents cavaliers d'ici à demain soir, et un millier de fantassins le lendemain, admit dy Baocia, plutôt à contrecœur. Mes deux bons voisins pourraient en envoyer autant, mais pas aussi vite.

Dy Baocia pourrait tirer de son chapeau le double de ce nombre, se dit Cazaril, s'il y mettait un peu du sien. Un trop grand zèle pouvait s'avérer aussi fatal qu'une trop grande insouciance quand venait le moment de tout mettre en danger.

Iselle joignit les mains sur son giron et fronça les sourcils.

— Alors, dites-leur de se préparer. Nous maintiendrons la veillée de prières pour le Jour de la Fille et participerons à la procession comme prévu. Mon oncle, sire dy Palliar, je vous prie de bien vouloir envoyer tous les hommes que vous pourrez trouver dans toutes les directions, afin qu'ils se renseignent sur les mouvements de Jironal. Ensuite nous verrons de quelles nouvelles informations nous disposerons d'ici demain soir, et nous prendrons alors une décision finale.

Les deux hommes s'inclinèrent et se hâtèrent de sortir ; Iselle pria Cazaril de rester un moment.

— Je n'avais aucune envie de me disputer avec mon oncle, lui dit-elle d'un ton dubitatif, mais je crois que Valenda est une diversion. Qu'en dites-vous, Cazaril ?

— Du point de vue du roya et de la royina de Chalion-Ibra... Elle n'occupe pas une position géographique importante. Quelle que soit la personne qui la tient.

— Alors qu'elle serve d'égout aux troupes de Jironal plutôt qu'aux nôtres. Mais je soupçonne que mon oncle aura du mal à l'accepter.

Bergon s'éclaircit la voix.

— La route de Valenda et celle de Cardegoss se confondent les premiers temps. Nous pourrions prétendre aller à Valenda, mais bifurquer ensuite vers Cardegoss.

— Prétendre pour qui ?

— Tout le monde. Ou presque. Alors les espions que possède Jironal parmi nous, quels qu'ils soient, l'enverront dans la mauvaise direction.

Oui, en effet, il était bien le fils du Renard d'Ibra… Cazaril l'approuva d'un haussement de sourcils.

Iselle y réfléchit, puis fit la moue.

—Le plan ne fonctionnera que si les hommes de mon oncle nous suivent.

—Si nous ouvrons la marche, ils n'auront d'autre choix que de nous suivre, je pense.

—J'espère éviter une guerre, pas en déclarer une, répliqua Iselle.

—Alors ne *pas* marcher vers une ville remplie des troupes du chancelier semble logique, ne trouvez-vous pas ? demanda Bergon.

Iselle se pencha, un vague sourire aux lèvres, et l'embrassa sur la joue ; il y porta la main, légèrement ébloui.

—Nous allons *tous deux* étudier la question jusqu'à demain, annonça-t-elle. Cazaril, commencez tout de même cette lettre à mon frère Orico, comme si nous avions l'intention de rester à Taryoon. Avec un peu de chance, nous la rattraperons en route pour la livrer nous-mêmes.

Guidé par dy Baocia et l'archidivin, Cazaril ne manqua pas de volontaires empressés, en ville ou au temple, pour porter la lettre de la royesse à Cardegoss. Les hommes semblaient se réunir en troupeaux aux côtés du couple royal. Ceux qui avaient raté le mariage lui-même affluaient à présent en ville pour les festivités du Jour de la Fille, le lendemain. Toute cette jeunesse et cette beauté faisaient l'effet d'un puissant talisman sur le cœur des hommes ; la saison du renouveau de la Dame Printemps était fortement identifiée au règne imminent d'Iselle. L'astuce consisterait à régulariser la situation de Chalion tant que durerait cette belle humeur, afin qu'elle reste forte en des heures moins favorables. Aucun témoin présent à Taryoon n'oublierait sans doute cette période d'espoir ; elle demeurerait au fond de leurs yeux lorsqu'ils regarderaient Iselle et Bergon devenus plus âgés.

Ainsi, Cazaril surveilla une dizaine d'hommes au visage grave qui montaient en selle à une heure de la nuit où la plupart montaient vers leurs lits. Il remit les documents officiels entre les mains d'un divin âgé, un seigneur au visage austère qui s'était élevé très haut dans l'ordre du Père. Le march dy Sould les accompagnait, en tant que témoin et porte-parole de Bergon. Les fervents ambassadeurs quittèrent la place du temple dans un claquement de sabots, et Palli raccompagna Cazaril au palais dy Baocia où il lui souhaita une bonne nuit.

Tandis que cette agitation passagère s'effaçait dans l'esprit de Cazaril, ses pas se firent de plus en plus lourds alors qu'il montait les marches de sa galerie. Le poids de la malédiction était un fardeau secret qui affaiblissait tous les espoirs les plus vifs. Orico, plus jeune, avait commencé son règne avec autant d'ardeur et de volonté qu'Iselle, une dizaine d'années auparavant.

Comme s'il avait cru alors que s'il y consacrait *suffisamment* d'effort, de bonne volonté, d'infaillible vertu, il pourrait venir à bout de ce noir fléau. Mais tout avait mal tourné…

Il y avait pire sort que devenir le dy Lutez d'Iselle, réfléchit Cazaril. Il pourrait devenir le *dy Jironal* d'Iselle. Combien de frustrations, combien de destructions, un homme loyal pouvait-il endurer avant de devenir fou, à regarder toute cette jeunesse et cet espoir se faire lentement et longuement aspirer par l'âge et le découragement ? Et pourtant, quoi qu'ait pu être Orico, il s'était accroché assez longtemps pour laisser la génération suivante tenter sa chance. Comme un petit héros maudit qui retient une digue de malheurs, et se noie pendant que les autres échappent à la marée.

Cazaril se prépara pour le coucher, et son assaut nocturne, mais Dondo se tenait curieusement tranquille. Épuisé ? Occupé à reprendre des forces ? À attendre… Malgré cette présence et cette promesse malfaisantes, Cazaril s'endormit enfin.

Un serviteur l'éveilla une heure avant l'aube pour le mener à la lueur des bougies vers la cour où la maisonnée du couple royal s'apprêtait à tenir sa veillée sainte. L'air était froid et brumeux, mais quelques faibles étoiles au-dessus de leurs têtes promettaient l'approche d'une belle aube. Des tapis de prière de style ibrane avaient été disposés autour de la fontaine centrale, et tous prirent place, à genoux ou à plat ventre selon leur inclination ; Iselle et Bergon s'agenouillèrent côte à côte. Dame Betriz se plaça entre la royesse et Cazaril. Dy Tagille et dy Cembuer, bâillant encore, se hâtèrent de les rejoindre sur le cercle de tapis extérieur, ainsi qu'une demi-douzaine d'autres personnes de moindre rang. Un divin du temple conduisit une brève prière à voix haute, puis les invita tous à méditer sur les bienfaits de la saison nouvelle. À travers Taryoon, tous les feux de l'hiver furent éteints. Quand tout fut prêt, on souffla les dernières chandelles. Une obscurité et un silence profonds s'installèrent.

Lentement, Cazaril s'étendit à plat ventre sur son tapis, les bras tendus. Il récita les quelques prières du printemps qu'il connaissait, trois fois chacune, mais cessa ensuite de vouloir se remplir l'esprit de mots appris par cœur pour s'empêcher de réfléchir. S'il laissait ses pensées suivre leur cours, peut-être le silence suivrait-il. Et il y entendrait peut-être alors… quoi donc ?

Betriz l'avait accusé de changer de sujet lorsque les réponses semblaient trop difficiles pour lui. Il avait essayé d'en faire ainsi avec les dieux. Mais apparemment, eux non plus n'étaient pas dupes.

Ista avait eu sa chance de lever la malédiction, et avait échoué ; et avait échoué ce faisant, semblait-il, pour toute sa génération. S'il échouait aussi, il redoutait de ne pas avoir de seconde chance. Ainsi, Bergon ou Iselle, ou les deux, deviendraient-ils le nouvel Orico, contenant la vague jusqu'à ce qu'ils s'effondrent, afin d'offrir une chance aux suivants ?

C'est avec leurs enfants qu'ils subiront une terrible malchance. Il le sut soudain avec une froide précision. Tout leur plan d'ordre et de paix reposait sur l'espoir d'un héritier fort et brillant qui les suivrait tous deux. Ils se videraient en donnant le jour à des enfants nés avant terme, morts, fous, exilés, trahis…

Je prendrais d'assaut le paradis, si je savais où le trouver.

Lui savait où le trouver. Il était de l'autre côté de tout être vivant, de toute créature vivante, aussi proche que le revers d'une pièce, l'autre côté d'une porte. Chaque âme était un portail potentiel pour les dieux. *Je me demande ce qui se produirait si nous nous ouvrions tous en même temps ?* Le monde serait-il alors inondé de miracles, vidant ainsi le paradis ? Il eut une vision soudaine de saints fonctionnant comme système d'irrigation des dieux, pareil à celui qui entourait Zagosur ; ouvrant et fermant les vannes avec prudence et raison pour délivrer à chaque petite ferme de l'âme sa juste portion de bénédiction. À l'exception près qu'il avait plutôt l'impression d'une inondation retenue derrière une digue sur le point de se rompre.

Les fantômes étaient des exilés du mauvais côté, des gens retournés de l'intérieur vers l'extérieur. Pourquoi les choses ne marchaient-elles pas aussi en sens inverse ? Que ressentirait un antifantôme de chair lâché dans un monde d'esprit ? Serait-il tout aussi impuissant et frustré, aussi invisible aux autres esprits que l'étaient les fantômes à la plupart des hommes ?

Et si je suis capable de voir des fantômes séparés de leurs corps, pourquoi ne puis-je les voir quand ils les habitent encore ? Avait-il jamais essayé ? Combien de personnes l'entouraient à présent ? Il ferma les yeux et s'efforça de les voir dans le noir à l'aide de sa seconde vue. Ses sens étaient encore troublés par la matière ; quelque part, dans la rangée externe de tapis de prière, quelqu'un se mit à ronfler, et s'éveilla en grognant lorsqu'un compagnon ricanant lui lança un coup de coude. Si seulement les choses fonctionnaient ainsi, ce serait comme regarder le paradis à travers une fenêtre.

Si les dieux voyaient les âmes des gens mais pas leurs corps, reflet inverse de la façon dont les gens voyaient les corps mais non les âmes, c'était peut-être la raison pour laquelle les dieux se souciaient si peu de choses comme l'apparence, ou les autres fonctions corporelles. Comme la douleur ? La douleur était-elle une illusion, du point de vue des dieux ? Peut-être le paradis n'était-il pas un endroit, mais simplement un angle de vision, une position stratégique, une perspective.

Et au moment de mourir, nous le traversons tout entier. En perdant notre point d'ancrage dans la matière pour gagner… quoi donc ? La mort déchirait un passage entre les mondes.

Et si une mort déchirait un petit trou dans le monde, rapidement comblé, que faudrait-il pour en déchirer un plus gros ? Pas une simple poterne par laquelle se glisser, mais une large brèche, minée et sapée, à travers laquelle pourraient se déverser les armées divines ?

Si un dieu mourait, quel genre de cavité ouvrirait-il entre la terre et le paradis ? Et qu'était donc la malédiction du Général Doré de toute façon, cette *chose* exilée de l'autre côté ? Quel genre de portail le génie roknari avait-il ouvert pour lui-même, quel genre de canal avait-il été… ?

Le ventre gonflé de Cazaril se tordit d'une crampe, et il roula un peu sur le côté pour le soulager. *Quel endroit curieux je suis à présent.* Deux exilés du monde des esprits étaient prisonniers de sa chair. Le démon, qui n'avait pas sa place ici, et Dondo, qui aurait dû partir mais restait lié par les péchés auxquels il n'avait pas renoncé. Dondo ne désirait pas les dieux. Dondo était un caillot de volonté inébranlable, un bouchon de plomb, qui creusait dans son corps avec des griffes pareilles à des grappins. Sans Dondo, il pourrait s'enfuir.

Vraiment ?

Il l'imaginait… À supposer que cette ancre fatale soit soudainement et – ha – miraculeusement retirée. Il pourrait s'enfuir… Mais alors il ne saurait jamais comment les choses avaient tourné. *Ce Cazaril. Si seulement il avait tenu bon un jour de plus, un kilomètre, il aurait pu sauver le monde. Mais il est parti tout juste une heure trop tôt…* Eh bien, *voilà* une damnation à faire passer celle des fantômes errants pour une partie de plaisir. Une vie – une éternité ? – passée à vouloir anticiper ses propres réactions.

Mais la seule et unique façon de s'en *assurer* était de poursuivre la route jusqu'au bout, jusqu'à sa destruction.

Cinq dieux, je dois être fou. Je crois que je boiterais jusqu'à l'enfer du Bâtard pour étancher cette horrible curiosité.

Autour de lui, il entendait la respiration des autres, un bruissement occasionnel d'étoffes. La fontaine murmurait doucement. Les bruits le réconfortaient. Il se sentait très seul, mais au moins c'était en bonne compagnie.

Bienvenue dans la sainteté, Cazaril. Par la grâce des dieux, te voilà qui abrite des miracles ! L'astuce, c'est que tu ne peux pas en choisir la nature…

Betriz comprenait tout de travers. Il ne s'agissait pas de prendre d'assaut le paradis. Il s'agissait de laisser le paradis vous prendre d'assaut. Un ancien maître de siège pouvait-il apprendre à se rendre afin d'ouvrir ses portes ?

Entre vos mains, ô seigneurs de lumière, je remets mon âme. Faites ce que vous devez afin de réparer ce monde. Je suis à votre service.

Le ciel s'éclaircissait, troquant le gris du Père Hiver pour le bleu de la Dame. Dans la cour ombragée, Cazaril voyait les formes de ses compagnons commencer à s'estomper et à se remplir de la couleur offerte par la lumière. Le lourd parfum des orangers et celui, plus léger, des cheveux de

Betriz flottaient dans l'aube humide. Cazaril se remit à genoux, raide et frigorifié.

Quelque part dans le palais, un cri d'homme fendit l'air, avant d'être interrompu brusquement. Une femme hurla.

Chapitre 27

Cazaril posa la main sur les pavés, se hissa pour se redresser, puis écarta sa cape de la garde de son épée. Tout autour de lui, les autres se levaient et lançaient autour d'eux des regards inquiets.

— Dy Tagille. (Bergon fit signe à son compagnon ibrane.) Allez voir.

Hochant la tête, dy Tagille s'éloigna en courant.

Dy Cembuer, le bras droit toujours en écharpe, crispa et décrispa sa main gauche, libéra maladroitement la garde de son épée et se mit à le suivre à grands pas.

— Nous devrions barrer la porte.

Cazaril embrassa du regard la cour et la voûte carrelée. La porte décorative de fer forgé s'ouvrit en grand après dy Tagille. Y avait-il une autre entrée ?

— Royesse, Royse, Betriz, vous ne devez pas vous laisser piéger ici.

Il courut après dy Cembuer, le cœur cognant déjà. S'il pouvait les faire sortir avant le…

Un page surexcité débarqua à toute allure alors que dy Cembuer atteignait la voûte.

— Messires, à l'aide, des hommes armés se sont introduits dans le palais !

Il regarda vivement par-dessus son épaule.

Et les voici. Deux hommes, l'épée tirée, arrivèrent en courant dans le sillage du page. Dy Cembuer, qui s'efforçait de refermer la porte avec l'épée dans sa main gauche, esquiva de justesse le premier coup. Puis Cazaril fut sur eux. Sa première botte fut sauvage et sa cible la para avec un fracas métallique qui se répercuta dans toute la cour.

— Sortez ! hurla-t-il par-dessus son épaule. Par les toits s'il le faut !

Iselle pourrait-elle grimper dans sa robe de cour ? Il ne pouvait pas regarder s'il était obéi, car son adversaire récupéra et attaqua de plus belle. Les hommes de main, soldats, ou quoi qu'ils puissent bien être, portaient des habits de rue ordinaires, sans couleurs ni insignes pour les identifier : sans doute pour pouvoir infiltrer la ville par petits groupes en se mêlant à la foule du festival.

Dy Cembuer balafra son homme. Lequel lui retourna un coup qui atterrit lourdement sur son bras cassé, si bien que dy Cembuer pâlit et recula en étouffant un cri. Lorsqu'un autre soldat portant le vert et le noir de Baocia apparut au coin et se précipita vers la voûte, le cœur de Cazaril se souleva d'espoir l'espace d'un instant. Jusqu'à ce qu'il reconnaisse le capitaine corrompu de Teidez, qui semblait devenir de plus en plus expert en matière de traîtrise.

Les lèvres du capitaine baocien se retroussèrent lorsqu'il vit Cazaril, et il saisit son épée d'un air lugubre, s'approchant de son camarade. Cazaril n'avait ni l'espace suffisant ni une main libre pour tenter de refermer la porte sur eux, et en outre, l'adversaire de Cembuer lui barrait la route. Cazaril n'osa pas faire demi-tour. L'étroitesse de l'espace les força à venir vers lui un par un, sans doute sa meilleure chance de la journée. Sa main s'engourdissait sous l'effet des impacts répercutés le long de sa lame, et son ventre était secoué de crampes. Mais chacune de ses inspirations gagnait du temps pour Bergon, Iselle et Betriz. Un pas, deux pas, cinq pas… Où était dy Tagille ? Neuf pas, onze, quinze… Combien d'hommes suivraient ceux-là ? Sa lame tailla un bout de chair sur la mâchoire de son premier adversaire, et l'homme recula avec un cri perçant, ce qui ne fit que laisser au capitaine des gardes un meilleur angle d'attaque. L'homme portait toujours la bague verte de Dondo. Elle étincelait lorsque son épée plongeait et parait. Quarante pas. Cinquante…

Cazaril se battait sous l'effet d'une terreur exaltée, tellement affairé à se défendre que les dangers surnaturels résultant de sa propre victoire, le démon arrachant son âme de son corps en même temps que celle de sa victime mourante, semblaient à peine envisageables. Le monde de Cazaril avait rétréci : il ne cherchait plus à gagner un jour, ou cette bataille, ou sa vie, mais simplement un autre pas. Et avec chaque pas, une petite victoire. Soixante… et quelque… il perdait le compte. Il recommença. *Un. Deux. Trois…*

Je vais sans doute mourir maintenant. Deux fois ne constituaient pas un charme suffisant. Il hurlait intérieurement de ce gâchis, fou de regret à l'idée de ne pas pouvoir mourir *assez souvent.* Son bras tremblait de fatigue. Cette porte avait besoin d'une fine lame, pas d'un secrétaire, mais la veillée sainte de la royesse n'avait rassemblé que les quelques nobles. Personne ne venait-il donc le soutenir ? Même les vieux serviteurs devaient pouvoir s'emparer d'un objet à lancer… *Vingt-deux…*

Pouvait-il traverser la cour à reculons jusqu'aux marches ? Le cortège royal était-il déjà parvenu à l'étage ? Il jeta derrière lui un regard désespéré, erreur qui lui fit perdre son rythme ; avec un crissement métallique, l'épée du capitaine chassa la sienne de sa poigne fourmillante. Sa lame atterrit bruyamment sur les pavés où elle se mit à tournoyer. Le Baocien repoussa violemment Cazaril vers la voûte et le frappa pour le faire tomber sur les pavés. Une demi-douzaine d'attaquants s'engouffrèrent par la porte à la suite du capitaine et s'éparpillèrent dans la cour ; plusieurs d'entre eux, par prudence et par expérience, lui assenèrent des coups de pied au passage pour le maintenir au sol. Il ignorait toujours leur identité, mais savait sans doute à *qui* ils appartenaient.

Il bascula sur le côté en toussant, juste à temps pour voir dy Jironal passer la porte en jurant dans le sillage d'une autre demi-douzaine d'hommes. Dy Cembuer était toujours à terre, replié sur lui-même, les dents serrées par la souffrance. Iselle et Bergon étaient-ils en sécurité ? Cachés parmi les serviteurs, ou sur les toits ? Il espérait qu'ils ne s'étaient pas barricadés dans leurs appartements sous l'effet de la panique… Dy Jironal se dirigea vers l'escalier de la galerie, où un petit groupe de ses hommes attendaient pour s'élancer de concert.

— Martou ! s'écria Cazaril, qui se tortillait pour se remettre à genoux.

Dy Jironal pivota, comme tiré au bout d'une corde.

— Vous !

À son signal, le capitaine des gardes baociens et un autre soldat saisirent les bras de Cazaril qu'ils replièrent derrière lui, et le traînèrent sur ses pieds.

— Vous arrivez trop tard ! cria Cazaril. Le mariage est consommé, et vous n'avez aucun moyen de le défaire à présent. Chalion possède Ibra au prix le plus bas jamais versé, et tout le pays célèbre sa bonne fortune. Elle est l'Enfant du Printemps et le délice des dieux. Vous ne pouvez gagner contre elle. Abandonnez ! Sauvez votre vie, et celle de vos hommes.

— Elle est mariée, très bien, rugit dy Jironal. Elle sera veuve, si nécessaire. C'est une traîtresse démente, la putain d'Ibra et elle est maudite, je ne peux pas la laisser faire !

Il se tourna de nouveau vers l'escalier.

— S'il y a une putain, c'est vous, Martou ! Vous avez vendu Gotorget pour l'argent roknari que j'avais refusé, et vous m'avez livré aux galères pour vous assurer mon silence !

Cazaril lança des regards désespérés à la troupe hésitante. *Cinquante-cinq, cinquante-six, cinquante-sept…*

— Ce menteur vend ses propres hommes. Si vous le suivez, vous risquez d'être trahis dès qu'il reniflera l'odeur du profit !

Dy Jironal se tourna de nouveau, tirant l'épée.

— Je vais te fermer le clapet, misérable crétin ! Redressez-le.

Attendez, non…

Les deux hommes qui retenaient Cazaril s'écartèrent un peu, les yeux écarquillés. Dy Jironal s'avança et prit son élan pour porter un coup puissant à deux mains.

— Messire, c'est un meurtre, bredouilla l'homme qui tenait le bras gauche de Cazaril.

L'arc visant à le décapiter se retrouva bloqué par les gardiens de Cazaril, si bien que dy Jironal opta à mi-chemin pour un coup plus bas, plongeant son épée avec un bras dirigé par tout le poids de sa fureur.

L'acier transperça le brocart de soie, la peau et le muscle pour s'enfoncer dans le ventre de Cazaril, qui fut presque soulevé de terre par l'impact.

Les bruits cessèrent. L'épée se glissait en lui aussi lentement qu'une perle lâchée dans du miel, et sans plus de douleur. Le visage rouge de Jironal était figé en un rictus de rage. Des deux côtés de Cazaril, ses gardiens se penchèrent et s'écartèrent, bouches ouvertes sur des cris de surprise qui ne sortirent jamais.

Avec un hurlement de triomphe que seul Cazaril entendit, le démon des morts remonta le long de l'épée, qu'il laissa chauffée au rouge dans son sillage, jusqu'à la main de Jironal. Avec un hurlement d'angoisse, un sirop noir qui avait été Dondo le suivit. Des étincelles bleues et blanches s'enroulèrent en crépitant autour du bras armé de Jironal, pareilles à des branches de lierre, puis décrivirent une spirale tout autour de son corps. Lentement, la tête de Jironal se rejeta en arrière, et un feu blanc jaillit de sa bouche tandis que son âme était arrachée à son corps. Ses cheveux se dressèrent, et ses yeux d'un blanc soudain éclatant s'écarquillèrent. L'épée enfoncée bougeait toujours, attirée vers le sol par son poids, et la chair de Cazaril grésillait autour d'elle. Du blanc, du rouge et du noir tourbillonnaient ensemble, s'enroulaient les uns autour des autres, et filaient dans les airs sans direction particulière. La perception de Cazaril se retrouva aspirée dans le sillage de ce cyclone et quitta son corps comme une colonne de fumée. Trois morts et un démon liés ensemble. Ils s'envolèrent vers une *Présence bleue...*

L'esprit de Cazaril explosa.

Il s'ouvrit vers l'extérieur, encore vers l'extérieur, encore une fois vers l'extérieur, jusqu'à ce que le monde s'étale au-dessous de lui comme vu depuis une haute montagne. Mais pas le royaume de la matière. C'était un paysage d'esprit ; des couleurs qu'il n'aurait su nommer, d'un éclat aveuglant, le transportaient sur une splendide turbulence. Il entendait murmurer les esprits du monde entier, ainsi qu'un soupir pareil au vent dans la forêt – si l'on pouvait distinguer, simultanément et séparément, le chant de chaque feuille. Et les cris de douleur et de malheur du monde entier. Et de honte et de joie. D'espoir, de désespoir, d'aspiration... Un millier de milliers de moments d'un millier de milliers de vies se déversèrent dans son esprit dilaté.

Depuis la surface au-dessous de lui, de petites bulles de couleur d'âme s'élevaient une par une pour flotter en une danse tourbillonnante, par centaines, par milliers, comme de grosses gouttes de pluie tombant vers le haut… *Ce sont les mourants, qui s'infiltrent par les fissures des mondes vers cet endroit.* Des âmes conçues par la matière du monde, qui mouraient en cette étrange renaissance. *C'est trop, c'est trop, c'est trop…* Son esprit ne pouvait les contenir toutes, et les visions lui échappaient comme de l'eau coulant entre ses doigts.

Du temps des vagues concepts de sa jeunesse, il avait considéré la Dame Printemps comme une sorte de jeune femme aimable et douce. Ordol et les divins l'avaient à peine affinée davantage que l'image d'une gentille dame immortelle, esprit écrasant qui écoutait tous les cris et tous les chants du monde à la fois. Elle regardait les âmes s'élever en spirale dans toute leur complexe et terrible beauté, avec le ravissement d'un jardinier respirant le parfum de ses fleurs. Et à présent, cet esprit reportait toute son attention sur Cazaril.

Cazaril fondit et fut récupéré dans Ses mains. Il lui sembla qu'Elle le buvait, le siphonnant pour l'arracher à la chaîne des frères dy Jironal et du démon, qui se précipitait *ailleurs*. Il fut de nouveau soufflé par Ses lèvres, attiré vers le bas par une spirale qui se resserrait et traversait la grande faille laissée par sa mort dans le monde, puis de nouveau vers son corps. La lame de l'épée de Jironal émergeait tout juste de son dos. Du sang s'épanouissait comme une rose autour de la pointe métallique.

— Et maintenant, au travail, murmura la Dame. Ouvre-toi à moi, mon bon Cazaril.

— Puis-je regarder ? demanda-t-il timidement.

— Tout ce que tu peux supporter t'est permis.

Il se laissa retomber dans un bien-être languissant, tandis que la déesse se déversait sur le monde à travers lui. Ses lèvres esquissèrent un sourire, ou commencèrent à le faire ; son enveloppe charnelle était aussi molle que celle des hommes qui l'entouraient dans la cour. Il semblait tomber à genoux. Le corps de Jironal n'avait pas encore fini de s'effondrer sur les pavés, bien que sa main morte ait lâché dans un spasme la garde de son épée. Dy Cembuer se relevait en prenant appui sur son bras valide, bouche ouverte sur un cri qui allait finir par devenir « Cazaril ! » Plusieurs hommes se jetaient à plat ventre. D'autres se mettaient à courir.

La déesse attira la malédiction de Chalion comme une laine épaisse et noire entre ses mains. L'arracha d'Iselle et de Bergon, quelque part dans les rues de Taryoon. D'Ista à Valenda. De Sara, à Cardegoss. De toute la terre de Chalion, des montagnes aux montagnes, des rivières aux plaines. Cazaril ne sentait pas la présence d'Orico dans ce brouillard obscur. La Dame la rejeta de nouveau à travers Cazaril. Tandis qu'elle se tortillait en lui pour rejoindre l'autre royaume, son obscurité disparut, et Cazaril ne sut alors plus très bien s'il s'agissait d'un fil ou d'un ruisseau d'eau claire, ou de vin, ou de quelque chose d'encore plus merveilleux.

Une autre Présence, grise et solennelle, l'y attendait pour la ramasser. Et l'absorba. Et soupira comme de soulagement, ou d'achèvement, ou d'équilibre. *Je crois que c'était le sang d'un dieu.* Versé, souillé, aspiré de nouveau, nettoyé, restitué enfin…

Je ne comprends pas. Ista s'était-elle trompée ? Ai-je mal compté mes morts ?

La déesse éclata de rire. *Réfléchis bien…*

Puis cette immense Présence bleue quitta ce monde à travers lui, comme un fleuve tonnant au-dessus d'une cascade. La splendeur d'une musique triomphale qu'il savait ne jamais pouvoir se rappeler lui transperça le cœur. L'énorme fissure se referma. Guérit. Se scella.

Puis tout disparut brutalement.

L'impact des pavés heurtant ses genoux fut la première sensation qu'il retrouva. Il fit des efforts désespérés pour se redresser, s'asseoir sur ses talons, afin de ne pas faire bouger la lame de l'épée dans sa chair. La garde et une portion de lame de l'épaisseur d'une main étaient suspendues sous son regard tourné vers le bas, enfoncées selon un angle tordu dans son ventre, dirigées vers le haut, juste en dessous et à gauche de son nombril. La pointe semblait émerger à droite de sa colonne vertébrale, un peu plus haut. *À présent* venait la douleur. Alors qu'il prenait sa première inspiration en frémissant, l'arme se secoua quelque peu. La puanteur de chair cautérisée lui agressa les narines, mélangée à un parfum céleste évoquant des fleurs printanières. Il tremblait sous le choc et le froid. Il tâchait de se tenir tout à fait immobile.

Il ressentait une irrésistible envie de ricaner. Ce qui lui ferait mal. Et bien plus encore…

Cette odeur de viande brûlée ne provenait pas seulement de lui. Dy Jironal était étendu devant lui. Cazaril avait vu des cadavres brûlés de l'extérieur, jamais de l'intérieur. Les cheveux et les vêtements du chancelier dégageaient un peu de fumée, mais tout s'éteignit sans la moindre flamme.

L'attention de Cazaril s'arrêta sur un caillou posé sur les pavés près de son genou. Il était tellement *dense.* Tellement *persistant.* Les dieux étaient incapables de soulever ne serait-ce qu'une plume, mais lui, simple être humain, pouvait ramasser cet objet immuable et ancien pour le placer où il le souhaitait, même dans sa poche. Il se demanda pourquoi il n'avait jamais apprécié la fidélité obstinée de la matière. Une feuille séchée était posée tout près, encore plus étonnante de complexité. La matière inventait tellement de *formes*, puis allait jusqu'à générer une beauté au-delà d'elle-même, des esprits et des âmes qui s'en échappaient comme une mélodie d'un instrument… La matière était un ravissement pour les dieux. La matière gardait d'elle-même un souvenir si clair. Il ne comprenait pas comment il ne l'avait pas remarqué auparavant. Sa propre main tremblante était un miracle, tout comme l'épée de solide métal plantée dans son ventre, et les orangers dans leurs bacs, dont l'un était à présent renversé, superbement brisé et répandu, et les bacs, et le chant matinal des oiseaux, et l'eau de la fontaine – l'eau ! Cinq dieux, l'eau ! –, et la lumière de l'aube qui filtrait dans le ciel…

— Sire Cazaril ? demanda une voix faible près de son coude.

Il regarda de côté pour s'apercevoir que dy Cembuer avait rampé jusqu'à lui.

— *Qu'est-ce que c'était ?*

Dy Cembuer semblait au bord des larmes.

— Des miracles.

Trop nombreux pour un seul endroit en même temps. Il était submergé par les miracles. Ils lui remplissaient les yeux où qu'il les pose.

Parler était une erreur, car les vibrations réveillèrent la douleur de son ventre. Mais il *pouvait* parler ; l'épée ne semblait pas lui avoir percé le poumon. Il imaginait à quel point cracher du sang serait douloureux, en ce moment même. *Alors une blessure aux intestins. Je serai de nouveau mort dans trois jours.* Il percevait une faible odeur d'excréments, mêlée à la viande brûlée et au parfum de la déesse. Et des pleurs… Non, un instant, cette puanteur fécale ne provenait pas de lui, pas encore. Le capitaine baocien en sanglots s'était recroquevillé un peu plus loin, les bras enserrant sa tête. Il ne semblait pas blessé. Ah. Oui. Il avait été le plus proche témoin vivant. La déesse avait dû le frôler au passage.

Cazaril risqua une autre inspiration.

— Qu'avez-vous vu ? demanda-t-il à dy Cembuer.

— Cet homme… Était-ce dy Jironal ?

Cazaril répondit d'un léger hochement de tête prudent.

— Quand il vous a frappé, il y a eu un craquement monstrueux, et il a éclaté en flammes bleues. Il est… ? Qu'est-ce que… ? Les dieux l'ont-ils foudroyé ?

— Pas exactement. C'était… un peu plus compliqué…

La cour semblait étrangement silencieuse. Cazaril se risqua à tourner la tête. La moitié des hommes de main, ainsi que plusieurs serviteurs d'Iselle, étaient étendus à terre. Certains marmonnaient très vite à mi-voix, d'autres pleuraient comme le capitaine baocien. Les autres avaient disparu.

Cazaril comprenait désormais pourquoi un homme devait donner sa vie trois fois pour accomplir ceci. Et lui qui s'était imaginé que les dieux faisaient preuve d'arbitraire et d'exigence au nom de quelque châtiment occulte. Les deux premières morts n'avaient servi que d'*entraînement*. La première, pour apprendre à accepter la mort en son corps : c'était sa flagellation sur la galère. Il ne s'était *pas* trompé dans ses comptes : à l'époque, cette mort-là n'était pas pour la maison de Chalion. Mais elle l'était devenue, une fois consommé le mariage entre Iselle et Bergon ; l'union de deux en un, qui avaient partagé entre eux la malédiction d'une si affreuse façon, semblait avoir aussi réparti ce sacrifice. La dot secrète de Bergon. Cazaril espérait qu'il vivrait assez longtemps pour le lui dire, et que le royse en serait content. Sa seconde acceptation, celle de la mort de l'âme, avait eu lieu dans la seule compagnie des corbeaux de la tour de Fonsa. Si bien qu'arrivant enfin à cette troisième expérience, il avait pu offrir à la déesse une association franche et sans heurts… Des parallèles humiliants à propos du dressage des mules lui traversèrent l'esprit.

Des bruits de pas retentirent. Cazaril leva les yeux pour voir un dy Tagille essoufflé et échevelé, mais avec l'épée rengainée, traverser la cour à la hâte. Il les rejoignit à toute allure et s'arrêta brusquement.

— Enfer du Bâtard ! (Il jeta un coup d'œil à son camarade ibrane.) Tout va bien, dy Cembuer ?

— Ces enfants de putain ont encore cassé mon bras. C'est *lui*, la terreur. Qu'est-ce qui se passe, là dehors ?

— Dy Baocia a rassemblé ses hommes et repoussé les envahisseurs du palais. Tout est très confus pour le moment, mais il semblerait que les autres soient en train de traverser la ville pour essayer d'atteindre le temple.

— Pour le prendre d'assaut ? demanda dy Cembuer, affolé, avant d'essayer de se relever.

— Non. Pour se rendre devant des hommes armés qui n'essaieront pas de leur arracher un membre après l'autre. Il semblerait que tous les citoyens de Taryoon se soient lancés dans les rues à leur poursuite. Les femmes sont les pires. Enfer du Bâtard ! répéta-t-il en apercevant le corps fumant de Jironal, un soldat de Chalion hurlait et balbutiait qu'il avait vu la foudre tomber d'un ciel bleu et clair pour frapper dy Jironal, afin de le punir de ce combat sacrilège en ce Jour de la Fille. Et j'ai refusé de le croire.

— Je l'ai vu, moi aussi, répliqua dy Cembuer. Il y a eu un bruit terrifiant. Il n'a même pas eu le temps de crier.

Dy Tagille tira le corps un peu à l'écart et s'agenouilla devant Cazaril, posant un regard craintif sur son ventre embroché, puis sur son visage.

— Sire Cazaril, nous devons tenter de vous retirer cette épée. Autant le faire tout de suite.

— Non… Attendez… (Cazaril avait vu un jour un homme transpercé d'un carreau d'arbalète vivre une demi-heure, jusqu'à ce qu'on retire le carreau ; puis le sang avait jailli, et il était mort.) Je veux voir dame Betriz d'abord.

— Messire, vous ne pouvez pas rester assis ici avec une épée plantée dans le corps !

— Eh bien, argumenta Cazaril, je ne peux certainement pas *bouger*…

Tenter de parler l'essoufflait. Mauvais point. Il frissonnait, transi de froid. Mais la douleur palpitante n'était pas aussi dévastatrice qu'il s'y attendait, sans doute parce qu'il parvenait à rester immobile. Tant qu'il se tenait *totalement* immobile, ce n'était pas tellement pire que les coups de griffes de Dondo.

D'autres hommes arrivèrent dans la cour. Des voix, des bruits, les cris des blessés traversaient les murs, ainsi que des histoires racontées encore et encore par des voix de plus en plus fortes. Cazaril ignorait le tout, de nouveau fasciné par son caillou. Il se demanda d'où il venait, comment il était arrivé là. Ce qu'il était avant de devenir caillou. Un rocher ? Une montagne ? Où donc ? Pendant combien d'années ? Il lui remplissait l'esprit. Et si un caillou pouvait lui remplir l'esprit, que pourrait faire une montagne ? Les dieux contenaient des montagnes dans leurs esprits, ainsi que tout le reste, tout en même temps. Le grand tout, avec la même attention qu'ils accordaient à chaque chose. Il l'avait vu à travers les yeux de la Dame. S'il avait dû le contempler plus longtemps que ce clignement d'yeux infinitésimal, sans doute son âme aurait-elle explosé. Pour l'heure, il se sentait étrangement étiré. Cet aperçu avait-il été un cadeau, ou un simple hasard ?

— Cazaril ?

Une voix tremblante, celle qu'il attendait. Il leva les yeux. Si le caillou était stupéfiant, Betriz était éblouissante. La seule structure de son nez aurait pu l'enivrer des heures. Il se désintéressa aussitôt du caillou pour cette distraction plus grande. Mais de l'eau perlait, miroitante, dans ses yeux bruns, et son visage avait perdu toute couleur. Ce n'était pas juste. Pire encore, ses fossettes étaient hors de vue.

— Vous voilà, s'écria-t-il joyeusement, d'une voix rauque et vague. Embrassez-moi maintenant.

Elle avala sa salive, s'agenouilla, se traîna jusqu'à lui et tendit le cou. Ses lèvres étaient tièdes. Le parfum de sa bouche n'était pas celui d'une déesse mais celui d'une femme, et délicieux en outre. Les lèvres de Cazaril étaient froides, et il les pressa contre celles de Betriz autant pour puiser leur chaleur et leur jeunesse que tout ce qu'elles offraient. Alors voilà. Il nageait dans le miracle chaque jour de sa vie, et il l'avait ignoré.

Il recula sa tête.

— Voilà. (Il n'ajouta pas : « C'est suffisant », car ça ne l'était pas.) Vous pouvez retirer l'épée maintenant.

Des hommes s'agitaient autour de lui, pour la plupart des étrangers à l'air inquiet. Betriz s'essuya le visage, défit les attaches de sa tunique et se releva. Quelqu'un agrippa les épaules de Cazaril. Un page tendit un tampon replié à presser contre sa blessure, et quelqu'un d'autre apporta des longueurs de bandage prêtes à lui envelopper le torse.

Cazaril plissa les yeux, hésitant. Betriz était présente : donc Iselle devait, devait être…

— Iselle ? Bergon ?

— Je suis là, Sire Caz, s'éleva la voix d'Iselle à ses côtés.

Elle vint se placer devant lui, et le fixa d'un air de profond désarroi. Elle avait quitté dans sa fuite ses robes supérieures lourdement brodées et semblait toujours un peu essoufflée. Elle avait aussi quitté la cape noire de la malédiction… n'est-ce pas ? Oui, décida-t-il. Sa seconde vue disparaissait, mais il ne se trompait pas sur ce point.

— Bergon est avec mon oncle, poursuivit-elle, en train d'aider à débarrasser l'endroit des derniers hommes de Jironal.

Sa voix restait ferme malgré les larmes coulant sur son visage.

— L'ombre noire, lui dit-il, vous a quittée, ainsi que Bergon. Elle a quitté tout le monde.

— Comment ?

— Je vous expliquerai tout, si je vis.

— *Caz*aril !

Il sourit brièvement en reconnaissant la note familière d'exaspération dont elle parait son nom.

— Alors vivez ! (Sa voix tressaillit.) Je… Je vous l'ordonne.

Dy Tagille s'agenouilla devant Cazaril.

Cazaril lui adressa un petit hochement de tête.

— Retirez-la.

— D'un seul coup et tout doucement, Sire dy Tagille, lui expliqua une Iselle tendue, afin de ne pas le blesser davantage.

— Oui, madame.

Dy Tagille s'humecta les lèvres, plein d'appréhension, et saisit la garde de l'épée.

— Prudemment, souffla Cazaril, mais pas *si* lentement, je vous en *prie…*

L'épée le quitta ; un jet de liquide tiède jaillit de la plaie. Cazaril avait espéré perdre connaissance, mais il ne fit que tanguer lorsque l'on appliqua des tampons sur sa blessure pour les presser très fort, devant et derrière. Il baissa les yeux en s'attendant à trouver ses cuisses maculées de sang, mais n'aperçut aucun flot rouge ; c'était un liquide clair, à peine teinté de rose. *L'épée a dû percer ma tumeur.* Laquelle n'était *pas*, semblait-il, remplie de quelque grotesque fœtus de démon, et puisse le Bâtard faire rôtir Rojeras pour lui avoir infligé ce cauchemar. Il s'efforça de ne pas songer : *du moins, plus maintenant.* Un murmure ébahi parcourut le cercle de spectateurs lorsque le parfum de fleurs célestes libéré par cet écoulement remplit l'atmosphère.

Il se laissa retomber, flasque et docile, dans les bras de ses soignants. Il parvint à cueillir discrètement son caillou avant que les mains secourables le portent à l'étage dans sa chambre. Ils étaient inquiets et surexcités, mais lui se sentait gagné par un merveilleux bien-être. Il semblait qu'on était aux petits soins pour lui : magnifique. Lorsque Betriz lui tint la main, alors qu'on l'installait dans son lit, il la saisit pour ne plus la lâcher.

Chapitre 28

Un coup frappé à sa porte et accompagné de voix basses tira Cazaril du sommeil. La pièce était faiblement éclairée. Une flamme de bougie unique repoussant de profondes ténèbres lui apprit que la nuit était tombée. Il entendit le médecin, qui avait été assis près de lui, murmurer :

—Il dort, Roy… Royina…

—Non, je ne dors pas, cria Cazaril. Entrez.

Il raidit les bras pour se redresser, puis renonça. Il ajouta :

—Apportez de la lumière. Beaucoup plus de lumière. Je veux vous voir.

Un grand nombre de personnes entra dans sa chambre d'un pas traînant, s'efforçant de se montrer calmes et doux, comme une parade soudain devenue timide. Iselle et Bergon, suivis par Betriz et Palli ; l'archidivin de Taryoon, avec le petit juge du Père dans son sillage. Ils remplissaient toute la pièce. Cazaril leur adressa un sourire aimable depuis ce paradis horizontal de draps propres et de tranquillité, tandis qu'une bougie s'approchait d'une autre et que les flammes se multipliaient.

Bergon baissa les yeux vers lui avec appréhension et murmura au médecin d'une voix rauque :

—Comment va-t-il ?

—Il a passé beaucoup de sang dans ses urines un peu plus tôt, mais moins ce soir. Il n'a pas de fièvre pour l'instant. Je n'ose pas lui donner plus de quelques gorgées de thé, tant que nous ne savons pas comment évolue sa blessure. J'ignore à quel point il souffre.

Cazaril décida qu'il préférait parler pour lui-même.

—Je souffre, aucun doute là-dessus. (Il fit une autre faible tentative pour se redresser, et grimaça.) J'aimerais bien m'asseoir un peu. Je ne peux pas parler de cette manière, en ne voyant que vos nez à tous.

Palli et Bergon se précipitèrent pour l'aider doucement à se redresser, tapotant des oreillers derrière lui.

—Merci, dit Iselle au médecin, qui s'inclina avant de s'éloigner, comprenant le signal.

Cazaril se laissa aller en arrière avec un soupir puis reprit :

—Quelles sont les nouvelles ? Est-ce que Taryoon est assiégée ? Et puis arrêtez de murmurer comme à un enterrement.

Iselle sourit depuis le pied de son lit.

—Il s'est passé beaucoup de choses, lui dit-elle d'une voix revenue à son timbre normal. Dy Jironal a fait envoyer des hommes de Valenda et de son beau-fils à Thistan, aussi vite qu'ils pouvaient avancer, pour soutenir ses espions et ses ravisseurs qui s'étaient infiltrés pendant les festivités. Tard hier soir, la colonne qui descendait la route depuis Valenda a croisé et capturé la délégation qui portait notre lettre à Orico vers Cardegoss.

—En vie, j'espère ? s'inquiéta Cazaril.

—Il y a eu quelques bagarres, mais personne n'a été tué, grâce aux dieux. Il s'est ensuivi un grand débat dans leur camp.

Eh bien, il avait *vraiment* envoyé en mission les plus sensés et les plus persuasifs des hommes de poids et de valeur que pouvait rassembler Taryoon.

—Plus tard dans l'après-midi, nous leur avons envoyé des hommes pour parlementer. Parmi lesquels plusieurs des hommes de Jironal qui avaient assisté à la bagarre dans la cour, et… et à ces étranges flammes bleues qui l'ont tué, afin qu'ils expliquent et témoignent. Ils ont pleuré et bafouillé, mais se sont montrés convaincants. Cazaril, que s'est-il *vraiment*… Oh, et ils disent qu'Orico est mort.

Cazaril soupira. *Je le savais.*

—Quand donc ?

L'archidivin de Taryoon répondit :

—La chose n'est pas très claire. Une messagère du temple est venue nous porter la nouvelle cet après-midi. Elle m'a remis une lettre de l'archidivin Mendenal de Cardegoss affirmant que c'était la nuit qui a suivi le mariage de la royesse… de la royina. Mais d'après les hommes de Jironal, il leur avait dit qu'Orico était mort la nuit d'avant, ce qui faisait de lui le régent légitime de Chalion. Je suppose qu'il mentait. Et je ne crois plus que ce soit très important, à présent.

Mais la distinction l'aurait été, si les choses avaient tourné autrement… Cazaril fronça les sourcils, tout à ses curieuses conjectures.

—Dans tous les cas, ajouta Bergon, entre les nouvelles de la mort incroyable de Jironal, l'échec et la capture de ses espions, *et* la révélation de s'en prendre non à une héritière rebelle, mais à leur royina légitime, les colonnes se sont séparées. Les hommes retournent chez eux. Je viens de m'en assurer.

En effet, il était couvert de boue, les yeux brillant de la joie exubérante du succès – et du soulagement.

— Croyez-vous que la trêve se prolongera ? demanda Cazaril. Dy Jironal tenait les ficelles d'un réseau considérable de pouvoir et de relations, et ces gens ont encore tous des intérêts en jeu.

Palli grogna et secoua la tête.

— Ils n'ont pas le soutien des forces de l'ordre du Fils, maintenant qu'il n'a plus de chef. Pire encore, ils sont pratiquement certains que le contrôle de l'ordre va échapper à leur faction. Je crois que le clan Jironal apprendra la prudence.

— Le provincar de Thistan nous a déjà envoyé une lettre de soumission, qui vient d'arriver, ajouta Iselle. Elle semble avoir été rédigée dans la hâte. Nous comptons attendre un jour de plus pour nous assurer que les routes sont libres, avant d'aller rendre grâces aux dieux dans le temple de Taryoon. Ensuite, Bergon et moi nous rendrons à Cardegoss avec un contingent de la cavalerie de mon oncle, pour les funérailles d'Orico et mon couronnement. (Les coins de sa bouche s'affaissèrent.) Je crains que nous devions vous abandonner ici quelque temps, Sire Caz.

Il jeta un coup d'œil à Betriz qui le regardait, les yeux assombris par l'inquiétude. Où Iselle se rendait, Betriz, sa première courtisane, devait nécessairement la suivre.

Iselle poursuivit :

— Ne parlez pas si c'est trop douloureux, mais Cazaril… que s'est-il *passé* dans la cour ? La Fille a-t-elle *vraiment* foudroyé dy Jironal d'un éclair bleu ?

— C'est l'impression que donnait son corps en tout cas, dit Bergon. Complètement *rôti*. Je n'ai jamais rien vu de tel.

— C'est une bonne histoire, dit lentement Cazaril, et la plupart des gens s'en contenteront. Vous tous, ici, devriez connaître la vérité, mais… je crois qu'elle devrait rester entre nous, n'est-ce pas ?

Iselle pria le médecin de se retirer. Elle jeta un regard curieux au petit juge.

— Et ce gentilhomme, Cazaril ?

— L'Honorable Paginine est… sur le point de devenir un de mes collègues. Il devrait rester, tout comme l'archidivin.

L'auditoire de Cazaril, aligné autour de son lit, le fixait en retenant son souffle. Ni Paginine, ni l'archidivin, ni Palli ne connaissaient le préambule sur Dondo et le démon des morts, si bien que Cazaril se vit contraint de repartir du début, encore qu'en résumant autant qu'il le put sans gêner la compréhension. Du moins espérait-il produire un récit cohérent qui ne ressemblât pas aux délires d'un dément.

— L'archidivin Mendenal de Cardegoss connaît toute cette histoire, assura-t-il aux deux hommes de Taryoon qui paraissaient choqués.

La bouche de Palli se tordait en un rictus entre stupéfaction et indignation ; Cazaril évita son regard, un peu coupable.

— Mais quand dy Jironal et ses hommes m'ont maintenu désarmé pour me frapper… quand il m'a assassiné, le démon des morts nous a tous emportés sans faire de distinction entre tueurs et victimes. C'est-à-dire que le démon les a emportés tous deux, mais que d'une certaine façon mon âme leur était rattachée, et les a suivis… Et ce que j'ai vu alors… la déesse… (Sa voix faiblit.) Je ne sais pas comment ouvrir la bouche et en faire jaillir l'univers en quelques mots. Si je connaissais tous les mots de toutes les langues passées, présentes et futures de ce monde, et parlais jusqu'à la fin des temps, je ne pourrais toujours pas…

Il frissonnait soudain, les yeux voilés de larmes.

— Mais tu n'étais pas vraiment mort, n'est-ce pas ? demanda Palli, mal à l'aise.

— Oh, si. Juste un bref instant… selon un angle étrange qui transformait ce bref instant en quelque chose de, heu, d'énorme. Si je n'étais pas réellement mort, je n'aurais pas pu ouvrir une brèche entre les mondes, et la déesse n'aurait pas pu s'y infiltrer pour reprendre la malédiction. Qui était une goutte du sang du Père, d'après ce que j'ai pu voir, même si j'ignore comment le Général Doré a pu entrer en possession d'un tel présent. C'est une métaphore, d'ailleurs. Je suis désolé. Je n'ai pas… Je n'ai pas les mots pour décrire ce que j'ai vu. En parler revient à essayer de tisser une boîte d'ombres dans laquelle transporter de l'eau. *(Et nos âmes sont brûlées.)* La Dame Printemps m'a laissé voir par Ses yeux, et bien que ma seconde vue me soit reprise, je crois, mes yeux ne semblent pas fonctionner exactement comme avant…

L'archidivin se signa. Paginine se racla la gorge, et dit d'une voix hésitante :

— En effet, Messire, vous ne dégagez plus cette immense lueur d'incendie.

— Ah non ? Oh, parfait.

Cazaril s'empressa d'ajouter :

— Mais la cape noire autour d'Iselle et Bergon a disparu aussi, n'est-ce pas ?

— Oui, Messire. Royse, Royina, je vous prie. L'ombre semble avoir totalement disparu.

— Alors tout va bien. Les dieux, les démons, les fantômes, toute la compagnie s'en est allée. Il n'y a plus rien d'étrange en moi maintenant, dit joyeusement Cazaril.

Le visage de Paginine se figea en une expression ni tout à fait épouvantée, ni tout à fait amusée.

— Je n'irais pas jusque-là, Messire, murmura-t-il.

Avec un coup de coude à Paginine, l'archidivin murmura :

— Mais il dit la vérité, n'est-ce pas ? Aussi insensée qu'elle paraisse…

— Oh oui, mon Révérend. Je n'ai aucun doute là-dessus.

Le regard inexpressif qu'il échangea avec Cazaril semblait refléter plus de compréhension que celui de l'archidivin, ébahi et intimidé.

— Demain, annonça Iselle, Bergon et moi nous rendrons au temple en marchant pieds nus pour marquer notre gratitude envers les dieux.

Cazaril dit d'une voix vaguement inquiète :

— Oh. Oh, soyez prudents, alors. N'allez pas marcher sur du verre brisé ou sur des clous rouillés.

— Chacun surveillera les pas de l'autre pendant tout le trajet, promit Bergon.

Cazaril ajouta en biais pour Betriz, sa main rampant sur la courtepointe pour toucher la sienne :

— Vous savez, je ne suis plus hanté. C'est un sacré fardeau retiré à mon esprit, de bien des façons. Très libérateur pour un homme, ce genre de choses...

Sa voix perdait du volume, rauque de fatigue. La main de Betriz se tourna sous la sienne et la serra discrètement.

— Nous devrions nous retirer pour vous laisser vous reposer, reprit Iselle, fronçant les sourcils sous l'effet d'une inquiétude nouvelle. Désirez-vous quoi que ce soit, Cazaril ? Quoi que ce soit ?

Alors qu'il s'apprêtait à répondre « non, rien », il dit :

— Oh, oui. Je veux de la musique.

— De la musique ?

— Peut-être une musique très douce, avança Betriz. Pour le bercer.

Bergon sourit.

— S'il vous plaît ainsi, alors, veuillez vous en charger, Dame Betriz.

La troupe s'éloigna sur la pointe des pieds, bruyamment. Le médecin revint. Il fit boire du thé à Cazaril, en échange d'un autre volume d'urine teintée de sang qu'il examina d'un œil soupçonneux à la lumière des bougies avant de grogner d'une inquiétante manière.

Betriz revint enfin avec un jeune joueur de luth à l'air nerveux qui semblait avoir été tiré d'un profond sommeil pour ce récital. Mais il s'échauffa les doigts, accorda son instrument et joua sept courtes pièces. Aucune d'entre elles n'était la bonne ; aucune n'évoquait la Dame et Ses fleurs de l'âme, jusqu'à ce qu'il en joue une huitième, contrepoint entrelacé d'une incomparable douceur. Celle-là possédait un faible écho de paradis. Cazaril la lui fit rejouer deux fois et pleura un peu, sur quoi Betriz, décidant qu'il était trop fatigué et devait à présent dormir, congédia le jeune homme.

Et Cazaril n'avait toujours pas eu l'occasion de lui parler de son nez. Lorsqu'il tenta d'expliquer ce miracle au médecin, l'homme réagit en lui donnant une large cuillerée de sirop de coquelicot, après quoi ils cessèrent de s'inquiéter mutuellement pour le reste de la nuit.

Au bout de trois jours, ses blessures cessèrent d'exsuder un fluide parfumé, se refermèrent nettement, et le médecin permit à Cazaril de prendre du gruau pour le petit déjeuner. Ce qui le ragaillardit suffisamment pour qu'il insiste à sortir s'asseoir dans la cour à la lumière du soleil printanier. L'expédition sembla nécessiter un nombre excessif de serviteurs et de volontaires, mais on le guida prudemment jusqu'en bas des escaliers avant de l'installer sur une chaise garnie de coussins remplis de laine et de plumes, les pieds surélevés grâce à une autre chaise matelassée. Il chassa ses assistants et s'adonna à la plus exquise des oisivetés. Le murmure de la fontaine l'apaisait. Les arbres dans leurs bacs déployaient des fleurs encore plus parfumées. Deux petits oiseaux orange et noir voletaient dans les airs, apportant des herbes sèches et des brindilles pour bâtir un nid à l'abri d'une des sculptures d'un poteau soutenant la galerie. Cazaril les regardait aller et venir, tandis qu'un ambitieux fouillis de plumes et de papier gisait abandonné sur la petite table, près de son coude.

Le palais dy Baocia était très calme, car son seigneur, sa dame et ses invités royaux s'étaient tous rendus à Cardegoss. Cazaril sourit donc avec un ravissement paresseux lorsque la porte de fer forgé au-dessous de la voûte s'ouvrit pour laisser passer Palli. Le march s'était vu confier par sa nouvelle royina la morne tâche de veiller sur son secrétaire convalescent pendant que tous les autres assistaient aux grands événements de la capitale, ce qui semblait aux yeux de Cazaril une injuste récompense pour les vaillants services qu'avait rendus Palli. Il s'était occupé de lui avec tant de dévotion que Cazaril se sentait coupable de regretter qu'Iselle ne lui ait pas plutôt laissé Betriz.

Palli, souriant, fit un simulacre de révérence avant de s'asseoir sur le rebord de la fontaine.

— Eh bien, Castillar ! Vous avez meilleure mine. Nettement plus verticale. Mais qu'est-ce que ce travail ? (Il désigna la table.) Hier, avant de partir, tes dames m'ont chargé de faire respecter une longue liste d'interdictions, dont tu seras heureux d'apprendre que j'ai presque tout oublié, mais je suis sûr que le travail y figurait.

— Pas du tout, répondit Cazaril. Je tentais de rédiger un poème à la manière de Behar, mais ensuite ces oiseaux… en voilà un, d'ailleurs. (Il fit une pause pour regarder l'éclair orange et noir.) Les gens complimentent les oiseaux pour leurs qualités de bâtisseurs, mais sérieusement, ces deux-là me semblent affreusement maladroits. Ce sont peut-être de jeunes oiseaux à leur coup d'essai. Mais ils sont tenaces. Enfin, je suppose que si je devais construire une cabane en n'utilisant que mes dents, je ne ferais pas mieux. Je devrais écrire un poème à la gloire des oiseaux. Si la matière qui se lève et marche, comme toi, est un miracle, alors que dire de la matière qui se lève pour voler !

Palli eut un sourire surpris.

— C'est de la poésie ou de la fièvre, Caz ?

— Oh, c'est une grande infection de poésie, une contagion d'hymnes. Les dieux adorent les poètes, tu sais. Les chants et les poèmes sont de la même matière que les âmes, si bien qu'ils peuvent infiltrer leur monde pratiquement sans contrainte. Quant aux sculpteurs... Même les dieux sont émerveillés par les sculpteurs.

Plissant les yeux à cause du soleil, il rendit son sourire à Palli.

— Néanmoins, murmura Palli, pince-sans-rire, on peut considérer ton quatrain d'hier matin à la gloire du nez de dame Betriz comme une erreur tactique.

— Mais je ne me moquais pas d'elle ! protesta Cazaril indigné. Était-elle encore en colère contre moi quand elle est partie ?

— Non, non, elle n'était pas en colère ! Elle était persuadée que c'était la fièvre, et par conséquent elle était très inquiète. Si j'étais toi, je l'attribuerais à la fièvre.

— Je ne me sens pas encore capable d'écrire un poème sur elle tout entière. J'ai essayé. Mais c'est trop bouleversant.

— Eh bien, si tu tiens vraiment à écrire des blasons sur toutes les parties de son corps, choisis les lèvres. Elles sont nettement plus romantiques que les nez.

— Pourquoi donc ? demanda Cazaril. Toutes les parties de son corps ne sont-elles pas éblouissantes ?

— Oui, mais on embrasse les lèvres. Et pas les nez. Normalement. Les hommes écrivent des poèmes sur les objets de leur désir afin de les attirer plus près.

— Comme c'est pratique. Dans ce cas, il est étonnant que les hommes n'écrivent pas davantage de poèmes sur les parties intimes des dames.

— Les dames nous gifleraient. Les lèvres sont un compromis prudent, qui sert en quelque sorte de remplacement ou de tremplin vers de plus grands mystères.

— Ha. Dans tous les cas, je la désire tout entière. Le nez, les lèvres, les pieds, tout ce qu'il y a au milieu, et son âme, sans laquelle son corps serait immobile, glacial et pareil à de l'argile, et se mettrait à pourrir, et n'aurait plus *rien* d'un objet de désir.

— Argh ! (Palli se passa la main dans les cheveux.) Mon ami, tu ne comprends rien à la romance.

— Je te promets que je ne comprends plus rien à rien. Je suis magnifiquement égaré.

Il se laissa aller sur ses coussins et se mit à rire doucement.

Palli ricana et se pencha pour ramasser le papier au sommet de la pile, le seul sur lequel Cazaril ait écrit pour l'instant. Il le parcourut et haussa les sourcils.

— Qu'est-ce que c'est ? Pas un poème sur le nez des dames. (Son visage se fit plus grave ; son regard se reporta au début de la page, puis de nouveau vers le bas.) En fait, je ne sais même pas exactement de quoi il s'agit. Sauf que j'ai les poils qui se dressent sur les bras…

— Oh, ça. Ce n'est rien, j'en ai crainte. J'essayais… mais ce n'était pas… (Les mains de Cazaril décrivirent un geste d'impuissance, et revinrent toucher son front.) Ce n'est pas ce que j'ai vu.

Il ajouta pour se justifier :

— Je croyais qu'en poésie, les mots avaient un autre poids, qu'ils existaient des deux côtés du mur entre les mondes, comme les gens. Jusqu'ici, je ne fais que créer du brouillon tout juste bon à l'allumage d'un feu.

— Hum, dit Palli.

Discrètement, il replia le papier et le fourra dans sa cape.

— Je vais réessayer, soupira Cazaril. J'y parviendrai peut-être un jour. Je dois aussi écrire quelques hymnes à la matière. Aux oiseaux. Aux pierres. Ce qui ferait plaisir à la Dame, je crois.

Palli cligna des yeux.

— Pour l'attirer plus près ?

— Peut-être.

— C'est dangereux, cette poésie. Je crois que pour ma part, j'en resterai à l'action.

Cazaril lui sourit.

— Prenez garde, Messire dédicat. L'action aussi peut être une forme de prière.

Des murmures et des rires étouffés leur parvenaient depuis la galerie. Cazaril leva les yeux pour voir plusieurs serviteurs, femmes et jeunes garçons en train de l'épier, accroupis derrière la rampe sculptée. Palli suivit son regard. Une jeune fille se leva crânement pour leur faire signe. Palli lui rendit aimablement son salut. Les gloussements allèrent *crescendo* et les femmes se dispersèrent. Palli se gratta l'oreille puis braqua sur Cazaril un regard désabusé.

Cazaril lui expliqua :

— Les gens se sont faufilés ici toute la matinée pour voir l'endroit où le pauvre dy Jironal a été frappé. S'il n'y prend garde, sire dy Baocia verra sa jolie cour toute neuve se transformer en autel.

Palli s'éclaircit la voix.

— En fait, Caz, ils se faufilent pour t'espionner, *toi*. Plusieurs des serviteurs de Baocia font payer l'entrée pour conduire les curieux jusqu'ici et les ramener à l'extérieur. J'hésitais à contrarier l'entreprise, mais s'ils te dérangent, je vais…

Il remua comme pour se lever.

— Oh. Oh, non, laisse-les donc. J'ai donné beaucoup de travail supplémentaire aux serviteurs du palais. Qu'ils en retirent donc un peu de profit.

Palli ricana, mais acquiesça d'un haussement d'épaules.

— Et tu n'as toujours pas de fièvre ?

— Je n'en étais pas sûr au début, mais non. Ce médecin a fini par me laisser manger, encore que pas assez. Je crois que je guéris.

— C'est un miracle en soi, qui mérite bien qu'on dépense un vaida pour le voir.

— Oui. Je ne sais pas trop si me rendre au monde de cette façon était un cadeau d'adieu de la Dame, ou juste un hasard parce qu'elle avait besoin de quelqu'un qui garde la porte ouverte pour elle de ce côté-ci. Ordol avait raison à propos de la parcimonie des dieux. Enfin, tout va bien d'une façon comme d'une autre. Nous nous reverrons sans doute un jour ou l'autre.

Il se pencha en arrière, fixant le ciel, de ce bleu propre à la Dame. Ses lèvres se retroussèrent malgré lui.

— Tu étais l'homme le plus grave que j'aie jamais connu, et maintenant tu souris en permanence. Caz, es-tu sûr qu'elle t'ait rendu ton âme en bon état ?

Cazaril éclata de rire.

— Peut-être pas ! Tu sais ce que c'est qu'un voyage. Tu ranges toutes tes affaires dans tes sacoches, et arrivé en fin de parcours, elles semblent avoir doublé de volume et dépasser de tous les côtés, même quand tu jurerais n'avoir rien ajouté… (Il se tapota la cuisse.) Peut-être que je ne suis pas rangé dans ce vieil étui usé aussi soigneusement qu'avant.

Palli secoua la tête, incrédule.

— Si bien que maintenant, tu exsudes de la poésie par tous les pores. Bigre !

Dix autres journées de convalescence ne suffirent pas à lasser Cazaril du repos, et lui firent seulement regretter que son bien-être soit aussi vide des gens qu'il désirait. Ils finirent par lui manquer au point qu'il surmonta sa répulsion à l'idée de remonter à cheval, et chargea Palli d'organiser leur voyage. Palli protesta sans grande conviction devant cet exercice prématuré, et se laissa facilement vaincre, car il n'était pas moins impatient que Cazaril de constater l'évolution des événements à Cardegoss.

Cazaril et son escorte, parmi laquelle les toujours fidèles Ferda et Foix, parcoururent le trajet par beau temps en petites étapes faciles, plus reposantes que leur cavalcade désespérée de l'hiver précédent. Tous les soirs, Cazaril se laissait aider à descendre de cheval en jurant qu'ils iraient plus lentement le lendemain, et chaque matin il se découvrait encore plus avide de poursuivre. Puis le Zangre lointain apparut enfin devant eux. Sur fond de nuages blancs et duveteux, de ciel bleu et de champs verts, il ressemblait à un riche ornement ajouté au paysage.

À quelques kilomètres de Cardegoss, ils croisèrent une autre procession sur la route. Des hommes portant la livrée du provincar de Labran escortaient trois chariots et un convoi de mules et de serviteurs. Le dessus de toile du troisième chariot, relevé de manière à dévoiler sur les côtés le paysage printanier, abritait plusieurs dames.

Le chariot des dames s'arrêta au bord de la route et une servante se pencha pour appeler l'un des cavaliers. Le sergent de Labran s'approcha d'elle, puis se dirigea vers Palli et Cazaril, qu'il salua.

— S'il vous plaît, Messires, si l'un de vous est le castillar dy Cazaril, ma dame la royina douairière Sara vous ordonne… vous prie – corrigea-t-il de lui-même – de lui rendre visite.

L'actuel provincar de Labran, se rappela Cazaril, était le neveu de la royina Sara. Il en déduisit qu'il assistait à son renvoi (ou sa retraite) vers la propriété familiale. Il rendit le salut.

— Je suis tout entier au service de la royina.

Foix aida Cazaril à descendre de cheval. On déroula des marches à l'arrière du chariot, et les dames et servantes descendirent se promener dans le champ voisin en jachère et examiner les fleurs sauvages du printemps. Sara resta assise à l'ombre de la toile.

— Castillar, dit-elle d'une voix douce, je suis heureuse de cette rencontre fortuite. Pouvez-vous m'accorder un moment ?

— C'est un honneur pour moi, Madame.

Il baissa la tête pour grimper dans le chariot, puis s'assit sur le siège matelassé face au sien. Les mules de charge les dépassèrent en poursuivant leur chemin. Un murmure paisible et distant enveloppait la scène, chants d'oiseaux, voix basses, cliquètement des brides et bruits de mâchoires des chevaux en train de paître au bord de la route, et les rires occasionnels des servantes.

Sara portait une robe de coupe simple et une cape lavande et noire, sans doute en signe de deuil pour le pauvre Orico.

— Toutes mes excuses, dit Cazaril, désignant sa tenue d'un signe de tête, pour ne pas avoir assisté aux funérailles du roya. Je n'étais pas encore en état de voyager.

Elle balaya ses excuses d'un geste.

— D'après ce que m'ont dit Iselle, Bergon et dame Betriz, c'est un miracle que vous ayez survécu à vos blessures.

— Eh bien… précisément.

Elle lui adressa un étrange regard compatissant.

— Alors Orico a été repris comme il se doit ? demanda Cazaril.

— Oui, par le Bâtard. Rejeté par les dieux dans la mort comme il l'avait été dans la vie. Ce qui a soulevé bon nombre de spéculations désagréables quant à ses parents, hélas.

— Pas du tout, Madame. Il était sans aucun doute l'enfant d'Ias. Je crois que le Bâtard était le gardien particulier de sa maison depuis le règne de Fonsa. Et cette fois, le dieu a donc choisi en premier, non pas en dernier.

Elle haussa ses maigres épaules.

— Piètre patronage, si c'est le cas. La veille de sa mort, Orico m'a dit qu'il aurait préféré naître fils de bûcheron, plutôt que fils du roya de Chalion. De toutes ses épitaphes, c'est celle qui me paraît le plus juste. (Sa voix se fit un peu plus aigre.) On dit que Martou dy Jironal a été repris par le Père.

— C'est ce que j'ai entendu dire. Ils ont renvoyé son corps à sa fille, à Thistan, pour qu'elle le prenne en charge. Enfin, lui aussi a eu son rôle à jouer, et il en a finalement retiré peu de joie.

Après une pause, il poursuivit :

— Je peux cependant vous garantir personnellement que son frère Dondo a été emporté vers l'enfer du Bâtard.

Un petit sourire lugubre recourba les lèvres de Sara.

— Espérons qu'il y apprendra de meilleures manières.

Il ne semblait rien y avoir à ajouter, en matière d'épitaphes.

Puis Cazaril se rappela un détail et s'éclaircit timidement la voix.

— La veille de la mort d'Orico. Et quel jour était-ce donc, Madame ?

Ses yeux cherchèrent ceux de Cazaril, et elle haussa ses sombres sourcils. Elle répondit au bout d'un moment :

— Eh bien, le lendemain du mariage d'Iselle, bien sûr.

— Et non pas la veille ? Martou dy Jironal semblait curieusement mal informé. Et même prématuré dans certains de ses actes. Et puis… je trouve que c'est faire preuve d'une bien grande malchance, que de mourir à la veille de se voir secouru.

— Moi-même, et le médecin d'Orico, et l'archidivin Mendenal, qui nous occupions de lui tous ensemble, pourrons tous jurer qu'Orico était encore assez vivant pour nous parler cet après-midi et ce soir-là, et qu'il n'a pas poussé son triste dernier soupir avant le lendemain matin.

Elle le fixait d'un regard très franc, les lèvres figées en cette même sinistre courbe.

— Et ainsi, le mariage d'Iselle et de Bergon est indiscutablement valide.

Ce qui empêcherait ainsi les seigneurs rebelles de s'en saisir comme prétexte pour couper les cheveux en quatre sur des points de détail légaux. Cazaril imaginait très bien sa veillée funeste, à longueur de journée, auprès du corps glacial et enflé de son mari. À quoi avait-elle pensé, réfléchi, tandis que s'écoulaient les heures dans cette chambre scellée ? Et pourtant elle avait transformé cette horreur en cadeau pragmatique pour Iselle et Bergon, pour la maison de Chalion qu'elle quittait à présent. Il se la représenta soudain sous les traits d'une maîtresse de maison soignée qui balayait ses vieilles pièces familières pour la dernière fois et laissait un vase de fleurs dans l'âtre pour les nouveaux propriétaires.

— Je… crois que je vois.

— Je le crois aussi. Vous avez toujours eu des yeux perçants, Castillar.

Puis elle ajouta :

— Et une langue discrète.

— La condition de mon service, Royina.

— Vous avez bien servi la maison de Chalion. Peut-être bien mieux qu'elle le méritait.

— Mais pas à moitié aussi bien qu'elle en avait besoin.

Elle acquiesça en soupirant.

Il s'enquit poliment de ses projets ; elle retournait en effet vers sa province natale, pour résider dans une maison de campagne qu'elle serait heureuse de diriger entièrement seule. Plus que résignée, elle semblait impatiente de quitter Cardegoss pour la laisser à ses successeurs. Cazaril se leva, lui présenta ses vœux et lui souhaita un agréable voyage, de tout son cœur. Il lui embrassa les mains ; en retour, elle embrassa les siennes puis, rapidement, lui effleura le front alors qu'il se penchait vers elle.

Il regarda le convoi de chariots s'éloigner en grondant, grimaçant de compassion lorsqu'ils rebondissaient sur les ornières. Les routes de Chalion avaient besoin d'être améliorées, décida Cazaril, et il les avait assez souvent parcourues pour le savoir. Il avait vu dans l'Archipel des rues assez lisses et larges pour convenir à tous les temps – peut-être Iselle et Bergon gagneraient-ils à faire venir quelques maçons roknari. De meilleures routes, fréquentées par moins de bandits, feraient à Chalion le plus grand bien. Chalion-Ibra, corrigea-t-il mentalement, puis il sourit alors que Foix l'aidait à remonter à cheval.

Chapitre 29

Palli avait envoyé Ferda galoper en éclaireur tandis que Cazaril s'attardait au bord de la route pour parler à la royina Sara. Par conséquent, le gardien du Zangre et une troupe de serviteurs accueillirent l'escorte venue de Taryoon à son entrée dans la cour du château. Le gardien s'inclina devant Cazaril tandis que les valets l'aidaient à descendre de cheval. Cazaril s'étira, prudemment, puis demanda d'une voix impatiente :

— La royina Iselle et le royse Bergon sont-ils là ?

— Non, Messire. Ils viennent de partir pour le temple, pour les cérémonies d'investiture de sire dy Yarrin et du royse Bergon.

Comme il s'y attendait, la nouvelle royina avait désigné dy Yarrin comme nouveau saint général de l'ordre de la Fille. Nommer Bergon au titre de général du Fils était, aux yeux de Cazaril, une stratégie brillante pour rendre à la royacie le contrôle direct de cette importante arme militaire et lui retirer la fonction de pomme de discorde entre les hauts seigneurs de Chalion. L'idée était venue d'Iselle en personne lorsqu'ils avaient abordé le sujet avec Bergon avant son départ de Taryoon. Cazaril avait souligné que bien qu'elle ne puisse pas, pour des questions d'honneur, ne pas récompenser la loyauté de Yarrin par le poste qu'il désirait si ardemment, dy Yarrin n'avait rien d'un jeune homme ; avec le temps, le titre de général de la Fille devait aussi revenir à la royacie.

— Ah ! s'écria Palli. C'est aujourd'hui, n'est-ce pas ? La cérémonie est-elle toujours en cours ?

— Je crois que oui, March.

— Si je me dépêche, je pourrai peut-être en voir la fin. Cazaril, puis-je te laisser aux bons soins de ces personnes ? Messire le gardien, assurez-vous qu'il se repose. Il n'a pas encore guéri de ses blessures aussi bien qu'il voudra vous le faire croire.

Palli fit pivoter son cheval et salua joyeusement Cazaril.

— Je reviendrai te raconter toute l'histoire quand ce sera fini.

Suivi de sa petite compagnie, il franchit la porte au trot.

Valets et serviteurs leur retirèrent chevaux et bagages. Cazaril refusa, d'une manière qu'il espérait digne, le soutien du bras du gardien, du moins jusqu'à ce qu'ils atteignent l'escalier. Le gardien le rappela alors qu'il s'apprêtait à monter vers le bâtiment principal.

— On a déplacé votre chambre vers la tour d'Ias sur ordre de la royina, expliqua le gardien, afin que vous puissiez être près d'elle et du royse.

— Oh.

Voilà qui semblait agréable. Cazaril suivit docilement l'homme jusqu'au troisième étage, où le royse Bergon et ses courtisans ibranes avaient établi leur nouvelle résidence, même si Bergon avait évidemment choisi pour lui-même une autre chambre à coucher officielle que celle où venait de mourir Orico. Non que le royse y dorme effectivement, comme le comprit Cazaril. Iselle venait d'emménager dans la suite de l'ancienne royina, juste au-dessus. Le gardien guida Cazaril jusqu'à la chambre proche de celle de Bergon, qui lui était attribuée. Quelqu'un y avait apporté de son ancienne chambre son coffre et ses quelques possessions, et de tout nouveaux habits pour le banquet de ce soir l'y attendaient déjà. Cazaril laissa les serviteurs lui apporter de l'eau pour sa toilette, mais les chassa ensuite et s'étendit docilement pour se reposer.

Ce qui ne dura pas plus de dix minutes. Il se releva et s'en alla rôder à l'étage supérieur pour examiner l'installation de son nouveau bureau. Une servante le reconnut et lui céda le passage avec un salut. Il fourra son nez dans la chambre que Sara réservait à son secrétaire. Comme il s'y attendait, elle était désormais remplie des livres et des comptes de l'ancienne maison de la royesse, auxquels s'en ajoutaient beaucoup d'autres. De manière plus inattendue, un homme soigné aux cheveux sombres, qui semblait avoir la trentaine, occupait son large bureau. Il portait la robe grise et le galon carmin de divin du Père, et griffonnait des chiffres dans l'un des livres de comptes de Cazaril. Une correspondance ouverte était déployée à sa gauche, et une vaste pile de lettres inachevées se dressait à sa droite.

Il leva vers Cazaril un regard inquisiteur, poli mais froid.

— Puis-je vous aider, Messire ?

— Je… Pardonnez-moi, je ne crois pas vous connaître. Qui êtes-vous ?

— Je suis l'érudit Bonneret, secrétaire privé de la royina Iselle.

Cazaril ouvrit la bouche puis la referma. *Mais c'est moi, le secrétaire privé de la royina Iselle !*

— Un poste temporaire, n'est-ce pas ?

Bonneret haussa les sourcils.

— Eh bien, j'espère qu'il sera permanent.

— Comment l'avez-vous obtenu ?

—L'archidivin Mendenal a eu la gentillesse de me recommander à la royina.

—Récemment ?

—Pardon ?

—Avez-vous été nommé récemment ?

—Il y a deux semaines, Messire. (Bonneret fronça les sourcils, légèrement ennuyé.) Ah… Vous avez l'avantage sur moi, je suppose ?

Plutôt l'inverse.

—La royina… ne m'a rien dit, répondit Cazaril.

Était-il évincé, rejeté de ce poste de confiance ? Cela dit, l'avalanche de tâches qui suivrait l'ascension d'Iselle au titre de royina n'allait certainement pas ralentir pendant la convalescence de Cazaril ; quelqu'un devait bien s'en occuper. Et Bonneret avait une superbe écriture, remarqua Cazaril après un coup d'œil à ce qu'il venait de griffonner. Comme le divin fronçait de plus en plus les sourcils, il ajouta :

—Je m'appelle Cazaril.

La grimace de Bonneret s'évapora, remplacée par un sourire respectueux encore plus inquiétant ; il lâcha sa plume, éclaboussant la page d'encre, et se remit abruptement debout.

—Messire dy Cazaril ! C'est un honneur pour moi ! (Il s'inclina bien bas.) Que puis-je faire pour vous aider, Messire ? répéta-t-il sur un ton très différent.

Cette courtoisie extrême intimidait Cazaril bien plus que l'arrogance affichée plus tôt par Bonneret. Il s'excusa de cette intrusion en balbutiant, invoqua la fatigue de la route et se réfugia à l'étage inférieur.

Il s'affaira quelque temps à dresser l'inventaire de ses vêtements et de ses livres trop peu nombreux, puis à les ranger dans sa nouvelle chambre. Curieusement, ses biens semblaient au complet. Il s'aventura jusqu'à son étroite fenêtre qui donnait sur la ville. Il ouvrit grand la vitre et tendit le cou à l'extérieur, mais aucun corbeau sacré ne vint lui rendre visite. Avec la malédiction rompue, la ménagerie disparue, se perchaient-ils toujours dans la tour de Fonsa ? Il examina les dômes du temple et projeta de trouver Umegat à la première occasion. Puis il s'assit, perplexe.

Il était secoué, et savait que c'était en partie l'effet de la fatigue. Son énergie était encore fragile, spasmodique. Sa blessure en train de guérir lui faisait encore mal depuis la chevauchée de ce matin, même s'il souffrait bien moins qu'à l'époque où Dondo le griffait de l'intérieur. Il était magnifiquement oisif, un fait qui avait suffi à le maintenir dans une joie extatique depuis des jours. Mais ce n'était pas le cas cet après-midi-là. Son empressement à arriver ici transformait en déception ce repos que tout le monde voulait le voir prendre.

Son humeur s'assombrit. Peut-être n'aurait-il aucune utilité dans cette nouvelle Chalion-Ibra. Iselle aurait besoin, pour l'aider à mener ses affaires en expansion, d'hommes plus instruits et plus mielleux qu'un ancien soldat meurtri et, hum, étrange qui s'adonnait à la poésie. Pire encore : être exclu du service d'Iselle signifiait se voir exiler de la présence quotidienne de Betriz. Plus personne pour allumer ses bougies de lecture au crépuscule, ou lui faire porter des bonnets chauds et ridicules, ou remarquer s'il tombait malade et lui amener d'inquiétants médecins, ou prier pour sa sécurité lorsqu'il se trouvait loin de chez lui…

Il entendit des bruits qu'il attribua au groupe d'Iselle et de Bergon de retour des cérémonies du temple, mais même en se plaçant de biais, sa fenêtre ne permettait pas de voir dans la cour. Il ferait mieux de se précipiter à leur rencontre. *Non. Je me repose.* Même à sa propre oreille intérieure, il paraissait irascible et obstiné. *Ne sois pas idiot.* Mais une morne fatigue l'enracinait à sa chaise.

Avant qu'il puisse surmonter cette vague de mélancolie, Bergon en personne se rua dans sa chambre, et il devint alors impossible de rester abattu. Le royse portait toujours les robes brunes, orange et jaunes du saint général de l'ordre du Fils, avec son large ceinturon orné des symboles de l'automne, qui avaient nettement meilleure allure sur lui que sur ce vieux et sinistre dy Jironal. Si Bergon ne faisait pas la joie du dieu, alors rien ne pouvait le réjouir. Cazaril se leva, et Bergon l'étreignit, s'enquit de son voyage depuis Taryoon et de sa guérison, attendit à peine la réponse, et tenta de lui raconter huit choses à la fois, puis se mit à rire de lui-même.

— Nous aurons bien assez de temps pour toutes ces choses un peu plus tard. Pour l'heure, je suis en mission pour mon épouse la royina de Chalion. Mais dites-moi d'abord et en privé, Sire Caz : êtes-vous amoureux de dame Betriz ?

Cazaril cligna des yeux.

— Je… elle… aime beaucoup, Royse.

— Parfait. Enfin, j'en étais sûr, mais Iselle insistait pour que je vous pose d'abord la question. Maintenant, et c'est très important : acceptez-vous d'être rasé ?

— Je… Quoi ?

Cazaril porta la main à sa barbe. Elle n'était pas aussi clairsemée qu'au tout début, elle s'était même joliment fournie, et en outre, il la gardait soigneusement taillée.

— Y a-t-il une raison à votre question ? Non que ce soit primordial, les barbes repoussent, je suppose…

— Mais vous n'y êtes pas follement attaché, n'est-ce pas ?

— Pas follement, non. Mes mains continuaient de trembler quelque temps après les galères, et je ne souhaitais pas me saigner à blanc, mais je ne pouvais pas me payer les services d'un barbier. Ensuite, je m'y suis simplement habitué.

— Parfait. (Bergon regagna la porte et passa la tête dans le couloir.) Très bien, entrez.

Un barbier et un serviteur portant un récipient d'eau chaude entrèrent au signal du royse. Le barbier fit asseoir Cazaril et lui noua une serviette autour du cou. Cazaril se retrouva couvert de savon avant de pouvoir faire la moindre remarque. Le serviteur maintint la bassine sous son menton tandis que le barbier, qui chantonnait à mi-voix, s'activait avec son rasoir. Cazaril loucha par-dessus son nez pour regarder des pâtés de cheveux gris et noirs savonneux tomber dans la bassine en faisant des « flac ». Le barbier émettait de petits gazouillis troublants, mais finit par renvoyer le bassin avec un grand geste et un sourire satisfait.

— Voilà, Messire !

Il apporta la touche finale à son œuvre à l'aide d'une serviette chaude et d'une lotion parfumée à la lavande qui piquait la peau. Le royse lâcha une pièce dans la main du barbier qui s'inclina bien bas puis franchit la porte à reculons, murmurant des compliments.

Des gloussements féminins retentirent dans le couloir. Une voix pas tout à fait assez basse murmura :

— Tu vois, Iselle ! Lui *aussi*, il a un menton. Je te l'avais dit.

— Oui, tu avais raison. Et un très joli.

Iselle entra en se tenant bien droite, s'efforçant de paraître royale dans sa robe compliquée de la cérémonie d'investiture, mais elle ne put garder son sérieux ; regardant Cazaril, elle éclata de rire. Derrière elle, Betriz, presque aussi richement vêtue, n'était que fossettes et grands yeux bruns et coiffure élaborée qui semblait consister en frisettes noires encadrant son visage, rebondissant de fascinante manière lorsqu'elle bougeait. Iselle porta une main à ses lèvres.

— Cinq dieux, Cazaril ! Une fois débarrassé de tout ce buisson gris, vous ne paraissez plus si vieux !

— Pas vieux *du tout*, corrigea énergiquement Betriz.

Il s'était levé à l'entrée de la royesse, et leur adressa une révérence polie. Malgré lui, sa main s'en alla toucher son menton bizarrement nu et frais. Personne ne lui avait offert de miroir pour lui permettre d'examiner la cause de toute cette hilarité féminine.

— Tout est prêt, annonça mystérieusement Bergon.

Iselle, souriante, prit la main de Betriz. Bergon saisit celle de Cazaril. Iselle prit une pose et annonça, d'une voix convenant à une salle de trône :

— Ma suivante la plus appréciée et la plus loyale, dame Betriz dy Ferrej, m'a demandé une faveur que je lui accorde avec le cœur joyeux. Et comme vous n'avez plus de père, Sire Cazaril, Bergon et moi prendrons sa place en tant que suzerains. Elle a demandé votre main. Et comme il nous plaît grandement que nos deux serviteurs les plus aimés s'aiment aussi entre eux, soyez unis avec notre bénédiction.

Bergon retourna la main qui tenait celle de Cazaril ; celle de Betriz y descendit, surmontée par celle d'Iselle. Le royse et la royina pressèrent leurs mains ensemble et reculèrent, souriant tous deux.

—Mais, mais, mais, balbutia Cazaril. Mais ce n'est pas juste, Iselle, Bergon... Sacrifier cette jeune fille en récompense à mes cheveux gris est une chose répugnante!

Il ne lâcha pas la main de Betriz.

—Nous venons de vous débarrasser de vos cheveux gris, remarqua Iselle, qui l'inspecta de près. Une grande amélioration, je dois dire.

Bergon ajouta:

—Et elle ne me paraît pas si dégoûtée.

Les fossettes de Betriz étaient plus profondes que jamais, et ses yeux rieurs fixaient Cazaril à travers des cils qui battaient timidement.

—Mais... mais...

—Et quoi qu'il en soit, ajouta vivement Iselle, je ne vous la sacrifie pas en gage de loyauté. Je vous l'accorde pour *la* récompenser de sa loyauté. Voilà.

—Oh. Oh, très bien, c'est beaucoup mieux ainsi... (Cazaril plissa les yeux, cherchant à réorganiser ses pensées en vadrouille.) Mais... il y a sans doute de plus grands seigneurs... plus riches... plus jeunes, plus séduisants... plus dignes...

—Oui, mais elle ne les a pas demandés. C'est vous qu'elle voulait. Vraiment aucun goût, hein? dit Bergon, les yeux brillants.

—Et je dois vous reprendre sur une partie au moins de votre autocritique, Cazaril, dit rapidement Betriz. Il n'y a *pas* d'hommes plus dignes que vous en Chalion.

Sa main se resserra sur celle de Cazaril.

—Attendez, dit Cazaril avec l'impression de glisser le long d'une pente couverte d'une neige douce et tiède. Je ne possède ni terres, ni argent. Comment puis-je entretenir une épouse?

—Je compte rémunérer le poste de chancelier, expliqua Iselle.

—Comme l'a fait le Renard en Ibra? Très sage de votre part, Royina, d'assurer la loyauté de vos principaux serviteurs à la royacie, et de ne pas les diviser entre couronne et clan comme dy Jironal. Qui pensez-vous nommer pour le remplacer? J'ai quelques idées...

—*Caz*aril! (Son exaspération affectueuse parait son nom de la nuance habituelle.) *Évidemment* que c'est vous, qui croyiez-vous que j'allais nommer? Cela allait sans dire! Cette tâche doit vous revenir.

Cazaril s'assit lourdement sur sa chaise de barbier, sans relâcher sa prise sur la main de Betriz.

—Tout de suite? demanda-t-il d'une voix faible.

Elle redressa le menton.

—Non, non, bien sûr que non! Ce soir, nous faisons la fête. Demain conviendra.

—Si vous vous y sentez disposé d'ici là, s'empressa d'ajouter Bergon.

—C'est une vaste tâche.

Souhaiter du pain, et se voir accorder un banquet… entre ceux qui tentaient de le surprotéger et ceux qui sacrifiaient sans pitié son confort à leurs propres desseins, Cazaril décida qu'il préférait ces derniers. *Chancelier dy Cazaril. Messire le chancelier.* Ses lèvres formèrent les syllabes muettes et se recourbèrent vers le haut.

— Nous en ferons l'annonce publique ce soir après le dîner, déclara Iselle, donc habillez-vous en conséquence, Cazaril. Bergon et moi-même vous remettrons alors votre chaîne, devant la cour. Betriz, viens me rejoindre (ses lèvres esquissèrent un sourire) dans un petit moment.

Elle passa la main sous le bras de Bergon et attira le royse à sa suite. La porte se referma.

Cazaril entoura d'un bras la taille de Betriz et l'attira sur ses genoux, sans timidité aucune. Elle poussa un petit cri surpris.

— Les lèvres, hein ? murmura-t-il avant de sceller les siennes à celles de Betriz.

Alors qu'ils reprenaient leur souffle, elle renversa la tête en arrière et frotta joyeusement son menton, puis celui de Cazaril.

— Maintenant, vos baisers ne me grattent plus la peau !

Ce ne fut pas avant tard le lendemain matin que Cazaril put enfin aller trouver Umegat à la maison du Bâtard. Un acolyte respectueux le fit entrer dans une suite de chambres du troisième étage ; le valet muet, Daris, répondit au coup frappé à la porte et fit entrer Cazaril en s'inclinant. Cazaril ne fut pas surpris de le voir porter la tenue d'un dédicat convers de l'ordre, blanc et bien net. Daris se frotta le menton et désigna le visage nu de Cazaril, puis formula une remarque souriante que Cazaril fut tout aussi content de ne pas pouvoir distinguer. L'homme sans pouces l'invita à traverser la pièce, meublée comme un salon, puis à sortir sur un petit balcon de bois, orné de plantes grimpantes entortillées et de géraniums roses, qui donnait sur le carré du Temple.

Umegat, lui aussi vêtu de blanc, était assis à une petite table à la fraîcheur de l'ombre, et Cazaril aperçut, à sa grande joie, du papier, une plume et de l'encre devant lui. Daris s'empressa d'apporter une chaise, afin que Cazaril puisse s'asseoir avant qu'Umegat cherche à se lever. Daris formula un petit bruit accueillant ; Umegat l'interpréta comme une offre d'hospitalité, et Cazaril accepta de prendre le thé, que Daris alla chercher en toute hâte.

— Qu'est-ce que c'est ? demanda Cazaril, désignant les papiers. Avez-vous retrouvé votre écriture ?

Umegat fit la grimace.

— Jusqu'ici, je semble être retourné à l'âge de cinq ans. Si seulement le reste de mon corps pouvait rajeunir ainsi. (Il inclina la page pour lui montrer des lettres grossièrement tracées en une laborieuse tentative.) Je passe mon temps à me les remettre en tête, mais ensuite elles m'échappent toujours. Ma main a perdu son habileté à la plume. Et pourtant, je peux encore jouer du luth comme auparavant ! Les médecins affirment que je progresse, et je suppose que c'est vrai, car je ne pouvais pas en faire autant le mois dernier. Les mots filent sur la page comme de petits crabes, mais de temps en temps je parviens à en attraper un. (Il leva les yeux et haussa les épaules pour chasser le souvenir de ses efforts.) Mais vous ! Vous avez accompli des exploits à Taryoon, n'est-ce pas ? Mendenal dit que vous avez été transpercé d'une épée.

— De part en part, admit Cazaril. Mais elle a arraché de mon corps sire Dondo et le démon, ce qui justifiait bien la douleur. La Dame m'a évité de mourir ensuite de la fièvre.

Umegat jeta un coup d'œil à Daris.

— Alors vous vous en tirez à bon compte.

— Oui, c'est un miracle.

Umegat se pencha un peu au-dessus de la table pour le dévisager de plus près.

— Hm. Hm. Vous avez été en bonne compagnie, je vois.

— Vous avez retrouvé votre seconde vue ? demanda Cazaril, surpris.

— Non. C'est simplement un regard qu'acquièrent certains hommes, et qu'on apprend à reconnaître.

En effet. Umegat l'avait aussi. Il semblait que si un homme touché par les dieux ne se laissait pas totalement déséquilibrer, il en restait ensuite mystérieusement recentré.

— Vous avez vu votre dieu, vous aussi.

Ce n'était pas une question.

— Une fois ou deux, admit Umegat.

— Combien de temps faut-il pour s'en remettre ?

— Je l'ignore encore. (Umegat se passa un doigt sur les lèvres, songeur, tout en étudiant Cazaril.) Dites-moi, si vous le pouvez, ce que vous avez vu…

Ce n'était pas seulement là le théologien érudit qui parlait boutique ; Cazaril vit dans les yeux gris du Roknari un éclair d'insondable faim divine. *Ai-je cette expression quand je parle d'Elle ? Pas étonnant qu'on me regarde bizarrement.*

Cazaril lui raconta toute l'histoire, depuis son départ précipité de Cardegoss jusqu'à la passation de pouvoirs de la royesse. Le thé arriva, fut consommé, et les tasses remplies de nouveau avant qu'il atteigne la fin de son récit. Daris s'accroupit sur le pas de la porte pour écouter ; Cazaril estima qu'il n'avait pas à s'enquérir de la discrétion de l'ancien valet. Lorsqu'il tenta de décrire la façon dont la déesse l'avait recueilli, il ne put trouver les mots. Umegat était suspendu à ses paroles hésitantes, les lèvres entrouvertes.

— La poésie… la poésie pourrait le décrire, dit Cazaril. J'ai besoin de mots qui signifient plus que leur simple sens, des mots qui n'aient pas simplement une hauteur et une largeur, mais aussi une profondeur et un poids, et d'autres dimensions que je ne peux même pas nommer.

— Hm, dit Umegat. J'ai tenté de recréer le dieu par la musique, pendant quelque temps, après ma première… expérience. Hélas, je n'ai pas le talent nécessaire.

Cazaril hocha la tête. Il demanda, un peu hésitant :

— Y a-t-il quelque chose dont vous ayez besoin, l'un ou l'autre, et que je puisse demander ? Hier, Iselle m'a nommé chancelier de Chalion, donc je suppose que je peux obtenir, en fait, beaucoup.

Umegat haussa les sourcils ; il félicita Cazaril d'un petit geste depuis son siège.

— Bien joué de la part de la jeune royina.

Cazaril fit la grimace.

— En fait, je n'arrête pas de penser aux morts dont je vais endosser le costume.

Le sourire d'Umegat se fit étincelant.

— Je comprends. En ce qui nous concerne, le temple s'occupe plutôt bien de ses anciens saints et nous fournit tout ce dont nous pouvons avoir besoin. J'aime ces pièces, cette ville, cet air printanier, ma compagnie. J'espère que le dieu m'accordera encore une ou deux tâches intéressantes avant d'en finir avec moi. Mais de préférence, pas avec des animaux. Ni avec la royauté.

Cazaril répondit d'un geste compatissant.

— Je suppose que vous connaissiez le pauvre Orico aussi bien que n'importe qui, à part peut-être Sara.

— Je l'ai côtoyé presque tous les jours pendant six ans. Il me parlait avec une totale franchise, vers la fin. J'espère avoir pu lui apporter du réconfort.

Cazaril hésita.

— Croyez-le ou pas, j'en suis arrivé à la conclusion qu'il était une sorte de héros.

Umegat hocha brièvement la tête.

— Moi aussi. D'une manière très frustrante. Il a été sacrifié, sans aucun doute. (Il soupira.) Eh bien, c'est un péché particulier, de louer pour le bien qui en résulte la douleur de qui s'est laissé empoisonner.

Le valet sans langue se leva de son poste silencieux pour emporter le nécessaire à thé.

— Merci, Daris, dit Umegat, tapotant la main qui lui effleurait l'épaule ; Daris ramassa les tasses et les assiettes avant de s'éloigner.

Cazaril le suivit d'un regard curieux.

— Depuis combien de temps le connaissez-vous ?

— Près de vingt ans.

— Alors il n'était pas seulement votre assistant dans la ménagerie… (Cazaril baissa la voix.) Était-il déjà martyr à l'époque ?

— Non. Pas encore.

— Oh.

Umegat sourit.

— Ne prenez pas cet air sinistre, Sire Cazaril. Nous guérissons. C'était hier, et aujourd'hui est un autre jour. Je lui demanderai la permission de vous raconter son histoire un jour ou l'autre.

— Je serais honoré de recevoir ses confidences.

— Tout va bien, et si ce n'est pas le cas, au moins chaque jour nous rapproche-t-il de notre dieu.

— Je l'avais remarqué. J'ai eu un peu de mal à retrouver la notion du temps, les premiers jours qui ont suivi… ma vision de la Dame. Du temps et des échelles, tellement changés que je les reconnaissais à peine.

On frappa un coup léger à la porte de la chambre. Daris émergea de l'autre pièce et alla ouvrir à une jeune dédicate vêtue de blanc qui tenait un livre à la main.

— Ah. (Le visage d'Umegat s'illumina.) Voici ma lectrice. Inclinez-vous devant le seigneur chancelier, dédicate.

Il ajouta en guise d'explication :

— Ils m'envoient une dédicate délinquante pour me faire la lecture une fois par jour, à titre de châtiment léger pour de petites infractions aux règles de la maison. Avez-vous décidé quelle règle vous comptez enfreindre demain, jeune fille ?

La dédicate eut un sourire penaud.

— J'y réfléchis, érudit Umegat.

— Eh bien, si vous vous retrouvez à court d'inspiration, je tâcherai de me rappeler ma jeunesse pour voir si d'autres idées me reviennent.

La dédicate montra le livre à Cazaril.

— Je croyais qu'on m'enverrait lire au divin de la théologie ennuyeuse, mais il a préféré ce livre de contes.

Cazaril examina avec intérêt le volume, une importation ibrane à en juger par la marque de l'imprimeur.

— C'est une belle ruse, dit Umegat. L'auteur suit un groupe de voyageurs qui se rendent sur un lieu de pèlerinage, et fait raconter à chacun son histoire tour à tour. Très, heu… très pieux.

— En fait, Messire, murmura la dédicate, certaines sont très osées.

— Je vois que je dois dépoussiérer le sermon d'Ordol sur les leçons de la chair. J'ai promis à cette demoiselle de consacrer un peu de son temps de pénitence à la faire rougir. Je crains qu'elle m'ait cru.

— Je, heu… serais très heureux d'emprunter ce livre, quand vous en aurez fini, dit Cazaril plein d'espoir.

— Je vous le ferai envoyer, Messire.

Cazaril fit ses adieux. Il retraversa le carré du Temple aux cinq côtés et se dirigea vers le haut de la colline, mais bifurqua avant que le Zangre soit en vue et se dirigea vers le palais du provincar dy Baocia. Le vieux bâtiment de pierre massif ressemblait au palais Jironal, bien que plus petit, sans aucune fenêtre au rez-de-chaussée, et avec des vitres protégées par des grilles de fer forgé à l'étage supérieur. On l'avait rouvert non seulement pour son seigneur et sa dame, mais aussi pour la vieille provincara et dame Ista, qui venaient d'arriver de Valenda. Rempli à ras bord, il avait troqué le silence morose de naguère contre une grande agitation. Cazaril annonça son titre et le motif de sa venue au portier qui s'inclina et le fit entrer sur-le-champ sans question ni retard.

Le portier le mena vers une chambre haute et ensoleillée à l'arrière de la maison. Il y trouva la royina douairière Ista assise sur un petit balcon aux rampes de fer qui donnait sur le jardin d'herbes aromatiques et les écuries. Elle congédia sa servante et fit signe à Cazaril de prendre la chaise vacante, proche de la sienne au point que leurs genoux se touchaient presque. Les cheveux bruns d'Ista, ce jour-là soigneusement tressés, formaient une couronne autour de sa tête ; son visage comme sa tenue semblaient plus pimpants, plus clairement définis que jamais.

—Cet endroit est agréable, observa Cazaril en prenant place.

—Oui, j'aime cette pièce. C'était ma chambre quand j'étais petite, lorsque mon père nous emmenait dans la capitale avec lui, ce qui n'arrivait pas souvent. Et le meilleur, c'est que d'ici je ne vois pas le Zangre.

Elle baissa les yeux vers le carré de jardin domestique brodé de vert, protégé et enclos.

—Vous étiez présente au banquet hier soir. (Il n'avait pu échanger avec elle que quelques paroles formelles en cette occasion, et Ista s'était contentée de le féliciter pour son titre de chancelier et ses fiançailles, avant de partir tôt.) Vous sembliez très en forme, je dois dire. J'ai vu qu'Iselle en paraissait très heureuse.

Elle inclina la tête.

—Je mange là-bas pour lui faire plaisir. Je ne souhaite pas y dormir.

—Je suppose que les fantômes s'y promènent toujours. Je ne les vois plus maintenant, à mon grand soulagement.

—Moi non plus, ni avec ma vue ni avec ma seconde vue, mais je les ressens comme un courant d'air froid dans les murs. Ou peut-être est-ce seulement leur souvenir qui me refroidit. (Elle se frotta les bras comme pour les réchauffer.) J'abhorre le Zangre.

—Je comprends maintenant ces pauvres fantômes bien mieux que lorsqu'ils me terrifiaient, dit Cazaril d'une voix hésitante. Je croyais au début que leur exil et leur érosion signifiaient leur rejet des dieux, une damnation, mais je sais maintenant que c'est un signe de clémence. Lorsque les âmes sont reprises, elles se souviennent d'elles-mêmes… Les esprits possèdent leur vie entière, d'un seul coup, comme les dieux, avec cette terrible précision de la matière qui se souvient d'elle-même. Pour certains… pour certains, ce paradis serait aussi insupportable qu'un enfer, et c'est pourquoi les dieux leur accordent le néant.

—Le néant. Cet oubli flou me semble un vrai paradis à présent. Je prierai pour être l'un de ces fantômes, je crois.

Je crains que cette faveur vous soit refusée. Cazaril s'éclaircit la voix.

—Vous savez que la malédiction est levée pour Iselle et Bergon, et pour tous les autres, et bannie de Chalion ?

—Oui. Iselle me l'a dit, dans la limite de ce qu'elle comprenait, mais je l'ai su quand c'est arrivé. Mes dames m'habillaient pour les prières matinales du Jour de la Fille. Il n'y avait rien à voir, rien à entendre ou ressentir, mais c'était comme si un brouillard se dissipait dans mon esprit. Je n'avais jamais compris à quel point elle m'enveloppait de près, comme une lourde brume sur la peau de mon âme, jusqu'à ce qu'elle soit levée. Mais alors je me suis sentie désolée, car j'ai cru qu'elle signifiait votre mort.

—J'étais mort en effet, mais la Dame m'a rendu au monde. Enfin, à mon corps. Mon ami Palli soutient qu'Elle m'a remis à l'envers.

Son sourire vacilla. Ista détourna le regard.

—La levée de la malédiction a rendu ma douleur bien plus claire, et pourtant plus distante. C'était très étrange.

Il se racla la gorge.

—Vous aviez raison, Dame Ista, au sujet de la prophétie. Les trois morts. Je me trompais avec mes projets de mariage, j'avais tort et je m'obstinais, car j'avais peur. Votre solution me semblait trop pénible. Et pourtant il en est finalement advenu ainsi, malgré moi, grâce à la Dame.

Elle hocha la tête.

—Je l'aurais fait moi-même si je l'avais pu. *Mon* sacrifice n'était évidemment pas jugé acceptable.

Sa voix était teintée d'amertume.

—Ce n'était pas une question de… ce n'en est pas la raison, protesta Cazaril. Enfin, oui et non. C'est lié à la forme de votre âme, non à sa valeur. Il faut fonctionner comme une coupe, pour recevoir ce que l'on y verse. Vous êtes une épée. Vous l'avez toujours été. Comme votre mère et votre fille, aussi : toutes les femmes de votre famille ont une colonne vertébrale d'acier. Je comprends maintenant pourquoi je ne voyais jamais les saints, auparavant. Le monde ne s'écrase pas sur leur volonté comme les vagues sur un rocher, et ne s'écarte pas devant eux comme le sillage d'un bateau. Ce sont eux qui sont souples et traversent le monde en nageant, aussi muets que des poissons.

Elle haussa les sourcils, sans qu'il puisse décider si c'était signe d'accord, de désaccord ou de quelque ironie polie.

—Où irez-vous à présent ? lui demanda-t-il. Maintenant que vous allez mieux, je veux dire.

Elle haussa les épaules.

—Ma mère devient fragile. Je suppose que nous devons inverser nos rôles, et que je vais m'occuper d'elle au château de Valenda comme elle s'occupait de moi. Je préférerais aller quelque part où je ne suis jamais allée. Ni Valenda, ni Cardegoss. Un endroit sans souvenirs.

Il ne pouvait pas le contester. Il pensait à Umegat, qui sans être exactement le supérieur spirituel d'Ista, possédait une telle expérience de la perte et du malheur que la guérison lui devenait une routine. Il faudrait à Ista vingt années de plus pour atteindre un tel équilibre. À l'âge, environ, qu'avait Ista aujourd'hui, peut-être Umegat s'était-il répandu en injures et en plaintes de manière aussi déchirante, peut-être avait-il maudit les dieux avec une froideur comparable aux silences glacials d'Ista, lorsqu'il avait retiré le corps brisé de son ami des horreurs qui l'avaient détruit.

—Il faudra que je vous présente mon ami Umegat, lui dit-il. C'était le saint chargé de protéger Orico. C'est maintenant un ex-saint, comme vous et moi. Je crois… je crois que vous pourriez avoir avec lui des conversations intéressantes.

Elle ouvrit la main, prudemment, sans encourager cette idée ou en nier la possibilité. Cazaril résolut de les présenter effectivement un peu plus tard.

Afin de lui rappeler de plus joyeux sujets, il s'enquit du couronnement d'Iselle, pour lequel Ista et une provincara fière et impatiente avaient atteint Cardegoss juste à temps. Il avait déjà demandé à quatre ou cinq personnes de le lui décrire, mais n'était pas encore lassé des récits. Elle s'anima quelque temps, et son ravissement devant la victoire de sa fille adoucit son visage et illumina ses yeux. Le sort de Teidez planait entre eux sans qu'ils l'abordent, comme par consentement mutuel. Ce n'était pas le jour à toucher ces tendres blessures, par crainte qu'elles se rouvrent et se remettent à saigner ; une heure plus tardive et plus paisible viendrait pour parler du garçon perdu.

Puis Cazaril pencha la tête pour lui souhaiter une bonne journée. Ista, soudain impatiente, se pencha pour lui toucher la main, pour la toute première fois.

—Bénissez-moi, Cazaril, avant de partir.

Il fut pris de court.

—Madame, je ne suis maintenant pas plus saint que vous, et je n'ai certainement rien d'un dieu, pour appeler des bénédictions selon mon bon vouloir.

Et pourtant… il n'était pas non plus royesse, mais avait servi de mandataire en Ibra à l'une d'elles, et signé un contrat en son nom. *Dame Printemps, si jamais je vous ai servie, honorez maintenant votre dette envers moi.* Il s'humecta les lèvres.

—Mais je vais essayer.

Il se pencha et plaça la main sur le front blanc d'Ista. Il ignorait d'où lui venaient les mots, mais ils lui montèrent néanmoins aux lèvres.

— Ceci est une vraie prophétie, aussi vraie que l'était la vôtre. Lorsque les âmes s'élèveront dans la gloire, la vôtre ne sera ni rejetée ni égarée, mais sera le trésor des jardins des dieux. Même vos ténèbres seront alors chéries, et toute votre douleur sanctifiée.

Il se rassit et ferma brusquement la bouche, tandis qu'une vague de terreur montait en lui. *Est-ce bien, est-ce mal, suis-je idiot?*

Les yeux d'Ista se remplirent de larmes qui ne coulèrent pas. Sa main placée en coupe sur son genou, paume vers le haut, s'immobilisa. Elle baissa la tête pour accepter maladroitement ces mots, aussi incertaine qu'un enfant faisant ses premiers pas. D'une voix secouée, elle dit :

— Vous le faites très bien, Cazaril, pour un homme qui se prétend amateur.

Avalant sa salive, il hocha la tête, sourit, prit congé et s'enfuit dans la rue. Tandis qu'il commençait à gravir la colline, il allongea le pas malgré la côte. Ses dames devaient l'attendre.

Remerciements

L'auteure aimerait remercier le professeur William D. Phillips Jr., pour l'U.V. d'histoire 3714, les quatre cents dollars et dix semaines les plus profitables que j'aie jamais investis dans des leçons ; Pat « Allez, ce sera marrant » Wrede pour le jeu épistolaire qui a, le premier, fait surgir un proto-Cazaril aveugle et vacillant d'un recoin de mon cerveau ; et peut-être aussi le service public de Minneapolis pour cette douche chaude d'un jour de février glacial, où les deux premiers éléments sont entrés en collision dans ma tête, de la façon la plus inattendue, pour créer un nouveau monde et les gens qui le peuplent.

Imprimé en France
FROC02n1155140518
18950FR00002B/16/P

9 791028 111786